Los crímenes de la luna llena

Los crímenes de la luna llena

Kit Whitfield

Traducción de Juan Castilla Plaza

EDICIONES **B**
GRUPO ZETA

Barcelona • Bogotá • Buenos Aires • Caracas • Madrid • México D.F. • Montevideo • Quito • Santiago de Chile

Título original: *Bareback*

Traducción: Juan Castilla Plaza

1.ª edición: mayo 2009

© 2006 by Kit Whitfield
© Ediciones B, S. A., 2009
   Bailén, 84 - 08009 Barcelona (España)
   www.edicionesb.com

Printed in Spain
ISBN: 978-84-666-3973-6
Depósito legal: B. 12.141-2009

Impreso por LIMPERGRAF, S.L.
Mogoda, 29-31 Polígon Can Salvatella
08210 - Barberà del Vallès (Barcelona)

Sin Joel, este libro no se habría empezado;
sin Peggy, no se habría seguido; y, sin Gareth,
no se habría acabado.

A todos vosotros, mi amor y mi agradecimiento.

Alejaos de mí, amigos del verano, no permanezcáis a mi lado
Pues no soy amigo del verano, sino viento invernal,
Una oveja estúpida que se ha descarriado de su redil,
Un gandul con un jardín repleto de espinas.
Acepta mi consejo y separa mi hacienda de la tuya,
Mora en tus plácidos rincones y acumula tus riquezas;
No sea que tiembles conmigo en la planicie
Y pasemos hambre y sed en un lugar yermo y estéril.
Puesto que me he herido con un seto espinoso,
Vivo solo y quisiera morir solo:
No obstante, cuando el viento sopla a través de la juncia,
Los fantasmas de mis amigos y mi pasado regresan,
Y mi corazón se va suspirando tras las golondrinas
Por un camino sin regreso, en medio del verano.

CHRISTINA ROSSETTI,
Desde el atardecer hasta el amanecer

Para leer esta historia, pido que primero se reformen las opiniones.

*Discurso verdadero sobre la deplorable vida
de Stubbe Peeter*, 1590

Pregúntele a la mujer si ella podría deciros por qué la bestia le odia tanto. ¡Obligadla a que os lo diga, si es que lo sabe!

MARIE DE FRANCE, *Bisclavret*

1

La historia es muy sencilla. Según Ellaway, su coche se averió y él se perdió. Luego, cuando trataba de encontrar un refugio, empezó a cubrirse de pelo. Sin embargo, no debería haberle resultado difícil encontrar un sitio donde encerrarse, ya que siempre hay alguna instalación gubernamental a no mucha distancia; al menos debería haberlo hecho entre el crepúsculo y el amanecer. Eso en teoría, por supuesto, pero todos sabemos que la teoría difiere mucho de la realidad. Sin embargo, el principal problema son los borrachos, ya que están demasiado ebrios como para encontrar el camino. Aun así, es posible que la historia de ese tío sea cierta, aunque la haya retocado un poco, pues sucede casi todos los meses. No obstante, también es probable que se la haya inventado, ya que resulta muy poco convincente. Lo importante es que, cuando Johnny intentó acorralarlo, Ellaway le mordió en la mano, a la altura de la muñeca. Es extraño porque los lunáticos no suelen atacar tan ferozmente. Se abalanzan sobre ti, por supuesto, y casi todos nosotros tenemos cicatrices por su culpa. Yo guardo como recuerdo de mi primera captura una profunda raja en mi antebrazo izquierdo, además de una fea mella en una de mis caderas de cuando tenía veintidós años y un montón de laceraciones alrededor de las pantorrillas. Y que conste que soy una buena lacera, a la que suelen herir con menos frecuencia que a los demás. Sin embargo, que te arranquen un brazo es algo mucho más grave. Los lunáticos no suelen herirte tan seriamente ni cuando se les acorrala. Es verdad que te atacan, pero no todos lo hacen de la misma manera, depende mucho de la naturaleza de la persona. Algo debió de impulsar a ese hombre a herir a mi amigo.

Tiene cara de niño de escuela, aunque sé que ya se le ha pasado la edad para eso. Un chico de ciudad, lo que quiere decir que tiene un buen sueldo, al menos mejor que el mío. Esta vez será él quien me pague y, con su dinero, pienso liquidar mis facturas. Lo estudio con cierta esperanza y observo que se sienta de manera muy distinta a las personas que suelen venir por aquí. Se ha echado hacia delante, observándome, lo que me hace pensar que quizá tenga mejores modales de lo que creía. Enciendo un cigarrillo y le ofrezco educadamente otro. Lo coge, lo cual me sorprende mucho, pues los licántropos normalmente no fuman.

—¿Se da cuenta de que se enfrenta a cargos muy serios? —le digo—. La mejor estrategia que podemos emplear será demostrar que trató de llegar hasta una de las instalaciones, pero no pudo.

—Eso fue lo que hice —responde como si resultase obvio.

Mis esperanzas de tener por fin un cliente amable se van al garete.

Suspiro.

—¿Supongo que no recuerda haber cometido un delito?

Me mira fijamente. Reconozco que ha sido una pregunta estúpida por mi parte, además de que he tachado de delito lo que ha hecho.

—Por supuesto que no —replica—. No puedo ni identificar al hombre.

Le paso una fotografía por encima de la mesa.

—Se llama Johnny Marcos. Tiene esposa y tres hijos. Ahora, además de ser un discapacitado porque usted le arrancó la mano, está muy preocupado por la educación de sus hijos. Es un hombre decente.

—¿Le conoce? —pregunta sorprendido—. Suponía que los asesores legales no solían llevar casos en los que se vieran implicados personalmente.

Un chico brillante.

—Esto es Dorla, señor Ellaway, y todos nos conocemos. Es una organización muy pequeña donde sólo trabajamos unos cuantos miles de personas. Además, puesto que la mayoría hacemos turnos —me cuido de no decir la palabra «capturas»— por la noche, podía haberle sucedido a cualquiera de nosotros. Y, puesto que va a tener un juez que no favorece a los licántropos, no le va a resultar fácil convencernos de que es inocente.

No menciono lo bien que conozco a Johnny, pues no creo que deba saber más de lo necesario. Faltan tres días para Navidad y tenía que sucederle precisamente a él.

—¿Por qué no puedo tener un juicio normal? —pregunta mi cliente—. Un juez follaculos tendrá prejuicios contra mí.

Follaculos, dice. Por fin se delata. Ahora veo que no está mejor educado que los chorizos con los que normalmente trato. Le doy un beso a la ilusión que tenía de mezclarme con la clase adinerada y me despido de ella.

—Como le he dicho, señor Ellaway, éste es el Departamento para la Regulación en Curso de Actividades Licantrópicas y aquí resolvemos los asuntos a nuestro modo. —Saco un mapa de la región y lo despliego sobre la mesa—. Dice que se encontraba por esta zona cuando el coche se le averió, ¿no es así? Y que luego se puso a caminar en dirección al este. Pues bien, por lo que veo hay dos instalaciones con celdas muy cerca.

Le da una calada al cigarrillo.

—Ya le he dicho que no conozco la zona —contesta.

—Pero supongo que no se apartaría de la carretera principal. Con sólo seguirla habría encontrado algún refugio.

Tras encogerse de hombros, se echa hacia atrás y abre las piernas. Saco otro archivo y continúo:

—Aquí tengo su expediente. Veo que ha sido detenido dos veces por conducción temeraria, una por exceso de velocidad y otra por posesión de narcóticos. No me queda más remedio que advertirle, señor Ellaway: el asunto no pinta nada bien.

—Me levantaron los cargos por narcóticos —dice dejando caer la ceniza al suelo.

—¿Había tomado algo aquella noche?

—Las drogas son ilegales —responde en tono divertido.

—Entonces ¿qué le sucedió? ¿No estaría bajo el síndrome de abstinencia de nicotina? ¿Cabreado por no tener un cigarrillo que echarse a la boca?

—Vale, vale —dice sentándose y agitando la mano—. No he venido para que me acuse. Soy su cliente, ¿lo recuerda?

Me paso las manos por el pelo.

—Señor Ellaway, le estoy haciendo las mismas preguntas que tendrá que responder en el juicio. Ha dejado mutilado a un hombre de por vida. Por tanto, si puede demostrar que no fue culpa suya, se librará de ésta; pero si no puede, entonces se le acusará de negligencia, causar lesiones graves e incapacidad laboral. Le caerán algunos años, señor Ellaway. Los jueces no se toman a broma este tipo de cosas.

De nuevo se encoge de hombros, y en ese momento suena el teléfono.

—Disculpe —digo, cogiendo el auricular—. ¿Sí?

—¿Lola? Soy Josie. —Josie ha trabajado en la recepción desde que dejó que dos lunáticos se escaparan una noche—. Ha llamado tu hermana. Dice que se ha puesto de parto y que vayas luego al hospital. Está ingresada en el Santa Verónica.

El corazón me da un vuelco.

—De acuerdo, Josie —le digo—. Gracias.

Tras colgar, vuelvo a dirigirme a Ellaway, que continúa tirando la ceniza al suelo.

—Señor Ellaway, tengo que marcharme —anuncio—. Quisiera que nos viésemos mañana y le agradecería que pensase en lo que le he dicho. Necesito saberlo todo, así que trate de recordar hasta el último detalle. Hasta mañana y buenos días.

—Buenos días.

El apretón de manos me hace crujir los nudillos, pero Ellaway no se levanta de la silla.

—Ya puede marcharse, señor Ellaway —le digo.

—De acuerdo, hasta mañana —responde levantándose y saliendo de la habitación.

—¿Le importaría cerrar la...?

Sin escucharme, se marcha dejando la puerta abierta de par en par. Maldigo para mis adentros mientras me levanto y voy a cerrarla. Después de apoyar la espalda unos segundos en ella, me juro a mí misma que le cobraré hasta la más insignificante menudencia, cada café que me tome mientras trabaje para él. Y, de paso, le añadiré algo de crema. La idea me anima un poco.

Luego llamo a mi jefe.

—¿Puedo tomarme el día libre? —le pregunto—. La semana próxima voy a trabajar horas extras.

—Un bebé —dice. Su voz suena reflexiva, aunque no muy distinta de lo usual—. Puede irse. Así podrá comprobar si termina siendo uno de los nuestros.

No sé si lo ha dicho en broma, pero por si acaso me río. Cojo el abrigo y salgo de mi pequeña oficina. Cuando paso por la recepción, una mano me toca el hombro.

—Señora Lola May, usted me ha salvado la vida.

Es Jerry, uno de los borrachines que ha recogido mi amigo Ally. Jerry apesta como un contenedor de basura, lo que significa que ha vuelto a recaer en la bebida.

—Quería agradecerle sus consejos legales, señora Lola May —prosigue—. Usted es una buena asesora legal.

—Hola, Jerry —le digo—. ¿Qué haces por aquí?

—Me arrestaron la noche pasada. No fue por mi culpa, traté de buscar dónde encerrarme, como hago siempre, pero no pude encontrar el camino. Ese tío dice que me oriné encima de él cuando trató de apresarme, pero no creo haber hecho tal cosa. Usted sabe que soy un buen hombre.

Se balancea atrás y adelante, con los ojos abiertos como los niños.

—Quieren denunciarme por desacato a la autoridad —añade—. Tiene que ayudarme, señora Lola May. Dígales que yo jamás me orinaría encima de nadie que cumple con su trabajo.

Le he visto en peores situaciones. Está bastante mal, pero su sentido del humor no ha desaparecido por completo. No sé cómo, pero se las ha apañado para salir y volver a emborracharse; por lo que se ve, no hay forma de tenerlo encerrado en la celda todo el día. Puede que, después de todo, eso no sea tan malo.

—¿Por qué lo han arrestado? —le pregunto a Ally, que está de pie, detrás del detenido.

—Por merodeo nocturno. Ya son doce veces. No lo va a tener fácil.

—¿No es por desacato a la autoridad? —pregunta Jerry, girando la cabeza.

—Jerry —le digo—. ¿Qué ha pasado con el programa de rehabilitación?

—Mi mujer me ha dejado —declara.

—No me extraña. ¿Antes o después de recaer?

—Señora May, ¿por qué quiere romperme el corazón? Es usted una mujer muy dura.

Me dan ganas de marcharme.

—Escucha, Ally —digo en cambio—. Cogeré el caso si lo puedes retener hasta mañana. Es uno de mis clientes habituales.

—¡Pues vaya suerte la tuya!

—Es inofensivo.

—Soy un caballero —interrumpe Jerry—. Me portaré bien.

—¿Puedes encerrarlo por un día?

—Creo que lo meteré en el calabozo hasta que se le pase —dice Ally sonriendo.

—¡No quiero dormir en un montón de paja, Lola May, dígale por favor que no quiero dormir en un montón de paja!

Jerry lloriquea mientras Ally lo empuja por el pasillo.

Doy media vuelta para salir y, en ese momento, veo a un hombre sentado en una silla que ha estado observando la escena. Tiene el pelo grasiento, las cejas picudas y los labios ligeramente abiertos, mostrando los dientes. Trata de parecer vulpino, pero produce el efecto de una mala fotografía.

—Disculpe —le digo. El hombre no deja de mirarme—. ¿Por qué me mira tanto?

Gira la cabeza lentamente y escupe al suelo entre los dientes. Luego me devuelve la mirada y dice:

—Puñeteros pellejosos.

Cojo el autobús que me lleva hasta el hospital. Me siento en la parte de atrás y me sorprendo a mí misma haciendo una pajarita de papel con el billete. La arrugo y me la meto en el bolsillo; no vale la pena recuperar antiguos hábitos nerviosos, me digo.

Mi hermana Becca y yo no es que estemos precisamente unidas.

El bebé puede ser de dos hombres, debido a una metedura de pata de Dorla, lo cual representa otra brecha entre nosotras. Sorprendida una noche entre su casa y el trabajo, Becca se presentó en las instalaciones más cercanas, como si fuese una buena ciudadana. Resultó que era viernes y había mucha gente por allí, como suele suceder los viernes y los sábados, que son los peores días de la semana. Pues bien, algún idiota tuvo la ocurrencia de meterla en una celda con otro hombre que no conocía, lo cual no habría tenido graves consecuencias de no ser por Becca, que es tan desgraciada que tiene el ciclo menstrual justo en plenilunio. Cuando empieza a cubrirse de pelo, se pone en celo. Si lo hubiera sabido en aquel momento, le habría dicho que tomase la píldora para romper el ciclo, pero no me enteré hasta mucho después.

Fue un error gubernamental, no de ella; por tanto, ni ella, ni ese anónimo hombre pueden considerarse responsables. Desgraciadamente para Becca, su marido no piensa de la misma manera.

Como buena hermana, la acompañé a las clases de parto, la ayudé con los ejercicios respiratorios y le sostuve la mano. Logré que Dorla certificara que el adulterio no había sido culpa suya, lo cual no era nada fácil, pero lo conseguí. Eso le dio derecho a una parte más que suficiente de la fortuna de su marido, que le permite vivir holgadamente. Llegué a prometerle que estaría con ella durante el parto. Sin embargo, durante el embarazo, se levantó una barrera entre las dos y puedo imaginar por qué. No es sólo porque trabaje para el departamento responsable de que sea una madre soltera, cosa que se ha convertido en la peor pesadilla de mi conservadora hermana, sino porque no se atrevía a confesar lo mucho que deseaba que el bebé naciese normal; es decir, que no naciera como yo.

A ella, más que a la mayoría de la gente, le horroriza la idea de tener un hijo no licántropo, cosa que se debe en parte a mí. Cuando éramos pequeñas no percibía la diferencia durante las noches de luna llena. La encerraban en casa con mis padres y se pasaba las noches cepillándose o haciendo cualquier cosa parecida, mientras a mí me llevaban a un orfanato de Dorla. Ella me miraba como si yo rechazara compartir algo. Luego tampoco pude participar del júbilo que proporciona elegir una carrera, porque todos sabemos lo que les sucede a los follaculos: están obligados a formar parte de Dorla. Puedes escoger lo que quieres hacer, pero bajo ningún pretexto puedes negarte a trabajar para ellos. Es un trabajo arduo, ya que no ser un licántropo es un defecto de nacimiento sumamente extraño, de modo que muchos de nosotros realizamos varios trabajos a la vez. Es algo que se decide cuando naces. Becca jamás menciona que no me hice nunca al ambiente de esa casa, pero estoy segura de que lo piensa. En lo que a ella respecta, el Departamento para la Regulación en Curso de Actividades Licantrópicas le robó a su hermanita. Si ahora le roba a su bebé, no sé qué va a ser de ella.

Becca está echada en una cama blanca, con el pelo negro despeinado, lo que, en otras circunstancias, la haría sentirse avergonzada. Me mira y sonríe educadamente cuando entro, aunque sé que sólo trata de disimular la decepción que le supone que no sea su marido.

—¿Cómo te encuentras, hermana? —le pregunto.

—El médico dice que todo va bien, que sólo será cuestión de unas cuantas horas. —Su voz tiene un acento distinto al mío, debido a que asistió a una escuela para licántropos. Incluso cansada o estresada, su voz suena más clásica.

Unas cuantas horas suena a bastantes para mí, pero si se lo menciono, Becca responderá que nunca tengo paciencia. Me siento en la silla que está pegada a la cama. Becca parece que empieza a tener contracciones y le dejo que me agarre la mano; no hay duda, la aferra con más fuerza que Ellaway.

—Respira —le recuerdo.

Me apetece un cigarrillo, pero si lo enciendo en este lugar me arrestarán, ya sea representante de Dorla o no. Becca jadea en la cama y yo inhalo el aire aséptico de la habitación, imaginando que es de color gris ceniza. Sabe a desinfectante.

Un hombre mayor con un gorro de papel verde entra a grandes zancadas y muy decidido. Examina a mi hermana, sin hacer un solo comentario. Después de un par de minutos, Becca me suelta la mano y la flexiono, tratando de que la sangre vuelva a correr por los dedos. El hombre del gorro verde asiente para sí mismo y le comenta algo a la enfermera acerca de las dilataciones. Luego se encamina hacia la puerta.

—Hola —le digo antes de que llegue a ella.

—Hola —responde—. Soy el doctor Parkinson, el tocólogo. Imagino que usted es amiga suya.

—Soy su hermana.

Becca deja caer la cabeza sobre la almohada sin decir nada.

—Se encuentra bien —añade el doctor con voz tranquilizadora—. Tengo que hacer unas cuantas llamadas, pero no creo que se presente ningún problema.

El rostro de Becca se encoge por la ansiedad y luego aparta la mirada. Por lo que veo, no le ha preguntado lo más importante, ya que tenía que haberlo hecho a mis espaldas, antes de que yo llegara. Ahora parece arrepentida, pero de todos modos no creo que lo haga en mi presencia. No es que se mofe de mí, pero le agradezco el gesto. No obstante, se lo agradecería más si no sintiera esa necesidad tan urgente de preguntárselo.

—¿Va a salir todo bien? —le pregunto al doctor.

—¿Disculpe?

—¿Va a salir primero por los pies como debe? —Comienza a hacer un gesto de desaprobación y lo interrumpo—: Yo fui la única que nació primero por la cabeza y, tanto mi hermana como yo, creemos que con un no licántropo en la familia hay más que suficiente.

—¡Ah! ¿Usted es de Dorla?

—Sí —respondo.

Becca sigue callada, sin mirarme.

—No creo que haya motivo para preocuparse —dice el doctor—. Me aseguraré de que todo salga bien.

Se marcha sin responder a mi pregunta. Las ecografías han mostrado con suficiente claridad que el bebé tiene los pies pegados, colocados hacia abajo y, por la posición en el vientre, no parece que haya problema alguno. Sin embargo, las cosas pueden ponerse feas en el último momento. El bebé se atasca, el cuello se le dobla, no llega suficiente oxígeno al cerebro, muchas cosas pueden suceder antes de que nazca. Estar en una posición inadecuada es un síntoma, no la causa. Yo nací primero por la cabeza, como todos los no licántropos que conozco, pero Becca, aunque tenga una ecografía en su cartera, no se va a quedar convencida hasta que no vea a su bebé licántropo con sus propios ojos. El médico aún no se lo ha garantizado.

—¿Lo ves? —le digo a Becca dándole una palmada en la mano—. No tienes por qué preocuparte.

Me habla sin mirarme:

—Eso no es justo, May. Tú sabes que yo jamás he dicho que no quería ser... o tener...

Eso es cierto. Ella jamás lo ha mencionado.

Me quedan dos opciones: puedo mentir y decir que era yo quien estaba preocupada y entonces le hablo de mis verdaderas preocupaciones, o le respondo sinceramente y le digo: «Sí, pero sé que lo pensabas.» Me siento muy aliviada de que tenga otra contracción porque, de esa forma, evito responderle.

Mi hermana se retuerce en la cama. Me siento y la miro. Sin duda, le duele mucho, pero probablemente tenía razón: no soy capaz de sentir ciertas cosas.

El doctor regresa de vez en cuando. Me pregunto cómo puede permitirse mi hermana pagar un doctor tan caro. Por lo que veo, el dinero le sale por las orejas. Me siento en la silla de plástico y permito que él me ignore.

Becca permanece en la cama y me habla una o dos veces cada hora.

Finalmente llega. Giro la cabeza y veo que lo que andábamos esperando está a punto de venir. Aparecen unos pies diminutos y después unas rodillas diminutas. Para entonces ya resulta obvio que el niño que viene de camino es un licántropo.

El doctor le ayuda a salir con una soltura impresionante y, por fin, lo vemos: un bebé cubierto de fluidos, haciendo todo lo posible para mover las extremidades y protegerse de la ardiente luz. Tiene la cara muy graciosa, arrugada y roja, y parece un conejo desollado. El pobre está aterrorizado.

El doctor Parkinson lo levanta, lo examina y le hace una serie de pruebas. Las manos de Becca reposan en su pecho mientras yo permanezco sentada, inmóvil.

—Todo perfecto —dice finalmente el doctor mientras les entrega el bebé a las enfermeras para que lo laven.

La cara arrugada del niño se contorsiona cuando se ponen manos a la obra y empiezan a limpiarlo.

Becca tiene la cara empapada de sudor, casi solloza.

—Gracias a Dios, gracias a Dios...

Luego recuerda que su hermana follaculos la está oyendo.

—No te preocupes de nada —le digo encogiéndome de hombros—. Al menos te quedarás con él.

Vuelve a tener otra contracción. Le tiendo la mano y la aprieto con todas mis fuerzas. De esa forma impido que me la estruje y, además, puede que hasta parezca un signo de hermandad externa.

Cuando llego a casa me duele la espalda en tres sitios diferentes. Paso la tarjeta por el lector electrónico de camino a la entrada, me meto en el ascensor y subo hasta la séptima planta. El edificio se encuentra en un estado bastante lamentable. Se pueden ver cagadas de ratones debajo de los radiadores y pintura desconchada en las ventanas. A veces, mientras tomo un baño, descubro trozos de escayola en mi pelo, lo que denota que el piso donde vivo es barato y, por tanto, puedo permitírmelo. Tampoco hay ningún licántropo adulto viviendo por aquí. Todo empezó cuando algunos no licántropos se trasladaron a este edificio atraídos por su baja renta. Las habitaciones son, además, muy pequeñas y los licántropos necesitan al menos disponer de una grande para cuando tienen que encerrarse. Después de un tiempo, los licántropos se marcharon de este lugar porque, según decían, había demasiados follaculos por los alrededores. Ésa es la razón por la que ahora queden tan pocos. Nosotros solemos tener hijos licántropos, ya que no se hereda nuestra condición, y algunos, no muchos, incluso llegan a contraer matrimonio con ellos. No obstante, hay un no licántropo en cada apartamento, lo cual tiene sus ventajas. La principal es que nadie actúa como si yo fuese a arrestarle.

Llego a mi apartamento. He pintado las habitaciones de rojo y azul con el fin de hacerlas más acogedoras, pero son sumamente pequeñas. En el dormitorio hay una cama de matrimonio en la que duermo sola, tan grande que apenas quedan unos centímetros libres a cada lado. La cocina es muy estrecha y hay algo de comida en ella, suficiente al menos para cenar. No me he acordado de comer en bastantes horas y, aunque de momento no tengo hambre, la tendré dentro de un rato. Yo misma me prepararé la cena. Lo que sí estoy deseando es tomar un baño caliente, pues es mi placer de cada noche.

Me duelen los pies. Me quito los zapatos de tacón alto que llevan las señoritas y me dirijo al cuarto de baño. Al abrir la puerta, observo que hay una enorme mancha de humedad en el techo de la que cae un chorrito de agua blanquecina que ha formado un pequeño charco en el suelo.

Es un contratiempo que no me apetece nada resolver en este momento, pero no puedo darme un baño estando la estancia en ese estado. Subo las escaleras descalza y llamo a la puerta de la familia Cherry, la responsable de mi desgracia. Los niños —ambos licántropos— me informan de que se encuentran solos esa noche y han olvidado cerrar el grifo.

—¿Os importaría cerrarlo ahora? —les digo—. Mi cuarto de baño está inundado.

El niño se echa a reír, y la chica se disculpa:

—Lo sentimos, señora Galley, lo sentimos de verdad.

Parece tan dolida que hago ademán de inclinarme para pedirle disculpas, pero cuando veo que su hermano sigue riéndose por haberme inundado el cuarto de baño cambio de opinión. Se marchan para remediar el daño y empiezo a bajar las escaleras preguntándome si el techo se secará solo.

Cuando llego a la puerta de mi casa me encuentro con la vecina de enfrente, la señora Kitney. La señora Kitney es una viejecita del departamento de recursos humanos que siempre que habla parece que lo hace acerca de algún tema médico, muy íntimo y delicado.

—Es muy tarde, Lola —comenta.

—No importa. Estoy bien —le respondo.

Ya sé que no es la respuesta más apropiada, pero me resulta imposible contenerme.

—No llevas los zapatos puestos —añade.

—Sólo he subido un minuto. Los niños de los Cherry se olvidaron de cerrar el grifo.

—Es terrible lo que le ha sucedido a Johnny Marcos, ¿no te parece? —me dice sacudiendo la cabeza.

No creo que ella le conociera muy bien, pero tarde o temprano se tenía que enterar.

—Un lunático loco —explico—. Le he estado aconsejando, pero no tiene remedio. El juez no será nada benevolente con él.

Ella frunce el ceño. Probablemente crea que estoy traicionando la confidencialidad de un cliente, pero eso es tan poco probable como que yo gane la lotería y me haga millonaria.

—¿Eres tú quien le está asesorando? —pregunta.

—Sí, represento al hombre que le arrancó la mano. Alguien tiene que hacerlo y a mí siempre me tocan los peores.

—Veo que no te has enterado —dice llevándose las manos a la boca e inclinándose hacia mí—. No ha sido la mano, Lola, ha sido él. Alguien le ha disparado esta noche.

Por fin de vuelta en mi apartamento, cierro y echo la llave. No sé si estoy asustada o deseo estar sola, el caso es que me siento desconcertada. Cierro los ojos, tratando de recordar el rostro de Johnny Marcos, pero lo único que me viene a la memoria son sus ojos marrones.

El sonido de un golpe me sobresalta. Debo de estar nerviosa. Me levanto para ver qué sucede y veo, a través de la ventana de mi cuarto de baño, que cae una cascada de agua provocando un terrible sonido. Tardo un minuto en darme cuenta de que los niños de los Cherry están tirando el agua por la ventana.

En ese momento no puedo soportarlo. Johnny Marcos ha perdido todas las esperanzas de poder recuperarse y no me siento con ánimos para soportar sonidos estridentes. Mientras cruzo el comedor, las paredes se me echan encima y enciendo la televisión para que el sonido ahuyente esa sensación.

Los titulares inundan el apartamento. Hay guerra en África, se pronostica un terremoto en San Francisco, la inflación ha descendido, se está llevando a cabo una investigación en el servicio sanitario y han inventado un nuevo juguete cuyas existencias se han agotado en los establecimientos en cuestión de horas...

Dan algunas noticias locales, pero no mencionan nada acerca de nosotros. Lo que le ha sucedido a Johnny, al parecer, no le preocupa a nadie.

2

Recuerdo la última vez que vi a Johnny. Fue de regreso de una de esas reuniones legales en las que, por una cuestión de lotería, se decide a quién corresponde cada delincuente.

—Hola, Lo —me dijo.

Su cara, rondando ya los cuarenta años, siempre se había parecido a la de un perrito faldero con los ojos grandes y esos carrillos tan enternecedores. No había pasado mucho tiempo desde el ataque, pero me pareció que había engordado un poco. Tenía el rostro compungido y parecía la persona más abatida del mundo.

—Johnny, ¿cómo te encuentras? —le pregunté.

Se encogió de hombros.

—Pues, como ves, no creo que volvamos a jugar al squash.

Intenté sonreír.

—¿Y dónde voy a encontrar un compañero que sea tan buen perdedor como tú? Lo único que tienes que hacer es aprender a jugar con la mano izquierda.

—Entonces perderé con más frecuencia —respondió—. De todos modos, no creo que perdiera siempre, ¿verdad?

—No, no siempre. Eres un buen jugador, Johnny.

Miró la fregona; el palo estaba ya muy viejo y doblado.

—Escucha, Lo... —empezó, pero se interrumpió.

Pensé que sabía lo que quería decirme.

—Johnny, supongo que te habrás enterado de que represento al tipo que te hizo eso.

No me miró, pero respondió:

—Es tu trabajo, Lola.

—He...

Quise decirle que había visto el expediente de Ellaway y estaba segura de que cualquier juez estaría en su contra, pero Johnny es de esas personas que se molestan si les dices cosas que no debes. La viña que crecía en Dorla desprendía hojas en todas las habitaciones y a nadie le molestaba salvo a Johnny, que al parecer se irritaba mucho al verlas. Me encogí de hombros y le dije:

—Como abogada, haré todo lo que pueda por él. Como amiga tuya, espero que lo metan entre rejas.

—Lo —dijo mirándome. Las pestañas se le estaban poniendo de color blanco—. ¿Podemos vernos de vez en cuando?

—Por supuesto que sí, Johnny —le respondí.

—Gracias. Ya sabes que siempre me agrada verte.

Pensé que me estaba perdonando por representar a Ellaway. Sin embargo, ahora tengo el presentimiento de que había algo que quería decirme.

Nada más llegar al trabajo a la mañana siguiente, Josie me detiene en la recepción y me pregunta:

—Ellaway es tuyo, ¿no es cierto?

Abro la boca para decirle que, si fuese mío, me libraría de él de la forma más humanitaria. Ella, sin embargo, prosigue antes de que pueda añadir nada:

—Está en las celdas y no deja de pedir un abogado.

—¿Arrestado?

Estaba citado conmigo esta mañana, pero imagino que se le habrán echado encima y lo habrán encerrado nada más entrar, lo cual debe de haberle causado una gran impresión.

—Sí. Gus Greenham y Ally están abajo con él —dice Josie.

—Ah —respondo sorprendida. No estoy segura de que logren controlarle siendo tan temprano, pero no está de más tener a un buen policía acompañándote—. Ahora mismo bajo.

Ellaway está encerrado en una de las celdas, con un catre de paja y un recipiente de agua. Está sentado en una silla que han metido en la celda, con el traje arrugado y el pelo alborotado. Greenham y Ally le acompañan. No pienso entrar, pues soy incapaz de hacer lo mismo que ellos. Sin embargo, como no siento el menor aprecio por ese lunático, dejaré que sufra un poco antes de que llegue su abogado particular.

—Galley —me grita—. ¿Dónde narices se había metido? Dígales a estos cabrones que quiero ver a un abogado.

Hay una silla cerca de las rejas y me siento en ella.

—Ya tienes uno. Soy yo —le digo.

—Quiero un abogado de verdad. Tengo derecho a tener un abogado de verdad —repite.

Greenham le abofetea, no demasiado fuerte.

—Háblale con respeto a la señorita, ¿de acuerdo?

—Tengo mis derechos —replica Ellaway—. ¿Por qué no puedo tener un abogado, Galley?

Cruzo las piernas.

—Durante los dos últimos días he tratado de decirle, señor Ellaway, que ahora se encuentra en Dorla.

Greenham le echa bruscamente la cabeza hacia atrás y Ally se acerca por delante.

—Dinos tu coartada, Ellaway. Lo vas a pasar muy mal si no te buscas una.

Ellaway hace ademán de estar atragantándose.

—Bájale la cabeza un poco, Gus. Le estás apretando demasiado y no puede hablar —le digo.

Greenham es un patán, pero sabemos coordinarnos cuando es necesario. Afloja unos centímetros la cabeza de Ellaway.

—¡Galley! ¿Por qué no impide que me hagan esto? —protesta.

—¿Que te hagamos qué, Ellaway? Aún no te hemos hecho nada —dice Ally.

El asesinato le ha afectado enormemente, lo puedo apreciar en su voz.

Empiezo a mecerme en la silla. Que este *yuppie* disparara a Johnny Marcos, a plena luz del día, cuando ya se enfrentaba a un juicio por haberle lisiado, no me parece demasiado probable. Es posible que haya otras razones, pero saber que Johnny está muerto porque algún jodido peludo cogió una pistola y le disparó no me hace sentir ninguna clase de empatía por él.

—Señor Ellaway —prosigo—, como sabrá, su víctima, el señor Johnny Marcos, murió de un disparo la noche pasada. Si Dios está de su lado, más vale que tenga una coartada; y si la tiene, más vale que nos la diga ya.

—Estaba en mi casa.

—¿Hay alguien que pueda verificarlo?

—Vivo solo. Además, tengo derecho a un abogado y no creo que puedan retenerme aquí.

—Yo soy su abogada, señor Ellaway.

Empieza a forcejear y me doy cuenta de que lo han esposado a la silla.

—Yo no quiero una follaculos como usted de abogada, terminarían por lincharme. Me tienen que dejar salir al mundo real.

—Éste es el mundo real, señor Ellaway —le responde Ally—. Y usted no va salir de él.

Mi conciencia profesional me puede y hago que lo conduzcan hasta mi despacho. No le han presionado lo suficiente como para amedrentarle, más bien se diría que lo único que han conseguido es ponerlo furioso conmigo. Además, ya se ha dado cuenta de que no lo vamos a entregar a la justicia corriente. En teoría, podría buscarle un abogado licántropo, pero lo hice en varias ocasiones cuando era una novata y no tardé en convencerme de que no merecía la pena. Los abogados se sienten bien en su propio territorio, con su propia gente. Cuando vienen al nuestro, al tratar con nosotros, se comportan de forma diferente. Aquí no pueden salir por las buenas y decir, «jodidos pellejosos». De ninguna manera. Es increíble lo fácil que una persona puede decir una cosa así sin utilizar un lenguaje soez, y la mayoría de los abogados basan prácticamente casi todos sus casos en ese argumento. Ally prometió hace unos años que se afeitaría la cabeza el día que un abogado licántropo no dijese a los diez minutos de llegar frases como: «según la opinión pública», o «la mayoría de los ciudadanos». El pelo ahora le llega por la mitad de la espalda y estoy segura de que aún le seguirá creciendo.

—Señor Ellaway —le digo—. Más vale que empiece a hablar conmigo, pues soy la única persona que está de su parte en este edificio.

—¡Que le den por el culo, Galley! Ya veo lo mucho que usted está de mi lado.

Veo que no sólo está enfadado, sino que además se siente dolido. Su mundo no está en este lugar y no puede recibir ayuda de nadie.

—Escuche —le digo—. Usted es sospechoso, sospechoso de un delito muy serio. Un empleado de Dorla ha sido asesinado, ¿comprende la seriedad del delito?

Me mira fijamente.

—Puede pensar lo que quiera de Dorla, señor Ellaway —continúo—, pero esto no va a quedar así. Y creo que en eso estamos de acuerdo todos los hombres y mujeres de este edificio. No le dispararon sólo a Marcos, nos dispararon a todos. Por tanto, si espera que me sienta y le coja la mano mientras mi gente le interroga, se equivoca. Sin embargo, usted es mi cliente y yo le represento. Y, puesto que ningún abogado licántropo va a venir a sacarle del apuro, soy su única oportunidad. Así que, por su propio bien, le aconsejo que trate de llevarse bien conmigo porque nadie más le va a ayudar.

Es importante que intente sacarle lo que pueda. No me gusta ver la sangre correr y aquí todo el mundo odia a Ellaway, yo incluida, por supuesto. Sin embargo, sé que en cuanto le soltemos irá a buscar algún abogado de licántropos. Con todos los delitos que ha cometido y el dinero que tiene, es casi seguro que ya tenga uno. Aun así, este caso le pertenece a Dorla. El primer delito se cometió durante la noche y eso lo convierte en asunto nuestro. No obstante, se le concede a Ellaway la oportunidad de elegir su propio abogado para trabajar conmigo, si así lo desea. Sin embargo, una vez que aparezca, ya puedo darlo por perdido. El noventa y nueve coma seis por ciento de la población le defenderá y, entonces, no nos quedará más remedio que dar el asunto de Johnny por zanjado, por la sencilla razón de que Dios es un licántropo.

—Señor Ellaway, no me lo está poniendo nada fácil. Le podemos retener aquí por un buen tiempo. No soy yo la que decide eso, mi trabajo consiste en lograr su libertad bajo fianza. Dígame algo que le proporcione una coartada y solicitaré su aplicación.

—Ya le he dicho que estaba en casa —repite.

—Y ¿qué hacía en casa?

—Ver la televisión.

—¿Qué ponían?

—Una película en blanco y negro de aviadores.

—¿En qué cadena?

—En la dos.

Su respuesta es directa, pero eso no significa que sea cierta. Podía haberlo consultado en los periódicos.

—¿Le visitó alguien a esa hora? —prosigo.

—No.

—¿Alguna llamada telefónica?

—Sí. Hice una llamada.

—¿A quién?

Se mordisquea el labio por unos instantes y luego abre la boca. Jamás antes he visto a nadie arrugar los labios de esa forma.

—A Lewis Albin. Un hombre al que conozco y que se llama Lewis Albin —responde, anotando el nombre y la dirección en un papel.

—¿A qué hora le llamó?

—A eso de las nueve.

A Johnny lo mataron entre las ocho y media y las diez, según dice el forense. No creo que le hayamos comentado ese detalle a Ellaway, pero lo sabría si fue él quien le disparó.

—Podremos comprobarlo en su factura telefónica —le advierto—. ¿A qué compañía pertenece?

—Es un móvil. Y no hay factura que valga. Lo tengo contratado con tarjeta.

El muy cabrón es un idiota.

—Señor Ellaway, entonces esto no representa una coartada, ya que podría haber llamado desde cualquier sitio.

—Llamé desde casa.

Su respuesta está cargada de tenacidad. No es estupidez, al menos no la estupidez de costumbre, ya que, por lo que veo, ni tan siquiera se molesta en disimular; creo sencillamente que está esperando a que le dejemos marchar, pues tiene la certeza de que no le ocurrirá nada.

—Ese Lewis Albin ¿quién es? —pregunto—. ¿Un compañero de trabajo?

—No.

—¿Un conocido?

Se encoge de hombros.

—Dígame una cosa —le digo—: ¿sus empleados saben que se enfrenta a un cargo por asesinato?

Vuelve a encogerse de hombros antes de contestar:

—Algunas de las personas que trabajan en la oficina lo saben, pero, como no creo que sea un asunto muy serio, no hemos hablado demasiado del tema. No sabría decirle si mi jefe se ha enterado.

Durante unos instantes le miro fijamente mientras juega con mi cigarrillo. Me doy cuenta de que ni siquiera sabe lo que se dice de él. De hecho, parece sorprendido cuando pongo punto final a la entrevista y le envío de nuevo a las celdas.

Lewis Albin no es un nombre que me resulte familiar. Compruebo la dirección y descubro que vive en una zona con clase, al otro lado de la ciudad, rodeada de un área muy vieja, bastante artística. Se encuentra en el distrito de Five Wounds. Su casa está tan cerca del parque que su valor seguro que se incrementa. Ahora lo que debo hacer es comprobar si lo que me ha dicho es cierto. Es posible que el señor Lewis Albin escuchara la televisión de sonido de fondo, lo cual serviría de coartada para Ellaway. De ser así, no nos quedaría más remedio que buscar otro culpable.

Después de dos tonos responde el contestador automático:

—Hola, soy Lewis. Déjeme su mensaje y le llamaré...

Es la voz de una persona joven, saludable, con buenos pulmones, como la de un actor. No carece de acento, pues de ser así lo habría percibido de inmediato, sino que suena algo más regional que Ellaway, aunque, como él, perteneciente a la clase media de los licántropos. Creo que le haré una visita a ese tal señor Albin.

Le llaman la atención a Jerry desde la planta de abajo y tengo que detenerme con él antes de marcharme. Le han bañado con las mangueras, ya no apesta tanto y parece más tranquilo. El merodeo nocturno es un inconveniente, pero ¿qué se supone que debemos hacer? Encerrarlo durante unos meses no serviría de nada y sólo empeoraría las cosas.

—Jerry, ¿sabes que te puedes pasar seis meses dentro por esto? —le digo.

Incluso estando sobrio se apoya en las consonantes como si estuviese en la barra de un bar. Es algo que se ha ido acentuando con el paso de los años; mucha gente le presiona menos cuando se encuentra bebido. Él sabe que yo no caigo en esa trampa tan fácilmente, pero también sé que resulta difícil abandonar los viejos hábitos. Él debe dejarlo si quiere que le sirva de ayuda.

—No quiero ir a la cárcel, Lola. ¿Qué voy a hacer allí?

—Disponer de tiempo, Jerry. Yo no sé cuáles son tus aficiones.

—Eres una mujer muy fría, creo que ya te lo he dicho antes.

—Me lo repites constantemente, Jerry. Pero ¿qué quieres que haga? ¿Que te deje suelto por la ciudad y que te apresen todos los meses? Dame un respiro. Te estás echando a perder y necesitas que alguien te lo diga.

Se deja caer en la silla. La ropa le cuelga, tiene el pelo enmarañado y cubierto de grasa. Por su aspecto puedo comprender que prefiera estar bebido.

—Escúchame, Jerry. Si vuelves al programa de rehabilitación es posible, y digo posible, que el juez sea benevolente contigo.

—No quiero ir a la cárcel. ¿Por qué me tienen que encerrar?

—¿Me has escuchado? Si continúas con la rehabilitación, es posible que tengas una oportunidad. Has quebrantado el programa y ahora vas camino de la cárcel, donde, por cierto, no sirven copas. La prisión o tu promesa, de ti depende.

Cuando se trata de Jerry, normalmente hay que repetirle las cosas varias veces, así hay más probabilidades de que comprenda al menos algo.

—He vuelto a recaer —se lamenta.

—Lo has hecho una docena de veces.

—¿Una docena? —dice abriendo los ojos—. Entonces ¿por qué me encierran ahora?

—Probablemente porque te has orinado encima del que te apresó. Ese tipo de actos sacan de quicio a las personas, ¿no te parece? Y, aunque tu cara sea agradable, estamos empezando a cansarnos de verla.

—No recuerdo haberme orinado encima de nadie.

—No te acuerdas, ¿verdad? Estabas en trance. Entre la bebida y la influencia de la luna es raro que recuerdes algo.

Se queda con el ceño fruncido, lo que de alguna manera es un alivio. Cualquier otro me hubiera respondido diciéndome que me guardase los insultos propios de los follaculos para mejor momento. A Jerry todavía le queda medio minuto.

—No recuerdo haberme orinado encima de nadie —repite—. No creo haber hecho tal cosa.

—Pues sí, Jerry, lo hiciste. Pero te traigo buenas noticias. —Me mira con esperanzas a pesar de la resaca—. Vas a volver a pasar por todo el proceso y empezarás con los trabajos sociales, como si lo estuvieras dejando.

Esconde la cara, pero me hago la dura. No quiero que vaya a la cárcel, pues es uno de mis clientes menos desagradecidos. No obstante, eso ahora no es la mayor de mis preocupaciones.

—¡Qué mujer más dura! —murmura en voz baja, tanto que simulo no haberle oído.

No me importa que digan cosas feas de mí por decir la verdad.

—Jerry —le digo—, hace unos cuantos siglos te hubieran llevado a la hoguera, así que considérame un alma piadosa.

He tenido que estudiar dos años para convertirme en asesora legal del Departamento para la Regulación en Curso de Actividades Licantrópicas. Así es como se llama nuestra organización en la actualidad, en este país, aunque cambia de vez en cuando, de acuerdo con los tiempos. Tardé dos años en aprenderme las leyes, aunque entonces no me pareció gran cosa.

Están muy anticuadas, me refiero a nuestras leyes, además de que se han visto doblegadas y distorsionadas por el peso de la historia y nadie, salvo nosotros, las estudia en profundidad. Casi todo el mundo se ha acostumbrado al toque de queda, la mayoría están dispuestos a encerrarse, lo cual resulta menos problemático que buscar una alternativa. De vez en cuando, alguien comenta que, si odiamos tanto a los lunáticos, más valdría que nos encerrásemos nosotros y dejáramos que las personas normales trataran de sobrellevarlo. No estoy en contra de ello, probablemente sería mejor para nosotros, y por supuesto también para ellos.

Solíamos ser miembros de la Orden de san Gil, así es como empezamos. Gil Aegidus fue el santo patrón de los tullidos, protector de los carneros, de los árboles y de los bosques, y temeroso de la noche. Santo patrón de los follaculos —aunque Judas Tadeo, san Judas de los desamparados, probablemente tenga más seguidores—, san Gil es nuestro santo, san Gil y los dominicanos.

Eso es lo que he aprendido en dos años, en los ratos que tenía entre las clases de administración, manipulación de animales y prácticas de tiro. Antes del siglo XIV, las leyes y los toques de queda relacionados con las noches de luna eran lo que me han enseñado a denominar como *ad hoc*; es decir, se iban implantando a medida que se necesitaban. Si se vivía en un pueblo dedicado al pastoreo y al ganado, la gente se encerraba y contrataba a cualquier no licántropo que viviese por la región para que vigilase que ellos no atacaran su propio ganado. Si vivían en la ciudad, todas las noches sonaba el toque de queda, por lo que las cosas no cambiaban mucho cuando era plenilunio. Si por el contrario vivían en un lugar remoto, hacían lo que podían; pero si eran vagabundos, entonces se dedicaban a ir de un lado para otro, cometiendo asesinatos hasta que terminaban siendo colgados por ello.

Luego vino la peste. Fue una mala época, una época sumamente dura. Hubo guerras, mercenarios deambulando, enfermedades, hambre, trigo envenenado con el que se hacía el pan y esa Peste Negra que azotó Europa como el ángel del Apocalipsis. El Apocalipsis se hizo realidad, pues la enfermedad, la guerra, el hambre y la muerte se hallaban presentes en todos los rincones del planeta. Era el fin del mundo.

Una mala época para los vagabundos. Los lunáticos no sabían lo que significan palabras como «cuarentena». Rodeados por la muerte a cada momento, viendo a sus vecinos pudrirse vivos sin saber si serían los próximos, vivían aterrados. Los ciudadanos de las aldeas asesinaban a gente por limpiarse las manos en las paredes, pues creían que les estaban echando algún tipo de maldición; igualmente se asesinaba a los judíos porque se decía que envenenaban los pozos; las personas que salían de sus casas al anochecer recibían el nombre de «propagadores de enfermedades», y los incontrolados que habían visto morir a la mitad de sus familiares encendían piras en la plaza del pueblo y los arrojaban al fuego para quemarlos vivos.

Fue hace mucho tiempo, antes incluso de que la Inquisición se pusiera en marcha. Muchas de mis profesoras eran monjas que no se prestaban demasiado a darnos detalles acerca del tema, por eso eran los profesores escogidos por Dorla los que estaban más cualificados para hablarnos de esa parte de la historia. La Iglesia había identificado a un nuevo enemigo: las brujas. Los satánicos eran personas dispuestas a darle la espalda a Dios, y a todas las cosas puras y santas, con tal de poder disfrutar de un poder temporal que les permitiera herir al prójimo. De haber existido en la realidad, habrían sido un terrible mal, por eso se declaró a las brujas como los mayores enemigos de Europa. Era un proceso legal que comenzaba dando caza a la bruja, seguido de una serie de tormentos con el fin de obtener una confesión y que funcionaba con una eficacia semejante a la justicia divina.

Íncubos y súcubos. Demonios que aprovechaban el sueño

para hacer el amor contigo, que te seducían para que le vendieras tu alma al diablo. El problema radicaba en que las personas no recordaban nada porque estaban dormidas, por lo que resultaba sumamente difícil defenderse de una acusación semejante. Lo mismo se les aplicaba a los lunáticos. Nadie mejor que ellos puede acordarse de aquella época. Resultaba muy difícil convencerles de que no habían estado negociando con el diablo mientras estaban bajo la influencia de la luna, que no había sido él quien, en forma de persona, les pedía que le prestaran atención, que no había sido él quien, en forma de perro, mantenía relaciones sexuales con ellos, que no había sido él quien, en forma de rata, les había obligado a tomar la Comunión Negra. Sí, resultaba muy difícil negarlo cuando, además, uno estaba colgado en la garrucha.

La humanidad iba a la deriva. Hace años, cuando era tan sólo una niña, leer sobre ese tema en los viejos libros de las bibliotecas me producía pesadillas. Era como si el mundo hubiese perdido su alma. Las personas se llevaban a los niños licántropos que no estaban custodiados por sus lunáticos padres, ya que se mataban entre ellos las noches de luna llena. Los apologistas dicen ahora que se debía al hambre que sentían por devorarse entre sí, a la desesperación que les impulsaba a correr libremente las noches de luna llena. En aquella época, se creía que eran la viva imagen del diablo. Los lunáticos, ya sospechosos según la Iglesia de todos los pecados carnales que dominaban al hombre, se convirtieron en motivo de persecución. La Inquisición se puso en su contra y fueron a por su caza. Los dominicanos, los fundadores de todo esto, adoptaron su nombre como estandarte: *Domini Canes*, los perros de Dios, los elegidos para dar caza a los lobos de Satán. Los protestantes, que entonces se dedicaban a matar a los católicos con el mismo fervor, declararon la influencia de la luna como un estado imposible de regenerarse porque no se podía tener fe si se estaba bajo su influencia. Los ciudadanos piadosos que temían caer en la tentación de pecar, o los ciudadanos temerosos y asustadizos que no querían verse en la hoguera, empezaron a encerrarse en sus hogares. Ponían barrotes a las ventanas, pedían en sus rezos que Dios bendijera una habitación, ungían el umbral con agua bendita y clavaban crucifijos en la puerta. Luego se metían en la habitación y esperaban las noches de luna llena con la esperanza de que Cristo les protegiera.

Y casi siempre lo hacía. Muchos lograban escapar, pero para entonces el toque de queda había empezado a funcionar y, mientras las brujas eran devoradas por las llamas, ellos podían gozar de nuevo de las noches de luna.

Éramos útiles, entonces lo éramos y la gente nos necesitaba.

Fue la cruz papal la que lo estableció. Nosotros estábamos señalados por el castigo que Dios nos había impuesto, debíamos ser sus guardianes, fuimos creados con ese propósito. La Orden de san Gil Aegidus no era una orden monástica, sino más bien una comunidad de hermanos y hermanas, aliados de la ley divina. Oficialmente era voluntaria su afiliación, nadie que no tuviera vocación se veía en la obligación de ingresar, pero, por supuesto, lo hacíamos. Si no lo hacías, lo más probable es que te hicieran algunas preguntas, preguntas que implicaban grilletes y empulgueras. Y hemos sufrido, hemos sufrido más que la mayoría, con lunáticos deambulando por las calles muriéndose de hambre y enfermedades, siendo acusados de brujería, acusaciones que recaían en aquellos que no se acomodaban. Los aegidanos no eran acusados de hechicería. Nosotros escuchábamos las acusaciones, presentábamos testigos en los juicios, patrullábamos e inspeccionábamos las celdas que la gente construía para ellos mismos. Los iniciados no pasábamos necesidades, se nos pagaba con el dinero sacado de los diezmos, por lo que teníamos más que suficiente para comer y algo de seguridad en esta vida. Además, como éramos los nuevos guardianes de la ley en aquella época de hambre y enfermedades, nos consideraban divinos y sagrados. Comenzamos en los países católicos, la muerte y los juicios descendieron y los calvinistas no tardaron en mostrar su desagrado por la autoridad papal creando algunas órdenes aegidanas por su cuenta, con un nombre distinto, pero con el mismo propósito. Los cristianos, por fin, tenían algo en común. El primer día de septiembre, el día de san Gil, todo el mundo se reunía en la iglesia, licántropos y no licántropos, para pedir protección y dar gracias a Dios.

Algunas de las iglesias aún conservan imágenes de san Gil. Yo solía ir y rezarle cuando era una niña, pensando que nadie me observaba. Son un monumento a una época muy sangrienta, al menos eso es lo que piensa la gente. Ciertamente, es la iglesia más antigua que hay. Hoy en día, por supuesto, disponemos de beneficios sociales y ateos, por lo que san Gil no tiene tantos adeptos como entonces.

Cojo un autobús que me lleva a la parte de la ciudad donde vive Albin. Cuando me siento suelo ser bastante descuidada. Tengo un verdugón en la palma de la mano, una llaga profunda, recuerdo de la última noche de luna llena. El lunático se acercó hasta mí a toda prisa y me obligó a utilizar la garrocha. Mientras permanezco sentada observo mi herida, me la palpo con el pulgar y compruebo dónde me empieza a doler. Se puede ver la parte interna de la mano. El hombre que está sentado a mi lado me mira, se levanta y se va a otro sitio del autobús. Los no licántropos no tienen los callos que les salen a los que sí lo son después de deambular años enteros a todas horas de la noche. Nuestras manos están lisas, pálidas por dentro y no tienen apenas heridas, salvo que se tenga muy buena vista. Y, cuando se trata de detectar a los no licántropos, la gente suele tenerla. La mayoría de nosotros tiene la costumbre adquirida de encoger los dedos para ocultar la mano, por lo que nuestra postura más habitual es tener los puños apretados. El hombre se sienta en otro asiento, mirándome de reojo. Me llevo la mano al bolsillo para sacar los guantes, pero me contengo, ya que quedaría como una gilipollas si me los pusiese delante de él.

Me los pongo de camino a la casa de Albin y, cuando llego a ella, me los quito. Tiene las ventanas en saliente y un jardín delantero repleto de plantas; es una casa adosada. Hay muchos jardines. No se parece en nada al barrio donde crecí y es muy distinto de la zona en la que vivo actualmente. Tiro del llamador que hay en la puerta, pero luego veo que hay un portero automático; estoy a punto de tocar el timbre cuando oigo una voz que dice:

—¿Quién es?

Es la voz de una mujer.

—Hola. ¿Está en casa el señor Lewis Albin? —pregunto.

—Un momento.

El portero automático se apaga. Espero el tiempo suficiente como para impacientarme. Luego escucho la voz de Albin:

—Soy Lewis Albin. Dígame.

—Señor Albin, me llamo Lola Galley y soy de Dorla. ¿Podría hablar con usted un momento?

Hay un silencio.

—¿De Dorla? —dice Albin al cabo—. Y ¿de qué quiere hablar?

—Señor Albin, me gustaría poder pasar.

El portero automático vuelve a apagarse. Observo la hiedra que cubre la fachada; es como si quisiera aferrar la casa con sus pequeños tentáculos. Cuando empiezo a preguntarme si me va a obligar a llamar de nuevo, se abre la puerta.

Albin tendrá poco más de treinta años, de estatura media y anchas espaldas. Lleva puesta ropa deportiva, de ese tipo que a uno le dura muchos años porque es demasiado buena para estropearse y demasiado cara para pasarse de moda. No tiene un rostro apuesto. Sus rasgos son muy vulgares, aunque la piel es delicada y la expresión bastante inteligente; sus ojos emanan más inteligencia que los desamparados con los que suelo tratar. Lo primero que observo es lo poco que se le nota la cicatriz que le cruza la mejilla izquierda, desde el ojo hasta la boca. No es agradable de ver, aunque, con los modales que ostenta, apenas se percibe. En otro hombre se notaría mucho más.

Observo que su mano es áspera cuando estrecha la mía.

—Soy Lewis Albin —se presenta—. ¿Quiere pasar?

Plantas en la entrada, colores apagados, suelos de madera muy pulidos, decoración un poco rústica, pero con gusto. Me conduce hasta un salón que hay en la planta de arriba y me invita a sentarme en un sofá. Una mujer con un vestido suelto y las piernas cruzadas está sentada en el sillón que hace juego con él.

—¿Quiere un café? —pregunta Albin. Cuando acepto, le hace una señal a la mujer y le dice:

—Sarah, ¿te importaría prepararlo?

Sarah se levanta y se dirige hasta una habitación contigua. Él se sienta en una silla.

—Dígame, señorita Galley, ¿en qué puedo ayudarla?

Ha recordado mi nombre a la primera.

—Señor Albin, soy la asesora judicial del señor Richard Thomas Ellaway, acusado de asesinato y asalto. Según...

—¿Asesinato? —interrumpe como si le resultara sorprendente.

La sorpresa parece auténtica, aunque resulta un poco teatral por lo estudiada que suena su voz.

—El asesinato de John Marcos —continúo—. Tal vez sepa que el señor Ellaway ha confesado haber asaltado a Marcos la última noche de luna llena. Y ayer por la tarde fue asesinado. —Albin se frota la boca con la mano—. Según el señor Ellaway, usted habló con él por teléfono a eso de las nueve. ¿Puede verificarlo?

Reina un silencio tan grande que puedo oír la hiedra de la fachada golpear contra la ventana.

—¡Dios santo! —exclama Albin llevándose la mano a la cabeza—. Me ha dejado de piedra.

Lo miro frunciendo el ceño y pregunto:

—¿Es usted amigo íntimo del señor Ellaway?

Me mira, pálido.

—No.

—¿Puede verificarme si le llamó?

—Sí, sí lo hizo.

Sarah entra, llevando una bandeja con una cafetera, tres tazas, una jarrita de leche y otra de nata. Me sirve una taza de café y luego acerca la bandeja hasta donde se encuentra Albin para servirle mientras doy un sorbo al mío. Un sabor a terciopelo tostado me inunda la boca.

Albin le coge la mano a la mujer.

—Sarah —le dice—. Esta señorita trae muy malas noticias. ¿Te acuerdas de Dick Ellaway? Al parecer ha sido acusado de asesinato.

Sarah abre mucho los ojos. Albin me mira para que explique la situación, pero opto por dejarle que sea él quien lo haga. Ella se sienta en el sofá y echa la cabeza hacia atrás para reposarla en el respaldo. Él vuelve a darle la mano.

—Dick Ellaway atacó a un hombre, ¿lo recuerdas? —prosigue Albin—. Pues, al parecer, ahora alguien le ha disparado y Dick ha sido acusado. La señorita Galley es su asesora legal.

Habilidoso, muy habilidoso. O inocente. No hay ningún detalle que me indique nada acerca de Ellaway, su relación o lo mucho que le conoce. Sarah sisea entre dientes al respirar y coge un cojín para abrazarlo.

—Sí, recuerdo a Dick Ellaway —dice.

Lo primero es lo primero.

—El señor Ellaway asegura que le llamó desde su móvil. ¿Recuerda haber oído algún ruido de fondo? —pregunto.

Albin se frota la cara; la mano no remolinea por la cicatriz.

—Voces —contesta—. Voces muy lejanas, como si estuviera puesta la televisión.

—¿Algo más?

—No que yo recuerde. No prestaba atención al ruido de fondo.

— Dígame, ¿sonaba como si estuviera en casa?

—Sí.

—Y ¿cómo sonaba la línea? ¿Se cortaba, era clara o se interrumpía?

—Muy clara, sin interrupción alguna.

—¿A qué hora le llamó?

—A las nueve o nueve y media.

Eso no me hace sentir bien. Cualquier tribunal aceptaría lo dicho por Albin. Dudo que Albin y Ellaway estén compinchados, ya que la serenidad que ostenta Albin es muy distinta de la de Ellaway, además de que no los imagino confabulando bajo presión. Mi cliente está a salvo. Por esa razón precisamente, no puedo decir que me alegre.

—¿Cómo conoció al señor Ellaway?

Albin se lleva el reverso de la mano hasta el mentón.

—Nos conocimos en una fiesta hace un par de meses. Desde entonces nos hemos visto alguna vez para tomar una copa. Yo vendo mobiliario antiguo y él se mostró interesado por comprar algunas piezas.

—¿Lo hizo?

—Sí, le vendí una mesita de café antigua. Si quiere puedo enseñarle la factura. Pero no compró nada más. En realidad, no creo que fuese muy entusiasta de las antigüedades.

Su voz es fría, no muestra nada de lo que siente; se diría que tan sólo se limita a responder.

—Sí, me gustaría verla —digo—. Y ¿de qué hablaron por teléfono?

Albin frunce el cejo y se da unos golpecitos en el pie por unos segundos. Mira a Sarah, que sigue echada sobre el respaldo del sofá, y luego me mira.

—¿Tiene eso importancia para el caso? —pregunta.

—Si lo que usted dice y lo que él cuenta coinciden, entonces tendrá una coartada.

—Comprendo. Pero la ley no me obliga a ello, ¿verdad?

—De momento no, señor Albin. Pero sería de gran ayuda.

Suspira, como pidiéndome disculpas.

—Entonces prefiero no decírselo —responde—. Puesto que es uno de mis clientes, prefiero no hablar de nuestras conversaciones.

—¿Fue una llamada de negocios?

—Lo lamento, señorita Galley.

Dirijo mi atención a Sarah.

—¿Estaba usted presente cuando se hizo esa llamada?

Niega con la cabeza.

—¿Puedo preguntarle cómo se conocieron usted y el señor Albin?

—Somos amigos.

—Eso significa que conoce a mi cliente.

Se encoge de hombros y declara:

—Nos hemos visto en alguna ocasión.

Su ropa y el tono de su voz denotan clase.

—¿Puedo preguntar cuándo se vieron por última vez?

—Sí, cuando Lewis y él andaban de negocios.

—¿Tiene eso alguna importancia? —interviene Albin.

Doblo las manos sobre las rodillas.

—Sólo en lo que respecta a la defensa. El carácter de los testigos influye.

—Ya le he dicho que hablamos por teléfono. ¿No le proporciona eso una coartada? —prosigue Albin.

—Sí, pero también tendré que defenderle del cargo por asalto.

Envuelve la taza con las manos.

—Como le he dicho, no le conozco demasiado bien —concluye.

Le doy otro sorbo al delicioso café y le miro fijamente. Albin me sostiene la mirada durante unos breves instantes y, cuando empieza a hablar, no la aparta.

—Señorita Galley, no creo que pueda confirmar nada acerca de su carácter y no sé si debo testificar sobre su prudencia o su responsabilidad, o sobre cualquier otra cualidad, pues, la verdad, no sé si las posee. No estoy dispuesto a cometer perjurio y tampoco creo ser un testigo muy convincente. Le aconsejo que busque a otra persona.

Un chorrito de café se derrama por el lado de la taza y lo detengo con el dedo.

—¿No le cae bien? —pregunto.

—No me desagrada. Pero si quiere que testifique que no creo que haya sido el causante del incidente, lo siento, no puedo.

Aparta la mirada de mí. Es sólo una fracción de segundo, pero suficiente para que él considere zanjado el asunto.

Nos invade el silencio. Sarah continúa mirándome, con esa mirada neutra de alguien que puede mirarte a los ojos todo el tiempo que desee. Un gato puede mirar a un rey, decía mi madre, pero es más fácil que el rey mire al gato. Le devuelvo la mirada a través de los bigotes y dejo que el silencio perdure. Cada vez me siento más incómoda, pero no seré yo la primera en apartar la mirada.

Albin se inclina hacia delante, coge la cafetera y se acerca para servirme otra taza de café. Es un gesto extrañamente caballeresco.

—¿Desde cuándo trabaja en Dorla, señorita Galley? —me pregunta. La taza me quema la mano y la dejo reposar en la mesa.

—Desde que tenía dieciocho años. Después de prepararme y formarme en la escuela, como todo el mundo.

—¿Le gusta trabajar allí?

Abro la boca para decir «Sí», lo que traducido viene a significar: «¿Por qué tengo que responder a preguntas personales?» De todos modos, llegados a este punto, no me apetece responderle con evasivas, así que, si se las da de listo, que escuche una respuesta directa:

—No es cuestión de si me gusta o no. Aunque me disgustase enormemente, me levantaría al día siguiente para ir a trabajar.

Eso es cierto, aunque no sea la única verdad; está tan cerca de la verdad como yo de un licántropo extraño.

—No parece que le agrade demasiado —dice él.

—Esa pregunta es un lujo que no me permito. Trabajo, eso es todo. No creo que nadie me ofrezca otra cosa.

Enarca las cejas y me doy cuenta de que no le gusta mi forma de hablar. Luego añado:

—Me gusta, como también me gusta llevar una buena pistola para apartar a la gente de mi camino.

Nada más decir eso me arrepiento. Me convierto en una niña que se restriega los zapatos contra el elegante sofá mientras él permanece sentado en la silla, impasible. Su rostro tiene una expresión de sorpresa y empatía que no me agrada en absoluto.

Me meto la coartada de Ellaway bajo el brazo y me marcho.

Cuando me dirijo hacia la parada de autobús algo me detiene. Recuerdo que Johnny reside en una zona que se extiende hacia el sur, no muy lejos, así que puedo pasarme por su casa y hacerle una visita a la familia. Johnny estaba casado con una licántropo, una mujer llamada Susan que solía frecuentar las reuniones de los no licántropos buscando sencillamente conversación. Johnny y ella me invitaban a veces a cenar. No estoy segura de ser capaz de contenerme si la veo muy dolida, pero siempre fue una mujer agradable conmigo.

Cuando llamo a la puerta me responde Debbie, la hija mayor. Siempre que la veo me da la impresión de que es una chica bastante desarrollada para tener doce años; sin embargo, hoy parece como si se hubiese encogido. La adolescencia está llamando a sus puertas y, al parecer, seguirá insistiendo. La piel se le está empezando a desdibujar y los dientes y los codos parecen ir por delante de ella. Continúa siendo una chica de anchos hombros y muñecas gruesas, pero todavía no me llega al pecho.

—Hola, Debbie.

Por un momento siento el impulso de ponerme en cuclillas para hablar con ella, pero me detengo. Es demasiado mayor para eso.

Se pasa los dedos por la cara.

—Hola, Lola.

—¿Qué tal te va?

—Bien, creo.

Tiene la cabeza gacha y no se molesta en encogerse de hombros.

—¿De verdad? —insisto.

—Estoy cocinando para todos. Ayer por la noche preparé espagueti y ordené el comedor.

No puedo sonreír.

—Estoy segura de que tu madre te lo agradecerá mucho.

—Yo no.

Echa la cabeza un poco para atrás y pregunta:

—¿Quieres entrar?

—Gracias, Debbie —le respondo. Le toco el brazo al entrar y ella da un respingo. Trato de contener el impulso de entretenerla, pues no podrá seguir haciendo sus menesteres si no la dejo.

Susan está sentada en el salón. Debbie avanza a mi espalda y acerca dos sillas que pone a ambos lados de Susan; su gesto es un poco furtivo, aunque simulo no darme cuenta de ello.

El pelo rubio de Susan cae desordenado sobre su cara. Siempre ha tenido las manos rosadas y estropeadas, pero ahora tienen muy mal aspecto porque se ha mordido las uñas hasta la raíz. Gira la cabeza lentamente cuando entro, como si estuviese bajo el agua, pero no cambia de expresión al verme.

—Lola —dice.

Abro y cierro las manos.

—Estaba por el barrio y me he acercado. ¿Cómo te encuentras, Susan?

Vuelve a tener la mirada perdida.

—No lo sé.

—Susan, lo siento de verás.

—Lo sé.

Sue siempre fue una mujer valiente y así lo ha demostrado, ya que es un acto de valentía casarse con un no licántropo, y más aún permanecer a su lado, pues ninguno de ellos gana un buen sueldo. Además, los matrimonios combinados no son frecuentes, ya que ni los licántropos más liberales suelen reunirse con los que no lo son. Trabajamos juntos, socializamos y realizamos las tareas que los licántropos no quieren hacer porque hay demasiada gente en el mundo con la piel lisa y delicada dispuesta a ello. A ella la suelen tratar de diferente modo. Supongo que pensó que debería merecer la pena. La miro, sentada en su destartalado y descuidado salón, exhausta y esquelética, y me entran ganas de decirle que es una mujer valiente, recordarle que lo es y que puede seguir siéndolo. Pero no sé cómo.

—Ya sabes dónde vivo —digo en cambio—. Cualquier cosa que necesites...

—Gracias —responde mirándose las manos.

—¿Quieres que me quede contigo y te ayude durante unos cuantos días?

Rezo para que no acepte mi ofrecimiento, pero si lo hace me resignaré.

—No, gracias —dice levantando la cabeza—. ¿Quieres un café?

No me apetece, pero eso la obligará a levantarse de la silla y respondo:

—Sí, por favor. Te lo agradecería mucho.

Se levanta haciendo el mismo esfuerzo que si estuviese bajo el agua y me doy cuenta de que se encuentra peor de lo que imaginaba: está embarazada. No se le nota mucho por lo pequeñas que son sus caderas, pero no hay duda, está embarazada.

—Sue, ¿cuántos meses quedan para que nazca el bebé?

—Cuatro —responde con voz apagada—. No pensábamos decírselo a nadie hasta que trascurrieran unas semanas porque he tenido algunos abortos, pero esperábamos que éste saliera bien.

Se ha detenido en el centro de la habitación. Me acerco hasta ella y le paso un brazo por detrás de la cintura. Se queda quieta en el sitio, mirando hacia la pared.

3

De: *pkelsey@soc.gov*
A: *lmgalley@dorla.gov*
ASUNTO: Jerry Farnham

Estimada Lola Galley:
Soy el nuevo trabajador social de Jerry Farnham y he visto en su expediente que usted es su asesora legal en Dorla. También he observado que está acusado de merodeo nocturno, lo cual no resulta nada alentador.
He sabido que está a favor de integrarlo de nuevo en el programa de rehabilitación. Soy de la misma opinión, por lo que creo que resultaría conveniente que nos mantuviésemos en contacto y ver qué se puede hacer al respecto. Respóndame con un mensaje.
Atentamente.

PAUL KELSEY

Miro con gesto fruncido la pantalla del ordenador. Es Jerry el borrachín, mi viejo amigo. Si ha conseguido un nuevo trabajador social, es la primera noticia que tengo. Aunque también habría sido una noticia si la anterior me lo hubiese comunicado, pues era como la mujer invisible. Nadie de los servicios sociales quiere trabajar con nosotros. Ahora tengo a una persona normal a mis espaldas, alguien con la que debo tratar y, la verdad, resulta maravilloso.

Cuidado, me digo, el e-mail no es tan malo. De hecho, para venir de un licántropo, es bastante cortés. Termina con un «atentamente» y todo. Mientras pienso en cómo responderle me acerco hasta el buzón y recojo el correo. Hay un sobre grueso y liso que, cuando lo abro, me hace olvidarme de Jerry.

Muy malas noticias: ya sé quién es el abogado de Ellaway. El sobre deja entrever una carta con membrete, solicitando una cita. Leo la firma tres veces antes de asimilarla. Se llama Adnan Franklin, un hombre que jamás imaginé llegar a conocer. Todas las personas que han recibido una formación legal le conocen, al menos por su reputación. Se le puede ver en los periódicos varias veces al año, aunque no en la televisión, pues, según tengo entendido, es demasiado refinado para eso. Algunos de los casos que defiende son fundamentales, otros meramente ejemplares. Gana más en un caso de lo que yo en un año y, si lo tienes en tu contra, date por perdida. No hay nada que hacer, absolutamente nada.

Sin embargo, tengo la vaga esperanza de que todo salga bien, ya que después de todo ambos representamos al mismo cliente. No obstante, cuando recuerdo la cara de Ellaway y la forma en que me miró, la esperanza se transforma en deseo y el deseo en un murmullo quejumbroso que brota desde un recoveco profundo. Ellaway me odia porque me crucé de brazos cuando mis compañeros le golpearon, hice que le arrestasen y no le permití que llamara a su abogado. No importa si es un mal abogado, para Ellaway soy prácticamente una delincuente. Yo, sin embargo, no creo que haya hecho nada que se salga de las pautas acostumbradas de Dorla, pero no creo que Franklin se dé cuenta de ello.

Doblo la carta dando un suspiro y me masajeo las sienes. En otros tiempos, los aegidanos no permitían que los sospechosos contratasen abogados externos. Existía un manual para los cazadores de brujas, el *Malleus Maleficarum*, donde se insistía precisamente en ese aspecto. Los abogados de las brujas no podían saber quiénes eran los acusadores, por si acaso sus clientes decidían hechizarlos. Entonces debía de ser más llevadero y fácil ejercer nuestra tarea, ya que se resolvía dentro de nuestro ámbito y a nuestro modo. Ahora estamos demasiado ilustrados como para emplear esa táctica en público. Creo que lo voy a pasar mal con ésta en particular.

Sacudo la cabeza, tratando de no pensar demasiado en ello. En su lugar, me dispongo a responderle al nuevo trabajador social, pero lo hago con diligencia y sin pensar demasiado en ello.

DE: *lmgalley@dorla.gov*
A: *pkelsey@soc.gov*
ASUNTO: Jerry Farnham

Estimado Paul Kelsey:

Sí, estoy intentando que Jerry jure que no probará una gota de alcohol. Si usted le conoce, tendrá una idea de las probabilidades que tiene, pero si no, yo se lo diré: no muchas. Es un bebedor empedernido y así ha sido desde que le conozco. Ha estado en el programa cinco veces, pero siempre ha recaído. Es como un anuncio ambulante contra la Ley Seca. Sin embargo, estoy de acuerdo con usted en que la prisión sólo servirá para empeorar las cosas porque bebe más cuando se siente deprimido —aunque eso lo hace todo el mundo, incluso yo— y, si lo encerramos, sólo conseguiremos que se deprima y vuelva a las mismas. Por eso, lo principal es que usted consiga ponerlo en el programa mientras yo intento suavizar al juez y convencerle de que está decidido a conseguirlo esta vez. Suena gracioso, ¿verdad? Por cierto, él sigue aún en nuestras celdas. ¿Ha ido a visitarle?

LOLA GALLEY

Tres segundos después de enviar el mensaje, me doy cuenta de la clase de mensaje que le he enviado a un completo extraño, un licántropo, para colmo, al que no conozco de nada. Un licántropo de los servicios sociales cuyo interés estribará en proteger a su cliente y que, si se parece a los demás trabajadores sociales con los que he tratado, la única opción que me deja es la de pegarme un tiro.

Becca está sentada con su bebé, acunándolo entre los brazos, envuelta en una manta de algodón azul y mirándome con cautela. Me siento enfrente, prestando cuidado de no mirar el desorden que nos rodea. Un médico con el que compartí un turno de vigilancia nocturno me dijo que eso era buena señal, pues significa que está entablando lazos de amistad. Sin duda, lo tiene estrechamente aferrado. Me refiero al niño, a Leo; lo sostiene como si fuese una pieza de artesanía.

—¿Cómo te encuentras? —le pregunto.

Becca mira al niño.

—Un poco cansada, pero bien. El médico me dijo que el parto ha sido normal.

—¿Cuál de ellos? ¿El hombre elegante que conocí?

—Sí, el doctor Parkinson. Dicen que es muy bueno.

—Él desde luego sí se lo cree.

Aparece una ligera sonrisa en el rostro de Becca, pero luego la borra.

—Pensaba que era de tu aprobación —dice.

—¿De mi aprobación? —repito sorprendida. Nunca hubiera imaginado que diría una cosa así, pues no creo que mi aprobación sea algo que ella jamás haya tenido en cuenta. Probablemente no la he entendido bien.

—¿No has sido tú quien lo ha elegido? —pregunta.

Leo se agita en la manta y ella vuelve a prestarle atención, proporcionándome tiempo para pensar en una respuesta. Es probable que alguien de Dorla le haya buscado un médico de alta categoría por haber perdido a su marido. Ahora que lo pienso, eso concuerda con la práctica habitual de Dorla, ya que es preferible resarcir de alguna manera que permitir que alguien se lleve una parte de los muy limitados presupuestos pidiendo una indemnización. ¡Dios santo! ¿Creerá que he sido yo quien ha organizado todo esto?

—¿Yo como representante de Dorla o yo personalmente? —le contesto.

—No lo sé. ¿Qué más da?

Creo que eso significa como representante de Dorla. Resulta consolador saber dónde se encuentra mi identidad. Prefiero, sin embargo, cambiar de tema.

—¿Cómo se encuentra el niño?

—Está bien. Sólo se despierta una vez durante la noche —responde Becca.

Luego entra en detalles acerca de la cantidad de tiempo que pasa dormido, lo cual no me dice mucho, ya que rara vez he estado con un bebé. No obstante, observo que tiene el rostro relajado mientras habla. Aunque no estoy segura de cómo se siente, es un alivio verla así. Tiene los ojos puestos en el niño que sostiene en sus brazos, absorbe su atención completamente y, al parecer, se siente feliz con ello. Me habla de lo mucho que come y de cuánto pesa, y todo me suena como a una vida muy sosegada.

—¿Quieres cogerlo? —termina diciéndome, y levanta al niño para ofrecérmelo.

No estoy segura de si sabré poner bien los brazos. Becca me da el bebé, sin quitarme los ojos de encima, ya que tiene la certeza de que dejaré que la cabeza se le caiga para atrás, o que se me caerá, o quizá lo meta en la taza de té. Me parece un poco injusto y, para demostrárselo, coloco mis brazos de manera bien estable, lo cojo y dejo que repose su cabeza en mi mano. Su pequeño cráneo cabe en mi palma como una naranja. Lo agarro con firmeza y lo miro detenidamente.

La cara arrugada que vi en el hospital ha desaparecido y la frente escarlata se le ha puesto de color rosado. En medio del labio superior tiene una pequeña llaga redonda de tanto chupar. Le toco la cara y su piel me parece lo más suave que he tocado en mi vida. Luego abre un ojo para mirarme y mueve la boca, por lo que le ofrezco uno de mis dedos, el cual aferra con bastante tenacidad. Tengo curiosidad por saber si se pondrá a llorar cuando vea que no sale leche de él, pero si lo hace, se lo devolveré de inmediato a su madre y le pediré disculpas. No lo hace. En su lugar, se dedica a despellejármelo, frotándoselo contra el paladar y chupándolo con determinación. Tiene los ojos abiertos, algo bizcos y son de un azul borroso, como los de la mayoría de los bebés blancos, aunque creo que después se le pondrán de color marrón, como los de Becca y los míos. Me mira fijamente, sin parpadear siquiera. Me está haciendo daño en el dedo. Sin duda es el bebé más saludable que he visto.

—Es un encanto —digo.

Becca sonríe. Se le ve en la cara que está cansada.

—¿Te encuentras bien? —le pregunto.

Se arregla el pelo.

—Sí, sólo algo cansada. Es un poco inquieto.

Trato de emplear el tono apropiado, pero no creo que haya una forma adecuada de preguntar una cosa así:

—¿Has sabido algo de Lionel?

Niega con la cabeza mientras mira por la ventana.

—¿Sabe que el niño ha nacido? —insisto.

¿O que le has puesto su nombre? Esa pregunta no me atrevo a hacérsela. Cuando Becca me dijo que le iba a poner el nombre de Leo, lo único que respondí es que era un nombre muy bonito, pero no le recordé que le estaba poniendo el nombre de su padre.

—¿Quieres otra taza de té, May?

Becca coge mi taza y se la lleva a la cocina. No se percibe ningún tono de rabia o lástima en su voz, tan sólo parece distante, educada y muerta.

Por el ruido que hace desde la cocina, creo que está desembalando los comestibles que le he mandado por encargo. A través de la puerta, veo lo vacío que está el frigorífico. Me pregunto si ha salido de compras desde que nació el bebé.

Leo se remueve y hace alarde de su inteligencia descubriendo que no soy su madre. Abre la boca, grita y la cara se le pone roja con cada chillido. Puedo comprender su punto de vista. De momento, no dispone de mucha información y, la que tiene, no sabe cómo utilizarla.

Becca sale corriendo de la cocina y se detiene en la entrada.

—¿Se encuentra bien? —pregunta sin aliento.

—Perfectamente.

Lo apoyo sobre mi hombro y ando de un lado para otro.

—Shh... cállate, lobatón —le digo en voz baja para que Becca no me oiga—. Ya sé que no soy tu madre, pero no te he robado, ella viene ahora, en un momentito. ¡Uf! Vaya grito. Eso no está bien, no me engañes, no hagas que me preocupe. Vamos a tranquilizarnos y a quedarnos calladitos...

Mi formación, al menos eso creo, está dando sus frutos. Los bebés, como los demás animales, pueden percibir el miedo. Leo sigue llorando, pero cuando se da cuenta de que no me inquieto, se tranquiliza.

Becca regresa con una taza de té. Me abstengo de restregarle por las narices que puedo cuidar de su bebé sin hacerle ningún daño. Por el contrario, me siento y juego con los dedos de Leo.

Becca se aparta el flequillo de los ojos. Es un gesto que ha tenido desde siempre, aunque llevaba tiempo sin vérselo.

—¿Cómo te van las cosas, May? —me pregunta.

Se arriesga a que le hable de Dorla, pero creo que sabrá comportarse educadamente al respecto.

—Como siempre —digo—. Con mucho trabajo, eso es todo.

—¿Eso es todo?

Miro a Leo. Creo que se ha dormido. Una miguita se asienta en sus párpados, pero yace dormido, sin criticarme.

Se abren las posibilidades. Puedo visitarle con frecuencia, puedo jugar con él, prestarle mis cuidados y malcriarlo. Esa visión perdura tan sólo un instante. Miro y veo que Becca me observa con esa mirada retraída. Quizá no crea que mi vida se limite sencillamente a trabajar, que estoy ocultando algo, incluso es probable que piense que lo estoy postergando por ella. Leo se despierta de nuevo. Aparto la mirada de su madre y la fijo en mi sobrino. Sus ojos están desenfocados y no puede verme. Le acaricio la mejilla y él abre los puños y se relaja. Eso me hace sentir tan feliz que, cuando vuelvo a la realidad, me golpea con tanta frialdad y fuerza que sé que ya nunca me dejará escapar.

Leo se encuentra a gusto conmigo. Si soy agradable con él, le gustaré cuando tenga un año; cuando tenga dos, me querrá hasta que se haga lo suficientemente mayor como para preguntarle a mi hermana qué le pasa a la tita May.

¿Por qué trabaja la tía May cuando hay luna llena? ¿Por qué la tía trabaja en un sitio tan horrible? Mamá, ¿qué significa «follaculos»? Casi puedo oírlo, aunque no estoy segura de qué responderá Becca.

Normalmente me gustan los niños cuando están un poco más mayores y un poco antes de que empiecen a romperme el corazón. Sin embargo, sé que este niño va a empezar a hacerlo a la edad de cuatro o cinco años, y que va a ser más duro de lo que creo.

Lo estrecho con más ternura entre mis brazos y dejo que su carita repose contra la mía.

Estoy preocupada por Franklin.

También estoy preocupada por el nuevo trabajador social de Jerry, quien me sorprende respondiendo a mi e-mail.

DE: *pkelsey@soc.gov*
A: *lmgalley@dorla.gov*
ASUNTO: realidades

Estimada Lola:
Sí, tiene toda la razón. Le conocí antes de ser arrestado y es caso perdido, por decir algo. Por favor queme esta carta. Sin embargo, me cae bien y creo que, si trabajo con él intensamente, podré hacer que deje de beber por algún tiempo. ¿Quién sabe? La esperanza es lo último que se pierde... Pero vayamos a lo que tenemos a corto plazo. ¿Sabe usted a qué juez tiene que enfrentarse? Y si es así, ¿se puede preservar la inocencia del juez?

En cualquier caso, dispongo de un buen grupo en el programa de rehabilitación, por lo que usted no tiene que preocuparse a ese respecto. Comuníqueme la fecha del juicio y veré qué se puede hacer acerca de las referencias y los demás detalles.

Gracias por su e-mail.

PAUL

No tiene ningún sentido. Me debería haber soltado un sermón, incluso amenazado con la posibilidad de presentar una queja a mis superiores por mi actitud tan poco profesional y, sin embargo, me responde dándome las gracias por mi e-mail.

Es un golpe de buena suerte, me digo, ya que de momento puedo olvidarme de que Franklin viene a por mí.

La hora señalada llega antes de lo esperado; el tiempo se me ha pasado volando pensando en ello. Justo en el momento apropiado, alguien llama a la puerta y me levanto para enfrentarme a mi destino. La puerta se abre y entra Adnan Franklin, el hombre que me va a aplastar. No hemos mantenido ningún tipo de comunicación desde que se acordó la cita. En varias ocasiones, me he visto a mí misma hojeando los periódicos para ver si encontraba alguna noticia relacionada con él, aunque he tratado de evitar pensar en ello. Ahora, finalmente, me ha llegado la hora. La puerta se cierra con un chasquido mientras estrecho la mano del gran hombre, tratando de captar todo lo posible.

Es más bajo de lo que imaginaba, aunque debería de haberme preparado para la impresión que causa conocer en persona a un hombre famoso. Su tamaño no podía ser tan grande como su reputación. Es de altura media, aunque un poco más alto que yo, y de complexión atlética. Su forma de moverse se debe más a una musculatura compacta que a la fragilidad de sus huesos. Tiene el pelo moreno, engominado y bien cortado; su piel morena no trasluce signos de envejecimiento y, aunque debe de ser unos quince años mayor que yo, no lo aparenta en absoluto. Su traje está fabricado de un tejido gris que casi brilla de lo bien confeccionado que está. La mano que me tiende aprieta suavemente, pero con firmeza, y él asiente con gentileza, pero seguro de sí mismo.

Le señalo una silla y vuelvo a mi escritorio lo más rápido posible, tratando de ocultar mi traje barato y mis zapatos gastados.

—Me alegra que haya podido venir —le digo, y lo digo de verdad porque así puedo capearlo en mi despacho.

—Me alegra conocerla, señorita Galley, ya que tenemos un cliente en común.

No habla en voz alta, sino más bien rápido y claro, obligándote a prestarle atención. Apoyo el mentón en la mano, adueñándome del escritorio.

—Sí, Richard Ellaway —apunto—. He sabido que es su abogado desde hace algún tiempo.

—Así es —responde Franklin con la mirada clavada en mí—. Debo preguntarle, si usted me lo permite, si no ha considerado la posibilidad de traspasar este caso.

Ni siquiera ha llegado a sentarse cuando va y me suelta eso. Me coge tan de sorpresa que pestañeo sin darme cuenta, tan atónita que hasta he olvidado quién era.

—Un poco pronto para sugerir una cosa así, ¿no le parece?

Me mira sorprendido y lanza una risita. Es una risa urbana, perfecta y restringida, tan dulce que me pregunto si puede ser natural. Le miro de nuevo y me produce una simpatía un tanto confusa. No creo que sea culpa suya ser tan refinado; bueno, él elige su ropa, supongo, pero sus modales no son nada forzados. Es precisamente lo que había esperado: un hombre culto, bien vestido, seguro y tan poco corriente —aunque esté hecho de carne y hueso— como para dejarme perpleja. Se supone que debo forjarme una opinión sobre él, o al menos eso es lo que planeaba sacar de esta entrevista. Ahora, sin embargo, no sé qué pensar.

—No es que dude de sus capacidades, señorita Galley —dice Franklin recostándose en el respaldo de la silla. Su mano, más ancha de lo que se espera al ver sus muñecas, descansa plácidamente sobre sus rodillas—. Es que creo que tiene un interés personal en el caso.

—¿Se refiere a que conocía a la víctima? Pues bien, si encuentra algún asesor de Dorla que no le conociera, entonces no tendré objeción en pasarle el caso.

Franklin frunce el ceño.

—Sé que muchos conocían a Johnny Marcos de vista, pero usted mantenía una buena amistad con él. ¿Cree que podrá ser imparcial?

Me encojo de hombros.

—No lo sé, pero espero ser profesional.

—Mmm... —asiente Franklin concediéndome un punto. Luego se inclina hacia delante y añade—: ¿En su definición de profesional está incluido sentarse y ver cómo dos personas golpean a su cliente?

—¿Golpean?

—Sí. El día que fue arrestado, señorita Galley. Y, por favor, no pretenda simular que no sabe de lo que estoy hablando.

Siento una punzada nerviosa en el pecho, pero luego desaparece. Mi sustento depende de los borrachines y derrelictos, por lo que no estoy acostumbrada a tratar con abogados caros. No obstante, eso les debe de suceder muy a menudo a personas que están muy por encima de mí.

—Yo no estoy disimulando nada, señor Franklin —le espeto—. Si mira el expediente, observará que fui yo quien terminó el interrogatorio. Puede comprobarlo si lo desea.

—Lo he hecho. Y sí, así fue. Usted terminó quince minutos después de haber entrado. También tengo el testimonio de mi cliente, el cual no le favorece mucho.

Sonrío.

—Me lo imagino.

—Mi cliente afirma que usted no sólo no intervino cuando fue agredido —prosigue—, sino que le negó la posibilidad de llamarme, aunque lo solicitó expresamente. Usted le arrestó por asesinato, lo retuvo varios días sin cargo alguno, durante los cuales fue objeto de maltratos físicos y negación de acceso a su abogado. ¿Supongo que se dará cuenta de que ha contravenido muchos derechos civiles y humanos? Si fuese responsable ante el Colegio de

Abogados, sería eximida del cargo inmediatamente. ¿Es ésa su definición de profesionalidad?

Lo hace realmente bien, pues, de alguna manera, ha hecho que me ponga a la defensiva. Lo normal sería que estuviera asustada, ya que, aunque no ha llegado a mencionar la Edad Media, me ha acusado de infringir la ley del país, del continente y del mundo democrático al traicionar los principios de mi profesión y convertirme en una deshonra para la humanidad en general. Es bastante probable que tiemble de miedo cuando se haya ido, pero, por el momento, lo único que me ha provocado es una admiración personal por su forma de plantear el asunto. No hay duda, es realmente bueno.

—No soy responsable ante el Colegio de Abogados. No soy una de sus miembros —le respondo.

—Lo sé. Estoy muy familiarizado con las prácticas legales de Dorla. ¿Cuántos años de prácticas tuvo? ¿Dos? O sea, que se graduó a la edad de veinte años con un conocimiento rudimentario de las leyes aplicables a su muy limitado campo de intereses. Eso está muy por debajo incluso de una simple graduación. Yo no diría que usted es la persona más cualificada para representar a mi cliente.

—Es un poco severo de su parte, señor Franklin. Obtuve la formación necesaria para ser representante de Dorla. Sé que no está a la altura del estándar normal, pero es mejor de lo que usted sugiere. El problema es que andamos tan cortos de plantilla que no tenemos tiempo para terminar de formarnos. Nuestro cliente, además, ha quebrantado las leyes que están bajo la jurisdicción de Dorla, por lo que siempre recibirá asesoramiento de alguien con la misma graduación que yo.

Franklin ladea la cabeza y me observa.

—¿Le apetece un café? —pregunto.

—¿Café? Ah, sí, por favor.

Me levanto y enciendo la cafetera.

—Es sólo instantáneo, lo siento.

—Gracias.

Le doy la espalda y me apoyo contra la pared. No puede hacerme nada, me repito a mí misma, pero luego pruebo una de mis estrategias:

—Señor Franklin, tenemos un cliente en común. Es posible que a él no le haya gustado la forma en que he llevado el caso; de hecho, estoy convencida de que no y, probablemente, a usted tampoco. Tampoco es la forma en que yo lo hubiera llevado de haber tenido recursos, pero en respuesta a su pregunta le digo que sí, que bajo el estándar de mi profesión, bajo el estándar del Departamento para la Regulación en Curso de Actividades Licantrópicas, mi conducta ha sido enteramente profesional.

Vierto el agua en su taza.

—¿Cree que su conducta fue la adecuada para ser un miembro de una institución gubernamental? —pregunta.

—Dorla es un lugar peculiar, señor Franklin —digo, tendiéndole la taza.

—No tan peculiar, señorita Galley. Sé de muchos casos en que los operarios de Dorla fueron debidamente denunciados. Según tengo entendido, hay casi una degradación mensual entre los de su rango. Por favor, no pretenda decirme que Dorla no es responsable. Le puedo mencionar muchos casos en que sus miembros tuvieron que asumir la responsabilidad de sus actos.

Se me encoge el corazón, pero me las apaño para no suspirar.

—Eso no nos convierte en responsables, ¿no es cierto? Déjeme que le diga una cosa, señor Franklin: yo le admiro, y digo esto porque lo considero útil, no porque esté tratando de evitar la cuestión. Esas degradaciones son parte del sistema. Aquí se castiga públicamente a las personas; es bueno para el gobierno que sea así. Pero jamás nos investigarán, pues sería demasiado parecido a respaldarnos. La luna llena es un problema insoluble y nosotros somos unos buenos chivos expiatorios. Resulta más fácil castigarnos de vez en cuando que hacernos responsables de todo.

Franklin levanta una ceja.

—¿Me está diciendo abiertamente que usted no puede ser considerada responsable?

Niego con la cabeza.

—Por supuesto que sí. Personalmente puede ir a por mí, si lo desea. Pero si está pensando en convertir esto en un hito, en un caso que sacuda el sistema... entonces le aconsejo que se busque otro cliente, ya que el señor Ellaway atacó a una persona. Escuche, la cuestión es que no dudo de que su cliente tenga razones para quejarse. Si yo estuviese en su situación, me sentiría exactamente igual, pero lo importante es que necesita de un representante de Dorla. Usted puede hablarle al jurado si lo desea; de hecho, me alegraré si lo hace. Pero yo también debo hacerlo. Usted puede buscarle otro asesor de Dorla, pero sinceramente dudo de que encuentre a nadie tan agresivo defendiéndole como yo.

—Entonces que Dios bendiga este país, señorita Galley, porque, de ser así, Dorla debe de ser la institución menos profesional, consistente y ética que he conocido.

Vuelvo a sentarme y me llevo la mano al mentón.

—Es posible que tengamos nuestros problemas. Escuche, señor Franklin, no estoy cualificada para competir con usted, pero le estoy poniendo las cartas sobre la mesa. Tenemos un cliente en común y usted puede presentar sus motivos de queja contra mí o podemos centrarnos en tratar de absolverle de los cargos que se le imputan. ¿Acaso piensa el señor Ellaway denunciarme?

Franklin me mira con ojos astutos.

—Lo ha mencionado, sí —declara.

Empiezo a sentirme cansada. No puedo continuar con esta historia por más tiempo.

—Por favor, no se lo permita —le digo.

—Señorita Galley, ¿por qué iba a sentirme obligado a hacerlo, por usted o en interés de nuestro cliente?

—No creo que lo diga pensando en sus intereses. Él puede denunciarme, y su caso pasará a un juzgado de licántropos que me colgarán del penol, pero con eso no conseguirá nada. Yo no tengo dinero con el que poder indemnizarle y, si lo que quiere es arruinarme, entonces no necesita probar nada, sé dónde está mi sitio. Fuera de esta oficina, en ningún lado. Pero dentro de ella le aseguro que, arruinándome, no logrará cambiar las prácticas de

Dorla. Y eso le perjudicará, porque pondrá al tribunal en su contra cuando tenga que presentarse para el juicio. Y, por lo que veo, se enfrenta a una cadena perpetua. Dorla es un pozo sin fondo, señor Franklin, y las injusticias desaparecen dentro de él sin dejar rastro.

Guardo silencio, pues no quiero que me arruine. Mientras hablo me doy cuenta de que Ellaway puede destruirme si lo desea y, probablemente, lo haga. Puesto que deseo que se pase la vida en prisión, no puedo decir que no tenga motivos para ello. Me siento perdida. No debería haberme mezclado con un hombre tan rico.

Franklin continúa estudiándome.

—¿Cree usted que denunciarla perjudicaría a nuestro cliente? —dice al cabo.

—Sin duda. Y no podré hacer nada al respecto, así que, por favor, no me culpe por ello.

—¿No cree que sus probabilidades de apelar mejorarían si denunciara que no ha sido representado adecuadamente?

—¿Cómo? ¿Con usted de su lado?

Franklin casi se ríe. Levanto la cabeza y pienso si me libraré de ésta.

—Así es como funciona un juzgado de licán... perdone, un juzgado normal —prosigo—. No obstante, todos los incidentes por los que quiere denunciarme sucedieron después de que nuestro cliente fuese arrestado por el primer delito, después de tener una entrevista conmigo durante la cual le aconsejé y no le di ningún motivo de queja. No creo que haya matado a Johnny Marcos, la verdad. Pero no ha negado que le mutilara, además de que contamos con la declaración de la víctima, las pruebas médicas y el testimonio del compañero de Marcos que así lo confirma. Ése es el caso por el que yo le represento. Sé que eso no mejora las cosas desde su punto de vista, pero mi conducta en el caso Dorla *versus* Ellaway por agresión e intento de asesinato ha sido completamente adecuada. Por tanto, denunciarme por el interrogatorio de otro cargo no cuadra.

—Yo creo que sí, señorita Galley, al menos en el mundo normal. Sin embargo, creo que debemos negociar ciertos... prejuicios no es una palabra demasiado fuerte, creo, que contribuyen a que eso sea una forma un poco extraña de llevar un caso.

—Señor Franklin, tiene usted toda la razón. Por eso mismo quiero saber si piensa denunciarme.

Franklin junta las manos.

—No, aunque creo que esto es una judicatura irresponsable que debe ser gestionada con el mayor cuidado posible.

Suelto un suspiro que no me había dado cuenta de que estaba reteniendo. Sin embargo, o bien Franklin no se ha percatado de ello, o lo ha hecho y es demasiado educado para manifestarlo.

—Señorita Galley —dice Franklin—. No me queda más remedio que decirle que considero incomprensible su ética profesional.

Debo buscar una respuesta digna, pero, tras reflexionar unos instantes, no encuentro ninguna. Finalmente, me encojo de hombros y contesto:

—No le culpo.

—Su actitud resulta un poco caballeresca para ser responsable de la libertad de una persona.

—Sí —respondo—. Imagino por qué lo dice.

La expresión de Franklin es casi socarrona.

—Es usted una mujer muy extraña.

—No, no lo creo. Si lo mira a través de mis ojos.

Increíblemente, Franklin se encoge de hombros. No sabía que el cuerpo de un jugador de ajedrez pudiera hacer esos movimientos.

—Sin embargo —añado—, debemos trabajar juntos lo mejor posible. Ahora tengo otra cita. ¿Podemos vernos más tarde y hablar de nuestro cliente?

Se levanta para estrecharme la mano por encima de la mesa. Yo hago lo propio y espero de pie a que se marche.

Una vez que ha salido del despacho, vuelvo a sentarme y empiezo a reír de puro alivio. No sé cómo, pero de alguna manera he logrado salir airosa. Me he enfrentado a Adnan Franklin y aún puedo contarlo.

4

Hoy es noche de luna llena y me toca salir de batida; me toca este mes y el siguiente. Dispuesta y preparada, en una cola donde está todo el equipo, me estiro lo mejor que puedo dentro de mi uniforme protector e intento no pensar. La garrocha con el lazo me pesa en la mano. Estoy tan forrada como un pescador. Posiblemente, si me concentro en sentirme ridícula, no me entrará el pánico.

Veo a mi pupilo al otro lado de la habitación, apoyado contra la pared. Se llama Sean Martin, aunque todo el mundo le llama Marty, y llevo dándole clases desde hace unos cuantos meses. Normalmente, lleva los zapatos desatados, pero recuerda todo lo que le digo.

Levanto la mano para atraer su atención. Me devuelve el saludo y logro abrirme camino por entre la multitud. Cuando se pone derecho me sorprendo, como siempre, de lo alto que es. Es un muchacho delgado, de constitución ligera, con una forma muy peculiar de cojear hacia el lado izquierdo que hace que el flequillo le caiga encima de los ojos. Sin embargo, uno se olvida de lo alto que es hasta que no se pone a su lado.

—¿Conduzco yo? —me pregunta.

Su esperanzadora sonrisa me ofende y prefiero no prestarle demasiada atención.

—No creo. Venga, vamos —le respondo.

Nos disponemos a salir. La verdad es que resulta más fácil pasar por entre la gente llevando a Marty y sus dos metros de estatura por delante.

Se nos ha asignado la furgoneta número treinta y dos, la que tiene rajado el parabrisas. Marty me da en el hombro cuando nos dirigimos hacia ella; su aliento forma una nube con el frío.

—¿Preparada para la ronda? —dice.

—Y para pelear con cualquier lunático que se me ponga por delante —respondo en tono de mofa. La voz no me tiembla ni por un instante.

—Así me gusta. Cualquier lunático que se meta con nosotros va a terminar convertido en forro para tus guantes.

Su voz es alentadora, lo cual me irrita, pues no me gusta que ningún mozalbete me anime, por muy inteligente que se crea. Me molesta también que se tome la libertad de pensar que conmigo puede bromear con tanta facilidad. A su edad, no resulta lógico.

—Bien, así podré calentarme mis delicados dedos —le digo.

—Yo curaré la piel, no te preocupes.

Su voz suena cada vez más cercana a medida que habla. Agito las llaves en el aire para distraerle y se me caen cuando nos dirigimos al aparcamiento. Marty se agacha y me las devuelve, pero permanece en esa postura. Lo miro durante unos segundos y luego le tiro del hombro.

—Ponte de pie, muchacho. Hay muchos perros que apresar.

Se levanta.

—Pues a por ellos —responde sin mirarme.

Nos metemos en la furgoneta. Marty saca un termo de café y yo un paquete de Pro-Plus del bolsillo. Le doy un sorbo al café para poder tragar la pastilla. Marty sacude la cabeza.

—Son para no adormilarme —le digo.

Me mira con una expresión de disculpa. La capucha de su garrocha se ha aplastado por las esquinas.

—No creo que necesite alargarla más —comenta.

En las noches como ésta reina un silencio que no se parece a nada. Es tan silencioso que resulta musical. Vamos sentados en la furgoneta, cuyas luces del techo emiten un círculo de luz tan reducido que los licántropos nunca lo perciben. No hay nadie que imponga el orden, nadie se encarga del agua, del gas, del teléfono ni de la ciudad. Todo está cerrado, el suministro de electricidad se ha cortado, el mundo es de color negro. Los licántropos cierran sus puertas con cerrojos en lugar de con sistemas de seguridad codificados y esperan que no suceda nada hasta la mañana siguiente. Nosotros ponemos en funcionamiento nuestros generadores, almacenamos agua y suministros mientras la oscuridad de la noche nos asedia. Las radios y los equipos de rastreo nos recuerdan que existen otras personas en el mundo. Es necesario que nos lo recuerden. Funcionarios de primeros auxilios en los refugios, plantilla restringida en las oficinas de Dorla, pero nadie más, absolutamente nadie, está despierto o domesticado. Nosotros pensamos en los refugios, pensamos en ellos con mucha frecuencia. Es como saber que bajo las profundidades del océano hay un fondo en cualquier sitio.

Esta noche nos toca patrullar por King's Park y sus alrededores. Podría haber sido peor. El próximo mes nos corresponde Sanctus; es decir, el parque del Espíritu Santo, un lugar pequeño, espeso e impenetrable. El King's Park, sin embargo, no es tan denso como la mayoría de los parques, por eso hay más oportunidades de ver a un lunático que se haya salido del bosque, aunque no con la facilidad que nos gustaría.

Veo a Marty mordiéndose las uñas y le hago un gesto para que se quite la mano de la boca, sin apartar los ojos del camino.

—Una mala costumbre —le digo—. Enciéndeme un cigarrillo, ¿quieres?

Hace un ruido como si fuese a reírse y saca el paquete de cigarrillos para dármelo.

—No se ve nada de importancia —comenta luego.

—Todavía no. Es mejor no preocuparse, puede ser una noche tranquila.

Tuerzo a la izquierda, siguiendo la ruta de la patrulla. Mientras lo hago me pregunto cómo es posible que me haya convertido en la mayor del grupo. He estado saliendo a capturar desde que tenía dieciocho años y todavía no sé absolutamente nada acerca de cómo hacerlo con absoluta seguridad. Pienso en la mujer que me enseñó a apresar, mi amiga Bride Reilly, una mujer grande y alegre, teñida de rubio, que me enseñó todo lo que hay que saber acerca de una buena captura. A veces comparto con ella algunos casos. Ahora tiene un nuevo pupilo, un muchacho más bajo que yo que también boxea, en parte para suplir su escasa estatura. Bride solía cantar canciones obscenas mientras patrullábamos, me contaba chistes y me hacía olvidar mis temores. El pobre Marty, sin embargo, tiene que estar pegado a mí y, la verdad, a mí no se me ocurre ninguna forma de quitarle los suyos.

—¿Cuántos? —me pregunta chasqueando la voz—. Nunca me has dicho cuántos has apresado.

Mantengo las manos en el volante.

—No lo recuerdo. Después de un tiempo dejas de contarlos —respondo mintiendo, pues recuerdo cada uno de ellos.

Marty saca el mechero de mi paquete de tabaco y, cuando lo hace, se oye un débil gemido a la izquierda. Se sobresalta y el mechero se le cae al suelo.

—Tranquilízate—le digo secamente. Nuestra tarea ya resulta bastante difícil estando tu compañero tranquilo, pero se hace imposible si Marty se deja llevar por el pánico—. Mira el rastreador, ¿de acuerdo?

Doblo en dirección a la voz y reduzco la marcha.

Marty respira profundamente y luego suelta el aire de golpe.

—Alrededor de las once —dice verificando el aparato—. Sólo uno.

Hace un esfuerzo por dominarse.

—Ánimo, muchacho —murmuro, y vuelvo a concentrarme en la carretera.

Detengo la furgoneta y echo un vistazo: es pequeño, más pequeño de lo que debiera.

—Puede ser un perro callejero —digo, hundiendo las uñas en el volante. Hay días en que sueño que conduzco toda la noche, ignorando todos los laceros y permaneciendo lo más cómoda y confortable posible en la furgoneta. Sin embargo, mis fantasías tendrán que esperar por el momento.

El licántropo se encuentra fuera del parque, lo cual es más arriesgado, pues tendremos que correr detrás de él por las calles. Miro el mapa y trato de planear una ruta.

—A lo mejor es un cachorro —comenta Marty, levantando la voz por encima del ruido del motor.

—Tú no dejes de mirarle —le digo—. Es posible que trate de aparentar ser más pequeño de lo que realmente es, ocurre con frecuencia. También puede ser un animal callejero. En ese caso, iré a la iglesia mañana. ¿Estás bien despierto?

Se frota los ojos.

—Sí.

—Es más tarde de lo que acostumbras a irte a la cama. ¿Estás seguro de que no quieres un Pro-Plus?

—No, pero gracias de todos modos —responde. Sus modales le hacen justicia.

Salgo del King's y miro la calle que tenemos delante. Bajo la luz pálida parece como arrastrada por la lluvia, demolida por la guerra. Giro en el cruce e intento dejar de imaginar cosas.

—De acuerdo. Quiero que seas tú el que le eche el lazo —le digo—. Yo me quedaré justo detrás de ti. Recuerda, si es un cachorro, es probable que se asuste y entonces hay que prestar más cuidado. Que no se te escape la cabeza, ni le golpees con la abrazadera, ni nada parecido. No quiero estar persiguiéndole hasta que amanezca. ¿Comprendes?

—De acuerdo —responde cogiendo el lazo—. ¿Qué pasa si se me escapa?

Creo que está tratando de atar todos los cabos, pero imaginar una cosa así me da escalofríos. Normalmente soy yo la que realiza las capturas, ya que de esa forma evitamos el riesgo de que le muerdan o de perderle. Pero ya no puedo. No le he hecho ningún favor, pues no le queda más remedio que aprender.

—Entonces le sedaremos y asumiremos las consecuencias —digo.

—¿Es tan malo? —pregunta Marty mordiéndose las uñas.

—Bueno no es —respondo.

Deberían enseñar estas cosas en las clases, aunque no me

sorprende que no lo hagan, ya que dejan lo peor para la experiencia.

—A la gente no le agrada en absoluto que se apliquen tranquilizantes a los niños —digo—, por eso no se fabrican dardos de ese tamaño. Sería como admitir que podemos utilizarlos.

La gente no cree que los cachorros de lunáticos puedan ser peligrosos, pero es porque no los han visto.

—Si le aplicamos un tranquilizante —añado—, entonces tendremos que llevarlo hasta el refugio más cercano donde puedan prestarle los primeros auxilios.

Cuando termino de decir esto, veo que estamos muy cerca de la calle que señala el rastreador.

Giro por la esquina y algo se hunde en mi interior. No es mi corazón, pienso, pues lo tengo bien colocado en su sitio. No obstante, me produce cierta consternación ver que Marty estaba en lo cierto: es un cachorro muy pequeño, no mucho más grande que un pastor alemán, y está intentando esconderse entre un montón de bolsas de basura negras. Hay hojas de lechuga marchitas y cajas de cereales esparcidas por la calle; el olor a podrido nos golpea en el mismo momento que oímos un lamento.

Cojo la escopeta de tranquilizantes y observo cómo Marty maneja la garrocha. Cuando empezó, lo hacía como si estuviera dirigiendo una orquesta, por eso no me atrevía ni a dejarle salir con ella. Sin embargo, no tardó en dejarme impresionada, pues en una ocasión cogió dos presas de una sola vez. Ha progresado a pesar de su torpeza y ahora es bastante competente. Sólo espero que sepa poner en práctica esa destreza o nos veremos yendo a toda prisa en busca de un refugio con un cachorro con sobredosis de tranquilizantes.

La luz amarillenta de la furgoneta le da un tono grisáceo a todo lo que nos rodea y la sombra de la garrocha refleja una sombra chinesca en la basura. Marty pisa una hoja seca, produciendo un pequeño crujido, pero después vuelve a reinar el silencio. El cachorro deja de excavar, saca la cabeza del agujero y una lluvia de bolsas empiezan a rodar. Levanta la mirada y ve la garrocha.

El sonido que produce es como si algo cayera de una enorme

altura y se estrellara contra el suelo. Un gemido que luego se transforma en gruñido. Luego salta, enseñando los dientes. Se ve el brillo pálido de sus colmillos cuando cierra las mandíbulas y apresa la garrocha, dando vueltas en la acera, dispuesto a abalanzarse de nuevo.

—Marty, date prisa —le digo en voz baja—. Cógelo ahora que puedes.

El cachorro salta, salta contra la pared y después contra nosotros, con la agilidad de un gato. Marty balancea la garrocha y falla, golpeando el lateral del edificio. El cachorro emite un gemido desgarrador. En cuestión de minutos, toda la calle empezará a aullar. De hecho, ya se oyen algunas voces acercarse. No puedo dejar que el miedo me domine. Marty se debate con la garrocha y vuelve a balancearla; el lazo golpea la cabeza del cachorro, pero no lo apresa.

—Marty, está a punto de atacarte. Cógelo de una vez —le digo con la mayor tranquilidad posible.

Marty alarga la garrocha y la balancea por encima del cachorro, mientras éste se agazapa y gruñe. Por un instante, no se oye nada, salvo aullidos y gruñidos, pero luego el cachorro da un brinco y Marty vuelve a intentar apresarlo justo en ese momento.

Se oye un golpe seco y un crujido. Me doy cuenta de lo que ha sucedido: le ha golpeado con el palo. Mala suerte o mala puntería, pero el caso es que ha golpeado a ese cachorro en la cabeza con una pesada garrocha de tres metros. El cachorro se retuerce en el suelo, con la cabeza y el rabo entre las patas. Sus aullidos no deberían alterarme, todos los aullidos tendrían que parecerme iguales, pero no es así. Este gemido estremecedor puede significar algo, aunque, la verdad, no sé qué sienten los lunáticos. Sin embargo, en estos momentos eso no importa, pues conozco un llanto en cuanto lo oigo.

Le quito la garrocha a Marty de las manos y apreso al cachorro a la primera. Trata de deshacerse, pero lo levantamos y, aún gimoteando, lo metemos en la furgoneta haciéndole un arañazo en el cuello. Me tira un mordisco a la pantorrilla cuando lo monto en la rampa, pero no logra atravesarme el traje y mañana apenas me quedará una señal. Marty lo sostiene contra la pared.

—Sujétalo un momento —le ordeno.

A los licántropos se les injerta un microchip en el cuello al nacer, con el fin de poder identificarlos. Le paso el escáner por el cuello mientras abro la puerta de la jaula; Marty lo empuja para que se meta en ella, cierro de un portazo y echo el cerrojo.

—Mira la lectura —le digo.

—Toby McInley. Siete años de edad —responde Marty. Toby McInley se retuerce en el centro de la jaula, temblando de miedo—. ¿Qué hemos cogido?

Tengo que mirar por encima del hombro de Marty. Lo que averiguamos de él no me sorprende. Su nombre aparece en la lista de riesgo: trabajador social, acusado de negligencia y sospechoso de abusos. Son siempre los mismos los que encontramos en las calles.

Dejo a Toby acurrucado en el suelo y arranco la furgoneta. No se ve nada en la pantalla; el lunático está en la parte trasera y es hora de dirigirse a un refugio.

—Lo has hecho muy mal, Marty —le reprendo. Él se frota los puños sin decir nada—. Tienes que ser más rápido. No debes aporrearle, podrías meterte en muchos problemas por eso. Tienes suerte de que sea un niño desatendido y probablemente su familia no te denuncie.

—No lo hice adrede —responde en voz muy baja.

—Ya sé que no, pero eso no importa. Lo hiciste y tienes que tener más cuidado.

—Sí, lo sé —concede.

Se mira los puños y se acurruca en el sillón. Podría seguir reprendiéndole un buen rato y, probablemente, es lo que debería hacer, pues no hay excusa para esa clase de errores. El problema es que no sé si debe considerarse un fallo. Todos los cometemos, pues resulta muy difícil realizar nuestro trabajo debidamente.

—Lo importante —dice Marty— es que ha funcionado.

—¿Cómo dices? —respondo, y veo que está mirándose los zapatos—. Marty —prosigo bajando la voz—, ¿lo has hecho a propósito?

—No.

—¿Seguro que no?

—No.

Toby permanece callado en la parte trasera. Sólo se escucha el ruido del motor de la furgoneta y a Marty dando golpecitos con los pies en el suelo. Abro la boca para pedirle que deje de hacerlo, pero me contengo y cambio de marcha en su lugar. El sonido de la caja de cambios es el sonido más alto que se oye durante un buen trecho.

—Así no se hacen las cosas, Marty —prosigo al cabo.

—Ha sido un accidente —dice contrariado.

—Lo sé. Pero los padres pueden denunciarte por herir a un cachorro y eso perjudicaría tu expediente cuando acabas de empezar. El próximo lo harás como se debe, ¿de acuerdo?

Recuerdo el aullido que emitió el cachorro cuando la garrocha le golpeó en la cabeza.

Veo que Marty está a punto de decir algo, pero se calla. Luego abre los puños por un instante y declara:

—Te prometo que tendré más cuidado.

—Más te vale —le respondo medio sonriendo. Es un chico listo.

Conducimos en silencio durante una hora. Toby no aúlla. Permanece callado, acurrucado y sin llamar la atención. Marty da golpecitos rítmicos con los pies mientras mira hacia delante, en dirección a la solitaria carretera. Cada vez que miro su perfil veo la muralla de árboles que hay detrás de él, los bosques. La primera línea es visible; su corteza monocromada y sus desiguales ramas tiemblan ligeramente, pero no emiten el menor ruido. Las sombras que proyectan bajo la luz de nuestros faros se retuercen y dividen cuando los haces pasan por encima de ellas. Después de esa primera línea, nada. Se pueden discernir algunas formas, ramas y hiedras, tan enredadas unas con las otras que no se puede apreciar la distancia, además de una infinidad de sombras superpuestas que no me permiten ver más allá de un metro.

Durante un rato llueve. Unas cuantas gotas pesadas se escurren por el parabrisas y luego se detienen, refrescando y oscureciendo el ambiente.

Estoy empezando a pensar que tendremos una noche tranquila cuando de pronto oímos una señal en el rastreador y ambos miramos para ver qué es. Una mancha fea y oscura aparece en la pantalla. No tiene el aspecto de ser una sola figura, pues tiene una forma amorfa, como si fuesen tres o cuatro objetos agrupados. Se encuentran en el parque, muy cerca de donde estamos. La mancha aparece en la parte izquierda de la pantalla, lo que significa que tendré que dar media vuelta con la furgoneta, adentrarme en el bosque y abrirme camino por entre los árboles grises y negros con suma precaución.

—Dos —digo—. Puede que más.

Marty se muerde el labio; el balanceo de la furgoneta hace que su mano se pose encima de la pistola, aunque no creo que se haya dado cuenta.

La forma en que están plantados los árboles permite conducir entre ellos la mayor parte del tiempo. Las ramas crujen cuando las piso, casi a la misma velocidad que si fuese andando. La furgoneta se balancea por lo inestable del terreno. Cuando lo hace, puedo oír el crujido de sus piezas, un sonido gastado, como el de una máquina cuyo mecanismo está a punto de estropearse. Las ruedas chirrían cuando giro el volante tratando de esquivar los árboles. Noto los dedos fríos y me los miro; siempre hay la posibilidad de que mañana no me quede ninguno.

—Marty —le digo con una voz que retumba en la cabina de la furgoneta—. Escucha, esto no va a ser fácil.

—Lo sé —responde con la cabeza escondida para que no le vea.

Detengo el vehículo, me quito el guante de mi aún completa mano y cojo la radio.

—Soy Galley, furgoneta número treinta y dos. Galley, furgoneta treinta y dos. Llamamos desde King's Park. Repito: King's Park.

—¿Sí? —se oye la voz de Josie. Debe de haber estado sentada todo el tiempo al lado de la centralita y ha corrido tanto que jadea.

—Hemos divisado un grupo de tamaño desconocido —continúo—. ¿Hay algún refuerzo disponible?

—Un momento... No.

—¿Ninguno?

—No, las demás patrullas se encuentran a mucha distancia y la noche está siendo muy ajetreada. Tendrás que arreglártelas tú sola.

No esperaba nada diferente, pero aun así resulta desalentador.

—Gracias —contesto.

—Lo siento, Lo —se disculpa Josie.

La comunicación se corta.

—¿Lola? —pregunta Marty con una voz que suena muy baja en mis oídos, muy baja—. ¿Cómo vamos a hacerlo?

Cuento mis dedos. No lo sé.

—Los vamos a rodear —digo finalmente. Inspira y continúo hablando antes de que pueda añadir nada—: Depende del tamaño del grupo. De momento podemos abrir todas las puertas de las jaulas, ya que sólo tenemos una ocupada. Si sólo son dos, entonces cogemos uno cada uno. También es posible que el grupo se desperdigue en cuanto nos vea, ya veremos qué sucede.

—¿Qué pasa si son más de dos y permanecen unidos? —pregunta.

Tomo aire antes de contestar:

—Entonces yo me encargaré de apresarlos y tú me cubres. No, perdona, intentaré coger uno y, si los demás se me acercan, disparas al aire. Eso hace mucho ruido y retrocederán. Tienes dos balas, por tanto puedes repetir el disparo. Si hay más de dos, uno de nosotros tiene que estar siempre cubriendo al otro.

—¿Crees que los veremos?

Le miro. Observo lo estrechos que tiene los hombros y que no da la impresión de ser tan alto cuando está sentado.

—¿Te refieres a que no podamos verlos entre los árboles? —le pregunto—. Bueno, ellos también nos sirven de protección a nosotros.

—¿No podemos sedarlos? —pregunta con una voz tan baja y lastimera como el canto de un pajarillo.

Cierro los ojos antes de responder:

—Para empezar no. Sólo podemos hacerlo si estamos en serio peligro. —Suelta una carcajada. Intento ponerle mala cara, pero también me dan ganas de reír, aunque si lo hago, entonces luego me resultará muy difícil parar—. Así es la ley —continúo—. Has tenido que estudiarlo en la escuela y deberías saber cómo funcionan las cosas. Sedarlos es el último recurso. Es posible que tengamos que hacerlo, pero no recurriremos a ello hasta que no sea necesario.

—De acuerdo —responde Marty sin quejarse. Aún tiene la cabeza gacha.

—Escucha —le digo suavizando el tono—. Normalmente podemos, pero después de haber cometido ese primer error, puedes tener problemas si no cumplimos ahora con las normas. Sé que no va a ser fácil, pero lo intentaremos, ¿de acuerdo?

—Yo pensé que el último recurso eran las balas —dice Marty con suma tranquilidad.

Niego con la cabeza.

—Procura no decir eso delante de un licántropo. En lo que al resto del mundo se refiere, eso no es un recurso.

—¿Has tenido que disparar alguna vez? —me pregunta mordiéndose de nuevo las uñas.

Trago saliva.

—Eso a ti no te concierne.

Arranco la furgoneta de nuevo y empezamos a movernos. Las ramas no parecen reales bajo la luz artificial, sino que se alzan sobre mí y tengo que recordar que son sólidas. La oscuridad, la quietud y la figura en el rastreador me hacen sentir mareada; si no tengo cuidado, terminaré chocando contra un árbol.

El rastreador emite una luz roja en la oscuridad, con la mancha blanca en medio. Las líneas a lo largo del rastreador se unen en el centro, su punto de convergencia somos justamente nosotros y, a escasos milímetros, aparece esa forma extraña y múltiple. Sigo conduciendo un poco más y, por fin, la forma puede distinguirse con toda claridad, dividiéndose como una ameba en tres círculos distintos. Miro a través del cristal agrietado del parabrisas y no veo nada, salvo sombras compactas retrocediendo.

—De acuerdo. Ahora tenemos que evitar hacer ruido —digo murmurando—. No des golpes en la ventana, no te quites el cinturón, sólo quédate quieto y en silencio.

Se ven tres formas distintas en el rastreador, a diez metros de nosotros. Acelero y las formas se mueven al oírnos.

Diez metros, quince. Se mueven a la par que nosotros, se están alejando, pero no huyen. No nos queda más remedio que caminar.

—Marty —digo—. Vamos a tener que bajar.

—Aún están en la oscuridad.

—No nos vamos a acercar más. Ya sabes, yo los apreso y tú me proteges. Si hace falta disparas al aire con la pistola.

—De acuerdo, de acuerdo —sisea.

—Pero que Dios nos proteja si le das a uno de ellos. ¿Te encuentras bien?

Se sacude.

—Sí, sí, estoy bien.

—Entonces vamos.

Puedo oler a pólvora cuando pongo los pies en la hierba; pólvora y tierra húmeda. El frío hace que me duelan los labios. Respiro tan alto que se me puede oír a un kilómetro de distancia.

La furgoneta proyecta una sombra alargada y emite una luz ovalada; no puedo ver nada ahí fuera. Enciendo mi linterna y avanzo: el rastreador muestra a una de las figuras dirigiéndose hacia nosotros. Hay dos árboles unidos que tienen una forma monumental bajo la luz de mi linterna. Una pequeña mancha de luz se extiende a mi alrededor y presto atención, pero no oigo ni veo nada en la oscuridad.

Luego algo me impacta en la espalda y me veo en el suelo, con la boca llena de hierba. Mi cabeza choca contra una rama caída, la piel se me abre en la frente y noto un enorme peso en la espalda que me presiona los pulmones contra el suelo. Unos pesados dientes hacen trizas mi traje a la altura de los hombros, intentando atravesarlo, y su húmedo aliento me quema la nuca. Trato de gritar para que Marty acuda en mi ayuda, pero la hierba que tengo metida en la boca me lo impide.

Recibo otro golpe y ruedo sobre mis espaldas con dos lunáticos encima. Veo sus encías negras, el rosa de sus ojos, veo dientes más grandes que mis uñas rozándome la cara. Tiro un golpe con mi garrocha y le doy a uno en la garganta, que cierra las mandíbulas y retrocede con un rugido mientras me alejo rodando. Luego oigo el sonido de la pistola de Marty y el otro lunático se estremece durante un segundo antes de volver a lanzarse contra mí. Tengo uno de los brazos apoyado en el suelo, pero con el otro me protejo el cuello y grito.

Se oye un nuevo disparo y algunos de los perdigones alcanzan al lunático en el costado, que choca contra un árbol y cae herido al suelo entre sollozos. Su sangre corre por la hierba, ya que Marty le ha alcanzado en una de las patas. Me pongo en pie con la garrocha e intento apresar al otro con el lazo, pero se aparta de mí para abalanzarse sobre Marty.

El chico ya ha disparado sus dos balas, no tiene garrocha y aún lleva la pistola de tranquilizantes metida en el cinturón. Está completamente desarmado cuando el lunático se abalanza contra él. Cojo mi pistola de tranquilizantes mientras veo que un tercer lunático sale de detrás de un árbol y entre los dos tiran a Marty al suelo y empiezan a morderle.

Uno de mis dardos tranquilizantes alcanza a uno en el hombro, pero tarda unos segundos en hacer efecto. El otro lunático levanta la mirada, ve el dardo y se da la vuelta para abalanzarse contra mí. Durante tres segundos veo claramente que voy a morir, pero el animal pasa a mi lado, se adentra en el bosque y se pierde en la oscuridad. Lo sigo con la mirada, pero se ha metido en algún lugar oscuro y no puedo verle. Después de un momento me acuerdo del que está herido, pero cuando miro veo que también ha desaparecido; ha debido de levantarse y salir huyendo a tres patas.

Los diez pasos que doy hasta donde se encuentra mi compañero son los diez pasos más largos que he dado en mi vida. Marty está tirado en el suelo porque no tenía ningún arma con la que defenderse, y no tenía ninguna porque ha hecho justamente lo que yo le dije. Esos diez pasos entre montones de hojas y una rama caída, al lado de la cual está tirado Marty, me parecen una eternidad.

Bajo la luz amarillenta la sangre parece de color negro. El chico está tirado en el suelo, con un hilo de alquitrán corriéndole por la garganta. El aceite le gotea, tiene el rostro embadurnado de carbonilla y los ojos se le mueven. Puedo oír su respiración cuando le inspecciono la garganta desgarrada, que emite un sonido parecido al del metal arañando la piedra.

Tras vendar las heridas de mi compañero lo llevo hasta la furgoneta y después cargo al lunático sedado. El médico que le atiende en el refugio más cercano le administra primeros auxilios a Marty y después lo ingresan en un hospital. Tienen que hacerle una transfusión, le inyectan algunos medicamentos y le cosen el cuello. Es posible que nunca más vuelva a hablar, aunque no están seguros de ello.

Así es nuestra vida, o al menos parte de ella. Una mala noche. Una noche muy mala.

5

—Esto podría aparecer en su expediente, señorita Galley.

Mi superior, Hugo, es un hombre muy grande. Mide casi dos metros de estatura, de anchos hombros, con un rostro afilado de campesino y muy moderado al hablar. Si trabajara en el mundo exterior, lo describirían como imponente. Yo siempre lo he percibido así, pero esta tarde, cuando le veo, me percato, como si fuese la primera vez, de lo grande que es. Reclinado sobre el respaldo de la silla, ocupa una enorme cantidad de espacio sin que esto le preocupe en absoluto. Yo soy una mujer pequeña y hoy, tras pasarme la noche persiguiendo lobos, después de unas horas en el hospital esperando para saber si Marty viviría, debo de tener cara de cansada y los ojos me lloran por la fatiga. Tengo cardenales enormes en la espalda, brazos, piernas y cabeza. Me supone un esfuerzo enorme enfrentarme a la mirada de Hugo.

—Su pupilo —prosigue—, Sean Martin, no puede decirnos de momento qué sucedió, por lo que sólo tenemos su testimonio y las pruebas físicas que, por cierto, no dicen mucho en su favor. ¿Tiene algo más que añadir?

A pesar de encontrarme muy erguida en la silla, es mucho más alto que yo.

—Sólo lo que ya le he dicho —contesto—. Pedimos refuerzos y no nos los pudieron prestar. Luego nos vimos atacados por un grupo de lunáticos salvajes. Parecían salir de todos lados. Ni siquiera un par de grupos habría podido con ellos.

—Entonces ¿le disparó a uno de ellos con una bala antes de darse cuenta de que tenía la pistola de tranquilizantes? —pregunta, pareciendo casi amable.

Cierro los ojos un momento y me llevo una mano a la boca.

—Le dije a Marty que utilizara los sedantes como último recurso —digo casi en voz baja—. Cuestión de normas.

—Según tengo entendido, las normas también dicen que se usen los tranquilizantes antes que las balas.

—Sí, señor.

Me lanza una mirada meditabunda.

—¿Puede explicarme eso?

—Yo...

Marty debería haber disparado los tranquilizantes primero, lo sé. Ahora él yace en coma con la garganta desgarrada, y cualquier cosa que diga puede perjudicarnos a los dos. Al menos eso creo, pues nunca se sabe qué piensa Hugo. Me muerdo el labio y me miro las manos.

Hugo suspira de nuevo.

—Disparar un treinta y seis para hacer ruido podría ser una buena justificación proviniendo de usted, ya que es una técnica que sabe utilizar y posiblemente sea la explicación más probable, ¿no es verdad? Sin embargo, y puesto que podemos entender que el muchacho se asustó al ver que la atacaban y disparase con lo primero que tuviera en la mano, ¿por qué no utilizó también su pistola de tranquilizantes? Eso me hace pensar que actuaba bajo sus órdenes.

—Sí, señor —respondo.

Mis manos tratan de ocultarse bajo el forro de los pantalones.

—La inexperiencia de un nuevo recluta debe tenerse en consideración, creo —añade Hugo—. Especialmente si la persona a la que disparó no puede acusarle sin que él mismo sea acusado de intento de homicidio contra dos representantes de Dorla. Lo importante es que el joven Martin llevaba el arma equivocada en compañía de una operadora mucho más experimentada. —Sus ojos se clavan todavía más en mí, su rostro permanece impasible. Estaba equivocada: soy yo la que está metida en un aprieto. Yo y sólo yo—. ¿Le importaría explicarme cómo sucedió?

—Quise asegurarme de que era capaz de hacer una captura siguiendo las instrucciones al pie de la letra. Marty había cometido un error esa misma noche y estaba tratando de enmendarlo.

—¿A costa de su vida?

La pregunta me sobresalta.

—¿Ha muerto? —pregunto con un jadeo.

—No, pero eso es algo que tenemos que agradecer a los doctores. A los doctores y a nadie más. Señorita Galley, esto se ha llevado a cabo de forma muy penosa.

—Lo sé.

Me molesta que lo único que pueda hacer sea agachar la cabeza, pero mi destreza para los discursos se ha desvanecido.

—Usted ha permitido que la atacasen —prosigue Hugo—, y dejó a su pupilo desprotegido, sin armas o defensa alguna ante lo que usted misma ha definido como un ataque coordinado. Sé que no es muy frecuente que suceda una cosa así, pero usted debería haber estado preparada para eso. No tomó las precauciones debidas. Sean Martin era su responsabilidad, y seguirá siéndolo si sufre lesiones por su negligencia. Su estrategia fue muy inapropiada para un ataque de ese tipo.

Le da la vuelta a un papel y se inclina hacia delante antes de añadir:

—Ya sé que no esperaba que le tendieran una emboscada. Si esto hubiese sido una situación normal, su forma de actuar probablemente no sería la equivocada. Pero tengo que centrarme en lo que pasó, Lola. El muchacho ha resultado herido, y además dos de los tres perpetradores han escapado, y todo porque él siguió sus recomendaciones. Lo siento, pero no creo que pueda hacer gran cosa por usted.

Se detiene a la espera de que diga algo. Si tengo algo que alegar, debería hacerlo ahora, pero no se me ocurre nada. Es posible que mi intención fuese buena, eso no importa. Lo importante era apartar a Marty de las mandíbulas de los licántropos. Cuando levanto la cabeza me duelen los cardenales que tengo en la espalda y las piernas.

—Lola —dice Hugo poniendo sus manos chatas sobre la

mesa—. Esto se planteará en la próxima inspección. Yo mismo tendré que hacerlo. No puedo pasar por alto un incidente tan serio.

Nosotros lo llamamos «la fiesta de los castigos». En cada reunión disciplinaria uno de nosotros sale escaldado, sólo para demostrar a personas como Franklin que somos responsables de nuestros actos. Ahora me toca a mí. Me empiezan a temblar las manos, y termino metiéndomelas entre las rodillas.

—Hablaré en su favor —continúa Hugo—. Es una buena operadora y, aunque tiene sus lesiones como la mayoría, no suele cometer errores de ese calibre. Además, la parte afectada en este caso no es una persona, sino uno de los nuestros, por lo que no creo que la prensa denuncie a Dorla por brutalidad. Eso es un punto a su favor. No obstante, hay una familia en la que pensar y los familiares no suelen ser muy colaboradores cuando uno de sus miembros se ve lesionado. Creo que hoy vienen algunos para recoger sus pertenencias y buscar un representante, así que cuide su manera de actuar delante de ellos. —Estudia mi cara con interés y añade—: En cualquier caso hablaré en su favor, aunque quiero que empiece a pensar que cabe la posibilidad de que sea sancionada. Teniendo en cuenta la enorme carga de trabajo que tenemos, no puedo encomendarle ninguna labor restrictiva, pero le aconsejo que tenga mucho cuidado. ¿Queda claro?

—Sí, sí, muy claro —logro responder.

Mantiene su mirada impasible. Podría terminar de dos maneras: haciendo un comentario que muestre que está de mi lado o soltarme otra reprimenda que me ponga en mi sitio. No hace ni una cosa ni la otra.

Una vez que he salido del despacho de Hugo, lo único que deseo es ponerme en posición fetal y permanecer así durante el resto de mi vida. Sin embargo, lo que veo es una oficina atestada de personas muy ocupadas que van de un lado para otro, gritos y teléfonos sonando por el nuevo año, un edificio entero tratando de mantener el orden cuando reina el caos. Todos se paran a mirarme. Ingnorándoles, me abro camino a través de la sala, bajo hasta el vestíbulo y me dirijo hasta mi pequeña oficina. Cuando llego allí, sólo entonces, me llevo las manos a la cabeza y oculto mi rostro.

Me viene a la memoria un recuerdo: yo tenía unos cuatro años, creo, la mitad que Becca, y estaba sentada en el cuarto de baño, subida encima del cesto de la ropa. Me corría un chorro de sangre por la pierna. Incluso entonces, no era una llorona. Se me pasó por la cabeza la idea de que podría morir desangrada y tuve la sensación de que debía preocuparme por ello, aunque en realidad estaba más preocupada por que la sangre me llegara hasta el calcetín y me lo manchara. Cuida de tus cosas, me diría mi madre, y yo me lo repetía mientras me balanceaba de un lado para otro haciendo crujir el cesto de mimbre. Detuve el surco de sangre con la mano y la restregué por la espinilla. Estaba más pegajosa de lo que había imaginado. Me froté la mano manchada con la otra, manchándola también de sangre, pero luego me di cuenta de que estaba en un aprieto: estaba encima del cesto con la rodilla herida y las manos tan manchadas que no podía tocar nada, ni tampoco bajarme de la cesta.

No sé por qué me asustaba tanto que mi madre se enterase, ya que siempre me regañó mucho menos de lo que merecía, como si hubiera una especie de resignación en su forma de tratarme. En lugar de eso, riñó a Becca por no haberme vigilado debidamente, como si de mí no se esperase nada mejor.

Me erguí y susurré:

—Becca. Becca.

Becca apareció en la puerta del cuarto de baño con su muñeca.

—Me he manchado el calcetín de sangre —le dije.

—Los calcetines no crecen en los árboles —respondió con el ceño fruncido, mientras apoyaba cuidadosamente la muñeca contra la pared. Imaginar un árbol donde crecieran calcetines me hizo reír—. No tiene ninguna gracia, May —añadió.

—No puedo bajar.

—Entonces deja de reírte de mí.

—No puedo bajar y no me estoy riendo de ti. ¿Te importaría ayudarme?

—Debes tener más cuidado —me reprendió sujetándome un pie.

Gimoteé cuando me puso la pierna recta y me dio un pequeño tirón antes de humedecer un trapo para limpiarme la sangre. Me lavó con mucho cuidado, yendo desde el pie hasta la rodilla. Cuando llegó a la herida, la frotó con suavidad. Le dije que no quería desinfectante, pero ella me lo puso de todos modos y me colocó un vendaje presionándolo con la palma. Luego me ayudó a bajar del canasto de la ropa y me lavó las manos debajo del grifo, aunque yo me quejé porque quería lavarme sola.

—No seas tonta —me dijo.

—Deja que me lave yo sola.

—Te estoy ayudando. ¿No piensas darme las gracias?

El teléfono suena y me apresuro a cogerlo, contenta de tener alguien con quien hablar. Tengo que trabajar. Me había quedado pensando en las musarañas y no creo que eso me lleve a ningún sitio, salvo recordar que fue la primera vez que vi sangre, me di cuenta de lo pegajosa que era y de los inconvenientes que tenía hacerse una herida. No sé por qué andaría pensando una cosa así. Lo que sí sé es que, una vez que te has hecho una herida, hay que tener paciencia para recuperarse. «Gracias», musito rápidamente, dando por zanjado ese asunto y concentrando mi atención en la llamada.

—Lola Galley —digo al teléfono.

—Hola, soy Nick Jarrold. Nos hemos visto en alguna ocasión.

—Sí, le recuerdo.

Nick Jarrold es un hombre delgado, con un enorme bulto en la nuca que le hace tener la apariencia de poseer una enorme cabeza. Empezó a trabajar como forense y policía de enlace hace quince años y, desde entonces, se ha estado matando a base de cincuenta cigarrillos diarios. El tabaco le está creciendo en la garganta, casi se puede oír cómo se mueven las hojas cada vez que habla. De todos modos, lo que más me sorprende es lo caro que resulta ese vicio. Hay formas más baratas de suicidarse.

Solía ser el compañero de Johnny. Johnny solía reírse de él y hacer comentarios sobre su hábito, pero llevaban trabajando juntos más de un año cuando... bueno, mejor no mencionar a Johnny.

—¿Cómo estás, Nick? —le digo.

—Bien —responde resollando, aunque me doy cuenta de que miente—. ¿Y a ti? ¿Cómo te van las cosas?

—Bueno, no van mal. Me encuentro de muy buen ánimo y me encanta la vida. ¿Qué puedo hacer por ti, Nick?

—Mira —dice con una voz que parece que tiene laringitis. Me aclaro la garganta en señal de empatía—, estoy en el refugio donde trajiste a tu presa la noche pasada porque estoy haciendo el turno de la mañana.

—He hecho una declaración —le interrumpo—. Estará a punto de llegarte.

—Ya la tenemos, gracias. Pero como esta mañana ha vuelto a su estado normal quería decirte que hay algo muy inusual en él. Hemos pensado que quizá te interesaría echarle un vistazo.

—¿Inusual? ¿Quién es?

—Si te sirve de algo, se llama Seligmann. Yo al menos no lo conozco de nada y no sé qué pensar de él. Puesto que es tuyo, es posible que pueda interesarte.

«Puede interesarte» es un eufemismo que puede significar cualquier cosa; lo que sí era muy raro es que Nick se anduviera por las ramas.

Me llevo una mano al pelo.

—Gracias, pero tengo una reunión y es posible que pierda mi puesto. —Eso no debería resultarme fácil de decir, pero, para un hombre al que sólo le queda la cuarta parte de los pulmones, no puede ser tan patético—. No sé si merecerá la pena que pierda el tiempo en ello.

—No creo que te sancionen cuando lean nuestro informe sobre él. Nadie te va a culpar, así que ven y échale un vistazo. No tiene por qué ser hoy, no lo vamos a dejar marchar. Lo enviaremos a vuestras celdas. Puedes echarle un vistazo allí mismo.

—¿Cómo has dicho que se llama?

—Darryl Seligmann.

—¿Vamos a presentar cargos contra él?

—Resistencia e intento de homicidio posiblemente. Eso es cosa tuya. ¿Vas a venir a verle, entonces?

El estatuto de Kendall dice que es ilegal que una persona en trance ponga más resistencia al ser arrestada de lo que se espera de ella. La resistencia es un cargo demasiado arriesgado, ya que es una de las leyes más ambiguas.

—Dios santo, Nick, no sé qué hacer —le digo—. De acuerdo, lo veré cuando lo traigan aquí. Y gracias por decírmelo. Ahora lo siento, pero tengo que marcharme.

—De acuerdo. Buena suerte.

—Gracias.

—¿Lola?

—Sí, dime.

—Cuídate.

Cuando regreso a la oficina desde la máquina de café, me encuentro con mi antigua profesora, Bride, que cruza la habitación con una sonrisa irónica en su horrible jeta.

—Me he enterado de que te llevan a la guillotina —dice.

—Mmm —respondo con una sonrisa forzada.

Me da una palmadita en el brazo, poniéndose seria, y dice:

—¿Cómo se encuentra el pobre Marty?

Tardo unos segundos en recuperar la compostura y poder responderle:

—Está vivo. Si volverá a hablar o no, ya es otra cuestión.

—¡Vaya por Dios! —responde.

Me echa el brazo por encima del hombro. Hago ademán de apartarlo, pero me doy cuenta de que si lo rechazo, ya no volveré a tenerlo nunca más. Estoy a punto de desmoronarme.

—¡Vaya profesora soy! —digo.

—¿Qué sucedió? —me pregunta sacudiéndome el hombro.

—Le dije que disparara su treinta y seis al aire y que no usara los tranquilizantes a menos que fuese necesario. Estaba desarmado cuando le atacaron.

—Pobre muchacho —dice suspirando.

—Es sólo un niño y le he arruinado la vida para siempre.

—Es posible que se ponga bien. Los jóvenes se recuperan con mucha facilidad.

—Es posible —respondo.

Bride me agita el cabello.

—¡Cuidado! —le digo—. Me ha costado bastante arreglármelo.

—Eso está bien. El dinero hay que gastarlo en la peluquería, en zapatos y en sostenes. —Se mira su enorme pecho un poco compungida y luego lanza una mirada crítica a mi escaso pecho y mis aniñadas caderas. Me ajusto la chaqueta—. Bueno, quizá sea yo la única que tiene que hacer eso —añade—. Y dime, ¿qué sucedió la pasada noche? Quiero decir, aparte de lo de Marty.

—¿Qué pasó? Estoy cansada de hablar de ello.

—Las habladurías dicen que fue un ataque coordinado. No había sucedido en mucho tiempo. ¿Quieres que le eche un vistazo?

Nadie la va a ascender de puesto, pero sigue siendo una buena investigadora y me ha enseñado muchos trucos que me hacen pensar que su ayuda puede merecer la pena.

—Nick Jarrol me ha llamado —le digo—. No me ha dado los detalles, pero si quieres puedes investigar.

—Lo haré. Y tú deberías hacerlo también. Después de todo, has sido tú quien le ha apresado.

—Lo haré.

—Eso espero.

Bride se aparta de mí y me quita las manos de encima.

—Si fuese tú, subresistencia la próxima vez —dice.

—Lo sé, debería haberlo hecho.

Subresistencia significa abogar por el estatuto de Kendall, tanto si vive como si muere. Tu palabra contra la suya, tu palabra contra la de un licántropo que se está despertando con una resaca de mil demonios. Es una distinción muy delicada. Si te paras para leerle el código, entonces lo más probable es que no puedas abogar por esa ley al día siguiente.

—No se puede confiar en ellos, Lo, y tú lo sabes —prosigue Bride—. A la mierda con lo que dice la ley.

—Sí, a la mierda. ¿Cómo te va con tu pupilo?

—¿Nate? Es un poco lento. Y no se ríe de mis chistes.

—Entonces es que debe de ser muy malo.

Empiezo a sentirme un poco mejor. Hay muchas personas que consideran a Bride una pelmaza, pero a mí me cae bien.

—Quiere dedicarse a las finanzas, ¿puedes creerlo? —comenta.

Puedo, si hago un esfuerzo enorme.

—¿Otro masoquista?

—Oh, no, es un buen muchacho. Pero tú eras más divertida. Creo que está terminando la carrera militar, aunque, por supuesto, no se lo he preguntado.

La conexión con el ejército es uno de los temas más secretos en Dorla. Las noches de luna llena no están sincronizadas en el mundo, puesto que la hora varía. Cada país termina y empieza a una hora distinta. Los soldados se encierran en los barracones; los científicos militares y el Alto Mando empiezan a transformarse y dejan de mirar al cielo. Si tu enemigo está en trance y tú no, entonces significa que están despiertos. Sin embargo, eso nunca fue un problema hasta que alguien inventó los misiles de largo alcance. Algunas masacres que se cometieron hace décadas obligaron a las Naciones Unidas a implantar una resolución: durante las noches de luna llena, los países que estuviesen en guerra entre sí estarían obligados a mantener una tregua. Si un país rompiese el cese al fuego implantado en las noches de luna llena, las Naciones Unidas le declararían la guerra, al menos en teoría. Y siempre que no vaya en contra de los intereses de una gran potencia, claro. Ningún país está preparado para asumir un reto de ese tipo, por eso se construyen bases militares y búnkeres bajo tierra en lugares recónditos, con códigos de lanzamiento que pueden responder un ataque con bombas nucleares a los pocos minutos de despertarse uno de esos generales. Voluntarios de Dorla especialmente instruidos forman parte de la plantilla; nadie sabe dónde se encuentran, ni quiénes son esos voluntarios. Lo que sí se sabe es que la mayoría de ellos son jóvenes. ¿Por qué no? Nosotros tenemos los mismos sentimientos que un soldado cuando estamos de puertas para dentro, lejos de los lunáticos que deambulan por la noche enseñando los dientes.

Me consta que Marty no estaba interesado en ingresar. Él había optado por probar fuera, con nosotros.

—Dime, ¿has roto algún corazón recientemente o sigues esquivando a los hombres? —pregunta Bride, cogiéndome del brazo y acompañándome mientras cruzamos la oficina.

—Negativo —respondo.

Ya hemos tratado ese tema con antelación y, aunque sé que tiene buena intención, se me están acabando las ganas de seguir con esa broma.

—Necesitas salir con más frecuencia, Lo —añade.

Bride solía salir con bastante asiduidad por las noches, aunque ahora no tanto desde que su marido sufrió un ataque al corazón. El doctor le dijo que podía vivir muchos años si no se excedía. Sé que la mayoría de las noches se queda en casa para robarle jugando al póquer. Si se lo menciono, lograría que no se inmiscuyera en mi parca vida amorosa, pero con eso sólo conseguiría perder a mi mejor amiga.

—Lo pondré entre mis asuntos pendientes —le digo—. Gracias, Bride.

—Hay que ver, desperdiciar tu vida en una oficina —termina musitando. Luego abre la boca para decir algo más, pero se interrumpe.

—Déjalo, Bride.

—¡Ah! —exclama, al parecer distraída por algo que ha visto. Miro en la dirección de su mirada y veo a dos mujeres que han entrado en la recepción, una mayor y otra joven. Vienen acurrucadas, una junto a la otra—. ¿Qué es eso? ¿Licántropos sin acompañar? —Hace una pausa y agrega—: Lolie, ¿no se parecen a alguien?

Me desprendo de Bride, que ha vuelto a cogerme del brazo, y junto las manos mientras observo a las desconocidas. Se parecen mucho entre sí; no hay duda de que son madre e hija, y de que ambas se parecen a Marty.

La más joven mira alrededor y ve que toda la gente está muy

ocupada. Es día 1, el primer día después de luna llena y nadie tiene tiempo para atenderlas.

Al vernos de pie y sin hacer nada, decide acercarse hasta nosotras.

—¿Nos podrían atender? —pregunta.

Jamás había visto a una licántropa hablar con tanta moderación.

Abro la boca y vuelvo a cerrarla. Bride me mira y ella es la que toma la palabra:

—¿En qué puedo ayudarlas?

—Estamos buscando la habitación cuarenta y cinco A.

Es decir, están buscando la sección de enlace. Alguien se va a reunir con ellas para hablarles de la posibilidad de denunciarnos.

—Sí, es en esta misma planta —responde Bride—, pero tienen que salir por donde han entrado, girar a la izquierda y seguir el pasillo. Ya la verá.

—Muchas gracias, ¿señora...?

La joven examina a Bride, esperando que le diga su nombre. Es más joven que yo. Si sólo se preocupa de Bride y no empieza a socializar, no tendré por qué hablar con ella.

—Reilly. Bride Reilly.

—Mary Martin —responde estrechándole la mano. Su madre no se mueve. Mary Martin permanece de pie, inmóvil por un momento y con el rostro hundido. Luego abre la boca y añade—: Mi hermano trabajaba aquí.

—Sí, lo sabemos. Lamentamos mucho lo sucedido. Es un buen muchacho.

—Veo que se ha enterado —dice la señorita Martin, que habla por primera vez y en tono muy bajo, como si eso confirmara algo. Luego me mira.

Se hace un silencio. Finalmente, Bride se aclara la garganta y me presenta:

—Le presento a la señorita Lola Galley, señorita Martin.

—¿Cómo está usted, señorita Martin? —digo tendiendo la mano. Ella me la coge por un brevísimo instante, retira la suya y la esconde en el fondo de la chaqueta.

—¿Trabajaba usted con Sean? —me pregunta.

—Si, así es —respondo.

Si dispusiera de diez años para pensar, a lo mejor encontraba algo que decir que pudiera consolarla.

La hermana de Marty me mira con la misma cara que la madre.

—Sean nos ha hablado de usted. Nos dijo que era su compañera cuando salía las noches de luna llena, ¿no es verdad?

—Sí, así es —contesto tragando saliva.

—Ah —tercia su madre con una voz muy lejana, propinándome la paliza más silenciosa que he recibido en mi vida.

—Señora Martin, lo lamento mucho... —empiezo.

Gira la cabeza y cierra los párpados como si fuesen dos cortinas que le impidiesen verme.

Su hija la coge del brazo.

—Bueno —dice—, debemos seguir con lo nuestro y así podremos regresar al hospital lo antes posible. Sólo hemos venido para ver a una persona y recoger algunas cosas. Ha sido un placer conocerlas, señorita Reilly y señorita Galley. —Recupera la expresión cuando se vuelve hacia su madre—: Vamos, madre.

Luego dan media vuelta y se dirigen a la salida. Al llegar a la puerta la madre gira la cabeza, como si quisiera mirarnos de nuevo, pero la hija le echa el brazo por encima y le susurra algo al oído. Cuando finalmente se marchan, caminan encorvadas como los refugiados.

—Bueno —dice Bride. Su voz me hace dar un respingo—. Podría haber sido peor.

No puedo apartar la mirada de la puerta.

—He tullido a su hijo —murmuro.

—No te han gritado, ni te han escupido a la cara, así que date por contenta. Recuerdo que cuando era joven vino un hombre cuya esposa había sido herida durante una captura. Entró gritando y chillando, y el muy cabrón trató de apuñalarme con una pluma.

Me coge enérgicamente del brazo y añade:

—No le des más vueltas, Lo.

La primera copa me la tomé a la salud de Marty, la segunda a la de Johnny y la tercera a la mía.

Me gustaría tener más personas por las que seguir bebiendo.

El whisky es como agua de lluvia, se me pega al cuerpo, y el humo del bar hace que me escuezan los ojos. No es más que humo y bebida. Echo una mirada cansina a la barra, de color marrón y muy sucia; hay manchas de vasos y montones de ceniza. Tiro encima la ceniza del cigarrillo, termino mi copa y le hago un gesto al camarero para que me sirva otra. Me lanza una mirada amable mientras me la sirve, pero le respondo con una mueca de desdén y me alejo. Vender alcohol no le da derecho a mirarme.

Levanto el vaso, pero no se me ocurre por quién puedo brindar, a pesar de que hay mucha gente que merece un brindis, tanta que podrían llevarme al hospital por ello. Los cuento dando golpecitos en el vaso. Marty yace en el hospital, tan herido que el sonido de una pisada podría dañarle; Johnny se está pudriendo en la tumba; Susan Marcos, que aún no me ha telefoneado; Jim, que no puede salir porque no tiene el corazón bien... Eso me hace sentir aún peor. Doy un golpecito en el vaso, pero esta vez intento no pensar en las personas que merecen y necesitan un brindis, pues al fin y al cabo nos lo merecemos todos.

Creo que soy una mala persona porque deseo que las desgracias, la muerte y el dolor les sucedan a otros empleados de Dorla, personas que no conozca. Sin embargo, así es, pues estoy harta de que sean mis amigos los que siempre las padezcan y prefiero que, al menos por un tiempo, las víctimas sean otros.

Un brindis para que sea así.

Me apetece otro cigarrillo. Lo cojo, pero el camarero tiene que darme fuego para que lo encienda. Es un hombre delgado y canoso, con los ojos bizcos y una amabilidad natural. Su cordialidad me va a hacer llorar, por eso considero más importante pensar en personas por las que merezca la pena beber a su salud. Sin embargo, no puedo aguantar sin beber hasta que se me ocurra alguno. Miro dentro del vaso y me tiro del pelo buscando una respuesta. El único que se me ha venido a la mente es Leo, mi sobrino Leo. Quisiera verle de nuevo. Llamaré a Becca y me acercaré a verle. Él hará que me ponga bien, él hará que beba a su salud, él conservará siempre sus brazos y sus pies y no los perderá persiguiendo lobos como yo.

Si Johnny me oyese hablar así, me haría callar. Para Johnny había algunas cosas en nuestra vida que merecían la pena. Creía en el destino. Johnny aceptaba el mundo tal como es, aceptaba las normas e incluso les encontraba un sentido que jamás tuvieron.

Me gustaría que volviese a vivir.

La cabeza se me cae encima del mostrador y dejo el vaso para no derramarlo. Me inclino hacia delante mojándome las mangas de cerveza, y es justo entonces cuando reparo en el hombre que está a mi lado.

Me giro para mirarlo y al ver sus ojos me quedo anonadada. Son de un color azulado intenso, con unas pestañas tan grandes como las hojas de un helecho. Me hace un gesto señalándome la copa y dibuja una sonrisa de lo más pura. Un ángel está intentando invitarme a una copa. Dejo mi vaso y me recuerdo a mí misma que no debo confiar en él.

—Buenas tardes —dice.

—Sí, así es.

—¿Qué tomas?

—Alcohol. Es algo que emborracha y que se puede conseguir en todos lados.

Sonríe y me coge el vaso. El whisky hace remolinos mientras se lo acerca a la nariz y lo huele. Algunos chorritos de líquido caen por los bordes.

—Whisky de malta —le indica al camarero, levantando la mano y señalando una botella.

De pronto tengo un nuevo vaso delante de mí, tratando de quedar bien con el antiguo.

—¿Y para usted, señor? —pregunta el camarero.

—Vino tinto, por favor.

—¡Vaya! Uno de ésos —digo.

El hombre se ríe y levanta el vaso hacia mí.

—¿Cómo te llamas? —pregunta.

—Estás perdiendo el tiempo, Adonis.

—¿Adonis?

Se inclina hacia delante, riéndose de la sorpresa, y veo que me ha engañado: aparte de los ojos, su cara es de lo más normal. Es agradable, pero nada extraordinario, sólo una cara agradable con un par de antorchas en medio.

Me encojo de hombros y me bebo el culillo de mi antigua copa.

—Me habías engañado —aclaro—. Por un momento pensé que te parecías a un dios griego.

—Me sorprendes —dice—. ¿Cómo te llamas?

—¿Ves mis manos? ¿Ves eso? —Me remango las mangas y le enseño la cicatriz que me corre desde la muñeca hasta el codo de la mano izquierda—. Gracias por la copa, pero más vale que lo dejes ahora y no perdamos los papeles.

—¿Y eso por qué? ¿Sólo porque eres de Dorla? Anda, dame una oportunidad.

—¿Oportunidad para qué?

—¿Puedo invitarte a una copa? —pregunta.

Hay una pequeña arruga en su frente. No sé por qué alguien tan apuesto simula que le preocupa semejante cosa, pero la verdad es que aparenta estar verdaderamente preocupado.

—A tu salud —agrega levantando el vaso.

Empujo a un lado mi copa y cojo la que él me ha pagado. Pequeñas volutas y espirales se forman alrededor de los cubitos de hielo y, cuando doy un sorbo, el calor me inunda la garganta. Es mejor whisky que el que yo había pedido.

—¿Suele hacer eso la gente? —pregunta.

—¿Hacer qué?

—Correr en busca de refugio cuando ven a una no licántropa. Miro mi copa.

—¿Qué significa eso? Vosotros os pasáis todos los días del mes menos uno huyendo. No soy yo la que deba explicártelo.

Se frota la frente, como si estuviera recapacitando.

—Eso no es del todo cierto —concluye. No me contradice, sólo está buscando la respuesta adecuada. Luego prosigue—: Se oyen historias acerca de lo que sucede en Dorla, la mayoría inventadas, por supuesto, pero no es una broma eso de arrestar a alguien. Vuestra convicción, además, es más fuerte que la del sistema judicial regular.

Ha dicho regular. Eso suena mejor que normal.

—A lo mejor es que somos más eficientes —comento.

Se ríe.

—Es posible, no lo sé. En cualquier caso, no creo que hayas venido a este lugar para hablar de trabajo.

—No —concedo dando otro sorbo—. He venido para emborracharme.

—¿Tú sola?

—Sí —respondo—. ¿Qué hace una chica guapa como yo bebiendo sola? Respuesta: haciéndole compañía al vaso. Nos llevamos muy bien. Así que mientras tú estás ahí, ¿qué hace una chica tan guapa como yo en un lugar como éste?

Se vuelve a reír y deja la copa; apenas hace ruido al dejarla encima del mostrador.

—Eres guapa, lo sabes —dice.

Abro la boca para decir algo, pero no tengo palabras. El vaso me pesa en la mano, así que lo dejo con un golpe y empiezo a masajearme las sienes.

—Escucha. No sé si estoy lo suficientemente borracha como para permitir que me engatuses, pero te diré una cosa: pareces un chico agradable y yo soy un hueso duro de roer hasta cuando me encuentro sobria. Así que más te vale que lo dejes porque hoy ya he tenido un día demasiado malo.

—No habrá sido tan malo —dice—. ¿Qué te ha pasado?

Cierro los ojos y vuelvo a abrirlos. Todavía estoy de una pieza.

—Alguien ha resultado herido por mi culpa —confieso—. Debería haber cuidado mejor de él y ahora se encuentra en el hospital.

—Eso es fuerte —responde.

Levanto la mirada.

—¿No piensas decir que estás seguro de que no fue culpa mía?

Tiene una cara agradable, simpática.

—No lo sé, yo no estaba allí —contesta—. Es posible que la tengas, pero todos cometemos errores.

—Sí —murmuro—, pero tus errores no mandan a la gente al hospital.

—Lo siento.

Empuja mi copa y luego me hace un gesto con los dedos. Miro hacia donde me señala y me doy cuenta de que debo de estar realmente bebida. Me he dejado la manga remangada y todo el mundo puede verme la cicatriz.

—¡Dios santo! —exclamo.

Mi mano vuela para ocultarla y él me baja la manga, cosa que yo le permito. Sus dedos me acarician la muñeca. Se detiene cuando lleva media manga y pasa su dedo por la cicatriz.

—Pobre chica, eso debe de haberte dolido —dice.

Aprieto el puño.

—Estás perdiendo el tiempo, pimpollo —le advierto—. Es tejido cicatrizado, piel muerta, no puedo sentir nada.

Sus manos se abren y me agarran la muñeca.

—No —digo.

—¿Te encuentras bien?

—No, no me encuentro bien. Te llames como te llames, creo que estás tratando de ligar conmigo. A mí también me gustaría, pero empezarías a odiarme dos minutos después, así que no quiero tener que ver tu jeta cuando estés buscando la forma de librarte de mí. Por eso, si lo que estás buscando es echar una canita al aire, más te vale que te busques a otra.

Suelta una carcajada.

—Sólo estoy hablando contigo —añade apartando cuidadosamente la mano de mi brazo—. Por cierto, me llamo Paul, Paul Kelsey.

Doy un respingo en la silla, sólo para evitar escupir el whisky. La cantidad que he bebido se convierte repentinamente en un problema.

—¿Desde cuándo? —pregunto.

—Desde que me bautizaron... ¿Por qué? ¿Qué sucede?

—Yo te conozco —digo tropezando en cada palabra—. Tú

eres el que me envió un e-mail acerca de mi borrachín, eres un trabajador social. ¿Qué haces en mi bar?

Inclina la cabeza para mirarme de cerca.

—Estaba en el edificio de Dorla por otro caso y este bar quedaba cerca —dice soprendido—. ¿Tú eres Lola Galley?

—Sí, así es —respondo apoyando la cabeza en mis manos, permitiendo que la suciedad me manche las mangas—. Se supone que vamos a trabajar juntos.

—Tú me enviaste ese e-mail tan gracioso, ¿no es verdad? —pregunta apartando mi copa para que no la tire.

—¿Gracioso? Fue horroroso. Y nada profesional. ¿Por qué no me escribiste poniéndome en mi lugar?

—¿Estás de broma? Es la primera vez que veo a alguien recibir un mensaje de un agente de Dorla diciendo que está de su lado.

—Vaya —respondo. Yo jamás lo habría imaginado—. Sin embargo, no creo que estemos del mismo lado.

Bebe un poco de vino y dice:

—¿Por qué no?

—Pues porque no. Probablemente no.

—¿Puedo pedirte que bebas un poco de agua? —pregunta.

—No. Estoy volviendo a revisar nuestro caso y tratando de mirarlo desde el punto de vista del cliente. Por favor, déjame emborracharme. No me apetece estar sobria ahora.

—¿Qué sucede?

Ha dejado de sonreír. La cara que pone no es de desaprobación, ni de reproche, tan sólo de interés.

—Mi pupilo está herido por culpa mía —explico—. Antes de eso, mi amigo fue asesinado, dejando tres hijos y una mujer embarazada, y nosotros no sabemos quién lo hizo. Además, mi trabajo pende de un hilo. Y echo de menos a mi hermana, aunque sé que verla no mejoraría las cosas. ¿No lamentas haber empezado a charlar conmigo?

Sonríe.

—No, la verdad es que no —contesta.

—¿Por qué no?

—¿Podemos vernos socialmente en alguna ocasión? Me refiero a sin whisky.

—Vamos a trabajar juntos —le recuerdo—. Puedes contactar conmigo a través de Dorla.

—¿De verdad?

—Sí. Escucha, Kelsey. Estoy borracha. Y cansada. He tenido un día horrible y no puedo ni pensar. Creo que lo mejor que puedo hacer es marcharme.

Me levanto. El local parece dar vueltas hacia la derecha. Me pongo la mano en la cabeza y me dirijo hacia la puerta dando tumbos.

Una vez fuera del bar, miro a través de la ventana. El camarero se encoge de hombros y le sirve otra copa a Paul Kelsey.

6

Paso la tarde siguiente con la familia de Marcos. Debbie me abre la puerta y me conduce hasta el salón. No se puede decir que reine el orden. Susan está sentada en la misma silla de la otra ocasión y Debbie se acerca por detrás para rodearla con los brazos. Susan le corresponde poniendo una mano sobre el brazo sin girar la cabeza. Hay algo en la expresión de su rostro que me da miedo. La pequeña Debbie apoya la cabeza contra la de su madre, pero sus ojos no dejan de mirarla. Es como si intentase arrastrarla al interior de la vida.

Los dos niños entran en la habitación. Susan se sobresalta y se vuelve.

—¿Habéis puesto la mesa? —les pregunta con una voz que denota que está a punto de perder la paciencia.

—No —responde Peter, el más pequeño, dándole un empujón a Julio.

—Tienes que poner la mesa. Yo he preparado la cena y a ti te toca poner la mesa —dice Debbie.

Peter le echa una mirada y le propina una patada. Debbie está de pie, entre sus hermanos y su madre.

—¡Tenéis que hacer lo que os toca! —exclama.

—¡Vete al cuerno! —le responde Peter chillando—. Tú no eres mi madre.

—Vale, vale —digo interviniendo y poniéndome entre ellos—. Dejadlo de una vez. ¿Qué pasa si pongo yo la mesa?

—Es Peter quien tiene que hacerlo —remacha Debbie.

Miro a Peter y veo que está a punto de darle una patada a algo.

—Déjalo —respondo—. Yo puedo hacerlo más rápido.

Me lanza una mirada de enfado cuando me dirijo hacia la cocina, pero tras unos instantes viene conmigo. Me ayuda a coger los platos y alinear las sillas. Las salchichas están en la sartén, y las patatas y los guisantes ya están preparados. La verdad es que estoy impresionada. Para la edad que tiene, Debbie ha preparado una cena estupenda. En medio de la mesa hay una jarrita con algunas ramas delgadas y sin hojas que ha debido de recoger de algún sitio. La miro inclinada sobre la mesa, poniendo los tenedores en su lugar correspondiente.

—Tiene un aspecto increíble, Debbie —le digo.

—Mmm —responde sin mirarme.

Regreso al salón. Los niños están a punto de estallar. Peter está dándole patadas a las cosas y Julio rumia algo en el sofá. Me siento a su lado y le doy un puñetazo cariñoso en el brazo.

—¿Qué pasa, chaval? —le digo, pero se limita a contemplarse los pies—. Debbie ha preparado una cena espléndida.

—Estoy harto de su comida —responde.

—Está intentando ser agradable.

Le da una patada al sofá.

—¿Usted también va a tratar de convencerme? ¿Va a hacer de psiquiatra como la enfermera de la escuela? ¿Usted también va a hacer lo mismo?

—¿Yo? Ni mucho menos —contesto—. No sé lo que es un loquero aunque se me acerque y me coma.

Se agita y retuerce la cara. Luego se levanta y va de un lado para otro, abriendo y cerrando la boca.

—Recuerdo a la enfermera de mi escuela —prosigo—. Lo único que nos daba era una aspirina. Si te rompías una pierna, venía y te preguntaba si querías una aspirina. Supongo que se debía a que mi escuela era muy pobre.

Julio gesticula, pero no me mira.

—Me saca de quicio —dice.

—¿Debbie? ¿Por qué?

—Cree que si prepara la comida y se hace la mandona, todo se arreglará.

Le doy un golpe sin querer en la pierna y da un respingo.

—Perdona —le digo.

Pone los ojos en blanco y frunce el ceño para mostrar su enfado. Incluso a mí me resulta patético decirlo, pero lo hago:

—Eso no sirve de nada, ¿verdad que no? —Se encoge de hombros—. Debbie, sin embargo, está intentando ayudar —continúo—. ¿Tú acaso sabes cocinar?

Me mira, sin duda pensando que estoy mofándome de él, y me las apaño para ofrecerle una sonrisa.

—Yo tampoco soy una buena cocinera —le digo—. Pero ahora es hora de cenar, muchachito, así que vamos a comer.

Durante la comida Debbie se esfuerza en mantener una conversación, pero Julio se muestra distante, Peter huraño y Sue en silencio. De nuevo se ponen a discutir acerca de quién va a quitar la mesa, pero la discusión se termina cuando digo que seré yo quien lave los platos mientras los niños se van cada uno a su habitación. Debbie aún no ha aprendido a limpiar a medida que se prepara la comida, por eso la cocina está hecha un completo desorden. Busco por todos lados, tratando de encontrar algún detergente, pero nadie ha comprado ninguno en mucho tiempo. Sólo hay algunos botes bajo el fregadero con algunos restos. Los utilizo, sacándoles el mayor provecho que puedo y tratando de dejar impreso en cada rincón mi respeto por Johnny.

Regreso al salón y veo que Sue permanece inerte.

—¿Cómo te encuentras? —le pregunto.

Ella vuelve la cabeza sin decir nada. Supongo que habrá alguna forma de ayudar a una viuda y yo daría lo que fuese por saber cómo hacerlo.

—¿Has pensado en pedirles ayuda a los vecinos? —insisto.

—¿Para qué? —musita mirando hacia abajo.

Me callo. Estos pisos son mucho más grandes que los míos. Ahora que Johnny se ha ido, su sustento ha desaparecido; son una familia de licántropos viviendo en un nido de no licántropos. Está sin un penique. Lo mejor que puede hacer es explotar el recuerdo de Johnny, pues todo el mundo se ha enterado de lo sucedido. Si lo pide, seguro que la ayudarán con la comida y los niños.

—Estoy segura de que muchas personas no tendrán inconveniente en ayudarte, Sue —añado—. Podrán prepararte la comida, ayudarte con los niños... no conozco a nadie en este edificio, pero estoy segura de que lo harían.

—No lo sé —responde.

Me siento desesperada. Me entran ganas de sacudirla, de sacudirla hasta que sea feliz.

—¿Quieres que pregunte? —le digo—. Estoy segura de que podré encontrar a alguien dispuesto a ayudarte hasta que te sientas mejor.

Suspira y luego se lleva las manos al rostro.

—No sé qué va a ser de nosotros, Lola —declara, y veo que le tiemblan los hombros.

Me acerco hasta ella y pongo la mano encima de las suyas.

—Todo irá bien, Sue —la tranquilizo.

La cara se le retuerce.

—No sé qué va a ser de nosotros —repite—. Sencillamente, no puedo asumirlo. Yo...

Los sollozos no le dejan terminar la frase.

Yo tampoco sé lo que va a ser de ellos. Le aprieto la mano y me agacho a su lado, sin decir nada. Sigue temblando y le digo que llamaré a alguna gente, que buscaré alguna persona que pueda ayudarla. Cuando entra Peter aún estoy medio doblada, cogiéndole la mano.

Se acerca corriendo hasta mí, me empuja hacia atrás y se planta entre su madre y yo como un tigre.

—¿Qué haces? ¿Por qué la haces llorar? —me dice gimiendo.

—Todo va bien, Peter —le digo tendiéndole la mano, pero él la rechaza y la aparta de un manotazo.

—Vete de aquí.

—Peter.

Debbie entra en la habitación. Corre hacia su madre y la abraza mientras me mira fijamente.

—Todo irá bien, mamá, todo irá bien —dice en un tono acusador. Miro hacia la puerta y veo que Julio está observando la escena con ojos acuosos.

—No ha pasado nada —le digo, y mi voz retumba en las paredes.

Peter lleva su mirada de mí a su madre y otra vez a mí. Haciendo acopio de sus fuerzas grita:

—¡Vete de aquí!

Otra mujer habría manejado la situación de otra manera, cualquiera sabría lo que debería hacer en un momento como éste. Yo, sin embargo, lo único que puedo hacer es escuchar a Peter. Me tomo lo que me dice como un consejo, así que me levanto, cojo mi abrigo y el bolso y salgo sin pronunciar ni una palabra.

Me pongo a trabajar a la mañana siguiente. Necesito a alguien que me respalde, necesito autorización, necesito fuerza de voluntad y las manos libres. Necesito aclararlo todo y no dejar nada pendiente. Lo primero que se me ocurre es pedirle a Bride que se encargue; ella está ocupada, pero me dice que me lleve a su pupilo, Nate. Me preparo. En la planta de abajo está mi hombre, el hombre del que quiero obtener algunas respuestas. Hoy, si hay justicia en el mundo, voy a convertirme en una mujer muy peligrosa.

—Yo llevaré el interrogatorio —le digo a Nate. Mientras bajamos las escaleras que conducen a las celdas le pongo al día. Se oye el ruido de nuestras pisadas y las escaleras se hacen más oscuras y estrechas a medida que descendemos—. Tú quédate atrás. No hables mucho, pero respáldame.

La imagen de Marty herido me viene a la cabeza mientras digo esto, tan viva que me detengo durante unos instantes para apoyarme contra la pared. Nate continúa bajando y me veo obligada a gritarle. Se gira, sorprendido. A Marty jamás necesité gritarle, me bastaba con decirle las cosas una sola vez. Sabía escuchar, vaya si lo sabía. De hecho, me escuchó tan bien que ahora está en el hospital por haber ignorado su sentido común. Seguro que a él no tendría que haberle gritado para que me esperase. Marty era muy inteligente. Este pensamiento se me clava mientras permanezco de pie, soportando la mirada atenta de Nate. Me agito. Marty es inteligente y, al parecer, hasta es posible que recupere la voz. Ahora voy a tener unas palabritas con el lunático que se bebió su sangre.

—¿Es que no sabes lo que significa que te quedes atrás? —le digo a Nate pasando delante de él y haciendo valer mi autoridad.

Darryl Seligmann está agazapado en una esquina de la celda. Hay un banco en la parte de atrás donde puede sentarse, así como un par de sillas atornilladas al suelo. Él, sin embargo, está apoyado sobre los talones, con los codos sobre las rodillas y las manos en torno a la boca. El pelo le cuelga alrededor de la cara, rodeándola como una pantalla. No levanta la cara para mirarme cuando hago girar la llave de la puerta, sino una vez que estoy dentro y he cerrado, y lo hace muy bruscamente.

Me detengo a medio camino. Reconozco a este hombre. Le he visto antes, hace tan sólo unas semanas. Sí, ahora me acuerdo: fue el día en que nació Leo. Ese hombre me escupió cuando yo salía del edificio. El pelo de punta ahora lo tiene colgando, hecho una mata, y sus espesas cejas alborotadas.

—¿Qué quiere? —pregunta con la misma voz que me dijo «puñeteros pellejosos».

Me guardo las llaves en el bolsillo y tomo asiento. Enfrente de mí tengo al hombre que atacó a Marty. Y a mí. Aún recuerdo sus patas sobre mi pecho, sus dientes rozándome la cara. Aprieto los puños y digo:

—Amigo mío, está metido en un problema muy serio.

—¿Qué coño tiene contra mí?

Habla entre dientes, con la voz baja. Yo también bajo la voz, para acomodarla a la suya. Ha estado incomunicado, no ha hablado con nadie del exterior, ni tan siquiera con la policía, por lo que puedo hacer lo que me dé la gana con él, lo que se me antoje.

—¿Por qué no empezamos por el principio? ¿Qué hacía usted fuera una noche de luna llena? —le pregunto.

Los ojos se le ponen negros. Se pone tieso sobre los talones y me mira fijamente. Hay algo de adolescente en esa postura, con las rodillas dobladas contra las costillas, los codos echados hacia atrás, los labios gruñendo a medias. Otros niños, otros niños licántropos ya me habían mirado de esa forma antes. Tiene la boca opaca y emite un gruñido por entre sus encorvados dientes, pero las arrugas que tiene alrededor de los ojos parecen arder. No entiendo sus palabras, pero sí sé lo que quiere decir.

Me acerco hasta él con la espalda muy erguida, como si fuese una bailarina, y le hablo lenta y suavemente:

—¿Qué hacía fuera una noche de luna llena? —vuelvo a preguntarle.

Sus labios apenas se mueven cuando responde:

—Que te den por el culo.

Nate se mueve detrás de mí, pero le hago un gesto con la mano para que permanezca donde está. No quiero apartar la mirada de él ni por un instante.

—Lo siento, amigo mío —respondo—. No te vas a librar de ésta. ¿Quieres hacer una llamada telefónica? De acuerdo, puedes hacerla. ¿Quieres un abogado? Pues te dejaremos que tengas uno. Pero no tendrás ni una cosa ni otra hasta que nos digas lo que queremos saber. Y estarás aquí encerrado hasta que nosotros lo decidamos. Por tanto, nadie me va a dar por el culo. Así que vamos a empezar de nuevo desde el principio. ¿Por qué estabas fuera en una noche de luna llena?

—¿Eso es lo único que sabes decir? Anda y cuéntame otro rollo —replica.

—Nate, ayúdame a sentarlo en esa silla —digo.

Cuando le pongo las manos encima, Seligmann empieza a forcejear y lanzar patadas, pero le superamos en fuerza. Es delgado, sus músculos no son tan fuertes como cuando está en trance y nosotros somos dos. Apenas le quedan fuerzas, pero le apunto con la pistola de tranquilizantes mientras Nate le esposa las manos a la silla.

—No me obligues a sedarte —digo—. Te quedarás dormido y tendremos que pasar por esto de nuevo. Además, te quiero despierto.

Empieza a forcejear tratando de quitarse las esposas.

—¿Ves lo que hay allí? —le pregunto señalando—. Hay una garrocha colgada en la pared que, si es necesario, la usaremos para que te quedes quietecito. ¿Qué prefieres?

Tiene la mirada puesta en mí, pero no responde.

Me levanto. Hay algo oscuro en mi interior, algo que bulle por dentro. Pensar que puedo pegarle me hace temblar. ¿Tengo ganas de hacerlo? Una parte de mí lo desea. Echo la mano hacia atrás; siento el aire frío de la prisión acariciándome la piel cuando mi mano se llena de fuerza y finalmente le abofeteo.

El frío me sube por el brazo. Cuando la palma de mi mano le toca la cara, me estremezco de horror por lo que estoy haciendo. La cabeza se le cae para un lado. ¿Tanta fuerza tengo? La palma de la mano me escuece y veo que le he dejado marcada la cara.

Seligmann me mira y enseña los dientes.

—No sabes pegar, chochete —murmura—. Pegas como las señoritas.

Le pego de nuevo, sin darme cuenta de lo que estoy haciendo, pero esta vez con la mano cerrada. Mis nudillos impactan contra su mandíbula y noto los huesos chocando contra los huesos. La cabeza se le cae hacia atrás, pero sólo ligeramente, pues parece que la tiene atada con una cinta de goma.

—¿Te ha gustado más ése? —digo, sin llegar a reconocer del todo mi propia voz.

Le brillan los ojos; la voz es firme, más que la mía, cuando contesta:

—Continúa si te apetece.

Estoy temblando, a pesar de que jamás me he sentido tan acalorada como ahora. Hay un punto en la mano, justo por debajo del pulgar, que nunca se cura si se le hace daño, es una zona que carece de protección. Me inclino hasta quedar casi medio agachada. Tengo su cara pegada a la mía cuando le clavo la uña en la mano.

Cambia de gesto y se le escapan algunos gemidos mientras me inclino para apretarle con más fuerza, aunque no la suficiente como para herirle. Seligmann mueve la cabeza como un animal, tratando de apartarse, lo que me provoca aún más ganas de apretarle. Lo hago con todas mis fuerzas y luego suelto, dejándole una marca blanca que empieza a teñirse de rojo. Sangre curativa. La herida que le he hecho estará curada mañana.

Me habla de nuevo, con una voz ronca y baja que pretende ser aún más hiriente y fastidiosa, pero que resulta un poco teatral:

—¿Eso es lo único que sabes hacer, pichoncita?

Tengo el estómago revuelto, me siento mareada. Sacando fuerzas de la nada, lo abofeteo tres veces seguidas con la mano abierta; derecha, izquierda y derecha. Se me ha quedado la mano tiesa, dolorida, casi colgando; él, en cambio, parece que no se inmuta.

Seligmann me mira de nuevo. Tengo la mano levantada, pero ya no puedo pegarle más, físicamente me he quedado sin fuerzas. Tengo que hacer algo con la mano, así que se la pongo en la cabeza y le obligo a mirarme. Los dedos me tiemblan al entrar en contacto con su pelo grasoso y percibo el calor que emana su cuero cabelludo. Lo único que puedo ver es un ser humano al que estoy hiriendo, y lo único que deseo es acunar su cabeza, acariciarle, tocarle y hacer que se sienta mejor. Le odio. Le echo la cabeza para atrás ligeramente y le hablo mirándole a la cara:

—¿Qué es lo que pretendes? Dímelo.

No contesta. Son mi debilidad y mi flaqueza las que hablan, al menos eso creo. Puede ver lo que pienso. ¿Cómo es posible que un hombre atado a una silla logre vencerme?

—Responde a lo que se te pregunta —dice una voz detrás de mí, sobresaltándome. Es Nate. Ya me había olvidado de él. El mundo ha desaparecido y, con él, todas las personas; ya no existe ni Seligmann ni nadie más. La rabia que me provoca Nate me indigna; es tan idiota, tan zoquete que me haría estallar. Lo nota, puede apreciar el sentimiento de impotencia que me ha provocado Seligmann. Me ha dejado con el ánimo por los suelos, abatido y dolorido, como si fuese un nervio que todo el mundo pudiese ver. Me siento desprotegida, vulnerable, sucia.

Seligmann aparta la cabeza para que no le toque.

—Sigue, muchachita —masculla—. Veamos hasta dónde puedes llegar.

Me atraganto y me entran náuseas. Por un momento siento que voy a caer enferma, pero gracias a Dios la sensación desaparece porque mi cuerpo se resiste siempre a los dramas. No puedo continuar. Le doy la espalda a Seligmann, me siento en la silla que está delante de él y concentro todas mis energías en tratar de parecer sosegada.

—No te estás haciendo ningún favor —le digo—. ¿Qué esperas? ¿Que te pongamos cadenas y grilletes? Esto no es la Inquisición, así que no dramatices tanto.

Todo eso es cierto, tiene que serlo. Él es quien está dramatizando y yo la que no puede soportar lo que está sucediendo, la que no se atreve a admitir que es real y terrible.

—¿Por qué no te quitas la máscara de héroe? —continúo—. Resulta muy aburrido y, además, no te va a servir de nada, pues te vamos a retener hasta que recuperes la sensatez. Créeme, el martirio no me resulta excitante. Por tanto, si te crees un tipo duro, o tienes alguna razón para martirizarte, no me importa.

Tengo que buscar la forma de reducirlo, de convertirlo en un hombre normal y corriente. El que le haya pegado no debe de ser motivo para que se crea que tiene algún poder sobre mí. Me concentro en su teatral gruñido, en su melodrama, en su artimaña, pero sólo me provoca desprecio.

—Puedes ser todo lo duro que te apetezca —digo—, pero si te queda algo de sentido común, a lo mejor consigues que te liberemos antes.

Se ríe.

—Sentido común —repite con sarcasmo—. Yo tengo mucho sentido común.

Se da un golpecito en un lado de la cabeza. Resulta casi cómico verlo empezar a cantar:

—«He cogido un perrero... Que intentó echarme el lazo... Me persiguió con su pistola de balas de plata... Me persiguió con su garrocha... Pero me abalancé sobre él... Y le llené el cuerpo de agujeros.»

Reconozco la canción. Los músculos se me tensan y un escalofrío me recorre la espina dorsal. La había oído cuando era niña y pensaba que había desaparecido, pero, al parecer, no es así. Me resulta tan pesada como oír un mal chiste mil veces, y tan molesta como que te den cincuenta puñetazos en el mismo sitio. Parece mentira que sea tan estúpido. Y lo que más me indigna es que tenga razón.

Miro a Nate avanzando hacia él. Se mueve sobre las puntas de los pies, como hacen los boxeadores. Los tres primeros puñetazos se los da en el plexo solar, un lugar que a mí no se me había ocurrido. Se mantiene separado de Seligmann. La mano me tiembla, pero me digo a mí misma que esto no es nada nuevo para mí, lo que pasa es que yo jamás le había pegado a un detenido. Bueno, por fin he abierto la botella. Los rápidos movimientos que hace Nate con su cuerpo impiden que Seligmann pueda verme, cosa que agradezco a Nate, ya que así no puede ver el gesto enfermizo que tengo en la cara. Miro cómo Nate retrocede mientras trato de encontrarle una razón de ser a esa canción que, según recuerdo, decía así:

He cogido un conejito,
He cogido una pulga
He cogido un perrero
Que intentó echarme el lazo
Me persiguió con su pistola de balas de plata
Me persiguió con su garrocha
Pero me abalancé sobre él
Y le llené el cuerpo de agujeros.
Mi mamá dice que soy un niño travieso
Mi madre dice que le deje vivir
Pero mamá, tengo tanta hambre
Que no quiero que me culpes a mí.
Me llevaron ante el juez
Me hicieron un juicio
Me pusieron delante de un tribunal de follaculos
Y lo único que hicieron fue encerrarme
Y tirar la llave al mar
Su señoría, yo tenía hambre

Así que no me culpe a mí
Me apalearon con una garrocha
Me encadenaron en una mazmorra
Y luego me tiraron del tejado de los juzgados
Me cortaron a pedacitos
Me arrancaron mi bonita piel
Me tiraron al fondo del mar
Pero yo sigo diciendo
Perrero, perrero, tengo hambre
Y no puedes cogerme.

Becca tenía que recogerme a la salida de la escuela. «Es tu labor familiar», solía decirle mi madre, lo que ambas sabíamos que significaba que no se admitían discusiones al respecto. Mi labor en la familia, sin embargo, parecía menos tangible y mi madre casi nunca pronunciaba esa frase dirigiéndose a mí. Era como si yo no entrase en el contrato.

Sin embargo, sí entraba en el contrato que tuviese que esperar a Becca. Su escuela estaba sólo a unos minutos de distancia de la mía, pero ella terminaba un cuarto de hora más tarde. Fue entonces cuando oí por primera vez esa cancioncilla. Becca había llegado bastante temprano, antes de que tuviera tiempo incluso de rasgar la punta de mis zapatos, y ese día las dos nos sentíamos de buen humor. Intenté hablarle de mi profesora de piano, que siempre llevaba unas bufandas muy largas y las uñas rojas y tan largas que chocaban contra el teclado. Mi madre fue quien insistió en que estudiara piano, y quien le encomendó a Becca la tarea de vigilarme para que practicase. Aunque al principio me opuse a convertirme en una señorita, empecé a encontrarle cierto gusto a ello. El goce que había sentido escuchando los sonidos de aquellas teclas fue todo un descubrimiento que trataba de compartir con Becca mientras ella trataba de explicarme qué significaba realmente una octava. Yo le había dicho que eran ocho notas y ella, a modo de una niña de diez años, me explicó que había distintas escalas musicales y que los semitonos no eran la única forma de medirlas.

Resulta gracioso ver lo bien que recuerdo aquel día.

—Sé lo que es una octava —le dije—. La señorita Dencham me lo ha enseñado.

Me desembaracé de su mano y abrí los dedos todo lo que pude.

—Eso no es una octava, May, tus manos son demasiado pequeñas —contestó Becca.

—No, no lo son.

Torcimos la esquina. Podía sentir el calor del asfalto a través de las suelas de los zapatos y llegaba hasta mí un olor a hierba cortada. Delante de nosotras había otra escuela, una a la que no asistíamos, y había grupos de niños en los alrededores. Becca frunció el ceño y me cogió la mano de forma que yo consideré oficiosa.

—Vamos —dijo.

Me solté para volver a la carga:

—Mira, esto es una octava. ¿Ves como puedo hacerlo?

Becca me tiró del brazo. Recuerdo que llevaba un reloj de plástico en la muñeca.

—Vamos, May —repitió—, tenemos que pasar de largo esta escuela.

—¿Nos van a tirar piedras? —le pregunté—. He estado leyendo un libro en que los niños hacían eso.

Becca me miró sorprendida por un instante y luego volvió a mirar en dirección a la escuela.

—No, pero vamos —dijo.

No sé por qué no la escuché antes. Algunos niños estaban cantando *No me culpes*, que, como supe después, es una canción que se canta a ritmo de palmas: la cantas tú y la persona que te persigue. Cuando nos acercamos, pude entender lo que decían.

Hablaban de que iban a comerme.

Ellos no sabían que yo no era una licántropa. Becca volvió a cogerme de la mano y me hizo seguir hacia delante; caminaba erguida, y tenía la cara roja. Desde lejos, estoy segura de que parecía una niña tratando de hacer que su hermana se comportase debidamente.

Becca siguió tirando de mí mientras el murmullo de aquella canción se iba apagando a nuestras espaldas. El rojo escarlata de su cara era un color que iba a ver muchas veces en el futuro. Incluso no estando yo presente, se sentía incómoda cuando la gente hablaba de lo diferentes que eran los no licántropos. En aquella ocasión estaba en público, delante de aquellos niños que cantaban y, para colmo de males, junto a su hermana. Poniéndose delante de mí, dijo:

—Tú sigue andando, May.

Si no me hubiese empujado, es posible que hubiera pasado de largo y hubiese regresado a casa llorando, pero los tirones que me daba del brazo me enfurecieron tanto que, entre los cantos de los niños y aquel disimulo que ella fingía, perdí el control de mí misma.

Di un tirón con todas mis fuerzas y me libré de la mano de Becca. Los niños que cantaban y daban palmadas se callaron para ver qué pasaba. Salí corriendo hasta que llegué a la verja y empecé a gritarles. Entonces se dieron cuenta. Yo seguí gritándoles: «¡Ya os cogeré... Ya os cogeré!» Me había desquiciado tanto que empecé a llamarles cosas horribles como aquella cancioncilla de mal gusto que ellos habían estado cantando sin mala intención. Estaba furiosa como sólo los niños pueden estarlo, tan furiosa que podía haber cogido a uno de ellos y lo habría partido por la mitad, tan furiosa que pensé que jamás desaparecería aquella furia.

Empezaron a reírse y a señalarme mientras me gritaban: «¡Follaculos... Follaculos!» Yo respondí sacudiendo la verja, pero alguien gritó: «¡Mira qué poca fuerza tiene en las manos... Anda, ven a cogernos, follaculos!» Uno de ellos empezó a cantar otra cancioncilla y los demás le imitaron.

Yo no paraba de chillar y Becca tuvo que venir a por mí. Me cogió por detrás de la cintura y tiró de mí con tanta fuerza que casi me estrangula. Me condujo de este modo hasta que dejamos atrás la escuela y llegamos a la otra calle.

El horror no me abandona. No comprendo cómo una cancioncilla infantil me ha convertido en una persona capaz de sentarse en una silla y ver cómo un hombre golpea a otro. Sin embargo, un resentimiento infantil no es algo que se olvide fácilmente, ya que causa mucho dolor y, al parecer, no preocupa a nadie. Miro la espalda de Nate que, de por sí, no tiene nada de amenazadora.

Me siento avergonzada: estoy utilizando una cancioncilla infantil como talismán de tortura.

No se puede justificar lo que estamos haciendo con él.

Nate retrocede jadeando ligeramente y se hace crujir los nudillos de las manos. Le miro y, a pesar de ser de los míos, me provoca casi más miedo que Seligmann. Me sorprende descubrir que he estado engañándome a mí misma al decirme que Nate estaba desempeñando su tarea, realizando una serie de actos cuya naturaleza carecía de importancia. Y así lo creía él. Su cara apenas traslucía nada.

Creo que le ha hecho daño en las costillas a Seligmann. Tiene los labios ensangrentados, la espalda erguida contra la silla y el cuerpo metido para dentro. Ahora sí tiene motivos para estar encogido y se le oye jadear.

Abro la boca para decir algo, pero Seligmann se me adelanta:

—Lo hace mejor que tú —dice.

Su voz está llena de odio, ronca de tanto cantar esa cancioncilla, sólo que de momento no ha chillado. Escupe a través de los dientes un líquido color rosado. Es posible que sólo se haya mordido la lengua.

Le hago la pregunta que he deseado hacer toda mi vida a cada uno de esos lobos con piel de hombre que he conocido. Le hago la pregunta fríamente, aunque sé que no va a darme una respuesta satisfactoria:

—¿Por qué intentaste matarnos?

Cada partícula de mi cuerpo busca una respuesta a esa pregunta. Nate está apoyado contra la puerta, con gesto desinteresado. Se ha convertido en un hombre irreal para mí, un hombre de paja. Es Seligmann quien sabe lo que hay en juego.

Seligmann ríe y jadea; la sangre le bordea los dientes.

—Tía buena, ¿te apetece un poquito? —se burla.

—¡Basta ya! —le digo en voz baja, como si tuviera dolor de cabeza—. No quiero que bromees con esto. Lo único que quiero saber es por qué nos atacaste si nosotros no pensábamos hacerte daño.

La ironía que he empleado para decirle eso a un hombre al que acabo de ver cómo golpean con eficiencia y exactitud casi científica, no se me habría ocurrido ni a mí.

—Ni hubierais podido —replica.

—Entonces ¿por qué?

—Mierda —responde pasándose la lengua por una de las heridas abiertas que tiene en el labio, una de las que yo le he hecho—. Si lo preguntas, entonces es que no lo entenderías.

Casi me río del descalabro y la estupidez tan ridícula que me acaba de soltar. Me duele la garganta, pero a él debe de dolerle todo el cuerpo.

—Pues anda, explícamelo —le digo.

Me levanto y avanzo hacia él. No sé por qué, pero casi he olvidado que puedo pegarle, retorcerle e incluso acosarle. Levanta la cabeza y me mira como si no le doliera.

—Puta —me espeta—. Sigue pegando si quieres, a mí no me importa. Debería haberte arrancado la cara cuando pude.

Me encojo de hombros y busco una respuesta grosera que poder darle.

—Es posible —contesto—, pero ahora soy yo la que te tiene cogido por los huevos, ¿no es verdad?

Sonríe con sarcasmo y forcejea con las esposas.

—Tú no me tienes —dice—. Tú y los de tu clase no valéis una puta mierda. Sois sólo escoria, alimañas, inmundicia, desalmados que, por no estar, no estáis ni vivos.

¿Desalmados? No es una palabra que él usaría, no, no creo que sean de las que entran dentro su vocabulario. Insultos, maldiciones, cancioncillas, eso es lo que había oído hasta ahora; es decir, nada fuera de lo normal. Sin embargo, nada de eso logra que me amedrente. Ahora que habla de desalmados, algo que suena sumamente extraño viniendo de él, es como si estuviese hablando por boca de un tercero. Habla con entusiasmo y convicción, como si cada ápice de su cuerpo estuviera convencido de sus creencias.

Seligmann me mira por un instante a los ojos y, por un breve momento, su cara se vuelve imperturbable. Me mira como si estuviese mirando a un pez salido del agua, con desprecio e indiferencia. Luego deja caer la cabeza y el pelo vuelve a ocultarle la cara. Entonces veo a un hombre dolorido y cansado que apenas se puede sostener en la silla. No levanta la mirada cuando le hablo. Nate continúa apoyado contra la pared, un poco frustrado por la trayectoria que ha adquirido el interrogatorio, un poco molesto por no participar. Yo permanezco delante de Seligmann expuesta, desvalida, desprovista de imaginación y sin recursos para conseguir una respuesta a mis preguntas.

7

Algo les ha sucedido a mis dedos, no puedo abrirlos, ni ponerlos derechos, se niegan a responderme y se me montan uno encima del otro cuando intento mecanografiar.

Acción recomendada: el sospechoso debe permanecer detenido. Su conducta así lo indica.
En ningún momento el sospechoso dio muestras de estar dispuesto a colaborar.
Es posible que su conducta se deba a una hostilidad de carácter general o a un síntoma de problemas más serios.

Debo de tener los huesos huecos, pues siento frío dentro de ellos, como si una carcoma los debilitase y permitiese que el aire entrase en mi esqueleto hasta hacerlo ligero como el de un pajarito. Y seguirá carcomiéndolo hasta que me convierta en un panal sin miel y entonces abrirá sus alas y se escapará por mi boca. Puedo oírla royendo mis huesos.

—Éste es tu reloj, Galley —murmuro mientras presiono la boca contra mi muñeca.

Los dedos parecen bailar y susurrar, como si los azotara un fuerte viento. Imagino que debo de estar temblando.

Las razones de su conducta no son claras, pero es de una hostilidad poco frecuente y considero oportuno que esté bajo supervisión durante un tiempo. El sujeto en cuestión no ha solicitado ninguna visita, y tampoco ningún tipo de asesoramiento judicial.

Miro a través de la ventana y veo que se avecina una tormenta porque el cielo se ha puesto del mismo color que una yema de huevo excesivamente hervida, verde y sulfurosa.

Estoy deseando terminar el informe. Cuando lo acabe, podré tomarme un café y calentarme un poco.

Me gustaría realizarlo a toda prisa, aunque eso suponga hacer un trabajo mediocre, pero no puedo ir más rápido si no se me ocurre qué decir.

Teniendo en consideración los hechos, creo que es factible mantenerlo bajo arresto.

¿Qué me hizo dedicarme a la abogacía? No creo que jamás pensase que ejerciéndola podría arreglar el mundo. He terminado sentada en un despacho y utilizando palabras como «factible», por lo que debe de haber una buena razón para ello.

Llaman a la puerta. La verdad es que no me apetece abrir, no quiero tener a nadie sentado en mi despacho viendo cómo se dilatan mis venas, pero es posible que la presencia de otra persona traiga algo de calor a esta habitación.

—Pase —digo.

Una cabeza se asoma por la puerta y el frío sale inmediatamente de mi cuerpo.

—¿Te pillo en un mal momento? —me pregunta.

—No —respondo antes de que se me escape la verdad—. Pasa, Kelsey.

—De acuerdo —responde. Lo hace tan rápido que, cuando vuelvo a levantar la cabeza, lo veo sentado enfrente de mí—. ¿Qué tal? ¿Cómo estás?

—Bien, bien —respondo—. Lamento si yo...

No termino la frase porque parece como si tuviera los labios pegados.

—¿Te encuentras bien? —me pregunta ladeando la cabeza y entornando los ojos.

—Pues la verdad... —Me toco la frente y parpadeo con fuerza, incapaz de tener las manos quietas— no está siendo un día muy bueno, lo siento.

—Mmm —asiente, al parecer complacido.

—¿Has venido para hablar de Jerry Farham? —le pregunto. Es un asunto práctico, que puedo manejar sin dificultad.

—Bueno, pasaba por aquí —responde vagamente.

Está sentado y parece contento. Es más alto de lo que recordaba, se puede decir que es un hombre grande. Pero ¿por qué trae su felicidad a mi destartalada oficina?

—Deberías haber llamado con antelación —le digo—. Mi teléfono funciona, ¿lo sabes?

Esconde la cabeza por un momento, luego se encoge de hombros y dice:

—Tienes razón, podría. Pero entonces sólo habría sabido decir hola.

Por lo que veo no he hecho mella en sus buenos modales.

—¿Y qué pasa? ¿Acaso no dices hola por teléfono?

—No —asegura después de reflexionar—. Normalmente suelo responder diciendo: «Servicio social, ¿dígame?» O sencillamente diciendo mi nombre. De todos modos, si estás muy ocupada, puedo venir en otro momento.

—No —respondo pasándome la mano por el pelo.

Sacudo la cabeza, tratando de aclarar las ideas; el cerebro choca contra las paredes de mi cráneo y yo misma me provoco una jaqueca, lo cual no es nada sano.

—Lo siento —le digo—, pero creo que hemos tenido un comienzo un poco extraño, probablemente por mi culpa, así que, si no te importa, ¿podríamos comenzar desde este preciso instante? No tenemos por qué resolver el caso de Jerry.

—Sí, tenemos que hacerlo —responde con una mirada de sorpresa.

—De acuerdo, pero deja de controlarme. Tengo tanto interés en resolver ese asunto como tú.

—Estoy seguro de ello —afirma con esa mirada de sorpresa. Luego se pone serio y pregunta:

—¿Cómo está tu hermana?

—¿Cómo dices?

—Tu... —Hace un gesto con la mano y prosigue—: la otra noche, en el bar, me hablaste de tu hermana.

—¡Dios santo! —respondo ocultando el rostro con las manos—. ¿Tenemos que hablar de eso? Estoy intentando ser profesional.

—¿Intentando qué? —pregunta con expresión dolida, aunque todavía con ese gesto divertido en la cara.

—Estaba medio borracha, no estaba de servicio, así que no veo por qué tienes que restregármelo.

—Estuviste muy interesante, de verdad te lo digo —añade. Está peligrosamente a punto de dibujar una sonrisa—. Pero yo no he sido el que ha sacado el tema. Sólo he venido a visitarte. Y tampoco yo estaba de servicio.

—Ah —digo, quitándome las manos de la cabeza y sosteniéndole la mirada. Reina un silencio sepulcral en la habitación. Luego añado—: ¿De verdad?

Espero su respuesta, la espero por más segundos de la cuenta, tantos que podría tomarme el pulso en el cuello si quisiera. Él inspira profundamente. El silencio se instala en la habitación y empieza a solidificarse.

—¿De verdad qué? —responde ya demasiado tarde.

Vuelvo a bajar la mirada hacia el escritorio.

—Nada, no importa.

Le miro a través de las gafas y veo que ya no parece sorprendido. Hace un movimiento con los labios, como si masticase algo, y luego levanta las cejas. Su cara habla por sí sola, pero no puedo descifrar lo que quiere decir. Permanece inmóvil en la silla.

Uno de los dos tiene que romper el silencio.

Mis manos descansan encima de la mesa, inertes. Flexiono los dedos y empiezo a tamborilear en la superficie, mirándole. Con una buena dosis de autocontrol, podría incluso tratar de poner una sonrisa irónica.

—Bueno, si dejamos mis correrías nocturnas y tú te refrenas un poco, quizá podamos hablar de Jerry Farham —digo finalmente.

—Sí, por supuesto —responde dándose una palmada en la pierna y sentándose erguido. Sus gestos son muy armoniosos, pues se ha dado la palmada como un hombre maduro, pero ha erguido los hombros como un adolescente. Dejo de preguntarme qué edad tendrá y le miro a la cara, a sus ojos de pestañas negras.

—Dime, ¿le has encontrado ya un grupo de rehabilitación? —pregunto apartándome el flequillo de la frente.

—Sí, aunque no es totalmente seguro que entre a formar parte de él —dice apoyando excesivamente los codos en la mesa, tanto que termina casi tendido—. Va a resultar difícil conseguir un verdadero compromiso por su parte. No resulta tranquilizador tener que enfrentarse a unos cargos por merodeo nocturno. Mi problema es su bienestar general.

—¿Tu problema? —le pregunto.

—Mmm.

—Me parecía haber entendido que me ibas a quitar algo de trabajo de encima.

Parece satisfecho.

—Bueno, quizá no debiste llevarte el whisky a casa.

—Yo sólo me bebí el mío. ¿Qué decías?

—En lo que se refiere a nosotros, el problema a corto plazo es: ¿cómo podemos librarle de los cargos de merodeo? ¿Crees que podrías hacerlo?

Su tono se ha vuelto profesional, lo cual no cuaja con la postura tan casual que mantiene. Se rasca la cabeza con la mano mientras me mira esperando una respuesta.

—Pues bien —digo. Doy unos golpecitos en la mesa mientras pienso en ello, puesto que ése es mi campo, y añado—: ¿Lo quieres con detalles?

—Si tienes tiempo.

Pienso en lo que tendría que volver a hacer si él se marchase y respondo:

—Sí. Un momento. —Le hablo por encima del hombro mientras voy en busca de un archivo. Mis manos ya no tiemblan tanto como antes—. Puede suceder cualquier cosa. Él cometió el delito del que se le acusa, así que como mucho podemos esperar una prórroga para sentencia. Si puedo conseguir o no tal cosa, depende de lo hastiado de la vida que esté el juez.

Probablemente eso no sea lo más apropiado para decirle a un extraño, pero no parece importarle.

—Como trabajador social que soy, he visto muchos casos como él que han terminado presos —comenta.

Me vuelvo hacia él.

—No, por Dios —respondo con evidente ironía—. Como trabajador social que soy, por qué voy a preocuparme de él una vez que esté en prisión. Dime una cosa. ¿Has trabajado con Dorla anteriormente?

Niega con la cabeza antes de responder:

—No, es la primera vez, así que agradezco cualquier consejo.

Por lo que se ve es un novato; es decir, que no tiene cicatrices.

El personal de Dorla no dispone de ninguna ayuda por parte de los servicios gubernamentales, sobre todo cuando tenemos problemas, por lo que normalmente tenemos que resolverlos con los medios de que disponemos y cuidar de lo que es nuestro. Los trabajadores sociales no se involucran, a menos que el cliente sea un licántropo. Por este motivo, he pensado que quizá quepa la posibilidad de que yo sea la primera no licántropa con la que él mantiene una conversación.

Vuelvo a mi silla y me coloco el archivo encima de las piernas, buscando la forma de expresar lo que quiero decir con palabras. Si estuviera hablando con Bride no tendría por qué hacerlo, me limitaría a gesticular, no diría absolutamente nada y, sin embargo, ella sabría perfectamente de lo que estoy hablando. Jamás me había visto en el dilema de tener que explicárselo a un licántropo. Al parecer, por alguna razón, resulta importante.

—Lo que queremos es un hombre derrotado al que no se le puede pedir que cumpla con la ley —explico—. Es una de esas leyes que muchos de nosotros ignoraríamos si pudiéramos. Bueno, no en todos los casos, puesto que hay muchas personas que nos causan problemas cuando merodean, pero los tontorrones como Jerry... Lo importante es que ninguno de nosotros hace las leyes y éstas no siempre funcionan. Lo siento, creo que no me estoy explicando bien.

—Sigue —responde.

Veo que está estudiándome. Meto la mano en el archivo y siento el papel frío y liso.

—Lo único que tenemos que hacer es que las leyes se cumplan —prosigo—. Me refiero a que si trabajas para Dorla, no se puede ser político, ni funcionario, ni nada parecido. Nuestra obligación no es hacer las leyes, sino asegurarnos de que se cumplan, incluso cuando no sirvan de gran cosa. Por eso, lo que necesitamos es un juez que no pueda hacer un seguimiento exhaustivo del asunto.

No puedo creerlo. Le he dicho todo esto a un completo extraño; más aún: se lo he dicho a un licántropo.

—¿Por qué? —me pregunta.

—¿Por qué qué?

—¿Por qué tienes que hacer algo con las normas?

—¿Acaso las debo ignorar? —Mi voz suena calmada en mis oídos—. Escucha, Kelsey, lo único que tenemos que hacer es compartir un cliente, pero no es necesario que vengas aquí y cuestiones mi carrera.

—No —responde tranquilamente—. Imagino que no.

Le miro una vez más y me doy cuenta de que me observa los brazos, en particular la muñeca que tengo enterrada dentro del archivo.

El teléfono suena y me sobresalta. Titubeo, tomo un poco de aire y cojo el auricular.

—Perdona un momento —le digo a Kelsey.

Noto el auricular helado cuando me lo acerco a la oreja.

—¿Lola? Soy Josie.

—Sí, dime —contesto mientras consulto mi agenda.

—Lo, tengo buenas noticias. Tú conoces a Marty, ¿verdad?

—¿Marty?

¿Conozco yo a un tal Marty?, me digo tapando el teléfono con ambas manos.

—Hemos recibido una llamada del hospital —prosigue Josie—. Los médicos dicen que hoy ha pronunciado algunas palabras.

—¿De verdad? —Doy un paso hacia atrás, tropezando con la silla y cayendo sentada sobre ella—. ¿De verdad ha dicho algo?

—No ha perdido la voz, Lo —añade Josie con una voz un poco afónica, como la mía. Es la noticia que todos estábamos esperando—. Los doctores dicen que no es definitivo, que puede tener una recaída o coger una infección, no sé, pero de momento...

El teléfono se me escurre de la mano.

—Uf —es lo único que se me ocurre decir—. Uf...

—¿Te encuentras bien? —me pregunta Kelsey, ya de pie y dispuesto a traerme un vaso de agua o abrir la ventana. Le hago señales para que vuelva a sentarse. Lo único que noto es alivio, una oleada de alivio que es como una ducha de agua fría cayéndome por la espalda.

—Josie, es fantástico —logro decir—. Gracias por telefonearme.

Cuelgo el auricular con suma suavidad, no vaya a ser que se rompan las buenas noticias. Tengo los brazos flojos y torpes, como si me hubiese quitado un enorme peso de encima, y una sonrisa me viene a los labios.

—¿Te encuentras bien? ¿Quieres que te traiga un café o algo así? —pregunta Kelsey.

Oigo una voz delante de mí. Abro los ojos y sonrío a su guapo propietario.

—Sí, un café me sentaría muy bien —le digo.

Me siento y disfruto viendo cómo lo prepara. Deja la jarra fuera de su caja, pero supongo que un detalle así carece de importancia. De hecho, para ser un hombre parece bastante pulcro y ordenado, cosa que me congratula. Le observo arrugar la frente por la concentración que pone al atornillar la tapadera de la jarra, que luego termina por colocar encima de la mesa y olvidarse de ella porque su atención recae en la tetera. Me pasa la taza, la envuelvo con la mano y me la llevo a la cara. ¡Qué calentita está!

—¿Has tenido buenas noticias? —pregunta. La idea parece complacerle.

—Sí, muy buenas —respondo. Me toco la mejilla que está calentita y me pongo la taza en la otra—. Un amigo mío que está ingresado en el hospital parece que se va a recuperar. Al menos eso creen los doctores.

—Eso es fantástico, Lola.

Me pregunto qué hace pronunciando mi nombre y sentándose de nuevo en mi silla. El café es tan malo como cualquier instantáneo, pero lo estoy disfrutando.

—¿Qué le pasaba? —pregunta.

Me parece que está tratando de decidir si debe aparentar educación o curiosidad.

—Una mordedura.

—¿Una mordedura? ¡Qué extraño!

Dejo el café encima de la mesa. Debo tomar eso como lo que es, es decir, como una señal de absoluta ignorancia. Sin embargo, estoy demasiado animada como para reprochárselo y prefiero tomármelo a la ligera.

—Ya veo que no has trabajado mucho por aquí —le digo llevándome las manos al cuello, como si yo misma quisiera ahorcarme de desesperación.

Abre mucho los ojos y se revuelve en la silla. Luego se lleva el índice a la boca, un gesto que le hace parecer más joven.

—Lo siento, de verdad —agrega.

—No hay razón para inquietarse, no fuiste tú y, después de todo, no ha muerto —digo para tranquilizarlo.

Supongo que no hago bien en restregárselo y creo que le estoy desalentando, pero es que es tan diferente... Él no gira la cabeza tan bruscamente como un caballo cuando se quiere quitar una mosca, gesto que he visto con mucha frecuencia, sino que mueve los hombros de un lado para otro, como si no lograra desprenderse del insecto. No quiero hacerle sufrir, de verdad, pero para una vez que tengo un poco de poder en mis manos, una cantidad ínfima que cayó dentro de ellas sin avisar, resulta muy difícil no sentirlo.

Finalmente me mira y el poder se escurre por entre mis dedos.

—¿Sucede con mucha frecuencia? —pregunta.

Junto las manos y, con voz muy suave, le respondo:

—Nos ocurre a todos de vez en cuando.

—Lo lamento —dice.

Su cara comienza a hablar de nuevo. Si estuviera caminando de puntillas o expresando sus condolencias, no creo que las aceptase, pero esa mirada es algo distinto. Parece realmente conmovido, al menos de forma inocente. Es como un niño ofreciéndome una galleta, convencido de que así se solucionan los problemas.

Dejo que el aire salga de los pulmones. Estoy a punto de responderle, pero recuerdo que Marty se va a recuperar y de nuevo sonrío. Me levanto y camino por la oficina.

—Creo que voy a hacerle una visita —anuncio—. Podemos vernos otro día si no te importa. La verdad es que me gustaría mucho visitarle. No lo he hecho desde que lo hirieron, y eso que fue mi culpa. Me gustaría verle, aunque eso signifique tener que soportar la cara de reproche de sus familiares.

Descuelgo el abrigo de la percha que hay detrás de la puerta. Kelsey también se levanta.

—Por supuesto, no hay problema —comenta—. ¿Cómo vas hasta allí?

—¿Que cómo voy? En autobús, ¿por qué?

—Si quieres, te llevo —añade levantando una ceja y mirándome inquisitivamente.

—Oh —respondo mientras me echo el abrigo sobre el brazo.

—¿Eres de las que se preocupan por el planeta?

—Por Dios, no —digo riendo—. Es que no tengo coche. Pero si me llevas, te lo agradeceré.

Pasar por la recepción sin que nos cojan saliendo antes de tiempo se convierte en una pequeña aventura. Lo logro porque Kelsey se pone a hablar con la chica del mostrador —no Josie, sino otra que no he mencionado— mientras yo me deslizo hasta la puerta llevando unos papeles en la mano y fingiendo que acaparan toda mi atención. Llamamos al ascensor mientras intercambiamos una sonrisa de complicidad y luego cruzamos el vestíbulo, ahora atestado de personas con otros asuntos de los que preocuparse.

—Si hay algo que he aprendido en esta aburrida vida —comento mientras me acomodo en el asiento del coche— es que la mejor forma de evitar que te cojan es que parezca que lo estás haciendo a propósito.

Su coche es un trasto viejo de cuatro puertas que analizo con el ojo crítico de una mujer que no puede permitirse tener uno. Está limpio, salvo las ruedas, que están embarradas. Cuando arranca, algo me da en los pies y lo cojo.

—¿Qué es esto?

—¿Qué es qué? —dice sin apartar la mirada de la carretera.

—¿Para qué llevas una pelota?

—La uso cuando visito a algunos niños.

—Mmm. Y ¿llevas muñecas anatómicamente perfectas en el asiento trasero? —Aparta la mirada de la carretera para mirarme. Yo me tapo la cara y añado—: Perdona. No sé cómo he podido decir una cosa así.

Vuelve la mirada a la carretera y se ríe.

—No pasa nada —dice—. Al menos lo has dicho.

—Sí, pero creo que hubiera sido mejor no haberlo hecho.

—No lo sé, pero veo que se te da bien eso de decir lo primero que se te ocurre.

—Sólo me conoces de cinco minutos y ya has sacado esa conclusión —aventuro.

Ríe otra vez y mantiene la mirada al frente. No parece muy satisfecho con mi último comentario, pero me siento demasiado contenta como para preocuparme de eso. De nuevo reina el silencio, aunque no es un silencio tan cargado de tensión como el de la oficina. Pasamos por Abbot's Park, uno de mis jardines favoritos cuando es de día. La carretera que lo bordea es ligeramente empinada y el perímetro exterior está rodeado de árboles.

El parque gira a la vez que nosotros dibujamos la curva con el coche.

—¿Puedo hacerte una pregunta? —dice al cabo.

Aparto la vista de los árboles de hojas amarillas y marrones y respondo:

—¿Qué pregunta?

—Sobre tu amigo. Dijiste que fue culpa tuya.

Apoyo la cabeza en el respaldo del asiento y caigo en la cuenta de que en realidad no le he explicado a nadie lo que sucedió. Es cierto que he escrito informes y que he tratado de justificarme a mí misma, pero expresarlo en palabras es algo muy distinto.

—Y lo fue —reflexiono—. Es mi pupilo y estábamos patrullando.

—No me importa que digas «capturando». Sé de sobra que es la palabra que utilizáis —dice sin mirarme y con una voz que carece de expresión alguna.

Frunzo el ceño y contesto:

—No es tan fea como «follaculos».

Me mira y responde:

—En eso tienes razón, aunque no es una palabra que yo utilice.

—Mejor —contesto algo sorprendida. Me quito el pelo de la cara. Como no sé qué responder prefiero continuar explicando—: Él había cometido un error y entonces le dije que debíamos seguir las instrucciones al pie de la letra. Eso significaba que, si nos encontrábamos con un grupo de lunáticos peligrosos, no llevara la pistola de tranquilizantes, ya que se supone que sólo debemos utilizarla en situaciones críticas. Ellos le atacaron y le sorprendieron desarmado.

Hay unos segundos en los que sólo se oye el ruido del motor. Luego me pregunta:

—¿Por eso estabas bebiendo la otra noche en el bar?

Cierro los ojos tratando de no sentirme decepcionada.

—Principalmente sí.

—No creo que debas sentirte culpable —dice, pero no en tono consolador, sino tajante e inexpresivo.

Chasqueo la lengua y vuelvo a mirar a través de la ventanilla. Veo que ya hemos dejado atrás Abbot's Park.

—No debes culparte —vuelve a afirmar empleando el mismo tono. Sin embargo, por alguna razón, no concuerda con el color grisáceo de las calles—. Por supuesto que la tienes, pero nadie puede desempeñar tu trabajo sin cometer errores. Y si no, mira las cicatrices de tu brazo.

Hago un ademán, como si empujara algo contra el aire y respondo:

—Quizá deba ir caminando.

—Por favor, cálmate. No he querido insultarte —dice. De hecho, incluso ha dicho «por favor», como si estuviese pidiendo algo. Miro para otro lado tratando de asimilar sus palabras.

Kelsey dijo algo de mi brazo. Aún recuerda la cicatriz que tengo ahí. Dios santo. Diez años, diez largos años llevando siempre trajes de manga larga, ocultando mi brazo cuando llevaba alguno más ligero, y todo por un momento de descuido que tuve a los dieciocho años. Desde entonces tengo un agujero que jamás se me quitará. Eso es lo que él recuerda de mí.

Cuando me habla no suena arrepentido:

—Lola, no he querido echarte la culpa. Lo que quiero decir es que tu trabajo conlleva peligro. Si te dedicas a cazar lunáticos, es muy probable que alguien salga herido. No es culpa tuya que sea así. Tú sencillamente...

No termina la frase. Hace un gesto con la boca, como si masticara algo.

—Dentro de un margen de error —termino la frase por él.

—Exacto.

Bajo la cabeza. Estoy enfurruñada como una niña, o al menos eso es lo que parece, pero es que a veces me resulta sumamente difícil recuperar la compostura.

—De todos modos se pondrá bien —concluye Paul Kelsey.

—Sí. Espero que sí.

—¿Te encuentras bien? No he querido ofenderte —dice dando un golpecito en el volante y poniendo un gesto irónico—. A veces pienso en voz alta. Puedes preguntárselo a cualquiera.

—¿Piensas en voz alta? ¿En tu trabajo?

—No, en mi trabajo no.

—Entonces ¿ahora no estás trabajando? —le pregunto con cautela.

Eso mismo me dijo él en el bar cuando se acercó hasta mí. Sopeso sus palabras al pronunciarlas y noto que están cargadas de un potencial muy peligroso.

Gira la cabeza y me mira, sin que ahora pueda leer su rostro. Me doy cuenta de que desconozco su cara, que no sé nada de él, y que he de encontrar la forma de poder descifrarla.

El coche da un giro brusco, sacándome del miedo que empezaba a invadirme. Un conductor descuidado se ha cruzado en nuestro camino y lo ha esquivado de milagro.

Al cabo el susto se nos pasa y volvemos a sentirnos seguros.

—No sabía que me estaba jugando la vida cuando acepté que me llevaras —le digo sin mala intención.

Se encoge de hombros.

—¿Qué quieres que te diga? La verdad es que no soy un buen conductor —responde enderezando el coche—. Escucha: de verdad que no he querido ofenderte cuando dije tal cosa.

—Kelsey, déjalo ya, olvídate del asunto de una vez.

Sonríe. Si he de ser sincera, a los pocos minutos de decírmelo, y una vez que se me pasó la impresión, me di cuenta de que no me había sentado mal, pues me pareció distinto a todas esas mentiras piadosas acerca de que no fue culpa mía. Resulta placentero incluso oírlo, como el sabor que se te queda en la boca después de comerte alguna especia que al principio te arde.

Sin embargo, eso no me prepara para afrontar el hecho de que, cuando llegamos al hospital Santa Verónica, no me deja en el aparcamiento y se marcha, sino que me escolta hasta el interior. Me veo a mitad del pasillo con él a mi lado, haciendo chirriar sus zapatos al pisar el suelo abrillantado de linóleo. Siento deseos de preguntarle por qué me acompaña, pero no lo hago.

—Quisiera ver a Sean Martin —le digo a la recepcionista—. ¿Puede decirme en qué sala se encuentra?

—Las visitas no comienzan hasta dentro de media hora —me responde sin apartar la mirada del ordenador.

Kelsey mira alrededor, buscando un lugar donde sentarnos, mientras a mí se me plantea un pequeño dilema: puedo sentarme con él y esperar, o puedo entrar para ver a Marty, ya que no me resultaría difícil colarme hasta su habitación. Con sólo pensarlo se me quitan las ganas porque entonces él me vería tal como soy, es decir, como una no licántropa. Dejaría de ser una persona y me convertiría en un bicho raro, lo cual no creo que sea buena idea. Tal vez precisamente por eso me decido a hacerlo, molesta con él por el hecho de prejuzgarme.

—Es un asunto de trabajo —le digo a la recepcionista con un tono tan tajante que se ve obligada a apartar la mirada de la pantalla. Le pongo mi tarjeta de Dorla delante de la cara.

Mira la tarjeta y después a mí. Su cara ya no resulta tan inexpresiva. Si estuviera en trance, estaría enseñando los dientes y mordiendo los barrotes de la jaula.

—Espere que haga una llamada —dice.

En este hospital nació Leo. Pasamos por la sala de partos y veo al hombre que lo trajo al mundo, el elegante doctor Parkinson, paseando por el pasillo. Parece aún más pulcro sin su sombrero de papel verde.

—Doctor Parkinson —le digo deteniéndole.

—Buenos días, señorita... —Me mira, tratando de reconocerme.

—Galley, May Galley. Usted asistió el parto de mi sobrino hace un mes.

—Ah, sí, ya recuerdo —responde auténticamente complacido—. ¿Le han puesto ya nombre?

—Sí, Leo.

—Bonito nombre. Tengo un tío que se llama así —dice.

Su sonrisa impresiona. Tiene los dientes fuertes, la piel bien cuidada y un aspecto impecable. Se parece a mi padre y a sus amigos. Es decir, que aparenta ese aspecto relajado y despreocupado de las personas que no tienen por qué preocuparse de pagar la renta; de esas personas que, cuando van por la calle, observan cómo otros les miran con respeto o envidia. Sí, no hay duda de que pertenece a esa clase.

Es un aspecto que yo jamás he tenido. Hace un año, antes de aquella ruinosa noche en que Becca se quedó embarazada y su marido desertó, ella solía tener también ese aspecto. Ahora, mirando al hombre que asistió al parto de mi sobrino, me doy cuenta de lo mucho que se ha desfavorecido desde entonces.

—Es un niño muy lindo —comento.

—Fantástico —dice Parkinson mirando su reloj.

Invento una excusa antes de que lo haga él y tras despedirnos el doctor Parkinson se aleja caminando.

—Ese hombre no aprecia a mi sobrino —le susurro a Kelsey medio en broma.

—¿May? —dice él.

—¿Sí? —respondo automáticamente.

—Creía que te llamabas Lola.

—May es mi segundo nombre de pila. Mi familia me llama así —respondo encogiéndome de hombros. Luego añado—: En mi partida de nacimiento dice Lola May, pero me llamaban Lola en el orfanato.

—¿Orfanato?

Para ser un trabajador social, no se puede decir que esté muy bien informado.

—Los orfanatos de Dorla —aclaro.

—Ah —dice asintiendo para sí.

Espero para ver si se siente incómodo o comprensivo, pero observo que termina por asumirlo. Me da la impresión de que se ha visto en peores situaciones.

—Para ser un trabajador social, no es que estés muy bien informado —le digo.

—Y tú, para ser una abogada, no es que seas demasiado diplomática —responde.

—Yo no soy abogada. No he estudiado para eso.

—Bueno, vale, dejémoslo.

Al parecer, mostrarme grosera no le hace perder la calma, lo que acrecienta aún más mis deseos de seguir siéndolo. Probablemente sólo sea curiosidad, o quizá sólo pretendo desahogarme con alguien. Luego llegamos a la planta donde se encuentra Marty; una vez allí junto las manos.

Hay dos hileras de camas, todas con cortinas hechas de un material barato. Desde mi posición puedo ver lo delgados que son los colchones. Echándome hacia atrás un poco me apoyo ligeramente en Paul Kelsey. Al verme perder la estabilidad me agarra del brazo y dice:

—Todo irá bien.

Le miro, aclaro la voz y respondo con voz firme:

—Gracias, señor Kelsey.

—Yo esperaré aquí —añade.

Miro la cama, la cama de Marty. Kelsey se sienta un poco apartado mientras me acerco hasta la cama y corro la cortina.

Al fin le veo. Esta ahí, tendido. Marty gira la cabeza cuando oye correr la cortina y abre los ojos sorprendido. Le miro, aunque soy incapaz de expresar nada. Vendajes, goteos, sábanas de hospital... Le han desgarrado la garganta, se la han enterrado en paños de color blanco. Le han colocado una bolsa cerca del brazo, lo han tumbado en una cama blanca y bien planchada, le han inyectado suero en su frágil antebrazo.

Me quedo de pie, mirando, tratando de cuadrar todo eso con la expresión de su rostro. No le veo mirando el fin del mundo, no creo que lo que vea sean ciudades devastadas ni torres caídas. Parece perfectamente normal. Quizás un poco sorprendido de verme, pero no tarda en mostrarme una sonrisa, una sonrisa juvenil, algo torpe y no del todo relajada, pero llena de esperanza e ilusión porque todo va a salir bien.

El muchacho parece contento de verme.

—Marty —le digo.

No me siento preparada para escuchar su voz, pero me responde:

—Hola, Lola. —Su voz suena ronca, erosionada, como si alguien hubiese cogido una herramienta y hubiese rasgado su garganta hasta dejarla seca. Dijeron que volvería a hablar; los doctores dijeron que recuperaría la voz, pero por lo que veo han mentido; ésa no es su voz—. ¿Cómo te encuentras?

Marty piensa que soy una mujer adulta, que no tengo por qué ponerle caras lánguidas.

—Bastante bien, muchacho —contesto—. Contenta de verte.

Me sonríe. Ojalá le hubiera traído flores.

—Los doctores dicen que recuperaré la voz —dice bloqueándose en la «r» de recuperar y omitiendo la palabra anterior.

—Y ¿cómo lo llevas, muchacho? —le pregunto, por no preguntar «cómo estás».

Marty se encoge de hombros y responde sin mirarme:

—Bastante bien.

Tiene la cara pálida.

—Aparte de las heridas y las pesadillas, quiero decir —agrego. Me lanza una mirada de sorpresa, como si se sintiese descubierto—. Todos tenemos pesadillas, Marty —le digo poniendo la mano en su pie, que es lo más amable que se me puede ocurrir.

Marty se muerde el labio. Creo que, si tuviera voz, diría algo, pero tampoco creo que haya mucho que decir. En definitiva, lo que han hecho con su garganta es evitar que llene el ambiente con ese hablar suyo tan educado.

—Son cosas que ocurren —digo—. Aprenderás a vivir con ello.

Tira de la manta sin responderme.

—Ya sé que lo último que te apetece es tener a una mujer diciéndote que la vida no va a ser maravillosa —añado. Marty emite un susurro evasivo y yo inspiro profundamente el aire del hospital—. Siento mucho lo sucedido. Fue culpa mía.

—No te preocupes. También mía.

Le aprieto un poco el pie.

—Habrías podido defenderte mejor si no hubieras seguido mis consejos, aunque no creo que hubieras tenido demasiadas opciones de todos modos.

—Tú tampoco —responde Marty en voz baja.

Es posible que intente ser amable, o quizá se está resignando. Con tan pocas palabras resulta difícil deducirlo.

Tomo aire de nuevo y digo:

—Hemos apresado a uno de los que nos atacaron. También estamos investigando en los hospitales, por si hay algún herido con bala de plata. Tú le diste a uno en la pata.

Marty no dice nada. Está tan silencioso como una noche oscura.

—Lo siento —prosigo—. La herida en la garganta se curará y sólo te quedarán unas cuantas cicatrices. Quizá debas pensar en dejarte crecer la barba.

Marty se toca la cara. Tiene una sonrisa tan dulce...

La mano que ha tocado su barbilampiña cara tiembla en el aire. Marty le echa una mirada sombría, la cierra y la deja caer a un lado. Luego me mira para comprobar si lo he notado y, puesto que estoy sentada delante de él, no puedo fingir que no.

—No te preocupes. Sólo es un tic nervioso —le digo quitándole importancia.

—¿Y se me va a quedar así? —pregunta con un débil gemido.

Le doy una palmadita para tranquilizarlo mientras me maldigo por no haberlo ignorado.

—Todo el mundo lo tiene, pero luego desaparece —lo tranquilizo—. Además, no es para tanto. Si un loquero pone objeciones, entonces te conceden algunas noches libres, lo cual no está nada mal, ¿verdad que no?

Marty se muerde el labio. No debería haberle dicho nada. Hay gente con tics nerviosos en todos los edificios. Se les puede ver moverse inquietos, con el rostro dibujando ondas como un charco cuando llueve. La mayoría nos comportamos amablemente con ellos, pues sabemos que todos corremos el riesgo de terminar así, pero la verdad es que no están muy bien considerados. Hablar con ellos le hace a uno sentirse desafortunado y Marty aún no ha cumplido los veinte. Todavía es un muchacho inseguro de su aspecto, de sus modales, de su suerte. No creo que ligue mucho si no se le pasa el tic.

—Todo el mundo lo tiene en alguna ocasión —añado—. Puedes preguntar si quieres, yo incluida, y sólo me duró unas cuantas horas.

Recuerdo sábanas de hospital y una almohada demasiado delgada para su funda. Recuerdo las molduras del techo alrededor de la lámpara sin bombillas. Me pasé horas mirando aquellas molduras. El dolor acechaba constantemente, y si me movía volvía a instalarse en mí, por eso me pasaba el rato moviéndome y luego quedándome quieta. La cara se me contraía. Uno de los lados estaba tirante y me escocía. Haciendo un esfuerzo conseguí levantarme de la cama, empujé la bandeja de los vendajes y me miré al espejo mientras veía palpitar mi ojo. Estuve así tres horas, inspirando y espirando, tomando aire y mirándome el ojo. La piel, llena de puntos, parecía latir, las piernas se me encorvaron, pero no volví a la cama, sino que me quedé allí, con los pies helados y mirando. Tres horas tardé en hacerlo desaparecer. Ahora ya no me permito recordar ningún otro dolor.

—¿Tú crees? —dice Marty, haciéndome regresar al presente, al hospital.

No puedo tener esa esperanza, pero le respondo:

—Por supuesto. Parecerás un dandi —digo con toda la seguridad que soy capaz de mostrar.

No ha transcurrido mucho rato cuando llega una enfermera y me obliga a marcharme. Cuando voy por la mitad de la sala, recuerdo que Paul Kelsey está esperándome.

Se me había olvidado que estaba allí. De todas las cosas que puedo hacer en este momento, sentirme ridícula sería la más absurda. Kelsey está esperando pacientemente en el mismo sitio, cerca de la cama de Marty. Las cortinas están de nuevo corridas.

—Disculpa —le digo.

Salimos juntos mientras la enfermera nos sigue con la mirada.

Entramos en el ascensor sin hablar. Yo, al menos, no tengo nada que decir.

—¿Qué es un tic nervioso? —me pregunta.

Resulta chocante escuchar la voz de un hombre sano después de oír la voz de rana que se le ha quedado a Marty.

—¿Estabas escuchando? —le pregunto antes de que pueda reprimirme.

Kelsey se muerde una uña.

—Bueno, es que estaba ahí al lado —responde.

—Y ¿no te molestas ni siquiera en disimular que no lo has oído?

—¡Oh! —exclama.

Eso parece aclarar el asunto. No puedo creer que haya dicho algo tan estúpido. Me retracto y añado:

—Lo siento, discúlpame.

Le miro y él me sostiene la mirada. Luego se encoge de hombros con aspecto abatido.

—Pues eso —digo poniéndome derecha—. Tenemos que someternos a un chequeo anual. No suele ser de gran importancia, tan sólo un parpadeo o un temblor de manos. Nada extraño. Nadie sale bien parado si se dedica a capturar, al menos nadie digno de confianza. Las personas que no se preocupan de ello son las que se convierten en un verdadero motivo de preocupación. Pero luego se pasa, termina pasando.

—Entonces no es preocupante, ¿no?

No puedo hacer ver que Marty está armando un melodrama por nada. Bajo el tono de mi voz y le digo en voz baja:

—No es bueno que se te meta en la cabeza. Te puedes volver paranoico, inestable y no tan útil. Creo que se le llama síndrome postraumático o algo parecido. Ha... Ha habido incidentes.

—Vaya.

Suena la campana y se abre la puerta del ascensor. Mientras nos dirigimos a la salida, siento los latidos de mi corazón retumbando en el estómago.

Llegamos hasta el vestíbulo y allí nos detenemos. Me apoyo contra la pared pintada de ocre, cerca del letrero forrado de plástico que me advierte de los peligros de la meningitis. Al lado se ve la foto de una persona agarrándose la cabeza con las manos.

—Se pondrá bien —asegura Kelsey.

Oigo su voz con los ojos cerrados. Al escucharla levanto la cabeza y le miro.

—Kelsey —digo—. ¿Tú tienes alguna cicatriz?

—¿Cicatriz?

Lo único que puedo hacer es repetírselo de nuevo:

—Que si tienes cicatrices.

Todavía mirándome, responde:

—Tengo una en la cabeza, creo. Me di un golpe con el marco de una ventana... no creo que valga la pena saber cómo. Mira.

Agacha la cabeza, se aparta el pelo y veo una pequeña mancha blanca entre las raíces oscuras.

—Me refiero a algo más grande —le digo—. Que por lo menos tenga unos cinco centímetros.

—No —responde negando con la cabeza y mirándome con curiosidad.

Tomo aire profundamente y vuelvo a mirarle.

—¿Por qué no me pides que salgamos a cenar?

8

Nos conducen hasta un pequeño rincón con ladrillos blancos y asientos mullidos. El restaurante está bastante oscuro, quizá lo hayan iluminado sólo con bombillas de cuarenta vatios. Hay una vela roja encima de la mesa, metida en una botella casi cubierta de mechas de cera derretida. Nos quedamos contemplándola, y cuando saco un cigarrillo Paul coge la botella y me la acerca para que lo encienda.

—Gracias —le digo.

Al decir esto se me relajan los hombros. Hace mucho tiempo que no me comportaba como una persona educada.

—¿Quieres uno? —le pregunto sacando el paquete, pero él niega con la cabeza—. Por favor, no me digas que no fumas.

Licántropo o no, espero que fume, o que tenga algún vicio. No soporto a las personas que no tienen vicios.

—Yo... —dice sin terminar la frase, mientras juega con la cera de la botella. No es que esté nervioso, es que por alguna razón siente curiosidad—. Solía fumar, como la mayoría de las personas con las que trabajo, pero luego vi que seguía despertándome por las noches.

Agarra con los dedos una pequeña estalactita de color rojo, tira de ella y la arranca.

—¿De ganas o porque tosías? —le pregunto, pues son las dos únicas razones que conozco para ello.

—De ganas, mayormente. En lugar de tratar de volver a dormirme como una persona sensata, me levantaba y fumaba.

Parece realmente dolido, como si el hábito superara su comprensión.

—Entonces ¿lo has dejado? —pregunto echando el humo en otra dirección para que no le llegue.

—No. Eso hubiera significado convertir el hábito en un espectáculo. Además, me habría cansado de no permitirme ni un cigarrillo y seguramente habría desistido. Lo que hice fue entablar un pacto conmigo mismo: podía fumar, pero sólo Gauloise.

Toso y me río con la boca llena de humo. No sé por qué me resulta tan gracioso lo que ha dicho.

—Gauloise. Ésos son los que fuman los artistas que tienen los pulmones de acero, ¿no es así?

—Sí. —Sonríe, como si hubiese logrado algo—. No es que sean muy agradables. De hecho, me siento como una carreta vieja cuando los fumo, pero me sirven para quitarme las ganas.

Me echo a reír, presionando la espalda contra la pared lisa y dura del recinto. Aún me siento un poco débil, pero noto que me hace bien reír. El frío que tenía empieza a desaparecer.

Kelsey continúa jugando con el trocito de cera, dándole vueltas de un lado para otro. Tiene las puntas de los dedos aplanadas y un poco curtidas, como la de los trabajadores.

—¿Te lo pasas bien con tu trocito de cera? —le pregunto.

Su expresión resulta ingeniosa y pienso que ojalá no hubiera hecho ese comentario. ¿Qué me importa que juegue con la cera? Por mí puede hacer lo que le plazca.

Levanta el trocito de cera y me lo enseña.

—Observa lo moldeable que es —dice.

Es un trozo de cera irregular, un poco abultado por uno de los lados, ya que está hecho de pequeños trocitos. Supongo que es bonito, sobre todo si uno se empeña en ver bonito todo lo que hay a su alrededor.

—Tiene una forma agradable —le concedo. Observo que es tan fácil decir algo amable como sarcástico.

—Tócala. Mira lo suave que está.

Me coge la mano y pone mis dedos sobre la cera. Una pequeña bolita se queda pegada a mi piel y él apoya los dedos en mi pulgar. Nuestras manos se detienen y permanecemos quietos, mirando, no a nosotros sino a nuestras manos, que están unidas sujetando una viruta de cera roja.

Uno de los dos tiene que retirarla. Estoy a punto de dejar caer la mano ya que, si alguien tiene que poner fin a este momento, prefiero ser yo. Sin embargo, Kelsey me coge los dedos. Primero el índice; lo suelta y me coge el anular, observándolo como si fuese otra vela, estudiándolo detenidamente. Luego me abre la mano y la pone sobre la suya, como si fuese a leérmela.

Miro hacia otro lado.

—No me digas que nunca habías visto la palma de la mano de una no licántropa —le digo.

La piel de mi mano es lisa y suave, característica de una follaculos.

—Sí, había visto ésta —responde jugando con ella—. Me la enseñaste el primer día que nos vimos, ¿te acuerdas?

Bajo la cabeza. Le enseñé la mano para que se marchara. ¿Estará intentando recordármelo?

Dobla un poco los dedos y luego añade:

—Tienes las articulaciones dobles —afirma con voz tranquila.

Mi corazón empieza a acelerarse. ¿Cómo puedo sentirme tan vulnerable si es sólo mi mano?

—Sólo en cuatro de mis dedos —contesto—. El pulgar no se puede doblar.

Paul lo mira, lo comprueba y luego lo coloca al lado del suyo. Su pulgar puede doblarse hacia atrás, como el de un autoestopista, por eso lo llaman así.

Le cojo la mano y le doy la vuelta. Tiene la piel callosa en los extremos y la palma muy áspera. Es la mano de un licántropo. Veo manos endurecidas a la distancia, muy a la distancia. La forma de su mano es muy graciosa, estrecha en la punta, como si fuese una pala. Una mano callosa y en forma de pala. Él me permite que se la toque y yo, débilmente y con sumo cuidado, paso uno de mis dedos por ella.

Piel seca y caliente, un poco rugosa. La punta de mi dedo se desliza fácilmente por la pulida superficie, más suave por los bordes. Hay un pliegue entre el pulgar y el índice, justo por donde se doblan, una arruga de piel flexible.

De nuevo estoy temblando. Los ojos se me nublan, los párpados me pesan y puedo sentir mis labios apretados uno contra otro. Demasiadas confianzas, pienso, mientras recupero la mano y la cierro para que deje de mirármela y para que yo deje de mirar la suya. Resulta increíble, pero estoy sentada en un restaurante barato cogiéndome de la mano con un hombre.

Kelsey observa nuestras manos por un momento. Siento que puede hacer cualquier cosa conmigo, que puede agarrarme, soltarme o acercarme hasta su lado. Y la verdad, no sé qué deseo que haga.

Lo que hace a continuación es lo último que habría imaginado: vuelve a cogerme la mano, se la lleva a los labios y la besa. Es un beso nimio, como el de un caballero que besa la mano de una señorita al saludarla. Luego me la devuelve.

Inmediatamente bajo la mano hasta las rodillas, protegiéndola. En mi cabeza sólo reina el silencio.

Me arriesgo y miro de reojo a Kelsey, que se muerde el labio y se frota la frente.

—Bueno, yo diría que es un comienzo —dice.

«¿Un comienzo de qué?», me apetece responderle, pero algo me impide hacerlo. Si caminas por un lago helado, no le das golpes al hielo para ver si está firme.

Permanezco en mi sitio sin decir nada, con las manos dobladas sobre las rodillas simétricamente.

Tras un minuto de silencio, Paul me da un golpecito en el codo y dice:

—¿Hola?

—Sí —respondo con un sobresalto.

—No habré hecho que se termine la conversación, ¿verdad?

No parece avergonzado. Si adoptara una actitud tímida e inhibida, sería un error porque no sé tratar con gente más retraída que yo. Sin embargo, su expresión me levanta el ánimo y respondo:

—No, sólo estaba tomándome una pausa.

—De acuerdo.

Al parecer le encuentra sentido a lo que he dicho, al menos más que yo.

—De acuerdo —asiento, sin que se me ocurra nada que decir.

—¿Será ése el camarero? —me pregunta al ver a un hombre con camisa roja que viene con unos platos para ponerlos en nuestra mesa.

Eso me viene bien, ya que podré hablar del camarero sin tener que medir cada palabra.

—¿Quién? ¿Ese que lleva los platos? —digo dándole el beneficio de la duda.

—Parece que no se toman mucha prisa en servirnos.

—¿Tienes hambre?

Mueve la cabeza hacia un lado, como si estuviera escuchando algo.

—Lo estoy pensando. Sí, creo que sí.

—¿Qué has dicho? ¿Que lo estás pensando?

Levanta la mano para reclamar la atención del camarero. Luego añade:

—Creo que no he comido nada hoy, o al menos no lo recuerdo. Ahora que lo pienso, la verdad es que sí tengo hambre.

Cuando lo menciona noto que yo también.

—Tampoco yo —declaro—. Creo que me tomé una manzana en el desayuno.

Lo ocurrido en las celdas esta mañana me viene repentinamente a la memoria y comprendo por qué he perdido el apetito. Trato de no pensar en ello y miro a Paul. Sí, tengo hambre; de repente siento un hambre tremenda.

—Tengo un amigo —dice con los ojos bien abiertos por la sinceridad— que asegura que hay que comer plátanos si no se tiene tiempo de comer como se debe.

Me agrada ese tema de conversación, no me supone ninguna dificultad, por lo que repentinamente me siento relajada.

—¿Qué es? ¿Un loco de las bananas? —pregunto.

—Asegura que son reductores de emisión de energía. Te quitan las ganas de comer.

Su mirada indica que se lo han dicho en diversas ocasiones, quizá demasiadas.

—Yo tengo una amiga parecida —prosigo, aunque Bride me hace compartir sus chocolatinas para evitar comérselas enteras, alegando que son beneficiosas para el cerebro—. Hace unos meses decidió que yo debía desayunar avena, más o menos por la misma razón que tu amigo. Empezó a traerme muestras de todas las marcas, con la esperanza de que llegase a gustarme alguna de ellas. Luego llegó a la conclusión de que yo no era feliz porque... —Dios santo, ¿cómo se me ha ocurrido hablarle de esto? Ahora tengo que dar marcha atrás con rapidez, aunque con cautela— pasaba hambre. Cada vez que me veía baja de ánimo me decía lo mismo. Se puso tan pesada que dejé de comentarle cómo me sentía por temor a que me recomendara sopa de avena.

—Mmm —murmura Paul apoyando la cabeza contra la pared. Veo que de cerca no tiene el aspecto tan aseado que me pareció al principio. Hay algunas partes de su barba que no se ha afeitado debidamente—. Siempre pensé que hubiera comido más plátanos si el cuerpo me los hubiera pedido. Y pienso que tú deberías haberle dicho a tu amiga que habías probado la avena, pero que te habías sentido incluso peor.

—¿Crees que eso hubiera funcionado?

—Conmigo al menos así fue —responde riéndose—. Mi amigo continuó insistiendo con las bananas, así que me preparé una comida de tres platos a base de bananas: ensalada de bananas, curry de bananas y...

—¿Curry de bananas?

—Está mejor de lo que suena. Se fríen cebollas y especias y luego se añade bananas y yogurt... Bueno, a lo que iba. Me preparé el curry de banana y de postre natillas de plátanos.

—Tu frutero debió de ponerse contento —digo.

—Me echó una mirada un tanto curiosa. Creo que pensó que no podría tener ningún propósito honesto al comprar tantas bananas.

Me río como una chiquilla de escuela.

—Pensé que debía proveerme de bananas si iba a vivir de ellas —añade Paul—, así que compré un montón.

—Bueno, y ¿qué pasó?

Me mira avergonzado.

—Me puse malo.

Me echo a reír tapándome la boca. Puede que no tenga gracia, pero aun así me río.

—De verdad —prosigue él—, me puse muy malo. Lou vino a verme (Lou es el amigo que me aconsejó comer tantas bananas) y me encontró retorcido en el sofá del salón.

Me mira casi tímidamente. Luego digo lo primero que se me pasa por la cabeza:

—Y ¿conseguiste que dejara de hablarte de plátanos?

Enarca las cejas y me lanza una mirada de placer y sorpresa. Creo que esperaba que le dijera que había sido un estúpido o algo parecido, pero soy de su misma opinión: Una persona adulta no necesita que le digan lo que debe comer. Me echo para atrás y espero la respuesta.

Paul se encoge de hombros.

—Sí, decidió que yo no era la persona apropiada para ofrecerme sus consejos —concluye, mirándome y esbozando una sonrisa inquisitiva—. Y así quedó la cosa. Ahora sólo somos amigos.

El camarero nos trae el agua y el vino a la vez. Los dos hemos pedido *goulash*, el cual viene servido en platos blancos, con salsa hirviendo en los bordes y una botella de algo color tinto. No entiendo nada de vinos, pero como el camarero lo ha dejado encima de la mesa, no tengo por qué fingir que sí. Al camarero tampoco parece importarle demasiado, pues destapa la botella encogiéndose de hombros como haría un adolescente. Mientras nos sirve la cena mira tres veces el reloj. Paul huele la botella y luego me sirve una copa.

Bebo la mitad del contenido, tratando de serenarme. El interior de mi boca se pone de color bermejo.

Paul lo prueba, hace un gesto y deja la copa en la mesa sin hacer ningún comentario. Mira la mía y, al verla medio vacía, la vuelve a llenar.

—¿No estarás tratando de emborracharme? —le digo.

Niega con la cabeza.

—Ya te he visto bebida.

Agita el vino de la copa y examina el líquido desde distintos ángulos. Bajo la luz tenue del salón el vino adquiere un color oscuro, justo en el punto donde se refleja la luz de la vela y las luces del techo.

Acaricio mi copa, dando golpecitos con los dedos en los lados. Paul examina de nuevo el vino y luego levanta la copa.

La mía me pesa demasiado cuando trato de levantarla para responder a su gesto.

—¿Por qué brindamos? —pregunto. La garganta me duele al hablar.

—¿Qué te parece si lo hacemos por tu amigo del hospital?

Aprieto la base de la copa con los dedos y digo:

—De acuerdo. Por Marty.

—Por Marty.

Doy otro sorbo de vino y, cuando voy a poner la copa en la mesa, se me escapa de las manos y la derramo. El líquido rojo lo ha salpicado todo, me ha manchado las manos y empieza a formar un charco sobre el mantel blanco.

—¡Vaya! —exclamo, pues no se me ocurre otra cosa que decir. Me siento torpe y estúpida por haber hecho semejante estropicio en el mantel blanco.

—No tiene importancia —dice Paul poniendo una servilleta encima de la mancha. No parece molesto, sino preocupado porque mi copa se ha quedado a medias.

—Tengo bastante —respondo sosteniendo aún la copa, que pongo en la mesa por lo que pueda suceder.

—Espera un segundo. —Paul coge una servilleta y limpia las gotas que han quedado por la base—. Ahí tienes.

Observo la copa otra vez limpia sobre la mesa y pongo mi mano junto a la suya. Luego giro la cabeza y la levanto para tocarme el ojo, pero tengo los dedos pegajosos, así que vuelvo a girar la cabeza con una mueca de asco.

—Toma —dice Paul ofreciéndome otra servilleta, pero me limito a sostenerla. Él vuelve a cogerla y me limpia las manos con ella. Me enrolla los dedos, los frota dibujando círculos, de arriba abajo, para terminar luego con el dorso. Doy un respingo de dolor cuando me toca uno de los nudillos y veo que tengo una herida. No la tenía ayer. Me estremezco. Mi mano queda bajo la suya y él vuelve a cogérmela para acariciarla allí donde me duele.

—¿Cómo te hiciste eso?

Aprieto mi puño dentro del suyo antes de responder:

—Le he pegado a una persona.

Deja de apretármela, pero no me la suelta. No le miro, pero le oigo respirar. Cuando habla su voz suena sosegada:

—¿Por qué?

Permanecemos unos segundos inmóviles. Al cabo contesto:

—Él mordió a Marty.

Silencio.

—Y también intentó matarme a mí —añado. Paul no dice nada. Me muero de ganas por saber qué piensa, pero sigo sin poder mirarle a la cara. Cierro los ojos e inclino la cabeza antes de concluir—: Eso es lo que sucedió.

Con un tono extrañamente sosegado, Paul me suelta algo que no esperaba:

—¿Con qué le pegaste?

Levanto la cabeza sorprendida.

—Con nada, sólo con las manos.

—¿Con tus manos? —pregunta sorprendido, reparando en que he usado el plural.

Le miro. Es tan bello...

Debería encontrar algo que decir, pues rara vez me faltan las palabras. ¿Con qué cree que le he pegado? ¿Con una tubería de plomo? Sé que se ha empleado en algunas ocasiones, pero si no le gusta mi manera de ser y actuar, ¿qué hace cenando conmigo? Si tuviera a su merced a un hombre que le ha arruinado la vida, un hombre que no habría dudado en matarle a él o a su compañero, y que abiertamente le dice que le odia, ¿estaría tan seguro de poder mirarme a los ojos y decirme que no le haría daño?

Guardo silencio. Tengo un fuerte dolor de cabeza. La cara se me contrae, cierro los ojos, la boca se me estira por las comisuras y aparto mi mano de la de Paul. No lloraré, no pienso hacerlo.

—¿Lola? —dice. Yo bajo la mirada—. Lola...

—Dame un minuto —le digo con voz ronca y débil, aunque trato de que no me tiemble.

Aparto mi mano de la suya. Con la otra Paul me toca el pelo, intenta quitármelo de la cara. Sin levantar la mirada, dejo que me acaricie el pelo, al menos por un minuto.

Me tapo los ojos con una mano mientras trato de recomponerme y vuelvo a mirarle. Si hablo suavemente, podré hacerlo.

—Por favor —le digo—, no seas tan cariñoso conmigo, o empezaré a ponerme patética.

Ríe con una risa triste y callada.

—¿Y eso no te gusta?

Me tapo un lado de la cara y no respondo.

—Las he visto peores que tú —añade.

—¿Peores...? —empiezo. Tengo que ausentarme, olvidarme del tema como sea—. ¿A qué te refieres? ¿A que has visto cosas peores que yo o que has visto peores personas que yo?

Aparta la mano de mi pelo, rozándome ligeramente el hombro.

—Me refería a peores personas. Peores cosas, no lo sé.

—Espero que no te hayas ofendido —le digo, poniendo mis manos frente a las suyas y mirándolas—, pero si lo has hecho, es que eres un mal trabajador social o yo soy una mala persona.

—No —afirma—. Yo soy un trabajador social bastante bueno.

Respiro profundamente y respondo:

—No lo dudo.

—Dios santo. ¿Ha sido eso un cumplido?

Le miro a la cara y veo a un hombre que parece feliz de haber descubierto algo novedoso.

—Sí, así que apunta el día y la hora porque no oirás otro —digo.

Mientras se ríe de mi comentario vuelvo a mirarme las manos y observo que me tiemblan.

Paul se echa para atrás y reposa la cabeza contra la pared.

Creo que está a punto de decir algo cuando repara a su vez en el temblor.

—Um —dice, significando algo que no acierto del todo a comprender.

Abro y aprieto los puños, pero no logro hacer que el temblor desaparezca.

—¿Uno de esos tics nerviosos? —comenta Paul.

Le miro, pero aparto la mirada enseguida. No puede ser un tic; más bien un espasmo nervioso. Yo no lo tengo, no puedo tenerlo.

—No —respondo, sonando más molesta de lo que verdaderamente estoy—. Sólo un mal día. Perdona un momento, pero tengo que ir al cuarto de baño. Vuelvo en un segundo.

Paul se levanta cuando lo hago; se levanta cuando una señorita sale de una habitación.

El cuarto de baño tiene unos azulejos bastante gastados, donde se dibujan pequeños halos de luz procedentes de las bombillas del techo. Me coloco bajo uno de esos halos y me miro en el espejo. Tengo la mirada firme, no tengo ninguna mueca dibujada en el rostro. Lleno el lavabo con agua caliente y sumerjo las manos en ella. El calor me reconforta la piel, que empieza a arrugarse un poco. Cuando era niña, en la escuela primaria tenía un profesor, un hombre con el pelo grasoso y la cara roja y flácida, que solía pegarnos en las manos con una regla. Se suponía que no podía hacerlo, era totalmente ilegal en las escuelas de los licántropos, pero los privilegios de los que gozaba Becca no se aplicaban a mí. Una fisura legal, creo que le llaman. «Vive en el mundo real —decía, haciendo caer su regla sobre ti—. Es la vida lo que estoy tratando de enseñarte. ¿Crees que pasarte el día mirando por la ventana te va a preparar para la vida?» Nos enseñaba Historia, o mejor dicho algunos de los peores acontecimientos de la historia. Era uno de esos que tienen un tic, y probablemente no hubiera llegado a enseñar de no ser por ese motivo. Creo que se daba cuenta de lo extraño que nos resultaba, junto con la inusual curvatura de su cabeza, que nos asustaba tanto como su regla. Los días que tenía la nuca tirante, sabíamos que corríamos un enorme riesgo, así que escondíamos las manos bajo los pupitres con la esperanza de que no nos las sacara tirándonos de las muñecas. «¿Te crees demasiado joven para afrontar la realidad?» Siempre enfatizaba las palabras clave. Si ahora escuchásemos la palabra «realidad» o «afrontar», nos echaríamos a temblar. Entonces fue cuando aprendí ese truco. Durante los descansos entre clase y clase, aprovechábamos para llenar la pila del lavabo con agua caliente. Todas las que habíamos caído en manos de aquel profesor, en manos de su crueldad y su frustración, estábamos allí sumergiendo las manos en agua caliente.

Estoy aquí en esta estrecha habitación, recordando al señor Davis y no creo que eso sea lo que he venido a hacer. Reina el silencio, tanto que agito el agua para hacer algún ruido, pero se oye como muy lejano.

El problema es que, aunque nadie pueda verme en este cuarto de baño pequeño y estrecho, tan maloliente como cualquier otro, me siento sola y, por eso, quiero regresar a la mesa con Paul.

Regreso a paso tranquilo, observando a Paul, que permanece sentado y mirando plácidamente la mesa. Ni siquiera está jugueteando con la cera, aunque la vela sigue captando su interés.

Cuando me acerco veo que Paul empieza a pasar sus dedos por la llama; está como ausente.

—¿Qué haces? —le pregunto mientras me acerco a la mesa lo más aprisa posible para evitar que se queme.

—¿Qué pasa? —pregunta Paul fijándose en mí, pero se olvida de apartar la mano y dos segundos después da un respingo al quemarse con la vela.

Paul se ha hecho daño.

—¡Uf! —exclamo. Me siento, saco un cubito de hielo del vaso de agua y se lo coloco en el dedo quemado—. Eso ha sido una tontería. ¿Se puede saber por qué estabas poniendo el dedo encima de la vela?

—No pasa nada —responde—. Me encuentro perfectamente.

—¿De verdad? ¿Después de poner el dedo en la vela hasta quemártelo?

Se estremece cuando le doy la vuelta al cubito.

—No hagas eso —le digo—. No seas quejica y quédate quieto.

El hielo se me derrite en la mano y empieza a gotear. Un chorrito de agua se me cuela por la manga, mojándola. Él permanece sentado, dejándome hacer mientras las gotas le salpican los vaqueros.

—No me duele —afirma con demasiada suavidad para parecer casual.

—Ahora me toca a mí ser cariñosa —le digo—, así que no dejes pasar esa oportunidad.

9

Cuando me despierto en la oscuridad ya es medianoche y él está a mi lado, mirándome. Permanece tendido y quieto, con la quietud de un hombre que necesita dormir poco y no tiene por qué ponerse a dar vueltas de un lado para otro en la cama si se despierta. Los ojos le brillan en la oscuridad de la habitación. Parece relajado, pero también un poco alerta. Alargo la mano los escasos centímetros que nos separan para encontrarle.

—¿Cómo es que sólo tienes cereales? —comenta Paul, regresando a la cama con dos recipientes encima de la tabla de cortar, la cual ha confundido con la bandeja.

Mi diminuto dormitorio está enteramente ocupado por la cama doble, así que no le queda más remedio que andar a gatas por encima de ella.

—No acepto críticas de un hombre que lleva una falda hawaiana —le digo haciendo un gesto a los dos jerséis que lleva puestos alrededor de la cintura. Está mucho más despierto que yo—. Creo que hay un tomate en la nevera —añado.

Desaparece y regresa con él.

Después me pide que vayamos a dar una vuelta. No me apetece dejar el calor de la habitación, pero la verdad es que estoy hambrienta. Lo primero que se me pasa por la cabeza es responderle que ya hemos cenado juntos.

Pero no lo digo.

Empezamos a besarnos nada más salir del restaurante, lejos de la mirada del camarero. Encontramos un callejón iluminado por una farola cercana que dibujaba sombras en los rincones. Nos abrazamos buscando calor y noté cómo la pared de ladrillo me presionaba la espalda. Lo único que deseaba era despojarle de su abrigo para sentir su contacto. Tenía el mismo sabor que yo, a estofado y vino tinto, pero el suyo era diferente, y traté de hundirme en su boca para arrebatárselo. Deslizó una mano por mi nuca y le rodeé el cuello con los brazos.

Al separarnos, me resultó difícil hablar por la forma en que había quedado mi boca. Los labios se me pegaron cuando dije:

—Vente a casa conmigo.

Si se quedó sorprendido, no lo mostró en absoluto. Tan sólo me tocó la cara.

Ya dentro de mi piso lo conduje hasta mi oscuro dormitorio y bajé las persianas. No encendí ninguna luz, así que lo único que podía ver era una cálida silueta. Lo estaba arrastrando hasta la cama cuando me puso las manos en los hombros y me apartó ligeramente.

Me incliné hacia él, recuperando el espacio que había entre nosotros, pero me dijo:

—Espera un momento, Lola.

—¿Cómo dices? —pregunté.

No quería pararme en ese momento, ni veía ninguna razón para que él lo hiciese.

—¿Por qué no dormimos primero un poco? —dijo.

—No... —respondí sin salir de mi asombro. Me había quedado muda.

—No tenemos ninguna fecha límite, ¿verdad? —prosiguió Paul. Yo me esforzaba por verle la cara en la oscuridad. Luego añadió—: Es viernes.

—¿Viernes? —respondí cogiéndole de la camisa, muy cerca de la piel.

Suspiró y me apartó el pelo de la cara. Su tono sonó a disculpa:

—Es que... a un curioso como yo, le puede parecer que has tenido un mal día y que ahora tienes puesto el piloto automático. No siento que yo acapare toda tu atención.

—Tú acaparas toda mi atención —contesté con firmeza.

Mi cabeza empezaba a balancearse sobre el cuello. Estaba soñando, pero era un sueño muy sensual.

Me llevó hasta la cama y se sentó a mi lado. Luego me rodeó con un brazo y nos echamos. Fuera la lluvia caía sobre las calles. Me tocó una oreja con los dedos y, aunque mi corazón latía con fuerza, dejé que sus caricias lo tranquilizasen. Sabía que no podría dormirme, pero aun así cerré los ojos.

Era de noche cuando desperté. Su cara estaba muy cerca de la mía y la tenue luz que entraba por la ventana me dejó entrever que estaba despierto. Me estiré, me moví y toqué su piel. No sabía dónde había ido a parar su ropa, pero tenía los brazos desnudos, igual que los hombros. Le pasé la mano por encima sin pronunciar palabra, familiarizándome de nuevo con el extraño que estaba en mi cama.

No había suficiente luz para poder ver. Mis manos se convirtieron en unos ojos que buscaban, mi piel se convirtió en manos que aferraban. Estaba tendida de espaldas, esperando que alguien me sacudiera y me despertara. Entonces nos dimos la vuelta y nos sumergimos el uno en el otro como nadadores, ahogándonos en el aire de mi estrecha habitación. La cama daba tumbos como una barcaza, el mar se abrió ante mí y me hundí en sus profundidades.

No confundí aquello con amor, pero es que llevaba tanto tiempo sola...

Vete a la cama con un hombre y lo perderás. Eso es lo que habría dicho mi madre de haberle preguntado, lo que habría dicho la suya y todo el ejército de mujeres mayores que las antecedieron. Aquellas mujeres tenían el mundo dividido en ordenadas parcelas, disponían de afiladas tijeras de podar con las que darle forma clara y definida a esa naturaleza humana que trataban de inculcarnos, a mí y a otras como yo, cuando éramos tan sólo unas niñas. Nosotras, por supuesto, despreciábamos sus consejos. Permanezco tendida en la cama, pensando en aquellas mujeres mientras Paul duerme. Por fin veo sus ojos cerrados, su cabeza hundida en la almohada, incapaz de verme.

Pienso que se referían a que no me respetaría. Incluso Becca piensa de esa manera. Duerme con un hombre y lo perderás. Cuando crecí, lo probé y vi que tenían razón.

No es que él no vaya a respetarme. Sin embargo, de todas las cosas de este mundo, la que más te aísla es el sexo, pues te encierra en tu propio cuerpo. Cuanto más viril sea un hombre, más se apartará, puesto que todo lo que necesita de ti puede sentirlo en la piel; por tanto, cuando llega el momento del clímax, desaparece. No he perdido a los hombres de la misma forma que se pierden las llaves, los amigos o la fe. Desaparecieron de mi vida de la misma forma que la luna cuando el sol arroja tanta luz con sus rayos que impide ver cualquier otra cosa. Dejaron de verme a causa del fulgor, y yo dejé de verles por la misma razón; y así, una y otra vez.

Sabía que terminaría en la cama con Paul; lo sabía y lo deseaba. Quizá debería haber esperado a que terminásemos el trabajo que teníamos que realizar juntos, así le resultaría más fácil marcharse.

Cuando se despierta, sin embargo, me atrae de nuevo hasta su lado y después le da por ponerse a hablar. El reloj se mueve desde las once hasta las doce, desde el mediodía hasta la tarde y aún no se ha ido.

—¿No tienes nada de comer? —pregunta.

Le señalo los cereales y él coge unos pocos y me los pega en la frente.

—Esto no es comida —comenta—. Es alimento.

Luego se inclina y empieza a limpiarme los restos de cereal de la frente con los labios y la lengua.

—No tienes por qué comértelos —le digo.

—¿Por qué no, si me muero de hambre?

Cojo una cuchara del cuenco y se la tiendo.

—Entonces, toma.

—Podría haberte preparado el desayuno si hubiese algo de comida.

Por lo visto, su galantería sexual incluye, además de quedarse por la noche, prepararme el desayuno por la mañana. ¡Qué bien educado está!

—¿Sabías que toqueteas las sábanas cuando duermes? —me pregunta mientras juguetea con mi pelo.

—¿Cómo dices? —respondo sintiéndome un poco avergonzada—. ¿Es algo de que avergonzarse?

—Por supuesto que no. Resulta muy dulce. Mira, así. —Pone la mano plana encima de la sábana y empieza a tamborilear con los dedos. Es muy remilgado, pero me gusta.

Mirando sus manos, caigo en la cuenta de repente:

—Ah...

—¿Ese «ah» qué significa? Pensé que estabas mecanografiando o algo parecido.

—No —respondo, apoyando la cabeza en la almohada—. Más bien tocando el piano.

—¿Tocas el piano? —pregunta sorprendido y con cara de estar encantado.

—Solía hacerlo, pero no tengo espacio para un piano en este sitio.

Vuelve a echarse y me acuna la cabeza en su pecho. Siento vértigo por un instante. Es más fuerte de lo que aparenta.

—Hay un piano en una de nuestras salas recreativas y puede entrar todo aquel que lo desee —dice—. Es como una biblioteca, así que puedes tocar allí si te apetece.

Hago un gesto de desagrado y choco mi cabeza ligeramente con la suya.

—Sólo me conoces desde hace unos días, por lo que aún no te permito que me declares demente —le advierto.

Se echa a reír y me rodea con el brazo. Podemos discutir, amonestarnos el uno al otro, empezar de nuevo los juegos sexuales o, si quiere, levantarse y marcharse. Sin embargo, nada de eso sucede. Permanecemos abrazados mientras escucho sus latidos, ese suave redoble que retumba en mis oídos.

De nuevo ha oscurecido y él propone que salgamos. Lo que le apetece es salir y cenar. Y la verdad es que yo tengo hambre, en todo el día no hemos comido otra cosa que cereales. El problema es que hace frío, un frío que pela. El problema es que no quiero que se vaya.

—Vamos, me muero de hambre —dice, dándome un empujoncito para tratar de convencerme—. Y por favor, no vayas a decirme que no nos volveremos a ver.

—¿Qué dices?

—Además, se nos han acabado los condones —añade.

—Eso puede estimular nuestra imaginación.

—Sí, pero podemos ser aún más imaginativos si los tenemos. Escucha, tal vez podemos cambiar de lugar. Creo que tengo algo de comida en casa.

—¿En tu casa? —pregunto.

Le miro tratando de no apartar la mirada. No sé qué puede ver en mi cara.

—Sí, vamos. Podemos salir, cenar algo y nos vamos allí —continúa mientras hace dibujitos con sus dedos en mi frente.

Siento ganas de decirle: «Tú ya has cenado conmigo. ¿Por qué no buscas la puerta? ¿O es que quieres pasar otro día como éste?»

Sin embargo, finalmente nos duchamos, nos vestimos y salimos. Tengo tanta hambre que como vorazmente, como no había comido desde hacía meses. Luego nos vamos a su apartamento.

El domingo me dice que quiere verme durante la semana.

Una parte de mí quiere saber cómo es, por qué me he metido en este embrollo si yo no he hecho nada bueno, ni bien. Y sin embargo, aquí estoy, en los brazos de un hombre llamado Paul, un hombre que se ríe de mis chistes, al que le gusta mi pelo y que no quiere huir de mí.

Me gustaría preguntarle por qué, pero no lo hago. No quiero hacer nada que pueda hacerle cambiar de opinión.

10

Es como si me adentrase sin piel en el mundo. El aire me roza, los sonidos permanecen imborrables en mis oídos y todo lo que me rodea me impresiona. Trato de mantener el equilibrio, pero mi caminar es inestable porque llevo dos días en posición horizontal. Cuando me desperté esta mañana me sentía bien, ligera, como si al aire no le costase trabajo entrar en mis pulmones. Ando con paso cauteloso, por miedo a romper esa sensación.

Bride entra en mi oficina cuando estoy archivando.

—Buenos días —dice.

Ya es por la tarde, pero no me molesto en señalárselo.

—Hola, Bride —le respondo con una sonrisa provocada por una oleada de afecto, ligeramente perturbada por el temor a que traiga malas noticias.

—Veo que estás muy ocupada.

—No puedo trabajar cuando mi despacho está desordenado —afirmo para no tener que explicarle que trato de conservar el buen ánimo y que no me apetece que un puñado de cajas me saquen de mis casillas.

—No respondías al teléfono —prosigue Bride sentándose en una silla. Cruza las piernas y coge uno de mis cigarrillos mientras me lanza una mirada acusadora.

—Coge uno. Anda, no seas tímida y cógelo. Tú no me has llamado esta mañana, ¿verdad que no?

—No, me refiero al fin de semana.

Mantengo la mirada fija en los archivos.

—¿Por qué? ¿Me estuviste llamando?

—Es posible. ¿Dónde estabas?

—En casa —respondo encogiéndome de hombros—. Estaría en el cuarto de baño o algo así.

Bride me lanza una mirada de sospecha.

—¿Qué pasa? —pregunto tratando de parecer inocente.

Si Bride se propone enterarse de algo, puedes estar seguro de que lo consigue. Es como un perro que no está dispuesto a soltar la pelota. Si supiera lo que me ha sucedido, estaría encantada, pues se pasa la vida regañándome por no buscar compañía masculina. El problema estriba en que, si se lo digo, entonces querrá saber qué sucedió, qué sucederá y lo que vendrá después, y no tengo ganas de afrontar ese dilema porque carezco de respuestas a tales preguntas. Este fin de semana... no traería buena suerte hablar de ello.

Bride descruza las piernas, se endereza en el asiento y va derecha al grano:

—Vamos, suéltalo ya. ¿Qué estuviste haciendo?

—Nada.

—Si no me lo dices, no pienso contarte lo que tenía que decirte.

—Si vale la pena, me lo dirás de todos modos.

—No seas así, Lolie. ¿Quién si no me va a contar algo emocionante? —responde.

Sigue sonriéndome, con el cigarrillo encendido en su nudosa mano de boxeador, pero el truco de la sonrisa no le funciona. Sé que últimamente ha pasado mucho tiempo en casa encerrada, pendiente de la salud de su marido y sin ningún entretenimiento, salvo tratar de mantenerle animado y evitando la muerte a base de jugar a las cartas y comida baja en calorías. Demasiadas noches sin estímulos de ninguna clase.

Aparto el paquete de tabaco de su lado, así puedo tocarle la mano cuando le digo:

—Dejaré que seas tú la que lo imagine. Seguro que lo que pienses resulta mucho más excitante que lo que haya hecho.

Su mirada flaquea y, por un momento, pone cara de muerta. Luego se arrellana en la silla, recupera la sonrisa, le da una profunda calada al cigarrillo y ahueca las manos como si un golpe de aire pudiese apagárselo.

Me siento y apoyo la cabeza en la mano.

—Marty se encuentra mejor —digo—. Fui a verle el viernes.

Bride se pone más erguida y cambia de expresión.

—He oído que se encuentra mejor. ¿Cómo estaba?

Me encojo de hombros y respondo:

—Tranquilo, dolorido y tratando de vencer el tic.

Sé que Bride desea oír que se encuentra bien, sólo quiere saber el lado bueno de las cosas. A todos nos agrada tener una buena noticia de vez en cuando. Luego añado:

—Pero sigue siendo el mismo de siempre, educado, cariñoso y un buen muchacho. —Me viene a la memoria la voz tan sosegada de su madre y trato de no pensar en lo mucho que debe de quererle—. Se está recuperando. El muchacho se pondrá bien —concluyo.

—Es un alivio saberlo —dice, tratando de aferrarse a ese resquicio de felicidad—. Y también debe de serlo para ti. Puedes decírselo al jefe. A no ser que te eche la culpa cuando salga del hospital.

—No —respondo levantando la cabeza—. Él no hará tal cosa.

—Entonces, mejor.

Me siento más erguida. Es posible que tenga razón. Quizás ese muchacho, que debería estar disfrutando de la vida, pueda superar sus pesadillas y salir más o menos ileso de ésta. Pienso en Paul, en lo entero que está, en las pocas cicatrices que tiene. Me gustaría que Marty fuese igual, pero eso no depende de mí.

—Nate me dijo que no tuviste mucha suerte con el que está encerrado en las celdas —dice Bride interrumpiendo mis pensamientos.

—¿Cómo dices? —respondo, tratando de separar mis pensamientos de mis sentidos.

—Hablo de Darryl Seligmann. Nate me dijo que le interrogaste, pero que no dijo nada.

Estoy enfadada conmigo por temblar y porque Bride ha traído de nuevo a Seligmann a mi vida. Esta mañana me gustaba el mundo y eso que era el mismo de siempre.

—No fue lo que se dice algo memorable —respondo con una voz más seca y dura de lo que esperaba—. Ahora es tuyo, ¿no es verdad?

—Sólo mío.

Puesto que ella es la encargada del caso, también es la encargada de darle el visto bueno.

—¿Le has dejado hacer alguna llamada? —pregunto.

—No, y no tengo pensado hacerlo.

—¿Y has hablado con él?

—Esta mañana —contesta Bride flexionando las manos. Yo junto las mías, como si fuese a rezar—. No le he sacado nada, así que lo vamos a encerrar durante un tiempo. Lo he trasladado al Bloque C, y allí se puede quedar esperando.

Probablemente podría seguir hablando del tema si lo desease, pero no lo hago. Cuando Bride se marcha, cierro los ojos y me quedo escuchando el silencio. Luego reviso el correo electrónico. Tengo un mensaje de Paul diciéndome cosas agradables de oír y eso es ya razón para estar contenta. Lo leo entero y, si respiro acompasadamente, los rostros sin vida de Seligmann, Marty y Bride parecen ir enterrándose en el légamo de mis pensamientos y no hay nada que los remueva. Por unos días, al menos por unos días, me gustaría ver un poco de agua limpia y transparente.

Al término de la jornada me siento más tranquila. Salgo a la oscuridad de las calles, siento el aire frío en mi cara y me pongo los guantes. Mi apartamento, mi pequeño escondite, me espera. Ésa es mi casa, allí puedo sentarme, tomar un baño, hacer la cama y sentarme tranquilamente a escuchar el silencio. Sólo quiero estar a solas, yo y la televisión, yo y la radio.

Pienso en ello, pero antes decido coger el autobús y visitar a Becca.

Cuando llamo a la puerta soy toda sonrisas. He estado pensando en ella todo el trayecto y me he acordado de las muchas veces que jugamos juntas, de la cara que puso cuando se enteró de que estaba embarazada. De manera que, para cuando llego a su casa, estoy deseando verla. Abre la puerta y me hace pasar, pero hay algo que va mal porque su rostro no se ha alterado al verme. Sin decir palabra me conduce dentro y señala una silla para que me siente, al lado de la cuna de Leo.

Me ofrezco para preparar el té y asiente con una parca sonrisa. Entro en la cocina y veo que apenas hay comida. Quedan los restos de una barra de pan, algo de mantequilla y unos plátanos que ya se han puesto negros.

Regreso al salón y miro a Becca. La cara hinchada que tenía durante el embarazo parece haber desaparecido.

—¿No tienes hambre? —le pregunto.

Cierra los ojos y se encoge de hombros.

—Sí —responde con una voz muy seca y nada usual.

Ni siquiera se esfuerza en explicarme la situación.

Me siento a su lado y hago que me dicte las cosas que necesita. No pone ninguna objeción y eso me asusta, pues ella siempre protesta un poco antes de decirme qué necesita. Cuando me dispongo a salir al supermercado, tampoco se queja cuando le digo que voy a llevarme a Leo para que dé un paseo.

—Un poco de aire fresco le vendrá bien —le digo sin mirar la pila de platos sin lavar que tiene en el fregadero y sin respirar el aire rancio que inunda la habitación. Pero es verdad, le irá bien. También será agradable tenerlo a mi lado sin que ella ejerza su influencia y sin que tenga sus ojos siempre posados en mí.

Llevo a Leo de compras. Primero se muestra quisquilloso, luego preocupado y más tarde tan bueno como suele ser siempre conmigo. Cuando regreso a casa me encuentro a Becca durmiendo en el suelo.

Resulta aterrador verla tirada. Becca, que era capaz de reñirme si dejaba los calcetines por el suelo, la misma que siempre me hacía llevar un pañuelo, que me cepillaba el pelo y me obligaba a hacer la cama con tanto esmero, está tirada como una bolsa sobre el sucio y desordenado suelo, y no precisamente acurrucada, sino como si se hubiese caído desmayada.

—Estoy exhausta —dice abriendo los ojos.

Su mirada se escurre como la de un preso en un interrogatorio. Está confundida, desconcertada por el peso de la fatiga. Le hago una proposición que no me atrevería a formularle si se encontrase sana y fuerte como siempre.

Y ella acepta. De ese modo, inesperadamente, entra algo más de bondad en mi vida.

Mi proposición consistía en sacar a pasear a Leo habitualmente. Durante los días siguientes reorganizo mi vida, me levanto temprano y trabajo hasta tarde, así puedo llevarlo a pasear durante el almuerzo y Becca aprovecha para dormir. Podría sacarlo a pasear por las noches, pero no quiero. Y no es porque tenga miedo de los atracadores, ni de tropezar en la oscuridad, es por algo que hay en su rostro sereno y firme, en su pijama, algo que tiene que ver también con el brillo que emiten las ruedas del cochecito bajo la luz nocturna. Una mujer que empuja un cochecito anhela que le dé el sol en la cara. La verdad, no sé de qué póster o anuncio he sacado semejante idea.

Leo y yo solemos ir a los parques. A ambos nos gustan. Durante el día no sucede nada en ellos y sólo se ven personitas de medio metro que se sienten completamente a salvo. Teniendo en cuenta que esta ciudad, como la mayoría, está construida alrededor de sus parques, todas las extensiones circulares están bordeadas de casas. No he ido a ellos con demasiada frecuencia, al menos no de día. Mi casa está en una zona barata, lo que significa que no hay ningún parque cercano; de hecho, está en una intersección entre los barrios de Queen y Abbot, lo más barato que se puede encontrar, por eso los parques no han formado parte de mi rutina diaria. Hasta ahora, claro. Leo y yo disfrutamos de ellos, paseamos por ellos y admiramos el brillo de la hierba. Hay días que siento incluso deseos de adentrarme con él en los bosques y enseñarle cómo el sol acuoso de otoño pasa a través de las hojas enrojecidas, pero no lo hago. Nos limitamos a andar por los senderos mientras le canto:

> *Baila para tu papaíto*
> *Mi pequeña mujercita*
> *Baila para tu papaíto*
> *Mi pequeño hombrecito.*

Luego pienso que no debería cantarle esa canción. Leo ha aprendido a enfocar la mirada y ha visto que papá no estaba allí. Cualquier día, además, aprenderá a sonreír y su padre tampoco estará allí. Cambio la letra de la canción por algo mucho mejor:

> *Baila por tu tita*
> *Mi pequeña mujercita*
> *Baila por tu tita*
> *Mi pequeño hombrecito.*
> *Tú tendrás un pescadito*
> *En un pequeño platito*
> *Tú tendrás un pescadito*
> *Cuando regrese la barquita.*

Le cojo las delicadas manos y las muevo con mucha suavidad para no hacerle daño en los hombros, mientras él baila con las manos. Una patata, dos patatas, música disco de los años setenta e incluso flamenco, girando sus pequeñas muñecas hacia delante y hacia atrás.

Le digo que, cuando sea mayor, le compraré un helado, le dejaré que corra detrás de las palomas y nunca le pediré que deje de hacerlo; le digo que lo llevaré en hombros, o en la espalda, y así podrá ver lo alto que se puede subir en este mundo. Robo papel del trabajo, papel de colores que se utiliza para escribir los memorandos, lo pliego y hago figuras de papiroflexia que aprendí a hacer durante las frías horas de luna llena en el orfanato. Ahora, con Leo, los utilizo para hacer aviones de papel, tan pequeños como mi dedo meñique, con forma de hélice o con forma de pájaro, y los lanzo desde la cubierta del cochecito para que den vueltas en el aire. Les doy un golpecito mientras canto: «Tendrás un pescadito, en un pequeño platito, tendrás un pescadito cuando venga la barquita.» Leo y yo paseamos por los parques, lo envuelvo en su manta cuando el viento se levanta y le prometo pescaditos.

11

Ellaway declara que iba de regreso a casa cuando el coche se le averió. Revisando el mapa compruebo que se encontraba en la carretera que va desde el noroeste hasta la zona céntrica. Al parecer, él trabaja en el norte, pero vive en el centro. Su apartamento está al este del King, una zona muy bonita y sumamente cara.

Si el coche se le hubiese averiado, lo habría abandonado y habría tratado de buscar un refugio. Eso es lo que declara haber hecho, lo cual parece razonable, pues nadie se quedaría en el coche si empezase a transformarse, a no ser que quisiera destrozarlo. De vez en cuando hay algún loco que piensa que puede reclamarle a la compañía de seguros, y el muy necio se mete dentro y espera hasta que salga la luna. Normalmente los encontramos tirados en la carretera, sobrecogidos y sangrando por los cortes producidos por los cristales rotos.

Por tanto, el coche debería de haber estado allí a la mañana siguiente. Si hubiese estado en la carretera principal, los agentes de Dorla lo habrían remolcado; si, por el contrario, se había quedado en una carretera comarcal, lo habrían dejado para el turno de la mañana, es decir, para los licántropos cuando hubiesen recuperado su estado normal. Ellaway lo dejó en la calle principal. Puede que la grúa de los agentes de Dorla lo remolcase o puede que no, depende de lo cansados que estuviesen.

Y ¿qué sucedió después? Ellaway habría debido informar de

la localización del coche y encargarse de los arreglos necesarios para enviarlo al taller, pues no creo que pueda pasar sin coche por muchos días. Seguro que lo habría arreglado, pero, como ya se lo habrían devuelto, no me quedaba otra opción que investigar quién fue el mecánico que lo arregló y que me testifique si el coche estaba verdaderamente roto.

Sin embargo, hay otra cuestión: ¿cómo es que no llegó hasta ningún refugio? Hay dos muy cerca y, aunque no conociera la zona, o desconociera dónde se encontraban los refugios, debería saber qué hacer en una situación así. Los refugios están situados estratégicamente y los niños aprenden qué es lo que deben hacer a la edad de ocho años. Él ha mutilado a Johnny. Solicitar negligencia sería como llevarlo yo misma a la prisión. Necesito de un error honesto. Si no conocía la zona, es posible que se perdiera o no calculara debidamente lo que tardaría en llegar caminando hasta los refugios, ya que es de esas personas que suelen ir en coche a todos lados. Es un error estúpido, pero no criminal. Y es posible que lo cometiera, pero no muy probable.

Hago algunas llamadas, husmeo un poco. Los detalles acerca del coche de Ellaway son muy fáciles de encontrar: Maserati, con dos años de antigüedad y matrícula E99PRM4. Dos horas después no he descubierto nada más que sea de utilidad. Los buscadores de Internet tampoco son mi fuerte y termino la tarde con los ojos cansados y viendo fogonazos de color verde.

Llamo a Paul, que responde cuando suena el segundo tono. Cojo el auricular con ambas manos y digo:

—Escucha, creo que me quedaré trabajando hasta tarde.

—Por favor, no —responde en tono de queja.

Se suponía que íbamos a vernos esta noche. A mí también me apetece y creo que, si soy un poco diligente, podré terminar a tiempo.

—No creo que pueda, Kelsey. Tengo que...Tengo que... —Mi voz traquetea como cuando los niños arrastran un palo por una verja.

—Tranquila, mujer —me dice en tono amigable—. Respira y dile a tu hombre qué es lo que tienes que hacer.

Apoyo la cabeza en la mano y prosigo:

—Poner al día algunos asuntos, pero quisiera ir a casa.

—Sí, por favor. Es lo mejor que puedes hacer.

—Ya veré si puedo. Tengo que poner al día algunos asuntos —repito.

—Ajá —responde Paul en un tono entusiasmado—. Creo que es una buena oportunidad para darte una lección complementaria. ¿Estás sentada cómodamente?

—Estoy sentada —respondo.

Hasta la fecha ya he recibido más de una lección complementaria por su parte. Es una de las razones por la que me gustaría ver a Paul esta noche.

—Para ello necesitas un paquete de chicles.

—Paul, estoy en el edificio de Dorla, somos adultos y no tengo ningún chicle a mano porque aquí tenemos que pasar por un detector de chicles antes de entrar. Así que suéltala ya.

—Sí tienes chicles. Te los puse en el maletín el otro día.

—¿Me has estado mirando en el maletín?

—Deberías ordenarlo un poco. No me extraña que no hayas visto los chicles.

—Paul, no puedo creer que hayas sido capaz de registrar mi maletín.

—Yo no he registrado tu maletín, sólo te metí unos chicles —responde con un aire totalmente inocente.

—Me...

Lo dejo; al fin y al cabo, no va a sentirse culpable por nada.

—Bueno, al menos espero que no los desenvolvieras. Y de paso: no vuelvas a tocar mi maletín.

—Creo que lo normal es decir «gracias».

—Bueno, de acuerdo. Muchas gracias por los chicles.

Cojo el maletín para ponérmelo en las rodillas. No hay duda, en el fondo veo un paquete pequeño de color verde intenso en el que se me informa con letras grandes que soy la propietaria de un paquete de chicles de hacer globos.

—Dime, ¿estoy citada con un hombre que me mete chicles en la cartera? —añado, desafiando un poco a la suerte, sólo para ver cómo reacciona.

—¿Y yo? ¿Estoy citado con una mujer que me llama por mi apellido la mitad de las veces? ¿Has cogido los chicles? —prosigue como si nada—. Ahora lo que quiero es que cojas uno, te lo metas en la boca y empieces a masticarlo.

—Eres un excéntrico —comento mientras desenvuelvo un chicle, me lo llevo a la boca y lo mastico. Luego añado con voz no muy clara y tratando de hacer un globo con el chicle—: Sabe a vino barato.

—Caray. Yo había oído lo contrario: que el vino barato sabía a chicle. Ya veo cuáles son tus prioridades.

—Eso es lo que me convierte en una mujer tan condenadamente especial —le respondo.

—Así es, mi bella Lola —asegura. Me llama bella sin cambiar de tono—. Ahora quiero que hagas un globo y lo explotes.

—Paul, creo que tu imaginación te está fallando —digo en un tono más amable del que suelo emplear. Es una concesión.

—No oigo ningún globo.

—De acuerdo, de acuerdo. Un momento... —contesto pasando el chicle por el paladar, aplastándolo y llevándomelo hasta la punta de la lengua para hacer el globo. Está más duro de lo que creía, las mandíbulas se me cansan y el dolor se me mezcla con el sabor a manzana del chicle. Hago el globo, lo exploto y los trozos de chicle se me quedan pegados en la comisura de los labios.

—Eso ha sonado realmente patético —dice.

—¿Qué pasa? ¿Acaso eres un experto? Además, si lo fueras, no lo admitiría. No te lo mereces.

—Espera a que nos veamos esta noche y ya verás cómo logro impresionarte. Te sorprendería ver lo que se puede hacer con un chicle y un poco de imaginación.

—¿Sí?

Su imaginación va muy por delante de la mía. ¡Demonios! Con lo que me ha dicho me han entrado más ganas de verle todavía. Sin embargo, le digo:

—Bueno, ya sabes. Me quedaré hasta tarde trabajando.

Ignora lo que le he dicho y prosigue:

—Bueno, ahora lo que quiero que hagas es lo siguiente: como veo que estás estresada, quiero que te concentres en el chicle y empieces a hacer globos. No quiero que te pongas a trabajar de nuevo hasta que no hayas hecho un globo de, por lo menos, cinco centímetros. Te veo esta noche. Me paso por allí y te recojo, ¿de acuerdo? Ahora te dejo, tengo que irme...

Oigo el clic y su voz desaparece. Debe de ser una especie de tributo, pero me paso los diez minutos siguientes masticando el chicle y tratando de conseguir hacer un globo de esa medida.

Después telefoneo a Franklin. Es de esas oportunidades que sólo se presentan una vez en la vida. Me pasan con su secretaria, que dice algo así como: «Así es, señorita Galley. Hemos acordado una cita para mañana.»

Durante nuestro paseo vespertino, se lo cuento a Leo.

—Fue hasta educada conmigo —le digo mientras me inclino para ajustarle el gorro.

Leo gira la cabeza y abre la boca para chuparme la muñeca. Le aparto los puños de la camisa y dejo que frote mis nudillos con sus encías. Es demasiado pequeño para que le estén saliendo los dientes, a menos que sea un prodigio; lo que creo es que hoy se siente pensativo. Me da un mordisquito pensativo y me chupetea con su suave lengua mientras le acaricio la cara.

—No creo que vuelva a tener otra oportunidad como ésta —le digo—. Es mi primer contacto con la clase alta.

Me mordisquea, pero no me hace daño; es demasiado pequeño para eso.

—Viene acompañado de Ellaway —prosigo sentándome en un banco. Leo gime cuando retiro la mano, así que lo levanto y me lo pongo en las rodillas—. Tengo que buscar la forma de citarme de nuevo con ese hombre. No sé si podré enfrentarme a los dos juntos.

Mi sobrinito sabe escuchar. Tiene la mirada fija en mí y permanece tranquilo en mis brazos. Luego empieza a empujar con sus piernecitas, cosa que hace cuando empieza a aburrirse. Dejo de hablarle de mi trabajo y me pongo a cantarle una cancioncilla con la mejor de mis caras. La boca se le arruga por las comisuras y luego se abre como un capullo, enseñándome sus blancas y limpias encías. Está sonriendo. Me sonríe a mí.

Lo incorporo y lo apoyo en mi hombro, dejando que su cabeza descanse sobre la mía.

—¡Qué listo eres! —le susurro—. Le diré a tu mamá la sonrisa tan bonita que tienes. ¡Qué niño más bueno!

Por esa razón, cuando viene a visitarme Franklin acompañado de su cliente, lo primero que pienso es que me gustaría tener a Leo a mi lado. Podría enfrentarme a ellos si sintiera que está cerca. No obstante, me recuerdo a mí misma que lo veré pronto, así que le doy un golpecito al paquete de chicles, pienso en la noche pasada con Paul y me digo a mí misma que soy una profesional.

Franklin entra en la habitación con tal suavidad que el aire ni se inmuta. La palma de su mano se queda pegada a la mía cuando me la estrecha para saludarme. Ellaway le sigue y coge asiento sin esperar a que se lo ofrezca. Me quedo de pie durante unos instantes, muy quieta, mirándole fijamente.

Se reclina en la silla y estira las piernas. Al darse cuenta de que le miro se mueve ligeramente a los lados y empieza a rodar los tobillos de un lado para otro. Luego empieza a mirarme de arriba abajo, pero no lascivamente, sino evaluándome. Sabe que puede mirarme si le apetece.

—Está usted muy guapa, señorita Galley —dice.

—Buenos días, señor Ellaway —le contesto—. Siéntese, por favor, señor Franklin.

Permanezco de pie, erguida. Puede mirar lo que quiera, no me afecta en absoluto.

—Gracias —responde Franklin, sentándose y depositando el maletín en el suelo de forma precisa, en paralelo a la silla.

—Gracias por venir —digo, tomando asiento y juntando las manos encima de la mesa para tomar posesión de mi escritorio—. Señor Ellaway, ¿es consciente de que esto es sólo una reunión preliminar para preparar su defensa?

—Sí, creo que sí —responde encogiéndose de hombros como si le cogiera por sorpresa, aunque no creo que necesite recordarle todos los problemas en los que se ha metido.

—Señorita Galley —interviene Franklin—, ¿ha tenido tiempo de leer las instrucciones del sumario que le envié?

Su voz es como un timbre que me rechina en los oídos, a pesar de que emplea un tono suave, el adecuado al tamaño de la habitación.

—Por supuesto —respondo—. ¿Me equivoco si digo que usted desea presentar el caso directamente e interponer una acción judicial por falta de pruebas?

De acuerdo con los seminarios y los libros de texto, debería estar prestando atención a mi cliente, pero prefiero tratar con Franklin.

Franklin hace un pequeño gesto con las manos.

—Creo que es una propuesta que debe considerarse —dice—. Si estudiamos las pruebas, no hay nada que demuestre que nuestro cliente fue negligente. Los incidentes que sucedieron después de que saliera la luna fueron ciertamente muy violentos, pero creo que no pasaron de ser un desgraciado accidente.

¡Vaya! Ha dicho «nuestro» cliente.

—Siento disentir —le respondo—, pero creo que hay muchos cargos que se le pueden imputar. Estaba muy cerca de los refugios, no hay razón por la que no pudiese llegar hasta alguno de ellos. Créame, señor Franklin, he visitado la zona y, se mire por donde se mire, no veo razones para que no hubiese llegado hasta cualquiera de ellos. Lamento decirlo, pero creo que un juez será de la misma opinión.

—Eso no es una prueba concluyente.

—No, pero tampoco le favorece. Y debemos recordar —he dicho «debemos» en lugar de «debe» puesto que es mi campo y lo sé de sobra— que el sistema funciona de forma distinta aquí.

El peso de las pruebas puede ir contra la acusación, pero aquí no contamos con un jurado, sino con un juez que no va a mirar con buenos ojos a nuestro cliente, digamos lo que digamos. No admitirá la mínima fisura legal. —Franklin enarca una ceja al oír esto—. Lo que estoy diciendo es que hay que convencer al juez. Las menudencias legales no son el tema en cuestión; lo que debemos hacer es presentar un caso que suene convincente y probable.

—Ésa es nuestra intención, señorita Galley —asegura Franklin con voz neutra y un ligero toque mordaz.

—Y usted, señor Ellaway, supongo que está dispuesto a seguir manteniendo la historia que me contó la primera vez que nos vimos, ¿no es así?

Levanta los ojos y deja de dar pellizquitos al brazo del sillón. Luego se mira despreocupadamente las manos y responde:

—Ya se lo dije. Me perdí porque no conocía esa zona.

Está medio acostado, con la cabeza inclinada hacia un lado, como si no quisiera prestarme demasiada atención. Le sigo con la mirada mientras juguetea con los brazos de la silla. Tiene los codos reposados, pero observo que le tiemblan los tendones. Los veo tensarse y destensarse cuando hunde las uñas en la madera de la silla.

Me siento con la espalda derecha y me muevo ligeramente, sin hacer ruido.

—Muy bien —respondo con una voz tan suave que no levantaría ni el vuelo de una mosca—. Entonces veamos los detalles.

En cuestión de media hora comprendo por qué Franklin se ha ganado su reputación. Si pongo alguna objeción, él me la rebate. Antes de vernos ya esperaba que me machacara y tirara por tierra todos los cargos de la acusación. Sin embargo, lo que hace es todavía mejor. Es como un escultor: coge el cincel y pule todo lo que digo hasta que llego a creer que casi tiene argumentos. Aún dudo de que ganemos, pero estoy segura de que plantaremos batalla. Es la mejor solución que podría esperar. Repaso las notas mientras Franklin trata de tranquilizar a Ellaway, ya por quinta vez, y lanzo un suspiro.

Finalmente, Franklin se aclara la garganta y anuncia:

—Señorita Galley, tengo una conferencia dentro de una hora. ¿Le importaría si continuamos esta sesión dentro de unos días?

—De acuerdo —respondo. Aún no he hablado del tema del coche, pero haciendo que llegue tarde no voy a conseguir nada—. Le acompaño.

Se levantan los dos.

—¿Puedo llevarte en mi coche, Adnan? —le dice Ellaway.

Justo ahora me doy cuenta de qué clase de persona es fuera de este edificio, lejos de este mundo. Habla con la serenidad de un hombre que tiene muy buenas cualidades y cuyos recursos no disminuirán por compartirlos contigo, puesto que dispone de muchos más.

—Te lo agradecería —responde Franklin.

Los acompaño hasta la puerta. Cuando llegamos al coche de Ellaway observo algo: saca un llavero con media docena de llaves, adornado con un colgante de plata de diseño que probablemente cuesta más que mi abrigo. No se ha dado cuenta de que estoy mirándole.

Están equivocados. Todos los informes aseguran que Ellaway tiene un solo coche, un Maserati azul con matrícula E99PRM4. Yo no entiendo gran cosa de coches, pero éste no es un Maserati, y tampoco es azul.

Ellaway y Franklin entran en el vehículo por ambos lados. Me aparto para que no me atropelle y apunto la matrícula en el reverso de la mano. El motor ruge cuando pasa a mi lado. Me apoyo contra una columna y me quedo mirando hasta que veo desaparecer las luces grises del coche.

12

—Un círculo —dice Paul.

—Aún no he terminado —le respondo.

Hace varias horas que se hizo de noche y ya no cuido tanto las palabras.

Estamos jugando al juego del cubito de hielo. Me inclino sobre Paul y, con el cubito, dibujo algo en su espalda. Si no averigua lo que es, tiene que pagar con una prenda; si lo hace, soy yo la que paga. Jugamos a ver quién de los dos llega antes a cinco. Paul tiene una mentalidad más artística que la mía y pinta dibujos más elaborados. No me importa. Trato de hacer los míos lo más simple posibles, pero es porque sus prendas también son más recurrentes que las mías.

—¿Cómo se te ha ocurrido este juego? —le pregunto.

Mi voz se está suavizando. Coloco la mano libre sobre la paletilla de su hombro y observo que tiene el mismo contorno que una manzana. No sé por qué, pero no puedo acostumbrarme a sentir su cuerpo contra el mío, pues me resulta extraño y familiar al mismo tiempo. Carne de mi carne.

—Fue tuya la idea... —me dice tranquilamente y sin inmutarse cuando le pongo el cubito en la espalda—. En el restaurante, ¿te acuerdas? Cuando me quemé el dedo con la vela. Lo que pasa es que lo hemos perfeccionado. —Suspira. Luego termina diciendo—: Es una cara sonriendo.

—Has acertado —respondo. Una de cinco. Chupeteo el agua

que se derrite del hielo y me froto la mano para secarla—. No me refería sólo al juego, sino a tus ideas. ¿De dónde las sacas?

Arruga la nariz y sonríe.

—Pasé muchas horas a solas en mi habitación cuando era un adolescente.

Pienso en ello, en Paul de muchacho, escurriendo el hielo por entre sus dedos como una anguila.

—¿Cómo eras? —le pregunto.

—Era un chaval muy agradable.

Le pongo el hielo en la espalda, respira y cierra los ojos.

Deslizo la mano por su nuca, palpando el calor y la textura de sus músculos. Cierro los ojos e imagino a un Paul más joven, sentado en su habitación y esperando hacerse mayor. Le aparto el pelo de la nuca, dejo el cubito a un lado y apoyo mi cara contra él, con la punta de los dedos tocando esa arruga que se forma justo donde la espina dorsal se une con el cráneo. Aspiro. El olor tibio y los sólidos músculos donde reposa mi mejilla son de adulto, de un adulto muy viril. Eso es lo que estaba esperando aquel niño.

—Es otra cara —dice Paul, su voz vibrando contra mi oído—. Una cara muy bonita, con los ojos marrones.

Le doy un beso en la espina dorsal, sólo para saborearla ligeramente. Sonríe y agrega:

—Ya van dos de cinco.

—Eso no es justo —respondo sentándome—. No la he dibujado con el cubito.

—No, más bien ha sido un grabado, pero cuenta. Así que voy ganando.

—De eso nada —digo poniéndole el cubito en la espalda. Él se remueve, tratando de quitárselo de encima—. Eres un tramposo.

Paul coge el cubito antes que yo, pero le cojo la mano antes de que pueda ponérmelo encima. Forcejeamos y le aferro con más fuerza tratando de apartarle la mano de mi cara, sabiéndome en desventaja.

—¡Dios santo! ¡Qué fuerza tiene para ser tan chiquita! —exclama riendo, y me coge de un pie para que no termine haciéndome daño.

Nos quedamos tendidos en la cama, cara a cara, mirándonos. Paul pasa la punta de los dedos por mis labios y abro la boca al mismo tiempo que doblo una pierna para cogerlo y que no se escape. Subo la cabeza, tratando de llegar hasta su boca, pero él me tapa los ojos y me la echa hacia atrás.

Doy un respingo cuando noto el cubito rozarme el cuello y dibujar un sendero helado. Un círculo, pequeño y escurridizo, que me hace temblar y ver imágenes pellizcándome la piel. Luego lo deja escurrir hacia abajo, frío y dulce. Después de respirar profundamente consigo permanecer inmóvil. Dibuja un triángulo, un trazo de algo que se asienta encima de mi palpitante corazón, y después me pasa el cubito por los pechos, subiendo y bajando, primero por uno y luego por el otro. Dibuja una figura de tres lados que termina en una línea a través de mi estómago y, cuando la espalda se arquea, aferro las sábanas con los dedos, con firmeza, mientras el agua se escurre por mi cintura. El hielo sube y acuno mi cara contra su mano como un icono refulgiendo contra la piel congelada y temblorosa. Mantiene mis ojos tapados y dejo escapar un gemido ahogado mientras dibuja algo diminuto y ovalado en el hueco de mi garganta.

Permanezco inmóvil, tratando de mantener los ojos cerrados, pero un temblor me sacude y me apretujo contra Paul en busca de calor. Me aparta la mano de los ojos y, al cogerme de las mandíbulas, me doy cuenta de que mis dientes están rechinando. Me pasa el pulgar por la cara.

—¿Te encuentras bien? —pregunta.

Asiento, pero le cojo por la nuca y lo presiono contra mí. Me besa el cuello, aprieta su frente contra la mía y me sonríe, con los ojos evadidos por el deseo.

—¿Sabes lo que era, chica guapa? —pregunta.

—No lo sé —confieso. Sólo líneas en la cara, los brazos de alguien rodeándome—. ¿Qué era?

—Un ángel —me responde deslizando la mano por mi pelo, acurrucando mi cabeza—. ¿Tú no reconoces un ángel cuando lo ves?

No le respondo.

Después trae más hielo y trato de dibujar algo artístico, alguna imagen sacada de mis libros infantiles. Haré el mejor dibujo que pueda para Paul. Empiezo con un coche, pero luego lo borro porque he estado pensando en coches todo el día y no quiero que nada del mundo exterior entre en esta habitación. Pinto manzanas, pinto árboles, y dejo que los confunda con una piruleta. Luego dibujo gatos, peces y hojas. Mis imágenes son claras y pueden distinguirse. Invoco los colores más brillantes y las líneas más inocentes que he visto en mis veintiocho años de vida y los dibujo en agua derretida, jugando con intención de perder.

Hoy mi cuerpo se siente dominado por una extraña ligereza, como si se hubiese producido una fusión. Realizo mis tareas con lentitud y observo mis adormiladas manos realizar sus menesteres como si una suave niebla se interpusiera entre los brazos y mis ojos. El día ha amanecido fresco y cubierto, amenaza lluvia, pero no obstante siento el calor de mi cuerpo bajo la camisa. Subo al autobús y, al no encontrar asiento, me apoyo contra una de las barras. Pienso en el beso de despedida de Paul y me pregunto cómo puede una persona dormir tan poco sin despertarme. Estuvimos hablando de la adolescencia, pasamos el fin de semana contándonos cosas. Mi adolescencia no me convirtió en una persona ocurrente y, cuando se lo mencioné, repuso que nos quedásemos despiertos toda la noche. Él duerme cuatro de las ocho horas que duermo yo, y dijo que podría pasar perfectamente otras cuatro sin acusar el menor cansancio. Me estuvo provocando e incitando, aludiendo que eso le daba ideas, cuatro horas de inmovilidad absoluta sin nada que hacer, salvo pensar en lo que podríamos estar haciendo si estuviésemos despiertos. Luego me habló del halo de luz que entraba a través de las persianas, del eco de mi respiración en la diminuta habitación, de mis manos tocando el piano sobre la manta y las arias que he interpretado; también me habló de las voces que procedían de las calles y del color de las paredes cuando reina la oscuridad. Yo no estaba despierta para verlo, por eso él lo ha guardado en su memoria para poder regalármelo cuando me despertara.

Cuando llego al trabajo me dirijo directamente a la oficina y abro los archivos; mis manos aún se deslizan perezosas por las páginas. El tacto frío del papel en las puntas de los dedos hace que me resulte difícil concentrarme. Cuando al fin reviso el correo electrónico, me divierte más ver los rápidos movimientos que hace el cursor en la pantalla que los propios mensajes. Me agito y abro la mano, estirando los dedos al máximo.

Me pongo de nuevo con el caso Ellaway. Compruebo la nueva matrícula del coche y averiguo que pertenece a la empresa y que aún no ha reclamado el otro. Los patrulleros de Dorla no lo han remolcado tampoco. Al parecer, un taxista responsable lo encontró y se encuentra en un pequeño taller mecánico en el barrio de Benedict Park, es decir, en el otro extremo de la ciudad, en el parque más antiguo. Antiguamente, esa zona solía considerarse el centro, pero eso fue antes de que nos convirtiésemos en una ciudad, empezásemos a extendernos hacia el oeste y se empezara a construir al otro lado del río. Las universidades se encuentran en Benedict Park, al igual que las librerías y las confiterías. Imagino que los eruditos necesitarán llevar sus coches a arreglar con la misma frecuencia que cualquier otro. Ellaway, sin embargo, no lo llevó a un taller que se encuentre en su distrito. Ellaway vive al este de King y el coche se le averió al este de Foundling Park. Lo más razonable habría sido llevarlo al norte de Sanctus.

No me cuesta trabajo averiguar a qué refugio llevaron a Ellaway cuando el compañero de Johnny logró apresarlo finalmente. Si él hubiera deseado que llevasen su coche a un mecánico en particular, es posible que llamase desde allí. Para saberlo necesito un testigo. Cierro el archivador, animada, pues he averiguado una cosa: mi amigo Ally era precisamente quien estaba de turno aquella noche.

Todas las personas hacemos excepciones de vez en cuando y, en ese aspecto, Ally es uno de los míos.

Nadie habla de los orfanatos, y los licántropos casi los desconocen. Para ellos, esa palabra significa una caja de plástico llena de juguetes y una mujer joven pendiente de un grupo de niños que corretea por el suelo. Imaginan que es un sitio donde llegan las mamás, cogen a sus hijos y les dicen: «Hola, mi amor. ¿Has sido un niño bueno?» Un lugar donde la luz del sol entra por las ventanas.

Tenía sólo dos semanas cuando pasé mi primera noche en un orfanato; y casi dieciocho años cuando pasé la última y fui admitida como empleada de Dorla. Ellos intentan dividir a los grupos por edades, pero no disponen de personal suficiente para hacerlo debidamente.

Los niños lloran. Bajo el alumbrado de bombillas baratas, la luz de la noche resulta sintética, difusa, como cuando se ve el mundo bajo una intensa fiebre. Con frecuencia suelen estar defectuosas y parpadean y zumban hasta que los párpados escuecen y las grietas de las paredes parecen temblar y saltar. Hay una hilera de cunas a cada lado, con un hule para los más mayores. Hay persianas en las ventanas y juguetes rotos con los que nadie juega. Los más mayores a veces les pegan a los pequeños, y los adolescentes se apiñan bajo las mantas en los rincones. Había noches en las que no permitía que nadie se me acercase, cuando sabía que los muchachos que venían a probar suerte sólo estaban tratando de aprovechar la oportunidad. Entonces me peleaba con ellos, les propinaba patadas y los arañaba en una batalla silenciosa que se celebraba bajo la manta. Había noches en que no disponía de fuerzas para pelear y me limitaba a mover las manos con rapidez para librarme de mi adversario lo antes posible. Otras, en cambio, me tendía, incapaz de oponer resistencia y cerraba los ojos, deslizando los dedos por debajo de la ropa del muchacho por si encontraba algo de socorro. Algunas veces, los más pequeños miraban cómo se agitaban las sábanas; yo también llegué a hacerlo cuando era muy niña. Había noches en que los monitores lograban evitar que esas cosas sucedieran, pero había otras que no, y otras que simplemente no les apetecía. Había momentos en que los niños jugaban, otros en que todos se atacaban entre sí, pero casi siempre permanecíamos sentados o tendidos, siempre sin hablar. En dieciocho años no recuerdo una sola noche en la que no oyese el llanto de un niño durante una hora.

Pensaban que resultaría traumático quedarnos en casa y escuchar a nuestros padres gemir y gruñir. Nos apartaban de ellos hasta que tuviésemos edad para trabajar. Algunos niños pedían que los llevasen a casa, sobre todo los más pequeños, los que acababan de aprender a hablar. Los adultos que escuchaban sus peticiones permanecían inmutables y terminaban por ignorarlos. Si eras tan pequeño como para pedir una cosa así, entonces es que eras demasiado pequeño como para comprenderlo. ¿Cómo se le puede explicar a un niño de dieciocho meses que si su madre lo viese esa noche, lo mataría?

Nunca había visto a un lunático hasta que cumplí los dieciocho.

El día que firmé el contrato de mi apartamento y entré en lo que sería mi casa, recuerdo que me senté con la cabeza apoyada contra la pared y lloré de consuelo.

Algunos amigos han salido del orfanato, con muchos he compartido demasiadas cosas. De vez en cuando veo una cara que me resulta conocida, pero no nos reunimos, pues tenemos muy poco que decirnos.

Ally y yo somos amigos, a pesar de habernos conocido en el orfanato. En una ocasión, hace ya mucho tiempo, me subí a una de las cunas porque había oído a un niño llorar y lo levanté para sentarlo en mis rodillas y cantarle una canción. Tenía la piel roja y la carne nudosa, y estaba más interesado en llorar que en respirar. Ally movía las cunas y les ordenaba a gritos que se callasen. No hablamos en aquella ocasión. Después, yo dejé de cantar y él dejó de gritar. Antes de que tuviera seis años sabía que jamás dormiría en un orfanato por mucho que lo intentase. Probé leyendo, pero no funcionó, ya que implicaba sentarme inmóvil, sostener el libro y, a menos que nada me lo impidiese, echar a volar mi imaginación. Jamás pude tener un juguete aparte de los que había en el orfanato, la mayoría de ellos rotos. La camita del gato; el solitario, esas cartas alineadas en hileras cuyas complicadas combinaciones me costó meses aprender; sotas sobre el mugriento linóleo... En mi octavo cumpleaños, Becca me regaló un cuaderno de dibujo acerca de la papiroflexia. Yo jamás le pregunté si me había visto haciendo lazos o barajando cartas, ensayando o perfeccionando mis formas de perder el tiempo. Me lo dio con mucho cuidado y se apartó de mí mientras lo abría.

Papel ligero y liviano. Si una pieza se te caía, tenías que empezar de nuevo, aunque no se perdía nada, salvo el tiempo que habías empleado en doblar las pequeñas piezas. Tenían colores muy bonitos y los bordes muy afilados y ajustados. No podía decirle lo que significaba, no sin explicarle lo largas que eran las noches fuera de casa, pero, en cuanto pasaron algunos meses, le hice un juego completo de muñequitas de papel, con sus mascotas y sus habitaciones de cartón donde poder meterlas.

Ally solía construirlas con cerillas; muchos de los que estábamos allí teníamos algún hábito con el que pasar las horas muertas. Él quería que le enseñase a hacer aviones y yo, aunque no era una niña muy simpática, tenía mucho tiempo por delante. Al tener algo en lo que pensar, diseñé algunos modelos, como el *Spitfire*, el *Concorde* e incluso tanques. No es que hablásemos mucho, pero sabíamos que habíamos encontrado algo con que distraernos y ausentarnos, y así dejar de mirar a las ventanas y dejar de escuchar el lloriqueo de los niños bajo aquella luz tan cegadora y febril. Cuando nos hicimos más mayores, a veces se metía bajo mis sábanas y me toqueteaba por debajo de la falda sin que yo supiera cómo oponer resistencia. Todos necesitábamos alguna forma de consuelo. En ocasiones me dejaba que le diera patadas y mordiscos, y yo, a veces, permitía que me pellizcara mi escasa carne. Hasta que no cumplimos los veinte no fuimos capaces de hablar de ello. Ahora apenas lo hacemos, salvo algún comentario que se nos escapa en tono de broma de vez en cuando, siempre muy a la ligera. Él jamás me puso un dedo encima fuera del orfanato, y tampoco ninguno de los otros muchachos. Yo tampoco le levanté la mano a ninguno de ellos. Con frecuencia, lo que hacemos es evitar mirarnos, aunque jamás pensé que hacía nada malo, y tampoco me siento resentida por lo sucedido. Es posible que no lo hubiera deseado —siempre y cuando una niña de catorce años supiera lo que quería—, pero todos sabíamos que no era nada personal. Incluso mirando en retrospectiva, no sabría decir qué deseaba en ese momento, salvo ser otra niña a la que no le sucedieran esas cosas, claro.

Ally es la única persona que conozco del orfanato con la que tengo contacto frecuentemente, aunque jamás hablamos de aquellos días.

Ally y yo volvimos a encontrarnos siendo adultos, cuando estábamos estudiando y formándonos. Ingresó pocos meses después que yo, pero antes de que terminase el año ya era mucho más avezado en capturar. Es una persona muy técnica. Yo jamás he podido comprender que las personas se sientan interesadas por las armas, pero a Ally le encantan. Disfruta viendo que los demás no tienen más remedio que aceptarle tal como es, porque tiene un don especial para las armas. De vez en cuando alguien le aconseja que se corte el pelo, pero les responde recordándoles la promesa que me hizo, la de afeitarse la cabeza el día que un abogado no diga, nada más llegar, frases como «la opinión pública» o «la mayoría». Sin embargo, ahora que me paro a pensarlo, Franklin no lo ha hecho, no ha pronunciado ninguna de esas palabras.

Cojo un par de tijeras y me dirijo al Departamento de Armas.

Ally está sentado, con los pies apoyados contra la pared del almacén y la cabeza inmersa en la revista *Sleepers Monthly*. Llamo a la puerta cuando entro. Los tubos fluorescentes emiten una luz que hace que las pistolas de tranquilizantes y balas de plata parezcan recortes de cartón salidos de su armero.

—¿No te da dolor de cabeza estar aquí dentro?

—Hola, Lo —responde Ally apartando los pies de la pared y dándole una patada a una silla para acercármela—. ¡Dios santo! Deberías ver esto. Han sacado nuevos modelos y dicen que se puede acertar desde casi cuatrocientos metros.

Empuja la revista para que la vea.

—Más nos valdría ver en la oscuridad, pero tú sabes que soy una chica —le digo.

Ally guarda la revista para que no pueda insultarla e ignora la segunda parte de lo que he dicho. Abre la boca para explicarme por qué debo tomarme en serio esos nuevos avances tecnológicos, pero si me sintiera interesada, miraría las fotografías.

—Me debes un corte de pelo —le digo—. Hay un abogado que no ha mencionado la opinión pública ni una sola vez.

—¿Quién es? —pregunta Ally pasándose una mano por la cabeza.

—Adnan Franklin. No mencionó a la mayoría de los ciudadanos en ningún momento.

—Mierda. Y ¿qué dijo entonces?

Me encojo de hombros mientras sostengo las tijeras.

—Que he contravenido los más elementales derechos humanos de mi cliente, que he quebrantado todos los tratados nacionales e internacionales y que he puesto en entredicho a la civilización.

—Eso no cuenta —responde, inclinándose hacia delante y quitándome las tijeras—. Ha mencionado a la civilización —añade—, y eso es lo mismo que la opinión pública, sólo que con palabras mayores.

—Mierda. ¿Dónde has estudiado filosofía?

—También dio a entender que no le agradarías a la mayoría de las personas. Es la misma historia de siempre.

—No. Creo que le gusté.

—¿Y ya no? —pregunta. Ally no es precisamente un chismoso, aunque le gusta tener información de primera mano—. Anda, cuéntame, ¿que hay entre vosotros?

—Nada, Ally, sólo trabajo. Además, me estoy viendo con alguien.

Ally se sienta y se pone alerta.

—¿Con quién?

Niego con la mano, pues no tengo intención de decírselo.

—Con un trabajador social que he conocido —digo.

—¿Un licántropo? ¡Por Dios, Lo! Tú nunca tonteas con licántropos.

Ally cree que tiene pruebas de mi vida amorosa, que la conoce. Yo, en cambio, no quiero conocer la suya.

—Yo no tonteo, Ally —apunto.

—Deberías oír lo que dicen de las chicas follaculos —comenta, hojeando la revista con aire distraído.

La gente dice que las chicas follaculos son unas guarras, pero que se convierten en frígidas cuando se hacen mayores y, por eso, follar con ellas es como follar con una tullida.

—No soy una niña, Ally, y no creo que nadie se tome en serio algo así. Escucha, he venido a consultarte acerca de un caso de refugio que tienes.

—¿Quién es ese tío? —insiste sin escucharme.

Tiene razón, los no licántropos no solemos salir juntos. Ally se muestra muy interesado, pero no pienso satisfacer su curiosidad.

—Hablemos del caso, Ally o cojo la puerta y me voy —le advierto.

Enrolla la revista y se da un palmetazo en la mano con ella antes de preguntar:

—¿Qué caso?

—Y no le digas a nadie lo que te he dicho. Si Bride Rielly supiera que te lo he contado, me echaría sal en el café.

Se encoge de hombros y dice:

—De acuerdo, no se lo diré a nadie. ¿Qué caso?

—No es de esta última luna llena, sino de la pasada. Alguien trajo a un lunático peligroso que mordió al primero de los capturadores, Johnny Marcos.

A Ally no le gusta sentarse erguido, ni inmóvil. Tampoco se encorva ni se tuerce; está en forma, siempre está en movimiento como un líquido inestable en un recipiente. Los hombros, sin embargo, se le paran en seco cuando menciono el nombre de Johnny y se arrellana en la silla.

—El caso Ellaway —asiente—. Ya me habían comentado que lo llevabas tú.

—Así es, Ally. Y necesito saber qué sucedió aquella noche.

Exhala profundamente y se mesa el pelo.

—Johnny vino con la mano amputada y sedamos al cabrón que se la arrancó —explica—. Precisamente en aquel momento teníamos un médico de verdad, así que lo llevé a la sala de atrás y se la remendó. El suelo estaba cubierto de sangre...

Levanto la mano con rapidez, como si fuese un reflejo.

—No te estoy preguntando por Johnny, Ally, sino por Ellaway.

Me mira fijamente y empieza a decir algo, pero luego cambia de opinión.

—El tranquilizante le duró muy poco —dice—. Después de dos horas se recuperó y no había forma de controlarlo.

Me encojo de hombros y digo:

—Es consumidor de cocaína y puede que de otras drogas. Además, fuma y toma pastillas para dormir.

—Bueno, sea lo que sea, el caso es que no paró ni un momento de acercarse a la reja, de caminar de un lado para otro hasta que amaneció.

La mayoría de los lunáticos se tranquilizan a medida que se acerca la mañana.

—¿En qué estado se encontraba cuando lo apresaron? —pregunto.

—Blasfemando y muy enfadado. Tú ya los conoces.

—Un lunático peligroso.

—Sí. Empezó a blasfemar mucho antes de que los otros comenzasen a gritar. Ellos sólo hacían ruidos, pero él se limitaba a estar allí y ver qué sucedía. Luego nos puso de vuelta y media, pero en ningún momento se tuvo que tender por los calambres, sino que se agazapó en el suelo y se puso a dar golpes contra la pared.

—¿Lo viste?

—Sí, estaba armando un verdadero escándalo. Tuvimos que amenazarle diciendo que le pondríamos una inyección de tranquilizantes si no se callaba.

Los ojos de Ally son oscuros, cada pupila se esconde en un iris de color negro que se ensombrece incluso cuando descansa. El pelo le cae por la cara y su expresión no se altera cuando recuerda lo ocurrido.

—¿Y se la pusisteis? —pregunto.

Se encoge de hombros y se frota las manos antes de proseguir:

—Exigió que le dejáramos llamar por teléfono. Nos dijo que tenía derecho a ello.

—Sí, puedo imaginarlo —respondo. Hace tanto frío en este lugar que me meto las manos en los bolsillos de la chaqueta—. Y ¿le dejaste hacer la llamada?

—Sí. Le dejé.

—¿Por qué?

—No podía soportar escucharle. Era muy terco y exigió hacer la llamada antes incluso de ponerse el mono. ¿Has tenido que discutir alguna vez con un hombre desnudo?

—¿No llegó a vestirse? —pregunto, dejando las bromas a un lado.

—Dijo que el mono no era una prenda de su estilo —prosigue Ally llevándose las manos a la cara por unos momentos—. Para colmo, había una jovencita de catorce años en la otra celda que no cesaba de llorar, así que le dejé llamar mientras iba en busca de algo de ropa para ella. No hacía otra cosa que llorar por su abuelita, sin nada encima. Es muy difícil trabajar con una adolescente desnuda a tu lado.

—¡Dios santo, Ally! ¿Una chavalita de catorce años?

—No —responde. Mira para otro lado, se muerde el labio y añade—: Lo que pasa es que uno no sabe para dónde mirar. Tienes la mente muy pervertida, Lola.

—¿Quién? ¿Yo? —pregunto, recordando mi aspecto a los catorce años.

—Sí, tú.

—Así, así... —respondo. Luego trato de volver al tema que me interesa—: ¿Estuviste escuchando cuando hizo la llamada?

—No —contesta con la cara larga—. Lo siento, Lo. No sé a quién llamó, pero alguien vino a recogerle.

—¿Quién?

—Un hombre —responde encogiéndose de hombros—. Se registró él mismo. Además, los del hospital no habían llegado, la ambulancia tampoco y Johnny seguía en el refugio. No me dio su nombre.

—¿Qué aspecto tenía? —le pregunto para quitarme de la cabeza la palabra «Johnny».

Ally abre las manos y niega con la cabeza.

—No lo sé. Pelo moreno, piel blanca, bastante alto. No me acuerdo, no se me dan bien las caras. Además, no me fijé.

Lo dice con un poco de pena, lo cual me desconcierta.

—Y ¿por qué no estabas mirando? ¿Le arranca la mano a uno de los nuestros y tú ni te fijas en quién viene a sacarlo?

Ally se levanta, eludiéndome por un instante, y anda por detrás de la silla.

—Basta ya, ¿de acuerdo? —dice—. Pensé que estaba todo claro y que tu departamento se encargaría del asunto. No me fijé porque no me sentía con ganas para ello. Eran las siete y media de la mañana, no había dormido nada y había sangre por todo el suelo. Así que te lo repito: basta ya —concluye, dejándose caer de nuevo en la silla y frotándose las rodillas.

Me quedo callada. Ally es el primero en romper el silencio:

—El teléfono puedes averiguarlo mirando la factura del refugio. Si te pones en contacto con la policía ellos te dirán a quién llamó. Te llevará unas cuantas semanas, eso es todo.

Habla como si quisiera enmendar las cosas.

—Sí, de acuerdo —respondo—. Siento lo que he dicho. Ya sé que no es culpa tuya y, además, no creo que tenga demasiada importancia. Gracias, Ally.

Sin duda, está en lo cierto. En una ocasión, un policía me dijo abiertamente que se nos daba menos prioridad cuando nuestros sospechosos no podían volver a delinquir durante un mes entero.

—No pasa nada. Dejémoslo —dice Ally.

—¿Y eso es todo? ¿No sucedió nada más con Ellaway? —pregunto. Me froto la frente con la mano recordando algo más y añado—: Tú le viste antes de que se transformara. Dime, ¿estaba limpio?

—¿Limpio? —repite Ally parpadeando.

—Sí, me refiero a si parecía que se había estado revolcando por el suelo. Él asegura que empezó a transformarse cuando buscaba un refugio. Dice que fue cerca de Foundling. Si es así, lo más probable es que se fuese allí directamente y existen registros de las distintas plantas que se encuentran en cada uno de los parques. Si había zarzamoras enredadas en su espalda, eso podría respaldar su historia. Imagino que nadie las recogería cuando limpiaron el suelo, ¿verdad?

—No —responde poniendo ambas manos entre las piernas—. Había mucha sangre, así que vino una limpiadora, desinfectó el lugar e incineró lo que recogió. Ya sabes que es una de las nuevas normas.

—¿A qué te refieres?

Ally arruga la frente.

—Dios bendiga a nuestro Gobierno —comenta—. Ya sabes: si uno de los capturadores viene sangrando, es obligatorio esterizarlo todo. ¿No recuerdas que el año pasado alguien contrajo el sida a través del hombre que le echó el lazo?

Frunzo el ceño. Sí, ahora lo recuerdo. Alguien se había olvidado de poner batas en la celda y la mujer estaba a mitad de su transformación. El celador entró pensando que estaba a salvo, pero ella le clavó los dientes y la sangre le entró por las encías. El celador perdió parte del brazo y ella está muriéndose. Los votantes se cabrearon mucho. Fue todo un escándalo. Por ese motivo, se implantaron más normas en nuestro protocolo, más medidas disciplinarias para nosotros. Ahora, los no licántropos que sean seropositivos no pueden dedicarse a capturar, ni trabajar en los refugios, sino que se limitan a controlar los tableros de mandos, por lo que ganan aún menos dinero para poder comprarse los medicamentos. Además, han impuesto una prueba sanguínea y yo ya llevo mucho tiempo dedicándome a los refugios. Estoy limpia, y no dejaré que me toque un hombre si no es con condón o haciendo una prueba previamente. Ahora tenemos más papeleo, más formas de prometerle al público que estamos a su servicio; que, aunque ellos puedan arrancarnos la carne de los huesos, nosotros no dejaremos que nuestra sangre los envenene.

Me duele la espalda y estoy ronca.

—Johnny no tenía sida, ¿verdad que no? —pregunto.

—Creo que no —responde Ally mirando al suelo—. Pero aun así, nos hacen quemarlo todo.

—Entonces ¿no hay nada? —digo deseando irme a casa.

Ally niega con la cabeza.

—Había una marca en su hombro. Bueno, mejor dicho, dos.

—¿Una marca?

—No sé —declara—. Es posible que fuesen cicatrices antiguas, o que alguien le hubiese dado con la garrocha.

Eso resultaría muy probable, ya que la garrocha a veces hace pequeños cortes que no llegan a cerrarse del todo. Aparto la mirada de Ally y pienso en la posibilidad de que Johnny le hiciese daño cuando trataba de apresarlo. Si es así, entonces es probable que se viera forzado a atacar y yo podría alegar defensa propia o provocación; es decir, podría alegar que fue culpa de Johnny.

—Tengo que investigar ese asunto —digo finalmente.

—Por supuesto —asiente Ally sentándose sin hacer ruido.

Me levanto y me yergo todo lo que puedo.

—Trataré de averiguar a quién llamó, ya sabes lo mucho que se tarda. Gracias, Ally. Si te pido que testifiques, ¿lo harás?

—Por supuesto que sí, Lo. Para lo que quieras, ya sabes dónde estoy.

Doy media vuelta y me dirijo hacia la puerta.

—Lola —la voz de Ally me hace girarme.

—¿Sí, dime?

—Se te han olvidado las tijeras —dice con ellas en la mano. Me enseña el pelo y la espalda, para que vea hasta dónde le llega y me sonríe—: ¿Dijiste que tu amigo el abogado sólo mencionó la palabra civilización?

—Así es —respondo con una voz tan tranquila como la suya—. Sólo civilización.

—Bueno, eso ya es algo —dice, levantando las tijeras y cogiendo su largo pelo en un puño antes de que yo pueda impedirlo—. Lo consideraremos un empate —agrega.

Se oye el chasquido de las tijeras al cerrarse y veo que el pelo de Ally le cuelga desproporcionadamente por la espalda. Luego tira las tijeras y, cogiendo el pelo con la mano, me lo enseña como si se tratase de un trofeo.

13

Hay un letrero colgado en la puerta de la cochera que dice: «Por favor, llame fuerte. El timbre está roto.» Ally espera detrás de mí, dando pataditas a las piedras.

—Ally —le digo.

Se para. Ally no es Marty, no es Nate y, por tanto, no tengo que decirle que deje hablar al abogado. Al fin y al cabo, Ally es de mi edad.

Tengo que escribirle una carta a Marty. Le envié flores la semana pasada, pero ya se habrán estropeado y aún no le han dado el alta.

—¿Sí? —responde.

Su voz interrumpe mis pensamientos. Pone la mano en la puerta, la apoya y tamborilea con los dedos. Al girarse hacia mí, se apodera de mucho espacio.

—¿Crees que podrás averiguar algo? —le pregunto.

Se encoge de hombros y responde:

—¿Averiguar el qué?

—Algo que respalde sus afirmaciones —digo colocándome bien el bolso en el hombro y ajustándome el abrigo—. Ellaway dice que se le rompió el coche. ¿Crees que podrás confirmarlo?

Ally aparta la mano de la puerta y se quita el pelo de la cara. Aún no se lo ha arreglado desde que se lo cortó con las tijeras.

—Si no lo ha reparado, veré qué puedo hacer —afirma.

No estaba pidiéndole un favor, sino su opinión, pero él no lo menciona. Permanecemos sin hablar durante algunos segundos y luego se abre la puerta.

Aparece un hombre vestido con una camiseta blanca y unos vaqueros manchados. Tiene el rostro juvenil, andará por los treinta más o menos y se ve que se ha afeitado la cabeza por la sencilla razón de que está perdiendo el pelo. Su cabeza parece llena de abolladuras y mantiene una postura a la defensiva, con los brazos nervudos y tensos, aunque su rostro es amigable.

—¿Sí?

—Buenos días —digo segura de que pueda empezar de forma amistosa—. ¿Es usted el dueño del garaje?

Asiente con la cabeza. Lo hace de forma que se diría que no está dispuesto a perder el tiempo con preámbulos.

Le tiendo la mano, él la mira por unos instantes y luego me la estrecha. Tiene la mano huesuda y aprieta con firmeza, con los callos típicos de un licántropo que se dedica a apretar tuercas.

—Me llamo Lola Galley y éste es mi colega Alan Gregory.

—Soy Kevin White —responde.

Le doy mi tarjeta en lugar de enseñársela.

—Vengo en representación de mi cliente, el señor Richard Ellaway. Quisiera saber si él dejó su coche hace unas semanas.

White mira la tarjeta y luego a mí.

—Estoy investigando el caso —le digo—. El coche se le averió en algún lugar en una noche de luna llena y él atacó a una persona. Me gustaría echarle un vistazo al coche.

Ally tamborilea con los dedos en su pierna mientras permanece a mi lado. Yo permanezco inmóvil, en silencio.

White se encoge de hombros y hace un gesto con la tarjeta.

—¿Cómo sé que usted viene de su parte? —pregunta—. ¿Puede demostrármelo?

—No necesito demostrarle nada —le respondo como si tuviera que recordarle que eso es lo que dicta la ley.

Algo en este hombre me dice que, si se cierra en banda, no habrá forma de sacarle nada.

—No obstante —añado—, tengo algunas cartas que me envió acerca del caso. —Son cartas sin importancia, escritas antes de que

Ellaway llegara a conocerme. Las cojo de uno de los bolsillos de mi bolso y se las enseño—. Espero que reconozca su firma.

White las estudia y hay unos instantes de silencio. Ally se mueve sobre sus talones mientras sostengo las cartas para que White las vea. Dudo que reconozca la firma, a menos que tenga una memoria fotográfica, pero las cartas son auténticas y White parece tener algo de sentido común. Si las acepta y no pone más objeciones, entonces podremos entrar sin tener que discutir. Aguardo en silencio, sin mostrar el menor signo de temor, mientras lee una de las cartas.

—De acuerdo —dice—. Dejaré que lo vea.

Se vuelve y entra en el garaje. Cuando estoy segura de que no puede verme, giro la cabeza, miro a Ally y sonrío. Ya estamos dentro.

—Usted ha tenido el coche desde que Ellaway fue arrestado, ¿no es así? —le pregunto.

—¿Cuándo fue eso? —pregunta a su vez.

Le digo la fecha.

—Entonces sí —responde.

Pasos austeros retumban en el suelo de cemento. Se ven algunos hombres debajo o encima de los coches, pero tan ocupados que ni levantan la cabeza para mirarnos. Veo algunos neumáticos en los rincones.

—Y ¿cuál dice que fue el problema? —le pregunto a White.

—¿Problema?

—Sí, me refiero a qué le pasaba al motor.

Se para y me mira por encima del hombro.

—Viene de parte de Ellaway, ¿no es cierto?

—Sí, así es —asiento.

Me lanza una mirada inquisitiva.

—Comprenda usted que debo ser cuidadoso —dice—. Tengo un negocio serio y los clientes confían en mí.

—Estoy segura de que lo hacen —contesto.

Y debe de ser verdad, pues tienen razones para ello. El taller está limpio y los empleados se ven concentrados en el trabajo. Si yo tuviera un coche, seguro que se lo traería a él.

—Él se encontraba fuera después del toque de queda, ¿no es así? —dice deteniéndose—. Pensé que sería así y por eso no me puse a trabajar en el coche. ¿No hay una ley acerca de eso?

Estoy a punto de caerme de espaldas al ver que hemos topado con un buen ciudadano.

—Entonces ¿le dijo que no podía arreglarlo? —pregunto.

White se encoge de hombros.

—Sí, pero no creo que hiciera nada fuera de lo normal. Nadie se pone con un coche a menos que Dorla le dé el visto bueno o haya pruebas de que el caso está cerrado. No quiero ofenderles, pero no me apetece tener problemas con ustedes.

Levanto las manos, aunque sé que no debo parecer tan sorprendida, pero es que jamás se me habría ocurrido pensar que los mecánicos nos tuvieran tanto miedo. Si llego a saberlo, hubiera intentado localizar el coche antes. Me doy cuenta de que estoy acostumbrada sólo a tratar con alcohólicos y desahuciados, y que la mayoría de mis clientes no tienen coche.

—Por supuesto —digo—. Y ¿dónde dice que lo tiene?

—En la parte de atrás —responde White mientras se pone de nuevo en movimiento. Ally me mira y asiento con la cabeza.

Llegamos hasta donde se encuentra el coche. El Maserati azul brilla incluso en la oscuridad. Ally pone las manos sobre el capó y acaricia sus formas, enamorado de él.

—Señor White —digo—, si no le importa, me gustaría dejar a mi colega echando un vistazo mientras le hago un par de preguntas más.

—Estoy muy ocupado —repone secamente.

—No lo entretendré más de unos minutos.

Ally abre el capó y empieza a mirar, mientras me vuelvo y sigo a White.

Nos sentamos en sillas de plástico y acepto un café que White me ofrece en una taza manchada.

—¿Conocía usted al señor Ellaway antes de traerle el coche? —pregunto.

—No.

—¿De verdad que no?

White me mira.

Soplo el café aguado.

—Entonces ¿lo trajo ese mismo día? —continúo.

—Él no lo trajo. Nos llamó por teléfono para decirnos dónde podíamos recogerlo. Dijo que nos pagaría ese servicio y acepté. Fuimos, lo trajimos y, desde entonces, está aquí.

—¿Cuándo llamó?

¿Llamó desde el refugio? ¿Fue ésa la llamada que hizo desde su móvil y que estoy esperando que me confirme la compañía de teléfonos?

—A eso de las once de la mañana —asegura. Demasiado tarde. Entonces la llamada que hizo desde el refugio no fue a Kevin White—. Bueno, a lo que íbamos: envié a alguien para que recogiera el coche, lo trajimos y aquí está.

—¿Nada más? —digo, cogiendo la taza para evitar mirarle.

White se sonríe.

—A mí no me importa en absoluto. Coches como ése le dan caché a mi taller.

Esbozo una sonrisa de comprensión y continúo:

—¿Ha venido al taller para comprobarlo o decirle algo?

—No —responde White—. Y peor para él, porque me va a tener que pagar por el espacio que ocupa.

—¿Ha venido a pagarle la factura?

Niega con la cabeza y responde:

—Ha dicho que enviará un cheque.

Ellaway no nos ha notificado lo del coche, ha preferido dejarlo aquí, en un taller que no estaba dentro de su itinerario. Además, no me ha querido decir dónde estaba, por lo que he tenido que emplear bastante tiempo para dar con este lugar. No me ha engañado, no ha quebrantado la ley ni ha arreglado el coche antes de que yo pudiera verlo, pero tampoco ha puesto a mi disposición la información de rutina. White sabe hacer su trabajo, pero sigo pensando lo mismo que antes: Ellaway ha dejado su coche en un taller muy lejos de su recorrido.

—Entonces —digo dejando la taza en la mesa—, jamás ha estado aquí.

White se frota las manos y sonríe.

—No, señorita —responde—. Y no me preocupa. Ojalá todos mis clientes me dieran tan pocos problemas.

Cuando vuelvo con Ally, lo encuentro prácticamente metido dentro del motor, observándolo con la fascinación de un verdadero fanático.

—Espero que estés disfrutando, Ally —le digo, haciéndole dar un respingo bajo el capó abierto—. Es lo más cerca que vas a estar de un coche como éste.

Se levanta, despeinado y con la nariz manchada de grasa.

—Tienes una... —le digo.

—¿Dónde? —pregunta pasándose la mano por la cara.

—En tu... —Señalo—. No, ahí no. A la izquierda y un poco más abajo. —Vuelvo a señalar.

Se limpia un poco, pero se frota con el reverso de la mano y se deja una mancha al quitársela.

—Dime, ¿has encontrado algo? —le pregunto.

Ally deja de limpiarse y me hace una señal para que me acerque al coche. Vuelve a inclinarse sobre el motor y dice:

—¿Ves eso?

—Sí, es un coche —respondo.

El capó está por encima de nuestras cabezas y nuestras voces retumban en ese reducido espacio. Ally tiene la cara demasiado pegada a la mía. Miro su grasienta mano, que me está señalando una parte del motor.

—En pocas palabras, Ally —le advierto, inclinada contra uno de los laterales.

Ally inspira. Su respiración suena más alta que la mía.

—Tu hombre dice la verdad cuando afirma que se le rompió. Hay un fallo en esa parte del motor y así no funciona. Lo que me pregunto es cómo se ha roto por ahí.

—¿Qué quieres decir, Ally?

—El coche está en buen estado, no parece gastado ni demasiado usado —dice señalando el motor.

—Por lo que más quieras, Ally. Explícate de una vez. No puedo soportar cuando te pones a dar rodeos.

Ally me mira, abre la boca, la cierra y vuelve a mirar el motor.

—Puedo equivocarme —dice—, pero me da la impresión de que lo han roto intencionadamente.

Me aparto del vehículo y me dirijo a la pared.

—¿Dices que es posible que él manipulara el coche? —le pregunto.

—Yo no digo nada —responde tajantemente, flexionando los dedos—. Yo no soy el que tiene que tratar con ese tío, Lola, sino tú. Tú eres la abogada, pero no quisiera tener a ese tío detrás de mí por haberme equivocado.

—Ally, quédate quieto de una vez.

No puedo soportar verlo de un lado para otro. Me quedo de pie, al lado de la pared y le observo.

—No sé, Lo. No sé qué pensar.

14

Hablo en sueños, aparto las mantas y termino sentada en medio de la oscuridad. Paul está tendido a mi lado. Después de un rato extiende la mano y me la pasa por encima de la pierna. Al verme erguida se despierta. Yo, sin embargo, no me doy cuenta de que ha estado curioseando en la cicatriz que tengo en el pie hasta que me coge la mano.

Tras unos instantes, me pregunta:

—¿Cómo te hiciste eso?

—Fue cuando tenía veinticinco años. Una cachorra que estaba enjaulada tenía la cabeza tan pequeña que logró pasarla por los barrotes. —Me aparto el pelo de la cara y añado—: Tuve mejor suerte que Marty. No se me ve cuando estoy vestida.

Él yace tendido. Luego su mano se desliza hasta donde tengo la cicatriz del brazo.

—¿Y ésta? —pregunta con voz suave.

No me muevo.

—Cuando tenía dieciocho años, durante mi segunda captura. Fue una noche muy calurosa y no me apreté las mangas del uniforme debidamente. Le eché el lazo a una lunática y ella corrió detrás de mí y me dio con la garrocha en la mano. Se acercó hasta donde yo me encontraba y me hizo esa herida antes de que el instructor pudiera detenerla.

Sus dedos se posan en el agujero que tengo en la cadera.

—¿Y ésta?

—No quiero hablar de ello —respondo.

Me doy la vuelta y le rodeo con mis brazos.

Paul se levanta y se apoya contra la pared.

—¿Lola? —Su tono es precavido y cierro los puños para protegerme de su pregunta—. ¿Qué aspecto tiene un lunático?

—Por favor, no —digo levantándome—. No tienes necesidad de hacerme esas preguntas.

—¿Qué quieres decir? —responde, sentándose muy tieso.

—No tienes por qué saber lo que hice en el orfanato. No tienes por qué escuchar que los de piel blanda tienen más zonas erógenas. No tienes por qué saber si me gusta el sexo salvaje porque los que tenemos esta piel necesitamos de un buen polvo. Ni tampoco que hemos sido instruidos para no sentir el dolor. La verdad, no veo la necesidad de que me hagas esas preguntas.

—Por favor, cálmate —me dice Paul con un tono cortante que me resulta desconocido—. No cojas paranoias conmigo. Es posible que la gente sea estúpida, pero yo no. No me parece justo, Lola. Sólo te he preguntado una cosa, y no veo razón para ponerse así sólo porque otra gente sea más estúpida que yo.

El tono mordaz y cortante ha desaparecido, ahora parece más bien desconsolado.

Salgo de la cama y me siento en el suelo, envuelta en las mantas y con la cabeza enterrada en ellas. Hay un prolongado silencio.

Paul está echado de espaldas. Puede pasarse las horas muertas mirando las paredes, como si fuese un niño, sin preguntarse siquiera si está aburrido.

—Son grandes —digo con una voz ronca y tentadora que no reconozco como mía—. Más o menos te llegan por el pecho y tienen enormes cabezas, del tamaño de una sandía. ¿Por qué lo preguntas si ya debes saberlo?

Hay un metro de distancia entre nosotros. Mi habitación está en la novena planta, a mucha altura del suelo. Estamos sentados encima de un cañón.

—He visto fotografías —dice Paul—, y me acuerdo, pero son diferentes.

—¿Te acuerdas?

—De algunas. No sé, pero es diferente.

Me verá si cierro los ojos. Las sábanas se convierten en un bosque espeso y verde y me quedo mirándolas fijamente.

—¿En qué? —pregunto.

Paul suspira y se rasca el cuero cabelludo.

—No es fácil decirlo, algo así como atávico, aunque es una palabra muy técnica y las palabras técnicas no sirven para describir. Además no creo que llegaras a entenderlo, no de esta manera. —Hace un gesto con las manos y pone rígida la espalda—. Es como eso de interpretar los sueños: se puede decir que una cosa significa tal otra, puedes aplicar la lógica, pero no eres objetivo y, por tanto, no sirve.

—Tienen los ojos verdes —prosigo, ya que no puedo responder a lo que ha dicho—; no, más bien grises, con una enorme pupila negra. Pero si les haces una fotografía, parece que los tienen inyectados de sangre. Si le apuntas con los faros, entonces son de color verde; creo que se debe a los distintos receptores que tienen en los ojos.

—Cuando cambias de estado —interviene él—, dejas de entender lo que te está sucediendo. El dolor se hace más intenso. Pero una vez que se ha pasado, tanto el dolor como el análisis objetivo dejan de tener importancia. No hace falta que lo comprendas.

—Es su forma, su peso, lo rápidos que son.

—En las fotos que he visto —dice Paul girando la cabeza para mirarme— parecen realmente hermosos.

—A cualquiera que tenga una cámara a mano le gustaría hacerles una foto cuando se les ve tranquilos. Sin embargo, cuando los tienes a un palmo de tu garganta, ya no resulta tan fácil ver su hermosura.

—¿No se debe eso más a tus sentimientos que a lo que ves? —me pregunta.

Mis sentimientos.

—La belleza está en el ojo del que mira —respondo, pero él no dice nada—. No puedo evitarlo, Paul. Sí, es cierto, son muy ágiles, lo que significa que no fallan cuando se te abalanzan. Sí, es verdad, están muy bien proporcionados, pero eso significa que pueden correr más que tú. Además, tienen un largo y suave hocico que se arruga cuando te gruñen y, si hablamos de su piel, es blanca y grisácea, pero yo sólo sé que si nos ponemos a mordernos el uno al otro, yo soy la que sale peor parada.

—¿Les tienes miedo?

—Por supuesto que sí —respondo.

Le miro y veo que él también me mira.

—Cuando los veo de día —le digo—, sé que puedo hacerles frente, pero de noche llevo todas las de perder. Imagínate tener que enfrentarte a alguien que te puede hacer pedazos si quiere. Y que, además, no comprende por qué no debe hacerlo, ya que está demasiado colocado como para comprenderlo. Para colmo, con frecuencia, no sienten remordimientos por ello.

—Eso no es así —dice Paul negando con la cabeza, más para convencerse a sí mismo que a mí—. No puede serlo.

—Sólo digo lo que he visto, Paul.

Él suspira. Preferiría que me mirase por un instante.

—Yo también soy un licántropo —añade—. Es lo que soy y, por tanto, no puedo desear no serlo. Puede que tengas parte de razón. Yo no puedo desear no querer entrar en trance. No, no puedo.

Se abre un campo entre los dos, entre los escasos centímetros que nos separan; es un campo invernal. Las arañas tejen sus telas como si fuesen hamacas, el rocío brilla en la hierba y el aire está frío y vacío. Si se pisa, el hielo crujirá.

—Les tengo miedo a los lunáticos, Paul —declaro cerrando los ojos.

Es un signo de debilidad, como si me tendiera rendida y le entregara un cuchillo.

—Yo no quiero que nada te haga daño —responde. Noto que los ojos me escuecen, pero el resto de mi cuerpo está rígido, entumecido, perdido en el campo invernal—. A mí no me gustaría dejar de alunizar. Si pudiese dejarlo, no lo haría. Pero no quiero que nada te haga daño.

—Los animales huyen de ellos —respondo—. Todos les tienen miedo.

—También los animales huyen de los hombres —responde—. Es lógico tratar de escapar de un depredador.

—¿Un depredador? —pregunto en voz baja.

—Vale la pena, corazón. Te abre la mente y dejas de estar tan seguro de las cosas.

—Los licántropos que he conocido están muy seguros. Saben que Dios está de su lado, que el mundo es suyo y que los tullidos son... —Mis palabras se retuercen en mi garganta.

—Tú has visto cosas que yo jamás veré, Lola —afirma.

Su mano se desliza por mi espalda y se detiene en la base del cráneo.

—Pero tú has visto fotografías. No creo que valga la pena —respondo con voz tranquila.

Paul se incorpora y me acaricia la cabeza.

—Si pudieras, ¿serías una licántropo? —me pregunta con la mano abierta sobre mi nuca.

Me echo a reír antes de responder:

—¿Qué dices? ¿Ser uno de esos cabrones? Ni por todo el oro del mundo.

Nos dormimos de nuevo. Paul tiene su brazo alrededor de mi cintura. Me siento cómoda y segura, cuando a medianoche suena el teléfono.

Paul lo coge primero.

—¿Dígame? —dice. Después de escuchar unos instantes deja el teléfono en la cama—. Es para ti, Lola. Una tal señora Bride.

Gimoteo y cojo el auricular medio dormida.

—Te has equivocado de número, Bride —le digo—. Nadie en su sano juicio contestaría el teléfono a estas horas.

—¿Quién era? —La pregunta de Bride es amistosa, pero noto cierta tensión en su tono. Bueno, de todos modos iba a terminar enterándose, aunque no es precisamente la forma en que yo planeaba que lo hiciera.

—Paul. Un empleado del gobierno que trabaja en los servicios sociales con el que llevo saliendo un par de meses.

Un «empleado del gobierno» significa que puede ser alguien de Dorla. En este momento no tengo ganas de explicarle que estoy saliendo con un licántropo.

Me preparo para escuchar eso de «por fin has dejado de dormir sola», pero sólo escucho el silencio, y luego otras voces, como si la gente corriera y chillara.

—Bride, ¿qué sucede? —pregunto.

—Prepárate para lo que voy a decirte. ¿Estás sentada? —responde.

—No, estoy tendida. Dime, Bride, ¿qué sucede?

—Se trata de Darryl Seligmann.

Me incorporo y le cojo el brazo a Paul.

—Dime qué ha sucedido —apremio a Bride.

—Fue esta tarde. Hacía días que estaba muy tranquilo y nadie le vigilaba.

—Bride, ve al grano, por favor. Necesito saber qué ha sucedido ahora mismo.

La oigo tragar saliva y luego dice:

—Se ha mordido la muñeca sin que nadie le viera. Cuando por fin alguien se dio cuenta, ya había perdido mucha sangre y lo hemos tenido que llevar al hospital. Le dieron algunos puntos y le hicieron una transfusión. Pensaban traerlo de regreso esta noche, pero, al ir a buscarle, había desaparecido.

—¿Desaparecido? —respondo. Mi voz retumba en la habitación.

—Sí, encanto. En algún momento alguien se ha descuidado y logró escaparse.

15

Ya he llegado. Está oscuro, hace frío, los canalones están húmedos y el aire aparece cubierto de una espesa niebla. La calle está iluminada por farolas que emiten un espectro multicolor. Estoy embutida en el abrigo, con las manos metidas en los guantes y, cuando llego caminando al aparcamiento del hospital, veo un grupo de personas en la entrada cuya silueta se recorta contra la luz artificial que sale de la puerta. Bride me ve, se separa de ellos y se acerca corriendo para cogerme del brazo.

—Hace un par de horas que se ha escapado —me dice jadeando antes de que pueda saludarla—. No ha cogido ningún coche, pero nadie le ha visto. Puede estar en cualquier parte.

La ciudad tiene buenos servicios de autobuses y calles amplias. En dos horas puede haberla cruzado de punta a punta.

—¿Por qué le soltasteis? Ahora todo el mundo sabrá dónde ha estado en las dos últimas semanas —digo.

Al no dejarle llamar por teléfono, tampoco avisamos a nadie, ni informamos a la policía. En lo que respecta al mundo, Darryl Seligmann había desaparecido.

Y ahora ha regresado.

Cuando llego junto al grupo que se agolpa delante de la entrada, oigo una voz a mi espalda:

—No pudimos acomodarle en nuestro propio departamento. —Se trata de Lydia Harlan, una de nuestras médicas. Es una mujer de unos cuarenta años, con el pelo castaño y recogido en trenzas que le cuelgan en forma de cola; gordita, con las manos suaves y diestras, una mujer que sabe tanto como cualquiera que tenga dos años de formación y veinte de prácticas. Siempre que me encuentro con ella, lleva una revista médica en la mano—. Fue muy listo —continúa—. Le dimos un colchón cuando le enviamos al bloque C y se quedó allí enroscado, dándonos la espalda. Hizo polvo el colchón.

—¿Quién le encontró?

—Yo.

Me giro al escuchar una voz más ronca. Es Nick. Nick Jarrold, el compañero de Johnny, el primero que custodió a Seligmann.

—¿Qué hacías allí abajo? —le pregunto.

—Le llevé la comida —responde Nick.

Eso es un trabajo que corresponde a los de menos categoría y suelen desempeñarlo los tullidos o los trabajadores con sueldo restringido. Si Nick estaba haciendo esa labor, o bien es que andamos muy bajos de personal, o bien se está hartando.

—Estaba haciendo mi ronda —dice— y el muy cabrón lo planeó muy bien. Tardé unos cinco minutos y durante todo ese tiempo estuvo allí tendido. Luego, cuando estaba a medio camino, se volvió. Me estaba cronometrando.

—¿Se volvió? —le pregunto.

—Sí. Se apoyó sobre sus patas, se abalanzó sobre los barrotes y me enseñó la muñeca.

Nick me mira con unos ojos redondos enmarcados en un rostro demacrado y descolorido. Puedo imaginarlo. Puedo ver su mano colgando, con la piel arrancada y la sangre empapándolo todo. Nick continúa hablando:

—Tenía la boca llena de sangre y seguía riéndose.

—¿Pudiste oler su sangre? —pregunto, imaginando la cara sonriente y embadurnada de sangre.

Nick se encoge de hombros y responde:

—No.

Su voz parece recuperarse y me callo. Nick no puede oler nada.

—¿Quién ha llamado a los de seguridad? —pregunto, dirigiéndome a la entrada y mirando alrededor. En ese momento nos encontramos Bride, la investigadora del caso Seligmann; Nick, el oficial de policía; Lydia, la médica, y yo.

—Ellos no van a decir nada —asegura Nick tosiendo—. ¿Os importaría que entrásemos?

Los cuatro pasamos por la puerta y permanecemos apiñados en el pasillo.

El Santa Verónica es el hospital de la ciudad, el lugar donde ha nacido Leo, el lugar donde está hospitalizado Marty y el lugar donde hay habitaciones repletas de crisis y tragedias personales.

Bajo el tono de voz y pregunto:

—¿Por qué no? ¿No se supone que ellos debían de estar vigilándole?

Nos dirigimos a la sala, hacia la escena del crimen, esa estéril habitación blanca donde Seligmann fue encerrado.

—Al parecer se escapó durante el cambio de turno —declara Bride.

—¡Dios santo! —exclamo.

Caminamos en silencio, nuestros pasos crujen en el suelo de linóleo.

Todos sabemos lo que eso significa: un hombre agonizante encarcelado por los agentes de Dorla y conducido Dios sabe dónde; un puñado de desalmados con sangre en los puños, ensañándose con un hombre de verdad. Probablemente Seligmann llegó con moratones, golpes, y lo que vieron los médicos fue a un hombre que se había clavado los dientes en su propia muñeca.

Seligmann es un hombre aterrador pero, al parecer, ellos no se han dado cuenta. De ser así, nadie habría arriesgado su carrera por él. No lo vigilaron, al menos con el suficiente empeño. Al parecer, pensaban que no había nada que temer.

Es un lugar muy concurrido. Mientras recorro las salas y me cruzo con los médicos, los enfermos y los desagradecidos ciudadanos veo un rostro que me resulta conocido. No creo que pueda conseguir ayuda, pero lo intento.

—Doctor Parkinson —le digo.

Se para y me mira con un rostro muy cordial.

—Lola May Galley —me presento, antes de que vuelva a darme cuenta de que no reconoce a esta mujer de trajes baratos que reclama unos instantes de su muy solicitada atención—. Estoy investigando la desaparición de Darryl Seligmann. Se escapó de su hospital esta tarde.

—Ah —responde. Su piel blanca no se sonroja—. Buenas tardes, señorita Galley. ¿Cómo se encuentra su hermana?

—Como usted esperaría —respondo—. Doctor Parkinson, estamos investigando cómo es posible que se escapara, a qué hora y adónde puede haber ido.

—¿No debería hablar con los de seguridad? —dice, mirando a las personas que están a nuestro alrededor.

Me llevo las manos a la cintura; él parece distraído y mantiene la mirada puesta en el grupo de personas hasta que éste empieza a disgregarse.

—Resulta bastante incomprensible, doctor Parkinson —comento con una sonrisa y sin amenazas, las suaves palmas de mis manos todavía en los costados—. Siempre pensé que éste sería un hospital bien dirigido.

Me devuelve la sonrisa.

—Bueno, yo así lo creo —dice—, pero sólo me encargo del aspecto médico. Si me pregunta por asuntos de seguridad, lamento no poder decirle gran cosa.

—Entonces ¿no conoce a ningún miembro de la plantilla de seguridad? ¿Ni de vista, ni por su nombre?

Retrocede sin perder la soltura.

—Yo no diría tal cosa. Conocer al personal es una cosa y algo muy distinto comprender la dinámica de su oficio. Yo dejo esos asuntos en sus capacitadas manos. Mi atención se centra en mis pacientes.

Yo no definiría como «capacitados» sus servicios, así que le pregunto:

—¿Ha sucedido algo parecido con anterioridad?

—No, que yo sepa —responde bajando la cabeza para mirarme—. Como ya le he dicho, no tengo nada que ver con los asuntos relacionados con la seguridad, pero creo que lo recordaría si hubiese sucedido. De vez en cuando se nos presenta algún problema con los enfermos mentales, pero nada serio. La plantilla siempre me ha parecido de lo más capacitada.

Tras una pausa me sonríe y se inclina con las manos dobladas, como si quisiera resaltar la diferencia de estatura. Luego dice:

—Lo siento, señorita Galley, pero tengo algunos pacientes que visitar.

Le tiendo la mano y él se ve obligado a estrechármela. Su piel callosa se desliza suavemente sobre mi piel.

—Gracias por su ayuda, doctor —le digo, girándome un poco para que no me vea la cara.

La habitación donde fue encerrado Seligmann tiene molduras alrededor del techo. Me sorprendo al verlas. La habitación es como cualquier otra habitación de hospital. No hay nada en ella que pueda explicar por qué estos hombres tan capacitados hicieron caso omiso de nuestras advertencias y dejaron que un hombre bestial y sangriento quedara en libertad.

16

Día tras día la lluvia ha estado golpeando mi ventana. Día tras día he llegado a la oficina con los zapatos mojados, olor a polvo y la bufanda empapada. Día tras días no hago otra cosa que ir al trabajo y del trabajo a casa. Cada vez que cruzo una puerta, noto que me he quitado un peso de encima, pues ya no miro a los lados buscando a Seligmann por las calles.

No salgo mucho. Becca piensa que no quiero salir de paseo con Leo por la lluvia, por eso me siento en sus habitaciones desordenadas, cierro la puerta y me pongo a Leo sobre las rodillas, ya que es demasiado pequeño para que ande a gatas. Sacudo algunos juguetes brillantes delante de su cara y, cuando los agarra, aplaudo. Le animo a que se levante. El sonido de la lluvia se ve amortiguado por las ventanas de doble acristalamiento que tiene la casa de Becca, produciendo un sonido parecido al papel cuando se arruga.

Paul me visita. Cuando la lluvia comienza, intenta convencerme para que salgamos a pasear, pero después de un par de intentonas lo dejo correr. Me resulta muy duro ver las cosas desde tanta distancia. El techo de mi apartamento tiene goteras, además de que entran canalillos de agua por los marcos de las ventanas. Nos despertamos para quitar el agua del alféizar y la pintura del apartamento se llena de burbujas. Cuando la lluvia golpea apostamos a ver qué chorrito cae antes y vemos cómo el mundo se pone en vertical con cada pequeña gota de agua.

Trabajo. Por mis manos pasan infinidad de casos sin importancia. Ally, con su forma tan mesurada de hablar, ha conseguido que Kevin White le permita echar otro vistazo al coche de Ellaway. A su regreso, parece más convencido de que el coche ha sido manipulado. La compañía de teléfonos se toma su tiempo y pasan los días sin que sepa a quién telefoneó Ellaway cuando estaba en el refugio. La policía sigue sin encontrar a Seligmann.

Cuando atacaron a Marty, conseguí dispararle a uno de ellos en la pierna. Hemos preguntado en los hospitales, hemos buscado en los registros y hemos estado pendientes, pero no se guarda constancia de que un hombre herido haya ingresado en ninguno de ellos.

Día tras día, camino con temor por las calles y cierro las puertas a mi espalda porque aún no han encontrado a Seligmann.

¿Me van a penalizar? El año pasado hice cinco capturas. Este mes he hecho una más, dos de una sola vez, y estamos en febrero. Mi revisión tendrá lugar dentro de un mes. Le digo a Bride que, o bien no planean despedirme y están demostrando su fe en mi competencia, o esperan que me suicide y así les libere del problema. Ella se ríe. Ninguna menciona que estamos pasando una mala racha, que los merodeadores y los accidentes se están incrementando, que estamos reclutando a todos los que sean jóvenes y fuertes para que patrullen. Yo tampoco menciono que no quiero patrullar sin Marty.

—¿Sabes lo que puedes hacer? —me dice Bride.

—¿Qué?

—Llevarte a Nate.

—¿Tú también me quieres penalizar?

Saca un paquete de cigarrillos y me ofrece uno. Lo cojo.

—¿Tienes algo contra él? —pregunta.

No puedo decir que sí. Bride enciende el pitillo y echa una bocanada de humo.

—No me han programado este mes —agrega— y está sin hacer nada. No voy a salir, ¿sabes por qué? —Hace una pausa para apoyar la mano en mi muñeca y dice—: Me estoy haciendo vieja, Lolie.

Recupero mi mano y miro hacia otro lado, pues no tengo ganas de hablar de la muerte.

—Lo digo en serio, corazón —prosigue Bride—. Ya no soy la primera que escogen. No al menos cuando se trata de lunáticos.

Ella todavía puede lanzar puñetazos, de hecho a veces boxeamos juntas en el gimnasio y no siempre soy la que gano. Y todavía puede interrogar a un hombre que esté esposado a una silla. Pero no contra los lunáticos, dice, y en eso quizá tenga razón. Son demasiado rápidos. En lo que se refiere a mí, la edad aún no me ha afectado a los músculos, lo único que noto es que tardo más que hace diez años en recuperarme de una noche sin dormir. Aparte de eso, nada más. Sin embargo, si Bride se está haciendo más lenta, necesita instruir a su pupilo lo antes posible, ya que ella no podrá llevar el lazo. En Dorla no tienen mucho tacto para decirle a uno que el tiempo no ha pasado en balde.

—Me dijiste que Nate quería ser militar, pero no creo que sea necesario aprender a capturar licántropos para eso, ¿no te parece? —le digo.

—Lo haces si quieres mantener en secreto que eso es lo que pretendes. De todos modos, no lo sé con seguridad.

—¿De verdad quieres que lo lleve conmigo?

Bride da golpecitos en su taza de café y dice:

—Es un buen lacero para la edad que tiene y no te causará ningún problema.

—No lo dices muy segura.

—¿Qué esperas? ¿Un olímpico?

Me encojo de hombros, pues los tengo rígidos.

—No lo sé —digo—, pero creo que estoy deseando que Marty vuelva.

Lo cual es cierto, aunque no la razón de ello. Soy una desgraciada por utilizar una excusa semejante.

Mientras estiro y ajusto mi carne en el apretado uniforme pienso en la luna. Siempre me gustó en su fase creciente, cuando dibuja ese delgado rizo alrededor del sombreado disco. De niña, solía asomarme a la ventana y contemplarla. Si mi madre me veía, me regañaba de forma cansina.

«Apártate de la ventana, May, sólo lograrás empañarla», decía.

Jamás me decía: «Apártate de la ventana y deja de pensar en el futuro.» En las noches claras, llegaba a ver cráteres y montañas, y podía palpar la textura de la superficie de esa esfera gris que flotaba en el espacio, esperando a llenarse de luz.

Paul asegura que, en inglés medieval, había una palabra para designar la luz de la luna. *Loten* o algo parecido, creo. La utilizaban los poetas y, por ejemplo, el brillo de un pez bajo el agua era *loten*; una chica melancólica tenía ojos de color *loten*. Paul lo mencionó porque estábamos escuchando música coral y andaba buscando una palabra para designar el estado de ánimo del *Miserere* de Allegri. Sin embargo, también es posible que tratara de impresionarme. Dice que la gente dejó de usar esa palabra cuando empezaron a utilizarse las lámparas de gas, pero no creo que la explicación pueda ser tan simple. Me pregunto qué es lo que quería decir, pero una cremallera me pellizca la pierna y no puedo pensar en eso esta noche. Es posible que en la época victoriana no consideraran esa palabra demasiado adecuada, le dije. Es posible que la gente prefiriera ignorar que nosotros no podemos ver en la oscuridad.

Hoy hay una noche *loten* muy hermosa. Una mujer cualquiera diría simplemente «hermosa».

Nate ya tiene las llaves de la furgoneta cuando nos encontramos. Cuando se las cojo miro su cara huesuda y juvenil y entonces me convenzo de que vamos a pasar la noche juntos, que durante horas estaremos solos en una furgoneta deambulando por una ciudad desértica y que no habrá nadie a muchas millas a la redonda. Tenemos que hablar, trabajar juntos y sacar algo de esta noche desolada y letal.

Le cojo las llaves de la palma de la mano, pasando el dedo por la anilla del llavero, sin tocarle.

Se da la vuelta y echa a caminar delante de mí, encorvado y con los hombros caídos, como suelen hacer los chavales que están en forma; es decir, primero bajando un hombro y luego el otro. Las furgonetas nos esperan en hileras y las parejas empiezan a separarse del grupo al llegar a la puerta. Algunos musitan palabras y sus voces suenan nítidas en el silencio de la noche, pero nadie dice nada de importancia.

Mientras esperamos en la furgoneta a que las demás empiecen a salir, le pregunto a Nate:

—¿Cuántas veces has salido a capturar con Bride?

Se encoge de un hombro. Es un gesto extraño, como si estuviera empujando algo.

—Tres veces —responde.

—Bueno, son bastantes. ¿Cuántos años tienes?

Mi voz suena más alto con las puertas cerradas, y la pregunta más personal.

—Diecinueve.

Podría preguntarle y cuántos meses más. Marca la diferencia, puesto que Marty tiene diecinueve años y cuatro meses. Pienso en él y trato de compararlo con Nate, pero lo miro sentado a mi lado y creo que serían irreconciliables. Marty es amable, cortés, muy moderado al hablar, alto y de constitución ligera, con esa estatura típica de los niños que crecen demasiado cuando maduran; un chico listo e inocente que aprende rápido, sea lo que sea, siempre lo asimila como una esponja. Nate, sin embargo, es pequeño y musculoso, denso y sin ningún refinamiento, duro como la piedra. No puedo ver nada más allá de su superficie.

—¿Cuántas veces has echado el lazo? —pregunto.

La furgoneta llega hasta la cabeza del convoy y gira a la izquierda. Aún hay una hilera de furgonetas delante de nosotros. El reflejo de las luces sobre sus carrocerías me hace pensar en animales jorobados, en toda una horda de bestias de carga moviéndose en la distancia.

—Sólo una —responde Nate, sin atisbo de disculpa u orgullo en la voz.

—¿En la última batida? —pregunto.

—Sí.

—Y ¿cómo fue?

—Bastante bien —responde.

—¿Quién fue la víctima?

—Una sin techo.

Giro la furgoneta y mantengo la mirada en la carretera. La luna brilla y proyecta una luz sobre la ciudad mucho más intensa que las luces de la furgoneta.

—Y ¿fue acusada? —pregunto.

—No —responde.

Nate no se muestra hostil, pero sí algo tenso por la conversación, como si quisiera decirme que hablaría más libremente después de verme a mí hacerlo. Se limita a responder a mis preguntas, así que no sé lo que tardaré en hacerlo hablar.

—Bride me ha dicho que quieres entrar en el Departamento Financiero —le digo.

Fuera, el mundo parece indiferente a mí y a mi escueta conversación.

—Sí, así es —asiente.

—Y ¿cómo es eso?

Se encoge de hombros una vez más. ¿Cómo puede hacer ese gesto de encoger un solo hombro?

—Se gana más dinero y se me dan bien los números —asegura.

—¿Te gusta la contabilidad?

—Sí, no está mal.

Fuera, en medio de la oscuridad, alguien aúlla con los colmillos sacados.

Esta noche, nuestra zona de batida es el Five Wounds Park, la zona oeste. Repaso los conocimientos históricos que tengo de la ciudad para quitarme de la cabeza la palabra «sola». Es el segundo parque más antiguo y se construyó después del Benedict. Si eres un licántropo, entonces el nombre te sonará a piadoso, a tradicional. Algunos de los empleados de Dorla le llaman «Cincuentón», pero es una broma de mal gusto. El porcentaje de heridos no es tan grande como en el Sanctus, en parte porque los árboles no están plantados tan cerca unos de otros, sino de forma más espaciada. Pero son mucho más gruesos, tanto que no se los puede rodear con los brazos, y su corteza también es más gruesa debido a su antigüedad. De día es un espacio verde y frío, pero de noche, como ahora, lo único que se me ocurre pensar es que hay enormes árboles tras los cuales resulta fácil esconderse. Los nudosos trozos de corteza proyectan sombras fantasmales sobre mi cara y sacudo la cabeza para desprenderme de ellas. Nada puede ocurrirme esta noche.

El rastreador brilla sin indicar nada. Si Marty estuviera aquí, no dejaría de preguntar, querría saber si teníamos una noche tranquila o sencillamente nos hallábamos en una zona desolada.

—Es posible que estemos de suerte —digo, manteniendo la furgoneta a sesenta kilómetros por hora y sin mirar a Nate—. Parece que la noche está tranquila.

—¿Tú crees? —me pregunta con tono neutral.

—Es martes. Nos encontramos en la mejor parte de la semana.

—Ah.

Nate no contesta, mira por la ventana las frías calles color plata. Five Wounds Park se encuentra a mi lado. No hay luz suficiente como para distinguir nada, salvo los troncos que, medio ocultos por la verja, esperan en el trasfondo, sólidos, pacientes e impenetrables.

Me giro hacia él y digo:

—Nate, ¿estás un poco nervioso?

Me mira y parpadea ligeramente. Mete los hombros para dentro, como si estuviese protegiéndose de algo y, por un momento, me parece verle una expresión huidiza que dura sólo unos instantes porque luego vuelve a ponerse rígido, inmóvil, inexpresivo.

—¿Lo estás tú? —me pregunta.

Lo dice como si pensara que le estoy insinuando algo, aunque no tengo la certeza de que sea eso lo que piensa.

Dejo la conversación y entro al parque por la puerta oeste. Se ve una colonia de enormes hayas alineadas a ambos lados. Distingo los bultos y nudos de corteza como signos de la edad que se escurren por el tronco. Las ramas están medio peladas y son de color marrón; las hojas secas crujen bajo las ruedas de la furgoneta. La luz que hay más allá de nuestras luces es tan pura y acuosa que me entran ganas de apagar los faros y sentarme a contemplarla. Este parque está diseñado con sumo esmero y cuidado. Traje a Leo a pasear a este parque hace dos semanas, antes de que se escapara Seligmann y yo empezara a esconderme. A la luz del día parece construido a nuestra escala, pues había personas a nuestro lado y no parecía tan inmenso y grandioso. Sin embargo, ahora que está vacío e iluminado solamente por la luna, algo parece haberle ocurrido, como si se hubiese extendido hacia los lados, como si ya no tuviera límites. Podría estar mirándolo eternamente.

Piso el freno y me detengo en un espacio abierto.

—¿Por qué nos detenemos? —pregunta Nate.

¿Acaso no ve la noche que hace?

—Me voy a tomar algunas Pro-Plus —le digo—. ¿Quieres una?

—Sí.

Abro el paquete y saco las pequeñas pastillas de color blanco. Nate se traga la suya antes de que pueda ofrecerle un poco de café. Hago un comentario al respecto, pero me quedo a medias y opto por servirme media taza y bebérmela. El ruido que hago al tragar me llega a los oídos y me pregunto si él también puede oírlo.

Echo un instante la cabeza hacia atrás para acomodarla en el reposacabezas mientras miro el parque. Me gustaría dormir. Me gustaría irme a casa, a mi diminuto apartamento y encontrarme a Paul echando un sueñecillo en la cama, dispuesto a hablar conmigo nada más entrar. Deseo lo que no tengo, pues Paul no está en mi cama esta noche. El cansancio comienza a hacerme mella y lo único que quiero es sentarme en silencio dentro de la furgoneta y mirar por la ventana, mirar la vacía y plateada noche.

—¿Vamos a seguir? —pregunta Nate.

—Un minuto —respondo.

Le oigo agitarse en el asiento y el ruido me irrita, es como si me frotasen lana de acero por la nuca. El escáner está de color rojo opaco y completamente en calma. Nate se repantiga en el sillón y permanece inmóvil, aunque tenso.

Arranco, meto la marcha y empezamos de nuevo a movernos. Es posible que se tranquilice con el movimiento.

A eso de la medianoche el rastreador emite un sonido, una señal eléctrica; es nuestro canario mecánico. Nate y yo regresamos, cada uno de su propio mundo, y observamos la imagen. Abro la boca para decir algo, pero luego me acuerdo de que Nate es el pupilo y necesita practicar.

—¿Qué puedes decirme al respecto? —le pregunto.

Nate me mira por un instante y luego vuelve a observar el rastreador.

—Sólo hay un lunático —dice.

Ha quitado los pies del salpicadero y tiene las manos sobre las rodillas, como si quisiera tamborilear con los dedos pero se estuviese conteniendo. No le tiembla la voz, pero suena algo más agitada de lo normal, aunque sólo ligeramente. Se mantiene erguido sobre el asiento, con la cabeza alta y en posición de alerta.

—Está moviéndose —añade—, y se encuentra en el borde de nuestra zona.

Lo compruebo y asiento en señal de aprobación. Se encuentra en el borde derecho del rastreador y, viendo esto, me doy cuenta de que me he ido más al este de lo que pensaba. Hemos estado dando vueltas.

—Dime algo más de la situación —le pido. Nate frunce el ceño, pero no dice nada—. ¿Por qué crees que se está moviendo? ¿En qué nos afecta eso a nosotros? —prosigo, adentrándome por el camino y dirigiéndome hacia el este.

—Supongo que será más difícil echarle el lazo —responde finalmente Nate.

—¿Por qué?

—Porque nos será difícil adelantarle y, si continúa moviéndose cuando salgamos de la furgoneta, entonces no le cogeremos.

Las preguntas parecen agobiarle un poco, pero las respuestas son las adecuadas.

—Lo que nos vuelve de nuevo a la primera pregunta: ¿por qué crees que corre? Necesitamos anticiparnos a los hechos.

Nate vuelve a encogerse de hombros; es decir, vuelve a hacer ese gesto extraño de encoger un solo hombro. Verlo me hace estremecer.

—Es posible que esté cazando —dice.

—Y si es así, ¿qué haremos?

La precisión de mi voz sugiere la imagen de unos dientes sangrientos deslizándose por la hierba.

—Esperaremos a que aprese la ardilla o el conejo —contesta Nate—. O le dispararemos al conejo.

Un hombre esposado a una silla y escupiendo sangre.

—Así es. De esa forma sabemos con anticipación adónde va —le digo.

Abro y cierro los ojos. Luego añado:

—Pero tenemos que tener mucho cuidado. No sé tú, pero yo no me siento lo suficientemente valiente esta noche como para interponerme entre ese lunático y su presa.

Me dirige una mirada contrariada, pero me digo a mí misma que no puedo enfadarme con él por que me oiga hablar de mis debilidades. No, no puedo.

—¿Por qué otra razón podría estar corriendo? —le pregunto.

Veo el pequeño punto de luz desaparecer del escáner y acelero la furgoneta para que vuelva a aparecer.

Estoy tan cansada...

Nate levanta ligeramente la mano, pero luego la deja caer.

—No sé. Es posible que esté simplemente corriendo.

Persiguiendo a otro lunático; herido e intentando mitigar el dolor; buscando algún rostro familiar, o sencillamente corriendo. No tengo nadie a mi alrededor a quien pueda preguntarle por qué los lunáticos corren.

—Sí, a veces lo hacen —respondo.

—Entonces, ¿qué vamos a hacer? —pregunta Nate cogiendo la garrocha. Veo que sabe cogerla, que la coge con fuerza. Tengo que dejar de pensar sólo en mí y empezar a considerarnos una unidad, al menos esta noche. Es tan peligroso andar por ahí fuera...

—Ahí está... —digo. El lunático se encuentra más cerca, nos estamos aproximando y no quiero que este muchacho me vea lloriquear, así que añado—: Me han contado historias de gente que ha echado el lazo desde la ventanilla de la furgoneta, pero la verdad, no me las creo. Lo que vamos a hacer es intentar averiguar qué pretende.

Nate no responde y su silencio no muestra mucha satisfacción.

—Y si no podemos, le administramos un tranquilizante —concluyo.

El próximo mes tengo que enfrentarme de nuevo al tribunal. El próximo mes Marty debe andar por sus propios pies y estar de nuevo trabajando. Yo, por el contrario, debería estar pensando en la precaución, la ortodoxia y el código de normas. Fuera hace frío, pero hace una noche tan perfecta que no puedo dejar de mirarla.

Aprieto el acelerador y digo:

—Imagino que tienes la pistola de tranquilizantes preparada.

Lo primero que divisamos del lunático es su pelo grisáceo, pero es tan sólo por un instante, ya que pasa por delante de nosotros y desaparece de nuevo. Nate se sobresalta y golpea la garrocha contra la puerta mientras yo inspiro profundamente. Algunos árboles nos bloquean el paso, por lo que tengo que girar y maniobrar, hasta que de nuevo vemos unas patas blancas y delgadas y un largo rabo tratando de escapar. Flexiona la espalda, balancea el largo cuello y parece moverse con suma facilidad mientras me aferro al volante y lo persigo con nuestra torpe y desvencijada furgoneta. Tiene que ser un hombre, ya que es inmenso, mide más de metro y medio hasta la altura de los hombros y pesará el doble que yo. Se mueve por entre los árboles con increíble rapidez.

—No creo que podamos cogerlo —dice Nate con las manos aferradas a la garrocha.

—Corriendo no —le respondo, sin atreverme a quitarle los ojos de encima al lunático.

Si se cansa, es posible que se pare, pero los lunáticos pueden correr y respirar al mismo tiempo, por eso corren durante horas.

—Nate, mira a ver si está corriendo detrás de alguien —le digo.

—No, no se ve a nadie —asegura mirando a la distancia. Al parecer tiene razón, este hombre no va detrás de nada, está simplemente corriendo.

Nos tambaleamos en nuestros asientos cuando me veo obligada a girar el volante para evitar un enorme roble. El lunático corre delante de nosotros, vemos sus patas blancas centellear con la luz de la furgoneta.

—Se dirige al bosque —dice Nate con la voz más tensa.

Respiro profundamente porque el bosque está delante y, si consigue llegar hasta allí, todo habrá acabado. Quinientos metros más y los árboles forman una masa compacta. Podremos pasar a través de ellos, pero muy lentamente, porque si lo hacemos a este ritmo no moriremos desgarrados por unos afilados colmillos, sino aplastados entre los cristales y hierros de nuestro propio vehículo. Y entonces no podremos seguirle a ninguna parte.

—Nate, yo me voy a encargar de éste, ¿de acuerdo? Así que cuídame las espaldas —le digo.

Freno de golpe la furgoneta y abro la puerta para bajar. Nada más poner los pies en tierra empiezo a correr a toda prisa, pistola en mano. El suelo cruje bajo mis pies y me balanceo hasta que las rodillas empiezan a flaquearme y tengo que aminorar el ritmo. Por mucho que lleve al límite mi cuerpo, me será imposible darle alcance, así que me decido.

Disparo un dardo, pero la pistola me rebota en la mano y fallo el tiro. Vuelvo a disparar, pero él sigue de pie, firme sobre sus patas y cada vez más lejos. Me detengo, cojo la pistola con ambas manos y la levanto para apuntarle.

Disparo dos veces. El primer dardo sale volando y le da en el muslo, haciéndole romper el ritmo y empezar a cojear. El segundo dardo no le alcanza, pero con el primero resulta suficiente, ya que sólo podrá dar unos pasos y luego empezará a tambalearse.

Empieza a flaquear y cojear, anda unos diez metros, veinte quizá, y luego su pierna se queda inmóvil. El lunático vuelve la cabeza y dirige una mirada decaída al pie. Luego se detiene y levanta una pata para arañar en la oscuridad, la cabeza se le queda colgando antes de desplomarse de costado y quedar profundamente dormido.

Me falta la respiración, el corazón me late con fuerza y los pies me duelen por la carrera. Me quedo de pie, con el arma en la mano, resollando, con el inmenso espacio verde abierto a mi alrededor y el cielo dominándolo todo, ese cielo profundamente oscuro y claro. Miro hacia arriba. Hay muchas estrellas esta noche, tantas que el cielo está cubierto de ellas. Cualquier cosa podría salir de cualquier lado, pero el mundo permanece silencioso y parece infinito. Respiro y el aire me cae como una bendición.

El sonido del motor me sobresalta y me giro para ver a Nate conduciendo la furgoneta, aproximándola hasta donde se encuentra el lunático sedado, dispuesto ya para cargarlo. Miro hacia abajo y me doy cuenta de que sigo sosteniendo la pistola. Suspiro en el frío de la noche y me digo que no es el momento más adecuado para ponerme a contemplar las estrellas y filosofar sobre la creación. Vuelvo a cargar la pistola, saco cuatro nuevos dardos de mi cinturón, los coloco en su sitio y sigo a la furgoneta.

El lunático es muy pesado y tenemos que colocar la camilla debajo para poder subirlo a la furgoneta. Puede hacerse, pero no resulta fácil. Nate cierra la jaula y le mira el microchip para conocer los detalles mientras busco los dardos con el detector de metales. En un momento de crisis puedes prescindir de hacerlo, pero ahora no se ve a otros lunáticos por los alrededores. Es una noche muy tranquila. Los yonquis vienen a los parques los primeros de cada mes buscando los dardos que se han perdido, ya que contienen cantidad suficiente de sedante para tumbar a dos personas de una sola vez. Es ilegal utilizarlos o tocarlos —se supone que debes informar al servicio de limpieza del parque para que sea un subordinado de Dorla quien, con guantes de látex, los recoja—, pero se han dado casos de sobredosis. Todavía no hay ninguna ley que nos pueda castigar por dejar un dardo en el parque, pero estoy segura de que no tardará en llegar.

Trabajar con el detector es aburrido y la próxima vez dejaré que sea mi subordinado quien se encargue de hacer esa labor. Sin embargo, esta noche se ha apoderado de mí una especie de irrealidad y me resulta imposible permanecer dentro de la furgoneta. Me invade un sentimiento de claustrofobia y, aunque sé que es una locura andar deambulando de noche, cuando me pongo los guantes de látex siento una tremenda frustración.

Damos una ronda por otro circuito, durante otra media hora, pero no vemos nada, salvo la transparente luz de la luna dibujando sombras sobre la hierba. El hombre que llevamos enjaulado se llama Peter Seadon, es propietario de una vivienda y es la primera vez que lo apresamos. De hecho, lo que hizo fue correr, no enfrentarse y luchar, lo que denota una naturaleza muy distinta. El tranquilizante lo tendrá dormido durante horas.

Conduzco por el borde de nuestra zona. Sé que el rastreador nos dirá si aparece algo, por eso no me desvío de la ruta. Es cierto que podría ponerme a pensar muchas cosas en las que debería meditar, pero en este momento no logran acaparar mi interés y continúo mirando al exterior.

Muy cerca hay un lago. Lo sé porque alguna vez me he sentado con Leo allí, mientras lo acunaba y le decía que cuando aprendiese a caminar les daríamos juntos de comer a los pájaros. Se halla fuera de nuestra ruta, unos quinientos metros más allá, pero es una noche muy tranquila, además de que es la noche del martes al miércoles y hasta ahora sólo hemos capturado a un lunático. Me encantaría ver el lago, jamás lo he visto a la luz de la luna y puede que no tenga la oportunidad de disfrutar de una noche tan clara y lúcida como ésta.

Cuando giro el volante para dirigirme al lago siento seguridad. Es posible que la adrenalina se me haya subido a la cabeza con la captura de ese tal Peter Seadon. Euforia de posriesgo, creo que se llama. Ahora, sin embargo, estoy aquí, abandonada en un claro sedoso y grisáceo donde nadie se me puede acercar sin que le vea. Hoy dispongo de un rastreador y una pistola y, además, estoy dispuesta a luchar. Tengo mucho espacio a mi alrededor y quienquiera que se me acerque no podría reconocerme, hablarme, contarme historias o maldecirme. No pienso concederle esa oportunidad.

—¿No nos estamos saliendo de la ruta? —pregunta Nate cuando nos acercamos al lago.

—Un poco —le respondo, aunque no pienso decirle que estoy buscando algo bonito—. Nuestra zona está más o menos muerta de momento. No creo que pase nada por salirse un poco de ella.

—¿No está castigado con seis meses de prisión? —me pregunta Nate.

Su voz es tajante más que asustadiza, pero miro para otro lado tratando de no parecer preocupada.

—Tranquilízate, muchacho —le digo—. Nadie se va a meter con nosotros porque nos hayamos salido de la ruta. Si hubiese lunáticos en nuestra zona, entonces es posible, pero no hay ninguno. Nadie puede acusarnos de negligencia, así que relájate.

Estoy fuera de la realidad, en otro mundo.

El lago está totalmente oscuro, sus aguas apenas se mueven, apenas sopla viento esta noche. La luna brilla en la superficie. Resulta difícil imaginar que, si la toco con la mano, ésta se hundirá, se mojará, se enfriará y no encontrará ninguna resistencia, pues parece sumamente tangible, tan lisa y suave como el terciopelo. Sería como zambullirse dentro del mundo.

—¿Qué estamos haciendo aquí? —pregunta Nate con voz quisquillosa.

Podría responderle que mirando el lago para que mis ojos

descansen un rato, pero giro la cabeza y veo que Nate tiene las piernas dobladas sobre el asiento, apoyado casi sobre las rodillas. Una mujer que apenas le conoce lo lleva a deambular y lo saca de su ruta, poniéndolo en una situación de riesgo ante unos superiores que ni tan siquiera sabe quiénes son. Veo que no le gusta nada, pues desea algo prosaico, real, una experiencia de aprendizaje, que para eso está de servicio.

Estoy a punto de resignarme, girar el volante y dejar el lago atrás cuando percibo algo extraño. El rastreador tiene un círculo que marca cierta zona, con el fin de mostrarnos que está a una distancia razonable, y suena una alarma cuando algo se mueve dentro de ese círculo. La zona externa se encuentra tan sólo a unos milímetros de la pantalla. Pues bien, algo brilla en esa zona, justo en el borde, un poco al noroeste. No está lo suficientemente cerca como para que el rastreador suene y nos alerte, pero está ahí y no parece un solo ejemplar.

—¿Has visto eso? —le pregunto a Nate.

Él mira la pantalla, pero no contesta.

Un ataque coordinado, una jauría de lobos, una señal errónea... Podría ser cualquier cosa, y tenemos que ir a verlo.

—Disculpa un momento —dice Nate—, ¿no nos encontramos fuera de nuestra zona?

—Tenemos que asegurarnos antes de alertar de una crisis —respondo.

—Sí, pero ¿no debemos comprobar primero por radio si lo ha visto otra patrulla?

—Le ahorraremos tiempo a la encargada si podemos verificar primero que vale la pena que vayan.

Las palabras brotan de mi boca antes de que tenga tiempo de pensar en razones, pero no me las creo.

—Y ¿qué pasa si es una jauría? —pregunta.

—Entonces estamos en nuestro derecho de ofrecer respaldo, y tenemos más probabilidades de ofrecerlo si nos encontramos en la zona de otra patrulla.

Sigo conduciendo mientras el sendero de grava parece engullirse bajo las ruedas.

—¿No nos meteremos en problemas? —insiste Nate—. No es nuestra zona y nadie nos ha pedido que acudamos.

La tensión de su voz me irrita.

—Es decisión mía —le digo, poniéndome derecha y con un tono contundente—. Nadie te hará responsable por hacer lo que se te dice.

El rastreador empieza a emitir señales cuando la mancha de luz entra dentro de nuestro perímetro. Aún carece de forma, lo cual resulta inexplicable.

—Sí, pero... —continúa Nate.

—Nate —le interrumpo—. Estoy aplicando mi propio criterio, así que déjalo ya.

Nate se reclina en el asiento sin decir palabra, con las piernas abiertas y las manos debajo de los muslos.

Si el comité se enterase de esto, seguro que me despedirían. Si Hugo se enterase de lo que estoy haciendo, tampoco lo aprobaría. Si nos topamos con otra manada dispuesta a atacarnos, más vale que me dé por muerta.

Nada de esto me parece real. He sobrepasado los límites del cansancio y, aunque la cafeína me tiene los nervios de punta, por dentro soy una persona inerte, como el papel que envuelve un dulce. El peligro puede aparecer en cualquier momento, pero estoy tan cansada que, aunque sólo sea por esta noche, voy a hacer caso omiso del miedo.

Cruzamos Five Wounds y la criatura que aparece en el rastreador sigue delante de nosotros. Cuando llegamos al perímetro es cuando caigo en la cuenta de mi equivocación: lo que ando buscando no está dentro del parque. No es que se encuentre muy lejos, pero está ahí fuera, en las calles de la ciudad, así que vamos a tener que ponernos en movimiento.

La puerta del oeste está abierta.

—¿Por qué no cierran las puertas del parque? —pregunta Nate. Es la primera vez que habla desde que inicié esta persecución.

—Y ¿por qué iban a hacerlo? —le digo.

De pronto me invade una sensación de aturdimiento; hasta las casas que tenemos delante tienen un aire misterioso.

—Para impedir que los lunáticos se metan en el bosque —repone Nate.

—En los espacios abiertos se les coge mejor que en las calles —contesto—. Además, los lunáticos pueden saltar las verjas.

De nuevo nos encontramos en las calles. El barrio de Five Wounds es un sitio elegante. Los edificios que están cerca del parque no son ni siquiera bloques, sino casas. Una casa detrás de otra, con jardines de grandes verjas y una escalinata que conduce hasta la puerta principal. En esta parte de la ciudad la gente puede vivir tranquila.

Jardines sin verjas y calles adoquinadas. El motor emite un ronquido cuando conduzco los treinta últimos metros y giro al llegar a la esquina.

No se ve nada, la calle parece completamente vacía y, sin embargo, el rastreador indica que estamos en el sitio correcto. Miro hacia delante. La carretera aparece desierta y gris bajo el resplandor de los faros.

—¿Lola? —dice Nate aferrando la garrocha—. ¿Qué estás haciendo?

—Espera un momento —respondo mientras cojo la pistola y abro la puerta.

—¿Adónde vas?

—Espera un minuto.

Abro la puerta y mis zapatos hacen un ruidito cuando pongo el pie en la calle. Cierro la puerta detrás de mí y me apoyo contra la furgoneta.

No se ve a nadie.

Permanezco inmóvil, rígida y a la espera. A los pocos segundos oigo un ruido, como si algo corriera delante de mí.

Lo que tengo delante es un jardín de muros altos y gruesos, con una verja en la parte superior. Miro dentro y veo una casa enorme de ladrillo rojizo, cuyo jardín debe de ser inmenso porque la muralla que lo rodea parece interminable. Oigo algo que se mueve en el interior.

Posiblemente alguien esté en trance dentro de su jardín. He oído que sucede con frecuencia porque la gente no cierra bien las ventanas o porque no tienen rejas y, por eso, se escapan por la noche. Si eso es lo que sucede, entonces más vale que volvamos mañana, pues los muros son lo suficientemente altos para impedir que se escape. Un lunático los podría saltar, pero probablemente no lo haría a menos que fuese un verdadero merodeador. No es legal, pero está bastante consentido. También es posible que en esta casa alguien críe gansos o haya soltado a los perros.

No puedo ver el interior del patio a causa del muro. Estoy apoyada contra la furgoneta, con la pistola firmemente sujeta en la mano, cuando repentinamente oigo algo.

Alguien está aullando. No lo hace en voz baja, tampoco en voz alta, pero sí de forma penetrante.

Sin decirle nada a Nate rodeo la furgoneta. En la parte de atrás hay un escalón encima del parachoques. Me meto la pistola en la cintura y apoyo el pie para subirme. Agarrándome al marco que nos protege de posibles ataques por el techo, apoyo el otro pie en la manivela de la puerta. El zapato se me hunde, pero agarro el marco con ambas manos y me impulso para encaramarme al muro del jardín.

Dentro está muy oscuro, y el muro proyecta una larga sombra sobre la hierba. Apenas me llega un tenue rayo de luz desde la calle, pero, por un momento, puedo ver algo: dos pequeños ojos verdes y ovalados.

El lunático gira la cabeza y el reflejo de sus ojos desaparece. Otro lunático se acerca, se tocan la nariz, se olisquean y se toquetean como dos amantes.

Hay una extraña vivacidad en la escena que estoy contemplando. Mis ojos, al acostumbrarse a la oscuridad, se expanden y enfocan con más precisión, permitiéndome ver a los lunáticos de pelo grisáceo. Son cinco, o puede que seis. Dos están de pie, tocándose con el hocico, otros están tendidos bajo un árbol, en uno de los laterales. Uno de ellos levanta la cabeza, endereza el cuello y se pone en pie. Se acerca con andar tambaleante, levanta la cabeza y olisquea hacia mí.

Emite un sonido que procede de la garganta, un gemido que no es de queja ni de dolor, sino más bien de cautela. Mira a su alrededor, y me da la impresión de que es un hombre. Luego, uno de los que está levantado se reúne con él junto al muro y se miran entre sí.

No pueden verme, estoy segura de que no pueden.

El segundo lunático emite un ladrido apagado y todos los demás se levantan. Es un jardín muy grande, del tamaño de un pequeño campo y, cuando corren hacia mí, tengo tiempo de sobra de aferrarme a los barrotes y contemplar que se mueven al unísono, como un banco de peces.

Uno de ellos es el primero en levantar la cabeza y entonar, pero luego aúllan todos juntos, como si fuese un coro. De uno en uno, aúllan, toman aliento y vuelven a aullar. No hay un minuto de silencio. Sus voces suenan al unísono, moduladas, frías, *loten*.

Uno de ellos termina acercándose a los barrotes y me enseña los dientes. La cara se le llena de arrugas, como si llevara una máscara indígena. Veo la longitud de sus dientes y el color sonrosado de las encías mientras gruñe y mira hacia arriba.

Al soltarme precipitadamente de los barrotes, caigo y me hago daño con el marco de metal que hay en el techo de la furgoneta. Logro colgarme de él, pero enseguida vuelvo a soltarme y caigo sobre el asfalto de la calle, doblándome por la fuerza del impacto. Permanezco unos segundos agazapada y con las palmas en el suelo. Luego sacudo la cabeza y me levanto para meterme otra vez en la furgoneta.

—¿Qué pasa? —me pregunta Nate una vez dentro. En este momento, una voz que utiliza palabras normales es mucho más de lo que soy capaz de asimilar—. ¿Lola? ¿Qué ha pasado?

La verdad, no sé qué decirle.

17

Aún no he terminado de escribir el informe cuando Hugo reclama mi presencia en su oficina, con el propósito de comentarle cómo van las cosas. Está sentado detrás de su escritorio, muy erguido en su silla. Él no es de los que se dedican a capturar, ya que, bien entrado en la madurez, es más apto para realizar trabajos de coordinación, gestión de refugios y mensajería central; es decir, los trabajos de más importancia. Hoy su rostro muestra más arrugas de lo normal y tiene un tono pálido alrededor de los ojos, aunque no presenta otros signos de fatiga. Está alerta y aburrido al mismo tiempo, igual que un soldado.

—¿Qué me puede decir de este mes? —me pregunta.

La habitación está impregnada de un aire de resignación. La revisión tendrá lugar muy pronto y ambos sabemos que después de este mes pueden enviarme a cualquier otro lado.

Inspiro y espiro sin decir nada.

—La noche pasada fue muy tranquila —explico—, más tranquila que las que hemos tenido los últimos meses. Capturamos a uno de ellos.

—¿Usted y Nathan Jensen?

—Sí. Bride sugirió que me lo llevase ahora que mi pupilo está de baja. Aunque si me permite decirlo, señor, no creo que él y yo debamos trabajar juntos. No sería él la persona que escogería si tuviese que ir de captura.

—Mmm —dice Hugo con cara neutra—. Cuénteme qué pasó anoche.

Trago saliva y respondo:

—Sólo una captura. Un señor llamado Peter Seadon. No es un hombre que suela causar problemas.

—Y ¿puedo preguntarle si esa captura se llevó a cabo sin necesidad de poner en cuestión sus métodos?

No lo dice en tono de crítica, ni de confidencialidad. Hugo es una de las pocas personas que puede señalarme mis faltas sin caer en el insulto.

—Lo sedamos —respondo. Sus cejas se mueven una fracción de segundo—. Era un corredor, no creo que lo pudiéramos haber apresado, pues se dirigía hacia el bosque. Era fuerte, grande y con aspecto saludable, por lo que consideré que no corría ningún riesgo.

—Ya veo. Y ¿su pupilo participó en esa tarea?

Lo que me está preguntando, en definitiva, es si puedo cuidar de un chaval que confía en mí, pues eso es lo que el comité querrá saber.

—Dejé a Nate en el vehículo —le digo—. Él me siguió con la furgoneta y me ayudó a cargarlo cuando ya estaba sedado, pero la labor de tranquilizarlo la llevé a cabo yo. Era trabajo para una sola persona.

—Y esa persona debía ser usted —resalta.

—Sí. Seadon corría muy rápido, por lo que tomé una decisión instantánea. Todo ocurrió demasiado deprisa como para hacer una sesión de prácticas. Nate podría aprender mirando, pero, como jamás lo había visto en acción, no estaba segura de que pudiera hacer ese trabajo. Pensé que resultaba más seguro si lo hacía yo.

Hugo me mira durante un rato. Yo dejo de hablar para quedarme lo más quieta posible.

—Mmm —dice finalmente—. Al parecer actuó como es debido, por lo que debemos estar agradecidos.

No digo nada, me limito a ponerme las manos en las rodillas. Hugo me habla de la revisión que tuvo lugar hace cuestión de una semana.

—¿Sucedió algo más digno de mención? —añade.

—Más tarde hubo un incidente, pero no fue causa de delito, tan sólo una brecha en el sistema de seguridad de la casa de alguien.

—¿Usted cree? —pregunta, sin ningún tono de amenaza en su voz.

—Sí, señor. Pero no quiero llevar a nadie delante del juez por el mero hecho de haber roto una ventana.

—¿Empatía? —me pregunta con un gesto de incredulidad.

Busco una razón profesional, pues no tengo el menor deseo de simpatizar con nadie.

—No. Más bien una pérdida de tiempo y de recursos. Vimos algo curioso, pero... —Me estoy acercando al límite, puesto que si le miento, me cogerá mintiéndole y entonces me veré fregando escaleras hasta que tenga setenta años—. Para ser sincera, me gustaría informar de un poco de actividad. Me resultó extraña, pero no pude averiguar por qué. Puede que sólo sea un presentimiento, o la falta de sueño, no lo sé. El caso es que pensé que sería más sensato si esperaba, lo comprobaba en mi tiempo libre y regresaba si fuese necesario.

Hugo no aparta la mirada de mí.

—¿Qué es eso tan curioso? —pregunta.

Trato de mantener las rodillas unidas. No comprendo por qué no me tranquilizo.

—Vi a unas cuantas personas en un jardín —digo—. Lo más probable es que fuese una familia que rompió la ventana. Por eso no quiero que se pierda más tiempo del necesario.

—De acuerdo, Lola —concede inclinándose hacia delante—. Siempre ha sido una trabajadora digna de confianza y sé que le han sucedido muchas cosas recientemente. No quiero verla comprometida con el trabajo porque la presión pueda con usted, así que, si quiere, haré que se investigue ese suceso. Puedo solicitar que la quiten de los servicios de luna llena durante un par de meses. Eso le dará tiempo de sobra a su pupilo para que se reincorpore al trabajo.

—Gracias —le respondo.

Eso es un verdadero regalo, puesto que si estoy pendiente de revisión, lo último que puedo hacer es pedir favores. Si Hugo los pide por mí, entonces estoy salvada.

—Lo único que puedo recomendarle es que sea muy precavida —añade Hugo—. Hasta la fecha ha sido una operadora muy constante y quiero que siga así.

Es decir, que puedo escribir mi informe sin mencionar el paseo en la furgoneta. No le he mentido a Hugo. Puedo trabajar en esto sin necesidad de ser observada y sin tener una razón especial para ello. Que piensen lo que quieran acerca de la escasez de personal, me digo a mí misma cuando salgo de la oficina de Hugo y me abro camino por entre la ajetreada multitud. Eso te proporciona el placer de trabajar sola.

Me siento relajada cuando voy a ver a Paul por la noche. Llevo los guantes puestos por si me ve algún vecino. Él jamás me ha pedido que lo haga, pero la gente curiosea si ven a una no licántropa citándose con un licántropo, incluso en Dorla. Los licántropos, por lo poco que sé, son los peores. Él les diría que no es asunto de su incumbencia, pero yo no me atrevo a responderles de esa forma, así que me pongo los guantes y evito el problema. La verdad es que no lo haría por ninguna otra persona.

Estoy deseando verle. Cuando me abre la puerta y entro a su casa, observo que está pálido y con mal aspecto. Su voz suena ronca cuando me recibe con un cansino «Hola».

Le sigo a través del salón.

—¿Te encuentras bien? —le pregunto.

Me toca la cintura un instante y luego se echa en el sofá.

—Migraña —dice—. La tengo de vez en cuando y ahora está empezando.

Me siento a su lado y él se gira para mirarme.

—¿Te encuentras bien? —vuelvo a preguntarle.

Medio sonríe, no muy contento.

—No demasiado. Ahora sólo veo centellear luces por todos lados, pero dentro de media hora me estará martilleando la cabeza.

—¿Con qué frecuencia la tienes? —le pregunto, tocándole la cabeza e intentando mitigarle el martilleo—. ¿Es cosa de la luna?

—No. Tengo migrañas de vez en cuando. Últimamente he estado un poco estresado en el trabajo —dice.

Cierra los ojos. Una vez más veo su pálida piel y sus cejas resaltar por encima de la oscuridad, como si alguien hubiese dibujado sus rasgos con un trozo de carbonilla.

—¿Qué puedo hacer? —pregunto.

Me mira por unos segundos y responde:

—Nada. Ya se me pasará.

—¿Cómo que nada? —exclamo. Estoy sentada en el suelo, con mi cabeza al mismo nivel que la suya. No puedo quedarme con los brazos cruzados mientras a Paul le duele la cabeza—. ¿Quieres que hable con algunos amigos médicos que tengo? Ellos pueden suministrarte las medicinas. Quizá podamos conseguirte algo de morfina...

—No, gracias —responde, dejando descansar su mano sobre la mía—. No me gusta mucho medicarme.

—Pero te va a doler.

Paul se va a poner enfermo y tengo que buscar la forma de impedirlo.

—No te preocupes —dice.

Veo que ya le duele tanto que ni abre los ojos.

Le hablo en voz baja:

—¿Quieres que me vaya?

—No... lo sé —contesta.

Vaya, ahora resulta que le estoy confundiendo. Nunca sé hacer nada bien.

—Haré lo que me digas.

—Te importaría... —me dice abriendo un solo ojo—. ¡Dios santo! ¡Odio los destellos de luz!

—Yo también... —repongo sin saber qué decir.

—¿Te importaría quedarte aquí, pero en otra habitación, sin hacer ruido? —pregunta.

—Por supuesto que no —respondo, sentándome sobre los talones y asintiendo con la cabeza como una niña.

—Lo siento. He echado a perder nuestra cita —se lamenta Paul.

—Vamos, no seas tonto —digo con voz alta y temblorosa—. Te ayudo a llegar hasta el dormitorio.

Le ayudo a levantarse, lo acompaño hasta la cama, corro las cortinas y cierro las persianas para que no entre ni el mínimo resquicio de luz que pueda dañarle. Le quito los zapatos, lo arropo con las mantas y cierro la puerta, colocando algunos cojines en la rendija para que no entre nada de luz. Llego a colocar mis zapatos bajo la puerta, pero luego pienso que puede tropezar con ellos al salir, así que los pongo al lado de la estantería, pero tampoco creo que sea el sitio más apropiado y termino dejándolos al lado de la puerta principal. Luego pienso que si alguien entra, los puede aplastar con la puerta, así que los coloco un poco más lejos, donde no les pase nada cuando alguien abra la puerta.

El suelo de madera cruje ligeramente, a pesar de que ando de puntillas. Hago un gesto a mis pies para ordenarles que no hagan ruido, pero no obedecen. La cocina tiene el suelo de losetas. Me dirijo allí y miro alrededor. Tengo hambre, pero sé que la puerta de la nevera cruje al abrirse. Hay algo de comida y algunos cereales en el aparador, pero cuando los como crujen como si fuesen un puñado de grava. También hay manzanas, pero hacen el mismo ruido que un trozo de tiza al partirse. Veo un paquete de galletas, pero son de esas que, al masticarlas, hacen el mismo ruido que el plástico rompiéndose. ¿Qué pasa? ¿Acaso no venden comida que no haga ruido al comerla?

Hay un plátano. Lo cojo y lo pelo con rapidez. Su piel produce el mismo sonido que hace la tela al romperse. Me lo llevo al salón. Delante de la estantería, busco algo que me pueda gustar, intentando no hacer ruido con los ojos cuando los paso por los libros. Paul es el que lee; yo no sé qué escoger.

Cojo un libro, pero sólo porque tiene un título muy largo. Cojo otro porque tiene en la portada la fotografía de una muñeca de papel. Cojo un tercero, éste porque ya lo he leído y así tendré algo que hacer con mis ojos si los otros no me gustan. Me apetece ponerme a hacer figuras de papel, cualquier cosa, una grulla o una rana, pero no sé si me oirá cuando pliego el papel.

Tres libros y un plátano, eso es lo que tengo para irme al sofá, a esa isla de la que no pienso salir ni moverme hasta que Paul se sienta mejor. Me acurruco, juntando las piernas contra el pecho. El plátano está un poco blando cuando lo muerdo y las páginas apenas hacen ruido al pasarlas.

Transcurren varias horas antes de que se le oiga de nuevo hablar. El tiempo ha pasado muy despacio, los minutos parecen haber durado más de lo normal, creo que el minutero de mi reloj se ha detenido más de la cuenta en cada segundo.

Oigo la voz de Paul llamarme desde el dormitorio, ronca, temblorosa, con esa fragilidad típica del que ha pasado horas sin hablar.

—Lola, ¿estás ahí?

—Sí —respondo con una voz que suena extraña en mis oídos, casi como un grito—. Aquí estoy.

—¿Te importaría venir?

Me levanto y ando descalza, apoyándome en las almohadillas de los pies. Paul está echado, tal como lo dejé. Incluso en la oscuridad puedo ver lo pálido que está.

Tomo asiento en la cama y apoyo la mano en su pecho.

—¿Cómo está tu cabeza? —pregunto.

Me coge la mano y dice:

—Algo mejor. Aún me duele, pero algo mejor. Estarás aburrida sin hacer nada.

—Sólo se aburre la gente aburrida —respondo. Eso fue una frase que él me dijo—. ¿Quieres que te traiga un vaso de agua o algo?

—Te lo agradecería mucho.

Ando con cautela por el apartamento, lleno el vaso y regreso al dormitorio. Se bebe el agua con la cabeza apoyada en la mano, luego se echa de nuevo y se recuesta con sumo cuidado en la almohada.

Me gustaría tenderme a su lado, pero la migraña me ha robado mi sitio en la cama.

—¿Tienes hambre? —le pregunto. Esboza un gesto de dolor—. De acuerdo, no comas.

—Lamento fastidiarte con esto —dice.

—No te preocupes —respondo con la mayor amabilidad que puedo—. Si tienes un fuerte dolor de cabeza no hay razón para que salgamos. Si me dieran un penique por cada hombre que ha intentado algo parecido...

—Eres muy amable quedándote a mi lado.

Eso es lo que quería oír. Si no quiso que me marchara cuando le dolía la cabeza, si prefirió que me quedase en una habitación contigua, entonces seguro que se debe a que prefería tenerme cerca. No sé cómo puedo explicárselo. Cuando pongo la cabeza al mismo nivel que la suya me doy cuenta de que así ha sido desde el principio: él siempre ha asumido cosas que yo jamás me habría arriesgado a sugerir. De hecho, no parece que le preocupen en absoluto.

—No quería que te murieses aquí solo —le respondo. Es mi forma de decirle que le quiero.

Me quedo durante la noche. Me tiendo a su lado, inmóvil por completo, hasta que tengo la absoluta seguridad de que se ha dormido. Entonces me marcho.

No sé cuándo ha desaparecido la bruma, pero al regresar al mundo de los vivos eso es lo que he encontrado. El cielo está teñido de color bronce, un faro dorado lo ilumina todo, impregnándolo de belleza. No es precisamente el sol. Hace frío esta noche, puedo sentir el viento en los ojos, pero nada puede tocarme. El frío no puede atravesar mi grueso abrigo de pelo gris tintado de plata a la luz de la luna. Cuando el silbido de los dardos pasa a mi lado, me doy cuenta de que estoy corriendo, mis pies están herrados con una piel dura y callosa y el asfalto se derrite entre mis dedos, pero me siento segura y no estoy cansada. Sigo corriendo. Engullo el asfalto más rápido de lo que imaginaba y no se oye otro ruido que no sea el ritmo de mis pies, ni hay más vida que el olor a tierra húmeda, las hojas mojadas, la bruma del bosque y el aire puro y frío.

—¿Te encuentras bien?

Abro los ojos y veo la cara de Paul haciéndome sombra. Tiene una mano apoyada sobre mi hombro.

—¿Qué pasa? —respondo.

Vuelvo a tener conciencia de mi cuerpo, ya que mis brazos y piernas están en la cama, no donde yo creía que estaban.

—Te estabas quejando en sueños.

—¿Quejándome? —respondo.

Me toco la cara con los dedos, con sumo cuidado.

—Sí, estabas haciendo unos ruidos un poco extraños, no la música de piano que acostumbras. Creo que tenías una pesadilla.

—Estaba soñando —respondo cogiéndole del brazo. Ya no quiero dormir más. Luego pregunto—: Paul, ¿cómo es eso de entrar en trance?

Se frota la cara.

—Creía que ya habíamos hablado de eso.

—Sí. Me dijiste que era atávico. Casi me cuesta trabajo deletrear esa palabra. Me gustaría saberlo. Si me cuentas algo —añado con una sonrisa—, yo inventaré algunas historias pornográficas convincentes que tuve en el orfanato.

Se le arruga la frente y me mira fijamente con sus ojos azules.

—Ha sido una broma de mal gusto —digo bajando la mirada—. Es que... no sé. Tú parecías haberlo aceptado. Las personas lo hacen. Y no puedo preguntarle a Becca porque se pondría tensa si se da cuenta de que pienso en nuestras diferencias.

—¿Piensas presentármela en alguna ocasión? —me interpela, cogiéndome un mechón de pelo y envolviéndome con él.

—No sabe que te estoy viendo —respondo, mientras dejo que haga lo que quiera con mi pelo.

Se levanta para sentarse, pero luego vuelve a echarse y me abraza.

—¿Por qué? ¿Por qué no? —pregunta.

—Becca no acierta a comprender mi vida y lo único que haría es tratar de definirlo. Si le hablo de ti, tendría que buscar una fórmula. Tendría que darle una definición y luego volver para representarla.

Su pecho me levanta como una ola cuando respira.

—Eso no tiene ningún sentido —concluye.

—En cualquier caso, su marido la dejó embarazada con lo que podía haber sido su hijo, pero se fue a otro país. No regresaría ni aunque le hicieran una prueba de sangre.

—Eso es muy triste.

—No creo que ahora tenga ganas de oír hablar de hombres.

—¿No la puedo conocer, entonces?

—No lo sé, ya veremos.

—Lola, dime una cosa. —Me coge de la cabeza para que le mire—: ¿A cuántas personas has hablado de nosotros?

—A un par.

—¿A quién?

—A mi mejor amiga, Bride —respondo con un ligero tono suplicante, como si me excusara por no haber hecho mis deberes.

—¿La mujer del teléfono? Seguro que se lo dijiste porque oyó mi voz a esas horas de la noche.

—También se lo he dicho a Ally —añado.

—¿Quién es esa tal Ally?

—No es ella, sino él. Un compañero de trabajo.

—¿A quién más? —me interroga.

Libero mi cabeza de sus manos y me siento derecha, con las piernas encogidas y abrazándome las rodillas.

—Eso es todo.

—No son muchos —responde Paul poniendo mala cara, aunque trate de no mostrar su enfado en la voz.

—¿Y tú? ¿Se lo has dicho a todo el mundo?

—¡Por supuesto que sí! —exclama.

—Ah.

—Lola, dime una cosa: ¿es esto una relación o sólo una aventura?

La pregunta me deja consternada. Bajo la cabeza para ver cómo sus dedos juguetean con las sábanas.

—¿A qué te refieres? —susurro.

—Me refiero que no entiendo a qué viene tanto secretismo —contesta. Me mira y veo que por unos segundos se le pone tensa la cara—. ¿Lo estás guardando en secreto para que te sea más fácil desecharme?

—¡Por Dios! No digas eso —le digo. Quiero rodearle con los brazos, pero él mantiene la distancia. Le cojo la rodilla y se la aferro con fuerza—. No es un secreto, ni tú eres un secreto. Es sólo que ha ido tan bien que temo... Paul, tú eres lo mejor que me ha pasado en años, quizás en la vida.

Cuando me oigo decir eso me sorprendo. Yo no hablo de esa manera, yo no digo esas cosas, pero continúo:

—No quise decir nada por temor a gafarlo. No sabía que las cosas iban a transcurrir de esta manera, eso es todo. No quería admitir cuánto deseaba que te quedaras a mi lado, no quería admitir lo decepcionada que me quedaría si no lo hubieras hecho. Eso es todo. Quería retenerte conmigo.

Paul me mira y afloja las mantas que tiene sujetas.

Me quito el pelo de la cara y me digo que no hay motivo para que me tiemblen las manos.

—Eso es todo lo que tengo que decir —respondo—. Si quieres me arranco el corazón y te lo enseño para que lo veas.

—Ah —responde Paul soltando el aliento.

Luego me estrecha entre sus brazos. No es que esté muy cómoda en esa postura, pues tengo la espalda muy estirada, pero no me apetece moverme para nada. Luego le oigo decir:

—De acuerdo.

Nos reímos y me acerco más a él.

—Me gustaría que dejaras de preocuparte. No pienso irme a ningún sitio —dice.

—¿Creías que esto era sólo una aventura? —le pregunto con la cara hundida en su cuello. Ahora que no mira, puedo preguntarle más cosas.

—No. Esperaba que no.

—¿Ni siquiera cuando te pedí que vinieras a casa la primera vez?

—Bueno, pero no iba a decir que no —responde.

Se echa a reír y me pasa los dedos por la espina dorsal.

—Mi madre me diría que no me has respetado —le digo.

—Y yo me alegro de que no hayas seguido su consejo.

Cambia de posición sin soltarme y añade:

—La verdad es que terminamos en la cama antes de lo que esperaba, pero no pensaba poner objeciones, puesto que no dejé de pensar en ti desde que nos conocimos. Cuando empezamos a salir, pensé que tardaría semanas en seducirte, pero gracias a Dios me has ahorrado muchas duchas frías.

—He leído en los periódicos que las duchas frías estimulan las hormonas —comento.

Nunca imaginaba verme diciendo cosas de ese estilo.

—Sí, es posible que sea cierto.

Le aferro con más fuerza.

—Deberías apreciar que diga cosas como ésas —le susurro—. No suelo hacerlo con demasiada frecuencia.

—Pero cuando lo haces, lo haces muy bien —responde inhalando el olor de mi pelo—. Voy a ponerlo por escrito y a enmarcarlo.

—No te atrevas. Jamás recuperaría mi reputación.

Nos sentamos durante un rato, sin decirnos nada. Luego yo rompo el silencio:

—¿Puedo preguntarte una cosa?

—¿El qué? —me responde.

—Estaba soñando que alunizaba y entraba en trance —le digo.

Aparta su cabeza de mi hombro, me mira y me aparta el pelo de la cara.

—He soñado que era el hombre al que apresamos ayer —prosigo—. Él huía de nosotros. Bueno, no huía, sólo corría y nosotros detrás de él. Logré darle con uno de mis dardos y tranquilizarlo. Sin embargo, en el sueño, los dardos no le alcanzaban.

—¿Y eso era bueno o malo?

—Pues no lo sé —respondo cerrando los ojos y echándome de nuevo—. ¿Qué me dices de mi sueño?

—Pues no sabría qué decirte —dice suspirando—. Es muy difícil sin haber pronunciado palabra alguna.

—¿Se tiene frío? —pregunto—. Yo no lo tenía en el sueño. Tenía demasiado pelo para tener frío.

—Vaya —responde riéndose—. Por supuesto que a veces hace frío. El frío se mete por dentro del pelo y te llega hasta la piel, pero no se siente como algo malo, sino como algo muy distinto.

—¿Es bonito poder correr? Me refiero como en un sueño, sin cansarte.

—Las cosas no son así. Me refiero a que no hay ningún momento en que puedas decir algo así como: «mira cómo corro».

—Hablas como si recordaras algo —le digo—. La mayoría de la gente no suele hacerlo.

—Recuerdas algo al despertarte —dice jugueteando con los dedos—, pero no me preguntes por ello. No quiero terminar envuelto en precedentes legales.

—Soñé que miraba a la luna y que la seguía como una luciérnaga. Parecía dorada.

Se ríe.

—No, no es dorada. No la vemos en colores.

—¿La veis en blanco y negro? —pregunto intrigada.

—No, no es como una película en blanco y negro. No miras y de repente todo es diferente. Me refiero a que, cuando tú miras el mundo, ves lo que esperas ver, los colores que existen. Igualmente sucede cuando alunizas, sólo que la gama de colores es diferente. No son colores como los que tú ves, pero comprendes lo que estás viendo. Siempre y cuando se pueda entender algo cuando uno se encuentra en ese estado.

—Ah —respondo con voz apagada—. Y ¿por qué me puse a perseguir a la luna?

—No, tampoco perseguimos a la luna —me corrige.

Coloca la palma de la mano en mi nuca y veo que la tiene mucho más ancha.

—Todo lo que quieres y necesitas está delante de ti —dice—. ¿Para qué perseguir la luna?

Cierro los ojos y escondo la cara en su pecho. Por lo visto, estaba equivocada y todo lo que he soñado es completamente falso.

Cinco días después Nate muere.

18

Ni un niño se habría atrevido a cruzar el parque solo, después del anochecer, y mucho menos después de haber estado capturando en él. Iba por un atajo, trataba de evitar dar un rodeo para regresar a su casa. Creen que alguien lo siguió desde dentro del parque, del Sanctus Park, donde los árboles crecen justo alineados por el borde y proporcionan un buen escondite. Probablemente sería alguno que estaba en su ruta nocturna.

Creen que fue alguien que estuvo esperándole hasta que él pasó por allí.

Nate caminó un buen trecho antes de morir. Quizá cien o doscientos metros, sin darse cuenta de que le seguían. No tenía la menor idea de que allí acabaría su vida. Por nada del mundo habría imaginado que aquellos doscientos metros eran los últimos que iba a recorrer, que el sonido de sus pisadas y el viento agitando las ramas iba a ser el último ruido que iba a escuchar.

Algunas personas se sacan el pañuelo cuando nos sentamos en el vestíbulo y alguien nos comunica la triste noticia. Bride se encuentra a mi lado, pero no la miro porque estoy mirando la taza de té sin leche, sin azúcar, de un color tirando a cuero. No lloro. Es posible que haya alguien que sepa si a Nate le gustaba pasar por ese sitio donde una bala se incrustó en su cerebro y acabó con sus ganas de cruzar por caminos sin adoquinar, pero la verdad, no sé a quién preguntar.

—¿Te encuentras bien? —me pregunta alguien poniéndome la mano en el hombro.

Me vuelvo con un sobresalto y veo que es Ally.

—Él trabajó contigo, ¿verdad? —dice.

Le miro y respondo fríamente:

—Sí, pero apenas le conocía.

El portavoz apenas nos concede un minuto para asimilar la noticia, ya que menciona los nombres de las personas que debemos informar al respecto. Lee los nombres en voz alta: Bride Reilly, Gus Greenham y Lola Galley.

Cuando cruzo la puerta y veo las personas que hay dentro, observo que Hugo se encuentra entre ellas. Hay algunas que conozco de vista, otras sólo por el nombre.

Una de ellas es Alice Townsend, una de las principales personas dentro del comité. Lleva gafas con monturas muy gruesas, lo que demuestra que es una mujer muy guapa y puede permitirse el lujo de llevarlas. Tiene el pelo hecho un moño y lleva treinta años trabajando en el departamento de personal. Hubo una época en que algunos optimistas pensaron que debíamos ajustarnos a los tiempos modernos y llamarlo departamento de recursos humanos, pero no se llevó a cabo. Ninguno de nosotros podría soportar los comentarios de los prisioneros sobre si realmente somos humanos o no. La señora Townsend fue precisamente una de las que se opuso a que se cambiara el nombre a dicho departamento.

También se encuentra Amit Aggarwal, que ocupa el cargo más alto en lo referente a seguridad. Siempre me han dicho que no hay nada que suceda en las celdas que no llegue a sus oídos. Tiene cincuenta años y jamás se olvida de un nombre, de una cara o de un acontecimiento. Normalmente se encuentra presente porque lo invitan sus superiores, aunque el tema no sea estrictamente de su incumbencia. En parte precisamente por eso: porque saben que le pueden preguntar por cualquier cosa que sucediera hace mucho tiempo; él nunca se equivoca. Es delgado, de constitución ligera y no tiene cara de policía. Sus movimientos son coordinados, como los de un maniquí. Nadie le hablaría en mal tono, pues, aunque no lo supieras, él lo recordaría durante los veinte años siguientes. Además, por la forma en que te mira, ni te atreves. Parece frágil, hasta que te das cuenta de con quién estás hablando.

Y William Jones, quien ocupa un puesto tan alto que ni siquiera tiene despacho. Se encarga de relacionarse con los ministros gubernamentales y hacer política. Que se encuentre presente es señal de que algo terrible va a suceder; si no fuese así, ¿por qué iba a dignarse hablar con una asesora judicial que nunca pasará de ser eso y que se gana la vida defendiendo a yonquis y derrelictos? Está sentado, al lado de mi jefe, con las manos encima de la mesa. No hay duda de que debió de ser un joven apuesto, ya que incluso ahora, y a pesar de la cicatriz que luce en la frente, tiene un rostro singular, de rasgos regulares e inteligentes, con unos ojos socarrones a los que no se les escapa nada. Jamás le he visto gastar una broma o hacer chistes. Hoy, además, me da la sensación de que está más serio que de costumbre.

—Hola, Lola —me dice Hugo.

—Aquí estoy —respondo con voz ronca, no para hacerles frente. Me aclaro la garganta y pregunto—: ¿Qué sucede?

La señora Townsend se inclina hacia delante.

—Imagino que se habrá enterado de la muerte de Nathan Jensen. Usted se encontraba en la reunión, ¿no es verdad?

—Sí, así es —respondo.

—Creemos que debemos advertirle... —dice la señora Townsend después de dar un suspiro. Vuelve a inclinarse hacia delante, pero su tono no es desagradable—. Creemos que usted se encuentra también en una situación de riesgo.

—¿De riesgo?

—Creemos que es probable que la muerte de Nathan esté relacionada con el caso Seligmann.

—Nate —respondo sin sentirme las manos—. Nadie le llamaba Nathan.

—De acuerdo, Nate —responde la señora Townsend mirando a los demás.

—¿Eso mismo le ha dicho a las personas que han entrado? ¿Cree que va detrás de los que le interrogamos? —pregunto. Las palabras me brotan con rapidez y no sé cómo contenerlas.

—Es probable —interviene William Jones.

Habla con gentileza, pero con un tono subyacente de profesionalidad, como si se dirigiera a alguien del público. Ha hablado tanto de esa manera que ya no puede quitarse la costumbre.

Trago saliva y digo:

—He oído que se estaba preparando para custodiar los refugios militares. ¿Es posible que se trate de una conspiración militar?

La mirada piadosa de Alice Townsend me sella la boca.

—Es cierto que manifestó algo de interés en ello —dice—, pero aún no se había formado lo suficiente para poder optar a ese puesto. Lo siento, señorita Galley, pero es de Darryl Seligmann de quien debe cuidarse.

Su voz suena segura, muy segura.

William Jones se inclina hacia delante y añade:

—Seligmann se negó a someterse a un examen psiquiátrico, por lo que sabemos muy poco de él, pero tenía todos los distintivos de una persona vengativa a la que le gusta ajustar las cuentas. ¿Hay algo que pueda decirnos acerca de él ya que usted le interrogó?

—Sólo lo hice en una ocasión —respondo, a pesar de que eso no me servirá de excusa.

—¿Fue usted la que le capturó? —me pregunta Amit Aggarwal desde la esquina de la habitación y levantando la voz.

—Oh, sí. Estoy segura de que se acuerda de mí —respondo.

Mi comentario me hace reír, pero enseguida me cojo las mangas de la camisa, tomo aire y me callo. Tengo la sensación de que estoy balanceándome.

—Durante el interrogatorio se mostró muy hostil y nos dijo cosas muy desagradables —añado.

—¿Qué dijo? —pregunta Hugo. Es el que ostenta más bajo rango en la reunión, pero sigue siendo mi jefe.

—Nos llamó desalmados —contesto.

Es lo único que puedo recordar. Estoy sentada delante de cuatro personas de importancia, tengo las piernas entumecidas y ya no me acuerdo de cómo se llora. Justo así me siento: como una desalmada.

—¿Desalmados? —comenta Jones—. Es curioso.

—Es totalmente nuevo para mí —asegura Aggarwal suavemente.

—¿Algo más? —me pregunta Hugo con la cara tan inexpresiva como siempre, aunque más pausada dentro de esta habitación tan blanca.

—No recuerdo bien, pero cosas como: «pegas como una niñata»... no sé, no me acuerdo.

—De acuerdo —interrumpe la señora Townsend levantando la mano—. No tenemos por qué hablar de ese asunto ahora. Pero dígame, señorita Galley, ¿qué piensa hacer al respecto?

—¿Hacer?

Tengo una pizca de tiza en el ojo que no me deja mirar de frente.

—Bueno, estamos hablando con la gente con la que estuvo en contacto y, de momento, lo consideramos peligroso —asegura.

Habla sosegadamente; es la encargada del personal y, por tanto, la de informarme de eso. Pero su voz y su rostro no logran penetrar mis pensamientos, y las imágenes acuden de muchos lados distintos.

—De momento, las personas que le interrogaron no corren peligro —añade.

—¿Por qué? —pregunto con voz chillona, como la de una niña. Pienso que hoy no debería haber venido, debería haberme quedado en casa, enferma, debería haber tenido una migraña como Paul y así me habría excusado.

Jones me mira; su rostro muestra sagacidad, algo desteñida por un aire de tristeza. Luego dice:

—Porque Seligmann tenía los ojos vendados.

—¿Vendados? —respondo.

Se los vendaron antes de interrogarle. Quienes le interrogaron debían de saberlo de antemano. Probablemente bajaron a las celdas resueltos a hacer algo que Seligmann jamás olvidaría.

—Hay algunas caras que probablemente reconocerá —añade Jones—. Lamento decirle que la suya es una de ellas.

—¿Y Bride? ¿Qué dice ella de todo esto?

Bride hará un chiste, o soltará algún proverbio con tal de convertir esto en un asunto trivial.

La señora Townsend habla de nuevo:

—Bride Reilly ha solicitado un traspaso temporal a otra ciudad, y nosotros estamos de acuerdo.

—Lola —tercia Hugo, anticipándose a mis palabras y haciendo que se esparzan como guijarros.

—Una nota positiva al respecto —continúa la señora Townsend—, y que supongo le alegrará oír, es que hemos hablado de su caso y el de Sean Martin con varios días de antelación y nos alegra comunicarle que no será sancionada. Pensamos que debía saberlo antes de tomar ninguna decisión.

—Pero ustedes estaban dispuestos a juzgarme. Se suponía que iba a ser así —respondo.

Se suponía que la reunión se celebraría dentro de tres días, por eso, dentro de dos, pensaba ir a la peluquería y preparar algunos discursos para mi defensa. No deberían tomar la decisión en este momento, pues ni siquiera llevo puesto el traje de los domingos.

—Su expediente está limpio y seguirá estándolo. Todos estamos de acuerdo en que las circunstancias se presentaron más adversas de lo esperado. Son buenas noticias, Lola —concluye Townsend—, y espero que esté satisfecha.

—Satisfecha, sí —digo.

—Pero ahora debe decidir qué es lo que quiere hacer —añade tajantemente y arrugando algunos papeles. Los demás persisten en mirarme. Quiero hablar con Hugo, pero él se limita a mirarme y tengo que reprimirme para no tocarle la mano—. La mayoría ha decidido pedir un traslado. ¿A usted le gustaría también?

—¿Traslado? —repito.

No puedo marcharme. Primero porque no conozco a nadie en otra ciudad, pero también por Becca, Leo, Paul, todos viven aquí. ¿Con quién iba a hablar?

—No puedo permitirme una mudanza, y tampoco buscar otro alquiler —respondo.

Espero que no me digan que no estoy segura, que no lo estaré nunca más.

—Bueno, tómese su tiempo para pensarlo —dice Townsend—. Nosotros nos podemos ocupar del alojamiento, si ése es el problema. También puede quedarse y seguir trabajando con nosotros. No diré que no estamos necesitados de plantilla, pero entonces le sugiero que tome algunas medidas preventivas, como irse a casa de una amiga o de un familiar, en lugar de quedarse en su dirección.

—¿En mi dirección?

—Sí, es bastante sencillo localizarla. En casa de otra persona estaría más segura.

Entonces no puedo ir a casa. Tendré que comer fuera y dormir en la cama de otra persona. Las almohadas no serán las mismas y las sábanas tampoco tendrán la misma textura, por lo que dudo que pueda dormir.

—Puede darnos un teléfono de contacto, pero no nos diga la dirección —añade Townsend—. Debe ser lo más discreta posible. ¿Tiene algún familiar con el que pueda pasar algunos días?

—Mi hermana —respondo, aunque mi voz no suena convincente, pues no sé si Becca me dejará quedarme.

—Aunque si desea ser más precavida, le aconsejo que se vaya con algún amigo. ¿Tiene usted novio?

Nadie sabe nada de Paul. Cuando estoy con él es como si estuviera desaparecida. ¿Acaso puedo irme a su casa y comprometerle para que acepte a una fugitiva, arriesgue su vida y tenga que verme en todo momento?

—Lo siento, pero no puedo hacer una cosa así —declaro.

—De acuerdo —dice Hugo. Su tono es tan moderado como siempre, pero se inclina un poco para interponer su hombro entre ella y yo—. Creo que hemos terminado. No necesita decidirlo en este preciso momento.

Hay un silencio durante el cual todos los demás le miran. Luego Jones deja en la mesa los papeles que sostenía en la mano y anuncia:

—Es suficiente.

Me levanto antes de que me digan que lo haga, pero tropiezo y me doy en la cadera con la silla al levantarme mientras ellos permanecen en sus asientos. Mis piernas tienen que recordar cómo se anda, parecen titubeantes y débiles, pero logro avanzar. No miro por encima del hombro cuando salgo por la puerta.

Cuando llego a casa de Becca la encuentro con Leo sobre sus rodillas. Tiene la espalda ligeramente erguida, los ojos redondos como canicas, de un color marrón que resalta en su cara. Hace un ruido de placer al verme y sacude los brazos. Algo en mi interior se conmueve.

—Mira, es la tía May —dice Becca, entregándome a Leo para que lo coja en brazos.

Rodeo con mis brazos su pequeño cuerpo y pongo su cara contra la mía. Está calentito y huele a polvos de talco, pero aún es demasiado pequeño para esconderse.

—Ponte cómoda May. Iba a preparar un té —añade Becca, limpiándose las manos en los pantalones y enjugándose los ojos en las mangas de la camisa, cosa por la que solía reñirme y que me hace preguntarme dónde está la hermana que yo conozco.

—Parece que te encuentras mejor —digo acunando la cabeza de Leo en una mano.

Algunos mechones de su pelo cuelgan de mi palma y tiene el cuero cabelludo blando y caliente. Mis dedos van directamente a esa zona del cráneo donde sólo una capa de piel cubre el cerebro. Lo levanto y lo sujeto con firmeza.

Becca suspira, no de tristeza, sino calmada, como si acabase de despertar de un largo sueño.

—Me encuentro bien —dice—. Lionel no ha llamado, te lo digo antes de que me preguntes. Y no ha sucedido nada extraordinario, salvo que Leo y yo hemos pasado un día muy agradable. Hemos salido a pasear al parque y hacía un tiempo hermoso para esta época del año.

—¿Lo has llevado a dar un paseo?

—Sí —responde sirviendo el té.

—¿A qué parque?

—Al Queen's. Es el que queda más cerca.

—Yo suelo llevarlo a distintos parques.

—Bueno, ya sabes que no soy tan enérgica como tú —responde Becca.

Se sienta con las piernas cruzadas en el sofá y sonríe. Está descalza.

—Yo podía haberle llevado —le digo.

—Bueno, es que como no lo has sacado en las dos últimas semanas —comenta, levantando la cabeza en señal de amonestación.

—Es que han sucedido algunas cosas —respondo.

Si ella lo lleva al parque, ¿qué voy a hacer yo?

—Ah, por cierto. Mamá vino el otro día a visitarme —dice recogiendo algunas prendas de Leo del sofá y doblándolas.

—¿Por qué las doblas? —le pregunto un poco confundida—. Son tan pequeñas ya de por sí...

—Mmm —repone con una sonrisa crítica—. Nunca serviste para las tareas domésticas.

—Claro que sirvo —respondo.

Si me hubiera visto lavar los platos, pintar las paredes y limpiar los suelos, se daría cuenta de que ya no soy la chica desordenada con la que creció. Una vez que tuve mi propia casa, supe lo que eso significaba, y ya me he hecho mayor para hacerlo solita. Incluso ayudo a Paul a limpiar su apartamento. Ella no lo sabe, pero ya no soy la carga de antes.

—A otra cosa —prosigue Becca—. Mamá y Leo empiezan a congeniar. Se portó muy bien y no lloró ni una sola vez.

—Ah.

—Me preguntó por ti —me dice con una expresión de censura y cautela, ya que sabe que es un tema espinoso.

Me pongo un cojín bajo la cabeza y me tiendo en el sofá.

—¿Preguntó por mí? —le pregunto.

—Sí, quería saber cómo estabas.

—Y ¿qué le dijiste?

Becca se encoge de hombros y se echa el pelo hacia atrás.

—Le dije que estabas bien, que te había visto con frecuencia últimamente y que me habías ayudado mucho con Leo.

—¿Te he ayudado? —pregunto.

Sé que la he visitado con mucha asiduidad, y que ha podido recuperar el sueño por mí, que ha comido mucha fruta y que ha dispuesto de algunas horas libres. He sido útil. Miro a mi hermana desde el sofá y reparo en que tiene el rostro más sosegado que hace unos meses. Luego miro a Leo, que choca sus manos contra las mías y presume de sus brazos mientras disfruta de lo lindo. La habitación huele a polvos de talco y empiezo a darme cuenta de lo verdaderamente cansada que estoy. La palabra «mañana» me parece casi inaccesible, como si estuviera muy por encima de mí. Lo único que puedo pensar en este momento es que me siento sumamente confortable en el sofá y que me supondría un esfuerzo tremendo tener que levantarme para marcharme.

—May, ¿te encuentras bien? Te veo un poco pálida —comenta Becca.

—¿Pálida?

Nuestra madre solía llamarme paliducha, y siempre me decía: «Tienes que comerte las verduras, May, estás muy paliducha.» O: «No te pongas eso, que el color te hace más paliducha.» Me hacía pensar que tenía protuberancias en la cara que sobresalían como montañas por encima de las nubes. Becca, en cambio, me llamaba picuda, y eso me hacía pensar en objetos afilados que trataban de abrirse camino por entre mi cuerpo buscando la luz.

—May —dice Becca con su acostumbrado gesto de apartarse el pelo de la frente e inclinándose hacia delante—, ¿te sucede algo?

—¿Por qué lo dices? —pregunto.

—Porque estás sentada y repitiendo todo lo que digo. ¿Te preocupa algo?

Leo se echa hacia atrás, forcejeando con mis brazos. Necesita espacio. Cuando aprenda a andar, no habrá quien le pare. Correrá por el mundo sin mirar hacia atrás.

—No me siento muy bien —respondo.

—¿Te estás poniendo mala?

—No —digo parpadeando. Veo un destello color azulado y me cuesta trabajo poner en funcionamiento mi voz—. Es que alguien ha muerto.

—¿Muerto? —pregunta Becca poniéndose erguida en el sofá para prestar más atención.

Parece preocupada, sorprendida, aunque no asustada. Frunce el ceño ligeramente y constato que todavía tiene una cara bonita. La palabra «muerto» pierde todo su sentido pronunciada con ese acento tan agradable y queda reducida a una mera noticia periodística, nada verdaderamente real.

—Sí, un muchacho con el que trabajaba —explico—. Al parecer, le han disparado.

Leo jadea en mi cara, así que lo dejo en una alfombra pequeña al lado del sofá. No sé cómo manejarle.

—¿Quién? —pregunta Becca, tratando de involucrarse porque sabe que me afecta.

—Aún no han arrestado a nadie, pero creemos saber quién lo hizo, aunque no dónde encontrarle.

Becca se tapa la boca con la mano. No se ha hecho la manicura, pero tiene los dedos largos y bien contorneados.

Repentinamente el peso de la cabeza se me hace irresistible y me echo en el sofá. Veo a Becca en posición horizontal, pero me cuesta trabajo mantener los ojos fijos en ella.

—Piensan que ahora puede venir a por mí —añado.

—No lo entiendo, May —dice Becca—. Explícame qué está sucediendo.

Cierro los ojos y respondo:

—No lo sé.

—May, ¡despierta! —Abro los ojos, me los restriego con las manos y veo que Becca ya no está sentada con las piernas cruzadas, sino de pie, con Leo en brazos—. Tienes que explicarme qué está sucediendo —dice tajante.

Mi voz suena como un gemido:

—No creo que te guste.

—No importa —responde. En su tono veo años de disciplina, un deseo de proteger a Leo de cualquier peligro, de mantenerlo al margen de cualquier incidencia—. Cuéntamelo todo.

Si cierro los ojos, parecerá que le estoy contando un sueño.

—Arresté a un merodeador, alguien que había salido a propósito y que estuvo a punto de matar a uno de mis compañeros. Le interrogué. Creo que está un poco loco y ahora quiere vengarse de nosotros. La persona que me acompañó en el interrogatorio murió asesinada ayer por la noche de un disparo y piensan que ahora puede venir a por mí.

—¿Por qué? —me pregunta sin pensar.

No la miro, y tampoco puedo encogerme de hombros.

—Bueno, es de esa clase.

—May, abre los ojos —me ordena.

—Estoy cansada, Becca.

—May, mírame, esto es serio —insiste.

—Estoy muy cansada.

—May, tenemos que hablar de esto.

—No hay mucho que decir. Probablemente lo cojamos antes de que me asesine —respondo.

Mi cuerpo es sólido y tangible, no puedo concebir la idea de no estar viva, de no volver a sentir nada. A pesar de lo confundida que me siento, no puedo ni imaginarlo.

Abro ligeramente los ojos y veo que Becca está sentada enfrente de mí. Tiene a Leo en brazos. Está muy inquieto y quiere que lo dejen en el suelo, por eso sacude las piernas, pero ella no se lo permite. Becca está tan erguida como un militar.

—Tenemos que hablar de este asunto, May. ¿Qué pasa con Leo?

—¿Con Leo? —respondo.

La miro detenidamente, a pesar de que no puedo levantar la cabeza. La siento tan pesada que parece que la tengo llena de plomo.

—Leo quiere estar en la alfombra y deberías dejarle —le digo.

—May, ¿qué pasa si te sigue?

—Eso hicieron con Nate. Los forenses dijeron que le siguieron unos doscientos metros.

—¡Dios santo! —exclama cogiendo a Leo y poniéndose en pie—. May, lamento decírtelo, pero quiero que te marches.

—¿Marcharme? —repito. La palabra resuena en mis oídos—. Pero si acabo de llegar.

—May, has dicho que hay un hombre siguiéndote, un loco. ¿Qué pasa si se presenta? Leo está aquí. ¿Cómo puedes poner en peligro su vida?

—Estoy poniendo en riesgo la vida de Leo —repito.

¿Es eso lo que estoy haciendo? Sostiene a Leo como si fuese algo que se interpusiera entre nosotras, y su tono de voz denota preocupación, algo que no desea. Quiere que desaparezca esa preocupación, y yo con ella.

—Lo lamento de veras, May —prosigue—. Si supieras lo que odio tener que hacer esto...

—¿Hacer qué? —respondo sentándome—. ¿Echarme de tu lado? ¿Quitarte ese peso de encima?

—No es por ti, May, tú lo...

—Sí, ya lo veo.

—Por favor, May, te pido que no te lo tomes de esa manera.

—¿Que no me lo tome cómo? —respondo.

Mis palabras vuelven a resonar en mis oídos.

Becca se pone más erguida para parecer más alta y dice:

—Lamento tener que hacerlo. Si no fuese por Leo, no lo haría. Pero no puedo poner en riesgo su vida. Si lo quieres de verdad, lo comprenderás.

—¿Desde cuándo te has convertido en el árbitro del amor?

—Es mi hijo, compréndelo.

—Creo haberme portado bien contigo, Becca. He venido a ayudarte todos los días, te he hecho las compras y he cuidado de Leo...

—Has ayudado a Leo, eso sí —responde. Luego aparta la mirada.

—¿Qué quieres decir?

—No creo que hayas pasado mucho tiempo conmigo, ¿verdad que no? Simplemente has venido, has cogido a Leo y te lo has llevado.

—Me dijiste que querías dormir.

Niega con la cabeza. Luego añade:

—Mejor no hablemos de eso.

—Creo haber estado por aquí durante las últimas semanas —le recuerdo.

—Sí, pero tienes muy poco que decirme, May. Estoy segura de que Leo no te ha hecho cambiar en absoluto.

—¿Conque de eso se trata? Y yo que creía que estabas preocupada por tu hijo.

—Y lo estoy. Dejémoslo así, ¿de acuerdo?

—No, tú eres la que ha empezado a hablar, y ahora vienes y me dices que lo dejemos así. Pues no, no va a quedar así. Siempre he sabido que tenías la última palabra, pero esto me parece ya... Tú no eres tan estúpida, Becca, nunca lo has sido.

—¡Basta! —grita.

Leo comienza a llorar y ambas reaccionamos. Becca se gira y yo me levanto. Luego ella aparta la mirada de él para mirarme de nuevo. Nuestras miradas se cruzan tan sólo un segundo, pero me parece toda una eternidad.

—Voy a llevarlo a la otra habitación —termina diciendo.

—¿Vas a dejarlo ahí solo mientras llora?

—Es mi hijo y no creo que eso sea asunto tuyo. Tú ocúpate de tus hijos que yo me ocuparé de los míos.

—Yo no tengo hijos —respondo con la voz apagada y expresión imperturbable, mirando hacia delante.

—¿Acaso es culpa mía?

No digo nada. Leo solloza entre nosotras.

—May, por favor, lamento lo que he dicho, pero es que estoy muy asustada por Leo —se disculpa Becca.

Respiro profundamente.

—Ya lo sé —respondo.

Después de todo es mi hermana y no puedo odiarla.

—Dime la verdad, May —prosigue—, si te encontraras en mi situación, ¿no harías lo mismo?

—Sí —respondo. La verdad me sale por la boca y se desploma en el suelo—. Sí, creo que sí.

—Lamento lo que he dicho —repite.

Sin embargo, esa frase de niña de escuela me hiere en dos lugares distintos: por un lado, me recuerda el sentimiento de recogimiento, la vida tan alejada y protegida que ha tenido de ese mundo que a mí me consumió; pero por otro me resulta familiar, ya que mi hermana siempre habla de esa manera, aunque su mundo se esté haciendo pedazos. Luego añade:

—De verdad, lo siento. Esperaba que no te lo tomaras de esa forma. Quizá no sea culpa tuya y debería habértelo dicho de otra manera. Pero es que...

Se sienta en el sofá, acaricia la cabeza de su hijo y me doy cuenta de que ambos están muy lejos de mí.

—Leo es todo lo que tengo —prosigue—. Si le sucediera algo, me moriría. Voy a decirte la verdad y espero que me escuches atentamente porque no quisiera tener que repetírtelo. No he sabido nada de Lionel, nada en absoluto. Aún está en el extranjero, a pesar de que le comuniqué que Leo había nacido. Le hice una prueba sanguínea, le envié los resultados e incluso le he puesto su nombre, pero sigue sin darme noticias. Y es porque está demasiado dolido para hablar conmigo, ahora lo sé. Se sintió muy decepcionado en su momento y ahora le resulta más fácil no intentar solucionarlo. No creo que le preocupe gran cosa. Sin embargo, si Leo es lo que he sacado de ese matrimonio, entonces bienvenido sea.

Por un instante deja descansar su cabeza en la de Leo.

—No esperes que hable de este asunto nunca más —afirma—. Leo es todo lo que he sacado de seis años intentando lo imposible para que nuestro matrimonio funcionase. Es todo lo que tengo y no pienso ponerlo en riesgo. Si algo le sucediese, me derrumbaría por completo. Lamento tener que hacer esto, lo lamento de veras, así que espero que arresten a ese hombre y puedas regresar pronto. Leo te quiere mucho...

Cierra con fuerza los ojos durante unos segundos y, por un momento, espero que lo diga, pero no lo hace, no añade que ella también me quiere.

—Has sido muy buena conmigo y me has ayudado mucho

—añade—, y te lo agradezco. Pero te pido que hagas eso por mí.

¿Por mí?

No ha hablado por boca de Leo, me ha pedido que lo haga por ella.

—Por supuesto —respondo.

No quiero poner su vida en riesgo. Apenas puedo hablar y me atraganto, pero no pienso llorar. Luego añado:

—No se me ocurrió pensarlo cuando vine...

Ella podría replicarme: «Por supuesto que no, para eso hay que ser madre», pero no lo hace. Todo lo contrario.

—No es culpa tuya —dice—. Tú vives en un constante riesgo e imagino que estarás acostumbrada.

Sacudo la cabeza y cierro los ojos. No hay lágrimas que puedan salir volando cuando sacudo la cabeza.

—No como él —termina diciendo.

—Lo siento —respondo.

—¿Qué piensas hacer?

—No lo sé. No puedo ir a casa.

—¿Crees que está vigilando tu apartamento? —me pregunta en voz baja. De nuevo vuelve a sentirse preocupada.

—Puede ser. No puedo arriesgarme a ello.

—Y ¿adónde vas a ir?

Es un dardo y dudo por unos instantes antes de lanzarlo:

—He estado saliendo con una persona últimamente. Puede que me deje quedarme en su casa.

—Ah. Y ¿quién es?

—Una persona muy agradable —respondo mirándome las manos—. Me trata bien. Es un trabajador social, una persona muy respetable.

Trabajador social, entonces no es de Dorla. Imagino que se estará preguntando si es como ella o como yo.

—Pero no sé si lo hará —continúo—. Lo conozco desde que nació Leo y puede que no se sienta dispuesto.

Si eso sucediera con Paul, me quedaría en mi apartamento y esperaría a que Seligmann viniera a por mí. Sin embargo, sé que no hay nada de cierto en eso, pues yo seguiría hacia delante, siempre lo hago.

—¿Cómo se llama? —pregunta Becca.

—Paul Kelsey. Vive al norte de Sanctus.

Miro a mi hermana y veo que trata de sonreír.

—Es una zona muy bonita —comenta.

—Sí —respondo. Y si no fuera porque hay que cruzar el parque, lo sería aún más.

Se sienta en el sofá con su hijo en brazos.

—Creo que debo marcharme —agrego.

No hace ningún ademán para que me quede. Cuando llego a la puerta me dice:

—¿Me llamarás por teléfono?

Me giro y me apoyo contra la puerta.

—¿Quieres que lo haga? —pregunto.

—Por supuesto —dice arrugando la cara.

—Entonces, de acuerdo. Te llamaré.

Doy media vuelta para marcharme, pero nada más dar unos pasos oigo su voz:

—¿May?

—Sí, dime —contesto.

Hace un gesto desconsolado.

—¿Te importaría darme el teléfono de tu novio? Así podría llamarte.

—No es seguro que me quede allí.

Debería sonreírle, darle un abrazo, pero me quedo apoyada contra la puerta y eso es lo único que puedo darle por ahora.

—Ya te llamaré para decirte dónde estoy —le digo.

Veintiocho años tirados por el suelo.

No sé quién de las dos es la primera en dar la espalda a la otra.

—No puede entrar, está hablando por teléfono —dice el hombre.

—Necesito hablar con él.

—¿Puedo ayudarle en algo? —me pregunta.

Tiene el pelo muy fino, la cara delgada y su nuez sobresalta tanto que parece que se hubiese roto el cuello por la mitad y se lo hubieran pegado mal. Pese a esto, se planta delante de mí, como si me doblara en tamaño, aunque no hay maldad en su tono.

—Necesito hablar con Paul Kelsey —repito retrocediendo. El mareo que me ha estado perturbando todo el día vuelve a invadirme y ya no me quedan fuerzas para pelear con nadie—. Pero no importa, puedo esperar —añado.

—Es posible que tenga que esperar un buen rato —dice el hombre señalándome una silla—. ¿Quiere que le traiga un café, un té o un poco de agua?

Mi garganta se cierra herméticamente. No hay espacio ni para un poco de agua en mi cuerpo.

—No, gracias de todos modos —respondo.

Miro a la pared. De vez en cuando, Simon, el hombre que me ha parado en la entrada, viene y me ofrece revistas o algunas pastas. Después de media hora opto por coger una revista y así librarme de su desmesurada hospitalidad. Paso las páginas una y otra vez, deslumbrada por el brillo de las fotografías. Página tras página, sólo se ven mujeres de piernas muy delgadas y con vestidos muy cortos anunciando todo tipo de cosas. Hacía mucho que no miraba una de estas revistas de moda. Intento imaginar que si fuese una mujer tan bella, las cosas me irían mejor, pero no puedo hacerlo, ya que las caras se desvanecen con facilidad.

He perdido una hora mirando fotografías de personas a las que no conozco cuando oigo finalmente una voz que me dice:

—Hola, Lola. Jamás te hubiera imaginado leyendo una revista de moda.

—No es mía —le respondo a Paul.

Está de pie, delante de mí y, por un momento, es como si no le conociera.

—¿Qué haces por aquí? —pregunta sentándose a mi lado.

Simon regresa. Por fin se ha relajado. Saluda a Paul como si se conocieran de mucho tiempo.

—Hola, Paul. Esta señorita dice que quiere hablar contigo —le dice.

—Sí, es mi novia —asiente Paul.

—Ah. Entonces es Lola. —Sonríe como si me conociera—. Encantado de conocerla por fin.

—Por fin —respondo, y estrecho la mano que me tiende. Aún recuerdo cómo se hace—. Disculpe. Encantada de conocerle.

—Perdone que la haya hecho esperar en la sala de visitas. Debió haberme dicho quién era.

—No pasa nada —digo.

—¿Quieres pasar a mi oficina? —me pregunta Paul.

Se levanta, hace un gesto y le permito que me escolte hasta otra habitación. Hay libros en las paredes, una caja de pañuelos de papel en la mesa y varios archivos. Cierra la puerta cuando entramos y dice:

—No es que no me agrade verte, pero ¿pasa algo?

Me siento. Tengo que sacarme ese zumbido de la cabeza.

—¿Por qué pensabas que no leía revistas de moda? ¿Acaso no sé vestirme?

—Vaya por Dios. Ya he dicho la frase equivocada. Tú vistes muy bien, pero es que jamás te había visto leyendo una. ¿Crees que puedo librarme de ésta sin ofenderte?

—No pasa nada. La verdad es que no me gustan.

—Dime, ¿qué pasa? —pregunta sentándose—. ¿Te apetece un café?

—¡No quiero beber nada! —respondo levantando la voz.

—De acuerdo, de acuerdo. No hace falta ponerse así.

—Paul, dime una cosa: ¿puedo quedarme en tu casa?

He tratado de pensar cómo decírselo, pero no se me ha ocurrido ninguna forma.

—¿A qué te refieres? ¿A esta noche?

—No, me refiero por un tiempo.

No me gusta tener que pedir una cosa así.

Paul frunce el ceño. No parece muy contento.

—¿Qué sucede? ¿Vuelve a entrar agua por tu ventana? —pregunta.

—No —respondo—. Algo ha sucedido, pero no tienes por qué decir que sí, sino preguntarme y averiguar lo que ello implica.

—Bueno, eso es lo que trataba de hacer... pero dime, ¿te encuentras bien? Pareces tensa.

Tener que repetir la misma historia me resulta sumamente penoso, más que arrastrar piedras por una colina. Se la cuento de cabo a rabo, es decir, le hablo del muerto y del hombre que me persigue. No menciono ningún nombre, sin embargo. Trato de ser lo más escueta posible porque él sólo necesita saber lo justo para decir que sí o no, pero no puedo repetir los mismos detalles.

—Dicen que no debo quedarme en mi apartamento —añado—. Pero si me quedo contigo, es un riesgo que debes tener en cuenta.

—No —responde, aunque no sé qué significa ese no—. No. Quiero que te quedes.

—¿Cómo dices? —pregunto.

Le miro por un instante, me froto los ojos y los dejo caer antes de volver a verle.

—¿No me vas a decir que no? Ahora puedo ser gafe —le advierto.

—No debes ir a casa —dice sentándose a mi lado.

—¿No tienes miedo?

—No viene a por mí —alega encogiéndose de hombros—. Además, ya he tratado con tíos locos y no me preocupa demasiado.

—Pues deberías.

—Estoy más preocupado por ti —responde.

Adopta una expresión confesional, hay una especie de tentación en la forma en que me tiende la mano. No es su forma habitual de tocarme y, por un momento, me tengo que contener para no rechazar esa sensación extraña. Tengo que repetirme que es Paul quien me toca y quien quiere que me quede con él.

—Si alguien te persigue, me sentiré mejor sabiendo dónde te encuentras —termina diciendo.

Eso no tiene sentido. Será muy educado y amable por su parte, o puede que una frase hecha, pero carece de sentido. No puedo comprender por qué está asumiendo ese riesgo, pero no discuto.

Además, no debería comprometerle, pero estoy demasiado cansada y dejo que sea él quien me saque del edificio.

Me pregunta si necesito recoger algunas cosas, y entonces caigo en la cuenta de que no había pensado en ello. Vamos hasta mi bloque de apartamentos y subimos al piso. Cuando hago girar la llave el cerrojo emite un clic y sé que no volveré a oír ese ruido en mucho tiempo.

Empiezo a sacar cosas de los cajones, las meto todas en una maleta, apenas sin doblar y sin fijarme demasiado en lo que cojo. Paul se muestra muy activo y va de habitación en habitación diciéndome que necesito el cepillo de dientes, el cepillo del pelo, en fin, algunas cosas que no se encuentran en los cajones. Después de un rato le obligo a entrar en el dormitorio conmigo y me pego a él buscando que me bese y acaricie. Le estrecho contra mi cuerpo para que entre algo de vida en mí, pero noto que está muy lejos, más de lo que ha estado nunca. Apenas le siento, pero con ese apenas me conformo. Cuando era más joven, solía «bautizar» las habitaciones. Ahora, a pesar de lo confusa y aturdida que estoy, percibo un remoto sentimiento de alivio al pensar que, por fin, tengo alguien con quien poder ofrecer el último rito a mi habitación.

Después vamos a su casa. He estado aquí las suficientes veces como para sentirme familiarizada con el lugar y, aunque no es como regresar a la mía, al menos es un respiro. Me deja espacio en un armario, aludiendo que ya iba siendo hora de que lo ordenara un poco, pero no me presiona cuando le digo que, si no le importa, dejemos para más tarde la tarea de desempaquetar mis cosas.

Llevo una pistola en el bolso. Me dirigí al Departamento de Armas y les mencioné que conocía a Ally Gregory. Luego fui de un lado para otro, como si conociera de sobra el lugar. Hace meses le dije a Paul que, si estaba decidida a algo, nadie me lo impediría. Por esa razón, fui hasta el almacén, cogí una de las armas que había en la pared y la metí en el bolso, junto con una caja de balas.

En otra época, eso me hubiera asustado, y puede que ahora también estuviera algo atemorizada, pero lo único que siento es cierto escozor en los brazos, más cerca de las manos que del corazón. Cogí la pistola, la munición y salí del almacén como un fantasma, sin que nada de eso me resultara difícil.

19

Me despierto en mitad de la noche y veo que la bruma se ha desvanecido, dejando todo cubierto de una capa de hielo. Los sonidos permanecen impresos en el aire, los objetos poseen tanta claridad que casi me hiere mirarlos. Veo rincones, puertas y huecos, lugares tras los cuales normalmente no puedo ver. No puedo ver qué hay debajo de la cama, no puedo ver qué hay detrás de la puerta, ni tampoco puedo ver lo que hay fuera de esta habitación, en esas calles donde parece haber sólo rincones. Hay muchos lugares donde esconderse en este mundo y alguien, que al parecer quiere matarme, puede estar oculto en cualquiera de ellos.

Seligmann demostró ser más fuerte que yo incluso estando atado. Ahora, sin embargo, está libre, y además lleva una pistola. Y a eso hay que añadirle los otros, esos tres que nos atacaron a Marty y mí. Sí, fueron tres, o puede que más, además de que desconozco sus rostros.

Me recorre un escalofrío. No son nervios, es miedo. Durante las noches de luna llena, he patrullado y rastreado los bosques donde los árboles de corteza oscura y ramas desnudas me rodean como un ejército. Todo eso sucedió de noche. Ahora, sin embargo, miro al exterior y veo que el mundo entero se ha transformado en un bosque.

Permanezco tendida y despierta durante un buen rato.

Oficialmente nadie sabe dónde ha sido enviada Bride, pero esto es Dorla y aquí sólo se tarda diez minutos en averiguarlo preguntándole a la persona adecuada. Además, no es que tuviese demasiadas alternativas. Si ha sido trasladada, no habrá sido al campo. Fuera de las ciudades, los lunáticos atacan al ganado, por lo que uno de los trabajos principales y más especializados es su protección. He sabido de no licántropos que han disfrutado pasando una temporada en el campo, pues, al fin y al cabo, es como si te concedieran ese honor. Dicen que allí los agricultores se dan cuenta de lo útiles que somos, al menos en algunas partes. En otras, sin embargo, los habitantes de la localidad encorvan la espalda, agachan la cabeza y no nos dirigen la palabra bajo ningún pretexto. Las ciudades están repletas de no licántropos del campo que, tras años de trabajar allí, llegó un momento en que no lo soportaron más y solicitaron un traslado de destino. Hay algunos lugares que se utilizan para enviar a los miembros de Dorla como castigo, pero Bride no estará allí, no sabría jugar a ser pastora, pues es una mujer urbana.

Hay dos versiones distintas: una dice que se ha ido al norte, otra al sur, pero ambas a ciudades que se encuentran a muchos kilómetros de distancia. Busco el teléfono de ambas y me limito a preguntar por ella. A la segunda llamada logro localizarla.

—Hola, guapa. —Su voz suena más resignada que amistosa.

—Bride —digo.

Estoy sentada en mi diminuta oficina, con la puerta cerrada y mirando al frente. He echado las persianas venecianas de plástico, ya de color gris sucio en los lugares donde no llego con el plumero. Tengo las manos frías y no sé qué decirle.

—Lo, ¿desde dónde llamas? —pregunta.

Me froto la boca y respondo:

—Desde la oficina.

—¿Aún estás ahí? —pregunta. La alegría parece desaparecer y suena cautelosa—. Pensaba que habías solicitado un traslado.

—¿Como tú? —pregunto.

Giro la cabeza porque he oído el sonido de algo al romperse. Me levanto, me acerco hasta la ventana y veo que a alguien se le ha caído una botella. Vuelvo a sentarme en la silla, intentando ignorar el cansancio de mis rodillas.

—Pues sí —responde—. Pensé que era lo mejor para todos. Por lo visto hay un lunático loco que quiere matarnos...

Su voz aparenta confidencialidad, pero hay algo más. No es seguridad, sino algo solapado. Ella no me ha hecho nada malo, pero me siento sola de repente. Sin embargo, ha hecho algo muy distinto: se ha marchado sin despedirse ni decirme nada. Si no llega a ser por Alice Townsend, ni me habría enterado. Bride empaquetó sus cosas y se fue sin decir una palabra, dejó que fuese yo la que de pronto se diera cuenta de que ya no estaba en mi mundo. Lo peor de todo es que la comprendo, pues sé lo difícil que resulta tener que despedirte de la gente, lo fuertes que son las ganas de arañar, aferrar y clavarte a lo que te pertenece.

—No pasa nada, Bride —respondo con la garganta dolorida.

La verdad es que no sé si pasa algo o no, pero no debo hablar de esa forma. No quiero suscitar conflictos y, por otro lado, pienso que es mejor mantener una amistad que dejar que se pierda.

—Probablemente hayas hecho lo correcto —añado.

Hay una pausa durante la cual parece dudar, pero ella me conoce desde hace mucho tiempo y me pregunta:

—Dime, ¿por qué te has quedado?

Tras frotarme la boca respondo:

—No lo sé.

—Eso no es una razón muy convincente, cariño. No es que te esté regañando, pero preferiría que no te topases con ese cabrón.

—No puedo —respondo—. Ya dejé que me asustase antes y ahora no pienso huir.

No contesta. Estoy tratando de que no se sienta resentida por haberse marchado sin decirme nada, y ella lo sabe, sabe que no puede presionarme para que lo haga.

No le comento que creo que he metido la pata demasiadas veces. Que Seligmann casi mata a Marty, que le desgarró sus esperanzas cuando sólo tenía veinte años y que yo no pude evitarlo. Que fui yo la que condujo a Nate hasta la celda de Seligmann el primer día y que después de eso ya no fui más a verle y dejé que otros lo hicieran y le aplacaran los ánimos con tal de no volver a saber nada. No le digo nada de eso porque siempre he despreciado a la gente que se martiriza a sí misma y, la verdad, no sé por qué lo estoy haciendo yo ahora.

—Lamento no haberte dicho que me iba —dice Bride—. Debería haber...

—¿Cómo se encuentra Jim? —la interrumpo, pues no quiero volver a lo mismo.

—Está bien —responde. Su voz suena sosegada—. Yo vine primero, busqué un alojamiento y luego nos instalamos.

—¿Cómo es tu nueva casa?

—No está mal. No es un palacio, pero podría ser peor. Supongo. Si se hubiera quedado aquí.

—Y ¿cómo va el trabajo? —pregunto.

—Bien, me estoy acomodando bastante bien a este lugar. Acomodándose, dice.

—Bride —le digo—, ¿cuánto tiempo crees que estarás fuera? Hay un largo silencio antes de que me responda.

—Bueno, de momento estamos pagando el alquiler por meses. Cada dos meses podemos renovar el contrato. Los trabajos que estoy haciendo también son a corto plazo, pero si te digo la verdad, no me preocupa.

Bride se encuentra lejos, en una ciudad extraña. No sabe cuándo regresará porque no sabe cuándo podrá hacerlo con seguridad. Ya hace un mes que se marchó. Sacudo la cabeza. Estoy segura de que regresará.

—¿Y tú qué? —me pregunta con una risita forzada—. ¿Qué me cuentas de ese joven que me respondió al teléfono una noche? ¿Cómo te va con él?

Cierro los ojos y pienso que esta llamada me habría resultado más fácil si la hubiera hecho desde el apartamento de Paul. Se ha portado maravillosamente conmigo. Desde que estoy con él he desayunado como dios manda. También, cuando me despierto en mitad de la noche, tengo a alguien a quien abrazarme, aunque esté durmiendo, lo cual puede que sea mejor. Con sólo sentir el calor de su piel, su solidez dormido de lado me hace ver los temores como lo que realmente son: temores de lo que puede suceder, no criaturas vivientes clavándome las uñas en la espalda.

—Bien —respondo, pues no sabría cómo explicar todo esto a nadie—. Todo va bien y nos seguimos viendo.

Si no hubiese sido por Paul, ¿me habría ido a otra ciudad?

—Bueno, ya es algo —responde.

Observo que se siente más cómoda hablando de este tema, por eso continúa:

—¿Sabes una cosa? Eres una mentirosa redomada no hablándome de él y no pienso perdonártelo, así que dime, ¿cómo es? ¿Es guapo? Por favor, no me digas que lo es.

—Sí, y mucho.

—Maravilloso —exclama con una nota de alivio en la voz—. Sigue, sigue, dame detalles. Es grande, pequeño, moreno, rubio... Vamos Lola, dime algo.

No me siento con ánimos para juegos, así que le respondo:

—Es alto, moreno, con los ojos azules... Perdona Bride, pero debo volver al trabajo.

—Ah —responde contrariada, como una niña a la que le han dado un bofetón.

A pesar de la tensión que siento, lamento lo que he dicho y añado:

—Perdona Bride, es que estoy muy tensa últimamente y tengo muchas cosas que hacer.

—Por supuesto —contesta. Nunca había visto a Bride mostrarse tan complaciente.

Permanecemos en silencio unos segundos.

—Lamento no haberte dicho que me marchaba —dice al cabo.

—No pasa nada —respondo.

—Yo en tu lugar no me quedaría.

—No te preocupes por mí —respondo con tranquilidad, pero sin añadir nada más, pues no quiero volver otra vez al mismo asunto.

—Encenderé una vela por ti —asegura. No respondo a eso.

Luego añade con una risita nerviosa—: Es más, yo enciendo una vela por ti si tú enciendes una por mí.

—Puedes ser la buena samaritana si quieres, pero yo hace años que no piso una iglesia.

—Lo haré —responde.

Al pensar en las velas, un titilar me recorre el cuerpo y anhelo su cera color marfil y esas llamas de color anaranjado. Pero sé que no lo haré, pues pienso que hay demasiados trámites mortuorios y no puedo negociar con Dios.

—Te diré algo —le digo—. Cuando enciendas una por mí, enciende otra por ti y luego yo te la pago. Te invito a una copa cuando vengas.

—Vale —responde con voz temblorosa—. Trato hecho.

Me doy cuenta de que ya no puedo seguir.

—Tengo que dejarte —digo—. El trabajo me reclama.

—¿Quieres darme tu número de teléfono? —me pregunta apresuradamente, como si yo fuese a colgar antes de que termine la pregunta.

Me quedo inmóvil, pegada al auricular.

—Mejor no —digo.

—De acuerdo. Entonces tampoco te daré el mío —responde. Habla muy rápido—. Empatadas, ¿de acuerdo, Lo?

—Puedes llamarme al trabajo.

—Lo mismo te digo. Bueno, si te apetece...

—Sí, por supuesto —respondo. Como no se me ocurre nada más que decir, añado—: Bueno, adiós Bride.

Escucho su adiós cuando ya estoy a punto de colgar el auricular, y lo oigo diminuto, lejano, muy distante.

Estoy sentada a una mesa de la cafetería, con un vaso de café. La máquina salpica y derrama, y el líquido que ha dejado en mi vaso de plástico no resulta muy apetecible. Es agua aromatizada con café y, cuando le doy un sorbo, percibo las dos cosas por separado. No obstante, está caliente, tanto que el calor atraviesa el plástico del vaso y me quema los dedos, manteniéndome despierta.

Me he sorprendido a mí misma desarrollando hábitos que trato de controlar cuando los percibo. Hay momentos en los que pienso que, si trato de vencer el miedo, estaré a salvo. Hay otros, sin embargo, en los que creo que si me relajase un solo segundo, me atacaría en ese preciso instante. Y en otros, los más frecuentes, pienso que si consigo cierto estado mental que me ayude a vencer esto, si estoy bien conmigo misma, entonces nada sucederá. Mi mente se mueve más que un saco de ratones y sé que tengo que buscar la forma de tranquilizarla.

Absorta en mis pensamientos, no percibo que Ally se acerca hasta que me da una palmada en el hombro. Doy un respingo del sobresalto y derramo el café caliente encima de la mano. Me levanto y sacudo el brazo con una maldición.

—¿Te encuentras bien? —pregunta Ally. Extiende el brazo, como si quisiera tocar la zona quemada, pero cambia de opinión y lo retira.

—Me he quemado —le digo entre dientes—. ¿Por qué no avisas cuando vienes?

—Lo hice, pero estabas mirando las musarañas.

—¿Te vas a quedar ahí sin hacer nada? Tráeme algo frío, ¿quieres? —le digo, mientras vuelvo a sentarme y me tapo la quemadura.

Ally se queda mirándome por un segundo y luego sale corriendo hasta la máquina de bebidas para traerme una lata de Coca-Cola.

—Aquí tienes —me dice, tomando asiento enfrente de mí—. La máquina de latas no enfría mucho, pero está más fría que el agua del grifo.

—Luego te la bebes —le digo presionando la lata contra mi mano escaldada—. Odio la Coca-Cola.

La quemadura continúa escociéndome, pero el frío metal mitiga ligeramente el dolor.

—¿Cómo te va? —pregunta Ally tamborileando con los dedos en las rodillas, un sonido que sabe que me irrita enormemente. Para colmo, se pone a taconear. Observo que está más inquieto que de costumbre, pues, aunque intenta contener sus movimientos, no parece capaz de sincronizarlos. Imagino que está preocupado.

—No muy bien —respondo, mirándome la dolorida mano—. Pero sobreviviré.

—¿Te has enterado de algo?

—No me han dicho nada desde que me contaron lo sucedido, y eso que he estado esperando una llamada que me diga: «Ha sido todo un error.» Dime, ¿crees que me llamarán pronto?

Trato de componer una sonrisa sin mucho éxito. Ally frunce el ceño y me pregunta:

—¿No te estarás quedando en casa, verdad?

—No, pero no pienso decirte dónde estoy, y no te ofendas —contesto.

La verdad es que no quiero que lo sepa.

—Y a mí qué más me da —responde apartando la vista. Luego gira la cabeza para mirar el reloj mientras sigue tamborileando con los dedos.

—¿Tienes prisa?

—No —repone. Luego suspira y añade—: Escucha, Lo, ¿podemos hablar en privado?

—¿Cómo dices? —digo poniéndome rígida—. No estoy de humor para juegos, Ally.

—No se trata de eso. Es que quiero hablar contigo.

—Habla conmigo aquí —respondo.

—¿No podemos ir a tu oficina? —pregunta pasándose los dedos por el pelo y tirándose tan fuerte que duele.

—Ally, no estoy de humor para intrigas y misterios.

Mira alrededor y se lleva la mano a la mandíbula.

—Nadie te va a oír —continúo—. Vamos, dime, ¿qué es eso tan secreto?

Ally se muerde los labios y luego se inclina hacia delante. Retrocedo un poco en mi asiento, pues tampoco estoy de humor para confidencias.

—He oído algo, ¿sabes? —me dice en voz baja para que nadie pueda oírnos—. Alguien que conozco en el departamento forense me estuvo preguntando, quería mi consejo sobre balística.

—¿Balística? —repito. Me sale la voz demasiado suave, así que me esfuerzo por encontrar mi propio tono—. ¿Qué pasa? ¿Le guarda rencor a alguien?

—Escúchame, Lo... —dice Ally mirando por encima del hombro.

—Estás actuando de forma tan sospechosa que todo el mundo va a querer enterarse —le interrumpo.

Ally me coge de la muñeca por encima de la quemadura y me sacude el brazo.

—¡Eh! Cuidado —le digo, pero él me sacude el brazo unos segundos más antes de soltarlo.

—Lo, esto que te digo es importante, ¿de acuerdo? Me estuvo hablando de la bala que mató a Nate.

Aparto mi mano y la junto con la otra sobre la mesa.

—¿Y qué pasa con la bala que mató a Nate, Ally? —le espeto sin reconocerme a mí misma.

Ally baja la mirada.

—Le sacaron la bala de la cabeza y resulta que era de plata.

—¿De qué estás hablando? —pregunto.

Sus palabras me han dejado de piedra.

Ally mira ahora al suelo. A través de sus mechones de pelo veo que su cara se contorsiona y se retuerce como un gusano en un anzuelo. Luego respira profundamente y, todavía sin mirarme, prosigue:

—¿Te acuerdas de lo que pasó después de la muerte de Johnny? Hubo rumores de que había algo extraño en la bala que encontraron en su cuerpo. Yo acabo de averiguar qué: era también de plata.

—¿Johnny? —pregunto como una niña llamando a alguien en la oscuridad.

—Sí. Johnny y Nate. Eso es lo que he oído. Que ambos fueron asesinados con balas de plata. Ese amigo del departamento forense quería hacer una comparación.

Siento la cara fría, desconectada del resto de mi cuerpo.

—¿Cree que alguien de Dorla los ha asesinado? —pregunto.

—No —responde Ally mirándome a la cara—. No es eso. Lo

que quería saber es cómo custodiamos nuestras armas y si alguien puede fabricar balas caseras. Yo no sé, no soy forense y tampoco las vi. Sólo estoy... Él... —Se frota la cara y encorva la espalda antes de concluir de forma brusca—: Pensé que te gustaría saberlo.

20

Balas de plata. En una ocasión, cuando tenía nueve años, vi cómo se fabricaban. Nos llevaron a una fábrica donde las máquinas no cesaban de zumbar mientras las balas se iban apilando en grandes contenedores, no barnizadas como esperábamos que saliesen las balas de plata, sino más bien de color oscuro, tanto que también podían haber sido de acero o plomo. Intentamos meter nuestros dedos entre ellas como si fuesen el fruto de una pesca milagrosa, pero resultaba imposible pues eran pesadas y el metal muy resistente. Fue durante uno de esos viajes estándar en los que cada no licántropo llevaba a sus alumnos de visita a las fábricas para que vieran cómo los licántropos pasaban su tiempo trabajando para nosotros. Normalmente, los niños se aburren en esos viajes, y la ironía de que los licántropos trabajan para nosotros sólo se les podía haber ocurrido a los adultos. Un trabajo muy poco considerado, al que suelen referirse como «procesamiento de metales». No obstante, el salario no está mal, al menos mejor que el de los que reparan chimeneas o el de los mataderos, además de que las fábricas están siempre produciendo. Ni los dibujos de graffitis pintados en las paredes, ni las piedras que arrojan a las ventanas protegidas con alambre de espino detienen la maquinaria por un momento.

Me sentí decepcionada. Yo lo único que quería es que las balas brillaran.

Cuando se funde el metal, se aglomera y se hace denso y ágil. He visto cómo lo vierten. Pienso en el dolor que causa el agua hirviendo al caer sobre mi piel y, cuando imagino el metal fundido, lo único que me viene a la cabeza es la sensación que producirá al tacto. Pensar en un dolor de esa magnitud es casi tan imposible como inventar un nuevo color. O casi tan imposible como imaginar las cosas que describe Paul bajo su monocromática visión lunática. Es posible también que te abrase los nervios antes de que puedas sentirlo. Sí, es posible, aunque resulta difícil creerlo, pues no creo que haya nadie que se acostumbre al calor del infierno. No comprendo que una persona pueda fundir plata para hacer balas y no tenga miedo de que el calor le abrase.

El cráneo de los humanos no es muy grueso. Yo solía imaginar la carne humana como algo duro debido a un experimento que realicé siendo una niña. Intenté morderme la lengua. Noté una molestia que fue creciendo hasta convertirse en dolor a medida que apretaba los dientes, pero la carne se convirtió en algo denso, fibroso, muy difícil de atravesar. No pensaba llegar hasta el final para comprobarlo, por supuesto, pero me pareció descubrir algo. Si se la presionaba, la lengua era como un pedazo de carne dura, nada fácil de morder.

Años más tarde supe que no era la dureza de mi lengua lo que me lo impedía, sino el dolor.

Creía que el cráneo era como una fortaleza. Lo imaginaba esculpido como el cielo, liso y hermoso, un bastión de piedra que protegía ese delicado cerebro que tantas cosas acumula. Sin embargo, no es tan duro, incluso se podría romper con bastante facilidad utilizando un martillo. Un cincel, una tubería de plomo, una simple caída lo puede resquebrajar. Y basta hacerlo caer desde la altura de los ojos. Un metro y medio o dos son más que suficientes.

Johnny se está pudriendo en la tumba. Su cuerpo ya no tiene carga ninguna. Al no tener nada que sostener, su carne se ha puesto lacia y los microbios se han adueñado de ella. De alguna forma lo sabían. Al abandonarle la vida, perdió toda la protección y hasta los gusanos supieron que les había llegado la hora, que podían abrir la boca y empezar a masticar.

Johnny será ahora tan sólo un montón de carne deshecha. Una infinidad de diminutas criaturas habrán abierto agujeros en su cuerpo, pero sin violencia, tan sólo por hambre, un hambre en absoluto violenta, sino insensata e inquieta. Las esporas enviarán zarcillos tan finos como una hebra de hilo a través de sus brazos y su cara, y nada les impedirá que arraiguen. Dentro de nada sólo será un laberinto de pasadizos, y puede que quede algo de carne, pero ya no será agradable al tacto, sino que se quebrará nada más tocarla con la punta del dedo y se hundirá en la ciénaga ingente que hay debajo.

Y Nate. No nos permiten ir al funeral, tan sólo la familia asistirá, al menos eso nos han dicho. Es decir, sólo la gente de su misma sangre. Sin embargo, he sabido que tienen la intención de incinerarlo, cosa que ya he visto con anterioridad. Un ataúd de madera pulida con asas de bronce brillante y un ramo de flores encima. Dignidad y una sensación de acuerdo. El cuerpo no tardará en desaparecer bajo las llamas.

Si estás dentro del ataúd no lo sabes, pero observo en el interior de mi mente y veo algo más. Veo un árbol caído, cortado y hecho tablones. ¿Cuánto dolor ha tenido que sufrir el árbol para convertirse en ese hermoso ataúd? Y ¿qué pasa con los lirios y las orquídeas que hay encima del féretro y que ya están muriendo desde que algún florista sin escrúpulos las arrancó del suelo rompiéndoles la espina dorsal? Sólo las asas se libran del dolor, el metal que carece de nervios. Lo único que sucederá es que se soltarán de la caja de madera y abrasarán una piel muerta cuando se fundan.

No hay ninguna razón, al menos desde el punto de vista técnico, para utilizar una bala de plata si se está cazando a la luz del día, pues son demasiado blandas. Es una cuestión que depende también de la aleación. Nosotros utilizamos una combinación especial que contiene suficiente plata para impulsar la alergia, y suficiente metal duro para que tenga poder de detención. La plata, por sí sola, no es un arma muy práctica.

Puede que sólo sea un símbolo, pues no se me ocurre pensar en ninguna otra razón para que una persona emplee balas poco eficientes y caras para acabar con dos de mis compañeros.

Es mucho peor que un insulto, peor que un ataque, mucho peor que las maldiciones que nos lanzan en nuestras oficinas todas las noches, peor que llamarnos pellejosos o follaculos noche tras noche con sus dientes en la garganta. Es mucho peor que ser apaleado en las celdas, que te sigan hasta casa o llevar guantes en verano.

Hay otra parte de mí que no puede aceptarlo. Siento una necesidad frágil y quebradiza de echarme a reír porque hay algo de cómico en todo esto. Es demasiado perfecto. Son ellos los que ponen las reglas para que nosotros los protejamos de ellos mismos cada mes. Nosotros sangramos y morimos, pero, sin embargo, a ellos tenemos que tratarlos con suma cautela y cuidado ya que, si les hacemos el más leve daño, se levantan a la mañana siguiente y lo primero que hacen es denunciarnos. A cambio de eso, nos insultan, no nos pagan y se permiten el lujo de despreciarnos. Los liberales odian nuestros métodos, los reaccionarios nuestra especie, los niños se ríen de nosotros y los ancianos mueven la cabeza resignados ante un mundo que nos permite estar en él. Ahora, para colmo, alguien coge una bala de plata, la única defensa de que disponemos, lo único que a ellos les duele más que a nosotros, y la utiliza en contra nuestra sin necesidad alguna, pues una bala de plomo podría haber conseguido el mismo propósito. No había necesidad de utilizar nuestra única arma, no había necesidad de mofarse y ridiculizarnos, no había necesidad de matarnos como si fuésemos... ¿Qué palabra utilizó Seligmann?

Desalmados. Demonios que caminan por entre los vivos, apartados de la luz y hurgando por los rincones. Compórtate bien o los follaculos te cogerán. Y quizá sea cierto, quizá Seligmann se vio en el infierno, quizá tenía miedo de nosotros. Me quedé con los brazos cruzados, viendo cómo Nate le golpeaba hasta que no pudo ni levantarse. Y la verdad, ni ahora me arrepiento. Más bien pienso que debí dejar que Nate lo matase cuando tuvimos la oportunidad. Pero ahora que lo pienso, sé que jamás habría hecho una cosa así, no delante de un hombre de carne y hueso cuya vida está tan por encima de la mía que no me atrevería ni a olfatear. No obstante, no lamento haberle hecho daño. Ya no queda ninguna piedad en mi interior. Es posible que por eso nos llamase desalmados, fantasmas, cucos. Bueno, no es eso lo que yo hubiera querido ser.

Alguien pensó que sería un buen gesto si encontraba el insulto más hermoso, más perfecto, tanto que se pudiera confundir por justicia si cerrabas los ojos. Cogieron plata, la fundieron, siguieron a Nate calle abajo y luego le dispararon, matándolo de esa forma tan artística; es decir, alguien lo había planeado meticulosamente y lo puso en práctica; es decir, que se lo había propuesto.

Es toda una profanación que apenas puedo creer. Sin embargo, ahora que ha sucedido, no me la puedo quitar de la cabeza. Una bala de plata. Y ¿ahora qué más? Es la peor muerte que pueden darnos, el último giro, la consumación perfecta.

21

Paul se encuentra en casa cuando regreso. Descansa sobre el sofá, con los pies descalzos y un libro encima de la cara: algo sobre retratos en la Roma Antigua. Tiene las plantas de los pies planas y polvorientas, con la piel tan oscura como las pezuñas.

—¿Un buen día? —dice, levantándose y dejando el libro abierto sobre el brazo del sofá.

—No —contesto entrecortadamente.

—¿Un mal día?

—Sí.

Paul pone un cojín en mi lado, lo arrellana y espera para que me siente a su lado. Me acerco al sofá y me siento erguida, con las extremidades rígidas y sin expresión alguna.

—¿Qué ha sucedido? —pregunta tocándome el pelo.

Aparto la cabeza y respondo:

—No me apetece hablar del tema.

—¿Estás preocupada por Marty? —dice.

Tiene una expresión de empatía en el rostro, pero a mí, sin embargo, el corazón me da un vuelco. No he pensado en Marty desde que Seligmann se escapó.

—No, pero ya te he dicho que... —respondo, aunque me cuesta trabajo finalizar la frase.

—Ah —dice Paul poniéndome una mano en la rodilla—. Bueno, ¿te apetece hablar de otra cosa?

—Pues no lo sé.

Lo que digo carece de sentido. Miro fijamente un cuadro que cuelga de la pared, un cuadro casero, pues la tela está sujeta de forma basta al marco, obra de algún amigo suyo. Me fijo en sus brillantes colores, la pintura no está mezclada del todo y por ese motivo los colores se arremolinan entre sí. La belleza de los materiales. Una pintura elaborada con los dedos por un adulto.

—Entonces tenemos un problema —prosigue Paul—. No voy a preguntarte los motivos por los que has tenido un mal día, así que, o bien hablamos de algo distinto, o pasamos la tarde sentados y tratando de evitar hablar del tema, lo cual no es nada práctico —añade asintiendo, aunque no del todo serio.

—Basta —respondo.

Levanto las manos para tocarme las sienes. El cuadro no acabará en un museo, pero hay que reconocer que ha conseguido ciertas proporciones y que los colores son agradables. Sin embargo, no me apetece ver colores, sino ver el mundo en blanco y en silencio, frío y espacioso. Si me pongo enferma, quizá pueda terminar en la camilla de un aséptico quirófano con eco y la gente a mi alrededor con mascarillas; así no tendré que hablar ni moverme.

—Bueno, bueno, ¿te encuentras bien? —dice Paul apartándose un poco y mirándome a la cara.

—No —respondo tratando de que mi voz suene normal—. La verdad es que no. La gente ha estado hablando del muchacho que ha muerto y ha sido deprimente. —Intento animarme riendo, pero mi risa suena amarga—. A pesar de que no me caía bien.

Paul me rodea con el brazo, sobresaltándome, pero me reprimo para no apartarme. Durante unos instantes reposa su brazo en mi hombro y luego lo aparta.

—He estado pensando todo el día —digo—. Y creo que por hoy ya he pensado bastante.

—¿Te apetece salir? —pregunta Paul sentándose y cruzando las piernas—. Podemos ir al cine. Así no tendrás que hablar ni pensar durante dos horas.

Me agito y pongo rígidas las manos. Ésa sería mi razón para ir al cine. Me sorprende que Paul pueda hablar con tanto tacto de un asunto tan delicado.

—O podemos ir a una reunión —continúa—. Tengo una amiga de la escuela cuyo novio escribe la poesía más horriblemente conceptual que he visto y organiza lecturas todas las semanas. La última vez que asistí leyó un soneto que incluía cinco minutos de silencio entre cada cuarteto. Tras un rato resultaba extrañamente convincente. ¿Qué te parece? Es posible que algún *schadenfreude** le contrate.

—No me apetece salir —respondo—. Me he pasado el día mirando por encima del hombro para ver si venía alguien y no quiero pasarme la noche al acecho. Gracias de todos modos.

—Lo siento, perdona —dice acariciándome la mano. Su tolerancia me quema la piel—. De acuerdo, entonces nos quedaremos en casa.

Se levanta y va hasta la ventana, la cierra y corre las cortinas. Luego se dirige hasta el armario donde guarda las bebidas, un armarito de pino con viejas postales de paisajes y recetas de cócteles clavadas con chinchetas, se agacha y me sirve un vaso de whisky. No se lo he pedido, y tampoco acostumbro a beber cuando llego a casa, ni siquiera cuando estoy en la suya, pero, cuando me lo pone en la mano, lo cojo sin decir una palabra. Me bebo el whisky de un tirón y dejo el vaso encima de la mesa dando un golpe con el vaso.

—¿Quieres otro? —pregunta.

Está de pie, a mi lado, un poco tenso, alerta, como si se apoyase en la almohadilla de sus pies.

—No, gracias —respondo mirando el vaso vacío.

Una pequeña capa de líquido corre por el interior del vaso y termina depositándose en el fondo.

Paul suspira y se frota la cabeza. Sus manos se abren y cierran, luego las sacude y se acerca al sofá por detrás para darme un masaje en los hombros. Sus dedos no tardan en encontrar los nudos, pues ya conoce los lugares donde suelo tener tensa la espalda.

* *Shadenfreude*. Del alemán. Persona que disfruta maliciosamente de las desgracias de los demás. (*N. del T.*).

Me estremezco cuando siento sus manos aferrarse. La presión que ejercen en mis doloridos hombros me irrita cada vez más, hasta que me aparto molesta.

—¡Basta! —exclamo.

—¿Qué pasa? —dice Paul, apartándose y levantando las manos como si fuese inocente.

—Basta he dicho. Deja de tratarme como a una inválida.

—No lo hago —responde retrocediendo.

—No me apetece. Me has servido una copa, me das un masaje, me propones que salgamos... Ya me conozco ese repertorio, así que deja ya de intentar solucionarme la vida.

—Sólo intentaba animarte —dice, rodeando el sofá para mirarme de frente.

—No pretendas cambiar mi estado de ánimo —respondo sin saber lo que digo.

Lo único que sé es que tengo los puños apretados y los hombros encogidos, como si tuviera una cuerda alrededor que me impidiera moverme.

—Trato de ser amable, Lola —dice, como si tratara de advertirme de algo.

—Ser amable no impide que me sienta como me siento. Ser amable no me resulta de ninguna ayuda, pues no estoy pasando una época muy agradable que digamos.

Paul se mueve inquieto. Cuando habla me sorprendo del tono de su voz.

—Bueno, y ¿qué quieres que haga? Vivo aquí y estoy tratando de hacer lo posible para complacerte, pero tú rechazas todo lo que propongo. No veo que pongas nada de tu parte. Quedarte sentada ahí, sin hacer nada, no creo que sea lo mejor. No puedo permanecer impasible mientras estás sentada como un pasmarote. Yo vivo aquí.

Me quedo helada.

—Ya sé que ésta es tu casa, Paul. Yo no puedo regresar a la mía.

—Lo sé —responde, llevándose las manos a la cabeza y presionándola—. Pero deberías intentar ser un poco amable mientras estés aquí, ¿de acuerdo?

—Hablas como mi madre —respondo—. «Mientras estés bajo mi techo harás lo que se te diga.»

Aunque era a Becca a quien solía decirle eso. Mi estancia bajo su techo siempre se consideró algo transitorio.

—Lola, por lo que más quieras, no pongas palabras en mi boca que no he dicho.

—¿Por qué no? —le contesto.

Las palabras salen de mi boca antes de saber lo que quiero decir. Vuelvo a sentir lo mismo que cuando hablaba con Bride, la pasión por la vida, por apartar cualquier cosa que se interponga en mi camino. Clavo los dedos en las rodillas y miro a Paul. Deseo tocarle, acariciarle, suscitar la pasión entre los dos, pero también herirle. Recuerdo el tacto de su pelo, fino pero fuerte, y mis manos tirando del tejido de su chaqueta. He visto cómo el placer altera su cara, cómo dibuja el contorno de su boca y sus ojos, pero ¿qué aspecto tendrá si le hiero?

—Porque sería cagarla, por eso mismo —responde. Ahora va de un lado para otro, bajando y subiendo las manos—. Lo único que he hecho es tratar de ser amable, pero eso no significa que puedas desahogarte conmigo porque hayas tenido un mal día. Si tienes un problema, soluciónalo. Pero no te desahogues con el primero que encuentres porque eso es de cobardes.

—¿Crees que soy una cobarde? —digo. Luego me río, y mi risa retumba y tintinea como cuando se te cae una moneda—. Ya ha hablado el respetable hombre. Sal una noche con una pistola de tranquilizantes y la luna bien alta y verás lo relajado que te sientes.

—Yo no tengo nada que ver con eso.

—No —le respondo tranquilamente—. En eso tienes razón. Tú no tienes nada que ver con eso. Pero inténtalo alguna vez y luego me llamas cobarde.

—No puedo. —Su voz es tan tranquila como la mía, e igualmente dura—. Pero eso no tiene nada que ver conmigo tampoco. No intentes justificarte atacándome y enseñándome tu carné de Dorla.

Enseñándole mi carné de Dorla. Él me ha visto utilizarlo, ha visto que lo he utilizado con otras personas y aún lo recuerda.

—Ellos no me ponen apodos —contesto.

—¿Qué tiene que ver una cosa con la otra?

La frase es muy estudiada, educada, por eso le estampo un puñetazo al cojín.

—Por favor, deja el puñetero cojín en paz —dice él.

—¿Qué pasa? ¿Te da pena por él? Vamos, pégale en el otro lado si te apetece.

Me mira y estalla en carcajadas.

—¡Dios santo! Esto es ridículo.

Me tiende una mano, pero yo se la aparto.

—Lola, basta ya —agrega—. ¿Por qué te comportas como una estúpida?

La palabra no es del todo grosera, pero él la pronuncia con un tono inquisitivo.

—Te he dicho que no me pongas apodos —replico.

—Por lo que más quieras, Lola —dice, apartándose de mí una vez más—. Estoy preparado para aceptar cualquier cosa si me ayudas, pero esto me parece completamente ridículo. Ya te he escuchado bastante, así que puedes sentarte ahí y salir ardiendo si quieres.

Salir ardiendo. Soy como una tetera que le quemará los dedos si me toca.

—Por supuesto —digo—. Tú sólo simpatizas con los que te ponen cara de pena. Perdona, pero se me había olvidado que eres un sentimental.

—Vaya. Conque ésas tenemos —dice sacando un cuchillo del aparador, uno bastante pequeño, de los que se usan para la fruta. Tras entregármelo, añade—: Si quieres jugar a lanzar cuchillos, más vale que uses el arma apropiada.

—Ah, maravilloso. Ahora me estás proporcionando los accesorios para que actúe en tu pequeño escenario, en lugar de negociar conmigo. ¡Qué jodido puñetero eres!

Paul le pega un puñetazo a la pared y doy un brinco en el sofá. Cuando se vuelve para mirarme otra vez me siento enfadada con él por hacerme temblar.

—Si tú le vas a pegar a la pared, entonces yo tengo derecho a pegarle al cojín —le espeto—. Además, los vecinos te lo agradecerán si los despiertas.

—Lola —dice. Su voz es lenta, precisa y llena de ira—, dejando al margen que son las siete en punto, te diré que hasta aquí he llegado. Desde ahora no quiero que busques pelea conmigo, no quiero escuchar tus comentarios ilusos acerca de todo lo que hago y digo. No creas que eres la única que ha tenido un mal día.

—Ah, tú también has tenido un mal día —digo con la voz seca.

—Sí, yo también he tenido un mal día. —Flexiona los dedos y mira hacia la puerta—. Digas lo que digas acerca de tu trabajo, imagino que será cierto, pero te diré que a la gente tampoco le gusta tratar con los trabajadores sociales y estoy tratando de llevarlo lo mejor que puedo. Tú no eres la única que está desbordada, ni la única a la que se le presentan las cosas cuesta arriba. Yo también tengo un trabajo duro y no me desahogo contigo. Sé que estás pasando por algo realmente penoso, pero yo también estoy asumiendo un riesgo teniéndote aquí. Y no eres la única que tiene problemas en la vida.

La sangre deja de correr por mis venas al escuchar sus palabras.

Observo que ha puesto nuestra vida en categorías diferentes.

—No me puedes culpar por no leerte los pensamientos —le reprocho.

—No quiero que leas mis pensamientos. Lo único que te pido es que dejes de pensar un poco en ti y consideres la posibilidad de que no eres la única con problemas.

—No tuviste por qué arriesgarte —digo, sin sentir un ápice de emoción. Sus palabras me han provocado un dolor físico en el pecho—. Te lo dije cuando te lo pedí: no era necesario que aceptases.

—Pero quise hacerlo. Por lo que más quieras, deja de pensar que no sé lo que significa eso para ti y deja de pasarte la vida diciendo «a mí nadie me entiende», porque no es cierto. Sé qué es lo que te molesta y lo único que deseaba es que dejaras de luchar contra el mundo por un tiempo. Pensé que si te quedabas aquí, te darías cuenta de que no todo el mundo está en contra de ti. Pero si piensas seguir peleando también aquí... —parece confundido, frustrado por no encontrar las palabras adecuadas— no será conmigo. Me parece muy desagradecido.

Me quedo mirándole. Todo lo que ha dicho ha sido en pasado.

—Si me invitaste para enseñarme algo, podrías habérmelo dicho —digo con voz temblorosa—. Y si querías darme lecciones prácticas, también deberías habérmelo dicho. ¿Crees que debo estarte agradecida? Si te atreves a decirme que deseabas que me quedara para que pudieras demostrar algo, si querías una mujer a la que tú puedas modular, entonces lamento haber confiado en ti.

—¡Dios santo! —exclama Paul mirándome como si estuviese escuchando una atrocidad—. A ti no te gustan mucho los hombres, ¿verdad?

—Yo no tengo problemas con los hombres. Los tengo con los licántropos.

Nos miramos. Lo que acabamos de decir flota densamente en el aire, rodeándonos, cercándonos allá donde miremos.

Paul habla con tranquilidad:

—Eso es lo peor que podía salir de tu boca.

Trago saliva, pero no le respondo.

—¿Crees que es apropiado decir cosas así? —añade.

No puedo hablar. Me duelen los dientes y tengo que apretarlos para sacar el dolor fuera.

—Si yo te hubiese dicho una cosa así, estoy seguro de que me matarías.

¿Podría decirme él una cosa semejante? La verdad es que él sabe que podría. Sin embargo, si Paul me llamase follaculos, me moriría. Busco sus ojos para que se encuentren con los míos y le digo:

—La gente me dice cosas parecidas todo el tiempo. No te viene mal escucharlas del otro lado.

Abre la boca como si fuese a gritar, pero luego la cierra con rapidez. Durante ese segundo ha tenido tiempo de imaginar muchas respuestas, como por ejemplo que no tengo derecho a abusar, que no ha hecho nada para merecer tal cosa, que los insultos son más propios de mí que de él. Sin embargo, en lugar de eso, lo que hace es dibujar un gesto como si apartase una rama pesada y hablar con voz tranquila, pero tensa:

—Lola, si piensas de esa manera, ¿por qué sales conmigo?

No puedo decirle que le amo.

—Vamos, Lola —prosigue—. Tú siempre tienes una respuesta para todo. Si tan mal te sientes con los licántropos, entonces ¿qué haces durmiendo con uno? ¿Por qué no te limitas a tratar con personas como tú?

Personas como yo.

Si cree que me odio a mí misma, si cree que no me gustaría una persona como yo, entonces está equivocado. A mí no me gustaría otra persona como yo, pero no porque sea una follaculos, sino porque yo soy yo.

—Sencillamente te conocí, eso es todo —le respondo—. Tú parecías interesado y las chicas follaculos son bastante lascivas, ¿no sabías eso?

Se tapa la frente y responde:

—Lola, tú no eres tonta. ¿Por qué me sueltas esas estupideces?

Abro la boca para contestar que, bueno, creo que se debe a que no he gozado de las ventajas de una educación como la que reciben los licántropos, pero me callo. Paul siempre me ha hecho sentir avergonzada de los comentarios burdos que hago e incluso ahora, que estoy sentada y temblando en su sofá, en su cálido y desordenado salón, para mí tan frío como la Antártida, no me siento capaz de verbalizar una cosa así.

—¿Sabes una cosa? —dice—. Cuando dices cosas como ésa, entonces eres justo como la gente te ve.

—¿Y quién me ve? —pregunto.

La garganta se me está cerrando, es como si un alambre me la estuviese apretando cada vez más.

—Nadie —responde—. Pero si quieres que la gente te trate como a una persona, si odias tanto que la gente te ponga apodos, entonces ¿por qué enseñas tu carné de follaculos con tanta frecuencia?

Follaculos. Esa palabra, salida de su boca, corta un trozo húmedo y rojo de mi corazón.

Me enrosco, me acurruco contra el cojín, aparto la mirada de él y me hundo en el sofá. Mi voz apenas resulta audible:

—Me dijiste que no utilizabas esa palabra.

—¿Por qué no? Tú misma hablas de ti en esos términos.

—Es diferente.

—Por supuesto, Lola. Todo es diferente cuando se trata de ti. La verdad, creo que necesitas superarte.

Superarme; la frase adolescente, la solución más simple de todas. Que me supere, dice. No el mundo, no la vida, no las balas de plata en la nuca de los hombres, sino yo, como si fuese una pared a la que pudiera subir, como una pena que uno necesitase vencer.

Apoyo la mejilla en el cojín y miro para otro lado.

—Déjame en paz —digo.

—No he sido yo el que ha empezado, Lola.

—Que me dejes en paz.

—¿Qué pasa? ¿Ya has tenido suficiente pelea? Seguro que no estarías cansada si fueses la única que levanta la voz. ¿Qué pasa? ¿Te cuesta trabajo aceptarlo?

—Déjame en paz, déjame en paz, déjame en paz... —respondo.

Algo hierve en mi interior y me incorporo para tirarle el cojín. Cuando sale disparado, gira en el aire, pero él lo coge y se queda de pie, con él en la mano y aferrándolo con fuerza. Eso me irrita tanto que cojo otro y se lo tiro, y luego otro hasta que sólo queda uno.

Él continúa de pie, con el cojín en la mano y mirándome. No dice absolutamente nada. Me enrosco, presiono la cara con el único cojín que queda y me tapo la cabeza con los brazos para hacerme tan pequeñita como pueda.

Finalmente, oigo un sonido. Veo que deja el cojín en su sitio, coge las llaves y se dirige hacia la puerta.

—Me marcho —dice.

No hay nada que pueda contestar.

Oigo que la puerta se abre y luego añade:

—Tengo mi móvil. Llámame si sucede algo. —Su voz suena tan enfadada como antes—. Y no olvides cerrar con llave después de que me haya ido.

La puerta se cierra de un portazo y él se marcha. Pasa mucho rato antes de que pueda moverme.

Hace una hora que se ha marchado. Durante este rato, he levantado la cabeza regularmente para mirar alrededor. Hay cojines por todos lados. Me gustaría tenderme, pero no puedo porque la diminuta isla que he dejado en el sofá es demasiado pequeña para mí y me hace sentirme encerrada. Resulta difícil y penoso tener que levantarse, coger los cojines y colocarlos de nuevo en su sitio.

Una vez puestos, observo que hay algo que no cuadra. Uno de los cojines está mal colocado, dándole un aspecto tan distinto al sofá que parece que haya una nueva pieza de mobiliario sustituyendo a la antigua. Puesto que no hay nadie que pueda verme, me siento y me echo para ver qué tal se siente una acostada en él.

El sentimiento de vergüenza es como una brida que se contrae cada vez que giro la cabeza. Muchas de las cosas que me dijo Paul son justas. Sigo pensando que Becca me ha traicionado, sigo creyendo que Paul me ha gritado, pero tanto uno como otro me han dicho cosas que no logro apartar de mi cabeza. Mi hermana y Paul se entremezclan en mi cabeza y tengo que pelear contra los dos al mismo tiempo porque no dejo de escuchar sus palabras. Lo que me gustaría poder decirles ahora es que no soy una mujer buena, que nunca lo fui. Pero, si hubieran llevado mi vida, si les hubiera ocurrido lo mismo, ¿habrían sido mejores que yo?

El problema estriba en que no creo que eso le sirva de excusa a Paul.

Permanezco tendida, inmóvil, sintiendo un enorme vacío. Ojalá no hubiese discutido con él. Se ha marchado, y es posible que le haya empujado a ello por su bien. Eso es lo peor que puedo pensar, pues me llega tan hondo que no me quedan fuerzas ni para mirar la puerta o buscar asesinos por los rincones. Lo único que puedo hacer es sujetar el cojín y apretármelo contra la cabeza con todas mis fuerzas.

Dijo que llevaría el móvil consigo y que cerrara la puerta, dos cosas que están relacionadas con mi seguridad. Cuanto más pienso en lo que me dijo, más me aprieta la brida porque me doy cuenta de que él peleó limpio. No dijo que era una estúpida, sino por qué me comportaba como tal. Tampoco me llamó cobarde, sino que actuaba como tal, lo cual es muy diferente. Tampoco me llamó follaculos, sino que ésa era la palabra que yo utilizaba. Yo, en cambio, le llamé licántropo y le dije que no me gustaban los licántropos.

Me aferro con fuerza al cojín porque no creo que eso sea bueno. Estoy realmente enamorada, pero ese pensamiento no me resulta satisfactorio, no me provoca ningún arrebato de pasión, ni me hace pensar en canciones parisinas en primavera. No hay muchas rosas en ese camino, sino más bien una ausencia fría en mi pecho que fluye por mis venas y que me hace necesitarle, necesitar de ese calor que emana cuando está a mi lado. La planificación no es la más adecuada, los pronósticos nada alicientes, pero por culpa de mis dudas, temores y quejas contra el mundo no puedo dejar de sacudir y sostener el cojín, y desear que él regrese a casa.

Cuando le oigo llegar me estremezco, ya que la puerta se abre repentinamente. Paul entra en la habitación con mirada de sorpresa, como si esperase encontrar más oposición.

—¿No le diste dos vueltas al cerrojo? —pregunta con un tono mezclado de resignación y frustración—. Ya sabes que tienes que tener mucho cuidado.

—Lo lamento —respondo.

Me incorporo sentándome sobre mis talones, pero me resulta imposible mirarle. Tengo los ojos cerrados, tratando de contener las lágrimas. Me siento como una sacrificada y dejo que me contemple.

—Ya sabes que debes tener más cuidado —dice suspirando.

Acepto la reprimenda. Aún está algo molesto, no mucho, pero sí algo, aunque su reproche no me desagrada, pues no lo considero un ataque.

—Lo lamento —repito.

Oigo cómo deja las llaves encima de la mesa.

—Mira, he traído el periódico —dice tratando de restablecer la paz—. ¿Quieres leerlo?

Ha estado fuera, ha tenido que irse a un lugar donde necesitó leer el periódico porque yo lo eché de su propia casa.

—Lo siento —digo.

¿Qué otra cosa iba a decir?

Oigo el ruido de algo suave cuando deja el periódico encima de la mesa y luego rodea el sofá para ponerme las manos en la cabeza. Es el mismo gesto que haría un profesor dándole palmaditas a un alumno avezado. Levanto las manos para sujetar su mano, para mantener esa conexión presionándome.

—Lo siento —vuelvo a decir.

Suspira una vez más.

—No pasa nada —asegura—. Sé que estás bajo una presión muy fuerte y no debí gritarte. Sólo me gustaría que intentases ser un poco más agradable, ¿de acuerdo?

—De acuerdo —respondo con voz sosegada.

Él se ha ganado el mérito de poder tener la última palabra.

Sus dedos se mueven y me dan golpecitos en el cuero cabelludo.

—No sé qué más decir ahora —añade con un toque de humor compungido.

Me quita la mano de la cabeza, dejándome en la incertidumbre durante unos instantes antes de acercarse hasta donde estoy y sentarse a mi lado. Me tiendo, permitiendo que mi espina dorsal descanse y apoyo la cabeza en sus rodillas. Me la acaricia. Su tacto es ligero, casi ausente, pero sé que me está prestando atención. No es pasión, no es sosiego, ni tan siquiera sé si es una forma de pedir perdón, pero me apoyo en su regazo y dejo que me acaricie como si fuese una niña. No su hija, pues no hay tanto calor en sus manos, pero no importa, acepto lo que me ofrece, cualquier cosa que me permita tenderme, pues he estado manteniendo el equilibrio demasiado tiempo.

22

Hace siglos, antes de que se descubrieran los antialérgicos, sólo existía una forma de tratar las heridas de bala de plata: whisky, una sierra y rézale a Dios antes de que empiece, muchacho, y usted, enfermera, agárrelo fuerte. Mientras la bala de plata permanecía en la herida, la alergia seguía avanzando. Las células plateadas lo invadían todo y atacaban la carne inflamada, terminando por matarla. Los tejidos se morían y había que atajar la infección antes de que la necrosis avanzara. Solía emplearse como castigo para los prisioneros de guerra, se les abría una herida en la carne, se les introducía una bala de plata dentro y se esperaba a que saliera la luna. Los guardas se encerraban en sus barracones, o se encadenaban si estaban en camino, y encerraban a los presos todos juntos. En ocasiones, llegaban a apostar cuántos quedarían a la mañana siguiente. Semejante atrocidad fue prohibida y condenada a mediados del siglo XX, pero, para entonces, ya había algunos médicos militares que aprendieron cosas muy útiles de los experimentos llevados a cabo con prisioneros. En la actualidad, hay algunos buenos antídotos. Si se inyectan, la necrosis se detiene de inmediato, siempre y cuando hayas sacado la bala de plata de la herida.

El amigo de Seligmann, el hombre al que disparé, tiene que haber empleado los métodos tradicionales, pues no se ha recibido ningún informe del hospital de casos de necrosis por herida de bala de plata; es decir, que no ha recibido tratamiento. Sin embargo, haya usado un bisturí o una sierra de carpintero, de alguna forma han tenido que sacar la bala, puesto que no se ha encontrado ningún cadáver con el brazo podrido o siquiera una extremidad flotando en el río.

Le disparé cerca de una articulación, por lo que no resulta nada fácil de extirpar. Necesita de alguien que pueda robar equipamiento sanitario, como un celador, una enfermera o un médico del hospital de la ciudad. El Santa Verónica, ahí es donde debo mirar.

Con un poco de piratería informática logro meterme en sus ordenadores y descubro algo que se sale de lo corriente. No hay informes de que haya desaparecido material, pero incineran los bisturís y el instrumental desechable, por lo que cualquiera podría haber cogido una bolsa. Lo de los medicamentos es otra cuestión. Hay un control en los departamentos y, gracias a ello, encuentro lo que busco. Un día después de que arrestásemos a Seligmann, la persona en cuestión, incapaz de soportar el dolor por la herida que yo le causé, fue al hospital y robó un frasco de medicinas.

Lydia estaba en el hospital y ella sabe más de medicamentos que nadie en Dorla, así que la invito a tomar un café y le enseño las notas.

—Han robado un frasco de Oromorfina —le digo—. ¿Sabes para qué se utiliza?

Se encoge de hombros mientras piensa la respuesta, por lo que pienso que quizá no es la pregunta más adecuada. Lydia lee y estudia todas las revistas que puede, se gasta el salario en libros de texto y, sin embargo, nadie la llama «doctora». Probablemente sólo atenderá casos de mordeduras, heridas de bala o sobredosis de tranquilizantes, pero eso no le importa; por alguna razón ella persiste en estudiar, intentando sentirse como una doctora.

—Me refiero a si es una buena elección —aclaro—. ¿Qué tipo de persona habría robado ese medicamento?

Lydia vuelve a encogerse de hombros y cruza los brazos.

—Lo robaron de la mesita de noche de un paciente que estaba en la sala de ortopedia —dice—. El paciente dormía y pidió sus pastillas cuando se despertó. Alguien dio la alerta, creo.

De la mesita de noche.

—Entonces ¿probablemente fue una persona que no tenía acceso a los armarios del almacén? ¿Alguien que no pudiera asumir ese riesgo?

Lydia se encoge de hombros una vez más y, mientras lo hace, me da tiempo a buscar respuestas a mis propias preguntas, aunque ninguna de ellas resulta muy alentadora. Parece un poco arriesgado, pero al menos es una posibilidad. Si algo desapareciera del almacén de medicamentos, los primeros sospechosos serían las personas que tienen acceso a él. Y eso sucedió el día 1. Las salas A y E probablemente estarían llenas de heridos provenientes de los refugios, se les cose lo mejor que se puede y se les desinfecta las heridas para que cicatricen. No obstante, el día 1 es peor incluso que un sábado por la noche. Todo el personal del hospital está cansado, estresado y un poco abrumado por el nuevo influjo de la luna. Es normal que se vuelvan más descuidados y, por tanto, es un día más propicio para robar.

—Es un buen sitio para robar —dice Lydia—, pues etiquetan los frascos con los nombres de los pacientes y no por el efecto que producen. Si estuvieras buscando un calmante en cualquier otra sala, es probable que te llevases en su lugar un antibiótico o un diurético.

Se ríe, y luego nos reímos las dos de sólo pensarlo. No tiene gracia eso de que un hombre con una pierna podrida se tome un diurético y permanezca consciente mientras le extirpan la bala, pero necesitamos reírnos de lo que sea.

—La sala de ortopedia es la más aconsejable —prosigue cuando dejamos de reírnos—. Si buscas un calmante, tienes que elegirlo de un montón de frascos sin etiquetar (a menos que te tomes tu tiempo para mirar el informe del paciente, lo cual te va a demorar mucho). Por eso, la sala de ortopedia es la más aconsejable. Cualquier frasco que cojas tiene muchas probabilidades de ser un calmante.

Observo que Lydia sabe mucho de medicina y pienso que habría sido una buena doctora.

—Por tanto, estamos buscando a alguien que sabe de medicamentos —le digo.

Lydia se encoge de hombros una vez más. Resulta frustrante ver a una persona tan inteligente dudar de esa manera.

—Alguien con conocimientos hospitalarios, desde luego —concluye.

—Dime para qué sirve la Oromorfina.

Se toca la frente y se pasa la mano por el pelo. Lleva unas trenzas perfectas.

—La Oromorfina es un opiáceo —explica—. Es un calmante muy utilizado.

—¿Qué efecto produce?

—Es un analgésico bastante potente, además de un narcótico.

—¿Un anestésico local no sería más aconsejable si tuvieras que extraerte una bala? —pregunto.

—Sí, pero más difícil de administrar, pues tienes que saber dónde inyectar.

Y más difícil de robar, ya que, para empezar, necesitas de una jeringa y ningún hombre en su sano juicio utilizaría la de otro.

—Por lo tanto —reflexiono—, estamos buscando a alguien que no sabría administrar una anestesia local, ¿no es cierto?

—Es posible.

O tal vez alguien que no pudo robar la anestesia local. Sin embargo, cuanto más pienso en ello, más descarto esa posibilidad. Se puede extraer una bala del cuerpo de una persona sin utilizar drogas siempre y cuando dispongas de alguien que sujete bien al enfermo. He trabajado mucho tiempo en los refugios y lo sé perfectamente.

Exhalo y me llevo las manos a la cabeza antes de enumerar mis conclusiones:

—Entonces estamos buscando a alguien que esté dispuesto a asumir ese riesgo, que no planea detalladamente las cosas y que robó la Oromorfina porque era lo mejor que encontró a mano.

—Supongo —responde Lydia—. Escucha, tengo que irme.

Lydia se levanta y se marcha. De camino a la puerta tira el vaso de papel del café al que la he invitado. Tengo la sensación de que ya no tiene nada más que decirme.

Mi cabeza está funcionando debidamente. El desbarajuste

empieza a ordenarse y se me están ocurriendo algunas buenas ideas. Cuando estoy tomando algunas notas en un cuaderno me interrumpe el timbre del teléfono.

—¿Sí, dígame? —respondo.

—Hola. Quisiera hablar con la señorita Lola Galley acerca de una solicitud que puso —dice una mujer al otro lado.

—Soy Lola Galley.

La voz de la mujer es monótona y automática.

—Hola, señorita Galley. Usted solicitó información el pasado mes acerca de una llamada telefónica que se hizo a un número desconocido.

Me pongo derecha en el asiento. Se trata de la llamada que hizo Ellaway desde el refugio, la llamada que hizo desde su móvil a una persona que aún desconocemos. Un hombre alto y de pelo oscuro vino y lo recogió. Eso puede ser sólo un fragmento de la secuencia de lo sucedido aquella mañana.

—Así es —contesto—. ¿Ha averiguado a qué número llamó?

—Sí, señorita Galley. ¿Tiene para anotar?

Anoto el número y la dirección, le doy las gracias a la chica que trabaja en la centralita y cuelgo el auricular sin mirar. Luego permanezco unos minutos sentada, lápiz en mano y leyendo lo que he escrito.

Durante unos instantes me invade una sensación acuciante, la sensación de que algo empieza a brotar en mi mente. Luego levanto la cabeza y me doy cuenta de ello.

Es una dirección que conozco, al este de Five Wound Park, una casa de ladrillo rojizo con el jardín enrejado. Yo he estado allí. Mientras Nate me esperaba, subí al techo de la furgoneta, miré por encima de la verja y vi a media docena de personas en trance.

«¿Qué ha sucedido?», me preguntó Nate esa noche. Pero no supe qué responderle. Se murió sin que le respondiese a esa pregunta.

Ellaway telefoneó a la casa donde la gente corría por el jardín a sus anchas. Los vi aullándole al cielo y los observé bajo el frío brillo de la luna llena.

23

—He venido para solicitar apoyo oficial sobre una investigación que quisiera llevar a cabo.

Las cejas de Hugo jamás se habían movido tan escuetamente como al oír mis palabras.

—¿Una investigación? —dice—. ¿Está relacionada con alguno de sus casos?

—Sí, así es —respondo. Esta vez no pienso salirme de las normas, además de que no es un antojo ni un error, sino algo que he visto con mis propios ojos—. Han aparecido algunas pruebas relativas a mi cliente, Richard Ellaway, que considero sospechosas. Creo que es necesario investigarlas y necesito apoyo oficial.

Hugo se sienta en la silla y me estudia. Tiene una expresión neutra que interpreto como un estímulo. Además, no me ha interrumpido.

—Estoy segura de que el señor Ellaway ha puesto en conocimiento estos hechos a su abogado, el señor Adnan Franklin —prosigo. Es algo que requiere de una explicación. Yo no soy la culpable, pero es un factor de suma importancia—. El señor Franklin es un abogado muy famoso y una persona preocupada por proteger los derechos de su cliente. Si investigo esas circunstancias, necesito que Dorla me respalde o es muy probable que interfiera Franklin. O al menos eso debiera. Si necesito defender mi posición contra él, necesito algo más que mi opinión personal para poder justificarme.

—Comprendo —responde Hugo. Se inclina hacia delante y la silla cruje bajo su peso—. Y ¿cuál es su opinión?

Veo firmeza en su forma de mirarme. Hugo es enorme, por lo menos treinta centímetros más alto que yo y con unas espaldas tan anchas como el marco de una puerta. Probablemente podría levantarme con una sola mano, pero no importa. Yo soy así de pequeña, estoy sentada y tengo algo que decir.

—Creo que ya se lo mencioné —empiezo—, pero en la última captura que llevé a cabo, noté un incidente que deseaba investigar. Nate Jensen estaba conmigo y, en ese momento, no lo consideré demasiado inusual. Pues bien, lo que vi fue un grupo de lunáticos al aire libre.

Los ojos de Hugo parpadean y me miran atentamente.

—No me refiero a merodeadores —aclaro—, sino a un grupo de personas dentro de su propiedad, en un jardín. Estaban al otro lado de una muralla muy alta, tuve que subirme al tejado de la furgoneta para poder mirar. Un lunático podría saltarla, pero resultaba obvio que la habían edificado tan alta buscando privacidad, ya que tenía casi tres metros y con barrotes encima. Pues bien, dentro había toda una jauría. Ésa es la mejor forma de describirlo. Media docena de lunáticos, aunque estaba demasiado oscuro para poder contarlos, pero todos parecían muy pacíficos.

—¿Una familia? —pregunta Hugo dejando caer las manos encima de la mesa.

Está inmóvil, pero su mirada es muy penetrante.

—No creo —contesto—. Al menos no había niños. Todos eran adultos. Cuando pasé un poco más tarde, observé que no había ventanas ni puertas rotas.

Eso es cierto. Di un paseo a toda prisa, sin decirle a nadie adónde iba. La casa seguía tal cual, completamente intacta.

—Bajo ningún pretexto puede considerarse accidental —añado.

—Mmm —responde Hugo tamborileando los dedos en la mesa—. ¿Usted diría que realizaban una actividad ilegal?

—En términos técnicos, probablemente sí, aunque un abogado podría alegar que se encontraban en una propiedad privada y tras una muralla que los mantenía encerrados. Sin embargo, como le he dicho, cualquier lunático la podría haber saltado si quisiera. Que yo no les viera intentarlo, no significa que no lo hayan hecho otras veces. Un abogado licántropo diría que es una «zona gris», pero yo sí la consideraría delictiva, ya que el jardín no es completamente seguro.

Hugo asiente con la cabeza.

—Siga.

Me reclino en la silla, trato de relajarme y cambio de tema:

—El día que arrestamos a Dick Ellaway, declaró que trataba de encontrar un refugio cuando empezó a entrar en trance, lo cual no resulta nada convincente. En consecuencia, hice que miraran su coche. Él aseguró que se había averiado justo antes del toque de queda, pero el taller que lo recogió tiene un propietario muy responsable y no lo reparó, por lo que tuvimos la oportunidad de echarle un vistazo y comprobar que habían manipulado el motor. A eso añadiré que Ellaway lo llevó a un taller que no le coge de camino y no me lo mencionó, como si esperase que yo no lo comprobara. No creí su historia, así que hablé con la persona que estuvo en el refugio la noche que fue arrestado, Alan Gregory. Me comentó que aquella noche había una chica menor de edad que acaparó casi toda la atención, por lo que Ellaway no fue vigilado debidamente y logró hacer una llamada desde su móvil. Más tarde, alguien vino y le recogió, pero Ally no supo describir a la persona. Solicité a la compañía telefónica que investigara el número. Hoy me lo han comunicado, y resulta que telefoneó precisamente a la casa donde estaba la jauría.

Hugo sigue observándome, con su rostro semejante a una montaña.

—Me gustaría investigar ese asunto —prosigo—. Un cliente presenta una excusa poco convincente por estar fuera y telefonea a la misma casa donde he visto a personas en trance en un lugar nada seguro. Creo que es hora de empezar a cuestionar su historia.

—Tengo entendido que le está defendiendo —dice Hugo con un deje de ironía.

—Sí. Pero si tengo que defenderle, quiero saber la verdad.

Corren tiempos difíciles. Yo diría que es hora de tener en cuenta cualquier indicación acerca de merodeadores en grupo.

Digo esto sin ninguna amargura, tan sólo constatando un hecho. Que lo haya dicho de forma clara y directa es un pequeño triunfo que sostendré en la palma de mi mano y del que gozaré en silencio a solas.

Hugo se sienta más derecho.

—Estoy de acuerdo con usted —asiente—. Dadas las circunstancias, debemos considerar eso como altamente sospechoso. ¿Qué es lo que necesita para llevar a cabo su investigación?

La sensación de triunfo reluce, inflama y llena mis manos.

—Aprobación oficial principalmente —respondo con voz sosegada—. Yo misma me encargaré de buscar un compañero que me acompañe a interrogar a la señora Sanderson.

—¿La señora Sanderson?

—Sí, ése es el nombre de la propietaria de la casa. Es una directora de teatro, con bastante éxito por lo que se ve, ya que puede permitirse una casa en Five Wounds tan cerca del parque. Revisé su expediente y averigüé que fue arrestada cuando tenía dieciocho años, pero jamás se la acusó de nada. Al parecer se vio atrapada en un edificio cuyo sistema de seguridad falló y todo el mundo se quedó encerrado. Cuando volvieron a reanudar el servicio de luz de la ciudad aquella noche, las puertas se abrieron.

—Recuerdo esa noche —dice Hugo tranquilamente—. Fue un par de años antes de que usted llegara. Tendría unos dieciséis años, imagino.

Dieciséis. Otra noche en el orfanato. Cierro los ojos por un momento y luego vuelvo a mirar a Hugo.

—¿Fue una noche especial? —pregunto.

—Oh, sí —asiente con un tono casi carente de expresión—. Todos los que operaban esa noche la recuerdan.

—¿Alguien del edificio fue arrestado?

—Más o menos —responde estudiándose las manos—. Aunque ciertas zonas se vieron invadidas y resultó imposible arrestarlos a todos.

—Suena desastroso.

La palabra «invadida» me trae imágenes a la memoria que prefiero no recordar.

—Hubo que aplicar tranquilizantes en masa —prosigue Hugo—, las celdas se vieron atestadas y hubo daños a la propiedad. Al día siguiente tuvimos que negociar con el gobernador y con la comisión investigadora gubernamental. Una amnistía total para los que fueron arrestados en el edificio a cambio de una amnistía total para los agentes de Dorla por los métodos que se aplicaron durante los arrestos. El hospital fue galardonado a nivel nacional y la empresa responsable del sistema de seguridad fue denunciada por... digamos unas mil personas que estaban dispuestas a arruinarla. Es posible que no le hayan contado mucho al respecto, pero es que se decidió no comentarlo a los nuevos afiliados, ya que podría resultar poco estimulante.

—¿Poco estimulante? —repito casi riéndome, pero logro contenerme y añado—: Conque nuestra señora Sanderson estaba allí. ¡Qué curioso!

—Sí. Además, recuerdo el estado de ánimo en que se encontraba a la mañana siguiente. Resultó bastante sorprendente porque los que se vieron involucrados se comportaron de una forma muy retraída, al menos durante un tiempo.

La imagen de jaulas repletas con docenas de ellos en trance resulta perturbadora. No quiero ni imaginar el sonido de tanto aullido.

—Supongo que la mayoría lo haría —digo—, pero es posible que la señora Sanderson no lo pase tan mal después de todo.

Durante estos diez años he conocido a docenas de personas que se han visto sorprendidas por la luz de la luna. A veces por accidente, otras por descuido. Siempre me ha cabreado que la gente sea tan descuidada con algo tan peligroso. Sin embargo, la palabra «merodeador» implica algo distinto, no tiene nada que ver con el ciudadano de a pie, dominado por el ensimismamiento, ahíto de sus derechos, orgulloso como un bebé que se cree que el mundo es suyo.

He visto eso mismo en Ellaway, el hombre que dañó su propio coche y esperó a que saliera la luna. Y también en Seligmann. La palabra «merodeador» hace que todos nosotros apretemos los puños y los dientes y miremos para otro lado. Merodeador es cada cicatriz que tengo en el cuerpo, cada mirada de miedo que he echado por encima del hombro, cada puerta cerrada, cada mano enguantada y cada trozo perdido de mi carne. Cuando acuné a Leo entre mis brazos, acaricié su piel suave y enjabonada, le canté canciones, le prometí pescaditos y le dije que éste era un mundo bueno. Le dije que existían tratos y juegos, que le quería y deseaba que fuese feliz y que nadie le hiciera daño. Sin embargo, cuando se lo dije, incluso en ese momento en que tenía su cabeza acunada en mi hombro, sabía que le estaba mintiendo, pues no ha habido ni un solo día en que los hombres hayan vivido sin guerra, sin matarse entre sí, sin que unos mueran de hambre porque otros no les quisieron dar de comer; no ha habido un solo día en que el mundo estuviese unido y tuviera algo digno de ofrecer. Me digo a mí misma que incluso el ciudadano normal desea un mundo seguro y agradable, pues a nadie le gusta que las prisiones estén llenas, que los soldados vayan a la guerra o que el mundo esté tan repleto de seres salvajes. Sin embargo, mientras existan los merodeadores, eso no podrá ser.

Es como un cáncer dentro de tu cuerpo, como una sensación de hambre que no desaparece. El merodeador suele decidir y lo que decide es lo siguiente: nadie me privará de la luz de la luna. Si me encuentro con alguien, pelearé, mataré y desgarraré su carne. He visto a muchos follaculos en las calles con cicatrices en la cara y pocos dedos; a personas andando con muletas o en sillas de ruedas, tuertos, ciegos, personas que han perdido amigos. Pero aun así nadie me privará de la luz de la luna.

Es posible que sea diferente en su mente, es posible que las imágenes y las palabras sean distintas, pero, en definitiva, viene a ser lo mismo. Y me sorprendo todavía más, porque ¿acaso no he sido yo capaz de pegarle a un hombre sangrando? Todos tenemos nuestros propios impulsos como merodeadores. El merodeador es como un insecto dentro de tu cerebro, el demonio que te susurra al oído para que conviertas tus deseos en una prioridad mayúscula e imperativa por la que merece la pena hacer daño. Cada ladrón, cada asesino, cada padre con un cinturón y cada asesino con pistola lo llevan dentro. Ésa es la razón por la que no puedo ofrecerle el mundo a Leo. Un merodeador, con su pelo gris y plateado, con sus cuatro patas, con sus colmillos y su hermosura, es la imagen más sencilla y pura del diablo.

Ally se encuentra entretenido haciendo un test de inteligencia, y espero de pie hasta que decide dejarlo y me acompaña. Subimos a una de las furgonetas y, de camino, le explico. Ally escucha en silencio, tratando de ajustarse el cinturón de seguridad. Le digo que creo que Sarah Sanderson es una merodeadora que podría darnos alguna información acerca del caso Ellaway. Él no dice nada hasta que llegamos a su casa.

—¿Estaban alunizando aquí? —pregunta señalando el muro del jardín.

—Mmm —respondo echando el freno de mano.

Ally niega con la cabeza y añade:

—Ese muro no evitará que se salga un lunático.

Cuando Sarah Sanderson abre la puerta, desaparecen todas las ideas preconcebidas que tenía al respecto, puesto que la conozco. Fue hace meses, pero la conozco. Ropa suelta, buena piel, pose de bailarina. Abre la puerta y parpadea, mirándome antes de decir con voz vibrante y ligeramente tensa:

—¿Qué desea?

—Buenas tardes, señora Sanderson. Nos conocemos de antes, aunque no sé si me recuerda —le digo.

Espero para ver si me responde, pero no dice nada y continúa sosteniendo la puerta.

—Nos conocimos en casa de su amigo Lewis Albin hace unos meses —continúo—, adonde fui para hacerle unas preguntas acerca de mi cliente, el señor Dick Ellaway. Lo recuerda, ¿verdad?

Una arruga aparece en el puente de su nariz.

—Sí —responde con voz melosa—. Usted es una representante de Dorla, ¿no es así? La señorita Galley, si mal no recuerdo.

—Así es.

Si hubiera simulado no acordarse de mi nombre, me habría percatado y ella también se habría dado cuenta de eso, pues es una mujer inteligente.

—¿Podríamos pasar yo y mi compañero, señora Sanderson? —le pido.

—Si usted lo considera necesario... —responde, apoyando la mejilla en la puerta y echando una mirada a Ally por encima de mi hombro.

—Creo que sí. Hay algunos temas muy serios de los que debemos hablar.

—Entonces...

Se muerde el labio, mira al interior y luego aparta las manos de la puerta.

Cuando Ally y yo entramos en la casa, vemos un paño con brocados colgado de la pared, algunos carteles de obras de teatro y una larga tira de seda enrollada en el pasamanos de las escaleras que llevan hasta la planta de arriba. Nos conduce a una habitación atravesando una puerta enmarcada con marionetas.

Lewis Albin está sentado en el sofá, con la espalda erguida entre una maraña de cojines. Otra mujer se levanta cuando entramos, una mujer con el pelo engominado y recogido en un moño, los pómulos cuadrados, los labios bien perfilados y unas gafas con la montura de color negro sobre un rostro muy sensual.

—¿Qué sucede, Sarah? —pregunta Albin.

Sarah levanta la mano.

—La señorita Galley dice que nos quiere hacer algunas preguntas acerca de Dick Ellaway.

—Siéntate —responde. Se lo dice más a Sarah y a la otra mujer que a mí. Luego pregunta—: ¿Y usted se llama...?

—Alan Gregory —responde Ally enseñando su tarjeta y retrocediendo para apoyarse contra la pared.

—¿Qué podemos hacer por usted? —prosigue Albin con la mirada fija en mí.

—Estoy investigando evidencias muy serias en el caso Ellaway —le explico sin apartar la mirada—. Necesito hacerle algunas preguntas a la señora Sanderson.

Sarah mira a los otros dos pero me adelanto antes de que pueda decir nada:

—Señora Sanderson, ¿conoce usted las leyes gubernamentales acerca del toque de queda y los confinamientos durante la luna llena?

—Por supuesto —responde cogiendo un cojín y poniéndoselo sobre las rodillas para luego ponerse a pellizcar las costuras.

—Entonces ¿conoce la pena por infringirlas?

—Sí.

—Pues entonces quiero decirle que, la última luna llena de septiembre, yo y otro representante fuimos testigos de una seria violación de las leyes en su propiedad.

—¿Una violación? —interviene Albin.

—Señor Albin, estoy hablando con la señora Sanderson —le digo sin apartar la mirada de la mujer—. Dígame, ¿tiene conocimiento de que había media docena de lunáticos adultos en su jardín que no estaban cumpliendo con las leyes de confinamiento?

—Un momento —dice de nuevo Albin. No parece demasiado preocupado y su tono es respetuoso—. Señorita Galley, las leyes de las que habla permiten el confinamiento en lugares privados. El jardín no estaría fuera de la ley, siempre y cuando fuese seguro.

Clavo la mirada en él. La cicatriz de la cara se le ha puesto de color pálido y se le nota más. La mujer morena sentada a su lado tiene las manos en las rodillas, como si estuviera tensa. Observo que tiene una cicatriz en la mano, cosa rara de ver en los licántropos. Somos nosotros los que tenemos cortes y rajas, puesto que somos nosotros los que tenemos que bregar con los lunáticos. La cicatriz en la cara de Albin se parece mucho a la mía.

—Señor Albin —le digo—, ¿estaba usted involucrado en ese incidente?

Albin se encoge de hombros y responde:

—Sí.

—Lewis... —lo reprende la mujer que está a su lado, rápido y en voz baja.

—No pasa nada, Carla —la tranquiliza él—. No podemos hacer gran cosa si hay un testigo. No creo que nos vaya a ocurrir nada malo.

—Usted también estaba involucrada por lo que veo —le digo a Carla.

Ella baja la mirada.

—¿Puede decirme su nombre? —pregunto.

—Carla Stein —responde nerviosa.

—Voy a pedirles que me acompañen —digo dirigiéndome a los tres.

Debería sentirme poderosa o enfadada, pero no es así. La ansiedad de Carla y el silencio de Sarah me están afectando: soy la persona que está causando este contratiempo y, sin embargo, comparto su turbación.

—¿Por qué? —responde Albin sin moverse del sofá.

Me meto las manos en los bolsillos antes de contestar:

—Su amigo, el señor Dick Ellaway, mi cliente, fue arrestado por estar ilegalmente fuera. Un mal trance, señor Albin, durante el cual le arrancó la mano al hombre que trataba de apresarlo. Al día siguiente por la mañana hizo una llamada desde el refugio a su casa, además de que sabemos que le ha estado llamando, como usted mismo me confirmó. —Tras una pausa, prosigo—: Ahora déjeme que le explique la situación. Al parecer una media docena de personas deciden que no quieren pasar las noches de luna llena confinadas, pues disponen de un jardín hermoso rodeado de un buen muro. Creen que es seguro porque el muro es bastante sólido, pero al parecer no se han dado cuenta de que no resulta tan difícil saltarlo. Una vez que sale la luna, ustedes pueden dar saltos que no se imaginarían. Y al parecer, uno del grupo lo hizo.

»Sin embargo, creo que ustedes trataron de impedírselo, señor Albin, porque la persona que estaba en el refugio vio que tenía cicatrices en la espalda y luego usted aparece con esa cicatriz en la cara. Eso es lo que pasa cuando un lunático impide que otro haga lo que desea. No creo que a usted le agrade mucho el señor Ellaway, no al menos desde entonces. Obviamente, usted no le conocía tan bien como pensaba, y quizá no supo prevenirlo, pero es que cualquiera puede tener un mal trance, créame.

»Se escapó y fue apresado por uno de los laceros. Y el resto de la historia ya la conoce. Me dijo que el coche se le había averiado, pero no fue así, fue amañado a propósito. Pensé que se le había roto antes de que anocheciera, pero me equivoqué. ¿Sabe por qué? Pues porque pensaba que había actuado solo, pero entonces no habría tenido tiempo de ir a su coche para amañarlo. Sin embargo, llamó a esta casa, contó lo que le había sucedido y probablemente le pidió a alguno de ustedes que se acercara al coche para poder manipularlo. Así se asegurarían de que nada malo le sucedería si había mutilado a alguien.

»La muralla que rodea el jardín tiene una verja en la parte superior, lo que me hace pensar que han hecho esto otras veces, hasta es posible que lo tengan por costumbre. Pero no se les ocurrió pensar que alguien podría escaparse. Creo que Dick Ellaway era un nuevo miembro del grupo, alguien que conoció en sus transacciones comerciales y con el que creyó tener cierta afinidad porque es un hombre de éxito, un profesional que no tiene aspecto de asesino, no al menos a la luz del día. Usted no pudo imaginar que no le agradaría quedarse en el jardín, pero así fue, y supuso que cualquier persona que escapase de su propiedad podría causar daños irremediables. El hombre al que atacó su amigo tiene esposa y tres hijos, señor Albin. ¿Sabe usted lo mucho que se sangra cuando te arrancan una mano?

Arrestamos a los tres y les hacemos subir a la furgoneta, que, por cierto, no está diseñada para hacer arrestos a la luz del día. Carla está a punto de ponerse a llorar cuando la encerramos en una jaula y se sobresalta al oír la puerta cerrarse, pero es lo único de que disponemos y tenemos que emplearlo lo mejor posible.

Negligencia criminal, violación del toque de queda, conspiración contra la justicia, todos esos cargos se les pueden imputar. Una vez en Dorla los conducimos hasta las celdas. Albin solicita hacer una llamada telefónica, pero le cierro la puerta en las narices sin pronunciar palabra.

24

—No puede hacer eso —protesta Ellaway.

—¿Que no? Pues míreme —responde Ally empujándole tan fuerte que cae de bruces encima de la mesa.

Hay algunas cosas encima, lápices y una calculadora, y Ellaway lanza un quejido de dolor cuando choca violentamente. Ally le presiona la nuca mientras le pongo las esposas.

—¿Qué está haciendo? —pregunta una mujer joven que se encuentra entre la multitud aglomerada en la puerta.

Es una asiática bajita con un traje verde. Parece muy inteligente. Le enseño mi tarjeta de Dorla y ella retrocede.

—Llame a seguridad —dice Ellaway.

—Señor Ellaway, está arrestado y los agentes de seguridad no podrán impedirlo —le advierto.

—Usted no puede arrestarme, ya me acusó con anterioridad.

—Sí —le respondo—, pero ahora hay nuevos cargos que añadir a la lista.

Ally lo pone de pie y lo empuja hacia la puerta. Los compañeros de trabajo de Ellaway se miran entre sí, pero cuando pasamos entre ellos se apartan. Más tarde, probablemente hablarán de lo consternados que se quedaron, pero ésa será su única contribución, la única ayuda que Ellaway podrá obtener de ellos.

—Conspiración para interferir en el curso de la justicia —le digo, sólo para informarle—. Tenemos que volver a interrogarle.

Ellaway hace ademán de agredirme, pero Ally lo tiene bien

sujeto, pues tiene mucha práctica sujetando a lunáticos, ya que lleva desde los dieciocho años haciéndolo. Ellaway no supone ningún problema para él.

—No se moleste, señor Ellaway —le digo deteniéndome en la entrada.

Luego me giro, miro a la mujer de traje verde y le digo:

—Quizás usted debiera explicarle a su jefe adónde lo llevamos. Él ya había sido acusado de intento de asesinato, como bien sabrá —digo en voz más alta que las protestas de Ellaway.

«Es más fácil arruinar a una persona de lo que creía», pienso. Luego añado:

—Han aparecido nuevos cargos, y por eso ha sido arrestado.

—Llama a mi puñetero abogado —le dice Ellaway a la mujer.

—Yo no me molestaría —respondo—. Albin ya ha confesado.

—Su nombre es Adnan Franklin, y trabaja en Franklin y Wilson, al sur de King's Park... —continúa Ellaway sin escucharme.

A continuación le dice a la mujer que llame a una lista de personas que podrían ayudarle, seguramente debido a su instinto de supervivencia. A Franklin no le va a gustar nada esto, y estoy segura de que tendré que enfrentarme a un combate de diez asaltos contra él. Pero ¿qué importa? ¿Qué puede hacerme? Tengo el respaldo de Dorla. Podrá echar a perder mi reputación entre sus adinerados clientes, pero mi salario depende del Gobierno. Podrá amenazarme con denunciarme, pero tendrá que hacer lo mismo con todo el departamento y, como no sea enviando al ejército, no va a conseguir llevarse a su cliente con él. Por otro lado, no puede arrebatarme gran cosa porque lo que tengo es bien poco. Al contrario que Ellaway, que tiene mucho que perder y todo en su contra.

Algunas de las personas que están en el vestíbulo de la entrada se giran para mirar cómo nos llevamos a Ellaway, pero no nos detenemos a darles explicaciones. El detenido no deja de forcejear durante todo el camino hasta que llegamos a las celdas; es posible que se haya convencido de que no tiene escapatoria. No obstante, sigue oponiendo resistencia y tratando de escaparse de las manos de Ally, como queriéndonos demostrar que no se va a dejar dominar. Cuando bajamos a las celdas por la escalinata de paredes desnudas e iluminada con fluorescentes, se vuelve y me escupe a los pies.

Le doy un bofetón, se echa hacia atrás y Ally le afloja lo suficiente como para que se golpee la cabeza contra la pared. Luego vuelve a ponerlo derecho.

—No vuelva a hacer eso —le digo.

Es una victoria fría y fácil, lo sé, pero no trato de contenerme.

—¿Dónde quieres que lo ponga? —pregunta Ally.

Me encojo de hombros y respondo:

—Ponlo con los otros.

—¿Con los otros? —repite Ellaway con la voz distorsionada porque Ally lo tiene cogido por el cuello.

—¿Les vas a dar la oportunidad de estar juntos e inventarse una historia? —me pregunta Ally.

Niego con la cabeza. Podemos poner micrófonos ocultos en la celda, pero no hay necesidad de decirlo delante de Ellaway.

—Como te he dicho, ellos ya han confesado —respondo.

—¿Qué es lo que han confesado? ¿De qué está hablando? —pregunta Ellaway.

Lo empujamos para que baje más aprisa el tramo de escaleras que queda. Ellaway trata de mirar hacia abajo, pero Ally le tiene agarrado por el pelo con tal fuerza que lleva la cabeza levantada, por lo que la única forma de guiarse por las escaleras es mirándonos a nosotros.

—Ya lo sabrá —le digo.

El pasillo de las celdas es muy estrecho, carece de ventanas y tiene seis puertas a cada lado. Hasta con las luces encendidas resulta oscuro. Ellaway camina con la cabeza hacia delante y veo que los prisioneros se levantan al oírnos entrar. Albin tiene un moratón en la cara y una mano dolorida. Al vernos se apartan ligeramente de las puertas de las celdas.

—¿Qué está pasando? ¿Por qué le han arrestado de nuevo? —pregunta Carla con voz alta y asustada.

—Hola, Dick —dice Albin, mientras ella se tapa la boca y retrocede.

Ally suelta la cabeza de Ellaway y éste la levanta para mirar a los tres prisioneros.

—¡Dios santo! —exclama—. ¿Por qué los ha arrestado?

No hay eco en estas galerías, ya que la cercanía de las paredes amortigua el sonido. No obstante, Ellaway continúa hablando:

—Todo esto es una puta mierda. Me han acusado de...

Ally lo hace callar a mitad de la frase.

Abro la puerta de la celda más próxima y digo con voz neutra:

—Conspiración para interferir en el curso de la justicia. Acompañada de pruebas es una acusación más grave que la violación del toque de queda.

—¿Pueden hacer eso? —pregunta Carla.

—Yo no perdería el tiempo preguntándomelo —le respondo.

Carla se sobresalta y se acerca a los barrotes que separan la celda de Albin de la suya.

Él se acerca hasta ella, extiende el brazo y le da unas palmaditas en el hombro.

—¿Nos podrían dar algunas mantas? —pregunta a continuación—. Aquí sólo hay colchonetas.

Le ignoro, abro la puerta y Ally empuja a Ellaway para que se meta en la celda. Cuando echo la llave ya se ha acercado al frontal.

—Yo en tu lugar, no agarraría los barrotes —le advierte Ally mostrándole la porra eléctrica—. Hay ciertas normas sobre eso.

—¿Qué coño está pasando? —pregunta Ellaway.

—Nos han acusado de violar el toque de queda —le explica Albin pasándose la mano dolorida por la cicatriz que tiene en la cara—. La noche que atacaste a un oper. Y han manipulado las pruebas para poder demostrarlo.

—Basta —replico.

¿Un oper? Imagino que será la abreviación de operario, aunque jamás he oído esa palabra.

—Quiero ver a mi abogado —dice Ellaway.

—Estoy segura de eso —respondo.

Le doy la espalda y abro un panel que hay en la pared donde se encuentran los controles para la supervisión de las celdas. Mientras marco mi número de identificación (tengo el permiso de mis superiores para efectuar cualquier proceso que necesite) y la especificación (es decir, que se grabe lo que suceda en las celdas), Ellaway no deja de repetir que desea ver a su abogado. Finalmente, Sarah, que hasta entonces había permanecido apoyada contra la pared y con la cabeza gacha, levanta la cabeza y le dice:

—Déjalo, anda.

—Tenemos que salir de aquí —responde Ellaway.

—No creo que lo consigas de esa manera.

—Además —añade Carla sin mirar a nadie—, me estás dando dolor de cabeza.

—Sarah tiene razón —inteviene Albin—. No creo que nos dejen ver a ningún abogado, pues imagino que la respuesta a mi petición de llamada telefónica continúa siendo no, ¿verdad señorita Galley?

No respondo.

—¿Preparados para los interrogatorios? —pregunta Ally, que ha cogido las llaves de las celdas y se las pasa de una mano a la otra.

—Presentaré un informe y empezaremos a partir de ahí —digo.

—¿Podemos disponer de un abogado de Dorla al menos para que nos asesore? —dice Albin.

—Después —respondo cerrando el panel.

—Estamos dispuestos a confesar —añade.

—¿De qué coño hablas? —le suelta Ellaway.

Me vuelvo y les miro. Si confiesan, Ellaway está acabado. Será responsable de lo que hizo aquella noche, ya que estaba fuera ilegalmente, por lo que Franklin podrá hacer muy poca cosa para salvarle. Lo mejor que puede esperar es que le reduzcan la condena de intento de asesinato a homicidio involuntario. Ellaway mira a Albin y éste me mira a mí.

—¿Quién recogió a Ellaway del refugio a la mañana siguiente de lo sucedido? —le pregunto.

No duda en responder:

—Fui yo.

—Ally, ¿es éste el hombre que viste? —pregunto.

Ally frunce el ceño y responde:

—No, no creo. Era más delgado y con el pelo moreno.

—¿Quiere responder a la pregunta de nuevo, señor Albin?

—Ya se lo he dicho. Fui yo. Se me pone el pelo moreno después de la primera noche de luna —responde Albin mirándome.

—Y por lo que veo también ha engordado —añado—. De acuerdo, piense en responder esa pregunta de nuevo y yo pensaré en la posibilidad de llamar a un abogado.

—Le estoy diciendo la verdad —asegura.

—Ustedes suman cuatro y yo vi al menos cinco, incluso puede que más. Usted piense en lo que quiere decirnos y yo pensaré en usted.

—¡Señorita Galley! —me grita Albin cuando voy de camino a la puerta.

Durante los días siguientes no tengo que pagar el café que me tomo. El mundo ha dado un giro y ahora soy conocida por ser la mujer que ha arrestado a las personas que le amputaron la mano a Johnny, la que ha descubierto a un grupo organizado de merodeadores. La gente me para por los pasillos, quieren que les dé detalles y me felicitan.

Ninguna de las personas con las que hablo se ha enfrentado a algo parecido. Las personas, en ocasiones, se encierran juntas —parejas o familias con niños pequeños comparten habitación, e incluso un amigo que está de visita puede sumarse por una cuestión de conveniencia, lo mismo que nosotros compartimos una cama doble—, pero fuera, al aire libre, infringiendo el toque de queda y una jauría al completo, eso es algo nuevo. A ninguno nos hace ni pizca de gracia la idea.

«Deambular libremente», así es como lo llaman ahora, una expresión que hemos captado de las escuchas de sus conversaciones en las celdas. Albin dijo que no los podríamos retener mucho tiempo porque deambular libremente no era un delito muy serio. Eso es lo único que les he oído decir que pueda resultar incriminatorio. Cuando Ellaway se pone a gritar, los demás le silencian. Las dos mujeres se preguntan constantemente cuánto tiempo pensamos retenerlas y qué vamos a hacerles, pero Albin trata de animarlas sacando otros temas a relucir. Hablan de libros y música, de la última producción de Sarah, de algunas antigüedades que Albin ha vendido. Resulta edificante escucharles, pero no me dan ninguna pista.

Después de varios días oyendo hablar de arte y cultura, dejo de escuchar las cintas y empiezo a investigar sus expedientes.

Todos tienen una profesión. Ninguno de ellos tiene tanto dinero como Ellaway, pero no les falta de nada y viven holgadamente. Albin está licenciado en Historia del Arte y Arquitectura, y trabaja para distintos museos como colaborador externo. Ha escrito dos libros, uno de Historia y otro sobre antigüedades. He encontrado un ejemplar en la biblioteca local, una guía muy vistosa acerca de cómo valorar tus propias antigüedades, con muchas fotografías en su interior.

La biblioteca pega una tira de papel cada vez que el libro es retirado, en la que se indica la fecha. En el libro de Albin hay cuatro, o quizá cinco. Veo que mucha gente lo ha leído. Su otro libro se titula *No hay otros dioses* y trata de la influencia del arte totémico en las estatuas coloniales y poscoloniales. ¡Que Dios me ampare! Sin embargo, mirando otros libros del mismo tema, veo que en casi todos lo citan en su bibliografía. He intentado leerlo, pero no fui a la universidad y carezco de la paciencia necesaria para soportar ese estilo tan académico. Jamás ha sido arrestado, ni por la policía ni por ningún representante de Dorla.

—Tenemos que resignarnos a esperar —les dijo a los demás en las celdas—. No nos retendrán aquí para siempre.

—Eso es lo que tú crees —respondió Ellaway.

Ninguno puede ver las cámaras.

—Por lo que más quieras, Dick, trata de controlarte y no empeores las cosas.

—¿Crees que pueden empeorar? —preguntó Ellaway.

—Sí, lo creo. Así que trata de no ponerlos en nuestra contra.

—Tú lo hiciste —interrumpió Sarah— y mira lo que te pasó.

—Me pondré bien, ¿verdad Carla? —dijo Ellaway con un repentino tono lastimoso.

—Bueno, la verdad es que no te rompieron ningún hueso —respondió Carla, que cada hora que pasaba estaba más callada—. Se te pasará la hinchazón si no te mueves.

—Lo único que podemos hacer es esperar —afirmó Albin—. Al final lo descubrirán todo.

A nadie le consolaron esas palabras, pero ninguno se atrevió a contradecirle.

Sarah Sanderson, sin embargo, sí había sido arrestada en el pasado. Tenía dieciocho años y sucedió aquella noche de la que me habló Hugo, cuando la ciudad se llenó de lunáticos, por lo que hay muy pocos informes al respecto. Bajo hasta el sótano para mirar en los archivos de arrestos. Es una tarea un poco tediosa, pues cada refugio hace una lista de las personas, además de que añaden algunos comentarios y observaciones. Sin embargo, los de aquella noche son bastante parcos.

Satchiko Immamura, 20 años. Nota: Lo trajeron sedado a las 8.45 horas.

Joseph Nolan, de 45 años: Nota: Lo trajeron a las 8.45.

Sarah Sanderson: 18 años. Nota: 8.45.

Dharminder Kang, 37 años. Nota: 8.45.

Alice Goldberg, 30 años. Nota: 8.45.

Antoine Washington, 37 años. Nota: 8.45.

Así continúa páginas enteras. Resulta difícil imaginar tantas personas apiñadas en las celdas. No hay nada en los informes que diga cómo una chica de dieciocho años como Sarah reaccionó al verse encerrada en una jaula con tanto extraño durante una noche entera. Ni tan siquiera menciona si fue sedada o no, y no creo que nadie lo recuerde.

No dice más sobre Sarah, salvo que trabaja en un espectáculo muy innovador que esporádicamente logra algún éxito espectacular, pero la mayoría de las veces fracasos rotundos; que es fundadora de un grupo de teatro cuyo nombre me resulta desconocido y que su nombre aparece en los programas, escrito en letras de mediano tamaño.

—Nos pueden retener aquí para siempre —dice ella la mañana del segundo día.

—No, no pueden —responde Albin.

Sarah se frota las manos en las rodillas y le responde sin mirarle:

—Nadie sabe dónde estamos.

—Pero se darán cuenta de que hemos desaparecido.

—Sí, aunque dudo de que si se les pregunta, los oper les digan que estamos aquí.

—No llames al desastre —tercia Carla, que está sentada en una esquina, cabizbaja y sin decir nada.

—Esto es ya un desastre —sentencia Sarah—. No hace falta que yo lo anuncie, pues ya estamos a su merced.

Cuando examino el expediente de Carla, todo se detiene.

A medida que pasan los días, permanece más callada en las celdas. Albin y Sarah charlan, pero ella se limita a pronunciar alguna que otra palabra. Siempre que Ellaway se pone a gritar le pide que se calle y, si Albin empieza a pasear por la celda con el fin de hacer algo de ejercicio, se apoya en los barrotes y le observa. También suele arrodillarse en el rincón y arrellana la colchoneta con la cabeza gacha. Cuando les llevamos la comida, esquiva la mirada de los otros.

He averiguado algunas cosas de ella. Se crió en el campo, pero vino a la ciudad para estudiar medicina. Desde entonces trabaja en el hospital Santa Verónica, en la sala de pediatría. Su nombre consta como inquilina de Sarah y, al parecer, llevan viviendo juntas desde hace cuatro años. También fue arrestada en una ocasión, hace tres años, mientras alunizaba en Five Wounds, pero se consideró accidental.

Hace dos años tuvo que presentarse ante el tribunal médico y le suspendieron del cargo durante seis meses, pero no la despidieron porque todo el mundo mencionó en sus referencias lo buena doctora que era.

Un frasco de Oromorfina desapareció de los armarios del almacén de medicamentos y todo el mundo se quedó muy sorprendido cuando las pruebas demostraron que había sido ella.

25

—Tu hermana ha llamado —dice Paul.

Me paro en la entrada y me quito los guantes.

—¿Mi hermana?

—Sí, Becca —responde. Está apoyado contra la pared de enfrente, con las manos presionadas contra ella—. Llamó hace cuestión de una hora.

—¿Tanto tiempo llevas en casa? —pregunto colgando el abrigo y acercándome hasta él para darle un beso—. ¿Cómo ha sabido tu número?

—Pues me imagino que habrá mirado en la guía. Conocía mi nombre. Quería saber cómo te encuentras.

—Imagino lo que le has dicho entonces.

Me siento en el sofá, me quito los zapatos y trato de calentarme los pies con las manos. Tengo la cabeza llena de frascos de Oromorfina y, la verdad, no me apetece hablar de la familia.

—Le dije que te encontrabas bien —añade Paul—. Parece simpática y me gustaría conocerla.

—¿Olvidas que no debo pasar por allí mientras sea el punto de mira de alguien?

—¿Has llegado a casa sin problemas? —me pregunta, sentándose a mi lado y cogiéndome los pies entre sus manos.

Me paro a pensarlo. He caminado todo el trayecto de vuelta sin mirar atrás. Mientras iba sentada en el autobús, tampoco me fijé en los pasajeros, sino que me limité a mirar por la ventana y pensar en las cuatro personas que teníamos encerradas en las celdas y que mutilaron a Johnny, las mismas que robaron también la Oromorfina. Y en esas tres personas que atacaron a Marty cuando estaban en trance y que luego dispararon a Johnny y a Nate con balas de plata. Algunos están dentro, pero otros aún permanecen en libertad. Pensé en los merodeadores encerrados en las celdas, en qué sucederá con ellos esta noche, pero me preocupaba tan poco que no pensé en hacer nada para evitarlo.

Durante todo el tiempo no miré alrededor y eso que algunos de ellos están ahí fuera. Tiemblo y siento un cosquilleo en la nuca, aún intacta porque ninguna bala me ha impactado.

—¡Dios santo! —exclamo.

—¿Qué sucede?

—Ni siquiera me he acordado de hacerlo. He venido todo el camino sin mirar atrás.

—Bueno, eso no es malo —responde Paul. Me quita uno de los calcetines y entrelaza sus dedos con los míos—. ¿Crees que te sigue persiguiendo alguien?

—Sí, tengo el presentimiento de que vienen a por mí.

Suspira.

—¿No han arrestado a nadie?

Me encojo de hombros. Él no tiene por qué enterarse de que hay algunos ciudadanos con moratones en el cuerpo durmiendo en un montón de paja. No creo que haya razón alguna para que conozca los aspectos más negativos y oscuros de mi trabajo.

—¿Y tú? ¿Has librado a la ciudad de los abusos infantiles? —le digo.

—No, por Dios —dice suspirando.

Me tiendo y apoyo los pies en su pecho. Él los cubre con las manos.

—Por cierto, he tenido una conversación muy agradable con Becca —declara.

Lo miro con cierta sospecha.

—¿De qué hablasteis?

—Me dijo que... —Se detiene al escuchar el timbre del teléfo-

no, mira por encima del hombro y, sin soltarme los pies, añade—:
¿Lo cojo?

—No —respondo.

Paul me mira frunciendo el ceño y dice extrañado:

—Se supone que estás escondida.

Cruza la habitación para cogerlo mientras yo, por hacer algo, me quito la chaqueta. Cuando pienso en mi apartamento, me entra una sensación de nostalgia que me resulta difícil de soportar, por eso trato de no pensar en ello. Además, vivir aquí no está tan mal. Cuando Paul se levanta del sofá me invade un sentimiento de pérdida, lo que me hace darme cuenta de lo cerca que hemos estado viviendo uno del otro. Tenerlo al otro lado de la habitación ya me parece muy lejos.

—¿Sí, dígame? —dice al teléfono. Me mira y luego se aparta el auricular para hablarme—: Espera un momento, Lola, termino en un minuto.

Me echo hacia atrás y lo observo.

—Sí... —prosigue al teléfono—. No, no tengo. —Hay una pausa durante la cual aliso uno de los cojines—. De acuerdo, ya lo revisaremos mañana. Adiós.

—¿Quién era? —pregunto cuando cuelga.

—Del trabajo. Pero no pienso volver. Lo que sea tendrá que esperar hasta mañana.

—¿Estás tan ocupado como para tener que trabajar de noche? —le pregunto cuando vuelve a sentarse a mi lado.

—La verdad es que sí, pero ya he trabajado bastante por hoy. ¿Por dónde íbamos?

—Ibas a contarme lo que has estado hablando con mi hermana.

—Bueno, ella no ha dicho nada acerca de ti —contesta Paul con una mirada divertida—. ¿Hay algo que deba decirme?

Me encojo de hombros.

—No, sólo que la última vez me prohibió que pasara por su casa.

—Bueno, estaba preocupada por su bebé. No creo que debas culparla por eso.

—Haré lo que me dé la gana —le respondo, tratando de no sonar demasiado seria.

Los niños crecen muy rápido y Leo habrá cambiado mucho desde que no le veo.

—Me comentó que has sido de mucha ayuda con él —comenta Paul.

—¿Con Leo? —pregunto levantando la cabeza.

—Sí. Dijo que lo habías sacado a pasear todos los días y que jugabas mucho con él... No sabía que hubieras estado tan apegada a Leo.

Suspiro y respondo:

—No me ha despertado el instinto maternal, si a eso te refieres, así que deja de tirarme indirectas tan refinadas.

—¿Ves? Eso ya es muy injusto por tu parte. Jamás te he tirado una indirecta —responde Paul cruzando los brazos—. Es de muy mala educación acusar a tu pareja de lo que otros te hayan hecho previamente.

—Pero justo —argumento.

—No, ella sólo comentó que tú y el niño os llevabais muy bien.

Me aparto el pelo de la cara y respondo:

—Bueno, es muy fácil llevarse bien con alguien tan portátil. —Se echa a reír y añado—: No. Lo que pasa es que Leo es un amigo que no me critica. Además, es un chico estupendo y, cuando crezca, lo seguirá siendo. El pobre es tan pequeño y el mundo tan grande que necesita tener a alguien de su lado.

—¿Le echas de menos?

Bajo la cabeza antes de contestar:

—Sí.

—Bueno, yo creo que Becca puede venir a visitarnos.

—No sé si querrá —respondo.

—¿Por qué no?

—No sé si le apetece verme.

—Vamos, por favor, trata de ser comprensiva. ¿Le dices a una mujer con un bebé que un loco anda detrás de ti y esperas que no le importe que vayas a su casa? No deberías tomarlo como algo personal.

—Nuestra relación iría mejor si no empezaras a criticar mi relación con mi familia —le respondo—. Así que ten cuidado. Si tratas de convencerme para que llame a mi madre, te verás en problemas.

—Lo único que he hecho es invitar a tu hermana. ¿O es que te preocupa ese que va detrás de ti?

—Quien sea el que esté matando a mis amigos, no creo que sea Becca —respondo.

Me doy un pellizco en el caballete de la nariz, intentando imaginar la cara de mi hermana Becca mientras dispara una pistola y pronuncia la frase: «Por matar a mis amigos.»

Paul permanece en silencio unos instantes y luego pregunta:

—¿No tienen ninguna información al respecto?

Le miro.

—¿Qué pasa? ¿Ya estás cansado de tenerme aquí? —pregunto.

—No... —dice, pero el teléfono le interrumpe a mitad de la frase. Luego suspira y se levanta—. Yo no he dicho eso. Estoy más preocupado por tu vida que porque te vayas del apartamento. ¿Sí, dígame? —responde frunciendo el ceño. Tras una pausa, añade—: Es para ti.

Me levanto y cruzo la habitación con los pies medio metidos en los zapatos para coger el auricular. Paul me rodea la cintura con el brazo cuando lo cojo y me apoyo en él.

—Lola Galley al habla.

—Lola, soy yo —dice Ally al otro lado.

Me pongo rígida entre los brazos de Paul.

—Dime, ¿qué sucede?

—¿Quién era ése? ¿El hombre con el que estás saliendo?

—Eso, para mi propia seguridad, es alto secreto, así que no lo olvides, ¿de acuerdo?

—¿Quién es? —pregunta Paul, pero niego con la cabeza y me apoyo de nuevo en él.

—¿Por qué llamas? —pregunto.

Puede resultar grosero, pero la voz de Ally no me suena bien en el apartamento de Paul.

—Hay algo que creo que te gustaría saber.

—¿Y no puede esperar a mañana? —pregunto.

—Pensé que te gustaría saberlo por adelantado, eso es todo —responde. Puedo escuchar el tamborileo de sus dedos en el auricular—. Alguien ha lanzado un cóctel molotov contra el edificio hace media hora.

—¿Cómo dices? —exclamo mientras me pongo en pie rápidamente, librándome de la mano de Paul y apartándome el pelo de la cara.

—Sí. Pero no ha habido heridos. Era muy tarde y ya sabes que a esas horas nadie pasea cerca de nuestro edificio si puede evitarlo.

—¿A qué te refieres? ¿Al edificio de oficinas? —pregunto.

Paul me toca el hombro.

—Sí, ¿cuál creías? —dice Ally.

—¿Y qué ha sucedido?

—Bueno, no se ha incendiado, ni siquiera entró por la ventana gracias a la alambrada que pusimos. Pero la fachada del edificio está bastante quemada. Pensé que no te gustaría venir mañana y verlo sin estar avisada —dice esto último como excusándose.

—¿Qué planta?

—No lo sé, Lola. Lo tiraron bastante alto. ¿Cuál pensabas?

—Entonces ¿no ha sido en las celdas? —pregunto.

—No, ha sido en una planta más alta —responde Ally.

—Y ¿cómo han reaccionado allí?

—Bueno, aún no nos han dicho nada —dice, y parece tan abatido que no le pregunto nada más.

—De acuerdo, Ally. Gracias por avisarme.

—De nada. Imaginé que querrías saberlo.

—Sí, gracias.

—Así no te dará un sofocón mañana. Además, no ha habido daños serios, ni heridos. Pero imagino que se tomarán algunas medidas drásticas.

—Bueno, nos vemos mañana, ¿vale?

—De acuerdo. Lo bueno de esto es que al menos han borrado el graffiti —concluye.

—Vale. Hasta mañana, Ally.

Nos despedimos y cuelgo el auricular.

—¿Quién era? —pregunta Paul.

—Ally.

Le cojo de la mano y lo conduzco hasta el sofá, me echo y pongo las piernas cruzadas sobre sus rodillas.

—¿Quién es Ally? ¿Tu otro amante? ¿Tu jefe? ¿O tu ex?

—Bueno, algo así —respondo.

—¿El qué? ¿Tu ex?

—No exactamente. Éramos muy jóvenes en esa época —digo escondiendo la cabeza en el hueco de su cuello, con la esperanza de que no siga con el tema.

—¿Por qué tengo la sensación de que si te pregunto más acerca de él, recibiré tu acostumbrada respuesta de: «No me apetece hablar del tema»?

—Pues porque eres muy perceptivo.

—Mmm. ¿Le sigues viendo? —afirma más que pregunta.

—No, sólo trabajamos juntos.

—¿Yo te gusto más?

—Mucho más —respondo.

—Bueno. Y ¿cómo ha conseguido este número?

—Tuve que darle a mi jefe un teléfono de contacto, sólo el número, no la dirección. Mañana le diré que no se lo diga a nadie.

—De acuerdo.

Paul me besa en la nuca y respondo estirando el cuello. Me echa el pelo hacia un lado y veo que me cae delante de la cara, como una cortina. Cuando suspiro, me coge la cara y me la gira para que le mire. Me muevo en el sofá para sentarme a su lado. Mis dedos tocan su cuero cabelludo mientras nos besamos, me rodea con los brazos y me acerca, estrechándome contra él. Necesitaba algo así, algo que me sacara del tiempo.

El teléfono vuelve a sonar.

—¡Dios santo! —dice.

Me reconforta que a él le resulte tan fastidioso como a mí.

—Podemos ignorarlo —sugiero, pero él ya se ha levantado para cogerlo.

—¿Sí, dígame? No, ya te lo he dicho antes —dice. Veo que me echa una mirada de desesperación—. No, lo siento, pero no...

Alguien ha arrojado un cóctel molotov al edificio de Dorla. Un bote medio lleno, el estallido de los cristales y una bola de fuego extendiéndose. El líquido se expande con suma rapidez, no hay más que verlo cuando una taza cae al suelo o cuando una gota de té se derrama. Con sólo medio litro de alcohol se puede quemar a mucha gente.

—Ya me he hartado del teléfono —dice Paul colgando—. Salgamos a dar un paseo. —Me mira y se encoge de hombros—. Vamos, coge el abrigo. Ha parado de llover y, si el teléfono suena de nuevo, terminaré por arrancarlo de la pared y luego no podré utilizarlo cuando me sosiegue.

—Alguien me persigue —le recuerdo—. Y... —Estoy a punto de hablarle del cóctel molotov. Sólo a punto.

Paul se sienta.

—No te preocupes, no te pasará nada —me tranquiliza—. Yo estaré a tu lado.

—No es que no lo aprecie, pero si alguien quiere pegarme un tiro no creo que puedas servirme de mucha ayuda.

—Dudo de que nadie te dispare si hay testigos delante —replica.

—A menos que quiera cargarse al testigo también.

Paul me coge de los brazos y me ayuda a ponerme de pie.

—Venga, vamos. No puedes estar siempre escondiéndote o terminarás loca. Vamos a dar un paseo, verás lo bien que te sienta.

Resulta tan fácil estar de acuerdo con él... Dar un paseo no creo que sea una idea descabellada, pero ¿pensar de esa forma no es lo que te convierte en una persona vulnerable? No lo sé. Jamás me he visto en una situación como ésta.

—Vamos. Media hora de aire fresco nos sentará bien —insiste Paul—. Vayamos al parque. Es muy bonito de noche.

—¿El parque es bonito de noche? —pregunto.

Paul vive al norte de Sanctus, donde hay bosques y árboles por todos lados. Además de la sangre de Marty empapando la tierra.

—¿Nunca has estado allí? Cuando las luces están encendidas es muy bonito. Vamos, no te va a suceder nada. Estarás segura, no te preocupes.

Cree que puede cuidar de mí, y es posible que esté en lo cierto, pero, por si acaso, cojo la pistola sin que se dé cuenta.

Aún no se ha hecho de noche, es sólo el invierno, que lo oscurece todo. Cuando llegamos a Spiritus Sanctus, las puertas están abiertas de par en par y el sendero que se extiende delante de nosotros está flanqueado de farolas, pilares altos decorados con dibujos de orfebrería en la base y cabezas iluminadas que parecen adoptar una postura de reverencia. Todavía hay personas paseando de un lado para otro, proyectando sombras largas y vertiginosas, algunas con las manos cogidas, otras con ellas en los bolsillos. También se ven algunas personas corriendo y haciendo *jogging* por el parque.

Oigo el sonido de unas zarpas detrás de mí, así que suelto la mano de Paul y me vuelvo, llevándome la mano al bolsillo. Durante unos instantes no puedo ver nada, absolutamente nada, pero luego me doy cuenta de que estoy mirando demasiado alto, a la altura de un lunático. Pero hoy no hay luna llena, las personas que veo alrededor están simplemente dando un paseo y el perro que corre por el sendero no supone un peligro, ni es mi responsabilidad apresarlo. Pasa a mi lado corriendo y, a pesar de los años de entrenamiento, no puedo evitar sobresaltarme al verlo.

—¿Qué te pasa? —pregunta Paul.

—Nada —respondo encogiéndome de hombros—. No me gustan los perros.

—¿Que no te gustan los perros? —dice como si resultara algo sumamente extraño.

—No, no me gustan. Más bien diría que los odio. Son unos animales muy estúpidos.

Me echa el brazo por el hombro y responde:

—Bueno, algunos son bastante listos.

—Me refiero a que resulta estúpido que existan. En realidad, hoy todos los perros tienen pedigrí o son perros callejeros que se han mezclado a partir de perros con pedigrí, por lo que nadie sabe cómo era un perro de verdad antes de que empezáramos a domesticarlos. Son un poco raros, son como animales salvajes convertidos en mascotas estúpidas que no saben hacer otra cosa que querer a sus dueños más de lo que se merecen. Es como ver a un oso bailarín o un chimpancé caminando sobre sus patas traseras porque, al parecer, resulta más encantador verlo así.

—¿Prefieres que vivan en estado salvaje? —pregunta Paul.

—No, por Dios. Entonces estaríamos rodeados de animales salvajes —digo mirando hacia los lados. No estamos cerca de los árboles, y tampoco hay nadie que nos vigile. No veo a ningún tirador por los alrededores. Creo que he pasado demasiadas noches fuera y, por eso, pienso que siempre estoy rodeada de bosques.

—Entonces ¿no es porque hayas tenido una mala experiencia con los perros? —pregunta Paul, que no tiene miedo de ellos, ni de los bosques, ni de los extraños.

—Bueno, sí, también las he tenido —comento en tono de broma, tratando de hacerle reír, pero sin conseguirlo.

Me abraza y seguimos caminando. No menciono cuáles han sido mis malas experiencias, pero forma parte de nuestro entrenamiento y echarle el lazo a un galgo o a una perra con su camada no resulta nada fácil.

—¿Ha sido mi impresión o te has llevado la mano al bolsillo para coger una pistola imaginaria cuando has visto al perro? —me pregunta.

—Puede que sea ambas cosas.

—¿Así es como trabajas las noches de luna llena?

—Sí. Soy una chica de acción. Una chica joven y sexy, cargada de pistolas, como las de las películas. Sólo que con traje protector, un traje impenetrable, parecido a un traje de agua.

—Conocía a un chico en la universidad que tenía manía por los trajes de agua.

—Qué extraño.

—Creo que le gustaba la ropa de goma por las connotaciones deportivas.

—No deja de ser extraño —respondo.

No obstante, en Internet hay sitios dedicados al equipamiento especializado que se utiliza en las noches de luna llena, además de algunas tiendas sórdidas que ofrecen imitaciones o equipamiento que algún empresario listillo pone a la venta cuando las prendas no han pasado las pruebas pertinentes. De vez en cuando, alguien nos envía un e-mail informándonos de esos sitios Web, pero jamás los miro, pues no tengo interés en conocerlos. El brazo de Paul, amortiguado por el abrigo, es sólido y firme. Paso el brazo por el suyo y meto la mano dentro de su manga. El movimiento de su muñeca es cálido y reconfortante, lo que yo necesito, por eso le agradezco infinitamente que no se sienta atraído por los trajes de caucho. Con tantas amenazas en mi vida, con tantas heridas y dolor físico, es mejor estar con un hombre al que le guste sólo la carne y que piense que está para hacer un buen uso de ella.

—¿Te apetece caminar entre los árboles? —pregunta.

Hemos llegado al final del sendero y hay un bosque delante de nosotros. Sin el sonido de un motor en los oídos, sin la sucia ventana entre ellos y yo, observo que son extrañamente vívidos, como si los viese a través de una lupa. Escucho para ver si oigo su silencio, pero lo único que puedo oír son pisadas por el sendero, conversaciones, el ruido lejano del tráfico; es decir, el no ruido de una ciudad en movimiento. Hay algo erróneo en esa visión de árboles oscuros, como si faltara algo, como si no pertenecieran a mi vida.

—No sé —digo.

Cualquiera podría estar escondido entre esos árboles, he tenido mucho tiempo para aprenderlo.

—¿Estás asustada? —me pregunta Paul cogiéndome la cabeza con la mano.

—Un poco —respondo.

Notar que tengo una persona a mi lado es un sentimiento al que debo acostumbrarme, pues hace mucho que no permito que nadie me toque. Antes de conocer a Paul había un espacio alrededor de mi cuerpo, no en blanco, pero sí elástico y estático. Ahora que se ha difuminado me siento mejor. Su mano en mi cabeza es un consuelo que no merezco, así que estoy en deuda por ello.

—No estoy acostumbrada a hacerlo —añado.

Dejando al margen que alguien viene a por mí, no suelo adentrarme en los bosques por la noche, a menos que vaya en mi furgoneta, con mi compañero y las armas necesarias. Paul parece comprender que veo las cosas desde un ángulo muy distinto. Los bosques tan tenebrosos me dan escalofríos, pues he perdido muchos trozos de carne en lugares como éste. Me gustaría saber si soy capaz de pasear por ellos ahora que resulta tan diferente, pero no es porque lo desee, sino porque me gustaría saber si me atrevo.

Pone cara de desconcierto, pero no hace ningún comentario sarcástico, ni asiente malinterpretándolo. Nos adentramos en el bosque. Las hojas están algo retorcidas y quebradizas por la escarcha nocturna y crujen bajo nuestros pies produciendo un ruido suave. Toco las ramas, la corteza, siento el tacto de la madera a través de los guantes. Está oscuro, más oscuro de lo acostumbrado, ya que, sin las luces de la furgoneta emitiendo esa luz amarillenta, los colores no se ven tan nítidos. El liquen se torna azul contra los árboles, las hojas de las hiedras cuelgan de sus tallos mostrando sus venas blancas. El corazón me palpita, las mejillas se me enrojecen por la tensión y agarro con fuerza la mano de Paul. La tierra está húmeda, el olor de la lluvia impregna el ambiente y tengo los guantes mojados de tanto tocar los árboles.

—Mira —dice Paul, señalando un claro que tenemos delante.

Hay un banco hecho con un tronco de madera al que le han alisado una de las caras para poder sentarse y, a cada lado, setos plantados de rosales. La mayoría están desnudos. Se ve un pequeño aro seco en el tallo, en los lugares donde crecieron las flores. Los tallos son de color verde y arqueados, las espinas color oscuro, pero quedan algunos capullos. Desde la distancia creo que son blancos, pero al acercarme observo que son de color lavanda, de un color muy frágil y algo pasado de moda.

—Ven —dice Paul cogiendo uno de los tallos y acercándolo hasta mí—. Ponte la flor en la boca.

—¿Para qué? —respondo.

Podría decir algo al respecto, algo ocurrente, pero no lo hago y me limito a sonreír.

—Tienen un sabor muy agradable después de la lluvia, pues están llenos de agua —explica Paul—. Compruébalo.

Me inclino hacia delante, por encima de las espinas y del suelo helado y me pongo un pétalo frío y suave en el labio. Paul sacude el capullo ligeramente y el agua me entra en la boca. El sabor es sorprendente, tan dulce como el néctar y con la misma fragancia que un perfume. Cierro los labios y dejo que la sensación me posea, perfumando mi boca y dando un nuevo brillo a mis ojos. Absorta, me apoyo contra un árbol, sin pensar nada, con todos los sentidos puestos en el sabor de las rosas.

Paul está delante de mí, con sus labios cerca de los míos, saboreando el mismo perfume. Le beso sin abrir los ojos, lo estrecho contra mí, notando la caricia del aire frío en las mejillas y refugiándome en su boca como si fuese el único sitio cálido que hay en el mundo.

—Se supone que debemos estar alerta —le susurro.

—No pasa nada...

—Alguien podría dispararme.

Paul me envuelve entre sus brazos y me apoya contra el árbol. Su espalda me protege de cualquier cosa.

—La bala no te dará —asegura—. No al menos mientras yo esté de por medio.

El corazón me late con fuerza, pero ya no sé por qué. Abro la boca y dejo que entre la suya.

26

En una ocasión, cuando tenía veinticuatro años, un grupo de adolescentes inició una campaña contra Dorla. Nos enviaron paquetes con trampas de ratón en su interior, sobres con hojas de cuchillas de afeitar dentro de la lengüeta para que nos cortásemos al abrirlos, una carta bomba —que no explotó—, y por último, un virus informático que nos dejó inoperativos durante dos días. Algunos de los altos cargos recibieron amenazas de muerte, así que no nos quedó más remedio que solicitar que instalasen detectores de metales y máquinas de rayos X. Sin embargo, fueron personas bien entrenadas quienes se encargaron de abrir las cartas. Fue una bendición para nosotros, ya que los que realizaron esa labor eran personas a las que faltaba una mano o un apéndice, tuertas o cojas. Las personas que sufrían de una incapacidad se vieron desempeñando trabajos de importancia, por los cuales cobraban la remuneración debida. Todo nuestro correo llegaba tarde y abierto, y algunos de los encargados de abrir cartas vieron cómo se pillaban los dedos en trampas de ratones o les salpicaba lejía en la cara.

Tardamos casi dos meses en apresarlos. Cuando lo hicimos, los internamos en nuestras instalaciones, unas veinte personas en total, y los encerramos en las celdas durante seis meses antes de permitirles hablar con sus abogados. Hicimos algunas investigaciones y los debidos arrestos. Se encarcelaron a algunas personas por encubrirlos, arrestamos a algunos de sus familiares por haberles proporcionado apoyo financiero, así como a personas que expresaron admiración por su causa y a todos los que telefonearon al centro para amenazarnos. La gente se puso en contra nuestra y nos escribieron cartas de odio y repulsa, pero también acabaron siendo arrestados.

A los pocos meses todo había pasado. A la gente que se enfada por una causa no le dura mucho el enfado. A finales de año, seguíamos recibiendo mensajes odiosos y llamadas telefónicas amenazadoras, pero dejaron de enviarnos cartas con cuchillas de afeitar.

Nadie murió durante la campaña.

Ahora dos de los nuestros han muerto con balas de plata. No creo que haya ningún hombre o mujer que haya nacido de cabeza que no quiera ver encerrados a los asesinos.

Con esta investigación, cada día se ha convertido en primer día de mes. Las líneas de teléfono están saturadas, el personal corre por los pasillos, las personas regresan de la máquina de agua y se encuentran la mesa atestada de trabajo. Hemos puesto micrófonos en las casas de las personas que hemos arrestado por deambular libremente. Sus casas, vacías desde hace días, son vigiladas constantemente. Hemos enviado fotografías de Darryl Seligmann a la policía y hemos interrogado a todas las personas que le conocieron en sus anteriores residencias. También hemos vigilado a algunos colegas de las personas que tenemos arrestadas. Los ataques contra el edificio han aumentado. Nos han arrojado otro cóctel molotov y nos han metido cosas extrañas por la rejilla del buzón. Arrestamos a todo el que se nos pone por delante y los gamberros son sentenciados sin demora.

Es una cacería legal. Seligmann ha cometido un asesinato, por lo que se encuentra en busca y captura. Pero nadie sabe dónde se encuentra. Todos los licántropos se excusan, aludiendo que era «muy reservado», «poco comunicativo» o que «no le conocían muy bien», por eso no logramos encontrarle. Cooperamos con la policía y reunimos dinero para ofrecer una recompensa que haga saltar las alarmas. Sin embargo, de los otros, de Albin, Sarah y Carla nadie sabe nada, salvo nosotros, claro. No hablamos con sus colegas, sino que preferimos vigilarles. Observamos desde fuera y, por lo que respecta al mundo de los licántropos, los tres han desaparecido. Estamos al acecho. Tarde o temprano alguien cometerá un error y entonces le apresaremos.

Hace cuatro años que no veo una purga, así que no quiero perderme ésta.

Las luces de las celdas están encendidas. Uno de los tubos fluorescentes no funciona bien y parpadea con tanta velocidad que emite un zumbido. Tardará lo suyo antes de que sea reemplazado. Llevo un carrito de comida para los prisioneros, cuyas ruedas murmuran al pasar por el suelo aséptico y liso. Mientras enfilo el pasillo, oigo a Albin decir «Oye», mientras los demás arrastran los pies.

Ellaway es el que tiene peor aspecto, pues luce cardenales en la cara y el cuello, un ojo morado y se sujeta lo que al parecer es un dedo roto de la mano. Eso significa que va a quedarse un tiempo, pues en Dorla no solemos dejar a nadie libre en ese estado. Está en cuclillas, al fondo de la celda, y me mira con ojos oscuros y brillantes.

Albin también tiene mal aspecto, la cara ensangrentada y llena de cortes, con la nariz fuera de su sitio. Carla tiene un cardenal en la frente, negro y brillante como los pétalos de una amapola, alrededor de una costra arrugada. Es el tipo de herida que se produce al estrellar la cabeza de alguien contra la pared. La cara de Sarah no tiene señales, pero tiene el cuello torcido, dándole un aspecto socarrón a la cabeza. Hay un nervio en la nuca que, si lo pellizcas debidamente, puede producir vómitos, pérdida de conocimiento, síntomas de migraña y otros efectos serios. Parece como si alguien se lo hubiese hecho, aunque no debidamente.

Me quedo inmóvil con el carrito lleno de comida y sin decir nada.

—Señorita Galley, ¿ha venido para asesorarnos? —pregunta Albin.

—Les he traído la cena —respondo dándole la primera bandeja.

—¿Será usted nuestra abogada? —vuelve a preguntar Albin.

—¿Cómo dice? —digo mientras giro para coger otra bandeja.

Se acerca hasta los barrotes, con las manos entrelazadas, pero luego se distancia de mí.

—No nos permiten conectar con el exterior —dice—, ni nos dejan hablar con nadie, ni piensan asignarnos a ningún abogado. Usted es la única persona que conocemos.

—Usted no me conoce —respondo apartando la mirada de él y pasando más comida entre las rejas—, ni creo que me quiera como abogada.

—Por favor, señorita Galley. Mírenos. Necesitamos de alguien.

Aparto la mirada y sigo con mi tarea.

—Por favor, necesitamos a alguien de nuestro lado —insiste Albin.

Retrocedo y me apoyo contra la pared contraria.

—Yo no estoy de su lado —respondo. Mi voz retumba ligeramente y eso que hablo en voz baja—. Las personas que ustedes mataron eran mis amigos.

—Nosotros no hemos matado a nadie.

—Ya tendrán un abogado cuando se les asigne —le digo—. Y se lo asignarán cuando ustedes tengan algo que contar.

—Les hemos dicho todo y hemos confesado. No sé qué más quieren saber.

—Han muerto dos hombres. Uno de ellos tenía tres hijos y el otro tan sólo diecinueve años.

—No hemos sido nosotros —replica.

—¿Por qué hicieron semejante cosa? —pregunto.

Cierro los ojos y pienso que debería darles la comida y marcharme, pero me quedo. Si Seligmann estuviese aquí, lanzaría maldiciones cada vez que abro la boca. Sin embargo, hay algo en la negativa de Albin que me hace quedarme y hablar.

—¿Por qué se han molestado en fabricar balas para matar a dos hombres? —pregunto.

—Nosotros no hemos hecho tal cosa, señorita Galley —dice Albin.

—Dígame algo más interesante y seré su abogada —concluyo. Los ojos parecen cerrárseme tras dos cortinas—. No comprendo por qué nos odian tanto.

—Nosotros no les odiamos —interviene Carla con voz crispada.

Abro los ojos porque ahora no es la mujer de habla sosegada, sino alguien que chilla como una niña.

—Ni hemos matado a nadie —musita Sarah—. Ni usted es la que tiene la cabeza que apenas puede moverla.

—Estáis perdiendo el tiempo —interrumpe Ellaway. Oír su voz hace que me ponga alerta y erguida—. Ella no va a ayudarnos. Dejará que nos pudramos en este lugar, a menos que se canse de esta mierda y coja una correa.

—¿Es eso lo que le ha pasado en la cara? —le pregunto sin ninguna condolencia.

—Váyase a tomar por el culo —replica dándome la espalda y mirando a la pared.

—Debería cuidar sus modales —le respondo—. ¿Por qué cree si no que tiene ese aspecto?

—Váyase a joderla —insiste.

—¿No se aburren de oírle? —pregunto dirigiéndome a los demás—. ¿Por qué no se lo quitan de encima? Podemos enviarlo a otro bloque si lo desean.

—Dick, por favor, danos un respiro —le dice Albin—. ¿No piensa ayudarnos, señorita Galley? No haga caso de lo que dice Dick, por favor.

—Ella ya ha sido mi abogada —dice Ellaway levantando la voz—. No puedo imaginarla ayudándonos.

—Dick —lo corta Albin volviéndose hacia él—. Estoy tratando de conseguir ayuda. Si tienes alguna idea mejor, dila, pero si no, cállate de una vez.

Se miran entre sí. Ellaway se agacha, tiene el traje manchado y tira del lazo de su cuello mientras Albin permanece de pie. Hay una pausa, uno de esos silencios que apenas duran unos segundos y durante los cuales las personas se tapan los oídos esperando que explote.

Junto las manos y digo:

—No voy a ayudarles porque sencillamente no puedo.

—Por favor, necesitamos de alguien —repite Albin.

—Así es. Pero hasta que no empiecen a decirnos algunas cosas no les asignaremos a nadie. Y entonces será un abogado asignado. Así que no puedo ayudarles, no está dentro de mi alcance.

Albin me mira y dice:

—¿Disfruta con esto?

—¿A qué se refiere? —pregunto.

—Mírenos. Mire dónde nos encontramos. ¿Le gusta trabajar en una oficina que está encima de nuestras celdas?

Levanta la mano y observo que el moratón que le vi hace unos días se le ha pasado a los nudillos.

—¿Cree que puede convencerme para que les ayude? —digo con una voz carente de sentimiento.

—La mayoría de las personas trabajan en oficinas que tienen debajo una sala de correo —dice, mirando el suelo de hormigón cubierto de paja y las paredes blancas manchadas de huellas de manos y restos de sangre—, no un lugar como éste.

—También disponemos de una sala para el correo —contesto.

—Por favor, señorita Galley —continúa Albin—. Nadie sabe que estamos aquí, tiene que ayudarnos.

—Ya se lo he dicho. No puedo.

Les miro y veo a las personas que mataron a Johnny, las que dispararon contra Nate, así que dejo que el odio me invada. Todavía recuerdo el tacto de la piel de Seligmann cuando le abofeteé. Si me apeteciera, podría entrar en una de esas celdas, cerrar la puerta y añadir algunos cardenales de mi cuenta. Si estuviese en la planta de arriba, viendo claramente las fotografías de Johnny y Nate, seguro que podría. Sin embargo, aquí estoy, donde el eco fragmenta nuestras voces e impide que recobre ese sentimiento.

—No está en mis manos —digo al fin—. Los abogados no pueden asignarse ellos mismos y a ustedes no les concederán uno hasta que no confiesen.

—¡Hemos confesado todo lo que hemos hecho! —exclama Albin.

—De acuerdo. No seré yo la que discuta con usted. Pero le diré una cosa: hemos oído eso una infinidad de veces. Se lo digo por su propio bien, y porque es la verdad. No les culpo por no querer confesar, yo me podría poner más dura con ustedes, pero al final saldrían ganando. Ése es el mejor consejo que puedo darles.

—¿Se ha molestado en oír lo que hemos declarado? —inquiere Albin.

—Honestamente —digo dándole la vuelta al carrito—, no tengo el menor interés. Imagino que no me va a gustar nada lo que tienen que decir y ya tengo demasiados problemas como para querer más.

—Usted sabe que podría ayudarnos si quisiera —añade.

—¿He dicho yo que quisiera? —respondo.

No sé por qué este hombre se comporta como si yo le debiera algo.

—Lola, por favor, regrese —implora Albin al verme marchar.

Paro el carrito y me vuelvo otra vez.

—No vuelva a llamarme por mi nombre de pila, Albin. Ni se le ocurra —le advierto.

Me mira a través de su ojo inflamado y luego sigo mi camino.

—Disculpe, lo lamento mucho —se disculpa mientras los demás arrastran los pies por la paja—. No he querido ofenderla, pero por favor, vuelva y hable con nosotros, nadie se molesta en hacerlo.

—Comete un error —le digo por encima del hombro—. No sé por qué piensa que voy a preocuparme de salvarle.

—Bueno, a lo mejor porque parece una mujer agradable —responde con una nota leve de desesperación.

Empujo el carrillo hacia delante y respondo:

—No. Sólo soy una agradable follaculos. Piense en la diferencia.

—¿Acaso hay alguna? —dice levantando la voz y tratando de retenerme.

—En su momento creía que no —contesto. El carrito parece murmurar a mis pies—, pero al parecer sí la hay.

Cuando llego a la planta de arriba una parte de mí desea regresar, hablar con ellos y tratar de comprenderlos. Pero los merodeadores no te ayudan, no les importa si tu cabeza es como una mosca que no cesa de chocar contra el cristal; no serán ellos los que abran la ventana y te dejen salir.

Hay un mensaje en mi contestador automático de Sue Marcos, recordándome que había prometido convocarle una reunión con un auxiliar de supervisión.

No me lleva mucho tiempo hacerlo, pero, cuando lo estoy terminando de solucionar, me entra otra llamada. Es Adnan Franklin y desea saber qué ha sido de su cliente.

—¿Por qué lo dice? ¿Hay algún problema? —pregunto.

Puedo oír cómo suspira por el teléfono.

—Sí, señorita Galley. Hay un problema. No ha acudido a una cita y no me responde cuando le llamo al teléfono. Su secretaria me dijo que fue arrestado en su puesto de trabajo por un hombre y una mujer hace unos días.

Giro la silla para mirar por la ventana. El cristal está mugriento, pero aun así puedo ver el atardecer y un cielo aborregado de nubes.

—No sé nada al respecto, señor Franklin —contesto.

—La secretaria me describió a la mujer y creo que es usted.

—¿Ah, sí? Y ¿cómo me describió?

—Señorita Galley, al parecer mi cliente ha sido arrestado.

—Y a mí me gustaría saber cómo me describió la secretaria. Mi aspecto es de lo más normal. Y si me va a decir que fue una mujer pálida, con el pelo moreno, le responderé que es usted demasiado listo para sacar esas conclusiones.

—¿Está mi cliente bajo la custodia de Dorla? —pregunta.

El sol se oculta tras las nubes que brillan por encima de la ciudad.

—No lo sé.

—¿Cómo que no lo sabe?

—Por lo que sé, no. Si ha desaparecido y nadie me dijo que estuviera aquí, entonces lo más probable es que no. Pero si se encuentra y no me lo han dicho, entonces es que es un secreto y no me han mencionado nada al respecto.

—Me cuesta trabajo creerlo —responde.

—¿Y qué quiere que yo le haga?

—Señorita Galley, por favor, dígame si el señor Ellaway se encuentra bajo su custodia.

Miro el crepúsculo. El cielo parece romperse allá en lo alto y aparece la luna.

—No, que yo sepa —respondo—. Lamento no poder ayudarle, pero no sé dónde se encuentra.

El viento se agita a través de los árboles mientras hablo, pero las nubes permanecen inmóviles en el cielo, brillando con tanto fulgor que llegan a cegarte.

27

Cuando Hugo me llama para que me presente en su oficina, hace algo que jamás le había visto hacer con anterioridad: nada más verme entrar, cuelga el teléfono. Tiene ojeras; es como si alguien le hubiera estado tirando de la carne hasta habérsela descolgado.

—Hugo, ¿qué se le ofrece? —digo sentándome en una silla enfrente de él.

Es una silla ancha y sólida, lo suficientemente grande para acomodar a una persona de su tamaño. El respaldo me envuelve de tal manera que me da la impresión de estar apoyada contra una pared.

Hugo estira sus gruesos dedos por un momento y me observa.

—Debo preguntarle algo —dice hablando con lentitud y dándole el peso necesario a las palabras—: ¿Ha tenido algún contacto con los prisioneros que tenemos en las celdas por deambular libremente?

¿Puedo tener problemas por el mero hecho de hablar con ellos?

—Les llevé un carrito con la comida, sí. ¿Por qué?

—Y cuando estuvo allí, ¿habló mucho con ellos? —pregunta abriendo las manos y poniéndolas encima de la mesa.

—Principalmente con Lewis Albin. Quería que yo llevara su causa.

—Mmm —murmura Hugo inclinando la cabeza—. Y ¿usted qué le respondió?

Todo lo sucedido ese día está grabado, por lo que me sorprende que simule no saberlo.

—Que tendrían un abogado cuando se les asignara —respondo.

Hugo se sienta más derecho.

—Pues es posible que usted sea la asignada —dice cambiando tanto de tono que me sorprendo—. Richard Ellaway es ya de por sí su cliente, y es muy probable que se les juzgue a todos juntos. ¿Usted aceptaría eso?

Me miro las manos, tratando de pensar qué puedo decirle. Este caso es prominente, por lo que tendrá repercusión a nivel nacional. La gente ha empezado a ponerse de un lado o de otro. Los no licántropos querrán ver a los merodeadores colgados de un árbol, mientras que los licántropos se dividirán, ya que algunos se mantienen fieles a la causa, pues reconocen que son asesinos. Probablemente perderé el caso, no podré librarme de ellos, por eso no quiero representarles. Podría quedar como una buena abogada con una causa perdida, o como una mala abogada que no se molesta en ganar; es decir, formaría parte de la purga llevada a cabo en Dorla. Eso es muy distinto a defender borrachines que merodean por la noche.

—Haré lo que se me diga —respondo finalmente—. Usted conoce mi experiencia, así que le dejo a usted la responsabilidad de decidirlo. Si me asignan el caso, lo cogeré.

Hugo me observa durante unos instantes.

—¿Hay probabilidades de que se les asigne un asesor legal pronto? —pregunto para llenar el silencio.

—No inmediatamente, salvo que usted quiera empezar a actuar de forma oficiosa. Estoy seguro de que se le concederá mucha libertad de acción.

—¿Por qué? —pregunto, aunque Hugo no es el tipo de persona al que suelo hacer ese tipo de preguntas. Le conozco desde hace mucho tiempo y, a lo largo de estos años, me he acostumbrado a su inexpresivo rostro y a sus comentarios impersonales. Preguntarle acerca de mi posición con otras personas es una empresa nada certera.

—Porque al parecer usted les conoce de antes. Ha tenido contacto con ellos en un par de ocasiones, lo cual ya es más que la mayoría de los que están aquí. Además, usted los arrestó y eso le da cierto prestigio. Por otro lado, Albin ha solicitado que así sea, por lo que creo que es posible que se muestren más comunicativos con usted que con otra persona.

—¿Y a qué se debe su interés? —pregunto, pues la verdad es que deseo saber el motivo de ello.

El rostro de Hugo permanece impasible.

—Creo que usted le gusta —dice.

Le miro de pasada, para luego mirar a través de la ventana a ese cielo gris e impregnado de lluvia. No se me ocurre ninguna respuesta para lo que me ha dicho.

—En cualquier caso —añade Hugo—, quisiera comunicarle que hemos arrestado a otro.

—¿Cómo? —respondo enderezándome en la enorme silla—. ¿Cuándo ha sido?

—Esta mañana.

—¿Cómo ha sido?

Es una noticia sorprendente, crucial.

—Ha estado dejando mensajes en los contestadores automáticos de tres de ellos, Albin, Sanderson y Stein —explica Hugo—. Esta mañana se presentó en casa de Albin, y luego en la de Sanderson. Parecía nervioso, y empezó a aporrear la puerta y a pegar gritos por las ventanas. Fue entonces cuando el equipo de vigilancia lo arrestó.

Estoy inclinada hacia delante, ávida por escuchar la información.

—¿Hay pruebas de que sea también un merodeador libre? —pregunto—. Me refiero a que no sea un familiar preguntando dónde pueden estar.

—Ellos le reconocieron en las celdas —responde Hugo—. No hablaron de asesinatos, por supuesto, pero sí de deambular libremente y mencionaron esa noche en particular. Es uno de ellos, no hay duda.

—Dios santo.

—En cualquier caso, me han pedido que querían verla de nuevo —agrega—. Están empezando a convertirse en un verdadero fastidio, así que nos haría un favor a todos si bajara a visitarles.

—Por supuesto. Iré ahora mismo —respondo, levantándome y disponiéndome a salir.

—Lola —me llama antes de que llegue a la puerta.

—¿Sí? —respondo volviéndome hacia él. No ha sido muy cortés de mi parte salir tan deprisa.

—Tendrá que ser discreta con este asunto. Cualquier información que pueda darnos resultará valiosa, tanto si los representa como si no.

—De acuerdo —convengo casi sin escucharle.

Hugo asiente con la cabeza y salgo del despacho.

Reina el silencio en las escaleras. Llevo zapatos de tacón bajo y suela de goma, ya que dejé de utilizar zapatos de tacón alto cuando Seligmann se escapó, así que cogí este par de viejos zapatos, con los que se corre mejor y con los que apenas se hace ruido al bajar los escalones. Uno de los tubos fluorescentes parpadea, los escalones son de cemento y un poco fúnebres. Al pasar por la puerta y entrar en el pasillo de azulejos blancos, el cambio de luz me produce escozor en los ojos, por lo que tengo que detenerme un instante, parpadear y protegerme la cara.

—¿Es usted, señorita Galley? —pregunta Albin desde el final del pasillo—. Por favor, entre.

Hay un hombre de pelo moreno en la celda contigua a la de Carla, con las manos pegadas a los barrotes que la dividen. No hago mucho ruido al caminar, pero él se gira y se acerca hasta las rejas, mete entre ellas una mano llena de moratones y dice:

—Lola, gracias a Dios. Tienes que ayudarnos. —Me quedo totalmente inmóvil, a suficiente distancia de su mano—. Lola, me alegra verte. Me acusan de asesinato, los agentes que me arrestaron dicen que maté a un tal Nate Jensen. Dime, ¿sabes tú quién es?

Tiene moratones en la cara, y uno de los pómulos partido, justo en ese sitio que se rompe si te pegan un puñetazo en la mejilla. El corazón me late con fuerza.

—Lola, por lo que más quieras, di algo —añade.

—Ella no nos ayudará, Paul —dice Sarah—. Ya te lo he dicho antes.

—Lola, por favor —implora Paul. Me resulta imposible decir nada, tengo los labios sellados—. Lola, ¿qué pasa? ¿Hay algún lugar donde podamos hablar a solas? —Retrae la mano por entre los barrotes y se aferra ligeramente a ellos.

Recuerdo haber visto esa mano alrededor de mi muñeca.

—Escúchame —dice Paul—. Comprendo que esto sea una sorpresa para ti, me refiero a que debí contártelo antes... oh, Dios.

Se vuelve y camina unos pasos en la celda, hace un giro completo y se acerca de nuevo a las rejas.

—Lola, te lo ruego, tienes que creerme. No he oído hablar de Nate Jensen en mi vida. Por favor, no pongas esa cara. Por favor, dime algo.

Me tiemblan las piernas y retrocedo para no caerme.

El resto de los prisioneros están al fondo de las celdas, lo más lejos posible de nosotros, pero observando.

—Lola —dice Paul cuando me doy la vuelta—. ¡Lola!

Logro dar un paso sin tambalearme; luego otro. Cuando llego al hueco de las escaleras empiezo a correr. Me tambaleo durante un trecho antes de tropezar y caer; me golpeo en la espinilla con uno de los escalones y termino sentada, sin poder pronunciar una palabra. Hace frío, las escaleras están sucias y no debo quedarme en un lugar como éste, pero ahora ya no tengo ningún lugar en el mundo adonde ir.

28

La gente no tarda mucho en enterarse; al fin y al cabo, esto es Dorla.

Nadie me comenta nada. Hugo me pregunta dónde voy a alojarme ahora, pero no se me ocurre qué responderle. No puedo ir a mi casa, y tampoco a la de Paul. Sentada en mi silla pienso en eso, y sólo recordar su nombre me revuelve el estómago. Bride se ha marchado y Becca no me acogerá.

Tengo los ojos doloridos, como si hubiera pasado demasiado tiempo expuesta a la luz. Miro a Hugo.

—No lo sé —le digo con una voz que no reconozco, además de que no me responden las extremidades—. Podría acostarme con Ally Gregory a cambio de que me deje dormir en su casa.

Eso es ya lo que me faltaba por decir. El rostro de Hugo apenas se altera, pero se asienta como la arena bajo el agua. No sabía que pudiera decir algo semejante, pero una vez que lo he hecho es como si se abrieran las puertas y todo entrase con la mayor celeridad. No puedo mantener separados los recuerdos por más tiempo. La mirada que me lanza Hugo me resulta harto conocida; de hecho, yo misma se la he puesto a mucha gente. Es la mirada que se les pone a los que tienen un tic. Mi cuerpo parece cojear en su silla, los ojos me saltan y las manos me empiezan a temblar. Las miro bajo el resplandor de las luces, las veo saltar y estirarse como ranas agonizantes y no puedo hacer nada para detenerlas. Lo que siento, por encima de todo, por encima de los recuerdos, el dolor y la pena, es un sentimiento de resignación ante lo inevitable, como una pecadora que descubre, poco antes de morir, que estaba en lo cierto, que siempre terminaría en los infiernos.

La primera noche me han permitido dormir en una celda vacía, una para las largas estancias que dispone de un lavabo y un colchón. También me han dado mantas, más de las que suelen darles a los presos y, aunque estoy arropada también por mi abrigo, tiemblo por la corriente que entra por los barrotes. Cuando me doy la vuelta producen un ruido ensordecedor a mis espaldas y, cuando abro los ojos, veo que se ciernen sobre mí. Todo lo que miro se ve entrecortado por su sombra, que parece moverse y balancearse en la oscuridad. Al cerrar los ojos, sigo viendo la imagen de los barrotes oscilando delante de mí.

En cuestión de media hora ya se ha corrido el rumor de que una representante de Dorla está durmiendo en las celdas, que hay una follaculos allí abajo con ellos. Cuando oigo por primera vez los murmullos, creo que es mi imaginación, que son los barrotes los que están emitiendo esos sonidos. Luego empiezo a distinguir las palabras.

«Pellejosa... Pellejosa.»

No puedo soportarlo. Lo he estado escuchando toda mi vida. Me doy la vuelta y me tapo con las mantas, pero eso no impide que siga oyéndolos.

«Vas a morir aquí en estas celdas...»

No pueden cogerme, no pueden llegar hasta donde estoy.

«Déjanos ver tus bonitas manos... puta follaculos...»

Algo me toca en el brazo y doy un respingo, vibrando como la cuerda de una guitarra. Me froto el lugar donde he sentido que me tocaban y miro alrededor en medio de la oscuridad, pero las celdas están en calma. Miro al suelo y veo un paquete de cigarrillos. Lo cojo y lo abro para ver si alguien me odia tanto como para tirarme sus cigarrillos, pero el paquete está lleno de pañuelos sucios. Cierro el paquete sin tocarlos, no quiero ver de lo que están manchados.

«Vamos a pillarte... Yo seré el primero, pellejosa... Y te haré llorar de lo lindo...»

Me observan cuando pongo el colchón en medio de la celda, en el suelo, lo más lejos posible de su alcance. Sé que pueden observarme.

«No te escaparás... Zorra frígida. Nos gusta verte tendida...»

Son calificativos que ya he oído en muchas ocasiones. Las chicas follaculos son lascivas, las mujeres son frígidas. Las follaculos necesitan que las estén follando un buen tiempo porque jamás han entrado en trance. Los niños follaculos se follan a sus hermanos y hermanas. Eso es lo que dicen, además de otras muchas cosas. Murmuran entre sí, como las ratas. Me dicen lo que van a hacer conmigo, me dicen lo que soy, hasta que no puedo soportarlo más y empiezo a aporrear la puerta, haciendo saltar la alarma.

Pero, como suele suceder en este sitio, nadie acude.

El recuerdo de la piel de Paul me posee por momentos y no puedo predecir si volverá a aparecer. Cuando me miro en el espejo del cuarto de baño, pienso que no reconocerá mi cara, pues ya no hay concesiones ni sonrisas. Es una cara que me resulta muy conocida. Las órbitas de los ojos, los dientes dañados, toda esa fealdad que siempre he tratado de esconder y de la que sabía que no lograría escapar.

Cojo las mantas, las doblo y hago con ellas una almohada. Pongo las otras encima del colchón, empujo la mesa de mi escritorio y cierro la puerta de mi despacho. Aquí es donde duermo ahora, rodeada de sillas. Me despierto a mitad de la noche, soñando con Paul y deseándolo. La almohada que tengo es dura, rígida, un lugar nada apetecible para echarse a llorar, además de que mis manos aferran las mantas institucionales, pero permanecen vacías. Podría esculpir su figura en barro, la línea de su cuello, las venas que le corren por los brazos, su cintura, sus mandíbulas. Sí, podría hacer una estatua de él y seguro que todo el que la viera diría: «Sí, es Paul.»

Esto no puede llamarse ni debilidad, de lo mucho que duele. Las cosas ya no me perturban, ya nada puede herir mis sentimientos. Miro el mundo a través de la misma sombra de color rojo y el dolor va y viene a su antojo; el mundo apenas me parece real.

Y, sin embargo, eso no es así. Es precisamente la realidad lo que más daño me causa, por eso no puedo detenerla. No es una discusión que se pueda olvidar mediante una apología, no son unos sentimientos heridos a los que se pueda engatusar. Mi amante está en las celdas, con sus compañeros asesinos. Hay un candado en la puerta, que trato de abrir. Forcejeo con él, pero por más que lo intento, no se abre.

Un día salgo de la oficina y recorro las calles. Las personas me empujan, pero no me aparto de su camino. Camino y camino hasta que me doy cuenta de que he llegado al Santa Verónica. Entro y me siento en la sala de emergencias durante dos horas en las que veo extremidades rotas, niños que se atragantan y un hombre que se agarra el pecho. Una enfermera pasa a mi lado y me pregunta si he pasado por la recepción.

La miro, pero no puedo gesticular.

—No —le respondo.

No estoy enferma. Cuando me levanto, rozo su brazo con mi mano y siento la textura del uniforme. Su tacto perdura en mi recuerdo durante horas.

Nadie me da ningún trabajo. Me tiemblan las manos, me pica la piel, todo mi cuerpo me incomoda, como si estuviera durmiendo con un amante que tiene la piel de lija. No puedo dejar de pensar en las células de la piel.

Una vez, después de que Paul se marchase de mi apartamento, me eché en la cama y presioné las mejillas contra la almohada, recordando lo que había aprendido en las clases de medicina forense cuando tenía trece años: que un poco de tu piel siempre se queda en todo lo que tocas. En aquel momento me encantaba pensar que Paul aún estaba en la almohada. Ahora, sin embargo, no sabría decir si hay algunas células de mi piel en ésta, pues no paro de ducharme a todas horas, diciéndome a mí misma que si logro mantener el pelo limpio, entonces sobreviviré. No obstante, debe de haber un vestigio de él en mi oficina, supongo que de los días en que dormía en su apartamento y se despedía de mí con un beso, por lo que llegaba al trabajo todavía con sus huellas impregnadas en el rostro y en la ropa. Si mi abrigo roza con algo o si toco una estantería, entonces puede que se me pegue algo de él. No friego la oficina, pero tampoco me niego a limpiarla, sino que continúo como siempre, sin mantener ni purgar cualquier resquicio que quede de Paul. Hacer eso significaría saber qué quiero hacer, cuando lo único de lo que tengo ganas es de vivir en mi interior, tratando de cicatrizar mi piel. Me arrastro de un sitio a otro como un caracol, dejando un hilo de sangre. La gente empieza a dejarme pasar cuando me cruzo con ellos por los pasillos y evitan mi mirada.

Por la noche no puedo dejar de soñar con Paul. Me despierto llorando porque ni en sueños puedo encontrar una explicación que haga desaparecer esta sensación.

29

Ally viene a verme. Me encuentra con la cabeza apoyada sobre el escritorio, con los párpados pesados por otra noche de insomnio. Levanto la cara cuando oigo que llama con una rápida percusión en la puerta. Al verle, me pongo derecha en mi asiento.

—Entra, Ally —digo frotándome un ojo con la mano.

Da unos pasos y se adentra en el despacho, con más confianza que antes.

—¡Dios Santo, Lola! ¿Te encuentras bien? —exclama.

—Ya sé que tengo muy mal aspecto —respondo.

—Te he visto mejor, sin duda.

No le pregunto cuándo.

—Dime, ¿qué quieres? —digo en cambio.

Pone la mano en el respaldo de la silla y empieza a tamborilear con los dedos.

—¿Te importa si me siento?

—Por supuesto que no —contesto.

Tengo el pelo pegado a la cara, estático, llega incluso a picarme. He pensado en afeitarme la cabeza y, aunque sé que no me atreveré, la idea no me asusta tanto como en otros momentos.

—Pensé... —empieza Ally tras sentarse y taconeando el suelo— que debería decírtelo. Sigues ocupándote del caso Ellaway, ¿no es así?

—Supongo.

Noto que le resulta doloroso, al igual que a los demás, verme en este estado. Lo sé, pero no me preocupa tanto como para querer cambiarlo.

—Pues bien, ¿recuerdas que te dije que hizo una llamada desde el refugio la primera noche que le cogimos? —continúa. Lo recuerdo, pero me parece muy lejano—. ¿Y lo del hombre moreno que vino a recogerle? Pues bien, he bajado a las celdas y lo he identificado. Era tu...

—Puedes decir su nombre, Ally —le corto. Se produce un silencio sólo roto por el tamborileo de sus dedos—. No pienso morirme por eso.

Ally toma aire.

—Bueno, pues fue Paul Kelsey. Él fue quien vino a recogerle —dice.

La boca se me llena de saliva y tengo que tragar.

—Lo imaginaba —respondo.

—Ya veo que no te sorprende gran cosa.

Ally se mira las manos y yo las mías.

—¿Algo más? —pregunto.

—No.

Luego se coge la coleta. Su pelo aún le llega por los hombros, un poco desordenado. No se lo ha cortado desde que le di las tijeras porque había perdido la apuesta.

—Gracias de todos modos por decírmelo —le digo.

Veo que no desea marcharse, pues continúa sentado, pero no sé qué más puedo hacer por él.

—Dime una cosa, Lola, ¿es verdad que estás durmiendo en las celdas?

No acierto a saber por qué lo pregunta, pero respondo:

—Lo hice, pero no pude dormir apenas. Se pasaban el día diciéndome cosas. —Es una frase sencilla, una frase de patio de escuela. Luego añado—: Ahora duermo en mi oficina.

Ally frunce el ceño y se frota las manos contra los muslos.

—Escucha, no creo que esto sea bueno —comenta preocupado—. Si necesitas un sitio donde estar, puedes quedarte en mi casa.

Una de mis manos se abre de repente, como si hubiera sufrido un espasmo.

—¿Has estado hablando con Hugo? —le pregunto.

—¿Con Hugo? ¿Para qué? —responde mirándome con sus ojos negros. Parece sincero.

Me levanto y rodeo el escritorio para sentarme en su regazo.

—Estoy en el punto de mira de alguien, soy como una diana —le digo, pero él se encoge de hombros—. ¿Acaso quieres morir? —añado, sintiéndome mareada.

—No pienso morir. Si quieres, puedes quedarte —insiste, y me mira inquieto.

—He estado pensando mucho últimamente —prosigo—. No puedo dejar de recordar algunas cosas.

Se echa un poco hacia atrás, como si tratara de tomarme las medidas. Sin embargo, es cierto lo que he dicho. Los recuerdos me han abrumado todo el tiempo y no puedo quitármelos de la cabeza. Me gustaría empujar a Ally, darle un bofetón, incluso me apetecería gritar. Alargo la mano y cojo una de las suyas.

—¿De qué estás hablando, Lo? —me pregunta.

Me sonríe con el rostro tenso. Su mano trata de librarse de mi apretón y la otra no cesa de tamborilear.

Cierro las manos con suficiente fuerza como para detener sus movimientos.

—Por Dios, Ally. Por una vez en la vida, siéntate quietecito —le digo.

Luego me inclino, le beso y le cojo el pelo para echarle la cabeza hacia atrás. Se ha puesto rígido, tiene la boca tensa contra la mía, pero me devuelve el beso y, durante un momento, su boca se abre y sus labios se mueven como si estuviera saboreando un chicle; un momento de deseo o de reflejos durante el cual nos besamos, su cara sin afeitar raspándome. Luego se aparta y echa bruscamente la cabeza hacia atrás para mirarme.

Abro la mano y los mechones de su pelo se me quedan pegados. Tiene los ojos muy abiertos y me mira fijamente.

—No, no quiero quedarme en tu casa —le digo.

Es una supremacía oscura y amarga. Cuando Ally se levanta y sale de la oficina, lo observo de pie y deseando desprenderme de ese sabor a chicle que me ha dejado en la boca, que me ha quemado los labios. Me resulta imposible creer que la próxima vez que le vea, las cosas ya no serán lo mismo, no se mostrará tan casual, activo y aniñado porque se acordará de esto. No me parece real lo que ha sucedido.

Recibo un memorando en el que me comunican que los prisioneros han solicitado verme de nuevo. Lo miro durante varios minutos antes de romperlo por la mitad, en cuartos, en octavillas y en trozos tan pequeños que no puedan tener significado. Luego los tiro a la basura y coloco otro papel encima para no verlos.

Nunca he sido una interrogadora de verdad. Seligmann es lo más cerca que he llegado de eso. No me consideran lo bastante dura. Los interrogadores suelen ser hombres, normalmente tipos que han perdido un pie, tienen la cara desfigurada o les han arrancado los genitales; es decir, los peores, los inservibles, los que ya no serán igual. Se dedican a limpiar los suelos, a realizar trabajos nocturnos y, algunos de ellos, trabajan con los prisioneros y obtienen detalles que se nos han pasado por alto a los demás. Son esos mismos hombres los que nos enseñaron las técnicas de los interrogatorios. Ellos no podrían enfrentarse a un lunático, pero un licántropo es algo muy diferente, al menos en lo que respecta a los niveles del juego. Los interrogadores pueden llegar a perder un kilo, pero eso no los detiene. Y nunca dejan señalados a los prisioneros, al menos no demasiado; y si lo hacen, siempre de forma que sus heridas puedan cicatrizar. Sin embargo, hace mucho que aprendieron que, por mucha carne que le quites a un hombre, jamás podrá reemplazar la suya.

Si tan mala opinión tienes de los licántropos, entonces ¿por qué duermes con uno?

Eso es lo que me dijo Paul. Ahora me doy cuenta de que él sabía que lo averiguaría.

Estaba en lo cierto. ¿Por qué iba a permitir que una breve pasión se interpusiera entre yo y mi vida, entre todo lo que ha significado el mundo y la razón? Debería haberlo sabido. Sin embargo, incluso en este momento lo estoy pensando, mientras bajo las escaleras para ayudar a esas personas que mataron a dos de los míos. Y todo ¿por qué? ¿Por unos ojos azules, por unas manos de largos dedos o por una voz?

Ninguna de esas cosas me parece tan carente de importancia como debiera ser.

Lo supo desde el principio, pues fue él quien me llevó al parque, quien me llevó de paseo, quien me dijo que no tuviera miedo, que ninguna bala podría herirme. Entonces debí haberme dado cuenta, pues ningún hombre se arriesga a tales cosas.

¿Por qué me acogió en su apartamento? ¿Para estudiarme, observarme o traicionarme? ¿O le gustaba lo suficiente como para quitarme de en medio por un tiempo y no hacerme daño?

Ahora estamos de nuevo viviendo juntos. Él en la planta de abajo y yo en la de arriba. No es lo que hubiera esperado, pero es una nueva forma de intimidad. Podría tratar de salvarle, podría bajar las escaleras, entrar en la celda y arrancarle mi amor con ayuda de un cable de acero, desgarrarlo y ver dónde estaba el secreto para que me hiciera desearlo tan encarecidamente. También podría dejar que me hiciera el amor y suplicarle, ya que no creo que pueda caer más bajo de lo que ya he hecho. Podría llorar y terminar por rebajarme del todo, pues me siento apresada bajo su resplandor.

Hay momentos en que pienso que habría resultado más fácil si me hubiese pegado un tiro como a los otros.

Algunas veces ignoro el teléfono, otras veces no me resulta tan penoso tener que responder. En esta ocasión, lo contemplo durante unos momentos, pero suena y suena, suena cada vez con más fuerza.

—Sí, dígame —respondo.

Nunca digo mi nombre, pues ahora todo el mundo me conoce.

—¿May?

Pensé que me estaba dejando llevar por la sorpresa, pero su reconocible voz me hace ponerme derecha en la silla y responder:

—¿Becca? ¿Eres tú?

—Sí, soy yo —responde.

Luego duda y el silencio parece crecer.

Ella no querrá que nos veamos. No nos hemos visto desde el día que me marché. Eso es lo primero que recuerdo, pero la imagen no me dura mucho tiempo. Me viene todo de golpe, un montón de codos raspados y pelos enmarañados que ella me ha arreglado; un montón de discusiones en las que siempre estuvo dispuesta a pedir disculpas antes que yo, y eso que yo pegaba patadas y tiraba cosas, mientras que ella sólo gritaba. Becca jamás le ha levantado la mano a una persona en su vida. Recibió muchos insultos, muchos comentarios sobre mí y, sin embargo, ahora es la única persona que desconoce lo que me ha sucedido.

—Becca, lamento que la última vez que nos vimos nos disgustásemos —le digo de golpe—. No debí hablarte de esa forma. Lo siento de verdad.

La garganta me duele al pronunciar esas palabras, me produce un dolor muy similar a cuando te despegan un vendaje de la piel.

—No pasa nada —responde sorprendida—. Espero que comprendas por qué te lo dije.

Hace un mes habría pensado que intentaba demostrar que estaba en lo cierto, convertirme en la mala de la historia. Sin embargo, ahora su voz tiembla ligeramente al final de la frase. Casi puedo imaginarla, de pie, con la postura erguida, los zapatos limpios y tratando de comportarse razonablemente. Resulta extraño con qué facilidad puedo ver ahora lo que antes no veía y darme cuenta de que desea que la anime.

—Por supuesto que sí —respondo con la voz ligeramente ronca.

La pobre Becca está tan sola... No tiene a nadie, salvo a Leo.

—No quise ponerte en peligro —le digo—. Tú sabes que te quiero. Lo que pasa es que me sentí decepcionada.

Le he dicho que la quiero. Cierro los ojos mientras escucho su voz:

—Lo sé, pero comprendes por qué te lo dije, ¿verdad?

Todavía cree que estoy enfadada con ella.

—Por supuesto que lo comprendo —contesto.

—Yo, bueno, sólo quería saber cómo te encuentras —añade tartamudeando.

Respiro para recuperar la compostura y respondo:

—Pues la verdad es que no muy bien. Algunas cosas han salido mal...

—¿Qué ha sucedido?

No sé si puedo repetirlo desde el principio, ponerlo en palabras que ella comprenda, pero digo:

—Bueno, recuerdas que te comenté que...

—Espera un segundo —me interrumpe.

Se oye un llanto de fondo y luego sus pisadas. Ha ido a coger a Leo. Imagino que habrá crecido mucho desde que lo vi por última vez. Luego hay una larga pausa, durante la cual se oye su voz tratando de calmarle. Cuando vuelve a coger el teléfono, su voz suena amortiguada, como si tuviera el auricular bajo la barbilla. Puedo oír pequeños sollozos, muy claramente. Lo tiene en brazos, ésa es su voz y, si me quedo quieta, hasta puedo oírle respirar.

—Lo siento —dice—, acaba de despertarse. Sigues ahí, ¿verdad? Espero que no te importe, pero es que...

—No pasa nada.

—¿Qué sucede, May?

Su tono de voz me indica que cree que algo malo me ha hecho ser más tolerante con ella. Antes eso me hacía enfadar, pero ahora casi me hace sonreír.

—Me fui a vivir a casa de mi novio, del cual creo que te hablé —le digo—. Pues bien, ahora resulta que conoce a las personas que arresté, las personas que mataron a mis compañeros. Él es uno de ellos.

—¿Cómo dices?

Se oyen los gorjeos de Leo al otro lado de la línea. La voz de Becca suena sobresaltada.

—Así es —digo—. Él era uno de los que estaban dispuestos a matarme.

—¡Dios Santo, May! —exclama.

No hay tono de reproche, sino de contrariedad. Luego hay un silencio. Cuando habla, va derecha al grano:

—¿Estabas enamorada de él? —pregunta.

Miro mis manos temblorosas y respondo:

—Sí.

—Lo lamento, May.

—Eso no se puede evitar —digo—, y ha sido lo peor de todo.

—Lo imagino.

Eso le ha sucedido a Becca, ¿verdad? Ella sabe lo que significa perder a un hombre, verse sola y rechazada.

—¿Te encuentras bien? —pregunto.

No obstante, no pasa nada si no lo está, pues no necesito que sea la más fuerte. Ninguna de las dos vamos a llegar a ningún sitio con eso.

—Estoy bien, aunque quizás un poco cansada de estar siempre encerrada —dice—. He hablado con un abogado y dice que puede localizar a Lionel e incluso obligarle a que se haga una prueba de ADN.

—¿Y eso cambiaría las cosas? —pregunto.

Paul no me dejó embarazada, ya que soy demasiado cuidadosa para eso, pero ahora me pregunto si eso habría cambiado las cosas.

Lo único que habría sido es un niño lleno de vida.

Becca suspira.

—No, no lo aceptaría de nuevo en mi vida, pero lo hago por Leo —añade—. Es posible que quiera saberlo cuando sea mayor.

—Ya se lo dirás —respondo, aunque también puede pasarse la vida sin saberlo, ya que no creo que le haga ningún bien conocer la historia completa.

—Podrá entenderlo —dice medio riendo, aunque emplea un tono muy serio—. Tú también podrás ayudarme a explicárselo, pues has visto muchas noches de luna llena.

Parpadeo y me aclaro la garganta, pero no quiero gritar: «Sí, lo haré.» La tita May puede explicártelo, así que pregúntale a ella. De esa forma no crecerá preguntándose: «¿Qué le sucede a la tía May?»

—Entonces ¿dónde te alojas? —continúa Becca.

—En el trabajo.

—¿En el trabajo? ¿Ya no estás en su apartamento?

—No he vuelto allí desde que lo arrestaron —respondo.

—Bueno, si está vacío, podrías usarlo, digo yo. Creo que después de todo te lo debe. Además de que eso no impedirá que vaya a prisión.

Esta vez soy yo la que ríe. La decorosa Becca es más dura de lo que imaginaba.

—Me preocupa que pueda estar vigilado —le explico—. Todavía hay algunos de ellos libres.

—Vaya.

—Por eso no puedo visitarte de momento.

—Vaya.

—Escucha, ya sé que los viajes son un trastorno con los niños, pero ¿crees que podrías venir a verme? —digo.

No me resulta fácil pedírselo, pero estoy muy cansada. Tengo muy pocos recuerdos de querer ver a mi madre cuando estaba dolida, pero ahora necesito ver a Becca.

—Por supuesto que puedo —responde—. ¿Cuándo quieres que vaya?

Me muerdo el labio; afino la voz:

—Cuando tú quieras. No pienso salir a ningún sitio.

Becca siempre ha sido la guapa, siempre ha ocupado ese lugar oficial. Es más alta que yo, aunque no demasiado, pero tiene unos labios redondos y llenos, además de una piel muy rosada. Cuando éramos niñas, los calcetines nunca se le caían, sus pantorrillas parecían hechas a medida del tejido. Todo lo contrario que yo, desgarbada y sin gracia, siempre mordiéndome el pelo liso mientras que Becca se apartaba sus rizos con un gesto muy suyo. Becca me peinaba y me alisaba los jerséis, pero ni una cosa ni la otra me duraban mucho tiempo. Sus retoques no producían el mismo efecto en mí que en ella.

Lionel y ella fueron ambos asesores de gestión. Yo le estreché la mano cuando ella me lo presentó y jamás mencioné en su presencia lo que pensaba de su trabajo. Gente de veintidós años a la que se le pagaba tres veces más que a mis superiores, contratada para aconsejar a personas mucho más mayores que ellos por la sencilla razón de que tenían un título.

No pienso en lo que me sucedió cuando tenía esa edad. Becca estaba allí, en ocasiones, y llegó a visitarme en el hospital un par de veces. Es probable que quisiera decirme algo, servirme de ayuda, pero yo seguí tendida en la cama, mirando el techo, tratando en todo momento de evitar el escozor de mis ojos. No hablé con ella. Sin embargo, ese mismo año fue cuando se casó con Lionel. Durante la ceremonia, me senté en un banco de madera muy duro. Becca me había comentado un poco dubitativa que quizá me gustaría ser la dama de honor o algo parecido, pero le respondí que estaba enferma y ella suspiró y colgó el teléfono. Por eso, en la iglesia, me senté y me limité a verla flanqueada por sus amigas de piel tostada y a estrecharle la mano ligeramente a Lionel cuando estábamos en la recepción.

Durante dieciocho meses, Becca dejó de darse tantos humos. Dejó su trabajo y decidió que prefería sentarse en una biblioteca y dedicarse a catalogar libros, poner sellos y limpiar el polvo de sus manos con un pañuelo blanco que siempre llevaba. Me invitaron a cenar, Becca, Lionel, el señor y la señora Keir, y fue entonces cuando Becca lo mencionó; lo mencionó, más que comunicarlo. Dijo que ya no podía soportar el estrés. Lionel le puso la mano en la muñeca, la sostuvo como si fuese un cucharón y le dijo:

—No todo el mundo está hecho para esta vida.

Él no se había quitado el traje para cenar, ni siquiera la corbata. Estaba erguido, con los codos ocupando la mitad de la mesa y dándole ánimos a su bonita esposa.

Después de esa cena siempre me puse camisas de manga corta en su presencia. Cuando se trata de licántropos normalmente me las tapo. Cuando jugaba al squash con Johnny ambos nos poníamos pantalones cortos y camiseta y nos veíamos las cicatrices. Lionel vio la mía. Le enseñé mi carne desfigurada, le dejé ver mis delgadas extremidades, me arreglé el pelo para que se acentuaran mis afilados rasgos y no le dije nada mientras permanecía sentada con mis heridas cicatrizadas.

Becca pensó que Lionel permanecería a su lado cuando se quedó embarazada aquella noche en el refugio. La verdad, no sé cómo pudo pensar semejante cosa.

Becca era hermosa y actuó siempre con honestidad, pero eso no la salvó.

Viene a verme esa misma tarde. Pienso que quizá deba decir en recepción que espero a la señora Becca Keir. Una mujer con un cochecito no es algo muy corriente por este sitio, pero luego resulta que se presenta como Becca Galley.

Cuando entra en mi oficina, su mirada se posa sobre las mantas mal dobladas que hay amontonadas en una esquina, la papelera llena de envoltorios de sándwiches, el cepillo de dientes que hay encima de la mesa, en definitiva, el desorden opresivo que reina cuando alguien vive confinado. Pero no hace ningún comentario. Aparca el cochecito en una esquina y se acerca para besarme.

—Estás pálida —dice poniéndome la mano en la cara.

—No he salido mucho últimamente —respondo.

Todavía hay mucho ajetreo en la oficina, aunque ya ha oscurecido. Me acerco hasta la puerta y la cierro.

—Está un poco cargado el ambiente —dice Becca—. ¿Te importa si abro la ventana un rato? Sólo para airearla, pues hace frío fuera.

—Sí, claro —respondo.

Puede que eso mejore la habitación. Me acerco hasta el cochecito donde está tendido mi sobrino. No está dormido, sino echado boca arriba, agarrándose un pie con la mano y mirando el remolino de papel que cuelga encima de él. Yo se lo hice y aún está ahí.

—Hola, muchacho —le digo.

Le pongo la mano en el pecho y siento cómo palpita, rápido como el corazón de un conejo.

Becca corre las cortinas y se vuelve.

—Estás realmente pálida —comenta.

—No me encuentro bien, eso es todo.

Se acerca hasta mí, me pone una mano en el hombro y agrega:

—Ya te sentirás mejor. Todo se pasa.

Me gustaría explicarle que no se trata solamente de perder un amor, sino que también es por mis amigos que yacen muertos, y por un bloque de celdas que está lleno de personas de renombre y éxito que aún quieren asesinarnos, además de por una pérdida de fe en el mundo. Pero no lo hago, pues siempre descargo mucho peso sobre ella.

Coge a Leo y me lo da. Pesa más que antes y le está creciendo un mechón de pelo oscuro en la cabeza. Se parece algo más a su madre. Cuando lo sostengo, arquea la espalda y gimotea al sentirse en brazos de una nueva mujer, una extraña medio olvidada. Becca se sienta, me observa con él y, cuando empieza a llorar, no me lo quita, sino que permanece sentada, tranquila. Pongo la cara de Leo contra la mía y los dos lloramos juntos.

Después de un rato Becca se levanta y me coge por el hombro. Es un viejo abrazo, medio íntimo, que se remonta a nuestra niñez, pero sigue siendo más alta que yo. Apoyo la cabeza sobre su hombro y ella no se aparta.

30

En una ocasión le pregunté a Paul qué es lo que se siente al entrar en trance. Puso cara de sorpresa, se rascó la cabeza y pensó en ello. Siempre que le hacía preguntas como ésa, decía que no hay palabras para describir ese estado, puesto que cuando se está en trance, se vive en un mundo sin palabras. «Lo más que puedo decirte al respecto —me dijo— es que parece como si quisieras abrirte de par en par con cada uno de tus músculos, pero son ellos los que lo hacen sin ayuda de nadie.» Los músculos duelen cuando se estiran, añadió, y le respondí que sabía lo que es eso, pues en Dorla hay que hacer ejercicio y pasar unas pruebas físicas si te dedicas a apresar. La única diferencia, dijo, es que entonces los estiras voluntariamente, pero cuando se entra en trance son ellos los que te estiran a ti.

Deseé no hacerle más preguntas de esa índole, pero la verdad es que no podía parar. Debió de pensar que tenía derecho a despreciarnos, que podía hacernos sentir nuestra deficiencia.

Ahora, una vez más, hay luna llena.

Nadie me sacará de aquí. Si tuviera una casa a la que ir, deberían enviarme allí. Sin embargo, lo único que tengo es un puñado de mantas en una oficina con cerrojo en la puerta. Ni siquiera me van a trasladar para que trabaje en la centralita, ya que Hugo dijo que se había tomado la decisión de concederme un descanso.

Nadie se da cuenta de que bajo las escaleras.

La sala de control está desguarnecida. Es una habitación muy reducida, atestada de cables que corren por el suelo y con dos sillas de plástico, una apilada encima de la otra, como si las hubieran traído de una escuela. Hay un cristal de visión unidireccional y se puede escuchar por separado lo que sucede en cada celda. Puede ajustarse lo que escuchas sin que eso afecte la grabación, sencillamente conectando algunos auriculares. Las clases sobre ocultación de micrófonos nunca fueron mis favoritas, además de que estaban enfocadas para aquellas personas que se habían dedicado a la grabación musical, pero recuerdo lo suficiente como para saber manejar este equipo.

En este preciso momento puedo escuchar todas las voces al mismo tiempo.

—... y nos ofrecen una aspirina ¿puedes creerlo? —Es la voz de Sarah. Tiene la boca hinchada y, al igual que los demás, tiene la cara marcada. Una vez que entren en trance, se le cicatrizarán las heridas, estarán totalmente curados mañana por la mañana. Es normal ofrecer aspirinas las noches de luna llena. Ya sabemos que no reduce gran cosa el dolor que sienten al transformarse, pero no tenemos autoridad para administrar medicamentos más fuertes.

—Deberías habértela tomado —dice Ellaway—. Todos vosotros estáis mal de la cabeza.

—Cállate —le espeta Paul medio enfáticamente y medio susurrando.

Tiene uno de los lados de la cara de color púrpura y el ojo inflamado, dándole aspecto de desequilibrado. Me duelen las manos cuando le oigo hablar.

—Es la ley, creo —agrega Ellaway—. ¿Alguien sabe qué hora es?

—Creo que quedan unos cinco minutos —dice Sarah dándole una patada a la colchoneta de paja.

—Quizá fue ella quien nos mandó las aspirinas —responde Paul en cuclillas, desde la pared del fondo, sin mirar a nadie mientras habla.

—Por lo que más queráis, ya hemos hablado de eso —protesta Sarah.

—Sí, ya hemos tenido bastante —la interrumpe Albin.

Todo el mundo se queda callado.

—Sarah, deja de quejarte, estamos todos juntos en esto —prosigue Albin—. Y tú, Paul, deja de gimotear, ya no se trata de tu vida amorosa. Si alguien tiene algo más que añadir, que lo diga ahora.

Ninguno le mira. Más bien todo lo contrario. Todos bajan la cabeza y guardan silencio.

—De acuerdo —añade—. Pues entonces, veamos cómo nos enfrentamos al atardecer.

Ellaway hace un gesto de enfado y retrocede hasta el fondo de la celda. Los demás miran alrededor y empiezan a comprobar cuánta paja tienen.

Desconecto algunos interruptores, conecto un enchufe en su correspondiente lugar y escucho para ver qué sucede en la celda de Paul. Cojo unos auriculares; son bastante grandes y blandos y me arropan los lados de la cara como si fuesen manoplas.

La mayoría de las personas se ponen inquietas antes de salir la luna. A nadie le gusta los dolores inminentes, pero Paul parece relajado. Barre la paja que hay tirada en el suelo y la apila. Me tapo la boca al ver que se desabotona la camisa, sólo unos cuantos botones, y se la saca por la cabeza. Recuerdo que siempre lo hacía de esa manera. Yo se la desabrochaba, se la abría entera y se la sacaba por la espalda, recorriendo sus brazos con mis dedos. Sin embargo, si lo hacía él solo, se la sacaba como si se tratara de una camiseta. Observo que tiene la espalda llena de moratones y las paletillas de la espalda se le mueven bajo la lisa aunque apaleada piel, flexionándolas como alas.

Tira la camisa encima de la paja. Al parecer alguien ha dicho algo, ya que se gira y dice:

—Esta paja pica como el demonio.

Es Sarah la que habla, pues veo cómo se mueve su boca sin emitir ningún sonido. Probablemente, le está diciendo que si rompe la camisa no conseguirá que le den otra, y tiene razón, no se la daríamos. Se encoge de hombros, recoge la camisa y la coloca en una estantería que está por encima de su cabeza. Se pasa una mano por el pelo y se rasca el cuero cabelludo. Es una costumbre que también me resulta familiar, pues siempre hacía ese gesto cuando se le caía la ropa y el aire le daba en la piel. Con la otra mano se desata los zapatos y los echa hacia un lado.

Ese gesto me resulta totalmente nuevo. Pensé que era mío. Los otros se están despojando de su ropa con la misma compostura; no se miran entre sí, pero tampoco evitan mirarse, pues es un acto muy familiar entre ellos. No puedo apartar la mirada de él, pero ellos no se percatan. Ahora es suyo.

Conecto el micrófono de su celda. Puedo oírle respirar, así como el débil crujido de la paja bajo sus pies descalzos.

La luna saldrá en un par de minutos.

Paul sacude la cabeza, balancea los brazos un par de veces como un atleta, y luego se tiende. Inhala y exhala varias veces. No parece nervioso. Por el contrario, se pone las manos encima del pecho, sin cruzarlas, y mueve ligeramente la cabeza, aunque no creo que logre ponerse cómodo porque el suelo está muy duro.

Se oye una voz por el intercomunicador, y me sobresalto al oírla:

—Atención: la luna llena sale dentro de un minuto.

Paul abre los ojos, gira la cabeza y luego los vuelve a cerrar. Sus manos suben y bajan al ritmo de la respiración. Inspira y espira, relajándose. Un manojo de paja cuelga de uno de sus codos, pero no se la quita, prefiere permanecer tendido, relajado, como si tratara de quedarse dormido.

El proceso se inicia a los pocos segundos. Empieza por ponerse rígido y por respirar desacompasadamente. Tiene los ojos bien cerrados y la frente arrugada. Es la cara de un hombre que trata de recobrar el control, pero, cuando un músculo se le tensa en la mandíbula, como si se le atenazara, se flexiona y recupera los rasgos de la cara. Los cambios se suceden de forma gradual durante los primeros minutos, pero luego se aceleran.

Arquea la espalda, presiona las piernas contra el suelo, un espasmo le recorre el cuerpo haciéndole estremecer y apretujarse contra el suelo. Luego se recupera, respira profundamente y cesan los temblores, quedándose con las piernas inmóviles y estiradas. El gemido amortiguado de su voz se escucha por encima del crujido que emiten las rodillas al flexionarse. Los brazos también sufren sus cambios, pero más lentamente, y los huesos de los hombros rechinan como las articulaciones de un artrítico tratando de encontrar su posición.

Sostengo los auriculares con manos temblorosas, pegándome las almohadillas a la cabeza mientras Paul se retuerce en el suelo, medio transformado, como un niño amorfo que no debería haber nacido, como un hombre que hubiera pasado horas enteras en un maletero. Su rostro también se está transformando, le están saliendo pelos en la piel que tiemblan como las flores al ver el sol, pero la voz que emite entre murmullos y jadeos sigue siendo la de mi Paul. Podría oírla con los ojos tapados y decir: «Sí, conozco a ese hombre.»

Luego sufre otro espasmo que le hace sacudir las manos. Esta vez no puede controlarlo. Abre la boca y emite un gemido estremecedor, que no es humano ni animal, sino musical, como de soprano en un coro infantil. Al mismo tiempo respira tan profundo que su pecho se levanta más y más, hasta que se le aplastan los músculos del estómago y se le ponen rígidos, como si estuviera levantando pesas con el tórax. Puedo ver la forma del rabo, su hocico crecer y alargarse y, durante un instante, adquirir una forma casi sexual que suscita algunos recuerdos en mi interior. Luego, sin embargo, se le estira la boca y empiezan a aparecer los dientes, saliendo de sus encías como las garras de un gato, muy blancos, tanto que contrastan enormemente con lo negro de sus encías.

Las piernas golpean el suelo y me doy cuenta de que ya está perdido. Al principio parecía poder controlar el dolor, parecía soportarlo, pero luego su mente ha cambiado y ha perdido la razón, ya no sabe cómo dominarlo. Se oyen más gritos, pero ya no los reconozco, ya no es su voz. Ya no puede hablar para tranquilizarse, ya no puede pronunciar ni una sola palabra, pues tiene la lengua larga y plana y no creo que pudiera hablarme aunque le preguntase.

A medida que se retuerce, con los pies en el suelo, se reducen las contracciones. De vez en cuando un músculo se le contrae.

Levanta un pie del suelo, luego el otro, pero ya se ha terminado, ahora ya se encuentra mejor. Mira alrededor y se estira.

A continuación se acerca corriendo a la reja y se golpea contra ella con tal fuerza que casi pierde el equilibrio. Se vuelve y la observa. Mete una de las patas entre los barrotes, pero no puede proseguir y se da cuenta de que está enjaulado.

En ese momento, algunos arañan las paredes, empiezan a morderse a sí mismos y entran en una situación de pánico. Espero y observo, con una mano en la boca, pero a Paul no le sucede lo mismo, sino que se limita a dar vueltas al trote por la celda, como si estuviese midiendo la distancia.

Conecto el resto de los micrófonos. No pueden hablar, no pueden decir esas cosas que me resultan tan insoportables. Se oye un gemido procedente de una de las celdas y luego un golpe. Ellaway se está golpeando contra las paredes. Paul se gira, en cuclillas, enseñando los dientes y emite un gruñido que le sale de la garganta, pero Albin se gira, ladra y todos se callan. Luego camina hasta la esquina de la celda y se sienta cerca de Sarah. Alarga la mano entre los barrotes y aproxima la cara hasta que ambos se tocan la nariz.

La está tocando, a esa mujer de tono mordaz e irónico que le dijo que yo no les ayudaría, la mujer que no dejó de ponerlos en contra mía. «Ya hemos hablado de eso», dijo. Ahora Albin está sentado al lado de ella, se olisquean la cara y mueven la cabeza como si estuvieran interpretando un baile.

Albin ladra y ella se levanta sobre sus patas. Paul también se levanta y comienza a dar vueltas por la celda.

Ellaway continúa estudiando los barrotes, aullando. Un mal lunático. El ruido que emite parece intimidar a Carla, que se arrincona en una de las esquinas de la celda y gime tratando de atraer la atención de Albin, que se acerca a ella y toca su cara con el morro. Es un problema para él estar enrejado entre Sarah y Carla, ya que sólo puede atender a una persona a la vez.

Paul está en trance. En una ocasión me comentó que las lunáticas eran muy bellas. Ahora le observo, su pelo brillante y oscuro, el balanceo de las extremidades cuando camina, tan confiado y seguro. Él siempre me pareció hermoso.

Salgo de la sala de control y entro en el bloque de las celdas. Todas las cabezas se giran cuando la puerta se cierra a mis espaldas. Hay un olor fuerte, como a amoniaco, el olor que desprenden los lunáticos.

Mis piernas no puede decirse que sean muy firmes; me escuecen las manos, camino lentamente y sin gracia hasta que llego a la celda del fondo. Puedo oír mi propia voz, titubeante, perdida:

—¿Paul?

Se vuelve, sin tan siquiera concederse una pausa. Corre hasta los barrotes, con la boca abierta y enseñando los dientes, y se abalanza contra mí. La puerta de la celda tambalea por el golpetazo.

Me cubro la cara con las manos, como si mis dedos pudieran protegerme de sus zarpas.

Paul retrocede y me observa. Tiene los ojos grises como sombreados de rímel, el cuello encorvado como las cobras. Me mira como si fuese una presa a la que no puede coger, con mirada firme y depredadora.

Cuando quieres a alguien, te dices a ti misma que no es como el resto de las personas, que es demasiado especial como para eso. Sin embargo, Paul deambula por la celda como cualquier otro lunático, así que no entiendo por qué me sorprendo. Este lunático de dientes blancos que se lanza contra mí con la boca abierta es tan Paul como la persona que dejé que entrara en mi vida. No hay nada en esa celda que no estuviera en mi cama.

Parece transcurrir una eternidad antes de que amanezca. Por fin escucho el anuncio de su llegada a través de los altavoces de la sala de control. Ellos también lo oyen en las celdas, pero, al parecer, no les afecta gran cosa, ya que, cuando se encuentran en semejante estado, no entienden lo que se les dice. Para entonces se sienten cansados. Carla está sentada en la esquina de la celda, lo más cerca posible de Albin, que se está aseando a sí mismo, mientras Paul continúa yendo de un lado para otro. Camina lentamente, de arriba abajo, balanceando la cabeza cuando se gira.

No se detiene hasta que Albin aúlla; entonces, se vuelve y se sienta en la paja. Ellaway aún persiste en arañar las paredes. Los demás se han sentado al oír la voz de Albin, pero Ellaway no se tranquiliza. Lleva así toda la noche, furioso de verse encerrado y gruñéndole a Paul si se le acerca demasiado. No tardará mucho en empezar a ponerse agresivo.

Paul mira alrededor, levanta la cabeza y aúlla. Los demás se le unen y hay un momento en que se oye a todo el coro completo, pero luego se detienen. Ha llegado el amanecer.

Paul vuelve donde se encuentra la paja y empieza a revolcarse de un lado para otro, dándole patadas al aire y gimiendo. El sonido me deja helada. Tengo las manos apretadas contra las almohadillas de los auriculares y puedo oír mi respiración, así como los gritos y golpes de Paul. Sabía que eso sucedería, sabía que había sucedido el mes anterior y todos los meses anteriores a ése; sabía que estaba encerrado en las celdas con gente que se hace cardenales y moratones en su propia carne y que se golpea con tanta fuerza que son capaces de hacerse sangre. Cuando me encontraba lejos de él, sabía todo eso y podía soportarlo. Y ahora, si no tuviera que escucharle llorar, también podría hacerlo. Sin embargo, cuando se estira, a medida que sus extremidades se levantan y los músculos vuelven a su lugar de siempre, oigo cómo el aullido lupino se hace más grave e intenso y se va convirtiendo lentamente en un gemido humano.

Luego hay una pausa, durante la cual inhala y puedo oírle jadear. Su cuerpo aún se está contrayendo, el pelo que le cubre la piel desaparece y la piel se le pone de color rojo escarlata, como la de un recién nacido o la de un enfermo con fiebre. Está tratando de recuperar la compostura. Aún está en trance, pero se está despertando por momentos y, cada segundo que pasa, se da más cuenta de lo que le ha sucedido.

Se deja caer de espaldas encima de la paja y lanza un gruñido, con los brazos y pies todavía rígidos y entumecidos. Si los deja descansar unos instantes, se relajarán y podrá doblarlos. Sin embargo, no espera. Su rostro se convulsiona cuando flexiona un brazo y después el otro. Cierra los dedos al mismo tiempo, mordiéndose el labio cuando los músculos se le resisten. Eso no le detiene. Por el contrario, empieza a gesticular, parpadeando primero, abriendo y cerrando la boca, estirando los labios. Debería ser un espectáculo horroroso ver a alguien haciendo muecas en el suelo, pero en realidad no lo es, sino todo lo contrario, aunque tiene su encanto, como si fuese algo infantil. En cuanto el color rojo desaparece de su piel me doy cuenta de que estaba en lo cierto: los moratones se han cicatrizado y de nuevo su piel está intacta.

La paja cruje cuando se yergue para sentarse, se frota la cara con las manos y da un suspiro profundo, como el de un corredor agotado. Tras unos momentos se sacude y se coge las manos. Entonces me doy cuenta del frío que hace aquí abajo. No hay ningún sistema de calefacción en las celdas y es pleno invierno. Paul aferra uno de los barrotes y se impulsa para coger la ropa que tenía encima de la estantería. La sacude, la examina y la sostiene delante de la cara. Está muy sucia. Cuando empieza a vestirse, veo que los demás también están levantándose, temblando de frío por el aire de la mañana. Es la hora más fría del día.

Carla avanza hasta el extremo de la celda y pasa los brazos por los barrotes. Albin le coge la mano y la saluda escuetamente, como el beso de paz que se da durante la misa. Luego Albin cruza hasta el otro lado y toca la mano de Sarah, que extiende la suya para tocar a Paul. Cuando ella le retira la mano, Paul mira por encima del hombro a Ellaway, que permanece sentado, con las manos en la cabeza, como si tuviera resaca. Paul se encoge de hombros y me parece ver un gesto de desprecio en su cara antes de mirar para otro lado. Luego se sienta.

—¿Qué podéis recordar? —dice. Su voz suena ligeramente ronca, pero es la suya, la reconozco—. Seguimos sin nada que hacer.

—Tan sólo esperar a que vengan y tengan otra breve charla con nosotros —contesta Sarah sentándose, tal como ha hecho Paul, con las piernas cruzadas.

—No creo que vengan —prosigue Paul—. No al menos hoy. Han estado toda la noche despiertos y recuerdo que Lola siempre estaba hecha polvo el primer día. Dudo que le pudiera pegar un puñetazo a un cojín.

Dice «estaba».

—¿Lo he soñado o hay alguien que también haya visto a la novia de Paul esta noche aquí abajo? —interviene Albin.

Me pongo rígida cuando veo que Carla se encoge de hombros y Sarah le hace un gesto.

—Es posible —dice Paul—. Sí, quizás estuvo.

Es como un suspiro. Luego cierra los ojos y todos los demás hacen lo mismo. Se quedan sentados, con las piernas cruzadas y en completo silencio durante unos diez minutos. Están tan absortos y callados que casi me entran ganas de aporrear el cristal para molestarlos.

Ellaway está sentado aparte, con el ceño fruncido. Tras unos minutos rompe el silencio diciendo:

—Dios santo. ¿A qué narices estáis jugando?

—A recordar —responde Paul, que abre los ojos y mira a Ellaway. Luego añade con voz firme—: Recuerdas mejor si lo haces antes del amanecer, ¿o es que lo habías olvidado? Nosotros te lo enseñamos, pero, por lo que veo, ni siquiera lo has intentado.

—Paul —interviene Albin—. Es demasiado temprano para reproches.

—Lo lamento —responde Paul sin parecer lamentarlo demasiado—. Pero que deje de hablar. Lo único que le pido es que se calle.

—Por favor, no —tercia Carla con una voz casi inaudible—. No empecemos tan pronto con malos rollos.

—De acuerdo —dice Paul, dejando caer las manos sobre las rodillas—. Lo lamento, Carlie.

—¿Crees que nos dejarán en paz hoy? —pregunta Carla.

Paul se mira las manos.

—No lo sé, pero es posible.

—¿Crees que cuando estuvieron de batida cogieron...?

—A otra cosa —la interrumpe Albin, lanzándole una mirada muy seria. No necesita terminar la frase para que ella comprenda.

Todos se sientan en silencio.

Regreso a mi oficina y aliso las mantas encima del suelo. Es una superficie muy dura para dormir, pero soy la que está mejor provista de todo el edificio. Carla tenía razón al preguntárselo; es posible que todavía queden algunos de los suyos ahí fuera y los laceros de esta noche probablemente hayan pillado a algunos de sus amigos.

Tardo mucho tiempo en quedarme dormida.

Llegan docenas de informes de todo tipo: niños menores de edad atrapados en callejones, yonquis intentando arrancar a mordiscos la corteza de los árboles, merodeadores habituales a los que se les ha apresado por quinta, sexta o décima vez en sus lugares habituales aullándole a la luna... Eso es lo más curioso acerca de los lunáticos. Los licántropos son cautelosos, pueden vincular una cosa con la otra y evitar tomar decisiones estúpidas, pero no suelen recordar lo que han aprendido, no al menos todo, y no todos. Si de día saben que deben acudir al mismo lugar una y otra vez, al llegar la noche lo olvidan, ya que pasan por alto detalles tan nimios como ése y regresan a sus viejas guaridas.

Por esa razón, cuando encuentro un informe que habla de un hombre capturado que corría sobre tres patas, no me sorprende que tal cosa sucediese en Spiritus Sanctus. El informe aún no ha vinculado los hechos, pero incluye todos los detalles y observo que fue incluso en la misma zona boscosa en la que Marty fue atacado.

El hombre se encontraba en pésimo estado. La pata delantera derecha estaba totalmente inutilizada y nadie se le pudo acercar para examinarle. Le dolía enormemente. Por la mañana le encontraron una profunda cicatriz en el brazo, o mejor dicho, en lo que quedaba de él. La necrosis se había extendido y la mayoría de los dedos podían darse por perdidos. En el refugio no hizo otra cosa que maldecir y blasfemar, además de patear y agredir a la enfermera, que trataba de examinarle. Por ese motivo, lo han retenido, ya que creen que debe ser hospitalizado.

Aún es por la tarde. Cojo el teléfono y llamo al refugio.

—¿Sí, dígame?

La moral se me hunde cuando reconozco la voz de Nick, ya

que me habría resultado mucho más sencillo con alguien al que no conociera.

—Nick, soy Lola Galley.

—Hola, Lola —me responde.

Incluso a estas horas tan tempranas puedo percibir cierta calidez en su voz, pues creo que le gusto.

—Mira, he estado leyendo un informe de un lunático que estuvo en tu refugio la noche pasada, un tal David Harper —le digo.

—Un mal lunático —comenta con una voz que denota horas de trabajo y cansancio.

—¿Está todavía allí? —pregunto.

—No, la ambulancia vino a por él hace media hora.

Media hora. Entonces todavía tengo tiempo.

—De acuerdo, Nick. Escucha porque esto es importante: es muy urgente que te pongas en contacto con el hospital. Llama también a la policía. Yo enviaré también un representante de Dorla, pues ya vimos lo que sucedió cuando pusimos a Seligmann en manos de los agentes de seguridad del hospital.

—Un poco más lento, Lo —me responde—. ¿Qué quieres que le diga a la policía?

—Es uno de los sospechosos en el caso de Marcos y Jensen. Como mínimo, podremos acusarle de intento de homicidio. Sean Martin y yo podemos atestiguarlo. Tenemos que arrestarle antes de que abandone el hospital.

—¿Un merodeador libre? —me pregunta.

Por lo que veo, la noticia debe de conocerse en todo el país.

—Creo que sí.

Nick sabe hacer las cosas. No pierde el tiempo con preguntas, sino que coge de inmediato el teléfono y empieza a realizar los trámites necesarios. Hago otra llamada y sólo tardo diez minutos en localizar al hombre.

Tiene el brazo necrótico. Eso es una herida que no cicatriza al transformarse y sólo la causan las balas de plata. El hombre fue arrestado en Spiritus Sanctus, con una profunda herida en la pierna derecha. Creo que se la ha causado una bala de plata, y estoy casi segura de que fue Marty quien se la produjo.

31

—Tengo una proposición que haceros —digo antes de que nadie pueda dirigirme la palabra.

Al verme entrar, todos se levantan excepto Ellaway. Luego retroceden un poco, con los ojos puestos en Paul.

Paul me mira y observo que tiene nuevos moratones en los ojos.

—Lola —dice. No me muevo. Aferra uno de los barrotes, esperando que le diga algo—. He pedido muchas veces que quería verte —añade.

Jamás le he visto tan mal, ni con esa expresión tan desesperada en el rostro. Tiene el mismo aspecto que los prisioneros que pasan aquí un tiempo, el mismo que nosotros en las noches de luna llena. No sé qué me hizo pensar que Paul estaba exento de eso.

—Tienes muy mal aspecto —le digo.

Mueve ligeramente la cabeza y responde:

—A ti también se te ve paliducha.

Me pongo tensa al escuchar esa palabra, pues mi madre siempre me decía lo mismo.

—No he dormido mucho recientemente —confieso—. Sucede cuando te das cuenta de que te han utilizado.

—¿Quién? ¿Yo? Yo no te he utilizado —responde tajante, pero levanto la mano para hacerle callar.

—Vayamos al grano —digo volviéndome y dirigiéndome a los demás—. Tengo una proposición para todos ustedes. Un cambio en lo que se refiere a su cautividad. Y les aconsejo aquí y ahora que lo acepten, porque tendré que pasarme muchas horas engatusando a mi jefe para que esté de acuerdo.

—¿Nos va a ayudar? —pregunta Albin.

—No es una de mis prioridades —respondo, juntando mis manos por unos instantes—. Hemos arrestado a otro hombre y tenemos pruebas de que es uno más de su grupo, aunque no lo haya admitido de momento.

Supongo que ahora estará maldiciendo a sus capturadores, al igual que a los médicos por permitir que monten guardia en su habitación. Dicen que se ha arrancado el suero, ya antes de que le comunicaran que no se podía salvar el brazo y tenían que amputárselo por encima del codo.

—Queremos que lo identifiquen como miembro de su conspiración. Si lo hacen, entonces Dorla les asignará un abogado. Serán representados como grupo y recuperarán algunos de sus derechos. Para empezar, se les darán mantas y colchones. Sin embargo, si se niegan a identificarle, lo meteremos ahí con ustedes y nos limitaremos a esperar hasta que confiesen.

—¿Un abogado de Dorla o uno de fuera? —pregunta Albin.

—Nos pide que confesemos porque no tiene pruebas, ¿no es así? —añade Sarah.

—Puedes ser tú —dice Paul.

—Será un abogado de Dorla y posiblemente yo. Tomaremos esa decisión después de su confesión.

—Si no confesamos, no nos podrá acusar de nada —afirma Sarah.

—Bueno, pero podemos esperar a que confiesen, señora Sanderson —le respondo.

—Supongamos que nos considerásemos culpables de un delito menor —dice Albin—. Podríamos admitir merodeo nocturno, ya que en realidad no hemos hecho daño a nadie.

Le miro fijamente y le pregunto:

—¿Ha visto usted alguna vez a Johnny Marcos?

—Eso fue culpa de Ellaway —interviene Paul—. Así que por mí puedes electrocutarlo si quieres.

—¡Paul!

—No pasa nada, señor Albin —le digo—. Yo escucho la opinión de todos.

Ellaway murmura en la esquina. Paul le echa una mirada que podría partirlo por la mitad. Trago saliva. Fue culpa de Ellaway, dijo. Y al parecer es lo único que tiene que decir.

—Pueden alegar lo que quieran —prosigo—, pero tengo la impresión de que confesaron sus cargos en cuanto les arresté. No es una baza muy buena que digamos.

—Es la verdad —insiste Albin—. Por favor, sea nuestra abogada. Estoy seguro de que sabrá representarnos debidamente.

Ellaway se acerca hasta los barrotes y dice:

—No le digas absolutamente nada, Lewis.

—Eso no me preocupa en absoluto, señor Ellaway. Ya sabemos todo acerca de su ataque a Johnny —le respondo. Quise decir Johnny Marcos, pero el nombre se me traba en la lengua—. Eso significa intento de homicidio, por lo menos. Usted va a pagar por ello, pase lo que pase.

—Bien, eso será la parte positiva de todo esto —comenta Paul.

—Paul —le reprime Albin con una voz melosa.

—Ni Paul ni nada, Lew —se defiende Paul.

Recuerdo ese nombre. La primera noche que nos conocimos me habló de un amigo que trataba de convencerle de que comiera muchos plátanos. Lou o Lew. Me hizo reír entonces.

—¿Crees que estaríamos metidos en este lío si no fuese por él? —dice Paul volviéndose hacia mí—. Nunca me comentaste que le estabas defendiendo.

Permanezco impasible.

—De todos modos, tú lo sabías —le digo.

—No me dijiste nada acerca de él. Si me hubieras comentado lo que pensabas, te podría haber contado lo que sucedió.

Trato de respirar profundamente, pero no puedo porque tengo rígido el pecho y el aire no me entra.

—No lo hice, pero ahora eres sospechoso de asesinato. Te comenté que alguien había disparado a mi compañero, te dije que no podía ir a casa y tú... Ni siquiera puedo regresar a mi casa. ¿Pensabas asesinarme cuando se te antojara?

Paul aparta las manos de los barrotes y se va hasta el fondo de la celda.

—Estabas viviendo conmigo, Lola. Estuvimos uno junto al otro. Si hubiera querido matarte, te podría haber retorcido el cuello allí mismo.

Solía sostener mi cara entre sus manos. Cuando hicimos el amor sentados él acunó mi cabeza, sopesándola. ¿Pensó entonces en ello? ¿O lo ha pensado solamente desde que está aquí encerrado? Un buen polvo, eso era lo único que le interesaba.

—¡Qué bonito, Casanova! —le recrimina Albin.

—¡Por Dios, Paul! —añade Sarah desde su montón de paja. Su voz suena un punto histérica mientras clava su mirada en él—. ¿Cómo has sido capaz de llevártela a la cama?

Doy media vuelta para marcharme. Tengo la cara fría y helada.

—¡Espera, Lola! —dice Paul sacudiendo la puerta de la celda—. No te vayas, no fue como parece, por favor, vuelve...

Me vuelvo, con el pulso retumbando en los oídos. Ahora estoy enfadada con todos porque les he mostrado mi cara pálida y mi corazón roto, además de que he permitido que Paul me humillara delante de ellos. Sin embargo, también reconozco el miedo cuando lo oigo. Sarah también me llama y me doy cuenta de lo que significo para ellos: un lazo, una esperanza, un enlace frágil y delicado que trataban de conquistar con sumo cuidado.

—Iré a traerle —les digo—. Deben identificarle si quieren recibir asesoramiento legal. Él ya pagará por lo suyo llegado el momento.

Se sorprenden de que seamos un grupo los que escoltamos a Harper, ya que llevo a dos guardias a mis espaldas. Eso también me sorprende a mí, pues resulta chocante que alguien que nos odia tanto como para dispararnos balas de plata sea escoltado por una mujer bajita como yo. Es una visión muy sesgada del mundo, y una visión casi mística de nosotros, ya que somos su rotundo enemigo, la representación del diablo, aunque sin las técnicas policíacas actuales para poder demostrar los hechos. Sin embargo, supongo que desde la perspectiva de un lunático se pueden tener ideas muy simplistas.

Harper forcejea con los escoltas, dos interrogadores con heridas que no suelen mostrar. Yo camino delante. Cuando lo llevamos al bloque de los merodeadores libres deja de forcejear y mira a su alrededor, deteniéndose para mirar a los prisioneros.

—¡Dios santo! ¿Qué le ha pasado en el brazo? —pregunta Paul.

Los vendajes son nuevos y la mano le cuelga como el ala de un pollo desplumado.

¿Cree que hemos sido nosotros quienes le hemos hecho eso?

—No se trató bien una herida de plata —explico—. Se pondrá bien, gracias a que ha ido al hospital.

Harper forcejea detrás de mí. Aparte de soltar toda clase de pestes, no nos ha dicho nada desde que le arrestamos.

—De acuerdo. ¿Van a identificarle? —les pregunto a los prisioneros que no dejan de mirarse entre sí, inquietos.

Permanecen en silencio y Paul se muerde los dedos.

—Recuerden los términos del trato, ya que ésta es la única vez que tendrán la oportunidad de aceptarlo.

—No —responde Albin con voz grave.

—Sí, sí —le interrumpe Sarah—. Es uno de los nuestros.

—No sé quién es, señorita Galley —continúa Albin—. Me gustaría poder identificarle, pero no le he visto jamás.

—Vamos Lew, ya lo han cogido —insiste ella—. Además, le pondrán un abogado, ¿verdad? Es uno de los nuestros, señorita Galley. Lewis sólo está tratando de encubrirlo.

—No pueden presentar un caso si incluimos a un extraño, Sarah —dice Albin con una voz tan fría que reina el silencio.

—Paul —digo adelantándome.

—Por favor, no me metas en esto —responde mirándome—. No puedo seguir soportándolo.

Su voz es tan suave como la mía. Me estremece oírle implorar.

—¿Conoces a este hombre, Paul? —le pregunto. Mi voz tiembla del esfuerzo.

Paul mira a Albin, a Sarah y luego a Harper, que está detrás de mí, totalmente callado y con una porra eléctrica apuntándole al pecho. Paul se tapa la cara por unos instantes, en silencio, sin pronunciar palabra alguna. Luego termina bajando las manos y dice:

—No. No le conozco.

Podía haberles concedido lo prometido si hubiesen hablado conmigo. Sin embargo, ahora ya está todo fuera de su alcance. Ya no habrá días enteros sin interrogatorios, ni asesoramiento legal, ni tampoco mantas. La cabeza se me cae por su propio peso.

—Lo lamento, entonces —declaro—. No podré hacer nada.

—Es uno de los nuestros, señorita Galley. No les haga caso —grita Sarah, cada vez más alterada.

—Me resulta conocido —añade Carla.

—¿Conocido? —le pregunto.

¿Está tratando de comprometerse? ¿Le han afectado tanto los días de encarcelamiento que cree poder llegar a un punto intermedio con nosotros? ¿Acaso salió con ellos hace mucho tiempo?

—¿Qué quiere decir con eso? —insisto.

—No sé. Lo único que he dicho es que me suena su cara —repone Carla.

—¿Carla?... —interviene Albin acercándose a los barrotes que dividen las celdas, pero lo hago callar:

—Le agradecería, señor Albin, que no hablara con la sospechosa.

—¿Sospechosa? —Su voz está llena de una rabia silenciosa cuando se vuelve y me encara.

—Doctora Stein —digo—, si este hombre es sólo alguien que coge el mismo autobús que usted para ir a trabajar, no nos servirá de ninguna ayuda. ¿Puede decirme a qué se refiere?

Levanta los hombros como un pájaro que ahueca las alas al frío, y se produce un prolongado silencio.

—¿Señor Ellaway? ¿Tiene usted algo que decir al respecto? —pregunto.

Ellaway me mira a través de los barrotes.

—Sí, le conozco. Todos le conocemos —afirma.

—¿Puede decirme cómo se llama?

Tiene la cara roja de cólera, pero no responde.

Suspiro y digo:

—Bueno, por lo que veo la mayoría no le conoce, así que, muchachos, llevadle al Bloque C, por favor.

Arrastran a Harper. Lo oigo tratando de desembarazarse de los escoltas cuando le empujan a través de la puerta, pero las heridas de balas de plata le han afectado y ha perdido mucha fuerza. Ahora es sólo un enfermo.

Me doy la vuelta para mirar al resto de los prisioneros.

—Por favor, sea nuestra asesora —dice Albin—. Nosotros no conocemos a ese tío.

—Sí le conocemos, sí le conocemos —reitera Sarah.

Está arrinconada en una esquina, sollozando. He visto a personas llorando de esa manera después de muchas horas de interrogatorio, exhaustas. Ahora es ella la que está perdiendo el control.

Abro las manos en señal de resignación.

—Tienen que darme algo, si no, no puedo aceptar —les digo—. Necesito algo que pueda utilizar.

—Podemos hablarle de la noche en que John Marcos fue mutilado —concede Albin—. Usted tenía razón. Intenté contenerle, pero él saltó por encima de la muralla. Era la primera vez que estaba con nosotros. Todo comenzó entre Paul, Sarah y yo, pero luego empezamos a incluir a algunas personas que conocíamos. Dick estaba interesado y pensamos que podía funcionar. Normalmente logro que se calmen, pero jamás imaginé que las cosas se pusieran así.

—¿Cómo empezaron? —pregunto.

Repentinamente todos hablamos sosegadamente.

—Fuimos nosotros tres —continúa Albin—. Paul y yo somos más o menos primos y nos conocemos desde que éramos niños, hasta hemos estado en la misma celda en ocasiones cuando éramos pequeños. Y Sarah y yo salimos juntos cuando teníamos unos quince años. Todos nos conocíamos muy bien, así que empezamos a compartir la misma habitación.

Arrugo la nariz. Que tres amigos se junten resulta peculiar, por no decir escandaloso. No todas las personas se atreverían a semejante cosa. Paul comienza a recordar:

—Sabes de sobra que si uno quiere hacer ejercicios mentales o un poco de meditación después del trance, la presencia de otras personas resulta molesta. Pues bien, después de cumplir los dieciocho, Sarah se quedó fuera una noche. Fue un accidente, nadie tuvo la culpa de ello —dice tratando de adelantarse a mis acusaciones.

—Lo sé —respondo.

—¿Cómo lo sabe? —tercia Albin.

—He visto sus expedientes. Aquella noche es muy famosa.

Albin suspira y mira a Sarah.

—Fue un accidente, pero Sarah recordaba bastantes cosas de lo sucedido —añade—. Y estuvo fuera, con otra gente. Ella dijo que fue una experiencia diferente. Tras un tiempo pensamos que no pasaría nada si probábamos. Y eso hicimos. Estaba en lo cierto, era muy distinto, absolutamente distinto. Era... ¿cómo decirlo? Bueno. Uno no debe quedarse encerrado cuando se encuentra en ese estado. Las paredes, el calor... estamos hechos para estar fuera y es una experiencia vital increíble la que se pierde encerrándose en una pequeña habitación.

—Una experiencia vital —repito.

Al parecer eso es lo que significa para ellos, no la tierra mojada de sangre, ni las cicatrices, ni el daño que jamás desaparece.

—Paul, tú deberías haberle hablado de ello —dice Albin.

Hasta que no lo menciona no me doy cuenta de que tiene razón, pues hay muchas cosas de las que Paul jamás me habló.

—Yo... —dice Paul mirándome y juntando las manos—, pensé que te resultaría odioso.

—¿Ah, sí? —Mi voz suena indiferente.

—La forma en que hablabas de los lunáticos me hizo pensar que no comprenderías nada, además de que no hay razón para que lo hagas. No sé lo que puedes pensar al respecto, como tú tampoco comprendes mi forma de interpretarlo.

—Gracias por recordármelo —respondo. Mi voz es suave, casi un suspiro, pero suficientemente alta para que la oiga. Luego me dirijo al grupo—: Y mientras comentaban sus experiencias vitales, supongo que jamás pensaron en la experiencia del peligro. Perder una mano sí es una experiencia inolvidable.

Ellaway está sentado en el rincón, dándonos la espalda.

—Yo no hice tal cosa —dice Paul.

Le miro el rostro amoratado.

—En todo el tiempo que llevas aquí abajo, creo que no te he levantado la mano. Supongo que eso me excusará ante tus ojos.

—Te amo —añade—. Ojalá me creyeras.

—Es el síndrome de Estocolmo —le digo—. No te queda más remedio que quererme, ya que, después de todo, soy tu única salvación. Cuando salgas, pensarás de otra manera, ya no me necesitarás y terminarás por odiarme por lo que te he hecho.

No responde.

—Puede que tenga razón —interrumpe Albin—, aunque espero que no. Es una lástima. Si usted fuese una licántropo, le pediría que se uniera a nosotros.

—Pero no lo soy. No tengo nada de licántropo.

—Nosotros no matamos a nadie —agrega Albin.

—Conozco a la mujer de Johnny —le respondo—. Tiene tres hijos y están destrozados.

—Nosotros no le matamos. He investigado desde que sucedió lo de Dick. Los periódicos no decían nada de que hubiera perdido una mano.

—Suele suceder. Ni tampoco del tiro que le pegaron. Los follaculos mueren muy jóvenes, pero supongo que eso no le importa demasiado a un editor, como tampoco creo que considere importante si murió de un tiro o de una mordedura.

Debería odiarles. Lo más probable es que me estén engañando, que traten de manipular mis pensamientos. Sin embargo, me resulta extrañamente relajante. Si le dijera estas cosas a un no licántropo, le resultaría apasionante, pero la mayoría de los licántropos se encogen de hombros, aunque ahora disponga de una audiencia cautiva.

—Lo lamento por ese señor —dice Albin—. Quise darle algo de dinero a la familia, pero no podía hacerlo sin que me apresaran. Si salgo de aquí, lo haré.

Podría decirle que no se puede comprar a la gente, pero ¿de qué serviría? Además, Sue Marcos necesita dinero.

—Hágalo directamente —le digo—. No lo haga a través de Dorla porque probablemente se perderá en algún otro sitio. Dígale que ha hablado conmigo.

—Entonces ¿usted nos cree? —pregunta Albin—. Me refiero a que no matamos a nadie.

Su premura al hablar me zumba en los oídos, además de que estoy cansada. Respiro profundamente.

—No sé —respondo—. Si resulta que me está engañando y usted le asesinó, entonces lo consideraré el peor hombre que hay en la tierra. De momento, lo dejaremos así.

Se remueven en las celdas y se oye crujir la paja como árboles en una tormenta.

—¿Por qué crees que lo hicimos? —pregunta Paul—. Nadie nos ha enseñado ninguna prueba. Lo único que han hecho es arrastrarnos, patearnos y hacernos la misma pregunta una y otra vez. Eso y ponernos toda clase de adjetivos.

—Basta —le corto—. Son los mismos comentarios que nosotros nos pasamos la vida oyendo. Que si los follaculos son así o son asá. ¿No esperarás que yo empiece a hacer lo mismo?

Paul se encoge de hombros.

—Podrías —dice—. Las personas tienden a hacer lo mismo que les han hecho a ellos.

—El hombre que arrestamos estaba herido de una bala de plata y no fue al hospital. Alguien robó Oromorfina para sedarle mientras le extraían la bala. Y usted, doctora Stein, ya tiene antecedentes por haber cometido un delito de esa índole. Parece como si tuviera la costumbre de automedicarse.

No pretendía decir eso, pero me salió sin darme cuenta.

—Robé Oromorfina en una ocasión porque pensé que facilitaría la transformación, que nos sentiríamos más calmados después —dice Carla mirándose las rodillas.

—No sirvió de nada —añade Albin—. Fue una estupidez, pero sólo lo hizo en una ocasión.

—Si uno de nosotros tuviera una herida de plata, no lo trataría con calmantes —dice Carla—. Mire lo que le sucedió a ese hombre que nos enseñó. Sé lo que les sucede a las personas si no se tratan una herida como ésa. He estudiado mucho en la universidad de medicina, mucho —recalca.

En este momento empiezo a creerles.

32

—Ally —digo—. ¿Tienes un minuto?

Está comprobando los lazos. Hay una máquina en la que se ponen los lazos y luego se le colocan pesas encima para levantarlas, igual que se hace en el gimnasio. Cada lazo tiene que resistir el doble de la fuerza que puede emplear un lunático. Ally sostiene una de las pesas y, cuando me ve, afloja las manos, como si repentinamente se hubiese cansado.

—¿Qué quieres? No estoy de humor para nada —dice.

—No te voy a hacer nada —respondo deteniéndome al lado de una mesa y sentándome encima de ella—. Sólo quiero hablar contigo.

—Yo en cambio no tengo ganas de hablar contigo.

—¿Estás enfadado? —pregunto.

—No me gusta que jueguen conmigo.

Me encojo de hombros.

—Nadie lo ha hecho. ¿Me vas a escuchar o no?

Ally me mira fijamente, con esa mirada que Becca describiría «como si nunca me hubiese visto», pero no es cierto. No creo que sea mi cara la que le resulte desconocida.

—No puedo creerlo, Lola —agrega—. Vienes como si nada hubiese ocurrido y me pides que lo olvide todo.

Una parte de mí quizá se avergüence, pero la mejor forma de evitarlo es poniendo cara seria.

—Más o menos —le digo—. Pero no fue por ti, así que no

debes tomártelo como algo personal. He tratado peor a otras personas.

—¡Dios santo!

—Necesito que me echen una mano —digo, esta vez con tono de súplica.

—Creo haberte oído eso en demasiadas ocasiones —responde.

Abre la boca para añadir algo, así que aprieto los puños por detrás de la espalda y espero la acometida, pero opta por callar. Hay muchas cosas de las que quiere acusarme, muchas cosas que desearía preguntarme, pero no creo que lo haga, pues no sabe cómo. Nos conocimos demasiado jóvenes. Con catorce años, cuando me decidí a plantarle cara, me limitaba a arañar y patear, pero nunca le dije que no. Jamás hemos hablado de lo que hicimos.

—Es sobre los merodeadores que perseguimos —digo con la mirada fija en él. Aparta ligeramente la suya de mí, vuelve a mirarme y baja los ojos—. No creo que la línea oficial sea correcta.

—Y ahora me vienes con eso de la línea oficial —dice añadiéndole algo de peso a la máquina. El lazo se rompe y la pesa cae al suelo, produciendo un estruendo que nos sobresalta a los dos—. ¡Joder! —exclama frotándose los puños.

—Puede que algo sí lo sea, pero no estoy muy segura de ello. Sigo pensando que Seligmann mató a Nate y Johnny, y sigo creyendo que Harper estaba con él. Ese Harper me recuerda a Seligmann, además de que nos trata de la misma manera que él. Fui a visitarle y nos escupió, se negó a hablar conmigo. ¿No te parece una forma de actuar muy diferente a la de los otros merodeadores libres?

Ally coge el lazo roto con las manos y lo sostiene pegado a su cuerpo.

—Quieres que se escape —dice—, quieres que le dé una ganzúa cuando nadie me vea y así puedas fugarte con él. No me pidas que te ayude.

Me mira desafiante, con el rostro firme. Se habrá quedado muy satisfecho de decirme eso, pues estoy segura de que lo deseaba con todas sus ganas.

Respiro tranquilamente, ya que tengo que sonar sosegada.

—No se trata de eso, Ally. No es nada personal. He estado pensando en las pruebas. La única que los vincula a los dos es que ambos robaron un frasco de Oromorfina en cierta ocasión. Cuanto más pienso en ello, menos me convence, ya que no es el tratamiento adecuado. Ella es doctora y ese tipo perdió el brazo. He leído el informe del médico y dice que el trabajo que hicieron con su brazo fue una completa chapuza.

—Veo que te cae simpática, ¿no es así? —dice Ally sosteniendo aún la garrocha—. ¿Crees que es una buena doctora?

—Sí, probablemente lo sea. De hecho, no le quitaron la licencia médica cuando la sorprendieron robando Oromorfina. Si hubiese sido una mala doctora, no se lo hubieran pensado. Creo que nos hemos equivocado. Estas personas lo único que hacen es merodear cada mes y, si les preguntas por ello, parece como si hubiesen creado una especie de filosofía al respecto, una nueva forma de vida. Creen que nosotros somos unos tullidos, Albin llega incluso a mirarme con cierta pena en ocasiones. Estamos buscando personas que merodean, pero que nos consideran sus enemigos. Al apresar a este grupo creímos que los habíamos encontrado, pero no tenemos suficientes pruebas para acusarles. Creo que nos hemos precipitado.

—Pues yo creo que sí son ellos —responde Ally. Tiene las manos tensas alrededor del lazo—. He sabido que has estado allí, pero ¿de verdad crees que son tan buenos y simpáticos con todo el mundo? Lo que te pasa es que no quieres creerlo. Son el tipo de gente que a ti te gusta, por eso no quieres asumir la idea.

—¿Cómo dices? —pregunto.

No sé en realidad a lo que se refiere, pero la acusación ya resulta de por sí bochornosa.

—Por supuesto que lo son —prosigue Ally—. He visto a tu hermana y recuerdo perfectamente el acento con el que viniste al orfanato. Eres una abogada y, por eso, quieres que ellos sientan simpatía por ti. Imagino que son el tipo de personas a las que te gustaría haber pertenecido. ¿Qué te has creído? ¿Que si hubieses nacido primero por los pies te habrías preocupado por nosotros? No, perdona. Probablemente habrías ido a la universidad con gente como ellos y, probablemente, también habrías deambulado durante las noches de luna llena. Estoy seguro de que si hubieras tenido la oportunidad de elegir, habrías sido una de ellos. No creo que hayas asimilado nunca el haber nacido tullida.

Me siento en una silla, agarrándome al borde de la mesa.

—¿Por qué pareces tan sorprendida, princesa? —pregunta Ally—. Si eres capaz de follar con uno de ellos, ¿cómo no te iban a gustar? Ya veo que no te agrada que vayan a la cárcel porque de esa forma arruinarían tu sueño de formar parte de ellos. Es una vergüenza. Antes solías pensar con la cabeza.

Me aparto lentamente de la mesa y vuelvo a ponerme de pie.

—Lamento que te sientas rechazado, Ally —le digo—. Lamento que creas que no eres suficientemente bueno para mí. Lamento que quiera a mi hermana, me preocupe por ella y no la esconda por temor a herir tus sentimientos. ¿Sabes una cosa? Es posible que tengas razón. Quizá debería pensar en tratar de parecerme un poco más a ellos. Sin embargo, creo que, aunque fuese así, jamás habría cogido una pistola de balas de plata y habría matado a dos hombres.

—Tú cogiste una pistola —dice Ally—. Sé que una desapareció del almacén el día que viniste.

—¿Y a quién crees que pensaba disparar?

—No se lo dije a nadie. A mí aún me queda algo de lealtad, aunque tú no sepas ni lo que significa eso.

—Lo lamento, Ally —respondo—, pero no creo que tenga motivos para ser tan leal contigo.

Se pone a temblar.

—¿Por qué no me sorprende que me digas eso? —dice.

—Pues probablemente porque trataste de follarme cuando era una niña.

Ya está, lo he dicho. Estoy temblando y se me remueven las entrañas, pero el ojo ha dejado de escocerme y mi rostro permanece imperturbable. Tras una pausa prosigo:

—Pero no he venido por eso. He acudido a ti porque necesito ayuda con este asunto. Quiero encerrar a los verdaderos culpables. Creo que son tres en total: Seligmann, Harper y alguien más. Estoy segura de que tiene que haber otros merodeadores sueltos porque vi a algunos más en el jardín aquella noche, pero si perdemos el tiempo buscándolos alguien llegará a la conclusión de que los hemos apresado y cerrará el caso, con lo que quedará libre el que está implicado con Harper y Seligmann, cosa que no quiero. Sin embargo, si no me ayudas, eso es lo que sucederá. Yo sola no soy capaz de arrestar a nadie, mucho menos a dos.

—Estoy seguro de que te las apañarás —responde con la mandíbula apretada.

—¿Piensas ayudarme? —le pregunto.

—Tú no necesitas ayuda, ni tienes ideas. ¿Qué piensas hacer? ¿Ir llamando por las puertas? No hay nadie a quien arrestar, desengáñate.

He averiguado algo y quería comunicárselo a alguien receptivo, pero sobre todo quería encargarme de este asunto.

—He estado mirando el expediente de Harper —digo—. He investigado mucho hoy y he averiguado que tiene un hermano llamado Steven Harper. No tiene muchos antecedentes, sólo algunos hurtos en las tiendas cuando era niño. Pero lo importante es que hizo los cursos de enfermería, aunque los dejó antes de terminar. Y ¿sabes dónde trabaja ahora? De celador en el Santa Verónica.

—¿De qué estás hablando? —pregunta Ally sacudiendo la cabeza y eludiéndome.

—Estoy hablando de Oromorfina. Alguien robó ese medicamento del Santa Verónica para curar a David Harper cuando Marty le disparó. Le extrajo la bala, le dio algunos calmantes, pero hizo un trabajo muy cutre. Era un frasco sin etiquetar que Steven Harper probablemente cogió de una mesita de noche de la sala de ortopedia. Él limpia todas las salas del hospital y probablemente pensó que era el lugar más adecuado para poder robarla, pero no supo cómo detener la gangrena. Estoy segura de que fue él, ya que puede pasearse por las salas del hospital con una fregona y nadie sospecharía de nada. Lo más probable es que la robara mientras hacía la limpieza de la habitación. Hice un careo entre David Harper y la doctora Stein y ella dijo que no le conocía, pero que su rostro le resultaba familiar. Y es verdad, no le conoce, lo que pasa es que se parece mucho a su hermano Steven Harper, la persona que andamos buscando, nuestro tercer hombre. Puede que incluso sepa dónde se encuentra Seligmann. Necesito arrestarle, así que te lo pregunto una vez más: ¿piensas venir o no?

—Yo también era un niño, entiéndelo —dice.

—No quiero hablar de eso ahora —contesto dándole la espalda.

—Siempre estás dispuesta a pegar, pero no a recibir —me dice entornando los ojos.

—No creo que tú tampoco quieras hablar del asunto —respondo mirando de nuevo a la pared.

—¿No?

—Y probablemente tengas razón. Estoy dispuesta a pegar, pero no a recibir. Estoy segura de que puedes decir muchas cosas feas acerca de mí, y probablemente no me quede más remedio que estar de acuerdo contigo.

—¿Tenías que sacarlo a relucir?

—Pues sí, aunque deberías haberlo hecho tú. Lo único que puedo decir es que tú no fuiste el único, ni yo la única.

—Éramos niños —afirma.

—Sí, demasiado niños.

—Todavía tengo la cicatriz de un mordisco que me diste —dice.

Recuerdo el sabor salado de la sangre.

—El primero de muchos, pero nada comparado con lo que te han hecho los lunáticos.

—Lola —dice, suspirando y con la voz ronca.

—No me llames así —le digo—. No creas que porque te di un mordisco en el brazo me vas a llevar a tu terreno. ¿Quieres que te recuerde lo que tú me hiciste a mí?

Si dijera que sí, no se lo diría porque no encontraría las palabras adecuadas. Miro a la pared y recuerdo lo fácil que me resultó decirle esas palabras a Paul. Siempre le pude decir lo que pensaba. El primer día que estuvimos juntos, nos sentimos muy nerviosos y excitados, ambos tuvimos deseos de salir corriendo y decirle a alguien lo fantástico que había sido, pero no pudimos salir de la habitación, así que nos lo dijimos mutuamente. Yo jamás había estado con un licántropo antes de estar con Paul, y fue totalmente diferente, totalmente distinto a lo que experimenté en el orfanato, totalmente distinto a lo que los hombres me habían contado acerca de las chicas encerradas durante las noches de luna llena. Eso no se lo mencioné; fue lo único que no le dije. Además, sentí que debía mantener un silencio de lealtad, pues no quería insultar a Ally. Tratar de olvidar los recuerdos es como luchar contra el viento, algo que me deja exhausta.

—No supe qué pensar al respecto en aquella época —le digo—. De hecho, ni ahora lo sé. Pero de lo que sí estoy segura es que no debería haber sucedido. Además, no todos los niños del orfanato lo hacían. Había muchos que no. Tú en cambio sí lo hiciste y, si no sabías hacerlo mejor, entonces también es culpa tuya. Yo no quise aprenderlo empezando de esa manera.

—¿Esperabas guardarte para alguien en especial? —dice.

Hay un tono amargo en su voz, trata de ser sarcástico, pero no lo consigue. Más bien se percibe una verdadera desilusión. Es posible que en su momento tuviéramos ilusiones, pero ¿cómo las íbamos a hacer realidad, si se nos consideraba unos niños mal hechos? No obstante, ni ahora puedo liberarme de las ilusiones.

—No —le respondo. El enfado ha desaparecido; era demasiado pesado como para seguir llevándolo—, pero si hubieras pedido permiso no habría estado mal, aunque sólo hubiese sido por diversión o curiosidad, no sólo por el mero hecho de estar encerrados. En fin, algo que me hubiese hecho sentir una niña normal, no una follaculos liberal. Hubiera sido de agradecer.

—Eres una follaculos, Lola —dice Ally.

—¿Crees que odio lo que somos? —digo sin mirarle, pues me pesa la cabeza demasiado como para poder hacerlo. Me dejo escurrir por la pared hasta que tengo las rodillas debajo de la barbilla—. ¿De verdad crees que odio verme atrapada en un cuerpo de follaculos y odio a los demás por ser como yo?

No responde.

—Pues no es así —declaro—. O por lo menos no más que los demás.

Yo no odio a los follaculos, aunque en algunos momentos siento algo de presión y quisiera olvidarlo todo y poder pensar en algo distinto. Me gustaría tener distintas preocupaciones en lugar de este constante círculo vicioso de prejuicios, dudas y no saber si me herirán el próximo mes. Me gustaría dejar de ser la misma persona, dejar de tener siempre los mismos problemas, dejar de sentir esa gastada solidaridad que nos invade día tras día. En algunos momentos siento sed de algo nuevo y revitalizante.

Ahora veo claramente que no he perdonado a Ally porque sus inexpertos dedos no supieran encontrar los rincones placenteros de mi pequeño y aún no formado cuerpo. Lo considero como una violación que jamás lograré superar. Durante años, hemos disimulado que eso no nos afectaba y, durante años, hemos guardado en secreto nuestro íntimo deseo de convertirnos en licántropos por un tiempo.

Me escuecen los ojos y la garganta me duele. La verdad, creo que ya he llorado bastante.

—Creo que debemos arrestar a ese hombre —digo.

La voz no me responde como debiera, además de que tiene un tono de tristeza y debilidad. Siempre he tratado a Ally como a un compañero, y él sabe que puedo morder y dar patadas, pero jamás he querido que me viese llorar.

—¡Por lo que más quieras, no llores! —exclama retrocediendo—. No puedo soportarlo. Después de lo que has hecho, ahora vas a empezar a llorar.

Él piensa que llorar es un acto de chantaje. A lo mejor es de esas personas, o quizá sea que no soporta estar en una habitación con una mujer a la que no sabe consolar.

—No estoy llorando —respondo enjugándome las lágrimas con la mano.

—De acuerdo, no estás llorando.

Reposo la cabeza en las rodillas.

—¿De verdad crees que fue él quien lo hizo? —pregunta.

—Sí, lo creo. Creo que esta vez he dado en el clavo. Pero debemos adelantarnos por si trata de escapar cuando se entere de que su hermano ha caído.

—¿Sabe Hugo lo que quieres hacer?

—No creo que le sorprenda.

—De acuerdo —responde. Luego tamborilea los dedos contra la pared, da un paso cauteloso hacia delante y añade—: Vamos.

Me tiende las manos para ayudarme a levantar. Enfoco la mirada por unos instantes, pero no veo nada. Finalmente me apoyo contra la pared y me pongo en pie yo sola.

33

Ally tiene coche, aunque es un coche bastante viejo, con algunas abolladuras en las puertas. Para alguien a quien le gustan los coches buenos, éste debe de resultarle una tartana; es decir, lo único que se puede permitir. El motor, sin embargo, funciona bien. Puedo imaginármelo debajo de los fondos del coche, reemplazando algunos cables viejos y sustituyendo alguna pieza. Cuando llegamos al aparcamiento dudamos y nos detenemos unos instantes en la entrada. Luego se lleva una mano al bolsillo y me lanza las llaves sin pronunciar palabra.

No hablamos durante el camino al hospital.

Tras aparcar el coche, me guardo las llaves en el bolsillo y nos adentramos en el edificio. No cruzamos palabra con el recepcionista, sino que recorro el pasillo con Ally detrás de mí. Todo está en silencio, el aire inmóvil y la temperatura templada. El tiempo también parece que ha absorbido esa inmovilidad. El parqué está viejo, curvado por los extremos, pero reluce. Cuando lo recorro me pregunto cuántas horas se emplean en limpiar un sencillo pasillo.

Ally y yo no cruzamos palabra; él mira a través de una ventana y yo a través de otra, en el lado opuesto. Pasamos cerca de un par de limpiadoras, una mujer negra con el pelo recogido en una red y una mujer baja y fornida de mediana edad y de aspecto mediterráneo. Podría pararme y preguntarles si han visto a Steven, pero trabajan con él y probablemente se preocuparían.

Es Ally el que encuentra lo que estamos buscando: un hombre alto de raza blanca que empuja un carrito cargado de detergentes y bolsas de basura. Lo ve a través de la ventana y me hace una señal con la cabeza. Luego se aparta para dejarme mirar.

No esperaba que aparentase ser tan joven. Un chico fornido de pelo rubio, inclinado sobre la mopa. Puedo verle la mitad de la cara y me doy cuenta de que es él, pues me son familiares esa frente cuadrada, esas mandíbulas anchas y esa nariz estrecha aunque redondeada. Ahora comprendo por qué Carla pensó que le resultaba conocida la cara de su hermano, aunque no es que se parezca demasiado a David. Steven es grande, con una musculatura que parece descompensada, producto de un mal crecimiento y no de hacer ejercicio. Él no se mueve como un hombre grande, no tiene los andares de Hugo, pues ni se pavonea, ni tiene gracia, ni tampoco impone. Parece que carga con un cuerpo que aún no está seguro de cómo debe utilizar, y se lo ve tan torpe que casi espero que tropiece consigo mismo.

Esperamos que llegue hasta el pasillo. Empuja el carrito sin mirarnos. Cuando veo que está a punto de girar la esquina, lo llamo:

—¿Steven Harper?

—¿Sí? —responde deteniendo el carrito, pero con las manos apoyadas en él.

—Acompáñenos, por favor —le digo. Frunce el rostro con cierta beligerancia, como si estuviera acostumbrado a recibir órdenes que no le gustan, pero sin miedo ninguno—. Queda usted arrestado. Tiene que acompañarnos —añado sacando del bolsillo la tarjeta de Dorla.

La estudia durante unos segundos antes de darse la vuelta y echar a correr.

Ally sale tras él y al cabo de unos pocos metros lo apresa y lo empuja contra la pared. Aunque está en forma, su adversario también, además de que le supera en envergadura. Oírlos pelear resulta tan aborrecible como gritar en una iglesia. Además, el resultado de la contienda no parece demasiado claro, así que, ni corta ni perezosa, elijo el camino más corto.

Doy unos cuantos pasos tranquilos, me acerco por detrás y le pongo la pistola en la nuca a Steven.

—Quieto —le digo con voz pausada, pues no siento nada, salvo una silenciosa necesidad.

Hace cosa de un año habría hecho algún comentario socarrón, como que las salas están demasiado atestadas, o que me encantaría ver lo diestros que son los médicos, o habría bromeado con dispararle y dejarle tieso. Pero ahora lo único que necesito decirle es «quieto». Y si veo que nos amenaza más de la cuenta, sería capaz de matarle.

Ally mira la pistola por unos instantes, se quita de encima a Steven y le tuerce los brazos para ponerle las esposas.

—Me voy a meter la pistola en el bolsillo. Si sales corriendo de nuevo, la saco y la hago funcionar —le advierto.

El sonido del seguro es el ruido más fuerte que se escucha en el oscuro y silencioso pasillo.

Lo empujamos a través del vestíbulo de Dorla, sin que nadie nos detenga. Ya no forcejea, sino que me mira fijamente, con los ojos puestos en mis manos y los hombros encorvados. Sus ojos carecen de brillo. Bajamos las escaleras que conducen al bloque de celdas mientras él mira al suelo y desciende con sumo cuidado.

Se escucha un murmullo de conversaciones que se detiene cuando la puerta se abre.

—¿A quién ha arrestado ahora? —pregunta Albin apartándose de los barrotes. Tiene la mirada puesta en Ally, no en Steven.

—Doctora Stein, necesito que me preste atención por unos instantes, por favor —le digo a Carla.

Está acurrucada en una esquina, con los brazos ocultándole la cabeza.

Paul se levanta y se acerca. Abre la boca como si quisiera decir algo, pero luego la cierra con gesto de impotencia. Supongo que esperaba que le saludase.

—¿Alguno de ustedes reconoce a este hombre? —les pregunto.

—Otra vez con lo mismo —resopla Albin.

No habla con desprecio, sino con tono de resignación.

—Yo no he dicho nada —dice Steven a mis espaldas.

Luego lo oigo quejarse porque Ally le ha hecho algo.

—No estaba hablando contigo —le digo, volviéndome lo más tranquilamente posible.

No me preocupa si me ven hostigarle.

Todos niegan con la cabeza, pero Carla permanece arrinconada, mirándole. Se muerde el labio inferior, veo sus blancos dientes clavarse en la carne sonrosada. Observo también que se la ve muy pálida bajo la luz.

—Yo la conozco. Es la doctora Stein y trabaja en el hospital —dice Steven rápidamente, como si identificar a Carla lo pusiese de nuestro lado.

—Déjalo, Ally —digo. No hay necesidad de golpearle.

—No le conozco bien —dice Carla a través de la celda de Albin—. Sé que es un celador del hospital Santa Verónica, pero eso es todo. ¿Por qué le arresta?

—¿Ally? —me dice Paul.

—¿Ally qué? —le respondo irritada por que me interrumpa en mi tarea.

Hay que hacer muchas cosas antes de dar esto por terminado.

—¿Ése es Ally? —insiste sin mirarle—. ¿Ése es el hombre que llamó al apartamento y del que no querías hablar?

Me esfuerzo por unos instantes antes de recordar. Sí, Paul oyó su nombre el día que Ally me llamó por lo del cóctel molotov que alguien había arrojado contra el edificio de Dorla. Les tuvimos que preguntar a los Harper acerca de eso. Luego, cuando comenzamos la purga, se levantó una oleada de ataques vandálicos contra nosotros. No me sorprendería que tuvieran algo que ver con ellos. Fue entonces cuando Paul me escuchó decir su nombre, cuando me preguntó por él. Oigo a Ally moverse detrás de mí mientras miro de frente a Paul. Soy incapaz de volverme.

—Sí, ése es —digo tan secamente como puedo.

No debo mostrarme impresionada, así Paul verá la culpabilidad y los secretos, al mismo tiempo que Ally se dará cuenta de que estoy tratando de sacarlo de mi vida y de que no me gusta hablar de él con mis amigos. Y tendrá sus razones para ello. Vaya si las tendrá.

Paul lo observa y mi respiración se acelera. Por unos instantes, me invade el deseo de ponerme en medio y bloquearle la visión.

—Bien, Ally —digo con una voz que suena demasiado alta en el reducido espacio—, lo mejor que podemos hacer es ponerlo en el bloque D, que no esté con sus amigos.

«Esto es importante, Ally, merece la pena que pienses en ello, puede que tengamos algún indicio si no descubre que su hermano está aquí, lo cual es una información muy útil, ya que queremos que esta investigación salga bien. Por favor, piensa en lo que te digo...»

—No te molestes en presentarnos —dice Ally—. Sé quién es.

Me vuelvo y lo veo de pie, detrás del prisionero, totalmente inmóvil.

—¿Lo llevamos entonces al bloque D? —me pregunta.

Nadie se mueve.

—¿Sigues sin querer hablar de ello, Lola? —pregunta Paul—. Al parecer nos vamos a quedar sin secretos.

«Por favor, Paul, cállate y recuerda dónde estás. Tú no conoces mis secretos.» Éste, sin embargo, podría habérselo dicho y ahora me doy cuenta de ello. De haber tenido ocasión, habría podido contarle lo que sucedió entre Ally y yo, podría habérselo explicado, pero con Ally aquí presente debería comprender que no puedo hablar de nada. Decirle a Ally que odio los recuerdos que tengo de él es una cosa, pero decírselo a otro hombre en su presencia es algo muy distinto. Después de lo mucho que hemos vivido juntos, tanto malo como bueno, no puedo hacerle eso.

—No creo que nos quedemos sin secretos —digo.

—Me alegra que recuerdes dónde están tus prioridades, princesa —dice Ally sin mirarme y sin apartar la mirada de Paul.

Me giro hacia él y le susurro:

—Hablando de prioridades, ¿por qué no llevas al prisionero al bloque D y dejas de hacer el vago?

—¿Princesa? —pregunta Paul—. ¿Qué ha pasado con ángel?

—Paul, por lo que más quieras, déjalo ya —digo tratando de no parecer demasiado implorante.

¿Cómo puede ser que todavía me haga temblar cuando me mira a la cara?

—De acuerdo, Lola, aunque en realidad era contigo con quien hablaba —añade.

—Esto no es un bar, por Dios —digo dejando a un lado mis cuidadas frases. Nadie parece molestarse—. No trates de empezar algo, no vaya a ser que te pateen el culo. Y Ally, si descubro que has sido tú, voy a sentirme muy decepcionada.

—¿Me estás advirtiendo de que no me acerque? —pregunta Ally.

—¿Te importa que hablemos de esto en otro sitio, Ally?

—Lola no cree que lo hicieras —le dice Ally a Paul, y se mantienen la mirada.

—Ella tiene razón —dice Paul.

—¿Y por qué crees que piensa eso? —le pregunta Ally.

Paul se encoge de hombros sin relajar la mirada y dice:

—No sé. A lo mejor es más lista que tú.

—¿Tú crees?

—Si lo que esperas es arrestar al primer licántropo que te encuentres, entonces probablemente lo sea.

Ally asiente.

—Lo que creo es que es muy estúpida y eso te facilita las cosas. Siempre ha sido una chica fácil, Dios lo sabe. Bueno, y tú también, me imagino.

—Ally —le digo. Mis manos tiemblan tanto que ellas mismas buscan mi pistola en contra de mi voluntad—. Lleva al prisionero al bloque D inmediatamente o que Dios te ampare.

Steven Harper nos observa con una mirada retraída, aunque sin perderse ningún detalle. Que Dios se apiade de Ally por hacerme esto, que Dios se apiade de Paul por haberlo comenzado y que Dios se apiade de mí por no haberlo previsto; aunque la verdad, creo que poca piedad puede tener Dios por cualquiera de nosotros.

—Tenemos un prisionero al que interrogar, Ally —digo—, y, puesto que mató a dos de los nuestros, podrías intentar enfadarte con él.

—Yo no he matado a nadie —protesta Steven—. No sé de qué está hablando.

Me meto la mano en el bolsillo. No esperaba que una cosa así sucediera; todavía era lo suficientemente estúpida como para desear que Paul me viese como creía que era, aunque ya resultaba imposible. Empuño la pistola y dejo que desaparezca lo poco de mí que conservaba ciertas esperanzas de que las cosas fuesen de otra manera.

—Harper, da media vuelta —digo apuntándole la pistola a su amplio y sólido pecho. Él da un paso hacia atrás y añado—: Cruza la puerta y sube las escaleras. Ally, ¿te importa abrirle? No creo que pueda con las manos esposadas.

No miro a nadie mientras escolto a ambos por el pasillo. Tengo los ojos fijos en el metal oscuro, como si fuese una verdadera agente de la autoridad, como una mujer a la que nadie observa, como una mujer que tiene el control de la situación.

Lo encerramos en una celda y lo dejamos incomunicado, sin nadie con quien hablar y sin nadie a quien poder contarle nada. Cuando nos adentramos en el pasillo, cojo a Ally por el brazo y él se gira.

—Si vuelves a hacer eso, te juro que te mato. ¿Crees que eso es lealtad? ¿Y qué pasa con los que han muerto? ¿Vas a serles leal a ellos? Si quieres calificarme de algo, hazlo en mi cara, pero no delante de los prisioneros. No me jodas este arresto porque he trabajado muy duro y, si me lo fastidias, te juro que te mato.

—¿Acaso he jodido algo? —responde—. No he sido yo el que ha empezado, princesa. Así que si quieres que reine la paz, empieza por matar a tu hombre, ese que está ahí abajo.

—No te atrevas a decir que fue él quien empezó. No comiences a señalar como si fueses un niño.

—A ti no te molestaba señalar cuando éramos niños —dice

poniendo la mano alrededor de mi cabeza, hundiendo sus dedos en mi cuero cabelludo y echándome hacia atrás.

Forcejeo con él, tropiezo ligeramente para no perder el equilibrio, pero no puedo librarme de sus manos. Me coge la cabeza y me la aprieta hacia abajo, obligándome a seguir hacia delante. Tiene un gesto huraño y los labios apretados. Siento unas náuseas tremendas y me devano por respirar; si logro hacerlo sosegadamente, las náuseas desaparecerán y podré librarme de su apretón. Él me desprecia por lo que le permití que hiciera conmigo, ahora lo sé, y no puedo culparle porque yo también le desprecio a él y a mí. Y si desprecia lo que hizo, ¿cómo no va a despreciar a la persona que no le puso impedimentos? Luego forcejeamos en el rellano, nos empujamos uno al otro, como dos niños que se pelean por un poco de espacio, pero sus brazos son demasiado fuertes y puedo oler la pólvora de sus mangas al soltarme.

Levanto la rodilla. Es un movimiento sencillo y familiar, y siento un goce de adolescente al descubrir que no resulta tan difícil librarse de un hombre que es dos veces tu tamaño. No le doy un rodillazo demasiado fuerte, sólo un golpe que hace que suelte mi cabeza y retroceda unos pasos con las manos entre las piernas.

—Si ésas tenemos, toma eso —digo.

Lo único que puedo hacerle en este momento es daño, así que doy media vuelta y bajo corriendo las escaleras sin mirar atrás. Incluso ahora, las costumbres que teníamos de niños son más fuertes que nosotros mismos. Por ese motivo, me deja ir sin maldecirme, pues no encuentra las palabras apropiadas para decir lo que piensa de mí.

34

Por la noche pienso en Steven, ese joven de gran tamaño atrapado en un cuerpo torpe. Cuando se transforma, debe de alcanzar un tamaño muy considerable.

Cuando voy en autobús, las personas me miran las manos y cambian de asiento. A nadie parece gustarle tampoco el cuerpo en el que estoy atrapada. Pero yo he evolucionado, he desarrollado armas para poder recoger el guante: el resentimiento, el rencor y una lengua mordaz. Aunque se debe a que no tenía otra alternativa.

Tomo una decisión.

Steven está dormido sobre un montón de paja. Doy unos toquecitos con la pistola en los barrotes para despertarle y le ordeno que se levante. Exige saber adónde le llevo, pero le apunto con la pistola y le obligo a que tome las escaleras, delante de mí y sin mediar palabra.

Cuando le empujo por la puerta que da al bloque de los merodeadores libres, veo que la mayoría duermen. Se despiertan al oír la puerta cerrarse y se ponen alertas. Se ve muy bien en este bloque, ya que las luces jamás se apagan.

Albin me mira.

—¿Qué hace?

Abro la celda y ordeno a Steven que entre.

—Os voy a conceder la oportunidad de salvaros —digo.

Paul se pone de pie y lo miro por unos instantes. No puedo apartar los ojos de él, así que no me queda más remedio que cerrarlos y romper la conexión para poder seguir con lo que voy a hacer.

Escucho y observo. No es un secreto que estoy vigilando a los prisioneros, no lo es porque estoy aquí, en la sala de control, con los auriculares puestos y a la espera. Además, todo el mundo sabe que he trasladado a Steven Harper a este bloque, aunque nadie dice nada. A lo mejor piensan que padezco una enfermedad contagiosa, o tal vez se sienten avergonzados, el caso es que hay infinidad de razones por las cuales tratan de evitarme estos días, aunque empiezo a preguntarme si la verdadera es que los he dejado perplejos. No hemos sacado nada de los prisioneros, y Seligmann, el peor de todos, está ahí fuera, atormentándonos, pero invisible. Ha habido otros arrestos, los míos no han sido los únicos. Se ha arrestado a personas cuyos odiosos mensajes llevábamos ignorando años, personas que han escrito amenazas en las paredes de nuestro edificio, personas con antecedentes por merodeo nocturno. Jerry el borrachín, mi cliente y el de Paul, también está encerrado, esperando a ser juzgado; él y docenas como él. No hay libertad condicional antes del juicio, ni se puede establecer ningún contacto con el exterior; es un decreto general establecido por los altos cargos. Hemos tenido muchos amigos y familiares preocupados en nuestro vestíbulo, exigiendo saber si teníamos arrestada a tal o cual persona. Algunos incluso han terminado en las celdas por provocar a los representantes de Dorla.

No obstante, seguimos sin saber nada. No ha habido confesiones, ni pruebas, ni parece que se intuya un final a todo esto. Al otro lado, en el margen, estoy yo, haciendo cosas incomprensibles. Después de todo, fui yo la que inculpó a los merodeadores libres.

Pasan el día entero sin hablar demasiado. Paul está echado de espaldas sobre la paja, con las manos tapándose los ojos. No dice nada y, tras un rato, me doy cuenta de que está sufriendo una de sus migrañas. Los demás dejan a un lado la desganada conversación acerca de la comida, de la cual se había quejado Steven, y tratan de permanecer inmóviles. Le pasan algo de paja a Paul, pero no tiene fuerzas ni para juntarla. Carla le dice que se tape la cara con la chaqueta de Albin para impedir que la luz le moleste. Le observo durante media hora, mordiéndome el pulgar, pensando qué debo hacer. Al final me levanto, voy hasta el armario del almacén y regreso al bloque lo más silenciosamente posible.

Me miran sin decir nada.

—Es lo único que podemos darle. Hay un par de analgésicos dentro, no sé si servirán —le digo a Carla pasándole el botiquín de primeros auxilios por entre los barrotes de su celda. Luego añado—: He contado lo que hay dentro. Si me doy cuenta de que falta algo... —Necesito amenazarles, pero no diciéndoles que voy a llamar a los interrogadores, ni advirtiéndoles de que puedo dejarles sin comida o mantenerlos despiertos a base de ruidos—. Yo misma informaré a mi jefe de que he hecho un uso indebido de los medicamentos administrados por el Gobierno, con lo que me sacarán del caso y ustedes perderán su último eslabón.

Hablo lo más silenciosamente posible. Paul levanta un poco el borde de la chaqueta, pero no puede soportar el resplandor de la luz en los ojos y vuelve a tumbarse.

Carla me mira con expresión dudosa.

—Gracias —dice Albin. Su voz denota sorpresa, pero no está carente de cortesía.

Haciendo un esfuerzo, Paul logra sentarse. Veo el gesto de dolor que se le dibuja en la cara cuando lo hace, y se lleva las manos a ambos lados de la cabeza.

—Sólo quiero que sepas —dice con voz ronca— que la última migraña que tuve, la que tuve cuando estabas en casa, fue después de enterarnos de que alguien nos había observado en el jardín. No sabíamos que fuiste tú. —Tiene la cabeza gacha, las manos cerradas y los ojos, un poco bizcos, puestos en mí—. Los demás me dijeron que debía dejar de verte, pues pensaban que los estaba poniendo en peligro, pero me negué. Por eso me dio aquella migraña, porque querían que te abandonase y yo me negué rotundamente.

El blanco de su cara contrasta con los azulejos. Luego agacha la cabeza y vuelve a taparse los ojos para permanecer totalmente inmóvil.

—Bien —digo con una voz ligeramente temblorosa—. Ahora lo sé.

Doy media vuelta y me marcho sin decir nada más.

—¿Sabe alguien que estás aquí? —le pregunta Albin a Steven.

—No —responde sin mover la cabeza.

—¿Te han acusado de algo?

Steven mira a Albin con el ceño fruncido y responde:

—¿Acusarme? Lo único que han hecho es traerme aquí.

Paul sigue tendido con la chaqueta de Albin doblada bajo la cabeza. Tiene los ojos medio abiertos y se frota las sienes en círculos con sus tentadores dedos.

—Eso no es nada bueno para ti —dice Albin. Está sentado contra la pared, con las piernas sobre la paja y una mano sobre las rodillas. Es una postura muy informal, asimétrica. Mira a Steven con una preocupación amistosa y añade—: No será fácil saber lo que debes responder.

Steven frunce el ceño, se frota los puños y da la conversación por concluida.

Cuando bajan los interrogadores al bloque de celdas, me giro para mirar hacia otro lado. Me quito los auriculares y regreso tranquilamente a mi oficina.

Ally no está entre ellos, lo cual no mejora las cosas.

Después hay una especie de paréntesis. Se sientan en sus celdas, separados, cada uno preocupado por sus propios moratones. Yo no vi el interrogatorio, no pude, pero ahora les miro fijamente para ver las señales que les han dejado los golpes. No parece demasiado serio, me digo, no hay daño que dure cien años. Ha sido sencillamente un interrogatorio duro, con las bofetadas ocasionales para recordarles que están solos y abandonados. A Steven le sangra la nariz y se la toca con el reverso de la mano, sorprendiéndose de que no se le corte la hemorragia.

—Echa la cabeza para atrás —le dice Carla— y pellízcate el puente.

La mira, arruga la cara y sigue sus consejos.

—No, el puente está más arriba. No de esa forma, sino así. Mira —le indica Carla.

Steven la observa y vuelve a intentarlo.

—No, más atrás —añade Carla suspirando.

Pero Steven tiene las manos delante de la cara y no puede verla. Carla niega con la cabeza y señala, tratando de contenerse para no llamarle estúpido.

Él la mira y la imita, pero Carla señala una vez más y luego baja la mano, como si estuviera cansada, y le lanza una sonrisa que no convencería ni a Leo.

Con cierta sorpresa, percibo que lo está haciendo a propósito.

Las noches se están acortando después del solsticio, pero, echada en este montón de mantas, cada noche parece más larga que la anterior.

—Has estado hablando mientras dormías —le dice Albin a Steven.

—¿Sí? —responde Steven rascándose la cabeza y mirando el imperturbable rostro de Albin.

—Sí —corrobora Paul, que está de pie, apoyado sobre los barrotes y estirando las piernas.

—¿Y de qué hablaba?

Hay una pausa prolongada antes de que Albin se encoja de hombros y responda:

—De nada en particular.

No lo dice muy convincentemente.

Rebobino las cintas y las escucho. Steven ha dormido como un tronco y no ha hablado en sueños ni por un instante.

—¿Crees que podríamos escapar si se corta de nuevo la luz? —le pregunta Albin a Sarah.

Ella le mira con sus ojos negros y responde:

—Y si llovieran llaves también.

—¿Tú te escapaste durante un corte de luz? —pregunta Steven inclinándose hacia delante.

Albin se encoge de hombros y contesta:

—Fue hace ya mucho tiempo.

Tengo que reconocerlo: Albin no parece preocupado ni en la celda de una prisión.

—No fue gran cosa —añade.

Steven mira alrededor, pero no hay nada que mirar.

—Entonces será por eso por lo que me tienen encerrado —comenta.

Me llevo las manos a los auriculares y compruebo el tablero de mandos para asegurarme de que se está grabando todo.

—¿Cómo dices? ¿Tú también te escapaste durante un corte de luz? —pregunta Albin ligeramente interesado.

—No, me refiero a merodeando.

—¡Ah, bueno! —responde Albin nada impresionado—. Ésa es la primera razón por la que encierran a las personas.

—Sí, pero me refiero a que yo estaba verdaderamente fuera, ¿comprendes?

—Cuando uno está fuera, está fuera, muchacho —dice Sarah mirándole fijamente.

Ha pasado la última hora arrinconada en una esquina y aún tiene los ojos húmedos y la voz un poco chillona.

—¿Acaso tiene eso algo de especial? —pregunta.

Steven le devuelve la mirada y luego se dirige a Albin:

—¿Con qué frecuencia habéis salido?

—No lo sé. No recuerdo exactamente cuándo empezamos —contesta Albin.

—Entonces lleváis años haciéndolo, ¿no es verdad?

Albin no responde.

—¿Y tú? ¿Cómo es que has terminado trabajando en un hospital? —le pregunta en cambio.

Steven se frota las manos.

—Pues la verdad, no lo sé. Intenté estudiar para enfermero.

—Yo no hubiera hecho tal cosa —interrumpe Carla con su voz melosa y musical, aunque afilada como un escalpelo.

—¿Por qué no? —pregunta Steven.

Carla se encoge de hombros y sonríe. Trata de apartarse el pelo de la cara, cosa que logra bastante bien a pesar de tener una contractura en el cuello.

—Pues la verdad, porque no creo que sirvas para eso —responde. Steven se echa hacia atrás y la mira sorprendido—. He visto cómo dejas los suelos después de limpiarlos —continúa Carla como si él le hubiese preguntado—, y me he dado cuenta de que chocas con todas las camas cuando andas por las habitaciones. Molestas a los pacientes y no sabes hacer tu trabajo. La verdad, no creo que sirvas para lo que haces.

—¿Y tú qué puñetas sabes de eso? —replica Steven al ver que esa mujer tan atractiva y bien educada ha decidido insultarle sin razones para ello.

Yo también me sentiría muy molesta si estuviese en su lugar.

Carla se encoge de hombros, gesticula y levanta la mano, como si fuese una bailarina. Albin, inclinado hacia delante, le da la espalda a Steven y observa. Carla sonríe, enseñando sus blancos dientes y poniendo los ojos como los gatos. No puedo verle la mano, pero al parecer la tiene ocupada arrellanando la paja.

—Oh, vamos —prosigue Carla con un tono que podría confundirse con indiferencia—. ¿Qué te has creído? ¿Que nadie te vio cogerlas?

—¿De qué narices hablas?... —responde Steven poniéndose en pie. Luego se acerca hasta uno de los extremos de la celda, pero hay barrotes entre medio y no puede acosarla estando tan lejos. Paul está sentado con las piernas cruzadas, con los puños descansando uno encima del otro.

—No dije nada porque me diste pena —dice Carla—. Estaba segura de que no conseguirías otro trabajo si te pillaban robando drogas. Ahora, sin embargo, me doy cuenta de que debería haberlo dicho. Y ahora que te conozco creo que deberé hacerlo en cuanto salga.

—Yo hablaría con un abogado cuando saliese —interviene Paul sin moverse y sin levantar la cabeza para mirar—, y vería la forma de poder justificarlo. Bueno, si sales de aquí, porque yo creo que pasarán años antes de que nos pongan un abogado.

—¿Por qué la cogiste? —pregunta Albin siguiendo el juego—. ¿Acaso no puedes soportar la transformación?

—Debes aprender a manejar la situación —añade Sarah desde un rincón. Habla más consigo misma que con Steven—. ¿De verdad crees que vale la pena que salgas a correr ahí fuera? ¿De verdad crees que lo mereces? ¿Tan estúpido eres que no te das cuenta de nada?

Los demás la observan cuando rompe a llorar. No obstante, prosigue entre sollozos:

—Ya podías habernos dejado al margen, ya te lo podías haber guardado para ti solito y no arrastrarnos hasta este lugar del que no vamos a salir nunca. Entérate, muchacho, vas a morir en este sitio, te vas a pasar aquí el resto de tus días y, al final, te matarán y te tirarán por la ventana...

El tono de su voz es cada vez más elevado, le mira con aspecto desafiante, clavándose las uñas en las rodillas y mirándole fijamente. Ella debería estar en un hospital, pues no tiene muy buen aspecto. Tras una pausa prosigue:

—Espera y verás si ha valido la pena. Tú espera y verás cómo te cortan a pedacitos con un cuchillo de plata y te dejan pudrir en el suelo. Ya verás cómo te cortan los párpados para que te quedes ciego. Ya verás cómo te rompen los dedos y luego te dan una llave con la que no puedes abrir la cerradura...

Mientras Steven la mira fijamente, sucede algo imprevisto: Paul pasa la mano por entre las rejas que dividen las celdas, aferra la pierna de Steven y le hace perder el equilibrio. El muchacho cae hacia delante, se golpea la cabeza contra los barrotes de la celda y se desploma de espaldas, golpeándose de nuevo la cabeza contra el suelo. La cara de Paul se mantiene imperturbable, tensa y pálida, pero sus rasgos son los de siempre.

—Podrías terminar como tu hermano —le dice.

Y ahí se acaba todo. Sarah se acurruca en un rincón y llora en silencio mientras los otros miran hacia la pared y se tienden como si se dispusieran a dormir, sin pronunciar una sola palabra.

35

Dos guardias lo traen desde la planta de abajo, le esposan una de las manos a una barra clavada en la pared y lo dejan ahí, de pie. Tiene la mano atada demasiado baja para él, por lo que tiene que inclinarse hacia un lado.

—No tienen por qué quedarse —les digo a los guardias sentándome en la única silla.

Hay un escritorio delante de mí, no uno de madera maciza y cajones, sino una simple mesa de formica parecida a un pupitre de escuela.

—Si necesita algo, estamos en el vestíbulo —me dice uno de los guardias.

—No creo que sea necesario.

Me lanza una mirada intrigada, preguntándose si debe tomarlo como un divertimento. Encadenar a tu ex novio a la pared y cerrar la puerta podría suscitar otra clase de estímulos más propios de mi reputación.

—Esto no es un interrogatorio —digo tratando de mostrarme implacable—. Podréis escoltarle cuando os llame, pero hasta entonces no es necesario que perdáis el tiempo. ¿No tenéis nada mejor que hacer?

Mi voz no suena a la defensiva, sino mordaz, denotando que estoy por encima de ellos.

—Sí, señorita Galley —contesta uno, no muy satisfecho de tener que obedecerme.

Salen y cierro la puerta. Cuando oigo el clic miro a Paul.

Parece agotado. Atado a la cadena se le ve torpe y a punto de perder el equilibrio, como si lo hubieran golpeado y hubiese caído en esa posición. Me mira, atento, con la mirada de un preso.

—Bien —dice—. Por lo que veo se te da bien esto de interrogar.

Se oye chocar el metal contra metal cuando trata de ponerse derecho.

—¿Puedes quitarme esto? —pregunta.

—No tengo las llaves —respondo sentándome en la silla.

—Pues consíguelas —me dice con los ojos inyectados en sangre. El color azul que tanto me gustaba está ahora enmarañado de filamentos rojos.

—Alguien más tendrá que estar presente en la habitación. Yo no estoy cualificada para tratar con los prisioneros sola y quiero hablar contigo.

Paul sacude el brazo porque el metal se le clava en la carne.

—¿Ya me tienes donde querías? —pregunta.

—No.

—¿Por qué no? Ahora no puedo salir corriendo, siempre sabrás dónde estoy. No puedo ponerme ni derecho sin que tú lo sepas, ¿no te hace sentirte mejor?

—No.

—Yo no pensaba ir a ningún sitio. Deberías haber confiado en mí.

—Lo hice.

—Sí, hasta que me arrestaron por llamar a la puerta de la casa de un amigo.

—Ya he visto lo que tú y tus amigos hacéis con un hombre que no os ha hecho nada. Tú no sabes nada de él, excepto que yo creo que es culpable de algo. Y lo has tirado al suelo. He estado oyendo lo que le decís y existen palabras para definir eso: se le llama tortura psicológica, o acoso, si quieres hablar en términos de un trabajador social. Así que no me vengas contando que, cuando te presionan, no te defiendes con uñas y dientes como cualquier otro.

—Nunca lo he hecho. Siempre dices que esperas que las personas compitan, pero luego les traicionas cuando lo hacen. Yo jamás dije nada. Si él lo hizo, yo no, y no pienso pagar por ello.

Tiene razón. Es normal luchar por la vida y tratar de apartar cualquier cosa que entorpezca tu camino. Sólo los árboles viven del aire y de la luz, nosotros tenemos que matar cada vez que comemos, ya sean animales o plantas. Vivimos de la carne de otros y yo ya debería saberlo de sobra.

Me quedo inmóvil.

—Pensé que eras mejor persona que yo —le digo.

—Pues ya ves que no —responde.

Se tapa la muñeca esposada con la mano libre, ocultando el brazo.

—No puedo dejarte libre, al menos no todavía —prosigo.

Le veo preocupado porque se le puedan acabar las oportunidades y cree que, si dice lo que espero oír, lo dejaré marchar. No obstante, debería sacarlo de esta situación tan precaria.

—Podrías si quisieras —me espeta.

—Podemos ayudarnos mutuamente —le digo.

Paul echa la cabeza hacia atrás y mira al techo.

—Gracias, pero que te den por el culo —responde.

Eso duele, duele de verdad, pero me hace darme cuenta de que aún no está acabado, pues se molesta en maldecirme.

—Tú también tienes cualidades de interrogador, Paul. Se te da bien descubrir cómo funciona la gente, ya que estás muy acostumbrado a utilizarla. Sin embargo, necesitamos sacarle alguna información a ese hombre o morirá más gente, y creo que tú eres la persona más indicada.

Niega con la cabeza y murmura algunas palabras.

—Si él confiesa, tú quedas libre, no podrán retenerte por más tiempo —añado.

—No puedes hacerme esto —dice mirándome fijamente—. No me tendrás aquí encerrado para que te haga el trabajo sucio, ¿verdad?

Me duelen las manos y las presiono contra las rodillas.

—Sí, lo haré —respondo. Está lloviendo intensamente y el agua golpea contra la ventana—. No te pediría nada que yo no hiciera.

—Entonces es que eres una furcia.

Las palabras de Paul son como un bofetón, pero no puedo mostrarme débil.

—Si tú lo dices... Pero quiero que sepas que he hablado con mi jefe. Después de haberle enseñado la cinta, está de acuerdo conmigo y ya no volverán a interrogarte.

—¿Cómo dices? —responde Paul levantando bruscamente la cabeza.

—He encerrado a los perros. Ya no habrá más interrogatorios, ni más golpes. He podido hacer eso por lo que le hiciste a Harper. Mi jefe estuvo de acuerdo conmigo y te dejaremos tranquilo siempre y cuando sigas intentando sonsacarle algo.

Paul parpadea. Le oigo respirar desacompasadamente. Es demasiado listo como para no darse cuenta de que es un intercambio, un trato en el que no le quedará más remedio que vender su alma. Asume el trabajo de los torturadores, ponlo en práctica con otros y te dejaremos en paz. Sé como el diablo y no como un alma desamparada. Él sabe que nadie más le va a pegar, podrá dormir por las noches sabiendo que no vendrá alguien a despertarle para aporrearle la cabeza contra la pared. Después de todo lo que ha pasado, por fin le dejarán tranquilo.

Mira para otro lado. No quiere que vea las lágrimas que derrama, lo que denota lo mucho que le he perdido.

Yo quería algo normal, pero ahora está fuera de mi alcance y todo lo que puedo conseguir es algo retorcido, oscuro y finito. Una vez que salga de aquí, jamás volverá a aceptar estas condiciones. Lo que le pido hará que se aleje de mí para siempre, nada más salir por la puerta, así que debo dar lo nuestro por acabado, empezar a acostumbrarme a estar sin él.

Cruzo la habitación y le pongo la mano en la cara para que me mire.

—Oye... —le susurro.

Veo que tiene la piel descolorida y cubierta de manchas por la falta de sol. Se apoya contra la pared y levanta una mano para apartarme, pero se la agarro y se la sujeto.

—Basta —le ordeno.

Tiene los ojos cerrados, no piensa mirarme, pero estamos pegados y no forcejea. Lleva muchas noches durmiendo encima del frío suelo, sometido a duros interrogatorios y a la soledad de la noche. Está demasiado débil como para rechazar cualquier tipo de comodidad.

—Todo irá bien —le digo pasándole el pulgar por la mejilla para limpiarle las lágrimas.

—¿Qué haces? —me dice hablando por entre mi pelo.

—Lo siento —respondo.

Cierro los ojos, me apoyo contra él y veo que está delgado y sucio, pero aun así me resulta familiar. Las manos que tenemos enlazadas caen a los lados y cuelgan como péndulos.

Acerco mi boca a la suya y se sobresalta.

—No te será tan sencillo —dice apartando la cara hacia un lado.

—¿Y cómo quieres que sea? —le pregunto.

Estamos tan cerca uno del otro que nuestros labios casi se tocan.

Aparta la mano de la mía, me coge del hombro y me empuja.

—No quiero tus besos —dice.

—¿De verdad que no? —respondo.

Noto que tiene la mano cálida. Él siempre pudo contenerse, todo lo contrario que yo. Ésa era una de las muchas ventajas que tenía sobre mí. Las esposas emiten un sonido metálico al chocar contra la barra.

Me aparta aún más y me dice:

—No de esta manera.

Abro la boca para recordarle que no solía ser tan conservador, pero prefiero callarme, pues no estoy jugando, sino pidiéndole que destruya a un hombre; si no quiere que sellemos el trato con un beso, entonces buscaremos otra forma. Me vuelvo y regreso tranquilamente al escritorio.

—Si quieres sacarle algo, debes primero saber qué andamos

buscando —le digo con voz calmada, sentándome de nuevo en la silla—. Si te proporciono esa información, te servirá de ayuda a ti y a los otros.

Paul se apoya contra la pared, tratando de recuperar el aliento. Veo que estoy más sosegada que él.

—No puedes traerlos aquí —dice en un tono que suena casi arrogante.

—No, tendrás que decírselo tú. Él también estará, pero sabrás cómo evitar que se entere. He visto su expediente y fue muy poco tiempo a la escuela. Si se lo dices a los demás, no sé, en francés, alemán, o en otra lengua, es posible que no te entienda. —No menciono que eso se ajusta muy bien a la forma en que lo han estado tratando. Luego añado—: Tú hablas otros idiomas, ¿no es verdad?

Evita mi mirada.

—Hablo español —asiente—. Un poco de albano y turco, pero los demás no hablan esos idiomas. También algo de croata y Lewis sabe algo de ruso, quizá pueda decirle algo.

—Estoy segura de que entenderán el español.

—Sí —responde.

Se encuentra en una postura torpe, apoyado sobre su mano esposada.

—De acuerdo —le digo. El sonido de mi voz le hace desplazarse un poco, pero no hay ninguna posición en la que pueda sentirse cómodo—. Ánimo. Ahora vas a escuchar lo que nunca te dije.

No responde. Pongo las manos encima de la mesa; me tiemblan ligeramente, como si me sintiese mareada.

—Vosotros habéis sido arrestados por la muerte de Nate Jensen, ¿no es verdad?

—O como quiera que se llame —interrumpe.

Al parecer le cuesta trabajo expresarlo de forma tan suave.

—Es complicado —continúo—. Ese hombre, Steven Harper, es un merodeador. ¿Sabes lo que es eso?

Asiente con la cabeza.

—¡Dios santo! —exclamo—, vengo en un segundo.

Salgo de la habitación y dejo al prisionero sin vigilancia el tiempo que necesito para buscar otra silla. Cuando regreso observo que se ha apartado de la puerta.

—Siéntate aquí —le digo, dejando la silla al lado de la barra.

Cuando termino de hacerlo me doy cuenta de que le he cogido del hombro y que le he obligado a sentarse en ella. La mano libre todavía le cuelga a un lado, pero ahora se le ve más cómodo, además de que puede ponerse derecho. Cierra los ojos por unos instantes y me doy cuenta de que es la primera vez que se ha sentado en una silla desde que lo arrestamos. Pensarlo me abruma tanto que regreso a la mía antes de que empiece a sentirme culpable.

—Ese hombre, Steven Harper, es uno de los tres que estamos buscando —prosigo—. Los otros dos son su hermano y un tercero llamado Darryl Seligmann, que aún anda suelto. Nosotros... —Me detengo un momento, me rasco la frente pensando si hay una forma más breve de contarlo todo, pero no la encuentro—. ¿Recuerdas la noche que nos conocimos?

Paul me mira, pero no responde.

—¿Recuerdas que me estaba emborrachando porque había sucedido algo? Lo que sucedió es que yo y mi pupilo, Marty, el muchacho que visitamos en el hospital, fuimos atacados por un grupo de tres merodeadores. Pues bien, Marty logró dispararle a uno en la pata antes de que le desgarraran la garganta, y yo sedé a otro, pero el de la herida en la pata y un tercero lograron escapar. David Harper es el hombre al que Marty disparó y que logró huir, el otro creo que fue Steven, el muchacho que está contigo en las celdas.

—¿De verdad lo crees?

—Sí, lo creo.

—Entonces el hombre perdió el brazo porque tu alumno le disparó.

—Y porque no fue al hospital —respondo sin apartar la mirada.

Si pido disculpas, entonces todo estará perdido.

—El que apresamos es Seligmann —continúo—, así que le interrogamos, pero lo único que sacamos de él fueron insultos y maldiciones. No pongas esa cara. Había algo perverso en ese hombre.

—¿Tú le interrogaste? —pregunta mirando su mano colgante.

—Sí. La primera noche que salimos me viste una herida en la mano. Me la hice pegándole.

Paul agacha la cabeza y cierra los ojos con fuerza.

—No pusiste ninguna pega entonces —le digo—. Tú me preguntaste y yo te lo dije. A pesar de eso te fuiste a la cama conmigo.

—Te deseaba —responde.

No lo dice con rencor, ni enfatizando el pasado del verbo, sino con resignación.

Respiro profundamente.

—¿Piensas de la misma manera ahora? —le pregunto—. Ahora que te has sometido a un interrogatorio y la mujer a la que deseaste te dice cómo se hizo la herida, ¿te irías de nuevo a la cama conmigo?

No me mira, prefiere mirar al espacio e intentar encontrar una respuesta.

Espero.

—Sí —responde.

Bajo la mirada. Veo que vamos detrás de lo que queremos y que apartamos todo lo que se interpone en nuestro camino.

—Fue mi primer interrogatorio serio —confieso—. No lo hice nada bien. Estaba más asustada yo de él que él de mí. Después, él mismo se hirió y tuvimos que llevarle al hospital.

Paul casi se ríe.

—Se hirió él solo —dice con tono de mofa.

—Créelo. Si se lo hubiésemos hecho nosotros, no lo habríamos sacado del edificio.

Me mira y pongo las manos encima de la mesa.

—Veo que no te conozco en absoluto —dice.

Dejo de frotarme los ojos y respondo:

—Probablemente me conozcas mejor que nadie.

Me mira con una expresión de asombro en el rostro y añade:

—Me alegra no ser como tú.

Hay muchas respuestas a eso, pero todas se saldrían de contexto, así que prosigo:

—Lo llevamos al hospital, pero no le custodiaron debidamente y logró escaparse. Poco después, el muchacho que me ayudó en el interrogatorio, el que hizo el trabajo más duro, murió de un disparo en la cabeza cuando regresaba a su casa. Así murió Nate Jensen.

Insiste en mirarme.

—Dos meses antes, Johnny Marcos, el hombre al que hirió tu amigo Ellaway, murió de la misma manera —agrego.

—No es mi amigo. Me resulta odioso.

Tenemos que seguir avanzando, ya que si nos detenemos en detalles, no volveremos a empezar.

—A los dos los mataron con balas de plata —le digo.

—¿Por qué? —pregunta Paul frunciendo el ceño.

Ahora no aparta la mirada, sino todo lo contrario, me presta atención.

—No lo sé —contesto—. Es posible que sea mero simbolismo. Seligmann odia Dorla. Pues bien, vosotros fuisteis arrestados en parte por Ellaway, pero también por la Oromorfina que robaron. Sin embargo, sólo había tres aquella noche. Ya tenemos a dos, así que necesitamos saber dónde se encuentra Seligmann antes de que decida matar a alguien más. Steven probablemente lo sepa.

—¿Quieres que averigüe el paradero de Seligmann?

Le sostengo la mirada.

—Vas a hacerlo, ¿verdad que sí?

Hay unos segundos de pausa, pero suficientes para que ambos sepamos lo que ha sucedido entre nosotros. Más tarde, cuando seamos libres, podremos culparnos, lanzarnos miradas acusadoras o callarnos, pero ya ninguno de los dos podrá alegar inocencia nunca más.

Los guardias lo conducen a la celda. Sus compañeros lo miran de arriba abajo, para ver qué han hecho con él, pero no hay mucho que ver, pues no hay cardenales, ni cortes, él sigue con la misma ropa gastada y nadie dice nada hasta que se van los guardias. Desde hace unos días se han vuelto cautelosos a la hora de hablar en presencia de los trabajadores de Dorla, como aves escondiéndose del halcón que revolotea por los cielos.

La puerta se cierra y se quedan solos. Luego empiezan a moverse y se acercan todo lo posible hasta él. Dicen cosas como: «¿Te encuentras bien?», «¿Qué ha sucedido?»... Luego, cuando se dan cuenta de que si hablan demasiado alto podemos oírlos, se apartan entre sí y guardan silencio.

—¿A quién viste? —pregunta Albin.

—A Lola —responde Paul sin girar la cabeza.

—¿Te ha dicho algo de representarnos?

Empieza a hablar, pero luego se calla, como si estuviera cansado. Deja pasar unos segundos mirando el infinito y agrega:

—Nada.

Albin arruga la frente. Steven está encorvado en un rincón, con el rostro cansado.

Paul lleva la mirada de arriba abajo. No ha mirado a los demás desde que ha bajado a las celdas. Tiene los ojos entornados y se muerde el labio.

Pensé que se lo diría, esperé oír una conversación que probablemente no entendería. Eso habría sacado de quicio a Steven, se habría puesto en plan agresivo y a la defensiva al darse cuenta de que estaban confabulando contra él. Esperaba una escena.

Sin embargo, Paul apoya la cabeza contra la pared, mira a la nada, y comienza a cantar. Los otros se quedan perplejos y se miran entre sí tratando de encontrar una explicación, pero no saben qué decir. No es una canción lo que canta, sino frases que entona con cierto ritmo. Escucho y me doy cuenta de lo que hace: está dando un recital improvisado. No tiene la voz de un cantante de ópera, pero suena un tanto vítrea contra las paredes. Tampoco tiene nada de lupina, no se parece a ese suave gimoteo que se oye en las noches de luna llena, pero tiene algo que hace que se me ponga la piel de gallina y que me recorra un escalofrío por la nuca, al igual que sucede cuando ellos responden a la llamada de un lunático.

36

He mentido. Si hubiera dicho «ellos» refiriéndome a los inquisidores, habría mentido. La palabra correcta es «nosotros», porque nosotros hemos formado parte de ellos. Sí, mi gente, los de mi clase, desde el primero hasta el último. Nosotros cambiamos nuestros nombres, nuestros métodos, pero ésta es mi historia. Hace cuatrocientos años yo habría sido una inquisidora encapuchada y no se me ocurre otra cosa que lamentarlo y pedir perdón por ello.

La iglesia está en silencio. Me gustaría que hubiese olido a incienso, pero éste es el olor de la misa y no hay nadie, salvo alguien barriendo, un par de personas mirando el techo y una mujer de mediana edad arrodillada en la capilla de la virgen. Mis zapatillas de deporte crujen al pisar las losetas; jamás he entrado en una iglesia donde pudiera andar en silencio. El único que recuerdo es el santuario aegidano, un pequeño lugar enclavado en la pared donde no cabían más de tres personas a la vez. Me quedo de pie, enfrente del icono: un hombre de edad mediana sosteniendo una cierva en los brazos. Dios le envía una cierva para que se alimente con su leche, que es lo que le sucedió al pobre san Gil. Tiene el rostro tranquilo, la barba le llega hasta el pecho y sus ojos parecen perderse en la distancia. Parpadeo y muevo los pies. No había pensado qué debía hacer una vez que estuviese aquí y ahora me veo delante de este santuario con una sensación incómoda, como si hubiera representado pésimamente una falsa escena.

No estaría nada mal poder sentarse, pero no hay ninguna silla por aquí cerca. Dudo por unos instantes en la entrada, pero luego doy un paso hacia delante y me arrodillo. Hay cojines para eso, un acto de gentileza, así que me hinco de rodillas sobre uno, junto las manos y miro los grabados. Es una postura que me resulta familiar, a pesar de que no la adoptase desde hace mucho tiempo. Aunque estoy algo falta de práctica y no me siento segura al adoptar dicha posición, observo que la fe no ha desaparecido, no del todo. Temer que Dios me castigue por entrar en su casa cuando no estoy segura de creer en él es ya un gesto de fe.

¿Es esto lo que habrías querido?

Giles fue en su momento un ser mortal, un ermitaño que vivía en los bosques. Pasaba la vida encerrado en su cueva y era tan devoto que no quería otra cosa, salvo que lo dejasen en paz para poder rezar. Lo hirieron por accidente durante una partida de cacería, pero su herida cicatrizó y el rey quiso visitarle, aunque Giles prefería que lo dejasen a solas. Era un hombre sabio, un hombre milagroso que luego se convirtió en abad del monasterio que el rey le construyó por la admiración que sentía por él. Un verdadero santo.

Pensar en el verdadero Giles me reconforta de alguna manera. Siempre he creído en un Dios enfadado, pero quizás este hombre santo tenga algunas palabras amables para mí. Debe ser cierto, tiene que serlo, que existan personas de buena voluntad en la tierra. Ojalá yo fuese una de ellas.

¿Es esto lo que habrías querido? No, no lo creo. Un hombre que renunció a todo, que quería vivir apartado del mundo para rezar no podía sentirse demasiado entusiasmado con la idea de una amplia red de tullidos que se dedica a la captura de criminales y ciudadanos normales, a encerrarlos y someterlos a interrogatorios, y a escribir cientos de páginas en los periódicos para ocultar lo que verdaderamente hacemos. Todos esos bosques que tanto amó convertidos en papel para escribir mentiras.

Giles, ¿tú nos amas? Podríamos haber rezado a otro santo, al santo de los guardas y la justicia por ejemplo, pero te tenemos a ti, el santo de los tullidos, debido a nuestra discapacidad. La respuesta que me viene a la mente es que debe ser que sí. Además, los santos aman a la humanidad, no porque seamos buenos, sino porque ellos aman a los pecadores con una piedad y compasión ilimitadas. Por eso son santos. Quizá sea una respuesta apologista, parecida a esas que yo definía como habladurías cuando las monjas me decían ese tipo de cosas, pero me parece igualmente cierta. Mi cabeza ha encontrado la respuesta sin pensarlo, reflexivamente, y no se me ocurre de momento ninguna otra alternativa.

¿Qué debemos hacer entonces? Lo que sé sobre los aegidanos no lo he aprendido de las monjas. El *Summis Desidrantes Affectibus*, la Cacería de Brujas de 1484, fue un decreto establecido por el Papa Inocencio VIII mediante el cual se declaraba la existencia de brujas. Miles de mujeres murieron por esa causa, aunque ya hayamos dejado de creer en ellas.

Era la fe lo que nos movía. En aquel momento éramos una orden sagrada que buscaba brujas, luchaba por establecer la ley de Dios en la tierra y torturaba a las personas. No obstante, seguimos siendo la misma gente, la misma raza que estuvo dispuesta a aceptar semejante proposición, aunque también intentamos salvar a la gente y no quisimos que hubiera asesinos arrasando las ciudades, algo que es cierto incluso para los ateos. ¿Cómo podemos ser tan corruptos y querer al mismo tiempo combatir las debilidades de este mundo?

¿Qué debo hacer, san Gil? ¿Estoy arrastrando a otros conmigo? Cuando puse a Steven con los otros, creía saber lo que harían y esperaba poder evitarme el dolor de tener que hacerlo yo. Cualquier ley consideraría ese gesto de deplorable. Es cierto que debemos apresar a Seligmann antes de que mate a otra persona, pero no creo que eso justifique atormentar a otra persona. Steven con seguridad no nos perdonará. Creo que estoy haciendo que algunas personas cometan pecados que, de otra forma, no cometerían. He leído acerca de mártires que no se declaraban inocentes ni culpables en los juicios, que los demoraban manteniendo un perpetuo silencio, sabiendo que la pena por ello era la prensa. Se dejaban aplastar bajo un enorme peso, a veces soportando el dolor durante días, con tal de no involucrar al jurado en el pecado de su ejecución. Eso sí es santidad, eso sí es lo que Dios espera de nosotros. ¿Qué voy a hacer, san Gil? Hay muchas personas involucradas en este embrollo que yo misma he creado y todas las direcciones me llevan a un foso oscuro, donde no veo salida alguna. Mira a los prisioneros, hasta ellos están dispuestos a arrancarle las respuestas a Steven. Mira a Seligmann. Esté donde esté, se ha propuesto darles caza a los hijos de Dios en las noches de luna llena. Por favor, ayúdame san Gil, todos estamos perdidos. Es posible que tengamos otra Inquisición, pero no habrá otra crucifixión donde poder redimir nuestros pecados. Tenemos que decidirnos y no sé qué elegir.

¿Tú me amas, san Gil?

El santo mira fuera del cuadro, sosteniendo la cierva en sus brazos.

37

Hablan.

Hablan de salir, de deambular libremente por las noches y evitar ser apresados, de emprender pequeñas guerras entre ellos y los representantes de Dorla. Intercambian historias de guerra que adornan con heridas, peleas con otros grupos o huidas de los capturadores, pero, la verdad, no creo que sean ciertas porque suenan demasiado simples, aunque Steven las escucha atentamente. Escucha y en ocasiones abre la boca como si quisiera participar, pero no le dejan, continúan hablando, inventando historias acerca de la vida tan peligrosa que llevan.

Hablan del hospital, de las cosas que suceden allí, de los casos tan horribles que ha tenido que atender Carla, de los adictos que merodean intentando robar drogas, de lo fácil que resulta robar medicamentos cuando se ocupa un alto puesto.

Despiertan a Steven en mitad de la noche, cuando estaba durmiendo plácidamente, y le preguntan:

—¿Qué decías?

Les hicimos muchas cosas a las personas en los viejos tiempos. Estudiamos la forma de esquivar los precedentes religiosos, inventamos formas para que la gente confesara sin quebrantar la ley divina. Los inquisidores estaban sujetos a una ley que dictaba que no se podía torturar a una persona en más de una ocasión. Lo resolvieron de la siguiente forma: cualquier cese de la tortura se consideraba una «suspensión». Por tanto, si se torturaba de nuevo a una persona, era porque en realidad se estaba continuando la primera sesión. No se nos permitía tampoco derramar sangre, así que descubrimos formas para que eso no sucediera. Siempre existían formas de amenaza y muchas de ellas funcionaban. De hecho, muchas personas confesaban en el potro antes de que se hiciera girar la rueda, y no siempre por cobardía. Ellos sabían de sobra lo que eso significaba, cómo se te iban desencajando los huesos del cuerpo, tanto que las demás torturas, como por ejemplo colgarlos, sumergirlos en agua o arrancarles las uñas, se consideraban torturas poco severas. Además, tenían la certeza de que, si no confesaban, sus cuerpos serían desmembrados.

Leí acerca de eso cuando tenía dieciséis años, demasiado joven para leer historias tan escalofriantes. Las encontré en un libro escrito para licántropos; a nosotros, los aegidanos, sólo se nos mencionaba en un capítulo. El autor decía que la tortura era una forma de opresión que oprimía no sólo a la víctima, sino también al pueblo en general, ya que si se sabe lo que le puede suceder, siempre vive con el miedo en el cuerpo. Es cierto, la gente nos tiene miedo. Pero nosotros a ellos también.

No sé lo que están planeando. No sé lo que Paul les está diciendo.

Ojalá yo supiese español.

Cuando ya no pudimos utilizar la tortura —las leyes de algunos países la prohibieron— buscamos otras formas de hacerlo. Caminar era una de ellas. Apresabas a una persona y la hacías caminar de un lado para otro, hora tras hora, día tras día. Se hacía por turnos, sin dejarle dormir ni descansar por un instante. Es más suave que el potro, pero también funciona, ya que muy pocas personas son capaces de soportarlo. No resultaba dramático, pero lo imaginé con la intensidad de una niña de dieciséis años, una edad en la que cualquier cosa se toma de forma personal y me pareció de lo más horroroso. El cuerpo no está hecho para ciertas cosas y, si lo fuerzas, termina por ceder. Lo descubrí hace años. Lo peor no es el dolor, sino el daño, el perjuicio que se causa cuando cada fibra de tu cuerpo dice: «no, ya no más», y luego todo desaparece de este mundo. Días enteros caminando, días. Me duelen los pies tan sólo de pensarlo.

Sarah está pálida. A Carla, por el contrario, le están saliendo unas ojeras enormes y oscuras. Duermen siempre que pueden, pero se despiertan entre sí. Steven siempre está despierto, pues le dicen que habla en sueños y no dejan de gritarle para que se calle. Cuando permanece despierto, le susurran con moderación. Carla, con la piel levantada alrededor de la boca, le habla del hospital, como si estuviesen en su hora de descanso y, cuando se duerme, pasan la mano por entre los barrotes y lo empujan, gritándole que deje de chillar.

Después de dos días empieza a murmurar nada más cerrar los ojos.

El más sencillo y el mejor de nuestros trucos era el llamado *tormentum insomniae*. Consistía en mantener al sospechoso despierto hasta que confesase. Entre los síntomas más comunes de esa privación del sueño cabe mencionar la desorientación, las náuseas, la pérdida de memoria, la incoherencia al hablar, el mareo y las alucinaciones. Ésa es la lista médica, pero no menciona las emociones como la confusión, la sensación de desamparo o el pánico. No se puede describir, no hay forma de imaginarlo hasta que no se ha padecido, e incluso entonces resulta difícil aceptar la crueldad que hay en un acto tan sencillo y simple. La verdad es que después de un corto pero insoportable periodo de tiempo, el alma de la persona empieza a desintegrarse.

Las personas que quemaban brujas ejercían esa práctica, al igual que nosotros lo hacemos ahora. Es el método más limpio para que un hombre o una mujer inocentes confiesen que han hecho un pacto con Satán. Los que quemaban brujas lo descubrieron, pero nosotros lo utilizamos también, y con cierta frecuencia, por cierto, pues, aunque ahora nos llamen especialistas, en realidad eso es lo que somos: personas que queman a las brujas. Nosotros encontramos brujas en un campo muy particular. De hecho, aunque no hubiesen matado a nadie, las presionábamos para encontrar pruebas de que comerciaban con el diablo. Creo —mejor dicho, estoy segura de ello— que realmente creíamos que así debía ser. Habíamos visto a los lunáticos y, si el diablo quiere hablar con alguien, sin duda la noche es el mejor momento. Resulta mucho más sencillo que creer que haya entablado contacto con una persona de piel blanda y buenos modales que vive de día. Nosotros nos negábamos a creer que, entre el potro, los demás métodos de tortura y los libros llenos de interrogaciones, él pudiera estar susurrándonos al oído.

Y, sin embargo, así debe ser. Nunca tuvo nada que ver con alunizar. ¿Cómo no iba a ser así cuando cinco personas normales, aunque algo más saludables y mejor educadas, pero al fin y al cabo hijos de Dios, pueden por sí solos y sin ningún tipo de guía descubrir y utilizar el pilar de la Inquisición?

Dejan que Steven se duerma durante unos minutos. Todos están sentados con la espalda apoyada contra la pared, tapándose los ojos. Paul tiene la cabeza entre las rodillas, las piernas plegadas y está tan arrugado como una marioneta tirada en el suelo. No hablan entre sí.

Steven gira la cabeza y murmura algo. Paul levanta la cabeza y trata de llegar hasta donde se encuentra Steven, pero cuando lo hace, Albin le retiene y le dice:

—Espera. —Paul lo mira sin expresión—. Veamos de qué habla —añade Albin con voz ronca.

Al principio no son palabras, sino frases, pronunciadas con pausa y énfasis, como si tuvieran algún sentido, aunque son sólo sonidos. Las sílabas son correctas, pero las palabras no encajan; es como escuchar a una persona hablando en otro idioma.

Paul parpadea y trata de nuevo de llegar hasta donde se encuentra Steven. Cuando lo hace, el muchacho se gira y dice:

—Darryl, ¿dónde has estado?

Paul se detiene.

—¿Por qué no nos ayudará? Él es médico —añade Steven.

—Ahora se pone a soñar con el trabajo después de la paliza que nos hemos pegado. ¡Por Dios, no! —dice Sarah en voz baja y llevándose las manos a los ojos como si fuese una niña.

—Parkinson debería saber que estoy aquí —murmura Steven como si estuviera discutiendo.

Si no fuese por el orfanato, pensaría que está simulando, pues su voz es tan clara como cuando está despierto. Sin embargo, he oído a muchas personas hablar en sueños durante dieciocho años y así es como lo hacen. Luego pienso: ¿Parkinson?

Carla se pone derecha y dice:

—¿Has oído lo que ha dicho? ¿Parkinson? ¿Lo despierto?

—¿Quién es Parkinson? —pregunta Paul metiendo la mano entre los barrotes para sacudir a Steven.

¿Parkinson? ¿El doctor del hospital Santa Verónica? ¿El hombre que trajo al mundo a Leo? ¿El hombre con el que hablé la noche que Seligmann se escapó del hospital?

Salir del hospital sin que lo hubieran sorprendido los de seguridad resultaba casi imposible y, de hecho, en aquel momento ya sospeché que lo habían dejado escapar porque no se preocupan de nada que provenga de Dorla. Era muy extraño que hubiese sucedido como nos contaron. Ya sea de Dorla o no, ningún agente de seguridad que sepa hacer su trabajo deja que se escape un delincuente con la muñeca mordida, salvo que alguien del hospital se encargue de distraerle...

—¿Por qué no me lo dijiste antes? —dice Carla sonriendo y con voz amistosa.

Lleva cuatro días impidiendo que un hombre se duerma y,

sea cual sea el motivo, su sonrisa me parece de lo más valiente.

Steven se revuelve y aparta la mano de Paul, rogándole que lo deje tranquilo.

—No, no te duermas —prosigue Carla—, escúchame un momento. Estoy tratando de ayudarte. Todavía no puedo salir de aquí, pero creo que puedo conseguir hablar con alguien si supiera a quién dirigirme. Veo que conoces al doctor Parkinson. Yo también, un poco. Él conoce a mucha gente y estoy segura de que nos ayudará si consigo hablar con él.

Parkinson se encontraba allí, visible, incluso me habló y le echó una buena mirada al equipo entero. ¿Estaba en la planta de su departamento? No recuerdo, pero ahora que lo pienso puede que no fuese una casualidad que nos viésemos. Me lo encuentro cada vez que voy allí, y eso sorprende porque es un lugar muy grande y con mucha gente trabajando. No creo que las probabilidades de encontrarte con la misma persona cada vez que vas allí sean muy altas, pero si se hubiese enterado de que un representante de Dorla iba a venir, podría haberlo previsto. Tampoco creo que un hombre con la muñeca mordida terminase en su departamento, pero los doctores, las enfermeras y los pacientes hablan más de la cuenta y no tardaría en saberse a los pocos minutos. No hay duda de que Parkinson también se habría enterado de que Seligmann estaba ingresado allí. Trato de encontrar una explicación a los hechos, pero se me nubla el cerebro del sueño que tengo y no creo que pueda hacerlo hasta que no duerma un poco.

—Déjame en paz —dice Steven con la voz rendida por la fatiga.

—¿No conoces al doctor Parkinson? Estoy segura de que podría hablar con él —dice Carla dibujando una sonrisa.

Steven la mira, pero apenas puede distinguir sus rasgos de lo confuso, enfermo y cansado que se siente.

—Él... sabe que yo soy... No creo que...

Suelta una bocanada de aire, como si quisiera espantar un fantasma, pero termina derrumbándose sobre el montón de paja.

—¿No quieres que te ayude? —le pregunta Carla con los ojos brillantes como los de una muñeca.

De acuerdo, ya es suficiente. Tengo un nombre y no importa si está involucrado o no, el caso es que lo tengo y ya podéis dejarlo tranquilo, me digo a mí misma, desesperada.

Trato de incorporarme. He dormido bastante más que ellos y aún sigo tan cansada que podría sentarme y echarme a llorar, aunque no lo haga. Mientras me dirijo al bloque de celdas, me llevo una mano al cuello y presiono la garganta. Tardo unos minutos en reconocer ese gesto, pues viene de hace tiempo, de cuando empecé a trabajar en este lugar. En aquella época solía llevar colgando una medalla de san Gil que me dieron en la escuela, pero, cuando tenía veintidós años, decidí un día arrancármela y tirarla. Ahora me gustaría tenerla de nuevo.

Una vez en el bloque de celdas, nadie se sorprende demasiado de verme, ni de que imparta órdenes.

Separan a Steven de los demás, lo ponen en una celda aislado y ordeno que lo supervisen. Los demás son trasladados al bloque A, donde disponen de colchones, mantas y almohadas. No me quedo para verlos, pues no quiero que me agradezcan ese regalo.

38

Sólo hay una forma de resolver esto.

Lo que deseo hacer es hablar con ese doctor. No, la verdad, lo que deseo es volver a la iglesia y rezar para pedir perdón, pasar días enteros de rodillas suplicándoles a los santos que intercedan por mi desamparada alma. Eso es lo que me gustaría hacer, pero mientras no resuelva mis asuntos, no hay alma a la que se pueda ayudar. Cualquier santo con una pizca de sensibilidad me diría que realizara primero mi trabajo y dejara los momentos de introspección para otra ocasión.

Necesito hablar con él y no se me ocurre otra forma de hacerlo.

No quiero hacer esto.

La idea, mi idea, se apodera de mí desde el primer momento y me trastorna tanto que termino por sentirme estúpida, ya que las demás ideas se bloquean en mi cerebro. Paso el día entero sentada al lado de la ventana, o yendo de un lado para otro de la habitación con un nudo enfermizo bajo las costillas. Cada vez que pienso en ella, el nudo se retuerce y la comida se me viene a la boca. Sé que podría hacerlo si fuese necesario, lo cual es peor, ya que no siento culpabilidad por ello. Mi conciencia me duele con sólo pensarlo, pero ya he hecho cosas horribles en muchas ocasiones y ésta no perjudicará a nadie, salvo a mí. A mí y a la hija que tengo en el Cielo. Pero si está en el Cielo, entonces no está a mi alcance, por lo que dudo de que pueda hacerle ningún daño.

No me apetece hacer esto.

Lo primero que debo hacer es pedirle a Hugo que me ayude a poner en libertad a los merodeadores libres. Le cuento la historia y le digo lo que necesito.

—No funcionará si se lleva a cabo desde dentro de Dorla —digo.

Tengo las manos cruzadas, el rostro inmóvil. Le miro a los ojos y observo que su mirada es tan inexpresiva como la mía. Él siempre estuvo en lo cierto. Si permaneces imperturbable por fuera, nadie se compadece de ti, ni nadie te elogia, nadie abusa de ti con sus criterios. Permanecer imperturbable significa gozar de intimidad.

—Todo el mundo se enterará de que han estado aquí —dice Hugo con voz tan sosegada como la mía. Por primera vez comprendo esa gentileza silenciosa y neutra tan suya—. No podrán explicar una ausencia tan larga.

—No tendrán que hacerlo. Los encerramos aquí y no creo que sea necesario ocultarlo. Si vuelven al mundo, no creo que piensen que es por coacción. Si permanecen aquí, lo es.

Me mira sin agresividad.

—¿Qué esperas conseguir con esto? —pregunta.

—Pues no lo sé, pero me gustaría intentarlo —contesto, conteniéndome para no soltar un discurso.

—¿Y estás completamente segura de que estas personas (que no pueden ser puestas en libertad incondicionalmente, sino que serán acusadas de merodeo y tendrán que pagar una fianza) no están involucradas en los asesinatos?

Pronuncia la palabra «asesinatos» sin ninguna inflexión en la voz, por lo que ninguno de los dos nos inmutamos.

—Sí, de eso estoy completamente segura.

Me gustaría que los pusieran en libertad sin ninguna ceremonia, sin que yo tenga que estar presente, pero no es posible. Me apropio de una de las salas que hay para entrevistas y hago que traigan a las dos personas que únicamente necesito: Carla y Paul; bueno, en realidad, sólo necesito a Carla. Cuando pienso en lo que voy a hacer, la boca se me pone pegajosa y se me hace un nudo en el pecho, pero no hay más remedio que hacerlo y yo debo acostumbrarme a contar esta historia.

Tienen mejor aspecto. Por lo que veo les han permitido asearse y les han dado ropa limpia, aunque sólo sean los monos grises que disponemos para los licántropos que se despiertan desnudos. Tienen un aspecto un poco extraño, parecen hundidos, pero sin duda se les ve mejor que antes.

Carla respira ligeramente, tratando de mantener la compostura.

—Nos han dicho que nuestra libertad era condicional y que teníamos que hacer algo por usted —dice.

Mantengo el rostro imperturbable, como me ha enseñado Hugo.

—Eso no es del todo cierto —contesto—. Seréis puestos en libertad en cualquiera de los casos, pero sí hay algo que vosotros dos podéis hacer y que puede significar mucho si queremos demostrar vuestra inocencia. Si me ayudáis, yo os ayudaré.

Ambos son inocentes, y no resulta muy alentador, pero ninguno dice nada. Han estado mucho tiempo en las celdas y ya han aprendido a no hacer comentarios provocativos.

—Obviamente podéis defender vuestra inocencia en el juicio —prosigo—, pero lo mejor que se puede hacer es apresar al verdadero culpable. Tengo a un sospechoso y vosotros me podéis proporcionar el acceso a él.

—¿Se refiere a Parkinson? —pregunta Carla—. ¿Por qué sospecha de él?

—¿Usted le conoce?

—Profesionalmente, sí. Trabajamos en el mismo hospital —aclara, y permanece a la espera para escuchar mi respuesta.

—Creo que alguien del hospital ayudó a escapar al sospechoso.

No me pregunta por qué creo que ha sido Parkinson.

Mi rostro permanece imperturbable.

—Necesito que usted me ingrese como paciente —le digo a Carla.

—¿Para qué? —pregunta.

—No puedo arrestarle sin pruebas, así que necesito estar cerca de él durante un tiempo.

Paul no ha apartado la mirada de mi cara.

Carla se mira las manos.

—Él se dedica a la obstetricia y a la ginecología —comenta—. ¿Cómo quiere que la ingrese?

—Dígale que hemos hablado cuando estuvo aquí y le he hecho algunas preguntas que no pertenecen a su campo.

—¿Cómo dice?

Respiro sosegadamente. El aire penetra frío en mi garganta.

—Dígale que he tenido problemas a la hora de concebir y estoy preocupada por ello.

Paul se sobresalta y su cara hace un gesto extraño al estallar en carcajadas.

—Entonces debería visitar a un especialista en fertilidad, no al doctor Parkinson. Ése no es su campo —repone Carla.

—Dígale que tuve un aborto hace unos años y estoy preocupada de que me haya causado un daño irreversible.

—Revisará su expediente y averiguará que no es cierto.

No aparto la mirada de su rostro cansado y agrietado.

—Es la verdad, así que aparecerá en el expediente —respondo.

Veo de reojo a Paul sobresaltarse, pero no giro la cabeza.

La cara de Carla se encoge, luego cruza las manos y me pregunta:

—¿Hace cuánto tiempo?

—Seis años —respondo.

—¿Cuando usted tenía qué edad? —pregunta.

Su rostro me resulta familiar, ya que está cargado de esa profesionalidad impersonal que se apodera de ti cuando has descansado muy poco y has tenido demasiadas sorpresas.

—Veintidós —respondo.

Paul continúa mirándome y me gustaría poder leer su cara, pero no gesticula y permanece callado.

Después de aquello, vieron mi historial familiar y se dieron cuenta de que sucede con cierta frecuencia. Cuando éramos niñas, no supimos que mi madre había abortado en dos ocasiones y me enteré cuando me sucedió a mí. Becca estuvo muy apenada por ella cuando se enteró, luego me lo contó y dejamos de hablarnos durante meses. Ella dijo que lo sentía por dos personas, pero no la creí, no al menos en ese momento. Ahora lo siento por Becca, pero sólo por Becca, pues hay muchas cosas por las que aún no he perdonado a mi madre. El no haberme advertido de eso es una de ellas.

Carla hace un gesto con las manos.

—No sé si podré darle suficientes razones —dice.

—Él trató a mi hermana, eso ya es un comienzo. Usted sabe más medicina que yo, así que invente algo.

—¿Fue Ally?

La voz de Paul suena ronca, pero sosegada. Él mismo tarda unos segundos en reconocerla.

—¿Qué dices? —pregunto, pero él no responde—. ¿Me preguntas si Ally fue el padre? —Tengo la garganta hecha un nudo, tanto que apenas puedo tragar—. Pues no. Fue con un hombre con el que aprendí a tratar con los perros. Se llamaba Robert y ahora vive en otra ciudad.

Hay arrugas alrededor de los ojos de Paul. Cuando lo vi por primera vez, cuando las cosas iban bien, sólo tenía pequeños trazos, minúsculas huellas en su piel, pero ahora se le han profundizado y resultan patentes.

—¿Fue un aborto planeado? —pregunta.

—No, no lo fue. Pensaba tenerla.

—¿Tenerla? —repite.

Mis dedos retroceden cuando trato de estirarlos. Tengo pequeñas manchas blancas en la punta de las uñas.

—Me hicieron una prueba de ultrasonidos y vieron que era una niña —explico—. Pensaba llamarla Ann.

Nadie dice nada.

Paul me mira fijamente, encogiendo el rostro por la luz que entra por la ventana.

—¿Por qué te gustaría haberte quedado con la niña? —pregunta.

—Porque era mía —respondo.

No puedo explicárselo, ni aquí, ni en otro lugar, pues no sabría qué decir. Él suponía que yo había abortado intencionadamente, lo que me hace darme cuenta del concepto que tiene de mí. Y la verdad es que llegué a pensarlo. Un día me senté en mi apartamento, miré mi cartilla bancaria, luego a mi diminuto apartamento y pensé que era lo más sensato. No tenía en cuenta para nada mis sentimientos, pero tengo demasiadas cicatrices en las piernas y sabía que eso era como ser desgarrada. Imaginé entonces una bomba de succión desgarrándome la piel, sacando mis entrañas impregnadas de sangre y supe que no podía hacer tal cosa. También disponía de un folleto que había cogido de la farmacia en el que se hablaba de la importancia de dejar el tabaco, hacer ejercicio y llevar una dieta equilibrada. Llegué a la conclusión de que ella me necesitaba, y necesitaba que estuviese saludable porque cualquier cosa que me sucediese a mí le sucedería a ella también. Ann fue la única persona en el mundo que siempre estuvo de mi lado.

—Digamos que me he convertido en una persona muy amargada después del aborto —añado.

—¿Es eso verdad? —pregunta Paul.

—Yo te pregunté qué significaba entrar en trance y no supiste responderme, así que no me pidas ahora que te lo explique yo. Digamos que esas cosas son inexplicables.

Es cierto, cuando me interesé sobre el tema del trance y le hice preguntas, él no se atrevió a responderme. Ahora ya sabe que no es el único que tiene secretos. De todos modos es un regalo, lo mejor que puedo darle.

—¿Pensabais casaros? —pregunta.

Niego con la cabeza fríamente.

—No, le dije que estaba embarazada, pero también le dije que se marchase, que no quería tener nada con él.

Paul me mira, absorto y mudo. Cierro los ojos por un instante, tratando de ocultarme bajo las pestañas.

—Fue hace mucho tiempo. Le dije que se marchara porque estuvimos saliendo un tiempo y no fue un buen novio. Le gustaba demasiado dejar claro lo que no debía esperar de él y siempre estaba marcando una línea divisoria entre nosotros. Hay muchos muchachos de esa clase por ahí. Podía asimilarlo tratándose de mí porque creí estar enamorada de él, pero no podía aceptarlo pensando en el bebé. Pensé que estaría mejor sola, pero no creo que...

Me callo porque las palabras me duelen en la garganta. Lo que estaba a punto de decir es que lo habría dejado de todos modos, pues no sabía hacer el amor. Nosotros no hablamos de eso, pero los follaculos no son buenos amantes, ya que cualquier persona cuya primera experiencia tenga lugar en un orfanato, sin tener la certeza de que la chica cambie de opinión y le ponga una rodilla en los testículos, es probable que tenga dificultades. Yo era demasiado joven, aún trataba de sentirme apegada a los de mi clase. Sucedió antes de conocer a Paul, antes de saber lo que me estaba perdiendo. Si no hubiera sido por Ann, es posible que Robert estuviera aún en la misma ciudad.

Paul mira hacia abajo y niega con la cabeza. Se siente abrumado por la cantidad de cosas que le gustaría decir.

Carla está sentada en posición muy erguida.

—¿Puede explicarme las circunstancias del aborto? —pregunta.

Me duelen las mandíbulas, los dientes me arden, pero debo acostumbrarme a contar esta historia.

—Me tiraron al suelo en una noche de luna llena.

—¿Estaba usted de batida?

—No se lo había comentado a mucha gente, estaba de cuatro meses y no sabía que tenía antecedentes familiares. —Me mira fijamente y presiono las manos por debajo de la mesa—. No había hablado con ninguna mujer adulta al respecto y tenía sólo veintidós años. Estaba sin dinero y, cuando se hace una captura, se recibe una bonificación. Pensé que podía encargarme de conducir la furgoneta, pero alguien nos atacó inesperadamente y me mordieron. El lunático me derribó y me arrancó un trozo de cadera.

Todavía tengo la cicatriz, un profundo agujero en la piel. Paul me preguntó acerca de eso en una ocasión, pero no quise hablarle al respecto.

—Podría haber sido mortal —digo—. Perdí una gran cantidad de sangre. Me cosieron en el refugio y me dijeron que fuese a urgencias al día siguiente para que me hicieran una revisión completa. No empecé a sangrar hasta por la mañana.

Me atraganto. De pronto, soy incapaz de seguir hablando.

Recuerdo verme tendida en el hospital, mirando el techo y las molduras de escayola que hay alrededor de la lámpara. Fue entonces cuando empecé a tener un tic nervioso. El párpado se me cerraba y se torcía como un gusano en un anzuelo. Me levantaba y me miraba en el espejo hasta que cesaba. Cuando la enfermera entró en la habitación casi tira la bandeja al verme levantada, pero yo apenas recuerdo el dolor que sentía.

Becca pasaba ratos sentada a mi lado, pero yo no podía hablar con nadie.

Cuando me dieron el alta, los médicos me recomendaron que pasase para hacerme posteriores revisiones, pero no fui. De hecho, no he ido a un ginecólogo en los últimos seis años.

Hay muchos días en que miro a los niños de seis años y no me siento mal.

Me gustaría poder hablar de estas cosas con Paul, pero no puedo. Finalmente, Carla acepta hablarle de mí al doctor Parkinson. Es muy poco probable que quiera ver a mi marido o compañero, así que pedirá una cita privada conmigo. Al decir esto, ninguna de las dos miramos a Paul ni le preguntamos nada al respecto.

39

Carla me telefonea dos días después y me dice que ha conseguido que el doctor Parkinson me conceda una entrevista privada. Su minuta es muy considerable, pero puedo conseguir que Dorla la abone. Me comenta que le ha dado ciertos detalles médicos que no debo explicar demasiado cuando vaya. Me dice que acuda, que hable de concebir y que no intente justificarme por nada. Ha hecho los deberes. Su voz neutra jamás la traiciona y, por un momento, pienso que ojalá fuésemos amigas.

No sé nada de los demás. Habrán vuelto a la normalidad o tratarán de recuperarla viendo a doctores, psiquiatras y amigos. Paul no ha dicho ni adiós.

Durante los días anteriores a la cita, caminando por la ciudad encuentro una iglesia que no conocía. Es enorme, de estilo gótico, con vidrieras azules y rojas en marcos de plomo. Hay folletos, ramos de flores, cajas de la caridad y bancos de madera color oscuro. Me siento y contemplo las hermosas vidrieras. Después de un rato me levanto y paseo por los laterales de la nave, enciendo algunas velas y dejo unas monedas en la caja. En ocasiones rezo.

En una de las esquinas hay una tienda que se dedica principalmente a vender postales y crucifijos. Cuando era más joven solía extrañarme por esas tiendas que se dedican a hacer negocio dentro del templo, pero ahora supongo que es normal, porque una iglesia también requiere su mantenimiento. En el muestrario de medallas encuentro algunas de san Gil, redondas y nada caras, de nueve quilates de oro o de peltre. Compro una de peltre y me la pongo en el cuello. Me cuelga tan ligera que apenas se percibe su peso. Puede que las razones que me motiven a ponérmela sean casi paganas, ya que espero que me traiga buena suerte, que me proteja contra los maleficios y que me dé valor. No quiero pensar en ello demasiado, pero esa joya poco decorativa y sin valor que cuelga de mi cuello me hace sentir mejor.

Paso tanto tiempo allí que el sacerdote se acerca a preguntarme si puede ayudarme en algo. Es un hombre de pelo grueso y canoso, con los ojos azules y la cara sonrosada; alto y robusto, pero ágil al andar. Me dice que su nombre es padre Dominico. Me suena un poco ominoso ese nombre, pero imagino que no todo el mundo pensará en la Inquisición cuando se menciona a los dominicos. Se sienta a mi lado, dejando caer suavemente su peso en el banco. Le digo que he estado ausente durante muchos años, pero no parece preocuparle. Me pregunta si quiero confesarme y me lo cuestiono por unos instantes.

—No creo que esté preparada aún —le respondo—. Puede que más adelante. No lo sé.

—Y ¿qué va a suceder más adelante? —pregunta cortésmente.

Entrelazo las manos y respondo:

—Tengo que hacer algunas cosas. Repararlas más bien.

Me observa por unos instantes. El blanco de los ojos se le pone amarillento, pero el centro sigue siendo totalmente azul.

—Con frecuencia pienso en la forma tan poco afortunada con la que nos dividimos nosotros mismos —dice—. Las personas de su clase suelen venir con cierta frecuencia.

Me hace un gesto señalándome a san Gil, pálido y firme en su hornacina. Luego me sonríe, enseñándome unos dientes cuadrados y ligeramente manchados.

—Aunque no suelen confesarse —añade—, parecen más abrumadas que el resto de nuestra congregación.

Por un instante noto que estoy a punto de llorar, y trato de contener las lágrimas. No lo logro, pero escucho un tono musical dentro de mi cabeza; Purcell. Paul me la tocó una noche. «¿Has perdido la esperanza de Dios y, por eso, acudes a mí? ¿Qué puedo decirte entonces, salvo que te espera una gran pena?» ¿Qué espero que me diga este buen sacerdote a pesar de que cada día anhelo más la salvación?

—Es curioso —digo tras una prolongada pausa—, pero la mayoría de la gente dice que perdió la fe porque le sucedieron cosas horribles. Piensan que, si existe un Dios, ¿cómo es posible que sucedan esas cosas tan terribles? A mí me sucede justo lo contrario. Cuantas más cosas malas me suceden, más fe tengo.

—Eso resulta agradable de oír —responde.

No me soluciona el problema, pero está intentando ayudarme.

—O bien es eso o sólo hablo con Dios cuando quiero algo —añado.

—La mayoría nos comportamos de esa manera en muchos momentos —dice, mientras pienso que quizás es verdad que quiera algo, pero ese algo es una mejor alma y un mundo mejor donde poder guardarla.

Me guardo la medalla en la mano. El padre Dominico me dice que seré siempre bien recibida en su iglesia y luego se marcha para hablar con el director del coro. Compro algunas velas más y las enciendo; luego espero contemplando el resplandor de las llamas a que llegue la hora de mi cita.

Parkinson tiene una clínica privada lejos del hospital. Las escaleras están enmoquetadas de verde, hay un ascensor muy antiguo con las puertas de bronce y un enmarañado de cables en el hueco. Mis pasos no emiten sonido alguno cuando avanzo por el pasillo.

La recepcionista, una mujer de mediana edad con el pelo moreno natural me conduce hasta la sala de espera. Incapaz de concentrarme en las revistas que hay encima de la mesa, me entretengo en contemplar la lámpara araña que cuelga del techo. Cierro y abro los ojos hasta que aparecen pequeñas esferas de color y se me nubla la visión.

La espera se me hace eterna. No miro a las demás mujeres que hay en la sala de espera, prefiero mirar al techo y quedarme con las manos adormecidas sobre las rodillas. El corazón me late en el pecho, noto el pulso en las venas del cuello, pero no siento nada, absolutamente nada, salvo el latido de mi corazón.

Finalmente el doctor Parkinson aparece por la puerta y dice:

—Señorita Galley...

Me llevo la mano al cuello cuando me levanto y percibo que la medalla sigue en el mismo sitio. Cuando acompaño al doctor a la consulta de paredes color crema, noto como si fuese deslizándome por el suelo.

Estoy desnuda, no hay nada entre yo y el mundo. Estoy detrás de la pantalla y me pongo una bata abierta por un lado, de manga corta y cuello cerrado. La última vez que me puse una bata de ésas me encontraba en el hospital; me pusieron una inyección en el brazo y me desperté llevándola puesta. Tenía flores estampadas, igual que esas pegatinas que adosan los ancianos en las bañeras para evitar resbalarse. Ésta, no obstante, es de mejor calidad, lisa y azul pálido. La cadena me aprieta el cuello cuando me ato la bata, así que me saco la medalla para evitar hacerme daño.

Parkinson me hace preguntas acerca de mi pasado. La verdad es que sabe desempeñar su trabajo, ya que no baja la voz, ni se aturulla, va derecho al grano, aunque es educado, pero habla como si hablase de mis pies. Le digo la edad en la que tuve mi primera menstruación, si me dolió, le hablo de los contraceptivos que he utilizado, de los amantes que he tenido, de mi cuerpo y de mi hija. Lo observo moverse, escucho cuando habla y le hablo de todo lo que me sucedió. Exploto un poco mi dolencia.

Dice que va a hacerme un examen completo, aunque sólo sea para revisarme. Me indica que levante el brazo, que me acueste de lado, boca arriba, con las piernas separadas, que me relaje.

Llevo días pensando que este hombre podría ser el que ha liberado a un asesino y lo ha devuelto a las calles.

Sé un hombre, solían decir en el orfanato. Era una forma de

fortalecerse, de entregar lo mejor de ti, siempre y cuando tuvieras las cualidades que Dios deseaba que tuvieras: valor, tenacidad y voluntad. Sin llantos ni excusas. Decir una cosa así se consideraba meritorio.

Me echo, me abro de piernas y soy una mujer.

Temo estar enferma, me quema la garganta y tengo el estómago revuelto. Me da miedo ponerme a llorar porque me vienen los recuerdos de la noche que perdí a Ann, pero luego me digo: «No, deja que sea lo que Dios quiera, llega hasta el fondo si hace falta.» Cierro los dedos alrededor de la cadena, miro al techo, veo las molduras alrededor de la lámpara y le pido a san Gil que me ayude.

—¿Cómo está su sobrino? —pregunta Parkinson.

—Muy bien. Creciendo mucho —le digo.

Asiente, lo que no sé si es debido al crecimiento de Leo o a que ha descubierto algo en su examen de lo que no sabría hablar.

—Mi hermana se siente mucho mejor desde que vio que el niño había nacido bien —digo—, ya que en mi familia tenemos tendencia al aborto.

Mi voz disminuye al pronunciar la última palabra, se me olvida lo que iba a decir, pero veo que asiente de nuevo.

—He echado un vistazo a su historial —dice— y no creo que deba preocuparse por eso. Las pruebas de que los abortos sean por una razón familiar no son del todo concluyentes y, en su caso en particular, puede ser un caso aislado, pues ha sido un aborto traumático.

Habla con seguridad.

Aborto traumático. Giro la cabeza y le pregunto:

—¿No hay probabilidades de que no pueda tener hijos? —pregunto—. Ya sabe, por muchos catálogos que leyese mi hermana acerca de que no existía esa propensión familiar, estuvo preocupada hasta el último momento.

—Ah, sí —responde mirándome a la cara y observando cómo mis dedos se aferran al metal—. El amorfismo se consideró hereditario durante mucho tiempo. Durante la Edad Media se establecieron muchas teorías al respecto.

Amorfismo es el término médico utilizado para describir mi discapacidad, ya que los médicos no pueden referirse a nosotros como follaculos.

—Lo único que sé acerca de la Edad Media es referente a la Inquisición —digo.

—Ah, sí. Ellos llegaron incluso a realizar algunos experimentos.

La verdad es que no sé si me apetece escuchar esto, ya que los únicos experimentos de los que he oído hablar se refieren a los campos de concentración y a la cautividad de mujeres civiles embarazadas. Los experimentos que llevaron a cabo, partos para que los niños saliesen primero por la cabeza, o primero por los pies, no deben mencionarse bajo ningún pretexto.

—Relájese, por favor —me dice.

Lo intento.

—Había comadronas que decían estar especializadas en cambiar la posición del feto en el útero —añado—. Eran muy demandadas, ya que decían que podían evitar el nacimiento de bebés amorfos.

He oído hablar de comadronas que durante los siglos XVII, XVIII y XIX estaban especializadas en deshacerse de los bebés amorfos. Si la cabeza aparecía primero, se colocaba una cubeta con agua debajo de la mujer y se le ahogaba antes de que terminara de salir. No se consideraba delito porque aún no había nacido del todo. O empleaban unas tijeras y le atravesaban la parte más blanda de la cabeza. Ambas prácticas se consideraban abortos posparto.

—Eso no funcionaría, ¿verdad? —pregunto.

Tengo los pies helados.

—Según dicen lo lograban ocasionalmente, pero muy rara vez de forma exitosa —responde. Noto que presiona con las manos y aprieto los dientes—. Es mucho más complicado de lo que se piensa, ya que se producen cambios químicos, el suministro de oxígeno al cerebro... Es un ligero daño cerebral el que produce el amorfismo, muy por encima de los conocimientos medievales.

Hay un silencio durante el cual no me mira, sólo sus manos se mueven.

—Pensé que no se podía alterar el nacimiento de ninguna manera —digo.

Continúa examinándome.

—Con la tecnología moderna no, pero conocemos el proceso mucho mejor.

—¿No hay leyes al respecto? —pregunto sorprendida, no muy convencida de que ésa sea una pregunta apropiada.

Se encoge de hombros, lo que me resulta incómodo.

—Sí, una ley muy antigua —afirma.

—Sí —respondo como si estuviese al corriente, pero no es verdad, es la primera vez que oigo hablar de ello—. Imagino que las comadronas incompetentes continuaron causando muertes de niños al hacerlo inadecuadamente.

—Por supuesto —asiente cuando pronuncio la palabra «incompetente».

—Aunque imagino que en la actualidad el riesgo será mucho menor.

—Por supuesto —dice sonriendo—. Ha habido grandes avances tecnológicos en los últimos quinientos años. Es sorprendente.

—Curioso —respondo.

El recuerdo de Ann me acucia por unos segundos, pero luego pasa. Trato de hablar en voz baja.

—Si fuese posible evitar el nacimiento de niños amorfos, creo que hubiéramos oído hablar de ello. ¿Cree que habría una demanda muy grande? —pregunto.

Retira las manos y busca una pieza del instrumental. Oigo el ruido del metal, suena como un espéculo, pero no pienso mirar, prefiero observar el techo.

—Sí, imagino que sí —responde—, aunque no sería nada práctico a largo plazo. Imagine el caos que se ocasionaría si dejasen de nacer repentinamente niños amorfos.

Puedo imaginarlo. Dorla desaparecería en cuestión de una generación. Los laceros viejos contra jóvenes lunáticos, hasta que se cree una nueva sociedad.

—¿Cuánto tiempo lleva tratando de concebir, señorita Galley?

—Nueve meses —respondo a toda prisa y sin aliento.

Ni tan siquiera he pensado en la respuesta, me ha salido sola.

—Bueno, pues la verdad no me preocuparía demasiado —dice con una voz que suena como la de un abuelo—. Es normal que una pareja tarde un año o dos en concebir un hijo.

—¿Un año? —respondo.

Parece un poco extraño, ya que resulta tan fácil quedarse embarazada accidentalmente...

—Así es —repone Parkinson—. La gente suele estar muy confundida al respecto. Usted parece en buena forma. No debe extrañarse si se queda embarazada cuando menos lo espere.

—Entonces ¿es posible que tenga un bebé pronto? —digo con voz temblorosa, cosa que resulta patética e insoportable.

—Es posible. Voy a hacerle una radiografía para estar seguros —responde.

Gira el espéculo ligeramente y doy un respingo.

—Es muy negativo que los médicos no puedan evitar bebés amorfos —insisto tratando de volver al tema—. Mi hermana se hubiera sentido muy aliviada al respecto.

—Bueno, al fin y al cabo no es una discapacidad —dice con voz sosegada—. Podríamos evitarlo, pero no lo considero ético. Quizá sólo sea un prejuicio, pero es así.

«No es una discapacidad.» Permanezco tendida y dejo que me examine mientras le escucho.

—Aunque resultaría difícil en caso de padres amorfos —añade—. Pueden sentirse aislados dentro de una familia completa de licántropos. Y, por supuesto, un niño amorfo se beneficia con frecuencia de tener un padre amorfo.

Creo, en contra de todos mis principios y defensas, que habría deseado que Ann fuese una licántropa. Habría sido lo mejor para ella y lo mejor para mí, y habría sido mi esperanza de reconciliación. Es posible que me gustasen más los licántropos si hubiese engendrado una.

—No resultan nada convencionales esos casos —prosigue—.

Son precisamente en los que un médico se siente más inclinado a intervenir.

Casos en que un médico se siente inclinado a intervenir, casos en que un médico se siente inclinado a intervenir... Repito las palabras una y otra vez tratando de coordinarlas, buscando el verdadero significado de lo que ha dicho. Casos en que un médico se siente inclinado a intervenir.

Creo que me acaba de ofrecer un bebé follaculos.

—¿De verdad? —respondo.

No me mira a la cara. Continúo mirando al techo y agarrando la medalla, y pienso que me ha estado viendo agarrar la medalla todo el tiempo. Probablemente piense que le rezo a san Gil, que lo he convertido en un santo, y probablemente crea que quiero tener un bebé follaculos.

Algo surge en mi cabeza.

Es posible que el santo me haya ayudado, es posible que haya sido testigo de una intervención divina, puesto que lo que me ha ofrecido es totalmente ilegal.

—Con discreción, por supuesto —añade—, y por una consideración. Obviamente, hay que ser discretos...

Me está pidiendo que no diga nada, me está revelando un secreto. Luego hace que me levante y me coloca en una máquina de rayos X.

Pronto lo asumiré, comprenderé lo que ha sucedido. Ahora lo único que puedo sentir es vacío. Tengo que irme a un lugar tranquilo y meditar acerca de esto. Sin embargo, lo único que tengo ahora en mente es la medalla de san Gil. Debe de haber sido la intervención divina, ya que estoy a punto de comprenderlo todo. Estoy delante de una pantalla, espero a que suene el clic de la máquina de rayos X y que el rayo me atraviese.

40

—Sue, soy Lola Galley —digo al bajar de la consulta.

Hay un breve silencio al teléfono. No la he llamado desde hace semanas.

—Hola, Lola —responde.

Noto que ha estado de guardia, pues su voz carece de inflexión y parece cansada.

—Me gustaría preguntarte algo —le digo, pero no responde—. ¿Cómo está el niño?

—A punto de nacer —dice, aunque sabe que no es eso de lo que quiero hablarle.

—Escucha, ¿puedes decirme el nombre de tu médico?

—¿Del médico de cabecera?

—No, de tu ginecólogo. Del que estás viendo por lo del bebé.

—El doctor Marshall —responde.

Me entra un repentino y profundo dolor en el estómago

—¿El doctor Marshall? ¿Es tu médico habitual?

—Lo vi cuando tuve a Julio —responde con voz cansada.

—Ah —digo.

Es posible que después de todo yo esté equivocada, que padezca de alguna enfermedad cerebral o que sueñe con soluciones, pero el nombre de Marshall suena de lo más respetable.

Luego algo me ronda por la cabeza, un momento de aturdimiento antes de que me dé cuenta de lo que de verdad me está preocupando.

—¿No te ha buscado Dorla un médico? —le pregunto.

Después de que Johnny muriese es muy probable que Dorla se ocupase de su viuda, al menos por un tiempo.

—Acababa de cambiar de médico —dice—. No me apetecía cambiar de nuevo.

Observo que esta conversación le resulta cansina.

—¿Cambiar? —pregunto.

—Sí. Después de que Johnny perdiera la mano me buscaron un médico, pero luego volví con el antiguo —explica con voz monótona.

—¿Y por qué?

—No lo sé. Johnny pensó que era buena idea —contesta.

Le estoy haciendo revivir malos recuerdos y veo que no le apetece hablar del tema.

—¿Quién te vio con anterioridad? —pruebo.

—Un tal doctor Parkinson —responde.

El nombre no significa nada para ella, tan sólo fue el doctor que visitaron. Tampoco hay pausas ni drama al decirlo.

Un sabor ácido me viene a la boca. Cruzo y descruzo las piernas.

—¿Lo viste al principio? —pregunto.

—Sí —responde con tono de hastío.

Veo que el tema no le interesa, pero no se atreve a pedirme que la deje tranquila.

—¿Qué opinas de él?

—No está mal —responde. Hay espacios entre sus respuestas y puedo oír las voces de los niños en el patio—. ¿Por qué? ¿Estás buscando un ginecólogo?

No creo que esté mintiendo, no lo parece. Al parecer no le hizo la oferta que me ha hecho a mí.

—No, Sue —le digo—. Lamento hablar de esto, pero ¿dijo Johnny algo acerca de él?

—Sólo que debíamos volver con el doctor Marshall —responde.

Observo que siempre utiliza el plural, lo que me hace pensar que fue un buen matrimonio.

—¿Hablasteis de eso?

He ido demasiado lejos.

—Acababa de perder la mano —contesta—. Había visto a muchos médicos y quería que yo visitase a alguien distinto. Te ponen en un estribo, así que no puedes ver la diferencia.

Resulta casi esperanzador cuando oigo la última frase. Aunque me ha sugerido que me vaya al cuerno, eso demuestra que queda algo de su antigua vitalidad. Solía ser una mujer divertida cuando Johnny estaba a su lado.

—Lo lamento —digo.

No dice nada. Se oye a los niños hablar, pero no puedo distinguir lo que dicen.

Después de hablar con Sue me marcho a casa envuelta en mi abrigo y con la cabeza baja. Pronto llegaré a casa, me digo, pronto se acabará todo. De camino entro en la iglesia, pero el padre Dominico no está. Hay otras personas yendo de un lado para otro, así que me dirijo al santuario de los aegidanos y me arrodillo para asegurarme de que me dejen tranquila. Temblando y sintiéndome enferma, contemplo fijamente la imagen del santo, pero no puedo encontrar las palabras adecuadas para hablar con él. Hay algunas velas prendidas delante de la imagen, aunque no hay suficientes velas en el mundo para mi pobre Ann. La iglesia se encuentra en silencio, pero hasta el mínimo sonido desgarra mis oídos. Me siento perversa, malvada, indigna de cualquier tipo de perdón. «Muéstrale tu dolor a Dios», dirían las monjas. Siento una especie de desesperación, una necesidad de encontrar algo de bondad, algo absoluto y bueno, pero, cuanto más anhelo un poco de fe, peor parece el mundo.

«Estoy enfadada», le digo al santo. No se me ocurre otra cosa. Se lo digo una y otra vez, pues soy incapaz de articular otras palabras.

Orfanato. Escuelas separadas. Noches de luna llena, noches que nos preocupan y nos dan más que pensar a nosotros que a las personas que les afecta. Cicatrices, dientes en tu garganta, la sangre empapando el suelo. Dorla, día tras día, hasta que ya eres demasiado vieja para trabajar, atrapada en un edificio grisáceo con personas de tu misma clase, un edificio con la fachada siempre repleta de insultos contra nosotros. Follaculos, pellejosos, toda clase de insultos, heridas y violaciones inenarrables, y así desde que naces hasta el día que te mueres.

Aquel hombre elegante y culto introdujo sus manos en mis entrañas y luego me ofreció tener un hijo con la misma condena perpetua que estoy cumpliendo yo.

Imaginando que le hizo la misma oferta a Johnny, le pregunto a san Gil: ¿qué crees que hubiera hecho Johnny?

Johnny tenía hijos licántropos y los amaba. Su vida, además, era mejor que la suya y, mientras estuvo vivo, cuidó de ellos. No creo que le hubiese gustado que su bebé estuviera encerrado en el pellejo de un follaculos.

¿Se lo habría manifestado Johnny? ¿Le habría amenazado? Si alguien se enterase, Parkinson perdería la licencia de inmediato y hasta es posible que fuese enviado a prisión porque no se permite herir a un bebé al nacer, que es precisamente lo que él me ha ofrecido. Respiro profundamente, me inclino hacia atrás y junto las manos con fuerza. Desde lejos debe de parecer que estoy rezando. Observo que el santo descansa plácidamente en su retrato, acunando la cierva entre sus brazos con ternura.

Tranquilízame, Señor, tranquilízame para que pueda pensar. Regresé a la iglesia para pensar después de telefonear a Sue porque el edificio de Dorla me aprisionaba y me impedía respirar. Ahora, sin embargo, estoy aquí y necesito tranquilizarme. Señor, por favor, tranquilízame.

Johnny no se lo dijo a nadie, ya que sigue trabajando fuera del hospital, así que no creo que lo delatara. Sin embargo, es posible que lo amenazase. Johnny necesitaba dinero, ya que al perder la mano lo relegaron del puesto y ahora tenía que dar de comer a sus hijos con una paga miserable. Sí, es probable que le pidiese dinero por guardar silencio. La culpabilidad me carcome las entrañas al acusar a un hombre muerto, pero es posible que se viera impulsado a ello, aunque resulta extraño, ya que Johnny siempre seguía las normas. Si no lo hubiera hecho, estoy segura de que se habría sentido preocupado, triste, indeciso, sin saber adónde ir, ni a quién acudir.

Recuerdo la última vez que le vi. Parecía como si quisiera decirme algo. Ojalá le hubiera presionado para que me lo dijese, pero ahora no tiene sentido lamentarse por eso.

Parkinson está mutilando a bebés, eso es lo único que sé. También creo que estuvo involucrado en la huida de Seligmann, aunque me pregunto por qué hizo tal cosa.

Resulta imposible pensar que fuesen amigos. No puedo imaginar a Parkinson como un merodeador, no al menos de ese tipo. Seligmann, además, odia a los follaculos mientras que Parkinson los crea, así que no es posible que estén en el mismo bando.

Una vez más tengo la cabeza tan enrevesada como una caja de fusibles y me repito: «Tranquilízame, Señor, tranquilízame.» Suponiendo que Seligmann y Parkinson no se conocieran bien, entonces Parkinson debió de ayudarle a escapar no por una razón de amistad, sino porque eso le beneficiaría de alguna forma. De qué forma, no lo sé, además de que resulta improbable.

—Disculpe, señorita —dice una voz a mi espalda, sobresaltándome.

Tardo unos segundos en darme cuenta de que la voz no constituye una amenaza.

Un hombre con los vaqueros gastados está detrás de mí.

—Necesitamos hacer algo de limpieza en este lugar. ¿Le importaría cambiarse de sitio durante media hora? —me dice indicándome la hornacina, las velas con la cera derretida, las flores que hay colocadas debajo del icono, las azucenas que han colocado en los extremos y cuyos pétalos se caen en fragmentos al suelo.

—Por supuesto —respondo sin pensar.

Luego me levanto y busco un sitio donde poder recogerme. Veo otra hornacina al otro lado de la iglesia, donde hay un grabado de la virgen vestida con un pañuelo azul envolviendo su pálido rostro y una expresión imperturbable. Me dirijo hacia allí, preguntándome si será algún tipo de señal.

Respiro profundamente cuando me encuentro arrodillada delante de la virgen, con el fin de aclarar las ideas. Una vez más suena otra pieza musical que Paul me hizo escuchar; Pergolesi, creo: *stabat mater dolorosa, iuxta crucem lacrimosa, dum pendebat filius*. «La madre de los lamentos permanece de pie, al lado de la cruz de lágrimas de la que cuelga su hijo.» Repito mentalmente las palabras, sosegándome al repetir las precisas vocales latinas. *Stabat mater dolorosa*.

Sus ojos llorosos me distraen. La madre perfecta y sagrada derramando lágrimas por el mundo.

Cierro los ojos y pienso en cómo pudo beneficiarse Parkinson, qué sucedió y por qué dejó escapar a Seligmann.

Lo hemos buscado por todos lados, hemos arrestado a personas inocentes y las hemos acusado de asesinato, de los asesinatos que cometió Seligmann. ¿Buscaba Parkinson un hombre que le ayudase?

Es una suposición que llevo haciéndome desde hace un rato. No sé de dónde ha salido, pero ha aparecido delante de mí, silenciosa y certera. He hablado de los asesinatos que cometió Seligmann, pero ahora me pregunto: ¿qué me ha hecho asumir que él haya cometido ambos? ¿Es porque escapó, porque Nate murió o porque ambos murieron de balas de plata? ¿Quién fabricó las balas? No puedo imaginar a Parkinson preocupándose por eso. Seligmann es posible, aunque sería un trabajo poco fino. ¿Quién fabricó las balas de plata?

Nosotros.

Supongamos que Johnny fue a ver a Parkinson y tratara de amenazarle. Estoy segura de que se habría mostrado cauteloso, me refiero a Johnny, ya que se enfrentaba a un hombre poderoso, con una voluntad desconocida y un terrible secreto. Imaginemos que se pusiera nervioso, que no se sintiera a salvo. Es un sentimiento con el que he vivido durante meses. ¿Qué hice cuando me sentí tan asustada?

Cogí una pistola del almacén y aún la llevo en mi bolso. Hace tanto tiempo que la llevo que a veces me olvido de ella. Cogí una pistola y no me resultó nada difícil. Y si a mí no me fue difícil, tampoco lo sería para Johnny. Seguro que encontró una con un par de balas dentro. Si la perdió, o si Parkinson se la quitó, ya no habría sido necesario fabricar las balas, no habría habido simbolismos, ni insultos, sino sólo dos balas en la recámara de una pistola.

Una vez que mató a Johnny, la pistola se convirtió en un engorro, pues es el Gobierno quien controla las armas y suministra las balas. Si alguien daba con ella, todo estaba acabado. Pero ¿cómo deshacerse de ella?

Parkinson es inteligente y culto. Estoy segura de que, con lo acostumbrado que está a utilizar el cerebro en su profesión, cuando forjase un plan consideraría los pros y contras antes de llevarlo a cabo. Sin embargo, repentinamente aparece un hombre con lesiones en el hospital, un hombre que blasfema e injuria a Dorla, y que necesita ayuda para escapar. Un hombre que, además, podría hacer desaparecer la pistola si él distraía a los servicios de seguridad. Era una oportunidad perfecta, propia de una intervención divina.

Seligmann era el único que tenía motivos para guardarnos rencor, además de una pistola, lo que me hace pensar que se sintió con libertad para actuar a su antojo.

Parkinson dejó que Seligmann se escapara y éste mató a Nate con una bala de plata. Nosotros dedujimos que Seligmann mató a Johnny también, ya que era el más sospechoso, pero también el chivo expiatorio, puesto que jamás pensábamos concederle un juicio justo, sino mandarlo al infierno si podíamos.

El olor de las azucenas frescas invade la iglesia impregnando el ambiente de un aroma delicioso. Aún hay flores en el mundo, pienso.

Ésta es mi teoría: Parkinson mató a Johnny con una pistola que éste cogió del almacén. Para que no pensásemos demasiado en Johnny, dejó en libertad a Seligmann y le proporcionó la pistola con la que éste mató a Nate. Parkinson no le prestó ayuda a David, dejó que el brazo se le gangrenara, pero le dio a Seligmann la pistola.

No tengo la menor prueba que pueda corroborar lo que digo. Por tanto, sólo me queda una posibilidad: que Parkinson esté escondiendo a Seligmann, que esté tan metido en el asunto que no quiera que le apresen. Si es así, puedo encontrarle y luego veremos. Pero si lo dejo marchar, entonces los asesinatos quedarán sin resolver. No obstante, si eso sucede, lograré acabar con Parkinson aunque para eso tenga que recurrir a Hugo, a la policía, al Colegio de Médicos, a los periódicos, o a encadenarme en su puerta si es necesario, pero acabaré con él. Una vez más noto que me invade la cólera, y una vez más recobro el valor para decirme que puedo hacer esto, puedo hacerlo y lo haré.

Abro los ojos. Una vez más miro a la virgen. Aparte de las lágrimas, su rostro muestra un gesto pacífico, santificado. Quiero justicia, le digo, no venganza. No obstante, me doy cuenta de que me invade la cólera, la rabia, que no estoy santificada, pero quiero bondad, deseo la gloria de Dios, a pesar de sentir deseos de matar.

—Deja espacio en tu corazón para una pecadora —digo—, y llora por mis pecados. Luego solicitaré tu perdón porque quiero ser perdonada, pero antes debo luchar.

41

No resulta difícil obtener información si se sabe dónde buscar, y sólo me lleva una hora delante del ordenador para hacerme con ella. Una parte de nuestra formación incluye cierto pirateo informático, así que husmeo durante un rato y me escurro por algunas puertas traseras hasta que doy con la respuesta.

Parkinson es un hombre bastante rico, mucho más de lo que se espera incluso para un médico con su propia consulta que trabaje dentro de la legalidad del sistema. Su dinero está invertido en muchos lugares, principalmente en propiedades.

Tiene una casa en Benedict, cerca del río, en la cual reside. Es una parte muy hermosa de la ciudad. Además, es propietario de otra casa entre el Queen's y el Sanctus, que tiene alquilada a una familia; y de otra al norte de Five Wounds dividida en apartamentos, todos alquilados, y muy cerca del Santa Verónica. Posiblemente disponga de alguno para cuando se queda a trabajar hasta tarde en el hospital. Un hombre que se escapase del Santa Verónica no tendría que correr mucho para disponer de un lugar donde ocultarse.

Está muy cerca de donde reside la familia de Marcos, lo cual no es una prueba, ni resulta relevante. No comprendo entonces por qué eso me hace sentir contrariada.

Tomo asiento al lado de la ventana y miro al cielo, esperando que oscurezca. Ya no me siento vulnerable, sino tensa, en forma y llena de rabia. El sol se pone, se hunde en el fondo del blanco cielo a la par que la luz se desvanece. Ahora estoy dispuesta y preparada.

Hoy no hay luna llena.

Las calles parecen muy distintas. Los edificios me rodean, me abruma ver lo sólidos que son. Mis playeras me presionan los pies al caminar y el cordón de la zapatilla derecha me acompasa con el ritmo. La grava se hunde y levanta bajo la luz amarillenta, como si estuviese caminando por una superficie de hielo quebradiza, como si tuviera el mar Ártico bajo mis pies, pero el suelo es firme y estable. Cada ladrillo de cada edificio me parece distinto y miro a mi alrededor para contemplar ese mundo tan real y, sin embargo, tan poco natural.

Repito su nombre mentalmente: Seligmann, Seligmann.

Antes de lo esperado, me encuentro en la calle a la que iba.

La casa tiene una escalera de hierro que conduce al sótano. Es una casa de tres plantas, enorme y pesada, con una fachada verde muy solemne. Hay una verja y una cancela que bloquea el paso a la escalinata. La empujo, pero está cerrada. La bolsa no hace ruido cuando la paso por encima. Me subo el abrigo y me dirijo hacia la escalera. Los peldaños no crujen cuando bajo por ella; el entramado de reja me presiona las plantas de los pies y cuando miro hacia abajo veo que hay una buena profundidad hasta el fondo.

Al final de la escalera hay una puerta de madera barnizada de oscuro y con el número en una placa de bronce antiguo y pasado de moda. Una ventana con cortinas, una tenue luz procedente de la habitación y que no parpadea, por lo que deduzco que nadie está viendo la televisión. La luz no es muy intensa y no creo que la habitación esté ocupada, por lo que debe de proceder de una habitación trasera. Me invade un deseo de libertad, de no comprometerme, de salir de allí, pero en su lugar pruebo con una de las ventanas.

Es una ventana de guillotina que cede un poco antes de quedarse atascada. Miro a través del cristal y veo que el cerrojo no está bien colocado. La madera es antigua y noble. Busco en el bolso y cojo el formón que he comprado hoy. El mango de plástico está frío por el aire nocturno. Recuerdo sin emoción alguna que fue Ally quien me enseñó a hacerlo, así que lo clavo a través del travesaño.

La madera está muy dura y cuesta mucho trabajo, pero no hago demasiado ruido. Se oye un sonido siseante por encima de mí mientras trabajo, el viento a través de las ramas de los árboles de la calle. Creo que son serbales, cargados de zarzamoras que todavía cuelgan de sus tallos invernales. Dicen que esos árboles traen buena suerte, ya que ahuyentan a los malos espíritus, de modo que tal vez no soy tan diabólica.

El cerrojo cede, a pesar de ser nuevo y bastante sólido. De haber estado colocado correctamente, no habría logrado entrar. Por lo que veo, Seligmann no ha estado tan preocupado por su escondite como yo.

Me meto por la ventana y entro sin ningún problema en la habitación oscura. Una vez dentro, saco la pistola y dejo la bolsa fuera, en un lugar donde pueda cogerla si he de salir huyendo. La pistola está fría, pero me resulta familiar y el metal empieza a calentarse en mi mano.

Rodeo un sofá, veo una alfombra y varias estanterías con libros cuyos títulos no puedo distinguir en la oscuridad. El techo es tan bajo que casi puedo tocarlo. El marco de la puerta está muy bien pintado y la luz se refleja en él cuando paso a su lado.

Me veo de pie en un vestíbulo de color crema, con la empuñadura de la pistola en la mano.

—¿Hola? —digo.

Se abre una puerta cerca de mí y retrocedo unos pasos. Veo aparecer a Seligmann a escasos metros, reconocible, increíblemente real.

—¿Quién?... —empieza.

Para entonces ya he apretado el gatillo.

El sonido de la detonación en este reducido espacio resulta

devastador y me sobresalto como una liebre. Cuando miro, Seligmann está tumbado en el suelo de espaldas, sangrando por el muslo sobre la alfombra.

Me planto delante de él, le muestro el cañón de la pistola y le digo:

—Me queda otra bala.

Esperando a que me insulte, que me maldiga, pero no creo que pueda oírme porque apenas me oigo a mí misma. Se retuerce en el suelo aferrándose la pierna herida y lanzando gritos de dolor, gemidos tan hirientes que parece que le estén cortando la garganta.

Me llevo la mano al bolsillo, saco el móvil y hago una llamada. Los representantes de Dorla suelen ser más rápidos que la ambulancia.

Mientras espero a que lleguen me siento en una silla al lado de él. Seligmann está enroscado, con las manos presionándose la herida. El balazo en la pierna lo tiene ensimismado, lo ha convertido en un hombre pendiente tan sólo de su dolor. No se oye nada, salvo sus gemidos roncos. Me siento tranquilamente en la silla, lo observo y le hago compañía hasta que vengan a por nosotros.

42

Les digo que no deben llevarle al hospital Santa Verónica y lo trasladan a otro hospital mucho más lejos. Por alguna razón, esperan que yo suba a la ambulancia, así que me siento y observo mientras los sanitarios le colocan gasas en la herida y pronuncian algunos nombres de medicamentos muy largos. No perderá la pierna si saben hacer su trabajo.

Me dan una manta. No sé por qué, pero uno de los forenses se quedó con mi abrigo para examinar las manchas de sangre, las cuales no son tantas, yo misma podría haberlas quitado con un quitamanchas de haber querido. La verdad, no sé si me lo devolverán, no sé cómo lo voy a sustituir, pero lo cierto es que tengo frío y quiero que me devuelvan mi abrigo. De pronto se ha convertido en una pieza importante de mi vida y su forma y su corte me vienen a la memoria como si de una amistad se tratase. En su lugar me han dado una manta marrón y, aunque ya no tengo frío, me la echo por encima de los hombros para complacerles.

Los forenses querían la pistola, así que tuve que dársela. Se la di sin ningún resquemor, pues al fin y al cabo nunca fue mía.

En el hospital me ponen una luz en los ojos y me preguntan mi nombre y mi dirección. La luz resulta cegadora después de venir de la oscuridad y me escuecen los ojos.

—No estoy conmocionada —digo.

Creo que incluso lo repito varias veces.

Luego viene la policía, los representantes de Dorla y todos, junto con los doctores, entran en la habitación. Hugo se encuentra entre ellos, envuelto en un enorme abrigo marrón. La luz de los fluorescentes le da un tono pálido a su piel.

—Hugo —digo, pero luego ya no sé qué añadir.

Miro el reloj. Esperé hasta que el sol se pusiera para entrar en la casa, pero ahora estamos en invierno y el sol se pone antes de las seis. Son las siete menos algo, por lo que debería estar aún en su despacho. Me sorprende lo temprano que es.

La policía quiere hacerme algunas preguntas, pero no han hecho nada más que comenzar cuando aparece Nick, un antiguo compañero de Johnny, un policía de enlace. Su voz es tan ronca que casi resulta hiriente en este lugar tan aséptico, como un disco rayado; estoy a punto de sugerirle que se haga una radiografía aprovechando que está aquí, pero luego decido que sería inoportuno por mi parte. Se lleva al sargento fuera de la habitación y luego este último regresa y ordena a sus hombres que salgan.

—¿Se encuentra bien, señorita Galley? —me pregunta.

Le miro parpadeando.

—Me siento un poco rara, pero sé lo que está sucediendo —contesto—. Los doctores creyeron que tenía una conmoción, pero no me he golpeado en la cabeza.

—Creo que piensan que puede estar en shock —dice, sentándose a mi lado.

—No lo creo —le respondo con cautela—. No creo que tenga ningún motivo para eso.

Se lleva la mano al bolsillo para coger un cigarrillo, pero luego se da cuenta de que está en un hospital.

—Los forenses se llevaron mi pistola —añado—. Y mi abrigo. ¿Cree que me los devolverán cuando hayan hecho su trabajo?

Oigo su respiración cuando inhala.

—No lo sé, ya les preguntaré —responde con una amabilidad que me irrita, pues parece que estuviera hablando con una tullida.

—Sabía lo que estaba haciendo —le digo—. Arrestar a Seligmann.

—La habríamos acompañado si lo hubiera pedido.

Aún tengo la manta sobre los hombros. La verdad es que no sé qué responderle.

Hugo se acerca hasta donde nos encontramos.

—¿Se siente lo suficientemente bien como para venir a la oficina? —me pregunta—. Me gustaría escuchar un informe verbal lo antes posible.

Me levanto y le sigo, tras despedirme del sargento. Hugo me conduce fuera del hospital y Nick nos acompaña hasta el aparcamiento, pero una vez allí se mete en su coche antes de que pueda despedirme de él. Hugo conduce hasta las dependencias de Dorla, sin que intercambiemos palabra durante el trayecto. Me gustaría apoyar la cabeza contra la ventanilla, pero pienso que la puedo emborronar y me echo hacia atrás en el asiento mientras miro las luces rojas y blancas de los coches pasar a nuestro lado.

Hugo se sienta en una silla y pone una cinta en la grabadora. No sé cómo empezar. Me detengo en cada frase, pero Hugo me comenta que debo tratar de describir el arresto. Le digo que tenía la sospecha de que Seligmann estaba escondido en ese edificio, así que entré por la ventana y, cuando le vi, disparé.

Hugo me pregunta si Seligmann me había amenazado y le respondo que no.

No creo que guarde esa cinta.

Le explico mi teoría y me escucha sin hacerme preguntas. Permanece sentado y callado, dejando que sea mi voz la que se grabe en la cinta.

Al término de mi informe, me voy a casa. Me siento en el autobús y miro a los pasajeros. También miro cada parada que queda atrás, hasta que llego a la que está a tan sólo una calle de mi apartamento.

Todavía tengo la llave en el bolso, no me la quitaron. La meto en la cerradura, la hago girar y de nuevo me encuentro en el portal, después en el ascensor y más tarde delante de la puerta de mi apartamento. Me quedo unos segundos de pie, con el presentimiento de que algo sucede, de que hay algo que se me escapa. Pienso en ello, pero no se me ocurre nada, así que abro la puerta y entro.

Todo está cubierto de una gruesa capa de polvo y veo con desconsuelo que me dejé una luz encendida, por lo que debo de haber estado desperdiciando dinero y energía durante este tiempo. Todo está tal como lo dejé. Sin embargo, me embarga una ligera sensación de hundimiento, como si estuviera en la cabina de un barco que se balancea en medio de un gran oleaje.

43

—¿Se encuentra mejor? —me pregunta Hugo.

Una vez más me veo sentada en su despacho.

—Sí, señor —respondo.

No quiero hablar más de la cuenta, ya que podría ir a la cárcel por ello.

Mira la transcripción de mi informe; por lo que se ve, alguien lo ha mecanografiado. Espero que haga un listado de los delitos que he cometido: robo y posesión de armas, allanamiento de morada y disparar contra un hombre desarmado.

—Supongo que le agradará saber —dice tranquilamente— que el sospechoso Darryl Seligmann ha confesado el asesinato de Nate Jensen.

—¿Ha confesado? —repito con incredulidad, preguntándome qué le habrán hecho para hacer que confiese. Nate le golpeó hasta hacerle sangrar por la boca y Seligmann sólo se limitó a blasfemar. Luego él mismo se mordió en la muñeca para poder escapar. ¿Qué le habrán hecho?

—Sí —responde Hugo con voz inexpresiva—. Confesó antes de llegar al hospital.

Hace una pausa y entonces lo comprendo. Una bala de plata incrustada en la parte alta del muslo, si no se trata debidamente, es muy probable que cause la pérdida de la pierna. Pero también es muy probable que el paciente muera de gangrena. Eso sí, antes de morir la necrosis corre por las extremidades, se extiende por el estómago y los testículos y va arruinando todo a su paso.

—¿Es válida la confesión? —pregunto con una voz fría y tranquila que denota que he comprendido lo que quería decir.

—Sí, lo es. Nos proporcionó suficientes pruebas y detalles que han sido corroborados con los hechos. No hay duda de su culpabilidad.

—Comprendo.

Hugo me deja sentada en silencio durante un rato y me quedo inmóvil, sin mirar a otro lado. Finalmente me dice:

—He estado leyendo de nuevo su teoría. Usted cree que el doctor Parkinson fue responsable de la muerte de John Marcos.

Espera que responda algo, pero no lo hago.

—Tengo que decirle que sus razonamientos sobrepasan las pruebas considerablemente, señorita Galley —añade.

Me ha llamado por mi apellido, eso significa que algo me va a suceder.

No respondo.

—Puede que le interese saber que se le ha solicitado al doctor Parkinson que venga y responda algunas preguntas siguiendo las indicaciones de su informe.

¿Solicitado? ¿No arrestado?

—¿Y ha venido? —pregunto.

—Y tanto que lo ha hecho.

—¿Qué dijo?

Pensar en Parkinson hace que me ponga tensa y junte las rodillas.

Hugo me mira por unos instantes, pero luego aparta la mirada y concluye:

—Eso mejor que se lo diga otro.

Me suben a la planta de arriba y me hacen pasar a una oficina grande y nueva, con ventanas a ambos lados. No obstante, la alfombra parece bastante gastada y los tableros de las paredes picados por el uso. Según el estándar de nuestras oficinas, ésta es una de las mejores, pero aun así no deja de ser bastante cutre.

William Jones está sentado en su escritorio. Lo conocí cuando me comunicaron que Seligmann se había escapado y que no pensaban relevarme de mi puesto. Aún tiene el mismo aspecto de entonces, es decir, de una cortesía aprendida, la de un hombre que depende demasiado de sus costumbres como para poder cambiarlas. Su cicatrizado rostro me observa con una compasión cansina y, aunque no tengo la menor idea de lo que me va a decir, deduzco que no es nada bueno.

Hugo le mira, me indica que me siente delante del escritorio y luego se sienta a mi lado. Sobre la mesa hay una fotografía de una mujer enmarcada en madera fina y noble que contrasta con los demás objetos de la habitación.

—¿Cómo está, señorita Galley? —pregunta Jones.

Trago saliva, ya que no encuentro las palabras.

—Bien, gracias.

Me llama señorita, no señora, cosa que han hecho muchos desde que perdí a Ann. Imagino que Jones está al corriente de ese asunto.

Jones me mira. Eso es lo primero que noto, que me mira; es decir, que no mira hacia abajo, ni respira profundamente, ni se coloca bien las manos, no hace ninguno de esos gestos que hacen las personas normales cuando van a comunicar una mala noticia, sino que se limita a mirarme con el rostro ligeramente compungido.

—He leído su informe acerca de William Parkinson y debo felicitarla por sus deducciones, aunque no por su actuación —declara.

—¿Ha hablado con él? —pregunto.

Noto que nada de lo que diga en esta reunión va a cambiar lo que piensan hacer conmigo. Sea lo que sea, mis comentarios no van a influir lo más mínimo.

—Sí, lo he hecho —contesta Jones—. Considerando los hechos, es una lástima que usted actuase sin consultarnos. Ahora tendremos que realizar algunas gestiones para poner en orden las cosas.

—¿Cuál es el problema? —pregunto directamente, ya que estoy cansada de tratar de hacer deducciones y de que me tengan a dos velas. Jones habla como si supiera lo sucedido.

—Debe comprender que los procedimientos que Parkinson ha utilizado no son desconocidos.

—Yo no he dicho que los inventase él —respondo sin saber a qué se refiere.

—No. Se llevan utilizando ya desde hace un tiempo, aunque no sean muy conocidos —responde sin dudar, sin detenerse en las palabras.

—¿Se conocen dentro de la comunidad científica?

Veo que me está diciendo la verdad.

—El problema son las objeciones de carácter ético. Jamás serían aceptados. Se sabe que se han realizado experimentos en momentos de la historia en que los humanos, especialmente delincuentes y prisioneros de guerra, eran tratados peor que animales.

Lo que me dice ya lo sabía. Parece cansado. Se le han formado algunas arrugas de expresión en la frente y alrededor de los ojos, pero no se profundizan ni se flexionan, parece como si no las utilizara.

—En caso de que tuvieran éxito —prosigue—, ya sabe los problemas que crearía. Usted misma lo ha comentado ampliamente en la cinta. —Hace un pausa, pero no respondo—. La cuestión es que usted estaba en lo cierto, y el doctor Parkinson ha estado utilizando la técnica que él le ofreció. Sin embargo, no ha estado actuando solo.

Le miro. Su rostro permanece inmóvil.

—Tiene que comprenderlo, señora Galley —añade—, él no ha sido el único médico que ha empleado ese método. Además, no lo ha llevado a cabo sin supervisión. Algunas personas tenían conocimiento de ello, no el gabinete médico, pero sí otras personas, como algunos oficiales de la policía, miembros del gobierno y algunos de nosotros.

La palabra «nosotros» apenas se percibe, es como una palabra sin significado alguno.

—No fue idea nuestra comenzar, pero tampoco nos hemos opuesto —continúa—. La hemos rechazado durante años, pero la ciencia avanza y el número de defectos de nacimiento se reduce. Las ciudades crecen, la población aumenta, usted misma se da cuenta de lo reducida que es nuestra plantilla.

—¿Reducida?

Me parece una palabra más adecuada para una escuela o la oficina de Correos.

—Tenemos mejores armas, pero no nos permiten utilizarlas —dice Jones—. El porcentaje de bajas aumenta, tanto que no las publicamos para que no decaiga la moral, pero no creo que a usted le sorprenda. Nuestra edad de jubilación son los sesenta años, como los demás, pero el veinticinco por ciento se dan de baja antes de llegar a esa edad, ya sea por lesiones, ataques al corazón, quemaduras o muerte durante el cumplimiento del deber. Además, hay una mayor proporción de cáncer, embolias y toda clase de enfermedades relacionadas con el estrés. Por esa razón, aceptamos ese programa.

—¿Programa?

—Sí, aumentar el porcentaje de nacimientos amorfos, no de una forma dramática que pudiera resultar sospechosa, pero sí suficiente como para aumentar nuestra población. Usted sabe lo importante que es tener un par de manos extras que nos ayuden. Los médicos se han involucrado no por razones sociales, sino buscando logros científicos y subsidios gubernamentales.

—Parkinson mató a Johnny —digo, como si fuese la única verdad de todo este asunto.

—Sí, así es —responde Jones sin apartar la mirada—. Al parecer Marcos le amenazó con revelar su secreto. Y usted estaba en lo cierto sobre Seligmann. Tenemos una confesión completa de él y sabemos que Parkinson le proporcionó la pistola a cambio de ocultarle. Seligmann pensó que era su oportunidad. Al parecer, tenía sus propias ideas acerca de la justicia que Parkinson no supo prever, por desgracia. Seligmann no ha sido nada cuidadoso y ahora el programa debe cesar. Un asesinato compromete la seguridad de todo. De hecho, ni el mismo Parkinson podrá continuar con ello, de eso puede estar segura. Pero también debe comprender que no será arrestado.

—Pero usted sabe que se dedica a darles la vuelta a los bebés —digo con una voz que no es mía.

—Eso se va a mantener discretamente, señorita Galley. Se resolverá, pero de forma discreta y usted no estará implicada en ello.

—Usted lo sabía, ¿verdad?

—Sí, lo sabía. El problema es que usted se ha comprometido demasiado. Coger un arma del almacén puede ser un asunto del departamento, pero entrar en una propiedad ajena y disparar a los habitantes significa pasarse una larga temporada en la cárcel. No obstante, eso también lo podemos resolver con discreción, ya que no es necesario que publiquemos que fue usted quien lo arrestó, ni que sucedió fuera de Dorla. Lo que sí quiero que sepa es a la clase de problemas que tendrá que enfrentarse si intenta poner impedimentos.

—Usted sabía lo que estaba haciendo y permitió que sucediera —digo.

Siento como si un demonio me hubiera clavado las zarpas en la garganta.

Jones no baja la mirada.

—Si deseamos que Dorla perdure, necesitamos ayuda —dice—. No he oído de ninguna otra propuesta y ésta parecía la única opción.

Mi mano se escurre por el cuerpo.

—Usted ha permitido que conviertan niños en... esto.

Hugo mira a Jones y éste se echa para atrás en su asiento, esperando que yo lo acepte. Hugo trata de acercarse, pero me sobresalto y retira la mano.

—Usted dejó que convirtieran niños en personas como nosotros —repito mientras me miran.

Me invade la sensación de que tengo que controlarme, aunque me gustaría encontrar palabras hirientes que poder decirles, debería escaldarlos, arrojarlos a las llamas. Sin embargo, no puedo, no hay forma de encajar las piezas y todo parece desmoronarse. Me llevo la mano a la boca tratando de mantenerla cerrada, pero se me escapa un sollozo ronco y feo que se repite hasta tres veces.

Están sentados, esperando sin decir nada. Respiro profundamente y trato de hablar, pero mi voz se apaga. Luego me llevo las manos a la cara y oculto el rostro durante varios minutos.

Cuando vuelvo a hablar, mi voz suena alta y chillona como la de una niña, pero la vergüenza del silencio ya me ha invadido.

—¿Qué habrían hecho si yo no le disparo? —pregunto.

Jones levanta las cejas, más pensativo que sorprendido.

—Si hubiese arrestado a Seligmann siguiendo los medios apropiados, más o menos lo mismo, aunque nos hubiéramos visto en la necesidad de hacer que usted cooperase. Parkinson debe ser protegido, o al menos lo que él representa. —Hace una pausa y añade—: No debe dispararle a nadie más, señora Galley. No al menos a la luz del día. No se lo diría de no ser así. Se ha puesto usted en una situación de desventaja, ya que ha sido la que ha llevado el caso de Seligmann desde el principio. Pensé que usted se daría cuenta de los inconvenientes que conllevan ese tipo de actos.

Debería de haber aprendido de Seligmann a no hacer gestos, eso es lo que me está diciendo. Hice un gesto de la misma manera que Seligmann.

—Seligmann será juzgado en nuestras dependencias y será acusado de ambos asesinatos, ya que ambas personas murieron con la misma arma —continúa Jones—. Los forenses están de nuestro lado y sólo tenemos su palabra de que Parkinson fue el que se la dio. Sin embargo, él no testificará y Parkinson quedará fuera de este asunto, pero usted no sabrá nada al respecto. Por tanto, sólo nos queda usted.

Aún tengo las manos presionadas contra la cara. Parece estúpido, pero no pienso bajarlas por él.

—Comprendo que esté decepcionada, señorita Galley, lo lamento de veras —dice.

Su voz suena más resignada que otra cosa. Tiene el pelo canoso, pero las cejas siguen siendo oscuras y rectas, apenas se mueven.

—Debe de comprender —prosigue— que tendrá que enfrentarse a ciertos cargos si trata de alterar el proceso. Y, puesto que es un licántropo la persona a la que ha disparado, tendría que enfrentarse a un jurado normal. Estoy seguro de que sabe cuáles son sus oportunidades. Además, nosotros no intervendremos.

Miro a Hugo, sentado y mirándose las rodillas, como si tuviera un peso en la nuca.

—No queremos ser duros innecesariamente —añade Jones—. Sé que John Marcos era amigo suyo y, si está preocupada por su familia, le diré que le hemos garantizado una pensión por viudez de por vida.

Levanto la cabeza. Es una compensación muy pobre por el asesinato de un hombre, aunque resulte una recompensa poco usual en Dorla. No obstante, me sigue pareciendo muy pobre.

—Nosotros valoramos su trabajo —asegura Jones—, así como el esfuerzo que ha puesto en el caso, y estamos dispuestos a solucionarlo. Seligmann será juzgado muy pronto y no podremos hacer nada hasta que no hayamos acabado con él, pero después de eso, le garantizamos un aumento de sueldo.

Luego menciona una suma, mucho más alta de la que yo habría calculado, tanto que no puedo ni reaccionar.

—No es negociable —apunta—. Pensamos en una simple bonificación, pero así es menos sospechoso. Le daremos un par de casos sencillos, que sin duda resolverá con la facilidad acostumbrada, y el aumento se lo atribuiremos a ellos.

—¿Me está sobornando? —le pregunto con incredulidad.

En este momento me parece la cosa más estúpida que haya dicho en mi vida.

—Si quiere llamarlo así... —responde Jones sin dudar un instante—. Le estamos dando motivos sobrados para que se reserve lo que sabe.

—¿Qué pasará con Parkinson? —pregunto.

—Tendrá su castigo.

—¿Cómo va a ser castigado?

—Eso a usted no le concierne, lo siento.

—Lo siento.

—Hasta ahí es donde podemos llegar, señora Galley. Cuidaremos de la viuda de Marcos, el asesinato de Jensen será castigado y el proceso en el que está involucrado el doctor Parkinson será, al menos, supervisado. Si lo acepta, nosotros cuidaremos de usted. Pero si no, irá a prisión.

Miro su rostro cansado, sus ojos apagados.

—Es todo lo que podemos hacer —concluye—. Éste no es nuestro mundo, así que déjelo tal como está.

44

Nadie me detiene cuando salgo del edificio. Camino sin mirar los letreros de las calles, sin estudiar el rostro de las personas al pasar. Camino con un andar ligero, las calles pasan tan velozmente que parece que seguirán moviéndose si dejo de caminar. Me dirijo a la iglesia y entro, pero esta vez no sé a qué santo debo rezar.

Hay un grupo de lápidas adosadas en uno de los laterales de la iglesia. Tienen grabada la fecha de la muerte, pero no la causa. Todos yacemos juntos.

Un rayo de luz invernal brilla delante de mí y mis manos relucen radiantes.

La muerte yace a mi alrededor. Los gusanos están arrancando los últimos pedazos de carne.

La viscosidad del nacimiento. Toda esa masa gelatinosa que envuelve al bebé debe de haber impregnado sus manos.

Si yo hubiera intentado girar mi bebé en mi interior, le habría roto las extremidades, se habría retorcido, se habría incrustado como una piedra en mi interior y jamás habría podido salir. ¿Nos habríamos hundido juntas? ¿Cuántas mujeres se habrían hundido del mismo modo durante todos estos siglos a causa de sus moribundos y fracturados hijos?

Habrá habido muchas muertes antes de lograr hacerlo bien.

Ahora imagino que habrá inyecciones, agujas limpias y dedos habilidosos que palpan el agua que hay dentro de las mujeres como si estuvieran sazonando una sopa. Falta de oxígeno, ahí radica la cuestión. Se priva al bebé del oxígeno que le proporciona la madre tan sólo por unos breves segundos, hasta que cierta parte de su cerebro muere.

Me pregunto cuántos adultos habrá en sillas de ruedas y en residencias a causa de los errores de cálculo cometidos por los médicos. ¿Qué pasaría si sólo fuesen unos pocos, sólo cinco o diez? ¿Y si se conociesen? ¿Qué se dirían entre sí?

La luz del sol calienta mis rodillas. No tardará mucho en llegar la primavera.

Pienso en muchas cosas mientras estoy sentada, con las rodillas iluminadas por el sol. Pienso en la muerte, en los follaculos que perdieron su sangre en las muchas noches de luna llena, así como en los licántropos que murieron encarcelados. Pienso en la prisión y en el infierno. Pienso en la piel suave y en las manos seguras y confiadas de Parkinson. Pienso en Ann y pienso en Jones cuando me dijo que ya se había acabado todo. En la mirada de Ally cuando le propiné una patada y eché a correr escaleras abajo. En la cara de la madre de Marty mientras su hijo yacía tendido en la cama del hospital con la garganta desgarrada. Y pienso una vez más en la expresión tranquila y sosegada de Parkinson cuando se mueve por el hospital.

Pienso en el asesinato, en ser víctima o verdugo. Durante un rato me pregunto si Parkinson merece vivir. Recuerdo el moratón que me produjo en la mano el retroceso de la pistola cuando le pegué el tiro a Darryl Seligmann, y cómo se retorcía en el suelo como un niño.

Principalmente pienso en cómo poder librarme de todo esto.

De vuelta en mi apartamento, las pequeñas habitaciones parecen abrirse ante mí, ofreciéndome todo ese espacio vacío. Me quedo mirando cómo se difumina la luz del día en las paredes. A pesar del ruido que llega de los apartamentos de la planta de arriba, el silencio parece invadirlo todo, desde el suelo hasta el techo.

Me siento en el sofá, sola, como si fuese la única persona en el mundo. Estúpida de mí, siento deseos de Paul. Tengo frío y me gustaría tener alguien a mi lado en quien poder apoyarme, pero se ha marchado y probablemente no vuelva a verle. Quizá sea así, pienso, quizá me quede sola el resto de mi vida. Por mucho que lo denunciara, no conseguiría nada. Mi lengua, además, se ha apaciguado después de recuperar mi libertad y recibir un poco de dinero, que puedo emplear en sentarme sola en habitaciones silenciosas.

Las personas que saben algo acerca de Parkinson podrían caber en mi salón. Les podría ofrecer una copa, o quizá mejor que lo haga él, ya que las conoce a todas y se encuentra a salvo. No hay nadie fuera de su círculo, salvo yo, que sepa lo que ha hecho. Los afortunados son de confianza, puesto que son parte suya y permanecerán unidos. A mí me queda la opción de convertirme en alguien de confianza como ellos o se librarán de mí.

Cuando tomo conciencia de lo que han hecho, el remordimiento parece asentarse a mi lado en el sofá pesadamente.

Me tomo un día de descanso en el trabajo y me quedo en la cama, con la cabeza enterrada, durmiendo todo lo que puedo y sin soñar.

Después me levanto, me cepillo el pelo y me lavo la cara. Me arreglo, me pongo los zapatos y salgo. Mi vecina, la señora Kitney, me detiene al verme salir y me mira con los ojos completamente abiertos. Ha oído decir que soy una heroína.

—Buenos días —le digo con voz tranquila.

—Ha debido de ser espantoso —responde con un suspiro. Inclino la cabeza, sintiéndome muy lejos de ella. Luego añade—: Todo el mundo habla de lo valiente que has sido, Lola.

—Vaya —respondo poniéndome los guantes lentamente.

—¿No tuviste miedo? —me pregunta deseando ponerse a chismorrear. Se ve que arde en deseos de enterarse de todo.

—No sabría decirlo —respondo de forma distante—. Buenos días, señora Kitney.

Tomo el autobús para ir al trabajo y luego camino tranquilamente las calles que hay desde la parada al edificio de Dorla. Imagino que habrá algunos archivos encima de la mesa, nuevos casos de personas que no supieron encerrarse debidamente, niños abandonados, personas sin hogar que se durmieron antes de que saliera la luna y luego se despertaron en otro mundo. Debo resolver sus asuntos, y debo hacerlo acogiéndome a las normas, ponerlos en una bandeja o en otra, dejar que sus vidas salgan y entren en mis manos hasta que los inserte de nuevo dentro del sistema. Será un trabajo sencillo y no siempre equivocado.

Cuando avanzo por el pasillo camino de mi oficina aún tengo la cara pálida e impertérrita como la de un santo.

Casi he llegado cuando veo a Paul acercándose en sentido opuesto. Ya no tiene la cara llena de moratones, se le ve limpio y bien vestido. Tiene el mismo aspecto que el día que nos conocimos. Me paro con las manos cogidas y me quedo mirándole en silencio, tratando de respirar acompasadamente.

Cuando levanta la cabeza y me mira, mi serenidad desaparece de golpe.

—¿Qué haces aquí? —le pregunto de sopetón.

Paul hace un gesto reticente.

—He venido para hablar de Jerry Farham, ¿recuerdas? Tu cliente alcohólico. Sigo siendo trabajador social.

Jerry, la razón de que nos conociésemos.

—No sé nada de él —declaro—. Lo último que supe es que fue arrestado y conducido a las celdas.

—Lo sé —responde sin inmutarse—. Otra persona cogió el caso. He venido para ver si hay posibilidad de ponerlo en libertad.

Habla como si eso fuese un problema, como si me preocupara que alguien haya cogido mi caso sin preguntármelo, como si yo no pasara por completo de todo eso.

—Comprendo —respondo bajando la cabeza.

Si éste es el final, uno de los dos debe marcharse.

—Lola... —dice sin que yo le mire—. ¿Podría hablar contigo?

—Entremos en mi oficina.

Me sigue. Me siento a un lado del escritorio y él enfrente. Una parte de mí quiere terminar con esto lo antes posible, decirle que no tenemos nada que hablar, pero no lo hago. Es posible que termine en silencio o en ausencia, pero necesito hablar con él, aunque no tenga nada que decirle. Me siento, junto las manos y miro al escritorio.

Paul mira a los lados, como si tratase de encontrar las palabras adecuadas en la habitación, escondidas entre los archivadores de los estantes. Finalmente dice:

—No podemos terminar de esta manera.

—Lo sé.

Hay un silencio, durante el cual ambos nos miramos las manos.

Pensé que hablaría él primero, pero lo hago yo:

—¿Te encuentras bien?

Se encoge de hombros, pero sabe que le estoy hablando de las celdas, de la falta de libertad, de las palizas.

—Lo estaré.

Mi voz tartamudea, pero no es por nervios, sino porque las palabras me pesan.

—¿Estás viendo a algún consejero? Muchas personas lo hacen.

Sobre todo después de que acabemos con ellos.

Gira la cabeza, temblando ligeramente y responde:

—No exactamente. Pero un compañero del trabajo es consejero y he pasado muchas tardes hablando con él.

—Yo ya estoy en casa —digo—. Me he trasladado de nuevo a mi apartamento. Me siento mejor en mi casa.

—Te echo de menos —me suelta.

Sus palabras me dejan muda, inmóvil. No lo dice como si estuviese suplicando, no creo que en sus palabras haya planes, ni peticiones de ningún tipo, tan sólo constata un hecho.

—Pasabas mucho tiempo en mi apartamento antes de que me

arrestaran —dice pronunciando la palabra «arrestar» con mucha calma. Veo que es valiente—. Ahora que he vuelto me doy cuenta de lo mucho que me había acostumbrado a tu presencia.

—Lo lamento —respondo sucintamente.

Me mira, sopesando lo que me va a decir.

—Me gustaría preguntarte una cosa: si hubieras sabido que hacía esas cosas con mis amigos, ¿me habrías ayudado? Yo sé lo que piensas de las personas que no respetan el toque de queda.

Debo responder con la verdad, pues es una pregunta que oiré el resto de mi vida. Lo más aconsejable sería decirle que no, levantar de nuevo la barricada entre nosotros, esconderme detrás de la palabra follaculos y vencer al mundo. Pienso, e imagino, un pasado distinto.

—Sí —respondo, y creo que lo que digo es cierto.

Me mira y luego aparta la mirada.

—Creíste que estaba involucrado en el asesinato de tu amigo —comenta.

Retrocedo en el tiempo y lo pienso.

—Pensé que podrías estarlo —digo. Él levanta una ceja, por lo que añado—: Eso es tan malo como estar segura de ello, pero es que había confiado en ti, y no soy de las personas que confían demasiado en la gente.

—¿Me amabas?

—Sí —respondo sin pensarlo ni por un momento.

Me invade la tristeza, pero también una sensación de libertad y de sosiego. Nos estamos diciendo la verdad, nos podemos preguntar lo que queramos. Veo que uno de mis resortes se está soltando.

—¿Y tú? ¿Me quisiste? —le digo.

—Sí.

—Me lo dijiste en las celdas. ¿Lo sentías entonces?

—Sí —responde.

Pronuncia la palabra lentamente, pero no ha habido pausa. Después los dos nos quedamos callados, ya que estamos demasiado cansados para seguir avanzando.

—Me he enterado de que apresaste al asesino —dice.

—¿Cómo te has enterado?

—Hablé con tu hermana.

Levanto la cabeza y le miro sorprendida.

—¿Has llamado a mi hermana? —le pregunto.

Niega con la cabeza.

—No, me llamó ella. Llamó a mi departamento y estuvo preguntando hasta que me localizó.

Sin saber por qué hizo tal cosa, pienso en Becca y recuerdo que la quiero.

—¿Qué quería?

—Estaba preocupada por ti.

—Y ¿por qué te llamó a ti?

Hace un gesto y levanta la mano.

—Quería saber qué es lo que estaba sucediendo. Es una mujer muy agradable y no me parece nada bien que nunca nos presentaras.

—Seguro que os llevaríais bien —respondo. De hecho, puedo imaginarlos fácilmente conversando.

—Me comentó que lo encontraste tú sola, que tuviste que defenderte cuando te atacó y que le disparaste.

—Él no me atacó —le digo de golpe—. Sencillamente le disparé.

Paul no responde.

—¿Sabes dónde estuve la mañana que le disparé? —prosigo—. Estuve en la iglesia, arrodillada y rezándole a la virgen.

Paul mira hacia abajo.

—Bien.

Apoyo el mentón en las manos.

—¿Querías matarle? —pregunta.

Levanto la mirada, lo miro fijamente y veo que sus ojos de color azul me miran.

—No —respondo mientras respiro profundamente—. No creo que sea una verdadera asesina.

Diga lo que diga, creo que lo que estoy diciendo es la pura verdad.

—Nunca pensé que lo fueras —asiente él.

—¿Creíste que te haría daño cuando estabas en las celdas?

—No —responde.

—Intenté herirle —digo—, y no sólo porque pensaba que podría vencerme si le arrestaba, sino también porque deseaba herirle.

—Siempre diciendo la verdad por muy cruel que sea —responde Paul.

Hay una pausa y de repente estamos uno frente al otro.

—¿Qué es lo que quieres, Paul? —le digo.

Se pasa la lengua por los dientes, se echa atrás en su asiento y responde:

—Yo no me creo mejor que tú.

—Ah —digo, ya que no tengo respuesta para eso.

Niega con la cabeza y repite:

—No me considero mejor que tú.

No me ha dicho «te quiero», ni «te perdono», nada de eso. Pienso en cómo puedo preguntarle algo sin que eso signifique que se lo estoy pidiendo.

—¿Podrás perdonarme alguna vez por lo sucedido? —digo al cabo.

Niega con la cabeza.

—Pues no lo sé —contesta—. Creo que no pienso demasiado en perdonar.

—Eso no es nada cristiano —respondo.

—Tú eres la que ha sido educada en un convento, no yo. Así que la verdad no lo sé, pero te echo de menos. Eso no significa que te perdone o que no lo haga. Yo te mentí y, por eso, no me ayudaste. Ahora las cosas no son como antes, así que no sé.

Las cosas no son lo mismo; no sabe. No sé qué responder a eso.

Niego con la cabeza y abro la boca, pero no digo nada.

—Si pudieras, ¿qué te gustaría cambiar? —pregunta.

No sé lo que quiero ahora, pues todo se ha perdido. Le miro y hablo con normalidad, como si fuese sólo una conversación:

—Me gustaría que las cosas fuesen como antes de que te arrestaran.

Me mira para comprobar si es verdad lo que digo.

—A mí también —dice.

Mantengo las manos alejadas de él.

—¿Qué es lo que quieres? —pregunto.

—Echo de menos como estábamos entonces.

—Eso es lo que sientes, pero no lo que deseas.

Me pone mala cara. Creo que estaba acostumbrado a verme hacer las cosas de la forma más áspera. La sangre que corre por mis venas es tan fría como el agua del grifo. Ya no recuerdo ni cómo encontrarle la gracia a las cosas.

—He hecho cosas muy malas —digo antes de que pueda interrumpirme—, mucho peores de las que conoces. Sé además cosas horribles y no creo que pueda volver a ser una persona de verdad.

—A mí sí me lo pareces —responde con un tono impaciente.

—¿Por qué has venido? Después de lo que has vivido, ¿cómo se te ocurre volver a este sitio?

Flexiona las manos.

—No me gusta tener malos recuerdos. No quería que lo último que recordase de este lugar fuese lo que me sucedió en las celdas.

Ha vuelto otra vez a este lugar, donde le hicimos pasar por una verdadera inquisición, sólo porque no quiere tener malos recuerdos. Malos recuerdos.

—Eres mejor persona que yo —digo.

—Ya estoy fuera de su alcance. Pueden verme, pero no pueden hacerme nada y eso resulta satisfactorio. Ahora ya nadie puede hacerme nada. Salvo tú, claro.

Sentada en mi escritorio pienso en lo que acaba de decir.

Pienso en cómo librarme de todo esto.

En otro lugar aparece la mujer que me gustaría ser. No alguien repleta de cicatrices, no alguien con las manos manchadas de bebés muertos. ¿Son los padres los que aceptan la oferta de Parkinson? ¿Personas que saben que él hace daño a los niños?

Johnny lo hizo. Cuando trató de proteger a su nuevo bebé, Parkinson le respondió pegándole un tiro en la nuca con una bala de plata.

Seligmann pagará por ello y así le damos al médico un chivo expiatorio que pague por sus pecados. Parkinson puede decir que nada ha sucedido y nadie le llevará la contraria. Él puede caminar por las calles como si fuese una persona inocente.

Pienso en lo que dijo Paul acerca de que sus últimos recuerdos fuesen algo mejores.

Cuando Becca me visita en mi apartamento se queda impresionada. He fregado los suelos, he limpiado las estanterías, las ventanas y las cortinas, además de que he tirado la mitad de mis pertenencias. He pasado un par de días durante los cuales me ha sido imposible sentarme, ni siquiera podía estar de pie sin moverme, así que terminé yendo a la droguería y compré unas latas de pintura. Ahora el salón tiene un color más pálido y, aunque Becca le llama color crema, yo prefiero llamarle color hueso. No ha quedado mal, pienso, al menos tiene un aspecto distinto. Ya no podía seguir rodeada de unas paredes pintadas de rojo.

Sienta a Leo en el sofá, a mi lado, lo apoya sobre el respaldo y él se mantiene erguido. Su espalda es derecha, fuerte y bien equilibrada. Le sacudo la mano y le digo lo listo que es y hace ademán de querer sentarse en mis rodillas. Lo levanto y le dejo que me mordisquee con sus afiladas encías. Mi mano libre descansa sobre su cabeza, sobre ese cálido cráneo que protege su inmaculado cerebro. Mientras me mordisquea y me araña lo sostengo en brazos. Parkinson fue el que lo asistió durante el parto, yo estaba presente y lo vi. Recuerdo haberle preguntado si saldría primero por los pies, alegando que Becca no quería tener un hijo follaculos. Si no llego a estar allí, ¿habría mirado sus notas y se habría dado cuenta de que Becca tenía una hermana follaculos y que era una candidata perfecta para tener un hijo mutilado?

Me está clavando los dientes en la mano y empieza a hacerme tanto daño que lo aparto y dejo que me muerda los dedos. Su pecho es algo más ancho que la palma de mi mano y noto que se infla y desinfla con mucha rapidez, pero de forma uniforme. El hijo perfecto de mi hermana. ¿Acaso lo he salvado yo?

—Becca —digo por encima de la cabeza de Leo—. Necesito pedirte un favor. Un favor muy importante.

Johnny iba solo cuando fue a ver a Parkinson. Llevaba una pistola, pero Parkinson se la arrebató y le disparó en la cabeza.

Cuando yo voy lo hago acompañada de mi hermana. Su floreciente hijo va en el carrito, delante de ella. Becca no entiende lo que sucede, pero cuando le digo que no puedo explicárselo, no pone reproches y me acompaña de todos modos.

La moqueta del vestíbulo cruje como el moho cuando la piso, los cristales relucen de lo limpios que están. Una recepcionista muy mona, con pecas en la cara y los dientes muy blancos me recibe con una sonrisa.

—¿Tiene usted cita? —pregunta.

—No —respondo—, pero me pregunto si podría ver al doctor Parkinson por unos instantes, o al menos dejarle un mensaje.

Arruga la frente. Luego responde:

—Por supuesto.

Coge una pluma de color negro brillante con un anillo dorado alrededor.

—¿Puede decirle que he estado pensando en lo que me dijo? —le digo.

Baja las pestañas mientras contempla cómo su mano escribe el mensaje. Nunca sabré si sabe de lo que hablo.

Permanecemos sentadas durante más de una hora antes de que nos hagan pasar. Me quito la bufanda del cuello y la dejo caer delante de Leo para que la agarre. Ya es capaz de aferrar las cosas y así pasa el día entero.

Cuando el doctor Parkinson asoma por la puerta, Becca se

levanta, coge a Leo y entra conmigo. La miro, diciéndole que puede esperar en el vestíbulo si quiere, pero niega con la cabeza. Coge con más firmeza a Leo y entra en la consulta, caminando delante de mí.

Observo a Parkinson cuando entro. Todo lo que recuerdo de él, esa espalda recta y ese pelo limpio, esa piel que envejece con tanta delicadeza, sigue tal cual. Tiene las uñas rosadas, muy anchas, y sus cutículas forman una curva que oculta casi la mitad. Busco señales, cicatrices, pero no encuentro nada. Es difícil que nunca se haya hecho un corte, pues es un licántropo, pero ha debido de ser lo bastante leve para que cicatrice después de la luna llena.

—¿Cómo está usted, señorita Galley? —pregunta.

No hay ningún tono agresivo en su voz, ni tampoco esa apatía que suelen mostrar los médicos cuando un paciente se presenta sin avisar. Jones ha cumplido lo que prometió y no se ha publicado que fui yo quien arrestó a Seligmann, pero Parkinson sabe que trabajo en Dorla y que soy una follaculos, lo que, según él, es lo único que debe saber de mí.

—Estoy bien, gracias —contesto—. Espero que sepa perdonarme por presentarme sin cita.

Soy una asesora legal de un departamento gubernamental que trabaja duro, soy una profesional, pero sé comportarme como una persona normal si lo considero necesario.

—No tiene importancia —responde mirando a Becca, que permanece sentada en una silla en la esquina con Leo sobre las rodillas.

—Estoy seguro de que se acuerda de mi hermana —digo—, y de Leo. Usted lo trajo al mundo.

Parkinson los mira alternativamente, sin estar muy seguro de ello. Se da cuenta de que me siento más confiada en presencia de Becca y está esperando que me confíe a él, así que no se puede permitir el lujo de protestar.

—Me alegra verla de nuevo —dice dirigiéndose a Becca, que asiente y levanta la mano de Leo como si saludase. Luego se gira hacia mí y añade—: Espero que recibiera los resultados satisfactoriamente.

Se refiere a las cartas confirmándome que me encuentro bien y que nada me ha convertido en una mujer estéril.

—Sí, gracias —respondo.

Espera que sea yo la que haga el siguiente movimiento, pero dejo una pausa.

—Tengo entendido que quería hablar conmigo de algo —dice finalmente.

—Sí. La verdad es que he estado pensando acerca de eso y... —respondo sonriendo—, bueno, creo que podría estar interesada en lo que me dijo. Sin embargo, hay algunas cosas que me gustaría saber antes y me pregunté si podría discutirlas con usted.

Me doy cuenta de que hablo como si tratara de sincerarme con él.

Sonríe y toma asiento.

—Por supuesto. Responderé a cualquier cuestión que tenga al respecto —responde con esa frase ya hecha y repetida mil veces.

—Pues bien. La primera cuestión que se me plantea es su legalidad, puesto que ése no es mi campo —le digo.

No tiene por qué escuchar la advertencia de que soy abogada si no quiere. Me siento enfrente de él y espero la respuesta.

—No quiero preocuparla demasiado con los procesos legales —responde.

—No obstante, lo estoy —digo sin sonar demasiado convincente.

—No sabría qué decirle —responde con amabilidad—. Yo me ajusto a las leyes vigentes.

—Siempre y cuando sean aplicables, imagino.

—Sí, por supuesto. Hay que utilizar el sentido común cuando se trata de leyes que ya están más que caducadas.

Le sonrío.

—Creo que acaba de reducir mi carrera a una miniatura —comento.

—¿Su carrera?

—¿No lo he mencionado? Soy abogada —respondo. Dejo que reine el silencio durante un instante y añado—: Me especializo en la ley del toque de queda y las leyes amórficas en general.

—Debe de ser interesante —opina con voz educada.

—Sí, por eso me lo estoy preguntando. La mayoría de mis compañeros están involucrados de alguna manera en la ley de Dorla y, si decido tomar ese curso, quisiera saber algo respecto a la confidencialidad. No estoy segura de cómo será aceptada.

—La confidencialidad está garantizada —dice enfatizando la voz y tratando de defender su actividad—. Los casos como ése son enteramente personales. Es una cuestión personal y no hay necesidad de revelar la decisión del paciente.

—¿De verdad?

—Por supuesto —afirma—. Si usted toma una decisión sobre el futuro de su hijo, tiene todo el derecho a reservársela.

—No estoy muy segura de que sea una decisión que sólo yo tengo el derecho de tomar.

—Por supuesto que sí. Nadie más tiene por qué intervenir.

Becca está sentada en silencio en la esquina. Leo gimotea en sus brazos.

—¿Usted cree entonces que es mi decisión? —prosigo.

—Por supuesto —responde casi agradecido de poder expresarlo así—. La medicina ha avanzado mucho desde que se crearon esas leyes que a usted tanto le preocupan, señorita Galley. Hoy podemos hacer muchas cosas que resultaban inimaginables hace veinte o treinta años. Los pacientes tienen todo el derecho de beneficiarse de las nuevas técnicas disponibles.

—¿Qué sentido tiene descubrir algo si las personas no lo van a utilizar? —pregunto tranquilamente. Oigo a mis espaldas cómo Becca mece a Leo en sus rodillas.

—Exactamente —responde Parkinson con una sonrisa que ilumina su cara. Creo que he dicho algo en lo que cree.

—¿Incluso si no es ético? —añado.

—¿Perdone? —dice.

La sonrisa ha desaparecido y ahora me mira perplejo.

—Bueno, imagino que no tendrá que hacer algo sólo porque sabe hacerlo —comento.

—Hay que darle al paciente todas las opciones posibles,

señorita Galley —asegura frunciendo el ceño. Mira de reojo el reloj.

—¿Eso es lo que hace usted? —pregunto.

Becca se agita, puedo escuchar el ruido que hace su ropa al rozar el cuero de la silla. A ella jamás le gustaron las discusiones.

—¿Perdone? —inquiere el doctor.

—Es que me parece bastante improbable que recibiera la aprobación de muchos miembros de Dorla. Me preocupa que sea sólo decisión del paciente.

—Lo siento, pero ¿en qué afecta eso a su condición? —pregunta con un tono autoritario adquirido tras años de tomar decisiones.

—Sólo me preguntaba con qué frecuencia... Bueno, sólo quería saberlo. Yo sé lo que un follaculos pensaría de eso, lo que la mayoría de los follaculos pensarían de una cosa así. Ésa es la razón por la que dudo de que usted consulte siempre con el paciente, me refiero a algo más que un ligero tanteo. Yo sólo me preguntaba... —Estoy a punto de decir: «cómo un hombre como usted», pero no lo hago—. Me preguntaba si lo que usted piensa lo convierte en aceptable. Me refiero a eso de dañar a los bebés en el momento de su nacimiento. Convertirlos en... —Abro las manos de par en par para dejar al descubierto la enorme cicatriz que tengo en el antebrazo—. Bueno, en esto.

—Señorita Galley —dice irguiéndose.

—Johnny Marcos.

Se detiene.

—¿Qué ha dicho?

Le miro sin expresión y mantengo la mirada puesta en él.

—Usted no puede imaginar cómo es la vida con esta discapacidad. Usted es un hombre inteligente y debería pensar en ello.

Se echa sobre el respaldo de la silla lentamente, sin apartar la mirada de mí, sin responderme.

—Es una vida realmente penosa —apostillo.

La voz me traiciona, me tiembla ligeramente y cierro los dedos para ocultar las palmas de las manos.

—Usted sabe que tuve un aborto —prosigo—, y que lo tuve

porque un lunático me atacó. Y lo curioso es que nadie se sorprendió, que todos pensaron que lo superaría con más facilidad de lo que hice en realidad.

Leo llora en el rincón y Becca trata de calmarlo. No me vuelvo para mirarla, pero oigo su voz, más tensa que una cuerda.

—No podemos permitirnos tener psiquiatras —digo—, pero sufrimos todos los abusos del sistema, de una manera u otra, y jamás tenemos una compensación.

Sus manos aferran el escritorio, con los dedos doblados como si los tuviera relajados, pero los tendones resaltan en sus nudillos y observo que los tiene rígidos como las patas de una araña.

—Usted probablemente haya oído esto con anterioridad —digo—. Imagino que recuerda a Johnny Marcos, ¿no es así?

No se inmuta.

—¿Está pensando en ello? —insisto—. ¿Ha creído todo este tiempo que yo era una paciente?

—¿Qué es lo que quiere? —me pregunta con la voz de alguien que habla con un chantajista o un ladrón.

—Para empezar quiero que deje las manos donde las pueda ver...

—May...

Miro por encima del hombro y digo en voz baja:

—Becca, si quieres esperar en el vestíbulo, no me importa. Él ya te ha visto y sabe que tú sabes que estoy aquí.

Becca nos mira y sacude la cabeza. Está pálida y sujeta a su hijo con firmeza, pero permanece sentada en la silla.

—Sí —prosigo dirigiéndome a Parkinson—. De la forma que usted lo ve, está bien. No he venido para hacerle chantaje, ni para arrestarle, eso es asunto de otro departamento y no me voy a interponer entre usted y los papeleos de Dorla.

Puedo ver en su cara que se considera a salvo, aunque nadie le había mencionado a Johnny Marcos hasta el momento. Es posible que vengan a por él algún día, silenciosamente y en secreto, o puede que no. Y si lo hacen, ¿me enteraré de ello?

Me mira y veo que se le tensa la cara. Tiene el aspecto de un hombre joven, tranquilo y sosegado.

—No creo que pudieran aunque quisiesen —afirma—. De ser así, usted no estaría aquí. Así que dígame, señorita Galley, ¿qué se le ofrece?

—Sólo quiero saber por qué lo hizo.

Me mira y de repente se ha convertido en un hombre mayor de nuevo, lo suficiente mayor como para ser mi padre, lo suficiente mayor como para no estar a mi alcance.

—No sé de lo que me habla —dice—. ¿Que por qué hice el qué?

Le sonrío por un instante y luego relajo la cara.

—No le estoy preguntando por qué mató a Johnny. —Parpadea como si tuviera un tic nervioso, como si los ojos estuvieran conectados con el resto de la cara—. Imagino que no le podré sacar eso. Si lo arrestara, lo metiera en las celdas y le interrogara es posible, pero eso ya no es asunto mío. En cualquier caso, puedo deducirlo. Imagino que los dos tuvieron miedo. Johnny tenía la pistola y le amenazó. Cuando uno se pasa la vida cazando lunáticos de noche y siendo presionado de día por los licántropos, es fácil pensar que te desgarrarán la garganta a la menor ocasión. Pero usted no tiene por qué saber eso, ya que no trata con nosotros después de que hayamos nacido. Es posible que creyera que lo asesinaría de verdad.

Me mira con sus ojos azules y limpios. Sus pupilas brillan tanto que podrían herirte.

—Probablemente eso es lo que crea también ahora —prosigo—. Si él no hubiera sabido algo que pudiera arruinarle, ¿cree usted que habría sido tan peligroso? Alguna vez pensará en ello, cuando menos lo espere, cuando esté esperando un tren y no tenga otra cosa en qué pensar.

—¿Es una sugerencia o lo que usted ha pensado mientras esperaba su propio tren? —pregunta.

Me encojo de hombros, abro las manos y dejo que vea la cicatriz de mi muñeca.

—¿Me está siguiendo la corriente? —digo.

Me mira por unos segundos.

—¿Qué es lo que quiere? —vuelve a preguntarme.

—Quiero que sepa que va a ir al infierno —declaro.

Me mira al cuello y ve la medalla de san Gil colgando. No es un crucifijo, me digo, no soy una verdadera cristiana, sino una mujer que trata de implantar la fe de los aegidanos. Un Dios colérico me mira con mala cara por hablar sin ningún derecho a ello.

Eso casi le anima. No ha oído a una mujer amenazando su alma, sino una mujer histérica echándole un sermón.

—Ya me preocuparé yo de mi alma, gracias de todos modos —dice.

Veo que no se siente cómodo, pero tampoco creo que esté asustado.

—Me gustaría escuchar una justificación de su parte.

—¿Por mi trabajo?

—Sí —respondo asintiendo educadamente—. Se lo ruego.

—Mi trabajo se ejerce con el consentimiento de su propia gente —responde mirando mis pálidas manos—. ¿Ha pensado alguna vez que la gente con su discapacidad puede padecer tanta discriminación por ser su número escaso? Las personas tienen muy poco contacto con ustedes. Los amorfos trabajan todo el día para Dorla, socializan entre ellos, pero están desconectados del resto de la población a no ser que los arresten. Si su población aumentase en unos pocos miles, la situación sería muy distinta. Si desea que siga en funcionamiento el toque de queda... Yo, personalmente, no creo que de momento haya otra alternativa mejor.

Permanezco sentada en silencio, escuchándolo. Becca sigue detrás de mí, meciendo a Leo.

—También creo que hay otra razón para que estén tan mal considerados —prosigue Parkinson—. Son famosos por el trato tan infame que proporcionan a los prisioneros. No creo que usted, que está sentada tan tranquilamente, tenga las manos limpias de sangre, señorita Galley. Por tanto, me parece que si el número de los que son como usted aumentase, probablemente se sentirían menos inclinados a utilizar esos métodos tan primitivos. A mí, como a mucha gente, me preocupan sus víctimas y creo que sería un gran avance, desde el punto de vista humanitario, que se mejorasen los recursos de Dorla. Y que conste que lo digo pensando en usted como en cualquier otro. Mírese usted misma —agrega bajando la mirada—, tiene veintiocho años y ya tiene el pelo blanco. No se lo digo para herir sus sentimientos, pero usted podría pasar por una mujer diez años mayor y nadie lo dudaría. —No lo dice con agresividad, sino evaluándome, como si diese su opinión médica—. Estoy seguro de que apreciaría un poco de ayuda.

Me vuelvo y miro a Leo por unos instantes. No le apetece estar sentado en las rodillas de Becca y ha decidido que ya es lo bastante mayor para caminar por el suelo. Arquea la espalda y gira las piernas totalmente decidido a satisfacer sus deseos.

—Yo apreciaría más recursos financieros, no más niños, no al menos de esa forma —digo.

—Veo que a usted no le satisface su vida, pero creo firmemente que si fuesen más numerosos, no le resultaría tan difícil sobrellevarlo —reflexiona Parkinson.

—No me diga que lo hace pensando en nuestro beneficio. Habla como un representante de Dorla y estoy segura de que alguien le ha sugerido que me dijera tal cosa.

—Y ¿cómo lo iba a sugerir Dorla? Una persona no solicita un tratamiento médico si no sabe que está disponible. Primero tienen que saber que existe esa posibilidad.

—Pero ¿cómo lo han logrado? ¿De qué forma? ¿Cómo pueden realizar experimentos para saber si existe esa posibilidad?

Parkinson suspira.

—Es cierto que empezaron de forma muy poco ética, ya que se realizaron con prisioneros de guerra o presos políticos en países mucho menos desarrollados que el nuestro. Además, eran experimentos que tendían al fracaso.

Fracasar y acabar con la vida de la madre y del hijo. Conozco de sobra esas historias.

—Comenzó como un ejercicio académico, como un tremendo reto —continúa—. Piense en ello: ninguna otra especie animal experimenta metamorfosis como lo hacen los humanos, transformaciones de un estado a otro. Es realmente un proceso milagroso, que ha sido estudiado por personas muy inteligentes y, sin embargo, aún no se conoce del todo. Es milagroso y, además, tremendamente frágil. Una serie de condiciones desfavorables en el momento de nacer y se destruye para siempre. Si conocemos esas condiciones, sabremos más acerca de nuestra naturaleza. Y eso es lo que estamos haciendo en la actualidad. Por eso, estamos más cerca, mucho más cerca que hace veinte o treinta años. Es un proceso muy difícil, pero estamos empezando a dominarlo. Como comprenderá, no podemos realizar experimentos con animales por la sencilla razón de que ellos no experimentan nada comparable.

—Está poniendo en práctica sus conocimientos con humanos, ¿no es verdad?

—Tratar de descubrir algo experimentando con personas cuya esperanza de vida es nula no es una práctica poco ética. Puede preguntarle a cualquier doctor y verá que le responde lo mismo.

—Habla como si lo que les hiciese a esos niños fuese por su propio bien —interrumpe Becca.

Tanto el doctor Parkinson como yo nos damos la vuelta para mirarla. Parkinson pone cara de sorprendido, como si yo hubiese traído un perro que ha decidido expresar su propia opinión; a mí, en cambio, el calor me sube desde los dedos hasta el pecho cuando veo a mi hermana, con la voz dubitativa, adelantarse a mis pensamientos, expresando libremente sus ideas en esta habitación satinada y contra el hombre que hay en ella.

Parkinson no se dirige a ella, sino que me mira a mí al responder:

—Por el bien de todos. Usted, por ejemplo, estoy seguro de que podría darme cientos de ejemplos de personas que saben llevar perfectamente bien esa «leve discapacidad» —concluye levantando la mano como si fuese un remo.

—Ah, sí —respondo—. Mire, yo le diré cómo la sobrellevamos.

Meto la mano en el bolso y saco un montón de fotografías que pongo sobre la mesa, desplegándolas delante de él como si fuese una baraja de cartas: la bala de plata aplastada que el forense sacó del cráneo roto de Nate; una fotografía de la escena de un crimen; una celda vacía después de que un lunático mordiera a un lacero; charcos de sangre en el suelo; coágulos de sangre alrededor de la paja; manchones en los azulejos de la pared... Es una fotografía muy antigua y no se ve a nadie en la celda, pero imagino que ése es el aspecto que habría tenido la noche que Johnny trajo a Ellaway al refugio.

Y Paul. Está de pie, lejos de la cámara, como si se avergonzase de algo. Tiene cardenales y moratones por el pecho, desolladuras alrededor de las costillas. Todos ellos se hicieron fotografías el día que fueron liberados y Sarah pensó en denunciarnos, aunque luego no lo hizo, por supuesto. La cabeza de Paul está algo gacha, ya que la luz que entra por la ventana le hace arrugar los ojos y le ciega después de tantos días de oscuridad.

Parkinson mira las fotografías.

—¿Qué está intentando demostrar, señorita Galley? —inquiere—. ¿Trata de impresionarme? Soy médico y estoy más que acostumbrado a ver sangre.

—Sí, ya lo sé —respondo riéndome, y pongo algunas fotografías más sobre el escritorio.

Nate en la mesa de autopsias.

—Seligmann hizo eso —le digo—. El hombre que usted dejó libre para despistarnos.

Le enseño otra foto en la que aparece la mano de David totalmente destrozada.

—Y ése es el amigo de Seligmann, al que usted no trató. Imagino que le pidió que robara antialérgicos para él. Usted ayudó a que Seligmann se escapase y así poder librarse de las pruebas, pero no creo que se arriesgara por otro hombre.

—¿Espera que corrobore lo que dice dándole una respuesta?

—No, no espero nada —respondo poniéndole las dos últimas fotografías delante.

Johnny, de pie, con su familia. Debbie está a su lado, sosteniendo la mano de su madre, con la cara limpia y alegre como la de una niña repleta de ilusiones, algo desgarbada, pero dulce como sólo una niña que aún no ha descubierto su cuerpo puede serlo. Julio está apoyado contra su padre, intentando aparentar frialdad mientras Peter asoma por detrás, inclinado sobre su hermano. El embarazo de Sue apenas es perceptible, pero se puede ver porque Johnny la rodea con sus brazos y sostiene su barriga, con los dedos acariciando su bebé aún sin nacer. Tiene las facciones arrugadas a causa de la sonrisa que le ilumina el rostro.

En la segunda fotografía se ve el tanatorio. Johnny está tendido sobre la camilla de autopsias, con la cabeza descolgada en un ángulo antinatural, y le faltan algunos trozos de la cara.

Parkinson mira las fotografías y luego a mí.

—No me gusta nada su teoría del «bien para todos» —le digo—. El precio que se paga por ella es muy alto.

Una vez más meto la mano en el bolsillo.

Abre la boca para decir algo, pero cuando ve la pistola la cierra. Acerca la mano hasta el teléfono, pero me adelanto y se la sujeto para ponérsela en algún lugar donde pueda verla. La tiene caliente y húmeda.

—May, ¿qué estás haciendo? —me pregunta Becca poniéndose en pie y rodeando a Leo con sus brazos.

—No pasa nada, Becca —respondo.

—¿Qué estás haciendo? —vuelve a preguntar.

—No tardaré ni un minuto.

Becca se acerca hasta mí, pero me sobresalto y se detiene.

—Lo lamento, pero no tardaré más de un minuto —repito.

Parkinson está sentado con las manos bien visibles.

—No creo que lo hiciera por una razón altruista —le digo—. Usted no es un héroe de la medicina, más bien creo que lo hizo por dinero y porque pudo. Eso es lo que creo, que lo hizo porque pudo, porque en realidad no le conmueve lo más mínimo. Pero eso se terminó.

Parkinson da un respingo y lanza un manotazo.

—No trate de arrebatarme la pistola —le advierto—. Ya lo ha hecho con anterioridad, pero no dejaré que lo consiga de nuevo.

—Se pasará la vida en la cárcel si dispara —dice con la voz temblorosa y la cara blanca.

Todo parecer haber desaparecido, la vida que ha llevado, la seguridad, la autoridad y el éxito que su nacimiento sin riesgos le ha proporcionado. La sangre parece habérsele helado y veo la misma cara que vio Johnny.

—Yo estoy sentenciada de por vida desde que nací —respondo haciendo retroceder el percutor.

—¡May, no lo hagas! —exclama Becca con voz ronca, suspirando de miedo.

Miro unos instantes la cara de Parkinson y disparo.

Parkinson lanza un grito ronco y Becca se tapa la boca. El clic de la recámara vacía es el sonido más débil de la habitación.

Le miro por un segundo y luego meto la pistola en mi bolso.

—Pensaba que iba a hacerlo —le digo negando con la cabeza—. Pero no soy como usted. Yo no haría una cosa así.

Leo empieza a llorar, ya que la presión que ejerce su madre con los brazos le está aplastando. Becca tiembla y sus jadeos se oyen con más claridad que los llantos de su hijo. Recojo las fotografías que hay encima de la mesa y me acerco hasta ella.

—Deja que lo coja —le digo. Y añado—: Lo lamento de veras.

Sacude la cabeza, pero no como negativa. Se lleva una mano a la frente y me pasa a Leo. Miro a Parkinson por encima de su cabeza.

—Usted... —murmura.

—A mí no me va a pasar nada. La pistola procede de Dorla y ni siquiera tuve que robarla, sino que me fui derecha al almacén y se la pedí al encargado. Le dije que no necesitaba municiones, así que no me hizo firmar. Esta noche la devolveré y nadie me preguntará nada al respecto.

Es posible que me apliquen alguna medida disciplinaria, o que pierda el incremento de sueldo que me habían ofrecido, pero no me importa en absoluto.

—No se preocupe, ya tendrá tiempo de contárselo —agrego—. El día que vengan a por usted.

Leo continúa llorando en mis brazos. Pongo mi mejilla contra la suya y le cojo la cabeza con una mano sin dejar de mirar a

Parkinson. Ahora tiene la cara roja, le brilla bajo el pelo gris, ya no tiene la cara de un muerto, sino la de un hombre mayor que pensó que la muerte le llegaba antes de lo esperado. Le sonrío, quitándome el pelo canoso de los ojos.

—Ahora ya sabe cómo se siente uno estando al otro lado.

45

El día que Marty regresa al trabajo apenas tengo tiempo para hablar con él. Me lo encuentro cuando recorro el pasillo llevando un montón de papeles y veo que viene en dirección opuesta. Tiene la garganta llena de cicatrices y, cuando nos detenemos para conversar, noto que su voz es algo más aguda que antes, pero de nuevo tiene los ojos claros y buen aspecto, y sus casi dos metros de altura parecen bien equilibrados. Es un aspecto muy inusual en Dorla y tardo unos segundos en darme cuenta del motivo: parece un hombre relajado.

No tenemos demasiado tiempo para hablar, ya que se dirige al juicio de Seligmann y se presenta en calidad de testigo. Los Harper ya se han sometido a las leyes del sistema y están recluidos en diferentes prisiones con una condena de diez años por los delitos de intento de homicidio y resistencia a la autoridad. Se encuentran en una prisión normal, por lo que ya no son asunto nuestro. Seligmann, sin embargo, aún es nuestro y tratamos de retenerlo.

No puedo asistir al juicio. Mi cliente, Ellaway, tiene el suyo a la misma hora y tengo que presentar el caso. Lo han planeado muy cuidadosamente para que sea así, y para garantizar que yo salga de ésta.

—Me he enterado de que apresaste a ese hijo de puta —dice Marty.

Lo sucedido está en boca de todos en Dorla, y hablan de lo

valiente que fui al enfrentarme al desesperado Seligmann sin ayuda de nadie. Él fue quien le desgarró la garganta a Marty, por lo que su cara muestra una satisfacción enorme cuando habla. Marty piensa que soy una heroína y yo no seré quien le desilusione.

Ellaway le ha comentado a Franklin lo que le sucedió mientras estaba encarcelado. Franklin me pregunta si es cierto y no lo niego. Era una abogada de Dorla, le digo, y tuve que comportarme como tal. Sé que esperaba que dijera una cosa así, por lo que no me queda más remedio que ofrecerle una forma de tratar con una colega tan inconsciente. Franklin parece recapacitar en ello muy preocupado, lo cual habla en su favor. Tanto peor para mí, pues la verdad, es un hombre que me agrada.

Cuando conocí a Ellaway no cesaba de recalcar que había intentado llegar a un refugio cuando el coche se le averió. Una defensa muy sencilla, muy clásica, pero desde entonces he descubierto lo mucho que ha mentido.

Decirle la verdad a Ellaway empeoraría las cosas, puesto que esa falsa evidencia es ya de por sí un delito más serio que merodear. Por supuesto, no es el interés por mi cliente lo que me mueve a afirmar semejante cosa. Si Ellaway dice la verdad, arrastrará consigo a otras muchas personas, Albin, Sarah, Carla, personas que me han ayudado, así como a Paul.

Ellaway me contó una mentira la primera vez y esperaba que yo defendiera su caso basándome en ella. Pues bien, ahora es a él a quien corresponde ceñirse a su mentira.

Miro alrededor cuando entro en la sala. He estado en ella quizá cientos de veces. Me gustaría trabajar en un juzgado de verdad, con los paneles de madera tallada y con emblemas detrás de las togas del juez. Sin embargo, esta sala es como cualquier otra habitación de nuestro edificio, con los techos despintados, tubos fluorescentes y la moqueta gastada. En la puerta de al lado están celebrando el juicio por asesinato. Hiciera lo que hiciera Ellaway con él, ya da lo mismo.

Me sorprende ver a Bride sentada en uno de los bancos, ya que no me había comentado que regresaba ahora que Seligmann se encuentra en la cárcel y no hay ninguna amenaza pesando sobre ella. Al verme, me sonríe y me guiña un ojo. Durante un instante permanezco perpleja, preguntándome quién es. Se fue sin decir palabra y regresa del mismo modo, convencida de que podemos reanudar nuestra conversación donde la dejamos. Lo dejo tal cual. Al fin y al cabo, ella tiene un marido enfermo del que preocuparse, además de su propia vida y sus propios temores a morir. Cuanto más pienso en ello, más aliviada me siento. No hay escenas, no hay disculpas por parte de ninguna de las dos. Yo hice algo malo y ella también, así que podemos seguir con nuestra vida sin mirar atrás. Le devuelvo la sonrisa, pues necesito tener a mis amistades de mi lado.

Un poco más allá veo sentada también en el banco a Becca. Ella no sabe gran cosa acerca de este juicio, ni tan siquiera ahora, pero ha venido porque quiere verme trabajar. Ojalá hubiera asistido a un juicio de más importancia, pero imagino que ya ha visto lo peor que hay en mí.

El otro día, después de acompañarme a la consulta de Parkinson, regresamos a casa juntas. Caminamos en silencio, manzana tras manzana. Las manos me temblaban y pasó un buen rato antes de que pudiera decirle:

—¿Piensas seguir hablándome?

Ella bajó la cabeza para mirar a Leo, tratando de buscar algo que decir, una forma de reconciliarnos, una forma de herirme y una forma de librarse de mí para siempre.

—Lo lamento —le dije.

Me miró. Su rostro era hermoso a la luz del sol.

—No me gusta nada esto —respondió—. ¿Es cierto lo que dijiste de ese hombre? ¿De verdad ha matado a una persona?

—Sí, así fue.

Puso su mano sobre el pecho de su hijo y agregó:

—¿Todo lo que dijiste era cierto?

—Sí, no me he inventado nada.

—No me gusta nada esto —repitió mirando hacia otro lado—, pero imagino que sabrás cómo llevar estos asuntos mejor que yo.

Extendió la mano y cuando se la tomé no se apartó.

Ahora hay días en que me llama y habla durante horas acerca de su hijo, de su matrimonio, de algunos detalles e intimidades que jamás me había confesado y que jamás habría esperado de ella. Otros días, cuando voy a verla, se muestra distante y se pasa el rato mirando cómo se levanta Leo y sonríe, pero ni siquiera me mira. No sé qué pensar de ella, e imagino que a ella le sucede otro tanto. Es una extraña manera de empezar de nuevo, pero estoy segura de que pronto seré yo la que le hable, la que le cuente ciertas cosas de mí. Es posible que tengamos cosas mejores que decirnos.

Sentado en otro banco, cerca del final, hay un hombre de pelo oscuro que está solo y no habla con nadie. No me mira, pero sé que es Paul.

Becca me ve primero y me saluda con la mano. Es un gesto extraño, pero resulta estimulante. En mi escuela jamás se celebraban conciertos ni recitales, y mi madre jamás ha asistido a un juicio de los míos, pero hay algo en el saludo de Becca que me hace pensar en una madre —no la mía, sino la de otra persona— esperando ver la actuación de su hija, aplaudiendo desde el asiento de atrás. Es extraño, pero por un instante no sé cómo responderle. Finalmente enarco una ceja y trato de sonreírle.

Paul gira la cabeza en ese momento y me ve. Tengo los brazos llenos de papeles apretados contra el pecho, por lo que me resulta difícil hacer cualquier gesto. Paul me mira y le devuelvo la mirada; nos quedamos así durante unos interminables segundos.

Giro la cabeza cuando alguien me roza al pasar. Luego me acerco hasta la mesa donde me siento con mi cliente, coloco los papeles encima, acerco una silla y pongo las manos sobre la superficie. Me siento y espero a que el juez entre en la sala, dispuesta a convertirme en abogada.

Nick Jarrold está en el estrado, describiendo cómo Johnny y él se encontraron con Ellaway y trataron de arrestarle. Luego sigue hablando de cómo Ellaway lo tiró al suelo y terminó por arrancarle una mano. Nick sostiene un paquete de cigarrillos aunque no está permitido fumar mientras dure la sesión. Le da vueltas sobre las rodillas o se da golpecitos con él, de tal manera que el logotipo no para de dar vueltas sin cesar. Le narra al fiscal lo que recuerda acerca de aquella noche, sin que yo le contrainterrogue. Tose en el estrado y me pregunto cuánto le queda para que el cáncer aparezca en su pecho reclamando su vida.

Lisa Rahman, una de nuestras testigos más experta, sube al estrado y coloca un mapa de la ciudad en un atril que está próximo a ella. La evaluación de la distancia corresponde a un departamento muy pequeño, pero ella testifica en docenas de juicios todos los meses. Se dedica a estudiar la situación, evalúa lo que se tarda en cubrir esa distancia andando, o lo lejos que una persona puede caminar por un determinado terreno en un tiempo determinado. Las personas suelen alegar que estaban buscando un refugio cuando salió la luna. Ella estima si lo podrían haber hecho de haberlo intentado. En este caso, concluye que Ellaway podría haber llegado a uno. Me levanto y le pregunto si está completamente segura de ello, pero responde que no. El fiscal le pregunta si está convencida y ella responde que sí.

Aunque sabía que llegaría este momento, aún siento un pellizco en el pecho cuando veo a Ally entrar en la sala y caminar hasta el estrado. Él estaba en el refugio cuando Johnny encerró a Ellaway y, por tanto, tiene que testificar. No me dirige la mirada cuando entra en la sala y, por un instante, sólo le veo la nuca y no le reconozco, pues se ha cortado el pelo casi al rape. Me viene a la memoria, como si hubiese sucedido hace mucho tiempo, la apuesta que hicimos: que se afeitaría la cabeza el día que un licántropo no mencionase a la opinión pública para ponerla en contra de nosotros. Solíamos apostar con mucha frecuencia antes de hacernos demasiado mayores para discutir. Imagino que ahora ya no hay apuestas que valgan.

Gira la cabeza y ve a Paul sentado en el banco. Paul le devuelve una mirada implacable. Dura sólo un instante, justo antes de que Ally se siente en el estrado. Sus ojos pasan de mesa en mesa y, cuando me ve, deja de buscar y se queda inmóvil.

Bajo juramento le cuenta al juez cómo Johnny traía aquella noche a Ellaway y cómo sangraba de su mano mutilada. Aseguró que Ellaway estaba sedado e inconsciente, todavía en trance, pero limpio, es decir sin hojas, ramas o barro, como si no hubiera deambulado por ningún parque.

Me levanto, me ajusto la chaqueta y me dispongo a interrogarle.

—¿Guardó usted alguna muestra de su pelo? —le pregunto con un tono que no delata que conozco a Ally.

—No. Había sangre por el suelo y tuvimos que esterilizarlo todo, y los pelos fueron incinerados.

—Por lo tanto carece de pruebas para corroborar lo que ha dicho. ¿Debemos creer en lo que dice?

Me mira con sus ojos negros.

—Recuerdo perfectamente lo que sucedió —asegura.

Sé que está diciendo la verdad y él sabe que yo lo sé.

—¿A qué hora llegó mi cliente al refugio? —pregunto.

—Sobre la una y media.

—¿Llevaba usted de servicio toda la noche?

—Sí.

—¿A qué hora se puso el sol ese día?

Ally se encoge de hombros. La familiaridad de ese gesto hace que me dé un vuelco el corazón.

—A las cuatro y cuarto, creo.

—Por lo tanto usted llevaba nueve horas de servicio —concluyo.

—Sí.

—¿Fue ése el único arresto que se llevó a cabo?

—No, hubo cinco más.

—Entonces imagino que estaría cansado.

Ally me mira cuando digo esto. Esa misma frase, dicha en otro contexto hace un tiempo, habría resultado tan estúpida que se habría reído de mí o conmigo. Mi voz, sin embargo, es de empatía, pues a pesar de lo que ha sucedido entre nosotros, me da un no sé qué pensar en Ally, mi amigo de toda la vida, tratando de mantenerse despierto la noche entera.

—Cuando John Marcos llegó al refugio, ¿describiría su estado como grave? —prosigo.

—Por supuesto que era grave. Le habían arrancado la mano —recalca con brusquedad, con una brusquedad que yo había empleado también en muchas ocasiones.

—Usted debió de preocuparse mucho por él.

Cansado, desesperado, preocupado... Ally debió de sentirse de todas esas maneras. Conozco de sobra lo que tuvo que pasar aquella noche. No obstante, él no percibe ningún tono de compañerismo en mi voz porque sabe perfectamente adónde quiero llegar. Todo lo que pueda decir acerca de la noche en que capturaron a Ellaway es exacto y preciso, pero fácil de sembrar dudas al respecto, que es justo lo que estoy tratando de hacer. Resulta horrible pensar que, de todas las personas que hay en este juicio, yo seré la que realice el mejor trabajo desacreditando a Ally. Si las cosas no hubiesen salido de esa forma, probablemente no lo tendría en cuenta, pero ahora tengo la sensación de que no va a ser así. Ya no se puede hacer nada, todo se ha acabado. Él ya no me debe nada y yo lo dejaré en completa libertad.

Se habla del tema del coche, de la avería del motor. Tampoco existen pruebas concluyentes al respecto, ya que consigo que se presente el propietario del taller, Kevin White, al cual se le comunicó que dejase de guardar el coche de Ellaway y mirase debajo del capó. Admite que no puede asegurar a ciencia cierta que el coche fuese manipulado. Eso es otro factor importante para el fiscal. Yo lo descubrí y se lo revelé a la parte oponente una semana antes del juicio, tal como indica la ley.

Lo que no revelo es el asunto de los merodeadores libres. No hay necesidad de hacerlo. Todo el mundo en Dorla tenía conocimiento de que estaban en las celdas. Podría haber hablado de ellos, convertirlos en una circunstancia exonerante o, como mínimo, en chivos expiatorios, pero no lo hago. También podría llamar al estrado a mi cliente, hacer que nos cuente su versión y, la verdad, durante todo un día me siento tentada de hacerlo y darle la oportunidad de añadir perjurio a sus delitos, un par de años más para su sentencia. Lo deseé, pero no lo hice.

En consecuencia, el caso que presento es muy efímero. Franklin coopera conmigo, solicita la presencia de otros testigos que refutan que se haya manipulado el coche y menciona otros casos similares en los cuales los acusados fueron declarados inocentes. Es realmente bueno. Cuando habla, casi logra convencerme a mí. Sin embargo, cuando guarda silencio, una vez que todos han declarado, se sabe lo que va a suceder.

Durante la pausa que se toma el jurado para deliberar, las personas se levantan y van de un lado para otro de la habitación. Paul me mira y doy un paso hacia él, con todo mi cuerpo anhelando hacerlo, como si yo no fuese nada salvo una mano que coger. Algo me retiene y, en su lugar, le hago un gesto a Becca, le señalo el reloj y levanto los cinco dedos en señal de que quedan cinco minutos. Entiende lo que le digo y afirma con la cabeza. Luego miro a Paul y él me mira a mí. A continuación doy media vuelta y salgo de la habitación.

Al llegar al pasillo noto que me late el corazón con fuerza, el pecho me duele con cada impacto. Sin embargo, cuando veo que estoy sola, me parece sentir un placer enorme, como si lo hubiese deseado ardientemente. Apoyo las palmas de las manos sobre la pared durante unos instantes y respiro. El aire que rebota es tibio. Sigo apoyada en esa posición unos segundos y luego bajo al vestíbulo.

El otro juicio aún no ha terminado, me refiero al caso Seligmann. Hay un pequeño marco de cristal en la puerta y miro a través de él. Seligmann está sentado en el estrado, con una muleta al lado y la pierna vendada. Su postura ha cambiado mucho desde la primera vez que le vi. Se le ven los hombros encorvados y el cuello afilado, pero parecen sacados de su sitio, inclinados hacia el lado donde le disparé, como si la bala de plata fuese ahora el centro de su cuerpo.

La familia de Johnny está sentada en los bancos, Peter y Julio uno al lado del otro. Julio está pálido, erguido y con una actitud valiente, sin derramar lágrimas, con la boca inmóvil y sin mostrar signos de dolor. Peter tiene una pierna cruzada sobre la rodilla y me sonríe, demasiado rápido para que nadie se percate, salvo Sue, que alarga la mano y le hace una señal para que se quede quieto. Sue está hecha un globo, el niño nacerá en cualquier momento, casi se le puede ver moverse bajo el traje. La mano que le queda libre descansa sobre su hija, que tiene la cabeza apoyada sobre el hombro de su madre y el pulgar metido en la boca. No miran a Seligmann demasiado. Los cuatro forman una piña, acurrucados en el banco, esperando que el juicio termine.

Antes de lo esperado me dan una palmadita en el hombro y reclaman mi presencia ante el juez. Ellaway mira a Franklin y aprieta los puños al ver que el juez va a dictaminar su veredicto; yo, por el contrario, no estoy tensa ni ansiosa. No hay duda de lo que va a suceder y no puedo recordar la última vez que me sentí de esa forma.

Pensé que me alegraría de perder este caso, ya que creí que sería un golpe por nuestra parte, una venganza por lo de Johnny o algo parecido. Sin embargo, cuando el juez sentencia a Ellaway a cinco años de cárcel no siento un ápice de júbilo, ni tampoco rabia. Veo que se pone blanco y mira fijamente al juez, como si no se lo creyera, mientras los guardias se acercan, lo esposan y se lo llevan.

No me siento con ánimos para ponerme a discutir el veredicto. Me levanto y salgo al tranquilo pasillo para fumar un cigarrillo. Ya hablaré con Bride más tarde, al igual que con Becca.

Estoy apoyada contra la pared, viendo cómo el humo se desliza por entre mis dedos, cuando oigo una voz ronca y dañada. No obstante, sigo reconociendo ese saludo tan educado de Marty.

—¿Qué tal, Marty? —le pregunto.

Sonríe enseñándome los dientes. Las cicatrices de la garganta no se mueven.

—El muy hijo de puta está acabado —dice—, aunque el juez lo debería haber condenado a perpetua, ¿no crees?

La pregunta no me parece desproporcionada, sino todo lo contrario, más esperanzada que otra cosa.

Tiro la ceniza en un cenicero que hay cerca de la pared.

—Sí, de hecho es obligatorio en caso de asesinato —contesto—, no importa a cuántas personas haya matado, ni cómo. El tiempo que pase encerrado dependerá de cómo se comporte en la cárcel.

—Yo pensaba que el juez podría sugerir una pena mayor —dice. Veo que aún no se le han quitado las ganas de aprender y continúa haciendo preguntas.

Asiento.

—Puede, aunque no sabe si lo tendrían muy en cuenta en una prisión de licántropos.

Marty baja la cabeza.

—¿Qué sucede? —le pregunto.

Se encoge de hombros y me devuelve la mirada.

—No sé —responde.

No se toca la garganta, sus manos permanecen a los lados. Inclina ligeramente la cabeza para protegerse la piel dañada con el mentón.

—Sencillamente no lo entiendo —dice al cabo—. Tienen pruebas suficientes de que fue él. Me gustaría saber por qué. Me gustaría saber en qué estaba pensando ese licántropo.

Vuelve a bajar la mirada y deja la cabeza colgando, pero la pregunta no es en absoluto baladí.

Le doy una calada al cigarrillo y echo el humo. Una nube gris sube lentamente hasta el techo.

—Vale la pena preguntarlo —comento. Hago una pausa y añado—: Yo no lo sé, pero sé de alguien a quien puedes preguntar.

Saco una libreta del bolsillo y anoto el número de teléfono. No hay necesidad de buscarlo en la guía, pues lo recuerdo perfectamente.

—Llama a esta persona —le digo—. Se llama Paul Kelsey.

Marty me mira por un instante.

Niego con la cabeza y añado:

—No te preocupes por lo que hayas oído sobre él. Es un buen tío y podrá decirte algo al respecto. Dile que he sido yo quien te ha dado su número.

Marty tiene sus dudas.

—No quiero llamarle solamente para...

—No te preocupes, no le importará. Es una persona honrada.

Ese mismo día, aunque algo más tarde, regreso de nuevo al edificio de los juzgados. Cuando paso por la sala de juicios me parece oír un ruido y la puerta se abre. Veo salir a dos hombres altos esposados. Uno de ellos tiene el pelo oscuro y anda arrastrando la pierna. Es Seligmann. Me ve y yo le devuelvo la mirada, aunque no me pone mala cara, se limita a mirarme fijamente hasta que los guardias se lo llevan sujetándole por debajo de los brazos.

Las personas comienzan a salir de la sala de juicios. Veo a Sue Marcos abrazando a sus hijos. Hay muchas personas a su alrededor como para que pueda acercarme, pero ella me ve y levanta la mano. Le hago un gesto para decirle que la telefonearé y ella me responde asintiendo. Debbie la agarra de la mano cuando recorren el pasillo.

Poco a poco van saliendo y la sala se queda vacía. Todo está en silencio cuando entro, el aire aún no se ha enfriado. Esta habitación tiene poco que decir, pues sólo hay paredes, sillas y bancos.

Es muy probable que Seligmann jamás hubiera entrado en una sala como ésta y ahora sé que ya no volverá a verla jamás.

Miro la silla donde estaba sentado. Es de plástico gris, con las patas negras abiertas hacia atrás y hacia delante para dar consistencia a la estructura. Hay miles de sillas como ésa, pero atrae mi atención y la miro como si no quisiera que se me olvidase nunca su imagen.

46

Ayer fui con Leo a dar un paseo por el parque. Era uno de esos días de primavera que suelen verse antes de que llegue verdaderamente la estación. El cielo estaba de un color azul intenso. Habían desatado los pequeños objetos de papel que puse en la cubierta del carrito para volver a atarlos con nudos cuidadosamente elaborados, lo cual me dio ganas de echarme a llorar. Sin embargo, opté por darle unos golpecitos para hacerlos girar y Leo levantó las manos con una perfecta soltura para hacer lo propio.

Pensé en llevarlo al Abbot's Park, donde murió Johnny, o al Queen's, donde Ellaway le arrancó la mano, o bien al Spiritus Sanctus, que fue donde Seligmann mató a Nate. En fin, podría haberlo llevado de peregrinación, pero no lo hice, sino que me quedé en el King's y estuvimos caminando por amplios espacios abiertos, donde la luz invernal coloreaba la hierba de un tono dorado.

Hoy hace más frío. El tiempo aún no está dispuesto a ofrecernos su calor. Empujo lentamente el carrito, observando desde arriba cómo los dedos de Leo se agarran a su chaqueta. Las ruedas temblequean ligeramente, y por un instante pienso en llevarlo a otro parque, pero, aunque me apetece un cambio, hace bastante frío. Leo ya está lo suficientemente mayor como para forcejear con las correas, arquea la espalda y estira las piernas, sintiéndose demasiado mayor como para que lo sujeten a un carrito. Intento calmarlo cantándole algo, empezando por algo suave:

—Duérmete niño, duérmete ya...

Levanta la mirada y responde:

—B... bu...

Cuando me agacho y empiezo a bailarle sonríe y empuja mis manos, queriendo ser él quien me guíe. Le digo que es posible que algún día sea bailarín, me agacho, le doy un beso y luego sigo empujando el carrito. Mientras tanto, él salta ligeramente en su silla, como si estuviera bailando solo.

De repente recuerdo lo mucho que me gustaba la música cuando era niña, las escasas clases que nos daban mientras estudiábamos las leyes del toque de queda y las prácticas de captura; lo meticulosamente que practicaba en casa tocando el piano a sabiendas de que, mientras estuviera haciéndolo, me dejarían sola y a mis anchas, disfrutando de la música que yo interpretaba. Hay una tienda de música no muy lejos, por la que siempre paso cuando voy caminando al trabajo. Hace años me prohibí a mí misma mirar el escaparate y desear comprar cosas que no podía permitirme. Sin embargo, ahora pienso que me gustaría ir. Es posible que le compre a Leo unas maracas, algo que pueda mover, que emita un sonido agradable y haga que todo el mundo sepa que está presente. Recuerdo lo agradable que es eso.

Tengo que hacer algunas maniobras para poder entrar en la tienda con el carrito, pero dentro el aire es cálido y limpio. Las teclas de los pianos brillan y se ven trompetas y flautas en los muestrarios. Más allá hay algunos instrumentos de percusión, instrumentos fáciles de tocar. Me decido por unos instrumentos de aspecto mexicano, con colores vivos en los mangos, y se los muestro a Leo. Él alarga la mano y coge uno, lo sostiene y se queda mirándolo. Cuando le cojo la mano y la muevo para que escuche el sonido del instrumento se da cuenta de su utilidad, así que empieza a moverlo de un lado para otro, feliz y contento. No hace mucho ruido y aún no sabe cómo hacerlo sonar, pero ya lo conseguirá.

Como no quiero privarle ni por un momento de su nuevo

juguete, cojo la otra maraca y la llevo hasta la caja para pagar mientras le dejo que disfrute. Son muy baratas, y además no pienso privarme de nada que pueda permitirme, mucho menos ahora que dispongo de algo más de dinero. Ya me han dado el aumento de sueldo, por lo que cuento con un plus todos los meses. Durante un tiempo me pregunté si debía cogerlo, pero finalmente me decidí a hacerlo prometiendo que trabajaría duro para justificarlo. Sin embargo, aún perdura en mí la costumbre de vivir casi con lo mínimo, por eso he ahorrado algo.

Leo mira con curiosidad los pianos mientras nos dirigimos a la puerta. Me detengo por unos instantes, pensativa. Tengo algo de dinero y he tirado muchas de mis pertenencias. Siempre pensé que jamás me podría comprar un piano, por eso dejé de tocarlo. Aún no tengo bastante dinero para comprarme uno de cola, pero hay algunos teclados eléctricos bastante pequeños y baratos. Siempre me negué a ver cómo sonaban porque sé que no se pueden comparar con un piano de verdad, pero algo pequeño es mejor que nada.

Para deleite de Leo lo saco del carrito y lo siento en mis rodillas mientras me acomodo en una banqueta delante de un teclado. Alarga la mano y toca las teclas con sumo cuidado. Pongo mi mano encima y empezamos a presionar las teclas los dos juntos. Leo se ríe y emite un ruido de placer cuando escucha ese nuevo sonido. Luego alarga la mano para probar otra tecla, una de las más graves, pero le cojo la mano y juntos ejecutamos un pequeño arpegio. Mis dedos no están tan entumecidos como creía. He crecido desde la última vez que toqué y ahora no me resulta difícil interpretar una octava.

Tocamos juntos durante un rato, hasta que Leo se aburre y protesta. Lo acomodo en el carrito, le doy las maracas y dejo que las golpee contra sus rodillas mientras sigo tocando, interpretando nota tras nota.

Para empezar comienzo con algunas escalas, de arriba abajo. Primero las notas mayores, luego las menores. Mis dedos se han soltado antes de lo que esperaba. Las teclas se hunden bajo mis dedos, un tanto reticentes, pero el tono es agradable y todavía recuerdo algunas de las piezas que sabía interpretar. La música me embelesa.

El dependiente pasa a mi lado sonriendo. Me relajo un poco en la banqueta y empiezo a tocar mejor. Cometo errores, pero continúo. Leo está sentado a mi lado, feliz y absorto con su nuevo juguete mientras yo deslizo las manos por el teclado. Es un ejercicio muy antiguo y todavía no estoy suelta del todo, pero sigo tocando un buen rato.

La luz penetra por los escaparates y un rayo cae en el suelo, justo delante de mí. Puedo ver motas de polvo agitándose lentamente, como si fuesen copos estrellados. Es lo más hermoso que he visto en mi vida.

Agradecimientos

He sido muy afortunada al poder contar con muchas personas a las que debo mi gratitud. A mi infatigable agente, Sophie Hicks, y a todos los trabajadores de la editorial Victor Ltd.; a Phillippa Harrison y a los colaboradores de Random House, especialmente a Betsy Mitchell y Dan Franklin, ya que ha sido un enorme privilegio trabajar con ellos. A mi familia, por su respaldo moral, financiero y emocional. Asimismo, quiero expresar mi sincero agradecimiento a todos mis amigos por su constante estímulo y disponibilidad para dejarme hurgar en su cerebro, endulzando de esa manera mi vida. Les debo especial gratitud a Ana Marie y Ben England por demostrarme su amistad, dejarme su piso y su gato y asesorarme con sus experiencias técnica, médica y musical. A Louisa Chrisman, también por su experiencia médica; cualquier error o libertad que me haya tomado a ese respecto son responsabilidad mía y no suyas; a Dharminder Kang, tanto por gustarle lo que he escrito como por haberme regalado una alfombrilla de ratón que aún utilizo; a Paddy McBain, por sus tolerantes consejos; a Melody Bridges, y a Rich y Rachel Flowerday, por ser tan pacientes cuando me sentía preocupada; a mis compañeros de piso y a otros amigos, por haberme soportado cuando no estaba de humor y por haberse alegrado cuando retomaba el trabajo. Igualmente, quiero dar las gracias a Malcolm Gaskill y a Bill Ellis por sus consejos históricos, pues me han sido de gran utilidad. Sin embargo, quiero expresar mi especial agradecimiento a tres personas: a Joel Jessup, mi generoso e inteligente amigo que me inspiró con la idea original; a Peggy Vance, mi mentora y mejor amiga, sin cuyo infinito respaldo no sé dónde estaría; y a Gareth Thomas, mi pareja, cuyo amor, cariño y sentido del humor me han llevado hasta el final y mucho más allá.

OTROS TÍTULOS
DE LA COLECCIÓN

EL ALMACÉN

Bentley Little

En Juniper, Arizona, nunca ocurre nada extraordinario. De modo que el anuncio de la apertura de El Almacén supone una gran novedad. Todo lo que uno pueda querer estará bajo un mismo techo y a un precio increíble. Pero conviene tener cuidado con lo que uno quiere...

Bill Davis es el único en el pueblo que es capaz de percibir el mal que bulle en torno a El Almacén. El proceso de construcción ha estado rodeado de extrañas irregularidades, y la influencia y el poder de la empresa están adquiriendo dimensiones espeluznantes. Pese a todo, Bill no puede impedir que sus dos hijas adolescentes busquen trabajo en El Almacén. Y entonces empiezan a ocurrir extrañas cosas. ¿Qué pasa exactamente en los sótanos de la tienda? ¿Quiénes son los misteriosos jefes nocturnos?

Cuando por fin Bill toma cartas en el asunto, conseguirá ir más allá de lo que había imaginado, aunque a un precio aterrador. Ahora El Almacén está dispuesto a negociar, y Bill deberá enfrentarse a su misterioso propietario para salvar a su familia, su pueblo y su vida.

PRUEBAS FALSAS

Phillip Margolin

«Al forense le encantaban esas llamadas en plena noche; le indicaban que una nueva escena del crimen aguardaba, y le daría la ocasión de hacer justicia con otra víctima.»

Dos abogados defensores comprueban, desconcertados, que las pruebas de distintos casos incriminan a sus clientes, a los que creían inocentes. A Doug Weaver no le cabe en la cabeza que su defendido, un vagabundo trastornado y fanáticamente religioso, haya podido asesinar y descuartizar a una mujer. Pero las pruebas forenses no dejan lugar a dudas. Frustrado y confuso, Doug consulta a su colega Amanda Jaffe. Amanda está llevando la defensa de un gángster que ha sido acusado de asesinar a un yonqui; su caso no tiene nada que ver con el de Doug, pero las pruebas también presentan ciertas irregularidades. Y entonces, las muertes comienzan a sucederse. Parece que un loco con capacidad para alterar la verdad anda suelto. Ante esta alarmante situación, Amanda y Doug deciden unir fuerzas. Su investigación los llevará a buscar las respuestas ocultas en los rincones de las escenas de los crímenes...

Un thriller adictivo que pone en duda el trabajo de los laboratorios forenses. Una posibilidad inquietante que no dejará indiferentes a los seguidores de *CSI*.